FLATLANDER

플랫랜더

플랫랜더

ⓒ 래리 니븐 2013

초판 1쇄 인쇄	2013년 4월 20일
초판 1쇄 발행	2013년 4월 25일

지은이	래리 니븐
옮긴이	정소연

펴낸이	박대일
편집	이문영 · 임수진 · 임유리 · 신지연
교정	이재일
마케팅	송재진
표지 디자인	김은희

펴낸곳	새파란상상(파란미디어)
출판등록	2004년 9월 14일 제313-2004-00214호

주소	121-886 서울시 마포구 성지1길 32-36
전화	02. 3141. 5589(영업부) 070. 4616. 2011(편집부)
팩스	02. 3141. 5590
전자우편	paranbook@gmail.com
블로그	blog.naver.com/neoparan21
트위터	@paranmedia

ISBN   978-89-6371-080-8 (03840)

FLATLANDER

플랫랜더

래리 니븐 지음
정소연 옮김

새파란상상

프레드릭 폴을 위하여
그리고 존 W. 캠벨을 추모하며

차례

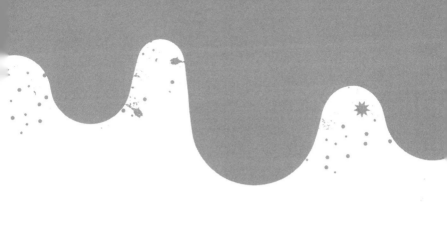

절정의 죽음

우선 사생활 보호 허가에 관한 통상적인 절차가 있었다. 경찰이 세부 사항을 받아 적고 요구 사항을 직원에게 전달하자, 직원이 담당 민사 판사에게 테이프를 전해 주었다. 판사는 썩 내켜 하지 않았다. 백팔십억 인구가 사는 세계에서 사생활은 중요했다. 그러나 결국, 판사는 거절 사유를 찾지 못했다. 2123년 11월 2일에 관리인은 허가를 받았다.

세입자의 방세는 두 주 밀려 있었다. 모니카아파트의 관리인이 강제 퇴거를 요청했다면 거절당했을 것이다. 그러나 오웬 제니스는 초인종에도 방 전화에도 응답하지 않았다. 지난 몇 주 사이에 그를 보았다는 사람이 아무도 없었다. 관리인은 그저 세입자가 무사한지만 확인하고 싶다고 했다. 그래서 그는 옆에 경찰을 세우고 마스터키를 사용할 허가를 받았다.

그들은 1809호의 세입자를 발견했다. 그리고 세입자의 지갑을 열어 본 다음, 나에게 전화했다.

　나는 ARM 본부 내 책상 앞에 앉아 쓸데없는 메모나 끼적이며 점심시간이 오길 바라고 있었다. 로렌 사건은 다 정리되어 기다림만 남은 단계였다. 단 한 놈이긴 해도 남아메리카 서부 해안을 모두 장악할 정도로 큰 장기 밀매 조직이 관련된 사건이었다. 우리는 조직들에 관한 자료를 상당히 많이 모았다. 운영 수단, 활동 거점, 예전 고객 몇 명, 조심스럽긴 하지만 이름까지 한 줌——그저 실행에 나설 핑계가 없는 상태였다. 그러니 이제 우리가 아는 자료를 컴퓨터에 쑤셔 넣고 조직 두목인 로렌의 수하 용의자 몇 놈을 감시하며 사건이 터지길 기다릴 뿐이었다. 몇 달을 기다리다 보니 집중이 흐트러지고 있었다.

　전화가 진동했다. 나는 펜을 내려놓고 답했다.

　"길 해밀턴입니다."

　작고 까만 얼굴, 부드러운 검은 눈이 나를 살폈다.

　"로스앤젤레스 경찰국 줄리오 오다즈 경감입니다. 오웬 제니슨과 친척 관계이십니까?"

　"오웬? 아니, 친척은 아닙니다. 그에게 문제가 생겼습니까?"

　"그러면 알긴 아는 사이시군요."

　"알다마다요. 오웬이 여기 지구에 왔습니까?"

　"그런 것 같습니다. 신원 확인이 필요합니다, 해밀턴 씨. 제니슨 씨 신원 확인서에 당신이 가장 가까운 친척으로 기록돼 있습니다."

　오다즈는 사투리를 쓰지 않았지만, 구어적인 표현이 없는 그의 말투는 살짝 낯설었다.

"그거 이상하군요. 저는…… 잠깐만요, 오웬이 죽었습니까?"

"누군가 죽었습니다, 해밀턴 씨. 지갑에 제니슨 씨의 신원 확인서를 가지고 있는 사람입니다."

"알았어요. 음, 오웬 제니슨은 소행성대the Belt 시민이었습니다. 세계 간 문제가 생길지도 모릅니다. 그러면 ARM의 일거리죠. 시체는 어디에 있습니까?"

"본인 이름으로 빌린 아파트에서 발견됐습니다. 로스앤젤레스 하부에 있는 모니카아파트 1809호입니다."

"알겠습니다. 혹시 이미 손댄 물건이 있어도, 지금부터는 아무것도 만지지 마세요. 즉시 가겠습니다."

모니카아파트는 특색 없는 팔십 층짜리 콘크리트 덩어리였다. 정사각형 한 면의 너비는 삼백 미터였다. 아래의 보행자들에게 물건이 떨어지지 않도록 설치해 놓은 십이 미터 차양 위에 층층이 자리 잡은 작은 발코니들로 옆면은 조각 같은 인상을 주었다. 꼭 이렇게 생긴 수백 개의 빌딩들 때문에, 위에서 보면 로스앤젤레스 하부는 혹투성이처럼 보였다.

내부 로비는 특색 없는 현대풍이었다. 금속과 플라스틱이 많이 쓰였다. 팔걸이가 없는 편안한 경량 의자, 커다란 재떨이들, 풍부한 간접조명, 낮은 천장, 공간 낭비가 없었다. 방 전체가 찍혀 나온 것 같았다. 작아 보이게 만들지는 않았겠지만 작아 보였고, 각 방이 어떤 모습일지 짐작게 했다. 세제곱센티미터당 방세를 지불하는 곳이었다.

관리인 사무실을 찾았다. 관리인은 촉촉한 파란 눈의, 인상이 순한 남자였다. 눈에 띄지 않으려고 보수적인 암적색 종이 정장을 입은 것 같았다. 가르마 없이 뒤로 단정하게 빗어 넘긴 긴 갈색 머리 모양도 같은 이유 때문이리라.

그가 나를 엘리베이터로 데려가며 말했다.

"지금까지 여기서 이런 일은 일어난 적이 없습니다. 한 번도요. 그 사람이 소행성대 사람이 아니라도 나쁜 일인데, 이제는……."

그는 몸을 움츠렸다.

"기자들, 기자들이 우릴 덮칠 거예요."

엘리베이터는 안에 손잡이가 달린 관 크기였다. 빠르고 매끄럽게 올라갔다. 나는 길고 좁은 복도로 발을 내디뎠다.

대체 이런 곳에서 오웬이 무엇을 하고 있었지? 이곳은 기계가 사는 곳이지 인간이 살 곳이 아니었다. 오웬이 아닐지도 모른다. 오다즈도 오웬이라고 확언하기를 주저했다. 게다가 소매치기는 불법도 아니었다. 이렇게 붐비는 행성에서는 그런 법을 강제할 도리가 없었다. 지구 사람들은 다 소매치기였다.

그래, 틀림없이, 누가 오웬의 지갑을 가지고 있다가 죽은 거야.

나는 1809호로 이어지는 복도를 걸었다.

안락의자에 앉아 웃고 있는 사람은 오웬이었다. 나는 그를 똑바로 한 번 보았다. 확신할 수 있을 만큼만. 그리고 고개를 돌리고 더는 돌아보지 않았다.

그러나 눈에 들어온 방의 다른 부분들은 더 믿기 어려웠다. 어떤 고리인*도 이런 아파트를 빌리지는 않을 것이다. 나는 캔자스에서 태어났는데도 이름 모를 끔찍한 한기를 느꼈다. 오웬이라면 돌아 버렸을 것이다.

"못 믿겠습니다."

"해밀턴 씨, 그와 잘 알던 사이입니까?"

"두 사람이 서로를 알 수 있는 최대한으로요. 우리는 주 소행성대에서 삼 년 동안 같이 바위를 캤습니다. 그런 환경에서는 서로 비밀이 없죠."

"그래도 그가 지구에 온 줄은 몰랐군요."

"그 부분이 이해가 안 됩니다. 대체 왜 문제가 생겼으면 저에게 연락하지 않았죠?"

"당신은 ARM이죠, 국제연합경찰의 일원입니다."

오다즈의 지적에는 일리가 있었다.

오웬은 내가 아는 누구보다 명예로운 사람이었지만, 소행성대의 명예는 이곳과 달랐다. 고리인들은 평지인들flatlanders을 다 사기꾼이라고 생각했다. 평지인들에게는 소매치기가 기술을 겨루는 게임이라는 것을 이해하지 못했다. 그렇지만 고리인들은 밀수를 바로 그런, 어떤 부정직도 없는 게임으로 여겼다. 그는 화물 몰수 가능성과 삼십 퍼센트 관세 사이를 가늠해 보고, 되겠다 싶으면 도박을 했다. 오웬이라면 그의 눈에는 정직해 보이지만 내 눈에는 정직해 보이지 않을 일을 벌였을 수도 있었다.

---

* Belter, 소행성대 사람.

"뭔가, 찜찜한 일을 했을지도 모릅니다."

나는 시인했다.

"하지만 그랬다고 해도 자살은 이해가 안 됩니다. 그리고…… 여긴 아닙니다. 오웬은 이런 곳에는 오지 않았을 겁니다."

1809호실에는 거실, 화장실, 옷장이 있었다. 나는 무엇이 있을지 알면서 화장실을 흘끗 보았다. 편안한 샤워실 정도 크기였다. 문밖의 조종판을 이용해 형상 기억 플라스틱으로 된 다양한 부속물을 세면대, 샤워 부스, 화장실, 탈의실, 사우나로 밀어내는 구조였다. 맞는 버튼을 누르기만 하면 되는, 크기는 작지만 호화로운 물건이었다.

거실도 비슷했다. 킹사이즈 침대는 벽 뒤에 숨어 있었다. 개수대, 오븐, 그릴, 토스터가 있는 부엌의 벽감도 다른 벽 안으로 접혔다. 소파, 의자, 탁자는 바닥으로 숨었다. 세입자 한 사람이 손님 세 명을 초대해 소규모 칵테일파티, 편안한 만찬, 클로즈드 포커 게임을 즐길 수 있었다. 카드 탁자, 저녁 식탁, 커피 탁자에 모두 어울리는 의자들이 함께 있었다. 다만, 한 번에 한 종류만 꺼낼수 있었다. 냉장고, 냉동고, 바는 없었다. 음식이나 술이 필요하면 삼 층 슈퍼마켓에 전화해 배달을 시켰다.

이런 아파트의 세입자는 편안하지만 아무것도 소유하지 않았다. 사람이 살 공간은 있었다. 물건을 둘 공간은 없었다. 이곳은 내부형 아파트 중 하나였다. 한 시대 전에는 환풍로가 있었지만, 환풍로는 값비싼 공간을 차지했다. 창문조차 없었다. 편안한 상자 속에 사는 셈이었다.

지금 튀어나와 있는 아이템은 그 꽉 찬 독서용 안락의자, 작은 탁자 두 개, 발받침, 부엌 벽감이었다. 오웬 제니슨은 안락의자에 앉아 씩 웃고 있었다. 자연스러운 웃음이었다. 해골의 자연스러운 웃음을 말라붙은 피부가 간신히 덮고 있었다.

"작은 방입니다. 하지만 못 살 정도는 아니에요. 수백만 명이 이렇게 살고 있습니다. 어쨌든 고리인이 폐소공포증일 리는 없죠."

"그렇죠. 오웬은 우리와 합류하기 전에 단독선을 몰았습니다. 에어록을 닫으면 너무 작아서 일어설 수도 없는 선실에서 석 달을 살았죠. 폐소공포증은 아니에요. 하지만……."

나는 양팔을 휘둘렀다.

"여기 어디에 오웬의 물건이 있습니까?"

작은 옷장은 거의 비어 있었다. 길거리 옷 한 벌, 종이 셔츠, 신발 한 켤레, 작은 갈색 여행 가방. 모두 새것이었다. 화장실 약장에 든 물건들도 똑같이 새것이고, 똑같이 주인의 흔적이 없었다.

"예?"

"고리인들은 단기 체류자입니다. 소지품이 별로 없죠. 그러나 일단 자기 것이라면 지킵니다. 작은 소유물, 유물, 기념품 들요. 그런 게 하나도 없다니 믿을 수가 없군요."

"우주복이라도?"

"아닐 것 같죠? 그겁니다. 압력복 내부는 고리인에게 고향과 같아요. 가끔은 그에게 주어진 유일한 고향이죠. 고리인들은 우주복 치장에 엄청난 돈을 씁니다. 우주복을 잃어버리면 더 이상 고리인이 아니에요. 아니, 꼭 오웬이 자기 우주복을 가져왔을 거라고 주장하려는 건 아닙니다. 그래도 뭐든 가지고 있었을 겁니다. 화성 먼지를 담은 유리병, 가슴에서 빼냈던 니켈철 조각. 혹시 기념품을 모두 집에 두고 왔더라도 지구에서 뭔가를 골랐겠죠. 그런데 이 방에는…… 아무것도 없습니다."

"어쩌면 주위를 의식하지 못했는지도 모르죠."

오다즈가 조심스럽게 제안했다. 그 말에 정신이 들었다.

오웬 제니슨은 물 얼룩이 남은 실크 가운을 입고 함박웃음을 짓고 있었다. 우주에서 짙게 탄 얼굴의 턱 이래부터는 자연스럽게 볕에 그을렸다. 너무 길게 자란 금발은 지구식으로 잘려 있었다. 평생 하고 다녔던 고리인 볏 머리는 흔적도 없었다. 한 달쯤 방치한 턱수염이 얼굴을 반쯤 덮었다. 머리 위에 비죽 튀어나온 작은 검은색 원통. 원통 위로 나온 전선이 벽면 콘센트로 이어졌다.

원통은 드라우드droud였다. 전류 중독자들의 변압기.

나는 시체에 다가가 몸을 숙이고 들여다보았다. 원통은 규격품이었지만 변형되어 있었다. 규격 전류 중독 드라우드는 뇌에 미세한 전류만을 흘려 보낸다. 오웬은 보통의 열 배를 받고 있었다. 뇌를 한 달 만에 망가뜨리고도 남을 양이었다.

상상 손imaginary hand을 뻗어 드라우드를 만져 보았다.

오다즈는 내 조사를 방해하지 않고 옆에 조용히 서 있었다. 당연히, 그는 내 제한적인 초능력을 몰랐다.

상상 손가락 끝으로 오웬의 머릿속 드라우드를 만지고 두개골의 작은 구멍을 쓰다듬고 더 깊이 들어갔다. 통상적인 시술이었다. 어디서나 받을 수 있었을 것이다. 머리카락 아래 숨겨진 구멍은 알고 찾아도 발견하기가 거의 불가능했다. 가장 친한 친구조차도, 드라우드를 꽂은 모습을 목격하지 않는 이상 모를 터였다. 하지만 그 작은 구멍은 두개골에 있는 더 큰 플러그 세트로 이어졌다. 상상 손끝으로 절정 플러그를 만지고, 오웬의 뇌 깊숙한 곳에 있는 쾌락 중추까지 이어진 머리카락처럼 가느다란 전선을 따라갔다.

아니, 오웬을 죽인 것은 과도한 전류가 아니었다. 그를 죽인 것은 의지 부족이었다. 오웬에게는 일어서려는 의지가 없었다.

그는 의자에 앉은 채 굶어 죽었다. 발치에 온통 플라스틱 물통이 흩어져 있었다. 작은 탁자 위에도 몇 병이 있었다. 모두 텅 비었다. 한 달 전에는 모두 가득 차 있었으리라. 오웬은 갈증으로 죽지 않았다. 굶어 죽었고, 계획된 죽음이었다.

나의 선상 동료, 오웬. 어째서 나에게 오지 않았지? 나도 반은 고리 사람이다. 오웬의 문제가 무엇이었든, 어떻게든 그를 도왔을 것이다. 밀수 좀 했더라도—뭐 어때? 왜 일이 다 끝난 다음에야 나에게 알려지게 해 놓았을까?

아파트는 너무나, 너무나 깨끗했다. 죽음의 냄새를 맡으려면 몸을 구부려야 했다. 공기정화기가 냄새를 모두 앗아 갔다.

오웬은 무척 꼼꼼했다. 자신에게서 싱크대로 카데터[*]가 이어지게 부엌을 열어 놓았다. 한 달을 버틸 물을 준비했다. 한 달 치 방세를 미리 냈다. 드라우드 선을 손수 잘랐고, 일부러 짧게 잘라서 스스로 부엌까지 가지 못하고 벽 콘센트 주위에 매여 있게 했다.

---

[*] catheter, 도뇨관導尿管.

죽는 방법치고 복잡하긴 하지만, 나름대로 가치는 있었다. 한 달의 절정, 인간이 감당할 수 있는 최고의 육체적인 쾌락을 한 달 내내 느꼈으리라. 굶어 죽어 가면서 낄낄거리는 오웬의 모습을 상상할 수 있었다. 음식을 고작 몇 발짝 앞에 두고…… 하지만 음식에 닿으려면 드라우드를 뽑아야 했을 것이다. 어쩌면 오웬은 그 결단을 미루고, 또 미루었을지도…….

오웬, 나, 호머 찬드라스카, 우리 셋은 진공에 둘러싸인 비좁은 선체 안에서 삼 년을 살았나. 오웬 제니슨에 관해 내가 몰랐던 게 대체 뭐가 있지? 우리가 공유하지 않는 약점이 있었던가? 오웬이 이런 짓을 했다면 나도 할지 몰랐다. 겁이 났다.

"깔끔하군요. 고리인식 깔끔함입니다."

내가 속삭였다.

"전형적인 고리인 방식이라는 말입니까?"

"아닙니다. 고리 사람들은 자살하지 않아요. 이런 식으로는 절대 안 할걸요. 고리인이 굳이 자살을 한다면 우주선의 엔진을 날려 버리고 별처럼 죽겠죠."

"그러니까, 음……."

오다즈가 불편해했다. 진실이 명확히 보였지만, 나를 거짓말쟁이라고 하기를 꺼리는 것이었다. 그는 형식적인 절차로 돌아갔다.

"해밀턴 씨, 이 남자가 오웬 제니슨임을 확인하십니까?"

오웬은 늘 살짝 과체중이었지만, 나는 한눈에 그를 알아보았다.

"맞습니다. 그래도 확실히 하죠."

더러운 가운을 오웬의 어깨에서 벗겼다. 지름 이십 센티미터짜리, 거의 완벽한 원형 흉터가 가슴 왼쪽 옆에 있었다.

"보이죠?"

"네, 저희도 발견했습니다. 오래된 화상인가요?"

"오웬은 제가 아는 사람 중에서 피부에 남은 운석 화상을 보여 줄 수 있는 유일한 인간이었습니다. 우주선 밖에 있을 때 어깨에 운석을 맞았죠. 온몸에 산산조각으로 기화된 압력복 강철을 맞았어요. 의사가 피부 바로 아래, 이 흉터 한가운데서 작은 니켈철 조각을 빼냈습니다. 오웬은 늘 그 니켈철 조각을 가지고 다녔죠. 늘."

나는 그렇게 말하고 오다즈를 돌아보았다.

"그런 건 발견되지 않았습니다."

"좋아요."

"해밀턴 씨, 이런 일을 겪으시게 해서 유감입니다. 시신을 그대로 두라고 한 사람은 당신입니다."

"그랬죠. 고맙습니다."

오웬은 안락의자에 앉아 나를 향해 씩 웃고 있었다. 목이 메었다. 속 깊은 곳으로부터 고통이 느껴졌다. 한때 나는 오른쪽 팔을 잃었다. 오웬을 잃으니 그때와 같은 기분이었다.

"이 일을 더 알아보고 싶습니다. 파악하시는 대로 세부 사항을 알려 주시겠습니까?"

"물론입니다. ARM 사무실로 보낼까요?"

"네."

오다즈에게는 다르게 말했지만, 사실 이 일은 ARM의 업무가 아니었다. 그래도 ARM의 명성이 도움은 될 터였다.

"오웬이 왜 죽었는지 알고 싶습니다. 그냥 무너졌을지도 모르지만…… 문화 충격이나 뭐, 그런 거 있잖습니까. 하지만 만약 누군가 오웬을 죽음으로 몰아갔다면, 그놈의 피를 볼 겁니다."

"사법부가 당연히 더 잘……."

오다즈는 말을 하다 말고 혼란스러워하며 입을 다물었다. 내가 ARM으로서 한 말일까, 시민으로서 한 말일까?

나는 그가 고민하게 두고 방을 나왔다.

로비 여기저기서 세입자들이 엘리베이터를 타거나 내리거나 그냥 앉아 있었다. 나는 엘리베이터 밖에 가만히 서서, 반드시 일어나고 있을 개성 침식의 흔적을 찾았다. 대량생산된 편안함. 먹고 자고 3D를 볼 공간은 있지만, 누군가가 될 공간은 없는 방. 여기 사는 인간은 아무것도 소유하지 못했다. 대체 어떤 사람이 이렇게 살고 싶어 할까? 모두 이발소 거울에 줄지어 떠오르는 이미지처럼 똑같이 생기고 똑같이 움직여야 마땅했다.

문득, 갈색 곱슬머리와 암적색 종이 정장이 눈에 띄었다. 관리인? 확신하기 전에 가까이 가야 했다. 그의 얼굴은 영원한 이방인의 그것이었다.

내가 다가가는 모습을 보고, 그가 의욕 없는 미소를 띠었다.

"어, 안녕하세요. 어…… 보셨……."

하지만 올바른 질문을 떠올리지 못하는 것 같았다. 나는 어쨌든 대답했다.

"네, 봤습니다. 몇 가지 조사를 하고 싶은데요. 오웬 제니슨은 여기에 육 주 동안 살았죠?"

"우리가 방문을 열기 전까지 육 주 이틀을 살았습니다."

"방문객이 있었습니까?"

관리인이 눈썹을 치켰다. 우리는 그의 사무실 쪽으로 가고 있었다. 가까이 가니 문에 쓰인 그의 이름이 보였다. 제스퍼 밀러, 관리인.

"당연히 아니죠. 뭔가 잘못됐다면 누구나 눈치챘을 겁니다."

"그가 오로지 죽을 목적으로 방을 빌렸다는 뜻입니까? 그를 처음에 보고 다시는 못 봤어요?"

"그 사람 어쩌면…… 아니, 잠깐만요."

관리인은 깊이 생각에 잠겼다.

"아뇨, 그 사람은 목요일에 등록했습니다. 물론 전 고리인의 그을림을 눈치챘죠. 그리고 금요일에 나갔어요. 그가 지나가는 모습을 봤습니다."

"그날 드라우드를 해 왔나요? 아니, 넘어갑시다. 모르셨을 테니. 그가 나가는 모습을 본 것은 그때가 마지막이었습니까?"

"예."

"그러면 목요일 밤이나 금요일 아침에 누가 찾아왔을 수도 있겠네요."

관리인은 단호히 고개를 저었다.

"왜 아닙니까?"

"그게, 저……."

"해밀턴입니다."

"해밀턴 씨, 층마다 홀로 카메라가 있습니다. 모든 세입자가 처음 자기 방에 들어갈 때 사진을 찍고 두 번 다시 찍지 않아요. 사생활은 세입자가 방과 함께 구입하는 서비스 중 하나입니다."

관리인은 이 말을 하며 등을 조금 곧추세웠다.

"같은 이유로, 홀로 카메라는 세입자가 '아닌' 사람들을 모두 촬영합니다. 세입자들은 무자격자의 방해로부터 보호받습니다."

"그러면 오웬의 층에 찾아온 사람은 아무도 없었습니까?"

"네, 없었습니다."

"여기 세입자들은 고독을 즐기는 무리인가 보군요."

"그런가 봅니다."

"지하에 있는 컴퓨터가 누가 세입자인지 아닌지 판단하겠죠?"

"물론입니다."

"그렇다면 오웬 제니슨은 육 주 동안 방에 혼자 앉아 있었겠군요. 육 주 내내 완전히 무시당하면서 말입니다."

밀러는 냉정하게 대답하려고 했으나 너무 긴장한 상태였다.

"저희는 고객분들의 사생활을 보장하기 위해 노력합니다. 저희 도움이 필요하면, 실내 전화를 집어 들기만 하면 되죠. 저나 약국이나 아래층 슈퍼마켓에 전화할 수 있단 말입니다."

"흠, 감사합니다, 밀러 씨. 알고 싶은 것은 이게 답니다. 저는 어떻게 오웬 제니슨이 육 주 동안 누구에게도 발견되지 않은 채죽어 갈 수 있었는지 궁금했을 뿐입니다."

밀러가 마른침을 삼켰다.

"그동안 계속 죽어 가고 있었단 말인가요?"

"네, 뭐."

"저희로서는 알 도리가 없었습니다. 어떻게 알겠어요? 어떻게 저희 탓을 하실 수 있는지 모르겠군요."

"저도 모르겠군요."

나는 대꾸하고 밀러를 스쳐 지나갔다. 밀러는 마침 나와 가까이 있었기 때문에 공격당한 셈이었다. 다시 생각하니 부끄러웠다. 그의 말대로였다. 밀러의 말이 옳았다. 오웬은 원하기만 했다면 도움을 청할 수 있었다.

밖으로 나와 마천루 사이 삐죽삐죽한 푸른 하늘을 쳐다보았다. 날아오는 택시가 보였다. 나는 택시를 향해 호출기를 눌렀다. 택시가 내려와 섰다.

나는 ARM 본부로 돌아왔다. 일할 작정은 아니었다—이런 상황에서 일이 손에 잡힐 리 없었다. 줄리와 이야기하기 위해서였다.

줄리는 서른 가까운 나이의 키 큰 여자였다. 녹색 눈에 머리카락은 긴 적금발이고, 오른쪽 무릎 위에는 커다란 갈색 겹자 모양 흉터가 두 개 있지만 지금은 보이지 않았다. 나는 줄리 사무실의 거울 창을 들여다보았다.

줄리는 일하는 중이었다. 안락의자에 앉아 담배를 피우고 있었다. 두 눈은 감겨 있었다. 종종 미간을 찌푸리며 집중했다. 가끔은 시계를 흘끗 봤다가 다시 눈을 감았다. 나는 줄리를 방해하지 않았다. 그녀가 하고 있는 일이 얼마나 중요한지 알고 있었다.

줄리. 줄리는 미인이 아니었다. 두 눈 사이가 너무 멀고 사각 턱에 입도 너무 컸다. 그래도 상관없었다. 그녀는 마음을 읽을 줄 알았다. 줄리는 이상적인 데이트 상대였다. 남자가 원하는 모든 것이었다.

일 년 전 내가 처음 사람을 죽였던 밤의 다음 날, 나는 자학적인 상태였다. 줄리는 어떻게인가 그 분위기를 광적인 흥분으로 바꾸었다. 우리는 감독되는 무질서 공원에서 제멋대로 날뛰고 엄청난 고지서를 받았다. 시내 인도를 거꾸로 걸어가며, 아무 데도 가지 않고 팔 킬로미터를 하이킹했다. 마지막에는 완전히 지쳐 아무 생각도 할 수 없었다. 그러나 이 주 전의 그 밤은 따뜻하고 포근하고 편안했다. 함께 행복한 두 사람. 그 이상은 아니었다.

줄리는 언제 어디서든 남자가 원하는 그런 여자였다. 그녀의 남성 하렘은 역사상 최대 규모가 틀림없었다. 남성 ARM의 생각을 알아내려면 줄리는 그를 사랑해야 했다. 다행히 그녀의 마음속에는 사랑을 위한 자리가 아주 많았다. 그녀는 우리에게 순정을 요구하지 않았다. 우리 중 반 정도는 기혼이었다. 그래도 줄리에게는 남자들 각각을 위한 사랑이 존재해야 했다. 사랑이 없다면 줄리는 그를 보호하지 못했다.

지금도 줄리는 우리를 보호하고 있었다. 십오 분마다 특정한 ARM 요원과 접촉했다. 초능력은 불안정하기로 악명 높지만, 줄리의 경우는 예외였다. 우리가 구멍에 빠지면 줄리는 언제나 우리를 구해 주러 나타날 것이다.

……어떤 멍청이가 일하는 중에 그녀를 방해하지만 않는다면.

그래서 나는 상상 손에 담배를 들고 밖에 서서 기다렸다.

담배는 정신 근육을 강화하기 위한 연습용이었다. 내 '손'은 나름대로 줄리의 마음 읽기 능력만큼이나 믿을 만했는데, 한계가 명확하기 때문일지도 몰랐다. 초능력은 의심하는 순간 사라졌다. 융통성 없는 세 번째 팔은, 바라기만 하면 물건을 움직이는 무슨 마법사 같은 능력보다 합리적이었다. 나는 팔이 어떤 느낌이고 무슨 일을 할 수 있는지 알았다.

왜 내가 담배를 들어 올리는 데 이렇게 많은 시간을 쓰느냐고? 음, 담배의 무게가 내가 피로감을 느끼지 않고 들어 올릴 수 있는 최대치였다. 다른 이유도 있었다.

……오웬이 나에게 가르쳐 준 것이 있었다.

십 분, 십오 분 후에 줄리가 눈을 뜨고 체형 맞춤 의자에서 굴러 내려 문으로 다가왔다.

"안녕, 길. 문제가 있어?"

졸린 목소리였다.

"응. 친구 한 명이 방금 죽었어. 알려 줘야 할 것 같았어."

나는 줄리에게 커피를 한 잔 건넸다. 그녀가 고개를 끄덕였다. 우리는 오늘 밤에 데이트 약속을 했고, 이 일은 데이트의 성격을 바꿀 수 있었다. 이를 알기에 줄리는 살짝 탐색했다.

"맙소사! 너무…… 너무나 끔찍해. 길, 정말 유감이야. 데이트는 취소지?"

줄리가 몸을 움츠리며 말했다.

"추모 술자리에 함께하고 싶지 않다면."

그녀는 고개를 저었다.

"나는 그를 몰랐으니까, 추모 술자리에 있는 건 예의가 아니야. 그리고 당신은 추억, 대부분 사적인 기억에 젖어 있겠지. 탐색할 수 있는 내가 옆에 있으면 방해가 될 거야. 호머 찬드라스카가 여기 있었다면 달랐겠지만."

"호머가 여기 있었으면 좋겠어. 호머도 술자리를 가져야겠지. 마침 옆에 있다면, 오웬과 사귀었던 여자들하고 말이야."

"내 마음 알지?"

"내 일이야."

"내가 도울 수 있다면 좋을 텐데."

"당신은 언제나 도움이 돼."

나는 시계를 흘끔 보았다.

"휴식 시간이 거의 끝났네."

"엄격한 노예 감독관이네."

줄리가 엄지와 검지로 내 귓불을 쓰다듬었다.

"오웬을 기려 줘."

그녀는 방음 사무실로 돌아갔다.

줄리는 언제나 도움이 된다. 말할 필요조차 없었다. 줄리가 내 생각을 읽었다는 사실, 누군가가 이해한다는 사실을 아는 것만으로도 충분했다.

오후 3시에 혼자서, 나는 추모 술자리를 시작했다.

추모 술자리는 새로운 관습이었다. 아직 형식이 정해지지 않았다. 정해진 기간도, 정해진 추도사도 없었다. 참여자는 고인과 가까운 사람이어야 했지만 참여자의 수도 정해져 있지는 않았다.

나는 차가운 푸른 조명과 흐르는 물이 있는 루아우에서 시작했다. 밖은 오후 15시 30분이었지만, 안은 수 세기 전 하와이 섬의 저녁이었다. 술집은 이미 반쯤 차 있었다. 나는 공간이 넉넉한 구석 자리를 잡고 루아우 칵테일을 주문했다. 차가운 갈색 술이 왔다. 빨대가 아이스크림콘에 꽂혀 있었다.

사 년 전, 어느 검은 케레스*의 밤에 열렸던 커브스 포시스의 추모 술자리에는 우리 셋이 있었다. 우리는 쾌활한 무리였다. 오웬, 나, 삼등항해사의 미망인. 그웬 포시스는 우리 때문에 남편이 죽었다고 했다. 오른팔을 어깨부터 날려 먹고 갓 퇴원한 나는 커브스와 오웬과 나를 다 원망했다. 오웬마저 축 처져 자기 탓을 했다. 그보다 나쁜 삼인조나 그보다 나쁜 밤을 고를 수가 없었을 지경이었다. 하지만 관습은 관습이었기에 우리는 모였다.

지금처럼 그때, 나는 잃어버린 승무원, 잃어버린 친구라는 상처를 찾아 내 마음속을 탐색했다. 자아 성찰.

길버트 해밀턴. 2093년 4월 캔자스 주 토피카에서 평지인——지구인, 특히 우주를 본 적이 없는 지구인들을 일컫는 고리인의 용어——인 부모에게서 출생. 팔 두 개에 특이한 재주는 없었음.

내 부모가 별을 본 적이라도 있는지 나는 모른다. 그들은 캔자스에서 세 번째로 큰 농장을 경영했다. 두 고속도로 선과 나란한 두 넓은 도시 띠 사이에 있는 십육 제곱킬로미터의 경작지였다. 우리는 평지인들이 다 그렇듯 도시 사람이었지만, 도시가 너무 붐벼 견디기 힘들 때면 나와 형에게는 홀로 있을 광대한 땅이 있었다. 곡식과 자동기계들을 제외하면 누구도 우리를 방해할 수 없는

---

* 최초로 발견된 소행성.

십육 제곱킬로미터짜리 놀이터.

우리, 형과 나는 별을 보았다. 도시에서는 별이 보이지 않았다. 불빛이 별빛을 가렸다. 논에서도 환한 지평선 근처의 별은 보이지 않았다. 하지만 우리의 머리 바로 위에는, 별이 있었다. 밝은 점들이 흩어진 검은 하늘과 가끔은 새하얗고 평평한 달이 있었다.

스무 살에 나는 UN 시민권을 포기하고 고리인이 되었다. 나는 별을 원했다. 고리 정부는 태양계 대부분을 가지고 있었다. 바위들에는 환상적인 부富가 있었다. 흩어져 있는 수만 고리인들의 것인 부富. 나도 내 몫을 찾고 싶었다.

쉽지 않았다. 단독선 자격에 응시하려면 십 년이 걸렸다. 그동안 다른 사람들과 함께 일하며 실수로 죽기 전에 실수를 피하는 법을 배워야 했다. 고리에 합류한 평지인들 중 절반이 자격을 얻기 전에 죽었다. 나는 화성에서 주석을 캐고 목성의 대기에서 이색적인 화학물질을 모았다. 토성의 고리에서 얼음을, 에우로파에서 수은을 날랐다. 어느 해에는 우리 조종사가 새로운 바위에 끌려가는 실수를 하는 바람에 걸어서 집에 돌아올 뻔했다.

커브스 포시스는 그때 우리와 함께 있었다. 그는 컴레이저를 고치고 이카루스로 쏘아 구조를 요청했다. 한번은 우리 우주선의 유지 보수 작업을 맡았던 기술자가 흡수재 교체를 깜박하는 바람에, 모두 호흡 공기에 누적된 알코올에 떡이 되도록 취한 적이 있었다. 우리 셋은 육 개월 후에 그놈을 잡았다. 그가 목숨은 건졌다고 들었다.

나는 대체로 선원 세 명짜리 팀에 있었다. 구성원은 계속 바뀌었다. 오웬 제니슨은 마침내 단독선 자격을 획득한 남자의 자리를 대신하며 합류했다. 그는 어서 직접 바위들을 사냥하고 싶어 안달이었다. 의욕이 과했다. 나중에 나는 그가 한 번 왕복, 한 번 편도 비행을 했다는 소식을 들었다. 오웬은 내 또래였지만 고리인으로 나고 자라 경험이 더 많았다. 푸른 눈과 앵무새 볏 같은 금발은 고리인의 짙게 탄 얼굴과 극명한 대조를 이루었다. 얼굴의 그을림은 헬멧으로 들어온 우주의 강한 햇빛을 목의 링이 차단하는 부분에서 갑자기 끝났다. 오웬은 늘 통통했지만 자유낙하의 공간에서 날개를 달고 태어난 것처럼 움직였다. 커브스의 놀림에도, 나는 그의 동작을 흉내 내곤 했다.

나는 스물여섯 살까지 실수를 하지 않았다.

그때 우리는 폭탄을 이용해 바위를 새 궤도에 올리고 있었다. 하청받은 일이었다. 그 기술은 핵융합 드라이브보다 낡았고 초기 고리 식민화만큼이나 오래된 것이었지만 여전히 우주선으로 바위를 견인하는 것보다 저렴하고 빨랐다. 작고 깨끗한 산업 핵융합 폭탄을 이용했다. 폭탄이 폭발할 때마다 크레이터가 깊어져 다음 폭발의 힘이 그 방향으로 가해지도록 설치했다. 이미 네 번 폭발을 시켰다. 네 개의 하얀 불꽃이 나타나자마자 쪼그라들며 희미해졌다. 다섯 번째 폭발이 일어났을 때, 우리는 바위 반대편 근처에 떠 있었다.

그 다섯 번째 폭발로 바위가 박살 났다.

폭탄을 설치한 사람은 커브스였다. 내 실수는 공동의 실수였다. 우리 중 한 명이라도 그때 바로 이륙할 정신이 있었어야 했다.

대신에 우리는 귀중한 산소를 머금은 바위가 쓸모없는 파편이 되는 모습을 욕하면서 쳐다보았다. 파편이 천천히 구름이 되는 모습을 바라보았고, 바라보는 사이에 속도가 빠른 파편이 우리 쪽으로 날아왔다. 우주선에 충돌하면서 증발할 정도로 빠른 속도는 아니었지만, 파편은 삼중 크리스털철 본체를 뚫고 들어와 내 오른팔을 자르고 커브스 포시스의 심장을 꿰뚫어 벽에 매달았다.

누디스트 두 명이 들어왔다. 푸른 깜박임에 적응할 때까지 부스 사이에서 눈을 깜박이다가, 두 탁자 너머에서 반갑게 고함을 지르는 무리와 엉켰다. 나는 반¾건성으로 보고 들으며, 고리인 누디스트와 평지인 누디스트가 얼마나 다른지를 생각했다. 평지인 누디스트들은 모두 비슷하게 생겼다. 모두 근육이 있고 재미있는 흉터가 없고 똑같이 생긴 어깨 주머니에 신용카드를 넣어 다녔고 특정 부위의 털을 깎았다.

우리는 큰 기지에 가면 늘 알몸이 되었다. 대부분의 사람들이 그랬다. 바위에 나가 있을 때 밤낮으로 입고 지내는 압력복에 대한 자연스러운 반동이었다. 셔츠 차림이 가능한 환경에 가면, 정상적인 고리인은 셔츠를 보고 비웃었다. 하지만 마음 편하려고 하는 행동일 뿐이었다. 그럴 이유가 있으면 고리인은 다른 사람들만큼이나 빨리 셔츠와 바지를 차려입었다.

오웬은 달랐다. 운석 흉터를 얻은 다음부터 오웬이 윗옷을 입은 모습을 나는 한 번도 본 적이 없었다. 케레스 돔에서뿐 아니라 어디든 숨 쉴 공기가 있는 곳이라면 마찬가지였다. 그는 그 흉터를 꼭 드러내고 싶어 했다.

차갑고 푸른 분위기가 가라앉아 갔고, 기억이 났다. 내 병상 구석에 앉아 귀환 비행 이야기를 하던 오웬 제니슨이…….

나는 바위에 오른팔을 잘린 다음 일은 전혀 기억하지 못했다. 그대로는 수 초 안에 출혈로 죽었을 것이다. 오웬은 그런 기회를 주지 않았다. 상처는 엉망이었다. 오웬은 컴레이저로 상처 부위를 어깨에서 단번에 잘라 내고 그 평평해진 절단 부위를 긴 유리섬유 커튼으로 감싸, 남아 있는 겨드랑이 밑으로 단단히 동여맸다. 그는 출혈을 대신하기 위해 내게 이 기압의 순수 산소를 처치했다고 말했다. 그리고 나를 제때 데려오기 위해 핵융합 드라이브를 4G로 어떻게 리셋했는지도 말해 주었다. 원칙적으로는 별빛과 영광의 구름 속으로 폭발해 사라졌을 법한 짓이었다.

"그래서 이 몸이 명성을 얻었다 이거지. 내가 우리 우주선 드라이브를 어떻게 다시 연결했는지 사방에 쫙 퍼졌다고. 대부분 내가 그런 식으로 내 목숨을 걸 만큼 멍청하다면 자기들 목숨도 걸어 버릴 거라고 생각하는 모양이야."

"같이 다니기 위험한 인물이 됐군."

"바로 그거야. 다들 날 4G 제니슨이라고 부르기 시작했어."

"그게 문제라고? 내가 이 침대에서 나가면 무슨 꼴이 날지 보이는데. '길, 너 멍청한 짓을 했구나!' 망할, 정말 **멍청하긴** 했어."

"그러니 좀 누워 있어."

"어어. 응……. 우리 우주선, 팔 수는 있나?"

"아니. 그웬이 커브스에게서 지분의 삼분의 일을 상속받았어.

안 팔겠대."

"그러면 우린 사실상 파산했군."

"배는 있잖아. 다른 선원이 필요해."

"아니, 너한테는 다른 선원 두 명이 필요해. 팔 한쪽짜리와 날아 다니고 싶지 않다면 말이야. 나는 이식수술을 받을 돈이 없어."

오웬은 나에게 돈을 빌려 주겠다고 하지 않았다. 그럴 돈이 있었더라도, 모욕적인 제안이었을 것이다.

"의수는 왜 안 돼?"

"강철 팔? 아서라, 싫어. 나 비위 약해."

오웬은 이상하다는 눈으로 나를 보았지만, 이렇게만 말했다.

"뭐, 좀 기다려 보자. 어쩌면 네 생각이 바뀔지도 모르고."

오웬은 나를 압박하지 않았다. 그때에도, 나중에도, 내가 퇴원 하고 한쪽 팔이 없는 상태에 익숙해지기를 기다리는 동안 아파트 를 구했을 때에도. 내가 결국 의수를 달리라고 생각했다면 그는 틀렸다.

왜? 내가 답할 수 있는 질문이 아니다. 다른 사람들은 분명 달 리 느끼는 것 같다. 금속, 플라스틱, 실리콘 장기를 달고 다니는 사람들이 수백만 명 있다. 반은 사람이고 반은 기계인데, 그들 자 신은 어떻게 어느 쪽이 진짜 사람인 줄 알까? 반은 금속이 되느니 죽는 편이 낫다. 괴팍하다고 해도 좋다. 모니카아파트 같은 장소 를 보면 피부가 간지러운 것과 같은 괴팍함이라고 해도 좋다. 인 간은 온전히 인간이어야 한다. 습관과 자신만의 소지품을 갖고 있어야 한다. 다른 사람처럼 보이거나 행동하지 않고, 자기 자신처럼 굴어야 한다. 반은 로봇이어서는 안 된다.

그래서 나, '외팔잡이 길'은 왼손으로 식사하는 법을 배웠다.

사지가 절단된 사람은 잃어버린 것을 결코 완전히 잃지 않는다. 잃어버린 손가락이 가려웠다. 잃어버린 팔꿈치를 날카로운 모서리에 찍지 않으려고 조심하며 움직였다. 물건에 손을 뻗었다가 잡히지 않으면 욕을 했다.

오웬은 비상금이 바닥을 보이고 있을 텐데도 내 곁에 머물렀다. 나는 내 몫인 삼분의 일 지분을 팔겠다고 하지 않았고, 오웬은 요구하지 않았다.

여자가 있었다. 이제 이름은 잊었다. 어느 밤, 나는 그녀의 집에서 그녀가 옷을 입기를 기다리고 있었다──저녁 데이트였다. 문득, 그녀가 탁자 위에 둔 손톱 줄이 눈에 띄었다. 나는 손톱 줄을 집어 들었다. 막 손톱을 다듬으려다가, 내게 손톱이 없다는 데 생각이 미쳤다. 짜증을 내며 줄을 도로 탁자 위에 던졌는데, 그게 미끄러졌다. 바보처럼 나는 손톱 줄을 오른손으로 잡으려고 했다.

그리고 잡았다.

나에게 초능력이 있을지도 모른다고는 생각해 본 적이 없었다. 초능력을 사용하려면 그에 맞는 정신을 가져야 했다. 그러나 뇌의 일부가 오른팔의 신경과 근육에 완전히 집중했지만 오른팔은 없었던 그날 밤의 나보다 더 좋은 기회를 가진 사람이 또 있었을까?

나는 상상 속의 손으로 손톱 줄을 쥐었다. 느껴졌다. 잃어버린 손톱이 너무 길어졌다고 느꼈던 것처럼. 거친 철 표면을 엄지손가락으로 쓸었다. 손톱 줄을 손가락으로 뒤집었다. 드는 능력은 염동력, 만지는 능력은 에스퍼였다.

"됐네."

다음 날 오웬이 말했다.

"그거면 충분해. 선원 한 명, 으스스한 능력을 가진 너. 너는 연습을 해. 얼마나 무거운 것까지 들어 올릴 수 있는지 보자고. 난 봉을 잡아 올게."

"신입은 순수익의 육분의 일에 만족해야 할 거야. 커브스의 아내가 자기 몫을 원할 테니까."

"걱정 마. 내가 해결할게."

나는 오웬 쪽으로 몽당연필을 흔들었다. 케레스의 중력은 낮았지만, 그 정도가 내가 들어 올릴 수 있는 한계였다─그때에는.

"걱정 말라고? 염동력과 에스퍼가 진짜 팔을 대신할 수 있을 거라고 생각하는 건 아니지?"

"진짜 팔보다 나아. 두고 봐. 압력을 잃지 않고도 압력복 밖으로 손을 뻗을 수 있잖아. 어떤 고리인한테 그런 재주가 있겠어?"

"그야 그렇지."

"대체 원하는 게 뭐야, 길? 누가 네 팔을 돌려줄 것 같아? 안 되잖아. 멍청하게 굴긴 했지만 네가 팔을 잃은 건 그럴 만한 일이었어. 이제 선택. 상상 팔을 갖고 항해를 할래, 아니면 지구로 돌아갈래?"

"못 돌아가. 뱃삯이 없어."

"그러면?"

"알았어, 알았다고. 신입을 찾아봐. 내 상상 팔에 감동해 줄 만한 사람으로."

나는 명상하듯 두 번째 루아우 칵테일을 빨아들였다. 그새 모든 부스가 꽉 찼고, 바 주위로 사람들이 한 겹 더 모여들고 있었다. 목소리들이 최면을 걸듯이 울려 퍼졌다. 칵테일 아워였다.

……오웬은 해결해 왔다. 잘. 내 상상 팔의 힘을 빌려, 오웬은 호머 찬드라스카라는 애를 우리 선원으로 뽑아 왔다.

내 팔에 대해서도 오웬이 옳았다. 나와 비슷한 감각을 가진 사람들은 더 멀리, 세상의 반 정도까지도 뻗어 나갈 수 있었다. 내 불운하고 경직된 상상력은 정신적인 손에 제한되었지만 내 에스퍼 손끝은 더 민감했고 더 안정적이었다. 나는 더 무거운 것을 들어 올릴 수 있었다. 지금은, 지구 중력에서 꽉 채운 술잔을 들어 올릴 수가 있다. 나는 선내의 벽을 통과해 벽 뒤의 배선에 끊어진 부분은 없는지 느낄 수 있었다. 진공상태에서 면판 밖에 쌓인 먼지를 쓸어 낼 수도 있었다. 항구에서는 마법 같은 트릭을 부렸다.

불구 같은 기분이 거의 들지 않았다. 모두 오웬 덕분이었다. 육 개월 동안 채굴을 하고 나자, 병원비를 다 갚고 지구로 돌아갈 여비 이외에도 상당한 돈이 남았다.

"웃기지 마! 하고많은 곳 중에 왜 하필 지구야?"

내 말을 들은 오웬은 폭발했다.

"UN 시민권을 회복하면 지구가 내 팔을 돌려줄 거야. 그것도 공짜로."

"어련하시겠어!"

오웬은 미심쩍어했다.

고리에도 장기은행은 있었지만 언제나 공급이 부족했다. 고리인들은 가진 것을 내놓지 않았다. 고리 정부도 마찬가지였다. 그들은 이식 수술비를 최대한 높게 유지했다. 그렇게 수요를 공급에 맞을 만큼 떨어뜨리고 세금을 내렸다. 고리에서는 내 팔을 사야 했다. 나에게는 그럴 돈이 없었다. 하지만 지구에는 사회보장이 있었고 이식 장기 공급도 많았다. 오웬이 안 된다고 한 일을 나는 해냈다. 내 팔을 돌려줄 누군가를 찾았다.

가끔 나는 오웬이 내 결정에 반감을 가지고 있는지 궁금했다. 오웬은 아무 말 않았지만, 호머 찬드라스카가 한참 설명했다. 고리인이라면 팔을 직접 마련하거나 없는 채로 살았을 것이다. 결코 자선에 의지하지 않았을 것이다.

오웬이 나에게 전화하려 하지 않은 것도 그런 이유였을까?

나는 고개를 흔들었다. 믿을 수 없었다.

고개를 멈추고 나서도 한참 실내가 흔들렸다. 마실 만큼 마셨다. 나는 세 번째 잔을 비우고 저녁을 주문했다.

저녁을 먹으니 이 차를 할 만큼 정신이 들었다. 오웬 제니슨과의 평생 우정을 다 떠올렸다니 충격이었다. 나는 오웬을 삼 년 동안 알았다. 그럼에도 마치 반생을 알고 지낸 것 같았다. 사실상 그랬다. 고리인으로서 살았던 육 년의 절반이니까.

나는 커피 칵테일을 주문했고, 그것을 따라 주는 남자를 바라보았다. 계피와 다른 향신료들과 독한 럼주를 곁들인 뜨겁고 우유가 섞인 커피가 푸른 불꽃에 흔들렸다. 인간 급사장이 내오는 특별한 음료 중 하나였다. 바로 이것 때문에 그가 있는 것이다. 추모 술자리 이 단계. 가진 돈의 절반을 팍팍 써라.

하지만 나는 음료에 손을 대기 전에 오다즈에게 전화를 걸었다.

"네, 해밀턴 씨? 저녁을 먹으러 귀가하던 중입니다."

"잠깐이면 됩니다. 무언가 새로운 소식이 있습니까?"

오다즈가 내 전화 영상을 가까이 들여다보았다. 못마땅한 기색이 역력했다.

"술을 드시는 중이군요. 그만 집에 들어가시고, 내일 통화하죠."

나는 깜짝 놀랐다.

"고리인의 관습에 대해 아무것도 모르십니까?"

"무슨 말인지 모르겠습니다."

나는 추모 술자리에 대해 설명했다.

"이봐요, 오다즈. 당신이 고리인의 사고방식을 이렇게 모른다면 우리 얘기를 좀 나누는 게 좋겠습니다. 빨리요. 그러지 않으면 당신이 뭔가 놓칠지도 모릅니다."

"당신 말이 맞는 것 같군요. 12시, 점심때 뵙죠."

"좋아요. 뭐 좀 나온 게 있습니까?"

"상당히 많지만 도움이 될 만한 건 없습니다. 두 달 전, 친구분은 지구에 내려와 호주 아웃백 필드에서 영업하는 **불기둥**에 도착했습니다. 지구식 머리 모양을 하고 있었죠. 거기서부터……."

"흥미롭군요. 머리를 기르려면 두 달은 기다려야 했을 겁니다."

"저도 그 생각을 했습니다. 고리인들은 보통 삭발을 하고 목 뒤에서 앞으로 오 센티미터 너비의 머리카락만 남겨 놓죠."

"네, 볏 머리요. 까다로운 착륙 중에 머리카락이 눈을 가리지 않으면 더 오래 살겠다고 생각한 누군가가 시작한 스타일일 겁니다. 하지만 오웬은 단독선 채굴 비행 동안 머리를 기를 수 있었겠죠. 볼 사람이 아무도 없으니까요."

"그래도 이상하긴 합니다. 제니슨 씨에게 지구에 사는 사촌이 있다는 사실을 아십니까? 슈퍼마켓 체인을 운영하는 하비 필이라는 사람입니다."

"그러면 지구에서도 제가 '가장 가까운 친척'은 아니었군요."

"제니슨 씨는 그에게 그 어떤 연락도 시도하지 않았습니다."

"다른 소식은요?"

"제니슨 씨에게 드라우드와 플러그를 판 사람을 만나 봤습니다. 케네스 그라함이라고, 서로스앤젤레스 근교의 게일리에 사무실과 작업실을 갖고 있습니다. 그라함 자신은 표준형 드라우드를 팔았고, 친구분이 직접 변형을 했음이 틀림없다고 주장하더군요."

"그 사람 말을 믿습니까?"

"지금은요. 그라함의 허가증과 지난 기록 모두 제대로 된 것들이었습니다. 드라우드는 아마추어가 사용하는 납땜인두로 변형되어 있었고요."

"흐음."

"경찰 측은 제니슨 씨가 사용한 도구를 찾는 대로 사건을 종료할 것 같습니다."

"이봐요, 제가 내일 호머 찬드라스카에게 연락을 하죠. 그가 뭔가 알아낼지도 모릅니다. 왜 오웬이 볏 머리를 안 하고 지구에 왔는지, 애당초 지구에 왜 왔는지 말입니다."

오다즈는 눈썹을 으쓱하더니, 고맙다고 인사하고 끊었다.

커피 칵테일은 아직 뜨거웠다. 나는 술을 들이켰다. 달콤하고 씁쓸하게 톡 쏘는 맛을 음미하며, 죽은 오웬을 잊고 살아 있던 오웬을 기억하려고 애썼다. 오웬은 늘 조금 통통했다. 하지만 오백 그램도 더 찌거나 빠지지 않았다. 필요하다면 휘펫*처럼 움직일 줄 알았다. 그리고 이제 끔찍하게 말라붙어, 혐오스러운 쾌감으로 가득한 미소를 머금은 채 죽어 있지.

나는 커피 칵테일을 한 잔 더 주문했다. 공연자이기도 한 웨이터가, 내가 확실히 보고 있는지 확인한 다음 뜨거운 럼주에 불을 붙이고 유리잔에 술을 부었다. 이런 술은 천천히 마실 수 없다. 술술 넘어가고, 너무 시간을 끌었다간 식어 버리니 서두르게 된다. 럼주와 진한 커피. 이 둘이라면 몇 시간을 취한 채 각성할 수 있었다.

자정에 나는 마르스 바에서 스카치소다를 마시고 있었다. 그 사이에는 바를 돌아다녔다. 버긴스에서 아이리시 커피, 문 풀에서 차갑고 연기 나는 혼합주, 비욘드에서 스카치와 시끄러운 음악.

---

* 그레이하운드 비슷하게 생긴 날쌘 개. 흔히 경주용으로 키움..

술에 취하지를 않았고, 적당한 분위기를 찾을 수도 없었다. 내가 다시 떠올리려고 하는 장면 앞에 벽이 놓여 있었다.

그것은 뇌 속까지 이어지는 전선을 매단 채 안락의자에서 웃고 있던, 오웬의 마지막 모습이었다.

나는 그 오웬을 몰랐다. 그 남자를 만난 적도 없고 만나고 싶어 하지도 않았을 것이다. 바에서 나이트클럽에서 레스토랑으로, 나는 그 이미지로부터 도망치면서 술이 현재와 과거 사이를 가로막은 그 벽을 부숴 주기를 기나렸다.

나는 가상 화성의 3D 파노라마 풍경으로 둘러싸인 구석 탁자에 앉았다. 크리스털 탑과, 길게 죽 뻗은 푸른 운하, 다리가 여섯 달린 괴물들과 비현실적으로 아름답고 늘씬한 남녀가 존재하지 않는 땅에서 나를 바라보았다. 이 모습을 오웬이 보았다면 슬퍼했을까, 재미있어했을까? 오웬은 진짜 화성을 본 적이 있었고, 그다지 감동받지 않았다.

시간이 불연속적으로 끊기고, 기억하는 사건들 사이에 분초 단위의 간격이 생기는 단계에 도달했다. 그 순간들 중 한때 나는 담배를 응시하고 있었다. 내가 불을 붙였을 것이다. 원래 길이인 이십 센티미터에 가까웠다. 어쩌면 웨이터가 뒤에서 몰래 다가왔을지도 모른다. 어쨌든 거기에, 내 검지와 중지 사이에 담배가 타고 있었다. 나는 담뱃불을 응시하며 분위기에 젖어들었다. 마음이 가라앉았다. 나는 떠다녔다. 시간 속을……

우리는 바위들 사이에 두 달을 있었다. 사고 후 첫 항해였다. 녹방지 전선과 도체판에 사용되는 오십 퍼센트 순금을 상당히 모아 케레스로 돌아왔다. 밤이 내리자 축하할 준비가 되었다. 오른쪽으로는 네온이 깜박이며 손짓하고 왼쪽으로는 녹은 바위 절벽이 있고 위로는 돔 너머에서 별들이 번쩍이는 도시 경계를 따라 걸었다.

호머 찬드라스카는 코웃음을 치고 있었다. 이날 밤, 그의 첫 항해는 첫 귀환으로 끝났고, 귀환이 가장 좋은 부분이었다.

"자정쯤에는 헤어지자고."

그가 강조할 필요도 없었다. 같이 다니는 세 남자가 단독선 조종사 세 사람일 수도 있기는 했지만, 선원일 가능성이 높았다. 아직 단독선 자격을 취득하지 못한, 너무 멍청하거나 경험이 부족한 사람들이라는 뜻이었다. 만약 우리가 그날 밤 함께할 이를 찾는다면…….

"생각을 충분히 안 해 본 모양이군."

오웬이 호머에게 말했다. 나는 호머가 한 번 더 돌아보더니 내 어깨가 끝난 지점을 슬쩍 보는 것을 눈치챘다. 부끄러웠다. 동료들이 내 손을 잡아 줄 필요는 없었고, 그 상황에서 나는 방해가 될 뿐이었다. 하지만 내가 입을 열기도 전에, 오웬이 말을 이었다.

"우린 피차일반이라 누굴 쫓아내는 건 바보 같은 짓이라고. 길, 담배 하나 집어. 아니, 왼손으로 말고……."

나는 취했다. 제대로 취했고, 신이 된 기분이었다. 희미한 화성인들이 벽 속에서 움직이는 것 같았다. 벽은 실존하지 않는 화성의 사진 창 같았다. 이 밤 처음으로, 나는 술잔을 들고 건배했다.

"오웬을 위하여, 외팔잡이 길이. 고마워."

그리고 담배를 상상 손으로 옮겨 들었다.

이쯤이면 내가 상상 손가락 사이에 담배를 들고 있었다고 생각할 것이다. 대부분 그렇게 생각한다. 하지만 그렇지 않다. 나는 치사하게도 주먹으로 담배를 꽉 쥐고 있었다. 물론 담뱃불에 손이 타지는 않지만, 담배가 납덩어리처럼 느껴졌다.

나는 상상 팔꿈치를 탁자에 댔다. 그러면 왠지 더 쉬워졌다— 우스운 소리지만, 사실이 그렇다. 나는 이식수술을 받고 나면 상상 팔이 사라질 줄 알았다. 그러나 새 팔과 별도로, 보이지 않는 손으로 작은 물건을 쥐고 보이지 않는 손끝으로 촉감을 느낄 수 있었다.

그날 밤 케레스에서, 나는 외팔잡이 길이라는 이름을 얻었다. 떠다니는 담배로 시작했다. 오웬의 말이 맞았다. 거기 있는 사람들 모두 결국은 흥분해서 외팔 남자 옆에 떠다니는 담배를 구경했다. 곁눈으로 방에서 가장 예쁜 여자를 찾아내 그녀의 시선만 붙잡으면 끝이었다. 그날 밤 우리는 케레스 기지 역사상 최대의 즉석 파티에서 중심이었다. 그럴 계획은 아니었지만.

우리 셋 다 데이트 상대를 구할 수 있게, 나는 담배 트릭을 세 번 선보였다. 세 번째 여자에게는 이미 일행이 있었고, 그 남자는 뭔가를 축하하고 있었다. 무슨 특허를 지구의 산업 회사에 팔았다고 했다. 그는 돈을 종잇조각처럼 뿌려 댔다. 그래서 우리는 그도 남아 있게 했다.

나는 또 에스퍼 손가락을 달린 상자에 뻗어 안에 무엇이 들었는지 맞히는 트릭을 선보였다. 트릭이 끝났을 즈음에는 모든 탁자가 가운데로 모였고, 나와 호머와 오웬과 여자 셋이 그 한가운데 있었다. 우리는 옛 노래를 불렀고 바텐더들이 합류했고, 갑자기 가게에서 다 내는 술자리가 벌어졌다.

마지막에 우리 스무 명 남짓한 무리는 고리 정부 제일 대변인의 궤도 맨션으로 몰려갔다. 처음에는 금색 밀착복을 입은 경찰들이 우리를 막으려고 했고 제일 대변인도 정말 무례하게 굴었지만, 우리는 그들도 우리 파티에 초대하는 것으로 갚았다.

이것이 내가 담배에 그렇게 많이 염동력을 사용한 이유였다.

화성 바 건너편에서, 살구색 드레스를 입은 여자가 주먹으로 턱을 괴고 나를 관찰하고 있었다. 나는 일어나 그녀에게 다가갔다.

머리는 괜찮았다. 일어나자마자 가장 먼저 확인했다. 숙취약을 챙겨 먹었던 모양이다. 무릎 위로 사람 다리가 엉켜 있었다. 눌린 발에 감각이 없기는 했지만, 느낌이 좋았다. 향긋한 짙은 머리카락이 코밑으로 흩어져 있었다. 나는 움직이지 않았다. 내가 깨어 있음을 그녀가 눈치채지 않길 바랐다. 잠에서 깼는데 여자 이름이 기억이 나지 않으면 진짜 민망하다.

음, 어디 보자. 문고리에 단정하게 걸린 살구색 드레스…….

어젯밤에 돌아다닌 기억은 거의 다 났다. 마르스 바에서 만난 여자. 꼭두각시 공연. 온갖 음악. 오웬 얘기를 했더니, 이 여자가 우울해지니까 그 얘기는 하지 말라고 했다. 그리고…….

맞아! 태피. 성은 잊어버렸다.

"안녕."

내가 말했다.

"안녕."

그녀가 말했다.

"움직이지 마. 다리가 엉켜 있어…….."

온정신으로 아침 햇살 아래에서 본 그녀는 사랑스러웠다. 긴 검은 머리, 갈색 눈, 타지 않은 크림색 피부. 이렇게 이른 아침부터 사랑스러운 건 대단한 트릭이었다.

내가 그렇게 말하자, 그녀는 미소를 지었다.

다리 아래는 죽은 고기 같았다. 피가 다시 통하니 저렸다. 저림이 가라앉을 때까지 얼굴을 일그러뜨렸다. 태피는 옷을 입으며 계속 수다를 떨었다.

"세 번째 손은 정말 이상했어. 단단한 두 팔로 나를 꽉 끌어안고 목 뒤를 세 번째 손으로 쓰다듬어 준 거 기억나. 아주 좋았어. 프릿츠 라이버의 소설이 떠오르더라."

"'방랑자'지. 표범 소녀."

"흐으음. 그 담배로 얼마나 많은 여자를 낚았어?"

"당신만큼 예쁜 애는 없었어."

"그 말은 얼마나 많은 여자한테 했고?"

"기억 안 나. 지금까지는 먹혔는데. 이번엔 진심일지도 몰라."

우리는 마주 보고 씩 웃었다.

잠시 후, 나는 그녀가 내 목 뒤를 보며 얼굴을 찌푸리고 생각에 잠겨 있는 것을 눈치챘다.

"뭐 잘못됐어?"

"그냥 생각 중이었어. 어젯밤에 당신 진짜 정신없이 마시더라. 늘 그렇게 마시지는 않으면 좋겠어."

"왜, 내가 걱정돼?"

그녀가 얼굴을 붉히고 고개를 끄덕였다.

"내가 미리 말했으면 좋았을걸. 사실, 어젯밤에 말했던 것 같은데. 좋은 친구가 죽으면 고주망태가 되는 게 의무야."

태피는 안도하는 것 같았다.

"너무 간섭하려던 건 아니고……."

"개인적으로? 안 될 거 있나. 당신한텐 그럴 권리가 있어. 어쨌든, 나는……."

엄마 같은 타입이 좋아라고 말할 수는 없었다.

"내 걱정을 해 주는 사람이 좋아."

태피는 복잡하게 생긴 빗으로 머리카락을 빗었다. 몇 번 빗고 나니 머리 모양이 즉시 단정해졌다. 고정 전기?

"좋은 술자리였어. 오웬이 기뻐했을 거야. 내 추모는 그게 다야. 한번 퍼마시고……."

나는 양손을 펼쳤다.

"끝."

"나쁘지 않은 방법이야."

태피가 생각에 잠겨 말했다.

"내 말은…… 전류 자극, 그러니까 만약 죽을 생각이라면……."

"이봐, 그만둬!"

왜 갑자기 그렇게 화가 났는지 나도 모르겠다. 안락의자에 악귀처럼 말라붙어 웃고 있던 오웬의 시신이 갑자기 눈앞에 선명하게 떠올랐다. 너무 오랜 시간, 그 이미지와 싸웠다.

"다리에서 뛰어내리는 걸로 충분하잖아. 전류가 뇌를 불태우는 사이 한 달 동안 죽어 가는 건 역겨워."

나는 으르렁거렸다.

"당신 친구가 그랬다며. 아니야? 당신이 말한 친구는 약한 사람 같지 않았는데."

태피는 놀라고 상처받은 것 같았다.

"헛소리야. 오웬은 그런 짓 안 했어. 그는……."

바로 그때, 나는 확신했다.

"살해당했어."

술을 마시거나 자는 사이에 깨달은 것이 틀림없었다. 물론 오웬은 자살하지 않았다. 그건 오웬답지 않았다. 전류 중독도 오웬답지 않았다.

"당연하지! 왜 내가 이걸 못 봤지?"

나는 전화를 움켜쥐었다.

"안녕하세요, 해밀턴 씨."

오다즈 경감은 오늘 아침 매우 단정하고 산뜻해 보였다. 나는 깎지 않은 수염이 갑자기 의식됐다.

"숙취약을 잊지 않고 드셨던 것 같군요."

"그래요. 오다즈, 오웬이 살해당했을지도 모른다는 생각은 해 보셨습니까?"

"물론입니다. 하지만 가능하지가 않습니다."

"가능할지도 모릅니다. 만약…….."

"해밀턴 씨."

"네?"

"우리 점심 약속을 했죠. 그때 논의하는 것이 어떻습니까? 본부에서 12시에 봅시다."

"알겠습니다. 그럼 오전 중에 하나 알아봐 주시겠습니까. 오웬이 누디스트 자격을 등록했는지 알아봐 주세요."

"그랬을지도 모른다고 생각하십니까?"

"음, 점심때 얘기하죠."

"알겠습니다."

"끊기 전에, 오웬에게 드라우드와 플러그를 판 사람을 찾았다고 하셨죠. 그 사람 이름이 뭐라고요?"

"케네스 그라함입니다."

"생각대로군요."

나는 전화를 끊었다. 태피가 내 어깨에 손을 얹었다.

"당신…… 정말 친구가 살해……당했을지도 모른다고 생각해?"

"어, 모든 설정이 그가 닿지 못하게 되어 있었던…….."

"아니, 잠깐만. 난 알고 싶지 않아."

나는 고개를 돌려 그녀를 보았다. 진심이었다. 낯선 이의 죽음이라는 화제만으로도 메슥거리는 모양이었다.

"알았어. 이봐, 아침 식사도 대접하지 않은 나쁜 놈이 되겠지만, 당장 이 일을 해야 하거든. 택시를 불러 줘도 될까?"

택시가 오자, 나는 십 마르크 동전을 투입구에 넣고 태피를 태웠다. 택시가 떠나기 전에 그녀의 주소를 받았다.

ARM 본부는 이른 아침 활동으로 분주했다. 인사가 여기저기서 들려왔다. 나는 이야기를 나누려 멈추지 않고 대답만 했다. 중요한 일이 있으면 결국 나에게도 전해질 것이다.

줄리의 사무실을 지나다가 흘끗 보았다. 그녀는 한창 일하는 중이었다. 체형 밎춤 의자에 축 늘어져 눈을 감은 채 노트에 뭔가를 휘갈기고 있었다.

케네스 그라함.

지하 컴퓨터 접속기는 내 책상을 크게 차지했다. 사용법을 배우는 데 몇 달이 걸렸다. 나는 자판을 두드려 커피와 도넛을 주문한 다음, 입력했다. 정보 검색. 케네스 그라함. 제한 허가: 수술. 일반 허가: 직접 전류 자극기 판매. 주소: 서로스앤젤레스 근교.

곧 슬롯에서 테이프가 딱딱거리며 나와 돌돌 말리며 책상 위를 메웠다. 내 생각이 옳았음을 알기 위해 읽어 볼 필요는 없었다.

새로운 기술은 새로운 관습, 새로운 법, 새로운 윤리, 새로운 범죄를 만들어 낸다. 국제연합경찰, ARM의 활동 중 절반 정도는 한 세기 전에는 존재하지 않았던 범죄를 다루는 것이다.

장기 밀매 범죄는 수천 년 의학 발달의 결과, 병든 이를 치료하겠다는 이상에 사심 없이 헌신한 수백만 삶의 결과였다. 진보는 이상을 현실로 이루었고, 늘 그렇듯 새로운 문제를 일으켰다.

서기 1900년에 카를 란트슈타이너가 인간의 혈액을 네 종류로 나누어, 환자들에게 수혈로 살아남을 수 있는 진정한 첫 기회를 주었다. 이식 기술은 이십 세기 내내 발달하고 발달했다. 전체 혈액, 마른 뼈, 피부, 신장, 심장이 모두 한 몸에서 다른 몸으로 이식될 수 있었다. 기증자들은 근 백 년 동안, 자신의 몸을 의술에 내놓아 수만 명을 살렸다. 그러나 기증자 수는 한정되었고, 쓸 만한 장기를 보존해 가며 죽는 사람은 많지 않았다.

홍수는 백 년도 채 되기 전에 나타났다. 한 건강한 기증자——물론 그런 동물은 존재하지 않았지만——가 열두 목숨을 살릴 수 있었다. 그러면 왜 살인자인 사형수를 아무 의미 없이 죽여야 하나? 처음에는 몇몇 주들이, 나중에는 전 세계 거의 모든 국가가 새로운 법을 통과시켰다. 사형 판결을 받은 범죄자들은 외과의들이 장기은행에 최대한 저장할 수 있도록 병원에서 처형당해야 했다.

전 세계 수억 명이 살기를 원했고, 장기은행은 생명 그 자체였다. 원래 장기가 망가지기 전에 의사가 여분을 몸 안에 넣어 주기만 하면 인간은 영원히 살 수 있었다. 그것은 세계의 장기은행이 채워져 있는 한에만 가능한 일이었다. 사형제를 폐지하자던 산발적인 백여 개의 운동은 죽었다. 알려지지 않은 죽음이었다. 누구나 아플 때가 있으니까.

그래도 장기은행은 부족했다. 여전히 환자들은 목숨을 구할 장기가 없어서 죽었다. 세계의 입법자들은 세계 사람들의 꾸준한 압력에 반응했다. 일급, 이급 그리고 삼급 살인에까지 사형이 선고되었다. 다음은 치명적인 무기를 이용한 폭행에, 그다음은 수많은 범죄들——강간, 사기, 횡령, 무허가 임신, 네 차례 이상의 거짓 광고——에. 거의 한 세기 동안, 세계의 투표권자들이 자신의 영원히 살 권리를 보호하기 위해 행동하면서 이 추세는 점점 확산되었다.

지금도 이식용 장기는 부족하다. 신장에 문제가 있는 여성은 이 식수술——여생 동안 건강할 신장 하나——까지 일 년을 기다려야 할지도 모른다. 서른다섯 살 심장 환자는 건강하지만 마흔 살짜리 인 심장을 갖고 살아야 한다. 폐 하나, 간 일부, 너무 빨리 망가지 거나 너무 무겁거나 너무 가벼운 인공기관들……. 범죄자 수가 충 분치 않았다. 놀라울 것도 없이, 사형에는 **억제 효과**가 있었다. 사 람들은 병원의 기증자실을 마주하느니 범죄를 멈추었다.

망가진 소화기관을 즉시 대체하려면, 젊고 건강한 심장을 얻으 려면, 술로 망가뜨린 간을 통째로 대체하려면…… 장기 밀매업자 에게 가야 했다.

장기 밀매라는 사업에는 세 가지 면이 있다.

하나는 납치-살인업이다. 위험한 일이다. 자원자를 기다려서는 장기은행을 채울 수가 없다. 사형수 처형은 정부 독점이다. 그러 니 직접 나가서 기증자를 구해 와야 한다——복잡한 도시 인도, 공 항 터미널, 콘덴서가 터져 고속도로에 선 차…… 어디에서든.

사업의 판매 쪽도 그만큼 위험하다. 절망적으로 아픈 인간에 게도 가끔은 양심이 있기 때문이다. 이식받을 장기를 사고, 곧장 ARM에 조직 전체를 신고하면 병과 양심을 한 번에 치료할 수 있 다. 그러니 판매는 대체로 익명으로 이루어진다. 재구매는 거의 없으니 별 상관이 없다.

세 번째는 기술적, 의료적인 측면이다. 아마 이게 사업에서 가 장 안전한 부분일 것이다. 병원은 크지만 어디에나 세울 수 있다.

살아 도착하는 기증자를 기다렸다가, 간과 분비샘들과 살아 있는 피부를 거부반응 검사를 위해 올바른 이름표를 붙여 보낸다. 말처럼 쉬운 일은 아니다. 의사가 필요하다. 유능한 의사가.

바로 그 지점에서 로렌이 나타났다. 로렌은 독점하고 있었다.

그는 대체 어디서 의사들을 구했을까? 우리는 여전히 알아내려는 중이었다. 어떻게 했는지 몰라도, 유능하지만 부정직한 의사들을 거의 총동원하듯 모집할 완벽한 방법을 한 사람이 찾아낸 것이다. 정말 한 사람인가? 우리의 모든 정보원은 그렇다고 했다. 로렌은 북아메리카 서부 해안의 절반을 손바닥 위에 갖고 놀았다.

로렌. 홀로그래프도, 지문도, 망막 기록도, 묘사조차 없었다. 우리가 아는 것은 그 이름과 몇몇 가능한 연락책뿐이었다.

그중 한 명이 케네스 그라함이었다.

홀로그램의 질이 좋았다. 초상화 가게에서 만들어진 것일지도 몰랐다. 케네스 그라함은 갸름하고 뾰족한 턱에 입이 작고 뾰로통한 스코틀랜드 사람 같은 긴 얼굴이었다. 홀로 속 그는 웃는 동시에 위엄 있게 보이려고 하는 것 같았다. 하지만 불편해 보일 뿐이었다. 짧게 자른 머리는 모래색이었고, 밝은 회색 눈 위의 눈썹은 너무 옅어 잘 보이지 않을 정도였다.

아침 식사가 도착했다. 나는 도넛을 집어 들어 베어 물고, 생각보다 배가 고팠음을 깨달았다. 컴퓨터 테이프 위로 홀로가 연이어 나타났다. 나는 한 손으로는 먹고 한 손으로는 키를 넘기며 다른 홀로들을 꽤 빨리 훑어보았다. 몇몇은 흐릿했다. 그라함의 가게 창문을 통해 스파이 빔으로 촬영한 것이었다. 범죄 현장처럼 보이는 장면은 없었다. 그라함이 웃는 얼굴인 장면도 없었다.

그라함은 십이 년째 전기 쾌락을 팔고 있었다.

전류 중독자는 공급자보다 유리한 위치에 있다. 전기는 싸다. 마약이라면 공급자가 가격을 올릴 수 있지만, 전기로는 그럴 수 없다. 구매자는 쾌락 상인을 한 번, 장치와 드라우드를 살 때만 만나고 두 번 다시 보지 않는다. 누구도 실수로 중독되지 않는다. 전류 중독에는 정직성이 있다. 고객은 언제나 자신이 무슨 일에 빠져들고 있는지를, 그것이 자신에게 영향을 줄지를 잘 안다―어떤 짓을 할지도.

그렇다고 해도, 케네스 그라함처럼 생계를 유지하려면 분명 어떤 공감의 결여가 필요했다. 공감력이 있었다면 고객들을 돌려보냈을 것이다. 아무도 서서히 전류 중독자가 되지 않는다. 한번 결심하고, 그 쾌락을 경험해 보기 전에 장치를 산다. 케네스 그라함의 고객 한 명 한 명은 인류에서 하차하기로 결심한 다음에 그의 가게에 찾아왔다. 절망하고 좌절한 사람들이 얼마나 많이 그라함의 가게를 찾아갔을지! 어떻게 그들이 그라함의 꿈에 나타나지 않을 수 있을까? 만약 케네스 그라함이 밤에 푹 잔다면, 그렇다면…….

그렇다면 그가 장기 밀매꾼이 되었다 해도 놀랍지 않다.

그라함은 좋은 자리에 있었다. 절망은 전류 중독 희망자의 특성이었다. 알려지지 않은, 사랑받지 못한, 아무도 모르고 필요로 하지 않고 그리워하지 않는 사람들이 케네스 그라함의 가게에 꾸준히 찾아들어 왔다. 그러니 만약 그중 몇 사람은 도로 나오지 못했다 한들, 누가 눈치챘겠나?

나는 누가 그라함 감시 책임자인지 찾아내려 급히 테이프를 넘겼다. 잭슨 베라. 책상 전화로 아래에 전화를 걸었다.

"물론이죠. 그라함 가게에 스파이 빔을 설치한 지 삼 주가 됐어요. 좋은 월급을 받는 ARM 요원 낭비예요. 깨끗할지도 모르고, 이미 눈치를 챘을지도 모르죠."

"그러면 왜 감시를 중단하지 않았나요?"

베라는 혐오스럽다는 표정을 지었다.

"아직 삼 주밖에 안 봤으니까요. 그한테 일 년에 기증자가 몇 명이나 필요하겠어요? 보고서를 읽어 보세요. 기증자 한 사람당 총이익이 백만 UN마르크가 넘어요. 그라함은 조심해서 고를 여유가 있다고요."

"흐음."

"그 점에서 그는 충분히 조심하지 않았어요. 작년에 그 사람 고객 중 최소한 두 명이 실종됐거든요. 가족이 있는 고객들이요. 그래서 우리가 그를 보게 된 거죠."

"그러면 아무 보장 없이 앞으로 육 개월을 감시할 수도 있겠군요. 알맞은 사람이 걸어 들어오기만을 기다리고 있을 수도 있으니까요."

"당연하죠. 그에게는 모든 고객에 대해 보고서를 작성해야 할 의무가 있어요. 그러니 개인적인 질문을 할 권리가 주어지죠. 만약 손님에게 친척이 있다면 걸어 나가게 해 줄 겁니다. 아시다시피, 대부분 사람들에게는 친척이 있어요. 그렇지만."

베라가 비탄에 잠긴 말투로 덧붙였다.

"그가 결백할지도 모르죠. 가끔 전류 중독자들은 남의 도움 없이도 사라져 버리니까요."

"그라함의 자택 홀로는 하나도 없더군요. 가게만 감시하고 있지는 않을 텐데요."

베라는 머리를 긁었다. 나무꾼의 대걸레처럼 길게 기른 검은 강철 털 같은 머리카락이었다.

"물론 집도 보고는 있지만, 거기에는 스파이 빔을 쓸 수가 없어요. 안쪽 아파트거든요. 창문이 없어요. 스파이 빔에 대해서는 아세요?"

"잘 몰라요. 나온 지 꽤 됐다는 정도밖에."

"레이저만큼이나 오래됐어요. 책에 나오는 가장 오래된 기술은 훔쳐보고 싶은 방 안에 거울을 설치하는 거죠. 그런 다음 창문 밖에서 레이저 빔을 쏘면, 창문이 아니라 두꺼운 커튼이라도 레이저가 거울에 반사돼요. 그러면 유리의 진동에 따라 왜곡된 신호가 잡히죠. 바로 그게 방 안에서 일어난 일의 완벽한 기록을 제공하는 거예요. 영상까지 만들려면 좀 더 정교한 것이 필요해요."

"얼마나 정교하게 할 수 있나요?"

"창문이 있는 방이라면 어디든 스파이 빔을 설치할 수 있어요. 몇몇 종류의 벽도 투과할 수 있어요. 광학적으로 평평한 표면이 있으면 모퉁이를 따라 보낼 수도 있어요.

"하지만 외벽이 있어야 한다는 말이죠."

"그렇죠."

"그라함은 지금 뭘 하고 있나요?"

"잠깐만요."

베라가 화면에서 사라졌다.

"누가 방금 들어왔어요. 그라함과 얘기를 하고 있네요. 영상을 볼래요?"

"물론이죠. 켜 놓으세요. 다 봤다 싶으면 여기서 끌게요."

베라의 모습이 사라졌다. 잠시 후 나는 의사의 사무실 안을 보고 있었다. 모르고 봤다면 발병 전문가의 사무실이라고 생각했을 터였다. 머리받이와 발받침이 있는 편안하게 기울어진 의자가 있었다. 옆에는 깨끗한 흰 천 위에 기구들이 놓인 서랍장이 있었다. 한쪽 구석에 책상이 있었다. 케네스 그라함은 못생기고 기운 없어 보이는 소녀에게 이야기하고 있었다.

나는 그라함의 아버지 같은 당부와 전류 중독의 마법에 대한 열렬한 묘사를 들었다. 더 참을 수 없을 지경이 되자, 나는 소리를 껐다. 소녀가 의자에 앉았다. 그라함이 무언가를 그녀의 머리 위에 놓았다.

소녀의 못생긴 얼굴이 갑자기 아름다워졌다. 행복은 그 자체로 아름다웠다. 행복한 사람은 그 자체로 아름다웠다. 갑자기, 완벽하게, 소녀는 즐거움에 가득 찼고, 나는 내가 드라우드 판매에 대해 다 알지 못했다는 사실을 깨달았다. 보아하니, 그라함은 전선 없이도 원하는 곳에 전류를 보낼 수 있는 유도기를 갖고 있었다. 그는 고객에게 전류 중독이 어떤 느낌인지 처음 전선을 심기 전에 보여 줄 수 있었다.

얼마나 강력한 설득인가!

그라함이 기계를 껐다. 마치 그 소녀의 전원을 끈 것 같았다. 소녀는 잠시 놀라 앉아 있다가 정신없이 지갑으로 손을 뻗어 속을 긁어내기 시작했다.

더 견딜 수가 없었다. 나는 화면을 껐다.

그라함이 장기 밀매꾼이 되었다 한들 하나도 놀랍지 않았다. 저런 상품을 파는 사람이라면 공감력이 눈곱만큼도 없을 터였다. 그 사업에서도 그는 앞서 나갔다. 결국 그는 세계의 나머지 수억 명보다 조금 더 냉담했다. 많이는 아니었다.

모든 투표권자들은 내면에 약간의 장기 밀매꾼을 갖고 있었다. 그토록 많은 범죄에 사형을 도입하자고 투표하는 동안, 입법자들은 투표권자들의 압력에 끌려가기만 했다. 생명에 대한 경시가 퍼졌다. 이식 기술의 악마 같은 이면이었다. 좋은 면은 모두의 생이 길어졌다는 것이었다. 한 명의 사형수가 살아 마땅한 열두 목숨을 살릴 수 있다는데, 누가 불평하겠나?

고리에서는 그런 식으로 생각하지 않았다. 고리에서 생존은 그 자체로 미덕이었고, 척박한 바위들 사이에 너무나 가늘게 흩어져, 세계 사이에 있는 저 죽음의 공허를 한 덩어리로 질주하는 생명은 소중했다.

그래서 나는 이식을 받기 위해 지구로 와야 했다.

내 요청은 지구에 착륙하고 두 달 만에 받아들여졌다. 이렇게 빨리? 나중에 나는 은행의 몇몇 아이템에는 늘 여분이 있다는 것을 배웠다. 요즘 팔을 잃는 사람은 거의 없다. 나는 또한, 이식을 받고 일 년 뒤에, 내가 체포된 장기 밀매꾼의 저장고에서 압수된 팔을 쓰고 있다는 것도 알았다.

충격이었다. 나는 내 팔이 타락한 살인자에게서 왔기를, 옥상에서 간호사 열네 명을 쏘아 죽인 사람한테서 왔기를 바랐다. 전혀 아니었다. 악귀와 운 나쁘게 마주친 어떤 얼굴도 이름도 없는 희생자가 있었고, 나는 그 혜택을 입었다.

내가 역겨워하며 새 팔을 도로 내놓았을까? 아니, 놀라운 말이지만, 나는 그러지 않았다. 대신 나는 한때는 지역군사연합 Amalgamation of Regional Militia이었고 지금은 국제연합경찰인 ARM에 입대했다. 비록 죽은 자의 팔을 훔쳤지만, 그를 죽인 이의 동료들을 사냥하리라.

그 결의의 숭고한 절박함은 지난 몇 년 사이 서류 작업에 묻혀 갔다. 어쩌면 나는 평지인들처럼—해마다 새로운 사형에 투표하는, 주변의 다른 평지인들처럼 냉담해져 갔는지도 모른다. 수입세 회피, 도시 상공에서 비행체 수동 운전.

케네스 그라함이 그들보다 정말로 훨씬 더 나쁜가?

당연했다. 그 개자식은 오웬 제니슨의 머리에 전선을 박았다.

줄리가 나오기를 이십 분 기다렸다. 쪽지를 보낼 수도 있었겠지만, 정오까지 시간은 많았고, 성과를 내기에는 너무 짧은 시간이었……. 줄리에게 말을 하고 싶었다.

"안녕."

줄리가 말했다.

"고마워."

커피를 받아 들었다.

"추모 술자리는 어땠어? 아, 보여. 흐으음. 아주 좋네. 거의 시적이야."

줄리와의 대화는 지름길로 가는 것과 같다. 시적이라, 맞다. 나는 부드러운 밝은 빛 사이로 영감이 번개처럼 찾아왔던 것을 기억한다. 오웬의 떠다니는 담배 유혹. 그걸로 여자를 유혹하는 것보다 그의 기억을 기릴 더 좋은 방법이 있겠나?

"맞아."

줄리가 동의했다.

"하지만 당신이 놓친 게 있을지도 몰라. 태피의 성이 뭐야?"

"기억이 안 나. 어디 써 줬는데……."

"직업은 뭐지?"

"내가 어떻게 알아?"

"종교는? 찬성론자야, 반대론자야? 어디서 자랐지?"

"젠장."

"삼십 분 전에, 당신만 빼고 우리 평지인들이 다들 얼마나 비인간화되었는지 자아도취하고 있었지. 태피는 어때? 사람이야, 접어 넣은 페이지야?"

줄리가 손을 엉덩이에 얹고 학교 선생님처럼 나를 보았다.

줄리는 얼마나 많은 사람이지? 우리 중 몇몇은 결코 이런 인도자 줄리를 보지 못했다. 인도자 줄리는 무서웠다. 만약 줄리가 데이트 중에 이런 면을 드러낸다면, 상대 남자는 평생 발기부전이 될 거다. 하지만 그런 일은 없었다. 꾸중이 필요하면, 줄리는 환한 대낮에 했다. 줄리의 역할을 나누기 위해서였지만, 꾸중 듣는 일을 수월하게 해 주지는 않았다.

줄리와 상관없는 일인 척해 봤자 소용없었다. 나는 줄리의 보호를 요청하러 여기에 왔다. 내가 줄리가 사랑할 수 없는 사람이 되면, 아주 조금만이라도 사랑할 수 없는 사람이 되면, 줄리에게 나는 읽을 수 없는 마음을 가진 사람이 된다. 그러면 내가 곤경에 처했을 때 줄리가 어떻게 알 수 있겠나? 어떻게 어디서든 날 구할 도움을 보내 줄 수 있겠나? 내 사생활은 줄리의 일이 맞았다. 줄리의 하나뿐인, 대단히 중요한 업무였다.

"난 태피를 좋아해. 난 우리가 만났을 때, 그녀가 누구인지 신경 쓰지 않았어. 이제 나는 태피를 좋아하고, 태피도 날 좋아하는 것 같아. 첫 번째 데이트에서 뭘 바라는 거야?"

내가 반박했다.

"잘 알면서 그래. 두 사람이 소파에 앉아, 그저 서로에 대해 알아 가는 즐거움만으로 밤을 새우는 다른 데이트들을 기억하잖아."

줄리가 세 여자의 이름을 말했고, 나는 얼굴을 붉혔다. 줄리는 당신을 순식간에 까발리는 단어를 안다.

"태피는 사람이야. 하나의 사건도, 무언가의 상징도 아니야. 단순히 즐거운 밤도 아니야. 당신은 태피를 어떻게 생각해?"

나는 복도에 서서 생각해 보았다. 우스웠다. 나는 인도자 줄리를 다른 상황에서 마주한 적이 있는데, 불쾌한 상황을 일단 벗어나야겠다는 생각은 한 번도 떠오른 적이 없었다. 나중에는 생각을 한다. 그 순간에는 그저 인도자/심판자/선생님 앞에 서 있을 뿐이다. 태피를 생각한다…….

"착해. 비인간적이지 않아. 오히려 결벽할 정도야. 좋은 간호사는 못 되겠지. 너무 많이 도와주고 싶어 하고, 도울 수 없는 상황에는 자기 가슴이 찢어질 거야. 연약한 사람들 중 하나라고 봐."

"계속해 봐."

"다시 만나고 싶어. 하지만 직장 얘기를 할 엄두는 안 나. 사실 오웬 건이 끝나기 전까지는 안 보는 편이 낫겠어. 로렌이 태피에게 관심을 가질지도 모르고…… 태피가 나에게 관심을 갖고, 내가 다칠지도 몰라. 뭔가 내가 놓친 게 있어?"

"응. 태피한테 전화해야 해. 며칠 안에 데이트를 하지 않을 생각이면 태피한테 전화해서 그렇게 말해."

"알았어."

나는 발길을 돌렸다가, 다시 빙 돌았다.

"참! 잊어버릴 뻔했네. 내가 여기 온 이유는……."

"알아. 시간 설정을 원했지. 매일 아침 09시 45분에 내가 당신을 체크하면 어때?"

"조금 일러. 목숨이 위험한 때는 보통 밤이거든."

"난 밤에는 일 안 해. 09시 45분밖에 없어. 미안해, 길. 일이 그런걸. 감시할까, 말까?"

"알았어. 09시 45분."

"좋아. 오웬이 살해당했다는 진짜 증거를 잡으면 알려 줘. 그러면 두 타임을 설정할게. 그러면 더 확실한 위험에 처할 테니까."

"알았어."

물론 태피는 집에 없었다. 나는 태피가 어디에서 일하는지, 무슨 일을 하는지조차 몰랐다. 태피의 전화가 메시지를 받겠다고 했다. 나는 내 이름을 말하고 다시 전화하겠다고 했다.

그리고 오 분 동안 땀을 흘리며 앉아 있었다.

정오 삼십 분 전이었다. 나는 책상 전화 앞에 있었다. 호머 찬드라스카에게 메시지를 보내지 않을 어떤 합당한 이유도 떠오르지 않았다. 나는 그와 말하고 싶지 않았다. 그때도, 앞으로도. 마지막으로 보았을 때, 그는 나를 호되게 꾸짖었다. 공짜 팔의 대가는 고리인으로서의 삶과 호머의 존중이었다. 일방적인 메시지라고 해도 그에게 말을 하고 싶지 않았다. 특히 오웬이 죽었다는 말은 더더욱 하고 싶지 않았다.

하지만 누군가는 그에게 전해야 했다. 어쩌면 그가 무언가 알아낼 수 있을지도 몰랐다. 나는 이미 거의 하루나 이 일을 미뤘다.

오 분 동안 땀을 흘린 다음, 나는 장거리 전화를 걸어 케레스로 보낼 메시지를 녹음했다. 정확히 말하자면, 만족할 때까지 여섯 개의 메시지를 녹음했다. 그 일에 대해서는 더 말하고 싶지 않다.

태피에게 다시 전화를 걸었다. 점심을 먹으러 귀가했을지도 모르니까. 아니었다. 줄리가 옳았는지 의심하며 전화를 끊었다. 태피와 내가 즐거운 하룻밤 이상의 무슨 약속을 했지? 우리는 하룻밤을 즐겼고, 운이 따르면 여러 밤이 될지도 몰랐다.

하지만 줄리가 옳지 않기는 어려웠다. 만약 줄리가 태피는 연약한 타입이라고 생각했다면, 그 정보는 내 마음에서부터 나왔을 것이다. 혼란스러운 감정이었다. 당신이 자식이고 어머니가 방금 법을 정했다고 하자. 그건 **법**이다. 당신이 의지할 수 있는. 어머니는 분명히 당신에게 관심을 기울이고 있고…… 분명히 아낀다. 밖의 저 많은 사람들을 누구도 아끼지 않을 때.

"당연히 살인 생각도 했습니다. 언제나 살인 가능성을 고려하죠. 성인 같던 어머니가 제 여동생 마리아 안젤라의 더없이 세심한 보살핌을 삼 년 받고 돌아가셨을 때에도, 저는 사실 어머니의 머리에 바늘구멍의 증거가 있나 찾아볼 생각을 했어요."

"찾았습니까?"

오다즈의 얼굴이 굳었다. 그는 맥주를 내려놓고 일어나려 했다.

"진정하세요. 나쁜 뜻은 없었습니다."

내가 서둘러 말했다. 그는 나를 잠시 쏘아보고, 반쯤 누그러진 태도로 앉았다.

우리는 도보 높이의 야외 레스토랑을 골랐다. 생울타리 —녹색이고 자라고 있고 등등 진짜 살아 있는— 건너편에서는 쇼핑객들이 한쪽으로 천천히 흘러 지나가고 있었다. 그들 뒤로는 움직이는 인도가 비슷한 흐름을 반대편으로 실어 날랐다. 우리가 움직이는 것처럼 어지러웠다. 바닥에 종이 달린 체스 말 같은 웨이터가 가슴에서 김이 오르는 칠리 접시를 꺼내 우리 앞에 정확히 놓고 공기 중으로 미끄러져 갔다.

"당연히 살인도 고려했습니다. 제 말 믿으세요, 해밀턴 씨. 근거가 없습니다."

"제가 꽤 좋은 근거를 댈 수 있을 것 같습니다."

"물론 시도하셔도 됩니다. 아니, 해밀턴 씨 관점에서 먼저 시작하는 편이 낫겠네요. 첫째, 우리는 행복한 마약상 케네스 그라함이 오웬 제니슨에게 드라우드와 플러그를 팔지 않았다고 가정해야 합니다. 오웬 제니슨이 강제로 수술을 받았다고 해야겠죠. 망자의 자필 시술 허가서를 포함한 그라함의 기록은 위조이고요. 이 모든 가정이 성립해야 합니다. 아닌가요?"

"맞습니다. 그리고 경감이 그라함의 방패에는 오점 하나 없다고 말씀하시기 전에, 그렇지 않다는 말씀을 드리죠."

"음?"

"그는 장기 밀매꾼 조직과 연결되어 있습니다. 기밀 정보입니다. 우리는 그를 감시하고 있어요. 도망치길 원치 않습니다."

오다즈가 턱을 문질렀다.

"그건 새로운 소식이군요. 장기 밀매⋯⋯. 흠. 오웬 제니슨이 장기 밀매와 무슨 관련이 있죠?"

"오웬은 고리인입니다. 고리에는 이식 장기가 극히 부족하죠."

"네, 그들은 지구에서 상당량의 의료품을 수입하죠. 보존 장기만이 아니라 약과 보철물도요. 그래서요?"

"오웬은 예전에 상당히 많은 화물을 밀수했습니다. 몇 번 잡히긴 했지만, 정부보다 훨씬 앞서 나갔죠. 성공적인 밀수꾼으로 이름이 있어요. 시장을 확대하고 싶은 큰 장기 밀매꾼이 성공적인 밀수 기록 보유자인 고리인에게 촉수를 뻗었대도 이상하지 않죠."

"제니슨 씨가 밀수꾼이었다는 말씀은 안 하셨잖습니까."

"뭐하려요? 모든 고리인들은 잡히지 않겠다 싶으면 밀수를 합니다. 고리인들에게 밀수는 비도덕적인 일이 아닙니다. 하지만 장기 밀매꾼들은 그 사실을 몰랐겠죠. 오웬이 이미 범죄자라고 생각했을 겁니다."

"친구분이……."

오다즈는 조심스럽게 머뭇거렸다.

"아뇨, 오웬은 장기 밀매꾼이 되진 않았을 겁니다. 그러나 어쩌면, 어쩌면 한 놈을 잡아 보려고 했을지도 몰라요. 그런 체포나 유죄판결로 이어지는 정보에 대한 보상은 상당합니다. 만약 누가 오웬에게 접촉했다면 오웬은 직접 연락을 추적하려고 했을 겁니다. 자, 우리가 쫓고 있는 조직은 이 대륙의 서쪽 해안 절반을 지배하고 있어요. 크죠. 로렌의 조직입니다. 그라함이 일하고 있을지도 모르는 조직이죠. 오웬이 로렌을 직접 만날 기회가 있었다면?"

"당신은 그가 그 기회를 받아들였으리라고 생각하는군요?"

"그랬다고 생각합니다. 나는 오웬이, 자신이 눈에 띄지 않고 싶어 한다고 로렌을 믿게 하려고 지구인처럼 보이게 머리를 길렀다고 생각해요. 가능한 모든 정보를 모았고, 살아서 빠져나오려 했다고 봅니다. 성공하지 못했지만요. 오웬이 누디스트 허가 신청을 했던가요?"

"아뇨. 왜 물어보셨는지 알겠습니다."

오다즈는 눈앞의 음식에는 눈길도 주지 않고 몸을 뒤로 기댔다.

"제니슨 씨의 피부는 얼굴에 있는 특유의 탄 흔적만 제외하면 온몸이 똑같이 그을려 있었습니다. 고리에서는 누디스트로 살았으리라고 짐작합니다."

"네, 거기에선 허가가 필요 없습니다. 뭔가를 숨기고 있지 않았다면 여기에서도 오웬은 벗었을 겁니다. 흉터 기억하시죠. 오웬은 그걸 자랑할 기회를 결코 놓치지 않았어요."

"그가 정말 자기가…… 평지인으로 통하리라고 생각했을까요?"

"고리인 그을림이 있는데? 천만에요! 머리 모양은 좀 과했어요. 어쩌면 그는 로렌이 자신을 과소평가하리라 생각했을지도 몰라요. 하지만 자신의 존재를 광고하고 다니진 않았습니다. 그게 아니라면, 가장 사적인 소지품들을 집에 두고 오지 않았을 겁니다."

"제니슨 씨는 장기 밀매꾼들을 상대하고 있었고, 그가 당신에게 닿기 전에 그들이 그를 먼저 알아냈다는 말이군요. 네, 해밀턴 씨, 아주 매끄러운 생각입니다. 그러나 틀렸어요."

"왜죠? 난 살인을 증명하려는 것이 아닙니다. 아직은 아니에요. 그저 살인도 자살만큼이나 가능성이 있음을 보여 드리려는 것뿐이에요."

"다릅니다, 해밀턴 씨."

나는 눈짓으로 물었다.

"살인 가설을 하나하나 따져 봅시다. 오웬 제니슨은 당연히 약에 취했을 테고 케네스 그라함의 사무실로 끌려갔겠죠. 거기서 쾌락 플러그를 연결하고, 표준형 드라우드를 꽂은 다음 아마추어처럼 납땜인두로 변형했습니다. 이것만 봐도, 살인자 입장에서는 작은 것까지 신경을 쓰고 있어요. 케네스 그라함의 영업 허가증 위조도 그렇습니다. 흠 하나 없었어요. 그런 다음 오웬 제니슨을 아파트에 도로 데려옵니다. 자기 집으로요. 그렇겠죠? 다른 데로 옮기는 데는 큰 의미가 없을 겁니다. 드라우드의 코드를 이번에도 아마추어처럼 짧게 자릅니다. 제니슨 씨는 묶여 있고……."

"그 부분을 생각하실지 궁금했네요."

"안 묶어 놓을 이유가 없죠? 묶어 놓은 다음에 깨웠을 겁니다. 어떻게 장치해 놓았는지 설명했을 수도 있고, 아닐 수도 있습니다. 살인자 마음대로지요. 그런 다음 제니슨 씨를 벽에 연결하고, 전류가 찌릿 뇌로 전달되는 순간 오웬 제니슨은 생전 처음으로 순수한 쾌락을 알았습니다. 가령, 세 시간 정도 묶여 있었다고 합시다. 처음 몇 분 사이에 손쓸 도리 없는 중독자가 되었을 겁니다. 제 생각에는……."

"전류 중독에 대해 저보다야 잘 아시겠지요."

"저도 절대 이런 식으로 붙들리고 싶진 않군요. 보통 전류 중독자는 처음 몇 분 만에 중독됩니다. 그렇지만 보통 중독자들은 중독이 되고 싶어 한 사람들이고, 중독으로 자기 인생이 어찌 될지 알고 있습니다. 전류 중독은 절망의 증상입니다. 친구분은 몇 분 정도의 노출에는 싸울 수 있었을지도 모릅니다."

"그러니 세 시간 정도 묶어 두었다 이거군요. 그다음에 몸을 묶은 밧줄을 잘랐겠죠."

메스꺼웠다. 오다즈의 흉측하고 끔찍한 묘사는 내가 떠올린 것과 꼭 같았다.

"우리 예상에 세 시간 이상은 아니었을 겁니다. 몇 시간 이상 머무르는 위험을 무릅쓰지 않았을 겁니다. 줄을 자르고 오웬 제니슨을 굶어 죽게 방치했을 겁니다. 한 달이면 약물의 흔적과 밧줄로 인한 찰과상, 머리의 혹, 바늘 자국 등은 사라졌겠죠. 아주 조심스럽고 세심한 계획이라고 생각하지 않으십니까?"

나는 오다즈가 엽기적으로 구는 것이 아니라고 스스로를 타일렀다. 그는 맡은 일을 하고 있을 뿐이었다. 그럼에도, 객관적으로 대답하기가 힘들었다.

"우리가 보는 로렌의 모습에 잘 들어맞습니다. 굉장히 조심스러운 놈이지요. 조심스럽고 세심한 계획을 아주 좋아할 만한 사람입니다."

오다즈가 몸을 내밀었다.

"하지만, 모르시겠습니까? 이 세심한 계획은 온통 틀렸습니다. 핵심적인 오점이 있죠. 만약 제니슨 씨가 드라우드를 뽑는다면?"

"그럴 수도 있습니까? 그랬을까요?"

"그럴 수 있냐고요? 물론입니다. 손가락만 까딱하면 됩니다. 전류는 운동 능력에는 전혀 영향을 미치지 않습니다. 그랬을까요?"

오다즈는 맥주잔을 응시하며 생각에 잠겼다.

"해밀턴 씨, 저는 전류 중독에 대해 꽤 많이 알고 있지만, 그게 어떤 느낌인지는 모릅니다. 보통 중독자는 드라우드를 자주 꽂았다 뺐다 하지만, 친구분은 정상 열 배의 전류를 갑자기 받았습니다. 열두 번도 넘게 드라우드를 뺐다가, 빼자마자 도로 꽂았을지도 몰라요. 고리인들은 의지가 강하고 매우 개인적이라고 들었습니다. 누가 알겠어요. 일주일을 중독된 다음에도 드라우드를 빼고 전선을 감아 주머니에 넣고 자유로이 밖에 나갔을지도 모르지요. 다른 사람이 그를 우연히 발견할 위험도 있었습니다. 예를 들면 자동기계 수리공 같은 사람이요. 아니면 한 달 내내 그가 아무 음식도 주문하지 않았다는 사실을 누가 눈치챌 수도 있습니다. 자살이라면 그런 위험도 감수했을 겁니다. 자살자들은 주기적으로 마음을 바꿀 여지를 남겨 놓으니까요. 그러나 살인자라면? 절대 아니죠. 이렇게 치밀한 계획을 세울 만한 살인자라면 천에 하나의 여지도 남겨 놓지 않았을 겁니다."

어깨 위로 햇살이 강하게 내리쬐었다. 오다즈가 불현듯 점심 식사 중임을 깨닫고 먹기 시작했다.

나는 울타리 너머에서 움직이는 세상을 바라보았다. 행인들은 잡담을 나눌 만한 작은 무리로 나뉘어 서 있었다. 어떤 이들은 인도 위 가게 유리창을 들여다보거나 울타리 건너에서 식사 중인 우리에게 눈길을 던졌다. 한 시간에 천육백 미터인 인도 속도가 답답한지 굳은 표정으로 사람들 사이를 헤치고 앞서 나가는 이도 있었다.

"어쩌면 그들이 지켜보고 있었을지도 모르죠. 방에 감시 장치가 숨겨져 있었을지도 몰라요."

"방을 철저히 수색했습니다. 감시용 기기가 있었다면 저희가 찾아냈을 겁니다."

"그들이 치웠을 수도 있죠."

오다즈는 어깨를 으쓱했다.

모니카아파트 입구의 감시 카메라가 떠올랐다. 방에 설치한 감시 장치를 가지고 나오려면 누군가는 물리적으로 그 방으로 들어가야 했다. 신호를 보내 망가뜨리는 방법이 있을지도 모르지만,

그랬다면 분명히 흔적이 남았을 터다. 그리고 오웬은 건물 안쪽 방에 있었다. 감시 카메라 사용은 불가능했다.

"한 가지 빠뜨리신 점이 있습니다."

내가 말했다.

"뭔가요?"

"제 이름이 오웬의 지갑 안에 들어 있었습니다. 가장 가까운 친척으로요. 오웬은 내 관심을 내가 하고 있는 일, 로렌 패거리 쪽으로 돌리려고 한 거예요."

"그럴 수도 있겠네요."

"두 가정이 동시에 말이 될 수는 없습니다."

오다즈는 포크를 내려놓았다.

"저는 둘 다 말이 되는 이유를 설명할 수 있습니다. 해밀턴 씨 마음에는 별로 들지 않을 이야기입니다만."

"안 들 것 같군요."

"당신의 가정을 추가해 봅시다. 제니슨 씨는 고리인들에게 이식 장기를 팔려고 한 장기 밀매업자인 로렌 일당의 접촉을 받고, 그들의 제안을 수락하였습니다. 그렇게 큰돈의 유혹을 뿌리칠 수 없었죠. 한 달쯤 뒤에 그는 자신이 얼마나 끔찍한 일을 저질렀는지 깨닫고 죽기로 마음먹습니다. 쾌락 판매상에게 가서 머리에 전선을 연결합니다. 나중에, 드라우드를 꽂기 전에 그는 속죄하기 위해 한 가지 시도를 합니다. 당신이 왜 자신이 죽었는지 알고, 로렌에 대항하는 데 그 정보를 사용할 수 있도록 가장 가까운 친척 이름에 당신을 써 넣습니다."

오다즈가 탁자 너머에서 나를 응시했다.

"결코 동의하지 않으시겠지만요. 어쩔 수 없는 일이지요. 저는 증거를 읽을 수 있을 뿐입니다."

"저도 마찬가지입니다. 하지만 저는 오웬을 알아요. 오웬은 장기 밀매업자들을 위해 일할 사람도, 자살할 사람도 아니고, 만에 하나 자살한다 해도 그런 방식으로는 안 했을 사람입니다."

오다즈는 대꾸하지 않았다.

"지문은요?"

"아파트에요? 하나도 없었습니다."

"오웬 것밖에 없었습니까?"

"그의 지문도 의자와 탁자에만 있었습니다. 청소 로봇을 발명한 사람을 저주하고 싶군요. 아파트의 매끄러운 표면이란 표면은 모두 제니슨 씨의 임대 기간 동안 정확히 마흔네 번 청소되었죠."

오다즈가 다시 칠리를 먹기 시작했다.

"그러면 이건 어떻습니까. 제 말이 맞다고 가정해 보자고요. 오웬이 로렌을 추적했고 로렌이 오웬을 잡았다고 해 봅시다. 오웬은 위험한 일인 줄 알고 있었습니다. 자기가 준비되기 전에 제가 로렌을 쫓기를 원치 않았을 겁니다. 자신이 보상을 얻고 싶었을 겁니다. 그래도 만약을 대비해 저에게 무언가를 남겨 놓았을지도 모릅니다. 사물함에 무언가를, 아마 어디, 공항이나 우주항 사물함에 말입니다. 증거를요. 자기 이름으로는 안 했을 테고, 전 ARM으로 알려져 있으니 제 이름도 쓰지 않았겠지만……."

"두 분 다 아는 사람의 이름을 썼을 수는 있겠군요."

"바로 그겁니다. 호머 찬드라스카처럼요. 아니면…… 알았다, 커브스 포시스. 오웬은 그 이름이 가장 적당하다고 생각했을 겁니다. 커브스는 죽었죠."

"찾아보겠습니다. 그렇다고 해밀턴 씨의 주장이 증명되는 것은 아님을 아셔야 합니다."

"물론입니다. 발견하신 증거가 오웬이 양심이 찔려 마련해 둔 것일 수도 있죠. 어떻든 상관없습니다. 찾으시는 대로 알려만 주세요."

나는 이렇게 대답하고 일어나 나왔다.

인도를 타고 아무 데로나 실려 갔다. 진정할 시간이 필요했다.

오다즈의 말이 옳을 수도 있을까? 그런 걸까?

오웬의 죽음을 조사하면 할수록 오웬이 형편없어 보였다.

그러니 오다즈의 가설은 틀렸다. 장기 밀매업자를 위해 일하는 오웬이라고? 오웬이라면 차라리 기증자가 됐을걸. 벽면 콘센트에서 쾌감을 느끼는 오웬이라고? 오웬은 3D조차 본 적이 없었다! 자살하는 오웬이라고? 절대 아니다. 한다 해도, 그런 방법은 아니다. 설령 그 모든 말이 사실이라고 받아들인다 해도…….

자기가 장기 밀매업자들과 일했다고 나에게 알리는 오웬 제니슨이라고? 나, 외팔잡이 길 해밀턴에게? **나한테** 그걸 알린다고?

인도는 음식점과 쇼핑센터와 교회와 은행을 지나 계속 움직였다. 십 층 아래로 차와 스쿠터 들이 차도 높이에서 윙윙대며 지나는 소리가 희미하게 들려왔다. 하늘은 마천루의 검은 그림자 사이를 가늘고 선명하게 베어 낸 파랑이었다.

나에게 그걸 알린다고? 절대 그럴 리 없었다.

그러나 오다즈의 기묘하게 비일관적인 살인자 상想도 딱히 낮진 않았다. 오다즈도 놓쳤을지 모를 부분을 궁리해 보았다. 왜 로렌이 오웬을 그토록 정성 들여 없앴을까? 그냥 장기은행으로 사라지게 했더라도 로렌을 다시 귀찮게 할 수는 없었을 텐데 말이다.

이제 상점들도 행인들도 줄어들었다. 인도가 좁아지며 거주 구역으로 들어섰다. 썩 좋은 동네는 아니었다. 한참을 타고 왔다. 여기가 어디인지 알아보려 주위를 둘러보았다.

그라함의 가게 네 골목 전이었다.

무의식이 지저분한 일을 저질렀다. 나는 케네스 그라함을 대면하고 싶었다. 계속 가고 싶은 욕망을 억누르기란 대단히 어려웠지만, 나는 그 마음과 싸워 다음 원반에서 방향을 틀었다. 인도 교차로는 가장자리가 네 방향 인도와 접하고 같은 속도로 돌아가는 원반이다. 한가운데에서 에스컬레이터를 타고 인도 위로 올라가, 건물을 따라 있는 정지된 인도에 갈 수도 있다. 원반 한가운데에서 택시를 잡을 수도 있었지만, 생각을 계속하고 싶었기에 그저 가장자리를 따라 절반을 돌았다.

그라함의 가게에 들어갔다가 무사히 빠져나올 수 있었을지도 모른다. 절망적이고 지루하고 망설이는 시늉을 하며 그라함에게 쾌감 플러그를 사고 싶다고 말했다가, 아내와 친구들이 뭐라고 할지 큰 소리로 걱정을 하다가 마지막 순간에 생각을 바꿀 수도 있었다. 나를 찾을 사람들이 있음을 알고, 그가 나를 그냥 보내 줬을

지도 모른다. 어쩌면.

하지만 로렌은 우리가 그에 대해 아는 것보다 ARM에 대해 더 잘 알고 있는 것이 분명했다. 그라함이 우리 모습을 담은 홀로를 본 적이 있다면? 알려진 ARM이 자기 가게에 들어오면 허둥지둥할지도 모른다. 그런 위험을 감수할 일은 아니었다.

젠장, 그러면 대체 난 뭘 할 수 있단 말인가?

오다즈의 비일관적인 살인자. 오웬이 살해당했다고 가정하면 다른 가정들도 버릴 수 없었다. 그 세심함, 시시콜콜한 꼼꼼함— 그런 다음에 스스로 플러그를 뽑아내고 나갈 수 있거나, 끈질긴 세일즈맨이나 도둑에게 발견될지도 모르는 상황에 오웬을 홀로 두고…… 아니, 오다즈의 가정 속 살인자나 나의 살인자나, 오웬을 매처럼 감시했을 것이다. 한 달 동안.

한계였다.

나는 다음 원반에서 옆으로 빠져나와 택시를 잡았다. 모니카아파트 옥상에 내렸다. 엘리베이터를 타고 로비로 내려갔다.

관리인은 나를 보고도 놀란 내색을 하지 않고 사무실로 안내했다. 사무실은 로비보다 훨씬 넉넉해 보였다. 익명성 현대식 인테리어를 달리 보이게 할 만한 물건들이 있었기 때문일지도 몰랐다. 벽에는 그림이 걸려 있었고, 바닥 양탄자에는 손님의 담배 탓일 작고 검은 구멍이 있었다. 넓고 거의 텅 빈 책상 위에는 밀러와 아내의 홀로가 있었다. 그는 내가 자리를 잡고 앉을 때까지 기다린 다음, 기대에 찬 듯 몸을 앞으로 내밀었다.

"ARM 일로 왔습니다."

내가 신분증을 제시했다. 그는 들여다보지도 않고 신분증을 돌려주었다.

"같은 일 때문에 오셨죠."

반기는 말투는 아니었다.

"네, 오웬 제니슨이 여기 묵는 사이에 방문자가 분명 있었으리라고 확신합니다."

관리인이 미소를 지었다.

"그건 터무니…… 불가능합니다."

"아니, 불가능하지 않습니다. 이 아파트의 홀로 카메라는 방문자들의 사진은 찍지만 세입자들의 사진은 찍지 않지요?"

"당연하죠."

"그렇다면 이 건물에 사는 세입자가 오웬을 찾아왔을 수도 있습니다."

관리인은 충격을 받은 것 같았다.

"아니, 그럴 수 없습니다. 정말이지, 해밀턴 씨, 왜 이 일에 고집을 부리시는지 모르겠습니다. 제니슨 씨가 그런 모습으로 발견되었다면 누군가 신고를 했을 거라고요!"

"제 생각은 다릅니다. 이 건물의 세입자가 오웬을 방문했을 가능성은 있습니까?"

"아뇨, 아뇨. 카메라는 다른 층 사람 사진도 찍습니다."

"같은 층 사람이라면요?"

관리인이 내키지 않는 얼굴로 고개를 끄덕였다.

"네에. 홀로 카메라만 놓고 본다면 가능은 한 얘기입니다. 하지만······."

"그렇다면 지난 육 주 사이에 십팔 층에 살았던 모든 세입자들의 사진을 요청하고 싶습니다. 센트럴 로스앤젤레스에 있는 ARM 건물로 보내 주십시오. 가능하죠?"

"물론입니다. 한 시간 안에 보내 드릴 수 있어요."

"좋아요. 자, 한 가지 더 있습니다. 십구 층에 사는 사람이 십팔 층으로 걸어 내려왔다고 해 봅시다. 그 사람은 십구 층에서는 홀로에 찍혔겠지만 십팔 층에서는 안 찍혔겠죠?"

관리인이 비웃음을 띠었다.

"해밀턴 씨, 이 건물에는 계단이 없습니다."

"엘리베이터밖에 없다고요? 위험하지 않습니까?"

"전혀요. 각 엘리베이터에는 긴급 상황을 위한 자체 발전기가 설치되어 있습니다. 흔한 경우입니다. 어쨌든, 누가 엘리베이터가 고장 났다고 십팔 층을 걸어 올라가고 싶어 하겠어요?"

"네, 알겠습니다. 한 가지만 더요. 컴퓨터를 조작할 수 있는 사람이 있습니까? 예를 들어, 컴퓨터가 특정한 사진은 찍지 않도록 조작할 수 있나요?"

"저는······ 해밀턴 씨, 저는 컴퓨터 조작 전문가는 아닙니다. 회사에 바로 가 보시는 것이 어떻습니까? 콜필드 브레인즈 주식회사입니다."

"알겠습니다. 모델명이?"

"잠시만요."

밀러가 일어나 서류함의 서랍을 훑었다.

"EQ144입니다."

"알았어요."

여기서 내가 할 수 있는 일은 다 끝났다. 나도 알았다. 그렇지만…… 몸을 일으킬 수가 없었다. 무언가가 더 있어야 했다.

마침내 밀러가 헛기침을 했다.

"해밀턴 씨, 용건은 끝나셨습니까?"

"네, 아뇨, 1809호에 들어가 볼 수 있습니까?"

"임대를 했는지 확인해 보겠습니다."

"경찰 수사가 끝났나요?"

"당연하죠."

그가 다시 서류함을 뒤졌다.

"아니, 아직 비어 있네요. 모셔다 드리겠습니다. 얼마나 오래 계실 건가요?"

"잘 모르겠습니다. 삼십 분까지 안 걸릴 겁니다. 올라오실 필요는 없습니다."

"네."

밀러는 나에게 열쇠를 건네주고 내가 나가기를 기다렸다. 나는 나왔다.

엘리베이터를 나서자마자 희미한 파란 빛의 깜박임이 보였다. 홀로 카메라가 있는 줄 몰랐다면 시신경의 착각이라고 생각했을 것이다. 착각이었을지도 몰랐다. 레이저 없이도 홀로 사진을 찍을 수 있다. 레이저가 있으면 사진이 더 깔끔하게 나오긴 한다.

오웬의 방은 상자였다. 모든 부분이 들어가서, 텅 빈 벽밖에 없었다. 이토록 황량한 광경을 본 적이 없었다. 채굴을 하기에는 너무 빈약하고 기지로 삼기에는 너무 위치가 나쁜 소행성 바위 정도일까.

조종판은 문 바로 옆에 있었다. 불을 켠 다음 마스터 버튼을 눌렀다. 붉은색, 녹색, 파란색 윤곽을 두른 선들이 나타났다. 한쪽 벽의 커다란 사각형은 침대였고 다른 벽은 대부분 주방이었고, 바닥에는 다양한 윤곽이 있었다. 무척 편했다. 탁자를 펼칠 때 손님이 그 위에 서 있길 원치는 않겠지.

나는 이 공간의 느낌을 얻고 영감을 얻으러, 혹시 내가 놓친 점이 있나 보러 여기에 왔다. 풀어 말하면, 나는 놀고 있었다.

놀면서, 나는 조종판에 손을 뻗어 회로를 찾았다. 인쇄된 회로도는 너무 작고 너무 상세해서 내용을 알 수 없었지만, 상상 손끝을 몇몇 전선을 따라 훑어 보니 우회로 없이 작동하는 지점까지 선이 곧장 연결된다는 것을 알 수 있었다. 외부로 연결된 감지기도 없었다. 무엇이 펼쳐지고 들어가는지 알려면 방 안에 있어야 했다. 그러니 사람이 산다는 방의 침대가 육 주 동안 들어간 채이긴 했지만, 그 사실을 알려면 방 안에 있어야 했다는 말이다.

주방 공간과 독서용 의자를 펼치는 버튼을 눌렀다. 벽이 이미 터쯤 미끄러져 나왔고 바닥이 툭 솟아올라 형태를 띠었다. 의자에 앉았다. 주방 공간에 시야가 가려 문이 보이지 않았다.

아무도 오웬을 복도에서 볼 수 없었을 것이다.

오웬이 음식을 주문하지 않고 있다는 사실을 눈치챈 사람만 있었더라도. 그랬으면 오웬을 구할 수 있었을지 모른다.

다른 생각이 떠올라 에어컨 주위를 살펴보았다. 바닥 높이에 창살이 있었다. 그 뒤를 상상 손으로 만져 보았다. 어떤 아파트의 에어컨은 이산화탄소 비율이 0.5퍼센트를 넘으면 자동으로 켜진다. 이 에어컨은 온도 감지와 수동 조작으로 작동하는 것이었다. 다른 종류였다면 우리의 조심스러운 살인자는 에어컨의 전류를 조작해 오웬이 아직 살아 숨 쉬고 있는지 확인할 수 있었을 것이다.

1809호는 육 주 동안 빈방 같은 상태였다.

나는 의자에 도로 주저앉았다. 내 가상의 살인자가 오웬을 지켜보았다면 분명 감시 장치를 이용했을 것이다. 오웬이 죽을 때까지 사오 주를 이 층에 실제로 살지 않았다면 다른 방법이 없었다.

그래, 감시 장치를 생각해 보자. 작고 아무도 발견할 수 없을 물건이어야 했다. 청소 로봇은 장치를 발견 즉시 소각로로 보내 버렸을 것이다. 로봇이 없애지 못할 만큼 커야 했다. 오웬이 찾아내는 경우는 걱정할 필요가 없으니까! 그리고 오웬의 죽음을 확인한 다음에는 자폭 장치를 사용했을 것이다. 태워 광재로 만들었다면 어딘가에 탄 구멍이 남았을 것이다. 오다즈가 발견했으리라. 석면 판인가? 자폭된 다음에 청소 로봇이 치워 버릴 흔적만 남기를 원했을 것이다.

이런 계획을 믿는 사람이라면 뭐든지 믿을 것이다. 너무 불확실했다. 청소 로봇이 무엇을 쓰레기라고 판단할지는 아무도 모른다. 청소 로봇은 멍청하다. 그편이 저렴하기 때문이다. 그러니 커다란 물건은 건드리지 않도록 프로그램된다.

직접 오웬을 감시하기 위해서든 감시에 사용했던 장치를 회수하기 위해서든 이 층에 누군가 살아야 했다. 사람이 직접 감시했다는 데 전 재산을 걸겠다.

여기에 온 가장 큰 이유는 나의 직감에 기회를 주기 위해서였다. 효과가 없었다. 오웬은 이 의자에서 육 주를 보냈고, 최소한 마지막 일주일 동안은 죽어 있었다. 그렇지만 이 의자에서는 그가 느껴지지 않았다. 그냥 의자와 두 탁자일 뿐이었다. 오웬은 이 방에 아무것도, 떠나지 못한 유령조차 남겨 두지 않았다.

본부로 반쯤 돌아갔을 때 전화가 왔다.

"요원님이 옳았습니다."

오다즈가 손목전화 너머에서 말했다.

"데스밸리 항구에서 커브스 포시스 이름으로 등록된 사물함을 찾았습니다. 지금 그쪽으로 가는 길입니다. 함께 가시겠습니까?"

"거기서 뵙죠."

"좋아요. 저도 오웬 제니슨이 우리에게 무엇을 남겼는지 해밀턴 씨만큼이나 어서 보고 싶습니다."

그럴 리가.

항구는 사백 킬로미터 정도 떨어져 있었다. 택시로 한 시간 거리였다. 요금이 엄청 나오겠지만, 목적지판에 새 주소를 써 넣고 본부에 연락을 했다. ARM 요원은 대개 자유로웠다. 작은 이동 하나하나를 설명할 필요가 없었다. 어디 가겠다고 허락을 받을 필요도 없었다. 최악의 경우라 봤자, 지출 항목에서 택시비를 인정하지 않는 정도일 것이다.

"아, 참. 모니카아파트에서 홀로가 들어올 겁니다."

나는 본부에 말했다.

"알려진 장기 밀매업자나 로렌 패거리 중에 일치하는 인물이 있는지 컴퓨터로 확인하십시오."

택시는 하늘로 부드럽게 떠올라 동쪽을 향했다. 나는 자판기에 쓸 동전이 바닥날 때까지 3D를 보고 커피를 마셨다.

11월과 5월 사이, 날씨가 좋을 때 가면 데스밸리는 관광객의 천국이었다. 환상적인 절벽과 소금 첨탑들이 있는 데빌 골프 코스, 자브리스키 포인트와 기묘한 악지 지형, 오래된 붕사광터, 열기와 죽도록 건조한 기후에 적응한 온갖 기이하고 희귀한 식물들. 그래, 데스밸리에는 흥미로운 곳이 많았고 나도 언젠가는 보러 갈지도 모른다. 항구도 나름 인상적이었다.

도착장은 원래 큰 내해內海였다. 지금은 소금바다다. 교차하는 붉고 푸른 동심원이 우주에서 떨어지는 우주선의 착륙점을 표시했고, 한 세기 동안 발전해 온 화학, 핵분열, 융합 반동 전동기들이 심원하고 종종 방사능을 띤 소금에 폭발 구덩이의 무지개색 띠를 남겼다. 그러나 도착장 전체는 고대와 같은 반짝이는 흰색을 유지했다. 멀리 소금 너머 크기와 형태가 제각각인 배들이 있었다. 탈것과 기계는 관심을 끌었다. 참을성을 갖고 기다리면 배가 착륙하는 장면을 볼 수 있을지도 모르는데, 기다릴 만한 가치가 있다.

주 소금면 가장자리에 위치한 항구 건물은 넓은 형광 오렌지 콘

크리트 위에 세워진 연두색 탑이었다. 그 위로 착륙한 배는 없었다──아직까지는. 택시가 나를 입구에 내려 주고 택시 대기소로 떠났다. 나는 잠시 서서 건조하고 따뜻한 대기를 들이쉬었다.

일 년에 넉 달, 데스밸리의 날씨는 이상적이다.

어느 8월 퍼니스 크릭 랜치는 그늘 온도 화씨 백삼십사 도를 기록한 적이 있었다.

책상 앞에 앉은 사내가 오다즈가 나보다 먼저 와 있다고 알렸다. 나는 그와 다른 직원을 따라 여행 가방 두세 개가 들어갈 유료 사물함들 사이의 미로를 지났다. 오다즈가 연 사물함에는 가벼운 플라스틱 서류 가방밖에 없었다.

"다른 사물함을 사용했는지도 모릅니다."

오다즈가 말했다.

"아마 아닐 겁니다. 고리인들은 가볍게 여행합니다. 열려고 해 보셨습니까?"

"아직요. 조합형 자물쇠입니다. 어쩌면……."

"모르죠."

나는 쭈그리고 가방을 들여다보았다.

우스웠다. 나는 전혀 놀라지 않았다. 마치 오웬의 여행 가방이 여기 있을 줄 처음부터 알았던 것만 같았다. 왜 아니겠어? 오웬은 어떤 식으로든 자신을 보호하려고 했을 것이다. 내가 이미 장기 밀매업자들과 UN 쪽에 관련되어 있으니, 나를 통해서. 우주항 사물함에 무언가를 남겨 놓음으로써, 로렌이 사물함을 찾거나 찾더라도 열어 볼 수 없을 테니까, 나라면 자연스럽게 오웬과 우주항을 연결 지어 떠올릴 테니까. 커브스의 이름으로, 나는 그 이름을 찾아볼 테고 로렌은 못 찾을 테니까.

뒤늦은 깨달음은 멋졌다. 자물쇠는 다섯 자리였다.

"내가 열기를 바랐을 겁니다. 어디 봅시다……."

나는 숫자판을 42217로 돌렸다. 2117년 4월 22일, 커브스가 돌연 플라스틱 칸막이에 찍혀 죽었던 날.

자물쇠가 딸깍 열렸다.

오다즈는 즉시 서류철에 달려들었다. 나는 느릿느릿 작은 유리병을 두 개 집어 들었다. 지구의 공기에 맞서 단단히 봉해진, 엄청나게 미세한 먼지로 반쯤 찬 유리병 하나. 마치 유리병 안에서 기름처럼 미끄러질 만큼 미세한 먼지들. 다른 병에는 눈에 간신히 보일락 말락 하는 검게 그을린 니켈철 조각이 들어 있었다.

가방 안에는 다른 물건도 있었지만, 성과는 그 서류철이었다. 그 속에 이야기가 들어 있었다. 최소한 어느 단계까지는. 오웬이 나중에 내용을 추가할 생각이었던 것이 틀림없었다.

마지막 비행을 마치고 돌아오니 케레스의 사서함에 메시지가 기다리고 있었다. 오웬은 그 메시지를 받고 분명 웃었을 것이다. 로렌은 지난 팔 년 동안 오웬이 저지른 밀수에 대한 자료를 모두 다 모으는 수고를 했다. 금색 제복들에게 그 자료를 넘기겠다는 협박으로 오웬의 침묵을 벌 수 있다고 생각했던 걸까?

어쩌면 그 자료 탓에 오웬이 잘못 생각했는지도 모른다. 어느 쪽이든, 오웬은 로렌과 접촉하고 무슨 일이 일어나나 보기로 결심했다. 보통이라면 전체 메시지를 나에게 보내 내가 추적하게 했을 것이다. 어쨌든 내가 전문가니까. 그러나 오웬의 마지막 비행은 재난이었다.

핵융합 드라이브가 목성의 궤도 너머 어딘가로 날아가 버렸던 것이다. 설명은 없었다. 안전장치가 오웬의 비상 탈출 캡슐을 폭발 전에 간신히 쏘아 보냈다. 구조선이 오웬을 케레스로 데리고 왔다. 비용 때문에 파산할 지경이었다. 오웬에게는 돈이 필요했다. 로렌은 그 사실을 알고 그 부분을 믿었던 것일지도 몰랐다.

로렌 체포에 결정적인 정보를 제공하면 받는 보상금은 새 우주선을 살 수 있을 정도였다.

오웬은 로렌의 지시에 따라 아웃백 필드에 착륙했다. 거기서부터 로렌의 수하들이 그를 한참 돌아다니게 만들었다. 런던, 봄베이, 암베르크. 오웬의 개인적인 수기手記는 암베르크에서 끝났다.

어떻게 캘리포니아에 왔을까? 그에게는 말할 기회가 없었다.

하지만 그사이에 오웬은 많은 정보를 알았다. 로렌의 조직에 대한 세부적인 정보를 부분부분 포착했다. 불법 이식 장기를 고리로 운송해 고객을 찾아 접촉하려는 로렌의 전체 계획도 있었다. 오웬은 몇 가지 추측을 제시했는데, 대부분 이성적인 소리이되 현실에서는 실현 불가능할 의견이었다. 오웬다웠다. 오웬이 자기 능력을 과신한 흔적은 전혀 없었다.

물론, 만약 그랬더라도 본인은 몰랐을 것이다.

홀로도 있었다. 로렌의 조직원들을 담은 스물세 장의 사진이었다. 몇몇 사진에는 뒤에 표시가 있었고, 몇몇은 아무 표시도 없었다. 오웬은 그들 한 명 한 명이 조직에서 어느 위치에 있는지 알아내지 못했다. 나는 이 중에 로렌 본인이 있을까 궁금해하며, 사진을 두 번 훑어 넘겨보았다. 오웬은 몰랐다.

"말씀이 옳았던 것 같군요."

오다즈가 말했다.

"이만큼 자세한 정보를 우연히 모았을 리가 없습니다. 처음부터 로렌의 조직을 배신할 계획을 세웠던 게 분명합니다."

"제가 말씀드렸던 대로죠. 오웬은 그것 때문에 살해당했고요."

"그런 것 같군요. 그에게 자살할 동기가 뭐 있었겠어요?"

오다즈의 둥글고 침착한 얼굴이 분노를 표현하려 애를 썼다.

"우리가 가정한 비일관적인 살인자도 믿을 수가 없군요. 해밀턴 씨, 저 체하겠습니다."

나는 그에게 오웬의 층에 살고 있는 다른 세입자들에 대한 생각을 이야기했다. 그가 고개를 끄덕였다.

"가능합니다, 가능하네요. 이제 이건 해밀턴 씨 부서 담당입니다. 장기 밀매는 ARM의 업무죠."

"맞습니다."

나는 서류철을 닫아 들었다.

"이걸로 컴퓨터가 무엇을 할 수 있을지 봅시다. 안에 든 자료는 모두 복사해서 보내 드리겠습니다."

"다른 세입자들에 대해서도 알려 주시겠습니까?"

"물론이죠."

세상 꼭대기에 붕 뜬 기분으로 소중한 서류철을 휘두르며 ARM

본부에 들어섰다. 오웬은 살해당했다. 위엄 있게 죽지는 못했지만 ─아아, 그랬지만─ 명예롭게 죽었다. 오다즈까지도 이제는 이 사실을 알았다.

바로 그때, 잭슨 베라가 으르렁거리고 헐떡이며 전력 질주해 지나갔다.

"무슨 일이에요?"

나는 그의 뒤에서 불렀다. 어쩌면 우쭐하며 자랑할 기회라고 생각했는지도 모른다. 내 서류 가방 안에는 스물세 개의 얼굴이, 스물세 명의 장기 밀매업자가 들어 있었다.

베라가 옆에서 미끄러지듯 멈춰 섰다.

"당신은 어디 있었는데요?"

"일하고 있었죠. 정말로요. 왜 그리 서둘러요?"

"우리가 감시하고 있던 쾌락 판매상 기억해요?"

"그라함? 케네스 그라함?"

"바로 그놈요. 죽었어요. 들통 났다고요."

베라가 다시 앞서 나갔다. 나는 연구실에서 베라를 따라잡았다.

케네스 그라함의 시체는 수술실에 바로 눕혀져 있었다. 턱이 갸름하고 뾰족한 긴 얼굴은 표정 없이 텅 빈 채 창백하게 늘어져 있었다. 그의 머리 위와 옆으로 기계가 놓여 있었다.

"어떤가요?"

베라가 따지듯 물었다.

"썩 좋지 않습니다."

의사가 대답했다.

"요원님 잘못은 아닙니다. 최대한 빨리 급속 동결을 하셨어요. 그저 전류가……."

그가 어깨를 으쓱했다. 나는 베라의 어깨를 흔들었다.

"무슨 일인데요?"

베라는 달린 탓에 조금 헐떡였다.

"정보가 샌 것이 분명해요. 그라함이 도망치려고 했죠. 공항에서 붙잡았어요."

"기다려도 됐을 텐데요. 같은 비행기에 누굴 태우거나, 비행기를 TY-4로 채우거나."

"우리가 저번에 일반 시민에게 TY-4를 사용한 다음 일어났던 난리는 기억해요? 망할 언론들."

베라가 부들부들 떨었다. 나는 그를 탓하지 않았다.

ARM과 장기 밀매업자들은 우스꽝스러운 게임을 한다. 업자들은 기증자를 산 채로 넘겨야 한다. 그래서 언제나 마취 총으로 무장하고, 혈액에 즉시 녹아드는 크리스털린 마취제 슬라이버를 쏘아 댄다. 우리도 거의 같은 이유에서 같은 무기를 사용한다. 범죄자는 살아서 재판을 받은 다음에 정부 병원으로 보내져야 한다. 어떤 ARM도 사람을 죽일 일이 있으리라고는 생각하지 않는다.

내가 진실을 알게 된 날이 있었다. 라파엘 하이네라는 삼류 장기 밀매업자가 자기 집에서 비상 버튼을 누르려고 했다. 그가 버튼을 눌렀다면 지옥도가 펼쳐졌을 것이다. 하이네의 패거리가 나를 마취시켰을 테고, 나는 하이네의 장기 보관 탱크 안에서 조각조각 나 정신이 들었을 테다. 그래서 나는 그의 목을 비틀었다.

보고서는 컴퓨터에 있었지만, 이 사실을 아는 인간은 세 명뿐이었다. 한 명은 직속상관인 루카스 가녀였다. 다른 하나는 줄리였다. 지금까지 내가 죽인 사람은 그 한 명뿐이다.

그리고 그라함은 베라가 처음 죽인 사람이었다.

"공항에서 이놈을 붙잡았어요. 모자를 쓰고 있었죠. 그걸 눈치 챘다면 좋았을 텐데. 그러면 우리가 더 빨리 움직였을지도 몰라요. 마취 총을 들고 그에게 다가가기 시작했죠. 그가 돌아서서 우릴 보더니 모자 아래에 손을 대고 갑자기 쓰러졌어요."

"자살?"

"으으음."

"어떻게?"

"저놈 머리를 봐요."

나는 의사를 방해하지 않도록 조심하며 시체에 가까이 다가갔다. 의사는 죽은 뇌에서 감응 장치로 정보를 빼내려는 통상적인 시도를 하는 중이었다. 잘 안 되고 있었다. 그라함의 머리 위에 납작한 직사각형 상자가 있었다. 카드 상자 절반 정도 크기의 검은 플라스틱이었다. 만지자마자 그라함의 두개골에 연결된 것을 알 수 있었다.

"드라우드. 표준형은 아니군. 너무 커."

"으으음."

액체헬륨이 내 신경을 타고 흐르는 것 같았다.

"배터리가 들었군요."

"맞아요."

"상인들은 뭘 사는지 등등이 종종 궁금했지. 전선 없는 드라우드라니, 우와, 내가 크리스마스 선물로 받고 싶은걸."

베라가 온몸을 뒤틀었다.

"그런 말 하지 마세요."

"그라함이 전류 중독인 줄 알고 있었어요?"

"아뇨. 집에 감시 장치를 설치할 엄두를 못 냈어요. 눈치채고 알릴지도 모르니까. 그거 다시 보세요."

형태가 이상해. 나는 생각했다. 검은 플라스틱이 반쯤 녹아 있었다.

"열기."

생각해 보았다.

"아!"

"으으음. 한 번에 배터리를 몽땅 날려 버렸어요. 뇌에, 뇌의 쾌락 중추에 죽을 만한 전류를 한 번에 보냈다고요. 맙소사! 길, 내가 계속 궁금해하는 건 말이죠, 대체 어떤 느낌이었을까요? 대체 어떤 느낌일까요?"

나는 똑똑한 답을 하는 대신 베라의 어깨를 두드렸다. 그는 오랫동안 궁금해하리라.

여기 오윈의 머리에 전선을 꽂은 남자가 있었다. 그의 죽음은 잠깐의 지옥이었을까, 노래하는 천국의 기쁨이었을까? 나는 지옥이었길 바랐지만, 그리 믿지는 않았다. 최소한 케네스 그라함은 로렌의 불법 장기은행에서 얻은 새 얼굴, 새 망막, 새 손가락을 갖고 세상 다른 어디에 있지는 않았다.

"아무것도 없어요. 뇌가 너무 심하게 탔어요. 말이 되기에는 너무 단편적인 것들밖에 없습니다."

의사가 말했다.

"계속 시도해 주세요."

베라가 말했다.

나는 조용히 떠났다. 나중에 베라에게 술을 한잔 살지도 모른다. 필요해 보였다. 베라는 공감 능력이 있는 사람이었다. 케네스 그라함이 세상을 떠나며 느꼈을 끔찍한 쾌락과 패배감의 파도를 아마 느꼈을 것이다.

모니카아파트에서 보낸 홀로는 몇 시간 전에 도착했다. 밀러는 지난 육 주 동안 십팔 층에 세 들었던 사람들뿐 아니라 십칠 층과 십구 층 사람들의 사진도 보냈다. 민망할 만큼 많은 정보였다. 십구 층 사람이 오 주 동안 매일 발코니를 넘어 십팔 층으로 내려가는 상상을 잠깐 했지만, 1809호에는 발코니나 창문은커녕 외벽도 없었다. 밀러도 같은 생각을 해 보았을까? 말도 안 된다. 밀러는 문제가 뭔지도 몰랐다. 그냥 자신이 얼마나 협조적인지 보이려고 홀로를 잔뜩 보낸 것이다.

문제 된 기간 동안의 세입자 중 로렌 일당으로 밝혀졌거나 의심되는 얼굴은 없었다.

나는 적당한 말을 몇 마디 하고 커피를 마시러 내려갔다. 거기서 오웬의 서류 가방에 들어 있던 로렌 일당 용의자 스물세 명이 기억났다. 직접 컴퓨터에 입력하는 방법을 몰라서 프로그래머에게 해 달라고 부탁했다. 지금쯤이면 일이 끝났으리라.

나는 그에게 전화를 했다. 그가 했다고 대답했다. 나는 그 사진들과 모니카아파트에서 보내온 홀로를 비교해 보도록 컴퓨터를 설득했다.

아무것도 없었다. 일치하는 인물은 하나도 없었다.

다음 두 시간을 오웬 제니슨 사건을 기록하는 데 썼다. 프로그래머가 내 보고서를 기계가 이해하도록 번역해 주어야 했다. 나는 아직 그만큼 능숙하지 못했다.

우리는 오다즈의 비일관적인 살인자에게로 돌아가 있었다.

그리고 이리저리 얽힌 막다른 골목들. 오웬의 죽음은 우리에게 새로운 사진을 한 줌 남겨 주었다. 이제는 아무 쓸모가 없을지도 모르는 사진들. 장기 밀매업자들은 얼굴을 모자 바꿔 쓰듯 바꾸었다. 나는 사건 개요를 완성해 프로그래머에게 보낸 다음 줄리에게 연락했다. 지금은 줄리의 보호가 필요 없었다.

줄리는 이미 퇴근했다.

태피에게 전화하려고 그녀의 번호를 반쯤 돌리다가 멈추었다. 전화를 하지 않는 편이 나을 때가 있다. 생각할 시간이 필요했다. 혼자 들어가 있을 동굴이 필요했다. 지금 내 표정은 전화 화면을 부술 정도였다. 뭐하러 아무것도 모르는 여자를 괴롭힌담?

나는 집으로 향했다.

길은 어두웠다. 인도를 가로지르는 보행 다리를 건너 교차로 원반 위에서 택시를 기다렸다. 동체에 하얀 '빈 차' 표시가 깜박이는 택시 한 대가 내려왔다. 안에 들어가 신용카드를 꽂았다.

오웬은 유라시아 대륙 전역에서 홀로를 모았다. 전부 혹은 대부분이 로렌의 해외 조직원들이었다. 왜 나는 그들을 로스앤젤레스에서 찾을 수 있을 거라고 기대했을까?

택시가 흰 밤하늘로 날아올랐다. 도심의 불빛에, 구름이 편편한 흰색 돔처럼 보였다. 우리는 구름 속으로 들어갔다. 자동운전 택시는 전망을 상관하지 않았다.

자, 이제 어떻게 하지? 수십 명의 세입자 중에 로렌의 일당이 있었다. 그게 아니라면 오다즈의 비일관적이고 조심스러운 살인자가 오 주 동안 오웬을 감시 없이 혼자 죽게 내버려 두었다는 소리가 된다.

……비일관적인 살인자가 그렇게 터무니없나?

어쨌든 그는 내가 상상한 로렌에 불과했다. 로렌은 살인이라는 궁극적인 범죄를 저질렀다. 그는 엄청난 이윤을 내며 살인을 주기적으로 하고 또 했을 것이다. ARM은 그에게 닿지 못했다. 조심성을 잃을 만한 때는 아니었을까? 그라함처럼.

그라함은 얼마나 오랫동안, 일 년에 고객들 중 보잘것없는 몇 명을 기증자로 골랐던가? 그러다가 몇 달 사이에 두 번이나 찾는 사람이 있을 고객을 선택했다. 조심성 없게.

대부분의 범죄자들은 그다지 똑똑하지 않다. 로렌은 머리가 꽤 좋은 것 같지만 그의 돈을 받는 사람들은 대충 평균일 것이다. 로렌은 멍청이들도 상대했을 것이다. 제대로 살 만한 정신머리가 없어서 범죄로 돌아서는 사람들 말이다.

이것이 바로 로렌 같은 사람이 조심성을 잃는다면 일어날 법한 상황이었다. ARM의 지성을 무의식중에 자기 패거리의 수준 정도로 판단하고, 천재적인 살인 계획을 세우지만 한 가지 허점은 무시하고 그대로 진행했을지도 모른다. 그라함의 조언이 있었을 테니 우리보다 전류 중독에 대해 훨씬 잘 알았을 것이다. 전류 중독이 오웬에게 미칠 영향을 신뢰할 정도로. 그랬다면 오웬의 살인자는 오웬을 방에 가둔 다음 다시 보지 않았으리라. 로렌이 감수한 위험은 아주 작았고 이번에는 효과가 있었다. 다음에는 더 방심할 테고, 언젠가는 우리에게 잡힐지도 모른다.

택시가 차도에서 벗어나 할리우드 힐에 있는 우리 아파트 옥상에 착륙했다. 나는 택시에서 내려 엘리베이터로 향했다.

엘리베이터 문이 열리고 누군가 나왔다.

무언가가 나에게 경고했다. 그의 움직임에 어떤 부분이. 나는 몸을 돌리며 얼른 어깨에서 총을 꺼냈다. 택시는 좋은 방패막이가 되었을 것이다―이미 떠오르고 있지만 않았다면 말이다. 어둠 속에서 사람 형체들이 걸어 나왔다.

뭔가가 뺨에 따끔하기 전에 두엇 정도 눕힌 것 같다. 마취 총알들, 크리스털린 마취제를 담은 슬라이버가 혈관 속으로 녹아들었다. 머리가 돌고 옥상이 돌고 원심력이 나를 옥상 위에 축 늘어뜨렸다. 그림자들이 다가와 영원 속으로 사라졌다.

두개골에 닿은 손가락에 번쩍 눈을 떴다.

나는 부드러운 붕대에 미라같이 둘둘 싸여 똑바로 서서 깼다.

목 아래로는 근육 하나 움찔할 수 없었다. 거기까지 깨닫고 나니 이미 늦었다. 내 뒤에 섰던 남자가 내 머리에서 전극을 떼어 내, 내 상상 팔이 닿지 않는 거리에서 시야에 들어왔다.

그에게는 새 같은 데가 있었다. 키가 크고 마른 편에 뼈대가 작았고, 삼각형 얼굴의 턱은 뾰족했다. 이마에서 V 자를 그린 부드러운 금발이 미간을 타고 헝클어져 내려왔다. 흠잡을 데 없이 맞춘 주황색과 갈색 줄무늬 모직 통반바지를 입었고, 팔짱을 끼고 머리를 한쪽으로 기울인 채 내가 입을 열기를 기다리고 있었다.

나는 그를 알아보았다. 오웬이 어딘가에서 그의 홀로를 찍었다.

"여기가 어디지?"

나는 정신이 혼미한 척 신음했다.

"몇 시야?"

"시간? 벌써 아침이지."

납치범이 말했다.

"어디 있는지는 의문점으로 남겨 두지."

그의 태도에서 무언가가……. 나는 어림짐작해 보았다.

"로렌?"

그가 가볍게 절했다.

"너는 국제연합의 길버트 해밀턴이지. 경찰, '외팔잡이 길'."

ARM인가 팔arm인가? 나는 그의 말을 넘겼다.

"내가 방심한 것 같군."

"내 팔이 닿는 범위를 과소평가한 거지. 내 흥미도 과소평가했고 말이야."

그랬다. 기습 공격을 하거나 인력 손실을 각오한다면 ARM을 붙잡는 일은 다른 일반 시민을 붙잡는 것보다 그다지 어렵지 않았다. 이번 경우 그는 위험을 감수했지만 아무 대가도 치르지 않았다. 경찰은 장기 밀매업자들과 같은 이유에서 마취 총을 사용한다. 내 총에 맞은 사람들은, 그 몇 초의 싸움에서 내가 누군가를 맞혔다고 해도, 한참 전에 정신을 차렸을 것이다.

로렌은 나를 붕대로 둘둘 감은 다음, 나와 대화할 준비가 될 때까지 '러시아 수면' 상태로 내버려 두었으리라. 내게 붙어 있던 전극을 이용해서. 전극 하나는 한쪽 눈꺼풀에, 다른 하나는 목덜미에 대고 적은 전류를 뇌로 보내면 바로 잠이 든다. 한 시간 사이에 하룻밤 푹 잔 상태가 된다. 깨우지 않으면 그 상태로 영원히 잔다.

그래, 이자가 로렌이로군.

그는 머리를 새처럼 한쪽으로 기울이고 팔짱을 끼고 나를 바라보고 서 있었다. 한쪽 손에는 마취 총을 대충 들고 있었다.

몇 시지? 다시 물을 엄두는 나지 않았다. 로렌이 무언가 눈치챌지도 모르니까. 만약 09시 45분까지 시간을 끌 수 있다면 줄리가 도움을 보내 줄 수 있……

도움을 어디로 보내지?

맙소사! 여기가 어디지? 내가 모르면 줄리도 모른다!

로렌은 나를 장기은행에 보낼 작정이었다. 크리스틸린 슬라이버 하나면 길 해밀턴을 이루는 수없이 다양하고 섬세한 부분들을 손상시키지 않고 나를 기절시킬 수 있었다. 그다음 로렌의 의사들이 나를 해체하리라. 정부의 수술실에서는 범죄자의 뇌를 섬광으로 태워 나중에 단지에 넣어 장례를 치른다. 로렌이 내 뇌를 어디에 쓸지 누가 알리. 하지만 내 몸의 나머지 부분들은 젊고 건강했다. 든 비용을 제하고 생각해도, 살아 있는 나는 백만 UN마르크 이상의 가치가 있었다.

"왜 난데? 어느 ARM이든 상관없었던 게 아니라 나를 원했지. 왜 날 궁금해했는데?"

"오웬 제니슨 사건을 수사한 게 너지. 너무 자세히 말이야."

"젠장, 충분히 자세하진 못했지!"

로렌은 혼란스러운 표정이었다.

"정말 몰라?"

"정말 몰라."

"거참 흥미롭군. 참으로 흥미로워."

"알았어, 내가 어떻게 아직 살아 있는데?"

"해밀턴 씨, 난 궁금했거든. 네 상상 팔에 관한 얘기가 듣고 싶었지."

ARM이 아니라 팔 얘기였군. 일단 허세를 부려 보았다.

"내 뭐?"

"해밀턴 씨, 게임은 그만둬. 내가 진다 싶으면 이걸 쓰겠어."

그가 마취 총을 흔들었다.

"다시는 깨어나지 못할걸."

젠장! 그는 알고 있었다. 내가 움직일 수 있는 것은 귀와 상상 팔뿐이었는데, 로렌은 다 알고 있었다! 로렌을 결코 내 팔이 닿는 범위까지 꾀어낼 수 없을 것이다. 그가 모두 다 안다는 전제하에서는.

그를 끌어내야 했다.

"좋아. 어떻게 알아냈는지 듣고 싶군. ARM에 스파이가 있어?"

로렌이 피식 웃었다.

"그랬으면 좋겠다만, 아니야. 몇 달 전에 우연히 너희 요원을 하나 잡았지. 그의 정체를 알고는 이야기를 좀 나누었어. 네 그 굉장한 팔에 대해 좀 들은 바가 있지. 너한테서 더 듣고 싶은데."

"누구였지?"

"정말이지, 해밀턴 씨……."

"누구였어?"

"설마 내가 기증자 이름을 하나하나 다 기억할 거라고 생각하는 거야?"

누가 로렌의 장기은행으로 사라졌을까? 모르는 사람, 아는 사람, 친구? 도살장의 관리인은 도살당한 이들을 다 기억할까?

"소위 초능력에 관심이 가더군. 그래서 기억했어. 그다음에, 당신의 고리인 친구 제니슨과 계약을 맺기 직전에, 그가 함께 일한 선원에 대해 뭔가 특이한 점이 생각났지. 외팔잡이 길이라고 불렸지? 예언적이군. 항구에서 상상 팔로 술을 마시는 데 성공하면 술값이 공짜였다며."

"이런 지랄 맞은. 오웬이 스파이라고 생각했군? 나 때문에! 나 때문에!"

"징징대 봤자 소용없어, 해밀턴 씨."

로렌의 목소리가 무시무시해졌다.

98

"자, 날 즐겁게 해 봐."

기립 감옥에서 벗어나는 데 쓸 만한 것이 있나 주위를 계속 느껴 보고 있었다. 그런 운은 없었다. 너무 단단해서 찢어지지 않는 붕대로 미라처럼 감겨 있었다. 상상 팔로 느낄 수 있는 것은 목까지 감싼 천 붕대와 내 몸을 바로 세우고 있는 등 뒤의 버팀 막대뿐이었다. 붕대 아래로는 알몸이었다.

"내 으스스한 능력을 보여 줄게. 담배 한 대만 빌려 주면."

이 말에 그가 다가올지도······.

그는 내 팔에 관해 어느 정도 알고 있었다. 범위를 알았다. 바퀴가 달린 작은 탁자 끝에 담배 한 대를 올리고 탁자를 내 쪽으로 밀었다. 나는 담배를 들어 올려 입에 물고 그가 다가와 불을 붙여 주기를 기다렸다.

"실수."

그는 탁자를 도로 당겨 불붙인 담배를 실어 보냈다.

운이 없군. 최소한 담배는 하나 얻었다. 불이 붙지 않은 담배를 최대한 멀리 던졌다. 육십 센티미터 정도였다. 상상 손으로는 더 천천히 움직여야 한다. 그러지 않으면 들고 있던 물건이 그저 손가락 사이로 떨어져 버린다.

로렌은 매료되었다. 떠다니는, 몸에서 떨어진 담배가 내 의지를 따라 움직였다! 그의 눈에는 경이감과 공포가 담겨 있었다. 나쁜 신호였다. 담배는 실수였는지도 몰랐다. 어떤 사람들은 초능력을 마술 같은 것으로, 초능력자를 악마의 종으로 보았다. 로렌이 날 두려워한다면 죽은 목숨이었다.

"재미있는데. 어디까지 닿아?"

그는 답을 이미 알고 있었다.

"당연히 내 진짜 팔이 닿는 데까지."

"왜? 다른 사람들은 훨씬 멀리까지 쓸 수 있잖아. 왜 넌 안 되는 거지?"

그는 십 미터는 족히 떨어진 방 건너편에서 안락의자에 앉아 있었다. 한 손에는 술잔을, 다른 손에는 마취 총을 들고 있었다. 대단히 느긋해 보였다. 그가 내 팔 범위 안에 들어오기는커녕 그 의자에서 일어나기는 할지 의문이었다.

방은 작고 텅 비어 있었다. 지하실 같은 느낌이었다. 내 뒤로 뭔가 더 있지 않다면, 로렌의 의자와 작은 휴대용 바가 가구의 전부였다. 지하실은 어디에든 있을 수 있다. 로스앤젤레스 안에도 밖에도 있을 수 있다. 만약 정말 아침이라면 나는 지구상 어디에든 있을 수 있었다.

"물론 다른 사람들은 나보다 멀리까지 능력을 쓸 수 있겠지만, 나만 한 힘이 없어. 이건 상상 팔이고, 당연히 내 팔을 삼 미터 길이로 만들지는 못하잖아. 어쩌면 누가 엄청 노력해서 나에게 그렇게 믿게 할 수 있을지도 모르지. 하지만 그러려다가 내가 이미 갖고 있는 믿음을 망가뜨릴지도 몰라. 그러면 다른 사람들처럼 팔 두 개만 남겠지. 이쪽이 나는……."

나는 말끝을 흐렸다. 로렌이 어쨌든 내 팔을 몽땅 다 가져갈 테니까 말이다.

담배가 다 탔다. 꽁초를 버렸다.

"한잔할래?"

"좋지. 지거 글라스*가 있으면. 다른 건 못 들어."

그가 작은 유리잔을 찾아내 바퀴 달린 탁자 구석에 올려 보냈다. 간신히 들 수 있었다. 내가 술을 들이켜고 잔을 도로 내려놓는 내내 로렌은 내게서 눈을 떼지 않았다.

오래된 담배 유혹. 어젯밤에 나는 이 기술로 여자를 유혹했다. 지금은 내 목숨을 벌고 있었다. 나는 정말 상상 주먹에 뭔가를 단단히 쥔 채로 이 세상을 떠나고 싶은가? 로렌을 즐겁게 해 주면서? 그의 관심을 끌며……

여기가 어디지? 어디?

나는 불현듯 깨달았다.

"여기는 모니카아파트군. 다른 곳이 아니라."

로렌이 웃었다.

"결국 알아낼 줄 알았어. 그래 봤자 너무 늦었지. 내가 널 제때 잡았으니까."

"그렇게 만족하지 마. 네가 운이 좋았던 게 아니라 내가 멍청했던 탓이야. 냄새를 맡았어야 했는데. 오웬이 자기 발로 여기 왔을 리가 없지. 네가 오웬에게 여기 있으라고 명령했지."

"내가 그랬지. 그가 배신자인 줄 이미 알고 있었거든."

"그래서 죽으라고 여기에 보냈어? 오웬이 제대로 갇혀 있는지 날마다 확인하러 온 사람은 누구지? 관리인 밀러? 네 패거리겠군.

---

* jigger glass, 칵테일 계량용 작은 컵.

네 홀로그램을 컴퓨터에서 삭제했겠지."

"맞아. 하지만 매일은 아니었어. 휴대용 카메라로 제니슨을 매 초 지켜봤어. 제니슨이 죽은 다음에 카메라를 빼냈지."

"그리고 일주일을 더 기다렸더라. 대단한데."

내가 이렇게 오래 걸렸다는 점이 놀라웠다. 이 공간의 분위기는……. 어떤 사람들이 모니카아파트에 살까? 얼굴 없는 자들, 정체성 없는 자들, 아무도 그리워하지 않을 자들. 그들은 로렌이 정말 그들을 그리워할 사람이 아무도 없는지 확인하는 사이에 아파트에 갇혀 있었을 것이다. 자격을 충족한 이들은 사라지고 그들의 서류와 소지품도 그들과 함께 사라지고 그들의 홀로는 컴퓨터에서 삭제되었으리라.

"네 친구 제니슨을 통해 고리인들에게 장기를 팔려고 해 봤어. 해밀턴, 나는 제니슨이 날 배신했다는 걸 알아. 얼마나 심하게 배신했는지 알고 싶군."

"꽤 심했어."

그도 짐작하리라.

"고리에 장기은행 진료소를 세운다는 상세 계획까지 입수했지. 로렌, 그런데 어차피 안 됐을 거야. 고리인들은 그런 식으로 생각하지 않거든."

"사진은 없었고?"

"없었어."

나는 그가 얼굴을 바꾸는 것을 원치 않았다.

"그가 뭔가 남길 줄 알았어. 아니면 그냥 기증자로 삼았을 거야.

그편이 훨씬 간단하지. 이익도 훨씬 많이 남고. 해밀턴, 난 돈이 필요해. 기증자를 그냥 보내는 데 조직이 얼마나 큰 대가를 치르는지 알아?"

"백만쯤이겠지. 왜 그랬어?"

"제니슨은 뭔가 남겼는데, 그걸 찾을 방도가 없었지. ARM이 찾지 못하게 막는 길밖에 없었어."

나는 그제야 이해했다.

"아. 누군가 흔적 없이 사라져 버리면, 어떤 바보라도 장기 밀매 업자부터 의심하니까."

"자연스럽지. 그러니까 그 자식이 그냥 사라질 수는 없잖아? 경찰이 ARM에게 갈 테고, 파일이 너에게 갈 테고, 그러면 넌 찾기 시작했겠지."

"우주항 사물함을."

"뭐?"

"커브스 포시스 이름으로 남아 있었어."

로렌은 이를 갈았다.

"그 이름 알아. 그걸 찾아봤어야 했는데. 있잖아, 제니슨을 전류에 연결한 다음에 우리는 그 자식이 말하게 하려고 플러그를 뽑아 봤어. 효과가 없었지. 드라우드를 머리에 도로 박고 싶은 생각에 정신이 팔려서 아무 데도 집중을 못 하더라고. 사방을 수색했지만……."

"네놈을 죽여 버릴 거야."

나는 단어 하나하나에 진심을 담아 뱉었다.

로렌이 얼굴을 찌푸리고 고개를 갸웃했다.

"반대 아닐까, 해밀턴 씨. 담배 한 대 더?"

"좋아."

그가 바퀴 달린 탁자에 불붙인 담배를 실어 보냈다. 나는 세 배쯤 더 여봐란듯이 담배를 들어 올렸다. 어쩌면 로렌의 관심을 담배에 ——내 상상 손을 찾는 데—— 집중시킬 수 있을지도 몰랐다. 그가 담배에 시선을 집중하면, 결정적인 순간에 담배를 입에 물고 그가 눈치채지 못할 때 손을 자유롭게 쓸 수 있었다.

어떤 결정적인 순간? 그는 여전히 안락의자에 앉아 있었다. 더 가까이 오라고 그를 꼬드기고 싶은 충동을 억눌렀다. 그쪽으로 조금이라도 시도했다간 금세 의심을 살 것이다.

몇 시지? 줄리는 뭘 하고 있지? 나는 두 주 전의 밤을 생각했다. 로스앤젤레스에서 가장 높은, 높이가 천육백 미터에 가까운 레스토랑의 발코니에서 들었던 저녁 식사를 기억했다. 우리 아래로 펼쳐진 네온 카펫이 사방의 지평선까지 뻗어 나갔다. 어쩌면 줄리가 이 기억을 느끼고…….

줄리는 09시 45분에 나를 확인하기로 했다.

"넌 훌륭한 우주인이었겠군."

로렌이 말했다.

"태양계 전체에서 선실을 떠나지 않고 선체 안테나를 조정할 수 있는 유일한 사람이라니."

"안테나를 움직이려면 내 근육보다 좀 더 강한 힘이 필요해."

즉, 로렌은 내가 물체를 통과하여 닿을 수 있다는 사실을 알고 있었다. 거기까지 안다면…….

"우주에 남았어야 했어."

"지금 이 순간 내가 채굴선에 있다면 좋을 텐데. 지금 내가 바라는 건 건강한 팔 두 개뿐이야."

"안됐네. 세 개 있잖아. 사람한테 초능력을 쓰는 건 사기나 다름 없다는 생각은 해 봤어?"

"뭐?"

"라파엘 하이네 기억해?"

로렌의 목소리가 흔들렸다. 그는 화를 간신히 억누르고 있었다.

"당연하지. 오스트리아에 있던 삼류 업자."

"라파엘 하이네는 내 친구였어. 나는 그가 너를 한번 묶었던 걸 알고 있어. 이봐, 해밀턴 씨, 말해 보시지. 네 상상 팔이 네가 말한 것만큼 약하다면 어떻게 밧줄을 풀지?"

"안 풀었어. 못 풀었지. 하이네는 수갑을 썼거든. 그의 주머니에서 열쇠를 꺼냈어……. 물론 상상 손으로."

"초능력을 그에게 썼잖아. 너한테는 그럴 권리가 없었어!"

마술. 초능력자가 아닌 사람들은 정도의 차이는 있지만 똑같이 느낀다. 조금 두려워하고 조금 부러워한다. 로렌은 자신이 ARM을 상대할 수 있다고 생각했다. 최소한 우리 중 한 명을 죽이기도 했다. 상대로 마술사를 보내다니 터무니없이 불공평했다. 그래서 그가 나를 깨운 것이다. 로렌은 만족하고 싶었다. 마술사를 잡아 본 사람이 몇이나 있겠는가?

"멍청한 소리 마. 나도 너나 하이네의 어리석은 게임에 자원한

적 없어. 내 역할이 너를 도매 살인자로 만들었지."

로렌이 일어섰다. 몇 시지? 나는 시간이 다했음을 깨달았다. 그는 분노로 새하얗게 질려 있었다. 그의 비단 같은 금발의 끝이 삐쭉삐쭉 솟아오른 것 같았다.

나는 마취총의 작은 바늘구멍을 응시했다. 할 수 있는 일이 아무것도 없었다. 내 염동력의 범위는 손가락 끝까지였다. 한 번도 느껴 본 적 없는 온갖 것이 느껴졌다. 물이 세포에서 얼어붙지 않도록 막기 위해 혈액 속에 투여될 트라스틴, 반쯤 얼어붙은 알코올로 하는 차가운 목욕, 메스, 작고 정확한 수술 레이저. 무엇보다도, 메스.

그리고 나의 지식은 그들이 나의 뇌를 버리면서 사라지리라. 나는 로렌의 생김새를 알았다. 모니카아파트를 알았다. 이런 곳이 얼마나 더 있을지 누가 알겠는가? 나는 데스밸리의 사랑스러움이 어디에 있는지 속속들이 알았고 언젠가는 가려고 했다. 지금이 몇 시지? 몇 시지?

로렌이 마취 총을 들고 뻣뻣한 자기 팔을 내려다보았다. 과녁 연습을 하고 있다고 생각하는 것이 분명했다.

"정말 유감이야."

그가 말했다. 목소리가 아주 조금 떨렸다.

"너는 우주인으로 남아 있었어야 했어."

그가 무엇을 기다리고 있지?

"네가 이 붕대를 풀어 주지 않으면 굽실거려 줄 수도 없어."

나는 쏘아붙이고, 강조를 위해 남은 담배를 그가 있는 방향으로 찔렀다. 담배가 손아귀에서 빠져나갔다. 나는 손을 뻗어 담배를 잡아채고……

왼쪽 눈에 박았다.

상황이 달랐다면 이 아이디어를 좀 더 자세히 생각해 봤겠지만, 그래도 어쨌든 이렇게 했을 것이다. 로렌은 이미 나를 자기 소유물로 여기고 있었다. 살아 있는 피부와 건강한 신장과 긴 혈관으로, 로렌의 장기은행의 일부로 나는 백만 UN마르크 이상의 가치가 있는 소유물이었다. 그런 내가 내 눈을 망가뜨리고 있었다! 업자들은 늘 눈을 사냥한다. 안경을 쓰는 사람은 누구든지 새 눈 한 쌍을 갖고 싶어 했고 장기 밀매업자들 본인들도 항상 망막 패턴을 바꾸고 싶어 했다.

예상치 못했던 것은 그 고통이었다. 눈알에는 감각신경이 없다고 어디선가 읽었지만, 눈꺼풀이 아팠다. 끔찍하게!

그래도 잠시만 참으면 됐다.

로렌이 욕지거리를 내뱉으며 급히 달려왔다. 그는 내 상상 팔이 얼마나 약한지 알았다. 그 팔로 무얼 하겠어? 그는 몰랐다. 면전에 보였지만 결코 몰랐으리라. 그는 내게 달려와 담배를 세게 쳐 냈다. 어찌나 세게 때렸는지 목 위로 머리가 반쯤 돌아갔고 감각이 사라진 엉덩이가 벽에 부딪혔다. 헐떡이고 딱딱거리고 분노로 말을 뱉지 못하며 그는 서 있었다──팔이 닿는 곳에.

고통스러운 눈을 작은 주먹처럼 꽉 감았다.

나는 로렌의 총을 지나 흉벽을 가로질러 심장을 찾아냈다. 그리고 움켜쥐었다.

로렌의 눈이 휘둥그레졌다. 그의 입이 헉 소리를 내며 벌어졌다. 후두가 심한 경련을 일으키며 튀어나왔다. 총을 쏠 시간은 있었다. 그러나 그는 그 대신 반쯤 마비된 팔로 가슴을 움켜쥐었다. 손톱으로 가슴을 두 번 갈퀴질하고, 위로 헐떡이며 들어오지 않는 공기를 찾았다. 심장마비라고 생각했던 것이다. 그가 눈을 굴리다가 내 얼굴을 보았다.

내 얼굴. 나는 살인 의지로 가득 차 으르렁거리는 외눈박이 맹수였다. 그의 심장을 꺼내서라도 죽이고야 말 테다! 그가 어떻게 모를 수 있으리?

그는 알았다!

그가 바닥에 총을 쏘고 쓰러졌다.

나는 반동과 혐오감으로 땀을 흘리며 경련했다. 흉터들! 그의 온몸이 흉터투성이였다. 안까지 이어지는 흉터를 느꼈다. 그의 심장은 이식된 것이었다. 몸의 나머지와 마찬가지로——멀리서는 서른 살 정도로 보였지만, 이렇게 가까이서 보니 나이를 가늠할 수 없었다. 더 젊은 부위도 더 늙은 부위도 있었다. 로렌 중 로렌인 부분이 얼마나 될까? 남에게서 어떤 부분들을 가져왔을까? 서로 맞는 부분이 하나도 없었다.

그는 만성 질환자였음이 틀림없었다. 위원회는 그에게 필요한 이식을 제공하지 않았겠지. 어느 날 그는 자신의 모든 문제를 일거에 해결할 답을 보았고……

로렌은 움직이지 않았다. 숨을 쉬지 않았다. 나는 그의 심장이 내 상상 손 안에서 뛰고 꿈틀대다가 갑자기 포기하던 느낌을 기억했다. 그는 왼팔로 시계를 덮고 쓰러졌다. 텅 빈 방에 홀로 남은 채, 나는 여전히 시간을 몰랐다.

나는 결국 시간을 알아내지 못했다. 밀러가 마침내 두목을 방해할 엄두를 낼 때까지 몇 시간이 흘렀다. 그는 둥글고 텅 빈 얼굴을 문설주 너머로 내밀고, 내 발치에 뻗은 로렌을 보고, 찍 소리를 내며 도망쳤다. 일 분 뒤 문설주 너머에서 마취 총과 눈물 고인 푸른 눈이 나타났다. 뺨이 따끔했다.

"당신을 일찍 확인했어."

줄리가 병상 발치에 불편하게 자리를 잡고 말했다.

"아니, 당신이 날 불렀지. 일하러 왔는데 당신이 없어서 왜일까 생각했더니, 쾅. 나빴지?"

"상당히 나빴어."

내가 대답했다.

"그렇게 겁에 질린 사람을 느껴 본 적은 처음이야."

"음, 아무한테도 말하지 마. 나도 지켜야 할 이미지가 있거든."

버튼을 눌러 침대를 앉은 자세로 세웠다. 눈과 눈구멍에는 붕대가 감겨 있고 감각이 없었다. 고통은 없었지만 그 둔중한 느낌은 나의 일부가 된 두 사자死者를 선명하게 상기시켰다. 팔 하나, 눈 하나.

줄리가 내 감정을 느끼고 있었다면 안절부절못하는 것도 당연했다. 그랬다. 줄리는 침대 위에서 몸을 들썩이고 비틀었다.

"몇 시인지 계속 궁금했어. 몇 시였어?"

줄리가 부르르 떨었다.

"09시 10분 정도. 그…… 그 흐리멍덩한 소인배가 구석에서 당신에게 마침 총을 겨누었을 땐 기절하는 줄 알았어. 아, 그만해! 길, 그만해. 이제 끝났어."

그렇게 위험했나? 그렇게까지 위험했나?

"저기, 이만 일하러 돌아가. 문병 와 줘서 고맙지만 우리 둘 다 한테 이건 도움이 안 돼. 계속 이러다간 둘 다 영구 공포 상태에 빠질 거야."

줄리가 경련하듯 고개를 끄덕이고 일어섰다.

"와 줘서 고마워. 목숨을 구해 준 것도, 고마워."

줄리가 문가에서 미소 지었다.

"난초 고마워."

아직 주문은 안 했는데.

간호사를 불러, 집에 가자마자 침대에 눕는다면 오늘 밤 저녁 식사 후에 퇴원해도 좋다는 말을 받아 냈다. 간호사가 전화를 가져다주었고 나는 난초를 주문했다. 그런 다음 침대를 도로 눕히고 한동안 누워 있었다. 살아 있으니 좋았다. 내가 했던 약속들, 결코 지키지 못했을지도 모를 약속들이 떠오르기 시작했다. 몇 개쯤 지킬 때인지도 모른다.

감시부에 전화해 잭슨 베라를 찾았다. 그가 내 영웅적인 활약에 대한 이야기를 억지로 끌어내게 둔 다음, 나는 그를 한잔하러 오라고 병원에 초대했다. 그의 술이지만 내가 사겠다고 했다. 베라는 그 부분은 썩 내켜 하지 않았지만, 내가 고집을 부렸다.

지난밤처럼 태피의 번호를 반쯤 돌리다가 생각을 바꿨다. 손목 전화가 침대 옆 탁자에 놓여 있었다. 영상은 빼자.

"여보세요."

"태피? 나 길이야. 주말 비어 있어?"

"그럼. 금요일부터?"

"좋아."

"10시에 데리러 와. 친구 일은 알아냈어?"

"응, 내 생각이 맞았어. 업자들이 살해했지. 이제 끝났어. 범인을 잡았거든."

눈 얘기는 하지 않았다. 금요일이면 붕대를 풀었을 것이다.

"주말 말인데. 데스밸리를 보러 가는 건 어때?"

"농담이지?"

"농담이야, 아니. 들어 봐."

"뜨겁잖아! 건조하고! 달처럼 죽어 있잖아! 데스밸리라고 한 거 맞지? 정말?"

"이 달에는 안 더워. 들어 봐."

태피는 들어 주었다. 수긍할 만큼 오래 들었다.

"생각해 봤는데, 우리 서로 만날 거면, 어, 계, 계약을 했으면 좋겠어. 직장 얘기는 하지 말자. 괜찮아?"

"좋은 생각이야."

"사실은 나, 병원에서 일하거든. 수술실이야. 나한테 인체 이식 장기는 그냥 업무 도구, 사람을 낫게 하는 데 쓰이는 도구에 불과해. 이렇게 생각할 수 있기까지 오랜 시간이 걸렸어. 난 그것들이 어디에서 오는지 알고 싶지 않고, 장기 밀매업자들에 대해서도 하나도 알고 싶지 않아."

"알았어, 계약 성립. 금요일 10시에 보자."

의사라니. 나중에 나는 생각했다. 음, 멋진 주말이 될 터다. 놀라운 사람들은 언제나 가장 알 만한 가치가 있는 이들이다.

베라가 J&B 병을 들고 들어왔다.

"제가 사겠어요."

그가 말했다.

"사양하셔도 소용없어요. 어쨌든 요원님은 지금 자기 지갑에도 못 닿잖아요."

싸움 개시.

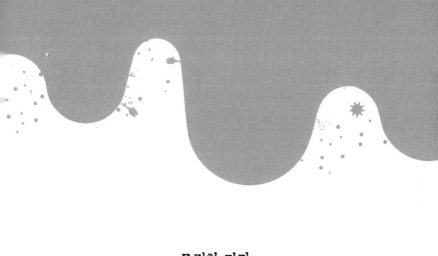

무력한 망자

사자死者들은 유리 아래 나란히 누워 있었다. 오래전, 공간이 넉넉하던 시절 이런 노인들은 한 명 한 명 이중벽 관에 매장되었을 것이다. 이제 이들은 어깨를 맞대고 위를 보고 나이순으로 누워 있었다. 두꺼운 유리 두 장 사이를 채운 두께 삼십 센티미터의 액체질소 너머로 그들의 모습이 선명하게 보였다.

건물 안 다른 곳에 있는 어떤 수면자들은 과거 여러 시대의 풍습대로 옷을 입고 있었다. 다른 층에 있는 긴 탱크 두 개 속 수면자들은 저온 화장품으로 화장을 한 상태였고, 큰 상처를 메우고 가리기 위해 피부색 반죽 같은 것을 바른 경우도 가끔 보였다. 지난 세기 중반 정도에 끝난 기이한 관습이었다. 어쨌든, 이들 수면자들은 언젠가는 살아날 계획이었다. 한눈에 상처가 보여야 했다.

이들의 경우, 그랬다.

이들은 모두 이십 세기 끄트머리의 사람들이었다. 지옥 같은 꼴이었다. 사고를 당해 도저히 살릴 수 없을 상태인데도 유언에 묶여 냉동고에 갇힌 사람도 몇 보였다. 각각의 수면자들에게는 정신과 육체의 어디가 잘못되었는지를 일일이 묘사한 명판이 붙어 있었다. 너무나 섬세하고 구식이라 거의 읽을 수 없을 정도였다.

병에 시달리고 상하고 지친 이들의 얼굴에는 하나같이 똑같은 끈질긴 체념이 담겨 있었다. 머리카락은 서서히 분해되어 머리통 위로 두꺼운 회색 초승달 모양을 그렸다.

"사람들은 저들을 **콥시클**, 냉동 인간이라고 부르곤 했죠. 아니면 **호모 스내피언스**[*]라고 하거나요. 하나 떨어뜨리면 어떤 꼴이 날지 상상이 되죠."

레스타릭 씨는 웃지 않았다. 그는 이들을 책임지고 있었고, 자신의 임무를 진지하게 받아들였다. 그의 시선은 나를 본다기보다는 나를 통과해 보는 것 같았고, 그의 옷은 시대에 오십 년쯤 뒤떨어졌다. 자신을 여기 과거 속에 서서히 잃어 가는 것처럼 보였다.

"여기 이런 사람이 육천 명 넘게 있습니다. 우리가 이들을 도로 살려 내긴 할 거라고 생각하세요?"

나는 ARM이었다. 알지도 몰랐다.

"선생님 생각은 어떻습니까?"

그가 시선을 떨어뜨렸다.

"가끔은 의심이 듭니다. 해리슨 콘은 가망이 없어요. 보세요, 저렇게 벌어진 상처를. 그리고 저 여자도, 얼굴이 반쯤 날아갔죠. 살

---

* 'snap, 뚝 부러지다'라는 단어를 이용한 농담.

려 내면 식물인간이 될 겁니다. 나중에 들어간 사람들은 이렇게까지 나빠 보이지는 않아요. 1989년까지 의사들은 의학적으로 사망하지 않은 인간은 냉동할 수 없었죠."

"그건 말이 안 됩니다. 왜 금지했나요?"

레스타릭 씨는 화를 내며 어깨를 으쓱했다.

"살인이라고 생각했던 겁니다. 그들이 하는 일은 목숨을 구하는 거고요. 그 당시 의사들은 법적 요건을 충족하기 위해 환자의 심장을 멈췄다가 다시 뛰게 하기도 했죠."

그래, 퍽이나 말이 된다. 나는 감히 큰 소리로 웃지 못했다. 한 남자를 가리켰다.

"저 사람은요?"

마흔다섯 살 정도의 팔다리가 길고 건강해 보이는 남자였다. 겉보기에 폭력적인 것이든 아니든 죽음의 자국이 없었다. 길고 매끄러운 얼굴에는 여전히 남에게 명령하는 표정이 남아 있었지만, 움푹 들어간 눈은 거의 감겨 있었다. 살짝 벌린 입술 사이로 아주 옛날식 보철물로 교정한 이가 보였다.

레스타릭 씨는 명판을 흘끗 보았다.

"레비티쿠스 헤일, 1991. 아, 맞아. 편집증이었어요. 그 이유로 냉동된 첫 번째 인물이 분명합니다. 그때 사람들 생각이 맞기도 했죠. 지금 살려 내면 고칠 수 있습니다."

"살려 낸다면 말이죠."

"시행한 사례도 있습니다."

"당연하죠. 죽는 경우는 셋 중 하나뿐이니까요. 본인도 그 정도라면 감수했을 수도 있고요. 하지만 뭐, 미쳤으니까."

나는 줄지어 놓인 이중벽 액체질소 탱크들을 돌아보았다. 이곳은 넓고 메아리가 울렸다. 여기가 꼭대기 층이었다. '영원의 보관소'는 지진에도 흔들리지 않는 지반 깊숙이 지어진 지하 십 층 건물이었다.

"육천 명이라고 하셨는데, 금고는 원래 만 명용으로 지어졌죠?"

그가 고개를 끄덕였다.

"삼분의 일은 비었습니다."

"요즘도 고객이 많이 옵니까?"

그는 비웃었다.

"농담이시겠죠. 요새는 아무도 자기 몸을 얼리지 않잖아요. 한번에 한 조각씩 깨어날지도 모르는데!"

"저도 그게 궁금했습니다."

"십 년 전에는 새 보관소를 지을까 생각했습니다. 완벽하게 건강하지만 미친 수많은 아이들이 자기 몸을 얼렸다가 멋진 신세계에서 깨어나고 싶어 했죠. 구급차들이 와서 걔들을 여분 장기로 쓰려고 실어 나가는 모습을 지켜보아야 했습니다! 냉동법이 통과된 이후 이제는 삼분의 일이나 비었어요!"

그래, 그 아이들 일은 이상하긴 했다. 유행이거나 종교거나 광기였다. 다만, 너무 오랫동안 계속되었던.

'얼어붙은 아이들' 대부분은 교과서적인 아노미 사례였다. 불완전한 세상에 갇혀 버렸다고 느끼는 십 대 후반의 아이들이었다. 역사는 그들─중 듣는 아이들─에게 옛날은 훨씬 더 나빴다고 가르쳤다. 어쩌면 그들은 세상이 완벽을 향해 나아가고 있다고 생각했는지도 몰랐다. 몇몇이 도박을 했다. 어느 해든 많지는 않았지만, 첫 냉동 인간 회복 실험 이후 꾸준한 현상이었다. 내가 태어나기 전 세대였다. 자살보다 나았다. 젊고 건강했고, 어떤 손상되어 얼어붙은 사자들보다 회복 가능성도 높았다. 사회에 적응하지 못한 사람들이었다. 그만한 위험을 감수한들 어때?

이 년 전에 그들은 답을 받았다. 총회와 세계 투표가 냉동법안을 통과시켰다.

신탁 기금을 마련할 선견지명이 없었거나 신탁 관리인을 잘못 선임했거나 망할 주식에 투자한 채 냉동 수면에 든 사람들이 있었다. 지금 의학이나 기술로 살아난다면 이런 사람들은 돈도, 쓸 만한 교육도 없이, 또 절반 정도는 사회에서 살아갈 분명한 능력도 없이 실업수당에 의지해야 했다. 이들의 상태는 냉동 수면인가 냉동 사망인가? 법에는 언제나 불명확한 부분이 있었다. 냉동법은 모호한 부분을 상당히 명확하게 정리했다. 사회는 냉동 수면자 중 생존을 유지할 수 없는 사람을 도로 깨워 법적으로 사망 처리할 수 있었다. 그렇게 세상의 냉동 사자 중 삼분의 일, 백이십만 명이 장기은행으로 보내졌다.

"그때 책임자셨습니까?"

노인이 고개를 끄덕였다.

"사십 년 가까이 보관소 주간 근무를 담당했습니다. 구급차가 내 사람 중 삼천 명을 싣고 날아가는 모습을 봤죠. 전 그들을 내 사람이라고 생각해요."

그가 조금 방어적으로 말했다.

"법은 그들이 살았는지 죽었는지 결정 못하는 것 같으니, 좋으실 대로 생각하시죠."

"절 믿었던 사람들이라고요. '얼어붙은 아이들'이 무슨 죽을 잘못을 했습니까?"

남들이 세상을 천국으로 만드느라 등골이 휘어지게 일하는 사이에 잠이나 자고 싶어 했지. 그렇지만 사형당할 죄는 아니었다.

"그 애들에게는 자기편이 없었어요. 저밖에 없었죠."

그는 말끝을 흐렸다.

잠시 후, 그가 간신히 현재로 돌아왔다.

"음, 신경 쓰지 마세요. 국제연합경찰을 위해 무엇을 도와드릴까요, 해밀턴 씨?"

"아, 저는 여기 ARM 요원으로 온 게 아닙니다. 그저, 그……."

이런. 나도 몰랐다. 뉴스 방송을 보고 여기에 이끌려 왔다.

"다른 냉동법을 도입하려는 계획이 있습니다."

"뭐라고요?"

"이차냉동법이죠. 다른 집단을 대상으로 합니다. 공동 장기은행이 다시 빈 모양입니다."

나는 씁쓸하게 말했다. 레스타릭 씨가 부들부들 떨기 시작했다.

"아니, 안 돼, 안 돼. 또 그 짓을 할 순 없어. 못 해, 못 해."

나는 안심시키거나 몸을 지탱해 주려고 그의 팔을 붙들었다. 그는 기절할 것처럼 보였다.

"못 할지도 모릅니다. 첫 냉동법에는 장기 밀매업을 중지시킨다는 목적이 있었지만, 실패했죠. 어쩌면 이번에는 시민들이 반대표를 던질지도 몰라요."

나는 최대한 빨리 그곳을 나왔다.

두 번째 냉동법안은 별다른 반대 없이, 천천히 차근차근 진행되었다. 바보상자boob cube에서 가끔 소식을 보았다. 거슬릴 만큼 많은 시민들이 그들 말로는 '사망 당시 미쳤던 수많은 사람들의 시신, 해당 시신들에서 꼭 필요한 장기이식을 위해 확보할 수 있는 장기들'의 몰수를 안전보장이사회에 청원했다.

누구도 소위 시신이 언젠가는 온전히 살아날 수 있을지도 모른다는 말을 하지 않았다. 소위 시신들이 지금 안전하게 살아날 수 없다고, 전문가들이 증명할 수 있다고, 증언을 해 줄 전문가 천여 명이 순서를 기다리고 있다고는 종종 말했다. 그들은 결코 생화학적인 치료로 광증이 나을 수 있음을 언급하지 않았다. 정신과 환자나 광증 유전자를 없애야 할 전 세계적인 필요를 말했다. 장기이식에 쓸 재료가 필요함을 끈질기게 목청 높여 말했다.

뉴스 보기를 막 포기한 참이었다. 나는 국제연합경찰의 일원인 ARM이었고, 정치에 관련해서는 안 되었다. 내 일이 아니었다.

십일 개월 뒤에 낯익은 이름을 만나고서야, 이것은 내 일이 되었다.

태피는 사람들을 관찰했다. 나는 얌전한 외모에 속지 않았다. 태피의 부드러운 갈색 눈은 흥미를 비밀스레 찾으며, 디저트 순가락을 들어 올릴 때마다 왼쪽을 향했다. 나는 태피가 들통 날까 봐 그녀의 시선을 좇지 않았다.

이봐, 솔직히 말하시지. 나는 보통 레스토랑에서 옆 테이블에 누가 앉아 먹고 있는지 상관하지 않았다. 대신 나는 담배에 불을 붙이고 상상 손으로 옮겨 들고 ──담배의 무게가 마음에 가볍게 얹혔다── 등을 뒤로 기댄 채 주위를 둘러보았다.

하이 클리프는 북캘리포니아의 건물에 있는 거대한 피라미드 형 도시였다. 미드가르드는 첫 번째 쇼핑 층, 저쪽 서비스 중심부 가까이에 있었다. 경관이랄 것은 딱히 없었지만 이 레스토랑은 장관인 환경 벽들로 만회했다. 안에서 보면, 미드가르드는 지옥에서 천국까지 뻗어 나갈 만큼 거대한 나무 몸통의 가운데쯤에 있는 것 같았다. 나무의 여러 가지 위에서 형태와 크기가 이상하게 왜곡된 전사들이 끝없는 전쟁을 저 멀리까지 치르고 있었다. 가끔 엄청나게 큰 괴수가 나타났다. 달을 공격하는 늑대, 레스토랑 전체를 휘감고 똬리 튼 뱀, 창문 한 열을 갑자기 막는 호기심 많은 갈색 다람쥐의 눈…….

"홀든 챔버스 아냐?"

"누구?"

들어 본 듯한 이름이었다.

"네 자리 너머에 혼자 앉아 있어."

그쪽을 보았다. 그는 키가 크고 깡말랐고 미드가르드의 손님 대부분보다 훨씬 어렸다. 긴 금발, 약한 턱──정말 턱수염을 기르는 편이 나을 타입이었다. 한 번도 본 적 없는 사람이 확실했다.

태피가 미간을 찌푸렸다.

"왜 혼자 먹고 있는지 궁금한데. 누가 바람맞힌 걸까?"

기억났다.

"홀든 챔버스. 납치 사건. 누가 그와 여동생을 몇 년 전에 납치했지. 베라가 맡았던 사건이군."

태피가 디저트 숟가락을 내려놓고 호기심 어린 얼굴로 나를 보았다.

"ARM이 납치 사건도 맡는 줄은 몰랐어."

"안 맡아. 납치는 지역 문제거든. 베라가 생각하기를……."

나는 말을 멈추었다. 홀든이 갑자기 주위를 둘러보더니 나와 눈을 마주쳤다. 놀랐고 성가시다는 표정이었다. 내가 얼마나 무례하게 쳐다보고 있는지를 깨닫지 못했다. 나는 민망해하며 시선을 피했다.

"베라는 장기 밀매 조직이 연관되었을지도 모른다고 생각했어. 냉동법으로 시장이 슬그머니 사라지자 조직원들 중에 납치로 방향을 튼 사람들도 있었거든. 홀든 챔버스가 아직도 날 보고 있어?"

목 뒤로 그의 시선이 느껴졌다.

"응."

"왜지?"

"정말 몰라?"

씩 웃는 얼굴을 보아하니 그녀는 이유를 아는 모양이었다. 태피는 잠깐 뜸을 들인 다음 말했다.

"지금 담배 트릭을 부리고 있잖아."

"아, 그랬군."

나는 담배를 살과 피가 있는 손으로 옮겨 들었다. 허공에 뜬 담배, 연필, 버번위스키 잔이 얼마나 놀라울 수 있는지 잊다니 바보같았다. 나 자신도 충격 효과를 노리고 이 수법을 쓰곤 했으면서.

"저 사람, 요즘 바보상자에 엄청 자주 나왔어. 전 세계적으로 여덟 번째 콥시클 상속자거든. 몰랐어?"

"콥시클 상속자?"

"콥시클이 부슨 뜻인지는 알아? 냉동 보관소가 처음 문을 열었을 때……."

"알아. 그 단어를 사람들이 다시 쓰기 시작한 줄을 몰랐지."

"흐음, 그건 신경 쓸 것 없고, 핵심은, 이차냉동법안이 통과되면 삼십만 명 정도의 콥시클이 공식적으로 사망 선고를 받는다는 점이야. 얼어 죽은 사람들 중에는 돈 많은 사람도 있어. 그 돈은 최근친에게 상속될 거야."

"아. 챔버스의 조상이 어디 보관소에 있다는 말이지?"

"미시간에 있다나 봐. 성서에 나오는 이상한 이름이었어."

"레비티쿠스 헤일은 아니겠지?"

태피가 빤히 쳐다보았다.

"세상에, 대체 어떻게 알았어?"

"대충 찍었어."

왜 그 이름을 말했는지 나도 몰랐다. 죽어 있는 레비티쿠스 헤일은 인상적인 얼굴과 인상적인 이름의 소유자였다.

그렇지만 내가 이차냉동법안의 동기로 돈을 한 번도 떠올리지 못했던 것은 이상했다. 첫 번째 냉동법안은 극빈자와 '얼어붙은 아이들'에게만 적용되었다.

여기 어떤 시대에 되살아나도 적응하지 못할 사람들이 있습니다. 자기 시대에조차 적응하지 못한 사람들입니다. 대부분은 아프지도 않았습니다. 미지의 미래에 자신들을 떠맡길 만한 이유가 없었습니다. 대부분 서로의 냉동 보관소 가입비를 대었습니다. 살아나면 이들은 어떤 현재 또는 미래의 기준을 따라도 극빈자, 실업자, 무학자, 영원한 불평분자가 될 것입니다.

젊고 건강하고 자신에게나 사회에나 쓸모없는 존재입니다. 그리고 장기은행은 언제나 비어 있습니다…….

이차냉동법안을 둘러싼 논쟁도 별반 다르지 않았다. 두 번째 대상 콥시클들은 돈은 있지만 미친 사람들이었다. 이제 어떤 형태의 광증도 화학 치료가 가능했다. 하지만 미쳤던 기억, 편집증이나 정신 분열로 형성된 습관적인 사고 패턴은 남을 테고, 심리 치료가 필요할 것이다. 그런데 애당초 경험의 패턴이 최고 백사십 년이나 뒤처진 사람들을 대체 어떻게 치료한담?

그리고 장기은행은 언제나 비어 있습니다…….

그래, 내 눈에도 보였다. 시민들은 영원히 살고 싶었다. 언젠가는 나, 길 해밀턴에게까지 찾아오리라.

"이길 수가 없어."

"어째서?"

태피가 물었다.

"극빈자라면 스스로 생계유지를 못하니 살려 주지 않겠지. 부자라면 상속인이 돈을 원하겠지. 죽어 있으면 자신을 변호하기가 힘들어."

태피는 심각한 표정으로 커피 잔을 들여다보았다.

"그들을 사랑했던 사람들도 모두 죽었지. 난 사람들이 냉동법을 통과시켰을 때는 그다지 상관하지 않았어. 병원에서 일할 땐 여분 장기가 어디서 오는지 알지도 못해. 범죄자, 콥시클, 체포당한 밀매업자들의 창고, 모두 다 똑같아. 요즘 나는 가끔 생각해."

태피는 병원 기계가 부끄러운 상황에 처했을 때 맨손과 소독한 철제 도구로 폐 이식 수술을 한 적이 있었다. 비위가 약한 여자라면 못했을 일이다. 그러나 요즈음 들어 태피는 이식 자체를 신경 쓰기 시작한 것 같았다. 나를 만나고 나서부터였다. 외과의와 장기 밀매업자를 사냥하는 ARM, 우리는 이상한 커플이었다.

다시 쳐다보니 홀든 챔버스는 가고 없었다. 우리는 음식값을 나누어 내고 일어났다.

첫 번째 쇼핑 층에는 기묘한 실내/실외감이 있었다. 우리는 가게와 나무와 극장과 도로변 카페가 십이 미터 높이에서 불을 밝힌 편평한 콘크리트 하늘 아래에 줄지어 선 넓은 인도로 나왔다. 저 멀리에서 검은 지평선이 콘크리트 하늘과 천공 사이로 가느다란 띠처럼 물결쳤다. 군중은 사라졌지만 길가 카페에서는 아직 몇몇 사람들이 세상이 지나가는 모습을 바라보고 있었다.

우리는 손을 맞잡고 검은 지평선의 띠를 향해 느긋하게 걸었다. 가게 진열장을 지나면서 태피를 서두르게 할 방법은 없었다. 내가 할 일이라고는 너그러운 미소를 띠거나 띠지 않은 채 태피가 멈추어 서면 나도 멈추어 서는 것뿐이었다. 장신구, 옷가지, 유리 너머에서 반짝이는 온갖······.

태피가 가구점을 보려고 휙 돌아서며 내 팔을 잡아당겼다. 태피가 무엇을 봤는지는 모른다. 나는 유리에 비친 눈부신 녹색광 펄스와 커피 탁자 위로 피어오르는 녹색 연기를 보았다. 굉장히 이상했다. 초현실적이었다.

곧이어 상황이 파악되었다. 나는 태피의 등허리를 세게 밀고 반대편으로 몸을 날려 굴렀다. 녹색광이 아주 가까이에서 잠깐 번쩍였다. 나는 구르던 것을 멈추었다. 내 작은 주머니 안에는 쌍발식 데린저 크기의 무기와, 마치 크리스털 슬라이버를 산탄하는 압축 공기 탄약통이 두 개 들어 있었다. 몇몇 어리둥절한 시민들이 내가 무엇을 하나 보려고 멈추어 섰다. 나는 양손으로 주머니를 찢었다. 안에 든 잡동사니들──동전, 신용카드, ARM 신분증, 담배 그리고──이 쏟아졌다. 나는 ARM 무기를 잡아챘다.

유리에 비쳤던 것이 운이었다. 보통은 사냥 레이저의 펄스가 어디에서 오는지 알 수 없었다. 녹색광이 팔꿈치 근처에서 번쩍였다. 인도가 큰 소리로 깨지며 잔해가 날아왔다. 나는 뒤로 숨고 싶은 충동과 싸웠다. 잔상이 망막에 남았다. 레이저의 모서리처럼 가느다란 녹색 선이 그를 똑바로 가리켰다. 그는 교차로에 무릎 꿇고 앉아 총에 펄스가 다시 들어오기를 기다리고 있었다.

나는 그를 향해 마취 바늘 구름을 보냈다. 그가 자기 얼굴을 찰싹 치고 도망치려고 돌아섰다가, 옆으로 미끄러지듯 쓰러졌다.

나는 잠시 그대로 있었다.

태피는 양팔로 머리를 감싸고 인도에 웅크리고 있었다. 핏자국은 없었다. 태피의 다리가 움직였다. 살아 있었다. 총에 맞았는지는 아직 몰랐다. 우리를 더 공격하는 이는 없었다.

총을 가진 남자는 일 분 가까이 쓰러진 채 누워 있다가 꿈틀거리기 시작했다. 내가 다가가 붙잡았을 때, 그는 심한 경련을 일으킨 상태였다. 보통 마취 바늘에는 이런 작용이 없었다. 나는 그가 질식하지 않게 혀를 목 밖으로 빼냈지만, 도움이 될 만한 약을 가지고 있지는 않았다.

하이 클리프 경찰이 도착했을 때, 그는 이미 죽어 있었다.

스완 경감은 포스터에 등장할 법한 경찰이었다. 삼인종三人種에, 어찌나 잘 맞는지 맞춤복 같은 주황색 제복을 입은 모습이 죽여주게 잘생겼다. 그는 앞에 놓인 총을 열어 핀셋으로 내부의 전자선을 살펴보고 있었다.

"이 남자가 왜 당신을 쏘았는지는 전혀 모르십니까?"

"그렇습니다."

"ARM이시죠. 요즘은 어떤 사건을 맡고 계십니까?"

"대부분 장기 밀매업이죠. 숨은 조직원들을 추적해 체포하는 일입니다."

나는 태피를 진정시키려고 목과 어깨를 마사지해 주었다. 태피는 아직도 떨고 있었다. 손에 닿는 근육들이 무척 딱딱했다.

스완이 얼굴을 찌푸렸다.

"너무 쉬운 답이군요. 업자 패거리는 아니겠죠? 이런 총을 쓴

걸 보면 말입니다."

"그렇겠죠."

나는 태피의 쇄골을 엄지손가락으로 훑었다. 태피가 손을 뻗어 내 손을 움켜쥐었다.

그 총. 사실 스완이 그 총이 암시하는 바를 알아보리라고는 기대하지 않았다. 총은 보관함에서 막 꺼낸 듯한, 변형하지 않은 사냥용 레이저였다.

공식적으로는 전 세계 누구도 인명 살상에 쓰일 총을 제조할 수 없었다. 협약에 따라 군대조차도 인명 살상 무기를 사용하지 않았고, 국제연합경찰들은 관련된 범죄자들이 다치지 않고 재판을 받아 나중에 장기은행에 갈 수 있도록 하기 위해 마취 무기를 사용했다. 살상 무기는 동물 살상용밖에 없었다. 그것들은, 뭐랄까, 스포츠맨답게 만들어지도록 정해져 있었다.

계속 발사되는 엑스레이 레이저를 만드는 일은 아주 쉬울 것이다. 아무리 빨리 도망치는 상대라도, 무엇의 뒤에 숨은 것이라도 살아 있는 것이면 무엇이든 썰어 버릴 것이다. 맹수는 사람이 자신의 몸에 빔을 흔들 때까지 맞은 줄도 모를 것이다. 천육백 미터 너머에서 쏘는 보이지 않는 총칼.

하지만 그런 것은 도축이었다. 사냥감에게도 기회가 주어져야 했다. 최소한 총에 맞는 줄은 알아야 했다. 표준 사냥용 레이저는 가시광 펄스를 사용하고 일 초 정도 간격을 두고 발사된다. 바람에 총탄이 흔들리지 않고, 도달 범위가 거의 무한하고, 총탄이 바닥나는 일이 없고, 살점을 엉망으로 만들지 않고, 반동이 없다는 점만 제외하면 소총보다 딱히 나은 데가 없다. 그러니까 스포츠맨답다는 말이다.

나한테 쓰이긴 했어도 충분히 스포츠맨다웠다. 그는 죽었다. 나는 살았다.

"금지된 사냥용 레이저 변형이 지랄검열censored처럼 쉬운 일은 아닙니다. 기본적인 전기 지식이 필요하죠. 전 할 수 있습니다."

스완이 말했다.

"저도 합니다. 당연하죠. 우리 둘 다 경찰 훈련을 빴았잖습니까."

"핵심은, 펄스를 더 빠르게 하거나 심지어 빔이 계속 발사되도록 사냥용 레이저를 변형해 줄 사람을 못 찾을 사람을 저는 모르겠다는 점입니다. 여기 이 친구분은 다른 사람과 함께하기를 두려워했던 것이 틀림없습니다. 요원님께 분명 아주 개인적인 원한을 가졌어요. 정말 누군지 모르시겠습니까?"

"한 번도 본 적 없습니다. 저 얼굴은."

"이제 죽었죠."

"그건 아무것도 증명하지 않습니다. 경찰 마취제에 알레르기 반응을 보이는 사람도 가끔 있습니다."

"ARM 표준 무기를 사용하셨습니까?"

"당연히, 두 통을 다 발사하지도 않았습니다. 그에게 많은 바늘을 꽂으려야 꽂을 수가 없었죠. 알레르기 반응은 있을 수 있는 일입니다."

"특히 반응을 일으킬 만한 뭔가를 복용했다면요."

스완은 총을 내려놓고 일어섰다.

"자, 저는 도시경찰일 뿐이고 ARM의 일은 잘 모릅니다. 하지만 장기 밀매업자들이 ARM의 마취제에 맞아도 그냥 잠들지 않게 뭔가를 복용한다는 얘기를 들은 적이 있습니다."

"네, 장기 밀매업자 본인들은 여분 장기가 되기 싫어하죠. 경감님, 제게 생각이 있습니다."

"말해 보시죠."

"이 사람은 은퇴한 업자입니다. 냉동법이 통과되었을 때 많은 업자들이 은퇴했어요. 시장은 사라졌고 몇몇은 돈을 벌 만큼 벌었으니까요. 흩어져서 정직한 시민이 되었습니다. 선량한 시민이라도 벽에 사냥용 레이저를 걸어 놓을 수는 있지만, 변형을 하지는 않겠죠. 하루만 있어도 변형을 할 수는 있겠지만 말입니다."

"소위 그 선량한 시민이 옛 적을 발견했다는 말이군요."

"어쩌면 레스토랑에 들어가는 모습을 보았을지도 모르죠. 우리가 저녁을 먹는 사이에 집에 가서 총을 가져올 시간밖에 없었던 겁니다."

"합리적이군요. 어떻게 확인하죠?"

"경찰에서 뇌세포에 거부 스펙트럼 검사를 하고 결과를 모두 ARM 본부로 보내 주시면 나머지는 저희가 하겠습니다. 장기 밀매업자는 얼굴과 피부를 내키는 대로 바꿀 수 있지만 이식 내성을 바꾸지는 못합니다. 그의 기록이 있을 가능성이 높아요."

"결과가 나오면 알려 주실 거죠?"

"물론입니다."

내가 호출기를 삑 눌러 택시를 부르는 사이에 스완은 스쿠터에 달린 라디오를 확인했다. 택시가 인도 가장자리에 자리를 잡았다. 나는 태피를 부축하여 태웠다. 태피의 움직임은 느리고 불안했다. 충격에 빠진 것은 아니고, 그저 우울했다.

스완이 스쿠터에서 나를 불렀다.

"해밀턴 요원!"

나는 택시에 반쯤 타다가 멈추었다.

"네?"

"이 지역 사람이었습니다."

스완이 소리쳤다. 그의 목소리는 웅변가의 것 같았다.

"모티머 링컨, 구십사 층. 여기서……."

그가 다시 라디오를 확인했다.

"2123년 4월부터 여기 살았습니다. 냉동법이 통과되고 육 개월 정도 뒤인 것 같네요."

"고맙습니다."

나는 택시의 목적지판에 주소를 쳐 넣었다. 택시가 윙윙거리며 떠올랐다. 나는 빛나는 하이 클리프, 산처럼 거대한 피라미드가 작아지는 모습을 바라보았다. 스완 경감이 지키는 도시는 한 건물 안에 모두 들어 있었다. 일이 수월하겠군. 조금 더 조직적인 사회이리라고 나는 생각했다.

태피가 한참 만에 입을 열었다.

"지금까지 한 번도 누가 나한테 총 쏜 적은 없어."

"이제 다 끝났어. 그리고 날 쏘려고 한 것 같아."

"아마."

갑자기 태피가 떨기 시작했었다. 나는 태피를 품에 꼭 안았다. 태피가 나의 셔츠 칼라에 대고 말했다.

"무슨 일이 일어나고 있는지 몰랐어. 그 초록색 불, 나는 **예쁘**다고 생각했어. 당신이 날 넘어뜨릴 때까지 영문을 몰랐고, 그다음에는 초록색 선이 당신 쪽으로 번쩍이고 인도에서 **펑** 하는 소리가 들리는데, 어떻게 **해야** 할지를 몰랐어! 난……."

"당신은 잘했어."

"난 **돕**고 싶었어! 몰랐어. 당신이 죽었을지도 모르는데 내가 할 수 있는 게 아무것도 없었어. 당신한테 총이 없었다면……. 당신, 늘 총을 가지고 다녀?"

"늘."

"지금까지 몰랐어."

태피는 움직이지 않았지만, 내게서 조금 떨어지는 것 같았다.

지역군사연합은 한때 수많은 나라들의 시민 방위체 연합이었다. 나중에 이 조직은 국제연합 자체의 경찰력이 되었다. 이름은 바뀌지 않았다. 머리글자가 마음에 들었는지도 모른다.

다음 날 아침 사무실에 도착해 보니, 잭슨 베라가 이미 죽은 사람을 수사해 찾아 놓았다.

"확실해. 거부 스펙트럼이 정확히 일치했어. 알려진 장기 밀매업자고 아누비스 조직의 일원이라는 혐의를 받았던 앤소니 틸러야. 2120년 정도에 처음 나타났지. 그 전에는 다른 이름과 얼굴을 가졌을 가능성이 높아. 2123년 4, 5월경에 사라졌어."

"들어맞는군. 아니, 젠장, 틀려. 돈 게 아니라면. 집에서 자유롭게, 부유하고 안전하게 살던 사람이 자기 머리 털끝 하나 해친 적 없는 사람을 살해하려고 가진 것을 다 날려 버릴 리가 있나?"

베라가 씩 웃었다.

"설마 업자 놈들이 잘 적응한 사회 구성원처럼 행동하길 기대하는 건 아니지?"

"……아니긴 하네. 이봐, 아누비스라고 했어? 로렌 조직이 아니라 아누비스 조직?"

"보고서에는 그렇게 쓰여 있어. 확률을 문의해 볼까?"

"부탁해."

베라는 나보다 컴퓨터를 잘 프로그래밍했다. 그가 내 책상의 키보드를 두드리는 사이, 나는 말했다.

"그놈이 누구든, 아누비스는 중서부 상당히 넓은 구역의 불법 의료 시설들을 통제했어. 로렌은 더 넓고 인구도 더 많은 유라시아 일부를 가졌지. 둘 사이의 차이는 내가 심장을 상상 손으로 움켜쥐어 로렌을 죽였다는 거고. 잭슨, 눈치챘겠지만 이건 대단히 개인적인 정보야. 내가 아는 한, 나는 아누비스에게도 그쪽 조직원들에게도 심지어 그들의 이익에도 훼방을 놓은 적이 없어."

"내가 했지. 나랑 너를 착각했는지도 몰라."

웃기는 소리였다. 베라의 피부는 검갈색이고, 머리 위로 검은색 가루 폭탄처럼 부풀린 머리카락까지 포함하면 그가 나보다 삼십 센티미터는 컸다.

베라가 말을 이었다.

"네가 놓친 점이 있어. 아누비스는 매혹적인 인물이야. 내키는 대로 얼굴과 귀와 지문을 바꿨지. 남자라고 거의 확신하긴 하지만 그마저도 큰돈을 걸 만한 자신은 없어. 키도 최소한 한 번은 바꿨어. 다리 전체 이식이지."

"로렌은 그렇게 못했을 거야. 꽤 아픈 녀석이었어. 자기가 이식 공급이 필요해서 장기 밀매업에 들어왔던 것 같아."

"아누비스는 달라. 거부 역치가 하늘을 찌를걸."

"잭슨, 너 아누비스를 자랑스러워하는구나."

베라가 기겁을 하며 놀랐다.

"지랄! 그놈은 더러운 살인자 장기 밀매업자야! 그놈을 잡았다면 자랑스러웠겠지."

그때, 책상 화면에 정보가 들어왔다. ARM 빌딩 지하 컴퓨터는 앤소니 틸러가 로렌 조직의 일원일 가능성은 전혀 없고, 자칼 갓과 어울렸을 가능성은 구십 퍼센트 이상이라고 알려 주었다. 2123년 4월, 아누비스와 나머지 조직들이 사라지자, 앤소니 틸러/모티머 링컨이 얼굴을 바꾸고 하이 클리프로 이사했다는 근거였다.

"그래도 복수였을 수도 있어. 로렌과 아누비스는 서로 아는 사이였지. 그 정도는 우리도 알아. 최소한 십이 년 전에 협상을 통해 영역 경계를 확정했어. 아누비스가 은퇴하자 로렌이 아누비스의 구역을 넘겨받았어. 그리고 네가 로렌을 죽였지."

베라의 말에 나는 조소했다.

"조직이 깨지고 이 년 뒤에 살인자 틸러가 날 죽이려고 은신을 포기했다고?"

"복수가 아니었을지도 모르지. 아누비스가 복귀를 원하는지도 몰라."

"아니면 틸러가 그냥 미쳤을지도. 금단증상 있잖아. 그 불쌍한 놈은 거의 이 년 동안이나 아무도 안 죽였으니까. 좀 좋은 때를 골라 줬으면 좋았으련만."

"왜?"

"테피와 같이 있었어. 아직도 안절부절못하고 있고."

"그 얘긴 안 했잖아! 맞지는 않았지?"

"응, 겁만 먹었어."

베라는 긴장을 풀었다. 그리고 머리카락이 깃털처럼 가볍게 허공과 만나는 경계면을 쓰다듬었다. 보통 사람이라면 머리를 긁었을 법한 초조해 보이는 동작이었다.

"너희 둘이 깨지는 걸 보긴 싫어."

"아, 그렇게……."

그렇게 심각한 상황은 아니야. 그렇게 말할 수도 있었지만, 베라는 그보다 잘 알았다.

"으응. 어젯밤엔 우리 둘 다 거의 못 잤어. 그냥 총에 맞을 뻔한 것만이 아니야, 알겠지만."

"알아."

"테피는 외과의야. 이식 장기를 원재료라고 생각하지. 도구로. 장기은행이 없다면 테피는 아무것도 못 해. 그 물건을 인간이라고 생각하지 않아. ……예전엔 그랬지. 나를 만나기 전까지는."

"너희 둘이 그 일을 얘기하는 모습은 본 적이 없네."

"안 하거든. 둘만 있을 때도 안 하지만, 분명 우리 사이에 존재하는 사실이야. 대부분의 이식 장기는 너나 나 같은 영웅들이 잡은 사형수들이지. 장기 밀매업자들에게 붙잡혀 불법 장기은행으로 흩어졌다가 소위 영웅들에게 도로 붙잡힌 선량한 시민들도 있어. 그들은 태피에게 어느 게 어느 건지 알려 주지 않아. 태피는 인간들의 조각을 가지고 일해. 나와 함께 살면서 그 생각을 안 할 수는 없을 거야."

"전직 업자에게 총을 맞을 뻔한 일이 썩 도움은 못 됐겠어. 그런 일이 다시 없도록 지켜봐야 할 거야."

"잭슨, 그냥 미친놈이었어."

"아누비스와 일했던 놈이야."

"난 아누비스와 얽힌 적이 없어."

문득 기억이 떠올랐다.

"하지만 너는 있지, 그렇지? 홀든 챔버스 납치 사건에 대해 뭔가 기억나는 점이 있어?"

베라가 이상하다는 눈초리로 나를 보았다.

"홀든과 샬롯 챔버스 말이지, 어. 너 기억력 좋네. 아누비스가 관련되었을 가능성이 높아."

"말해 줘."

"그때는 전 세계적으로 무분별한 납치가 성행했어. 장기 밀매업자들이 일하는 방식은 너도 알지? 합법적인 병원들은 늘 장기가 부족해. 어떤 병든 시민들은 자기 차례를 기다릴 시간이 없지. 조직은 건강한 시민을 납치해서 여분으로 쪼개고, 뇌를 갖다 버리고, 나머지는 불법 수술에 사용했어. 냉동법이 통과되어 업자들의 시장이 사라지기 전까지는 그랬지."

"기억하고 있어."

"어떤 조직들은 몸값을 받는 납치로 돌아섰어. 괜찮잖아? 있는 조직 그대로 할 수 있는 일이니까. 만약 가족이 몸값을 내지 않으면 피해자는 언제든 기증자로 바뀔 수 있었어. 그러니 사람들은 너너욱 몸값을 내려고 했지. 챔버스 납치 사건에는 이상한 점이 딱 하나 있어. 홀든과 샬롯 챔버스는 거의 같은 시각, 저녁 6시쯤에 실종됐지."

베라는 컴퓨터 조작판을 두드렸다. 그리고 화면을 보더니 말을 이었다.

"7시군. 2123년 3월 21일. 하지만 남매는 멀리 떨어져 있었지. 샬롯은 데이트 상대와 레스토랑에 있었고 홀든은 워시번 대학에서 야간 강의를 듣고 있었어. 납치 조직이 왜 둘 다 납치하려 했을까?"

"왜라고 생각해?"

"챔버스 신탁 기금이 둘 다에게 몸값을 낼 가능성이 더 높다고 생각했을지도 몰라. 이제는 알 도리가 없지. 납치범을 하나도 못 잡았거든. 애들이라도 돌려받아 다행이었어."

"왜 아누비스의 짓이라고 생각해?"

"아누비스의 구역이었으니까. 챔버스 납치는 그 구역에서 일어난 마지막 예닐곱 건의 납치 사건 중 하나야. 매끄러운 진행, 흥분도 사고도 없었고, 몸값을 내자 피해자는 무사히 돌아왔지."

그가 눈을 부라렸다.

"아니, 난 아누비스를 자랑스러워하지 않아. 그냥, 그놈은 실수를 하지 않는 경향이 있고 사람들을 사라지게 하는 데 능했다는 얘기지."

"흐음."

"그들은 그 마지막 납치 전후로 조직 전체를 숨겼어. 우리는 밑천을 모으고 있었다고 생각해."

"얼마나 받았는데?"

"챔버스 남매한테서? 백만."

"이식용으로 팔면 열 배는 더 벌었을 텐데. 상당히 힘든 상황이었나 보군."

"너도 알잖아. 아무도 사지를 않았어. 이 건이 너한테 누군가 총 쏜 일과 무슨 관계가 있어?"

"그냥 떠오른 생각이야. 지금 아누비스가 챔버스 남매에게 다시 관심을 가질 가능성은 있나?"

베라는 우스꽝스럽다는 표정으로 나를 보았다.

"그럴 리 없어. 뭐하러? 처음에 다 뽑아 먹었는걸. 백만 UN마르크는 적은 돈이 아니야."

베라가 떠난 다음에도, 나는 여전히 믿지 못한 채 앉아 있었다.

아누비스가 사라졌다. 로렌은 즉시 아누비스의 구역을 장악하려 나섰다. 아누비스와 그 일당은 어디로 갔을까? 로렌의 장기은행으로?

하지만 틸러/링컨이 있었다. 정체 모를 전직 장기 밀매업자가 나를 보자마자 죽이기로 결심했다는 생각은 마음에 들지 **않았다.**

마침내 나는 이 건에 관한 행동에 나서기로 했다. 컴퓨터에 챔버스 납치에 관한 자료를 물었다. 베라가 말한 내용이 거의 다였다. 다만 그가 샬롯의 상태에 대한 언급을 하지 않은 이유는 궁금했다.

ARM이 호텔 옥상에서 약에 취해 있는 챔버스 남매를 발견했을 때, 아이들은 둘 다 건강한 상태였다. 홀든은 조금 겁먹고, 조금 안도하고, 막 분노하기 시작했다. 반면 샬롯은 긴장성 위축 상태였다. 마지막 보고에서도 여전히 긴장성 위축 상태였다. 샬롯은 납치에 관해서든 다른 일에 관해서든 전혀 일관성 있게 말할 수 없었다. 놈들이 샬롯에게 무슨 짓을 한 것이다. 끔찍한 짓을. 어쩌면 베라는 그 일은 떠올리지 않도록 스스로 다짐했는지도 모른다.

그 부분만 빼면 납치범들은 거의 정직하게 행동했다. 몸값이 지불되었다. 피해자들이 돌아왔다. 그 옥상에서 약에 취해 있었던 시간은 이십 분 이내였다. 멍 자국도 학대받은 흔적도 없었다. 납치범들이 장기 밀매업자라는 또 다른 신호였다. 장기 밀매업자들은 사디스트가 아니었다. 물건에 그만한 존중도 보이지 않았다.

몸값을 지불한 사람은 변호사였다. 챔버스 남매는 고아였다. 둘 다 죽었으면 재산 관리인은 실직했을 것이다. 이 관점에서 보면 둘 다 납치하는 것도 일리가 있었다.

……아주 일리 있는 전개는 아니지만, 그들을 또 납치할 만한 동기는 있을 수가 없었다. 그들에게는 돈이 없었다. 다만…….

정신이 번쩍 들었다. **이차냉동법안.**

홀든 챔버스의 연락처는 지하 컴퓨터에 있었다. 전화를 걸다가 다른 생각이 떠올랐다. 전화하는 대신 아래층에 연락하여 챔버스의 집이나 전화에 감시 장치가 있는지 확인해 달라고 했다. 그들은 감시를 방해하거나, 도청하고 있을지도 모르는 이들에게 경고하지는 않는다. 일상적인 업무였다.

예전에 한 번, 챔버스 남매는 사라졌다. 운이 나쁘면 다시 사라질지도 몰랐다. 가끔 ARM의 일은 유사流砂에 구덩이를 파는 것과 같았다. 열심히 파면 눈에 띌 만큼 가라앉지만 멈추는 즉시…….

2122년 냉동법은 ARM에는 축제였다. 어떤 조직들은 그냥 은퇴했다. 일을 계속하려다가 ARM의 첩자에게 파는 바람에 걸린 이들도 있었다. 어떤 조직은 다른 시장에 접근하려고 했지만, 다른 시장이 하나도 없었다. 심지어 소행성대로 사업을 확장하려고 시도했던 로렌조차 고리인들은 이 사업을 받아 주지 않는다는 사실을 발견했을 뿐이다.

어떤 조직은 납치를 시도했지만 경험 부족으로 계속 걸렸다. 피해자의 이름을 따라가면 납치범이 유일하게 손댈 수 있는 시장이 바로 나타났다. ARM 요원들이 기다리고 있는 경우가 너무 많았다. 우리는 그들을 처치했다. 장기 밀매업은 지난해에 멸종한 직업이 되었어야 마땅했다. 내가 날마다 사냥하러 다닌 자칼은 더 이상 지금 사회에 위협이 아니어야 했다.

그러나 냉동법으로 풀린 합법 이식 장기가 바닥나고 있었다. 괴이한 일이 일어났다. 멈춰 선 차, 독신 아파트, 번잡한 도심 인도에서 사람들이 사라지기 시작했다. 지구는 장기 밀매업자들이 돌아오기를 원했다.

아니, 공정하지 않다. 이렇게 말해 보자. 충분한 수의 시민들이 자신의 목숨을 어떤 대가를 치러서라도 연장하고 싶어 했다. 아누비스가 살아 있다면 사업 재개를 생각할 만했다.

지원이 필요하다는 점이 문제였다. 아누비스가 은퇴하자 로렌이 그의 의료 시설을 모두 접수했다. 우리는 마침내 그 시설들을 찾아내 파괴했다. 아누비스는 처음부터 다시 시작해야 할 터였다.

이차냉동법안이 통과되면 레비티쿠스 헤일은 여분 장기가 된다. 샬롯과 홀든 챔버스는 상속을…… 얼마나?

지역 NBA 뉴스부에 전화해 답을 얻었다. 백삼십사 년 사이에 레비티쿠스 헤일의 삼십이만 달러는 칠천오백만 UN마르크가 되어 있었다.

나머지 아침 시간은 평소처럼 보냈다. 사람들이 다리품을 판다고들 하는 일이다. 실제로는 전화, 컴퓨터, 키보드로 하지만 말이다. 이 단어는 믿기 힘들 만큼 장기적이고 승산 없는 일까지 일컫는다.

우리는 전 세계에 있는 이차냉동법안 반대 시민 위원회의 모든 회원들을 조사하고 있었다. 어르신 가너로부터 내려온 지시였다. 그는 콥시클이 시장에 들어오는 것을 막으려고 장기 밀매업자 연합이 광고비를 모았다는 정황을 찾을지도 모른다고 생각했다. 그날 아침에 나온 결과는 썩 좋지 않았다.

나는 조사가 헛된 일이기를 반쯤은 바랐다. 만약 이 위원회들이 정말로 장기 밀매업자들의 지원을 받고 있었다고 밝혀진다면? 전 세계 황금 시간대 뉴스가 될 테고, 이차냉동법안은 **그렇게** 통과될 것이다.

그래도 확인은 해야 했다. 조직들의 자금이 더 풍부했던 첫 번째 냉동법안에도 반대가 있었다. 돈. 우리는 설명되지 않은 돈을 찾으며 컴퓨터 앞에서 오랜 시간을 보냈다. 평균적인 범죄자들은 일단 돈을 받고 나면 게임은 끝났다고 생각하는 경향이 있다. 그런 식으로는 로렌이나 아누비스의 냄새도 맡지 못했다.

아누비스는 돈을 어디에 썼을까? 어딘가 숨겨 두었을지도 모른다. 로렌이 아누비스를 죽이고 돈을 차지했을지도 몰랐다. 틸러는 내 생김이 마음에 들지 않아서 나를 쏘았을지도 몰랐다. 다리품 팔기는 시간 대 결과의 도박이었다.

홀든 챔버스의 거처에는 도청 장치가 없다는 결과가 나왔다. 나는 정오쯤 그에게 전화를 걸었다. 전화 화면에 붉은 얼굴에 백발이 성성한 대단히 근엄한 남자가 나타나 누구와 말하고 싶은지 물었다. 나는 대답하고 ARM 신분증을 제시했다. 그가 고개를 끄덕이고 기다리라고 했다.

잠시 후, 턱이 약해 보이는 젊은이가 내 쪽으로 산만한 미소를 띠고 말했다.

"조금 전에는 죄송해요. 최근 뉴스 쪽에서 오는 비난이 많아서요. 제로는 어, 버퍼 같은 역할을 해요."

그의 어깨 너머로 물건들이 놓인 탁자가 보였다. 테이프 뷰어, 테이프 스풀 두 줌, 사람 손바닥만 한 테이프 레코더, 펜 두 자루, 종이 한 묶음이 단정하게 놓여 있었다.

"공부를 방해해서 미안합니다."

"괜찮아요. 연말을 지내고 돌아오니 힘드네요. 요원님도 기억하실지 모르겠군요. 그런데 전에 뵌 적이 있던가요? ……아, 떠다니는 담배."

"맞습니다."

"어떻게 하셨던 건가요?"

"상상 팔을 갖고 있습니다."

상상 팔은 훌륭한 대화 도구였다. 어색함을 누그러뜨리는 데 놀랄 만큼 효과가 좋았다. 그는 말하는 바다뱀이라도 보듯이 경이롭다는 표정으로 나를 쳐다보았다.

"고리에서 바위를 캐다가 팔을 한 번 잃었습니다. 소행성 바위 조각이 어깨에서 팔을 깔끔하게 잘라 버렸죠."

그는 경외감에 휩싸인 표정이었다.

"물론 이식을 받았습니다. 하지만 일 년 정도 한 팔로 살았죠. 음…… 제 뇌에는 오른팔을 통제하기 위해 발달된 부분이 있는데, 오른팔은 없었습니다. 저중력 환경에 살면 염동력을 계발하기가 수월하죠."

나는 말을 잠깐 멈추었다가, 그가 질문을 정리하기 전에 입을 열었다.

"어젯밤 미드가르드에서 누군가 저를 살해하려고 했습니다. 그래서 전화를 드린 겁니다."

그가 갑자기 웃음을 터뜨릴 줄은 예상하지 못했다.

"죄송합니다. 요원님은 정말 활기찬 삶을 사시는 것 같아요!"

"뭐, 그때는 그렇게 재미있는 사건은 아니었습니다만. 어젯밤에 평소와 다른 점을 눈치채지는 않았죠?"

"평소 같은 총소리, 강도짓들, 얼굴 앞에 담배를 둥둥 띄운 남자 정도였죠."

유머를 찾아볼 수 없는 내 표정에 그의 장난기가 사라졌다.

"어, **죄송해요.** 한쪽 팔을 소행성에 잘렸다고 하고 바로 이어서 총알이 귀 옆을 지나갔다고 하시니까."

"그래요, 알겠습니다."

"전 요원님보다 먼저 나왔어요. 확실해요. 무슨 일이 있었나요?"

"어떤 사람이 사냥용 레이저를 쐈습니다. 그냥 미친놈일지도 모르지만, 한때 조직의 일원이었는데 납치⋯⋯."

그가 질겁을 했다.

"네, 그 조직입니다. 아무 관련 없을지도 모르지만, 챔버스 씨가 눈치챈 부분이 있는지 물어보려고요. 낯익은 얼굴을 보았다든지."

그는 고개를 저었다.

"그 사람들은 얼굴을 바꾸지 않나요?"

"보통 그러죠. 어떻게 돌아가셨습니까?"

"택시를 탔어요. 저는 하이 클리프에서 이십 분 정도 떨어진 베이커스필드에 살아요. 사건은 어디에서 일어났나요? 저는 세 번째 쇼핑 층에서 택시를 잡았어요."

"그러면 못 보셨겠군요. 저희는 첫째 층에 있었습니다."

"아쉽진 않네요. 저한테도 쐈을지 모르잖아요."

나는 납치 조직이 다시 그에게 관심을 갖고 있을지도 모른다는 말을 할지 말지 망설였다. 또 다른 기습 공격 생각에 겁먹게 할지, 있을지도 모를 납치 시도를 모른 채 둘지 말이다. 그는 충분히 안정된 것처럼 보였지만, 알 수 없었다. 일단 시간을 끌기로 했다.

"챔버스 씨, 어젯밤에 저를 죽이려고 했던 남자의 얼굴을 확인해 주셨으면 합니다. 얼굴을 바꿨을 수도 있지만……."

그는 불편해했다. 죽은 사람 얼굴을 들여다보라고 하면, 보통 시민들은 불편힐 터다.

"……네에, 그래도 확인하셔야 하는 거죠. 내일 오후에 수업 끝나고 갈게요."

자. 홀든이 어떤 사람인지 내일 보겠군.

"그런데 상상 팔이라고요? 전 자기 능력을 그런 식으로 말하는 초능력자를 지금껏 만나 본 적이 없어요."

그가 말했다.

"귀여운 척이 아닙니다. 제 상상력이 제한된 탓이죠. 손끝으로 사물을 느낄 수는 있지만, 팔 길이만큼밖에 못 닿습니다."

"초능력자들은 대부분 더 멀리까지 능력을 쓸 수 있잖아요. 최면술사를 만나 보는 건 어때요?"

"그랬다가 이 팔을 통째로 잃으면요? 그런 위험을 감수하고 싶진 않습니다."

그는 나에게 실망한 것 같았다.

"진짜 팔로는 못하는데 상상 팔로는 할 수 있는 일이 있어요?"

"화상을 입지 않고도 뜨거운 물건을 집어 들 수 있습니다."

"아!"

미처 생각하지 못한 답인 모양이었다.

"벽도 통과할 수 있죠. 전화 화면을 통해서는 두 가지 방향으로 닿을 수 있습니다. 전화 자체를 건드리거나…… 자, 보세요."

능력이 늘 통하지는 않았다. 하지만 이번에는 맞은편이 잘 보였다. 0.3제곱미터 화면으로 보이는 방은 실물 크기였고, 컬러 화면인 데다 음향도 스테레오였다. 바로 그 안으로 손을 뻗을 수 있을 것 같은 기분이 들었다.

그래서 그렇게 했다. 나는 상상 손가락을 전화 화면으로 넣어, 그의 앞에 있는 탁자에 놓인 연필을 들어 올려 바통처럼 돌렸다.

홀든은 의자를 뒤로 밀며 의자에서 굴러떨어졌다. 그가 몸을 굴려 화면 밖으로 비키기 전에 공포로 새하얗게 질린 얼굴이 보였다. 그리고 몇 초 뒤, 화면이 꺼졌다. 그가 스위치를 돌려 끈 것이 틀림없었다.

내가 그의 얼굴을 만졌다면 이해할 만한 반응이었다. 하지만 나는 그저 연필을 하나 집어 들었을 뿐이다. 대체 이게 무슨 일이람?

아마 내 잘못이겠지. 어떤 사람들은 초능력을 초자연적이고 섬뜩하고 위협적으로 여겼다.

다만, 홀든은 그런 타입 같지 않았다. 건방지고 조금 신경질적이지만 보이지 않는 비물질 손의 가능성에 혐오감을 느끼기보다는 매혹된 것 같았다. 그런 다음에 공포라니.

나는 다시 전화를 걸지 않았다. 그의 집에 경호를 보낼까 망설이다가 그만두기로 결심했다. 경호원이 눈에 띌지도 몰랐다.

그의 몸에 추적기는 달도록 지시했다. 아누비스가 언제 챔버스를 노릴지 몰랐다. 총회가 레비티쿠스 헤일의 사망을 선언할 때까지 기다릴 필요가 없었다. 추적 바늘은 유용한 물건이었다. 챔버스에게 몰래 쏠 수 있었다. 눈치채지 못할 만큼 따끔하고 구멍은 아주 작지만, 그때부터 그가 어디에 있는지 우리는 정확하게 알 수 있었다.

샬롯 챔버스에게도 추적기를 달면 좋겠다는 생각이 떠올라, 아래층에서 손바닥 크기의 압력 임플랜터를 가져왔다. 팔에 차고 있던 다 쓴 총신도 새것으로 교환했다. 손에 쥔 총이 마음의 눈으로 선명한 녹색 선을 지글지글 날렸다.

그다음에는 홀든 챔버스의 지난 이 년 동안의 활동에 관한 C 등급 표준 정보 묶음을 주문했다. 하루 이틀이면 도착할 것이다.

캔자스의 겨울에는 거대하고 어두운 틈이 있다. 틈 하나하나마다 마을이 자리 잡고 있었다. 여러 마을의 날씨 돔들이 킬로톤의 눈을 밖으로 옮겨, 편평한 전원 지대 사이를 더 깊이 갈랐다. 이른 일몰의 햇살을 받아 눈 덮인 풍경은 건물들 안에 있는 몇몇 도시의 넓은 검은 그림자 줄무늬가 쳐진 주백색이었다. 우리가 탄 비행기의 접힌 날개 서쪽 아래로 미끄러져 가는 그 풍경은 기괴하고 추상적이었다.

비행기가 공중에서 급감속했다. 날개가 펼쳐졌다. 우리는 토피카 시내 위에 내려섰다. 지출 항목에서 이상해 보이리라. 삼 년 동안 헛소리만 한 소녀를 만나기 위해 여기까지 오다니. 승인이 안 날지도 모른다. 그래도 그녀는 오빠만큼이나 이 사건의 일부였다.

누군가 다시 몸값을 받기 위해 홀든 챔버스를 또 납치할 계획을 세운다면, 샬롯도 데려가려 할 것이다.

메닝거 보호 시설은 예뻤다. 유리와 가짜 벽돌로 이루어진 십이 층짜리 본관 옆으로 연차와 디자인이 다른 건물이 최소한 십여 채 더 있었다. 상자 같은 정사각형부터 폼 플라스틱에 자유형 유기체를 부어 만든 것까지 다양했다. 모두 녹색 잔디밭과 나무와 꽃 침대로 멀찍이 떨어져 있었다. 평화로운 공간, 몸을 움직일 여유가 있는 공간이었다.

구부러진 인도에서 쌍쌍이나 더 큰 무리가 나를 지나갔다. 도우미와 환자 또는 도우미와 활동력이 조금 더 있는 환자 들이었다. 도우미들은 한눈에 알아볼 수 있었다.

"밖에서 산책할 수 있을 정도로 환자 상태가 좋아지면 녹색 풍경과 공간이 필요해집니다. 치료의 한 부분이죠. 외출은 큰 발전입니다."

하트만 의사가 말했다.

"광장공포증 환자가 많습니까?"

"아뇨, 그런 뜻이 아닙니다. 자물쇠가 문제입니다. 다른 사람들은 자물쇠를 보고 감옥을 연상하겠지만, 많은 환자들은 자물쇠에 안심을 합니다. 다른 사람이 세상을 저 밖에 떼어 주고 결정을 내려 준다고 생각하죠."

하트만 의사는 키가 작고 둥글고 금발이었다. 편안하고, 원만하고, 인내심이 있고, 자기 확신이 분명한 사람이었다. 직접 자기 운명을 결정하는 데 지쳤다면 그 결정을 대신 하도록 믿고 맡겨도 좋을 것 같은 바로 그런 사람.

"회복되는 환자가 많습니까?"

"물론이죠. 사실 저희는 보통 고칠 수 있겠다 싶은 환자만 받습니다."

"그러면 성과가 굉장히 좋겠습니다."

그는 불쾌해하지 않았다.

"환자들에게는 더욱 좋죠. 저희가 그들이 나을 수 있다고 생각한다는 사실을 알면, 환자들도 그렇게 느낍니다. 불치인 광증은……정말로 암울하고요. 다른 환자들에게 영향을 미칠 수 있습니다."

그는 잠시 엄청난 무게에 눌리는 것 같았다가, 다시 정신을 차렸다.

"다행히, 요즈음은 불치인 경우는 많지 않죠."

"샬롯 챔버스도 치료 가능한 환자였습니까?"

"그렇게 생각했습니다. 어쨌든, 그냥 충격을 받았을 뿐이니까요. 과거에 정신에 문제가 있었던 것도 아니고요. 혈액의 정신화학물질들은 정상에 가까웠습니다. 알려진 모든 방법을 시도했죠. 쓰다듬기. 화학물질 조작. 심리 치료는 거의 진행되지 못했습니다. 귀가 먹었거나 듣지를 않는 것 같았고, 환자가 아무 말도 안했습니다. 가끔은 저희가 하는 말을 모두 알아듣고 있다는 생각을 하지만…… 반응이 없습니다."

단단해 보이는 잠긴 문 앞에 도착했다. 하트만 의사는 열쇠고리를 뒤져 열쇠를 자물쇠에 대었다.

"저희는 이곳을 폭력 병동이라고 부르지만, 심하게 불안정한 병동이라는 말이 더 적절할 겁니다. 정말이지, 이들 중 몇몇 환자의 폭력성을 저희가 끄집어낼 수 있으면 좋겠습니다. 샬롯 같은 경우요. 싸우기는커녕 현실을 보지조차 않는 환자들……. 자, 들어가시죠."

문이 복도 바깥쪽으로 열렸다. 내 고약하게 직업적인 정신은 이 사실을 기억했다. 문에 목을 매달려고 하면, 복도 어느 쪽 끝에서건 보일 것이다. 대단히 공개적인 위치였다. 위층 방의 창문은 뿌옇게 처리되어 있었다. 환자들에게 십이 층 위에 있음을 상기시켜서는 안 되는 합당한 이유가 있겠지. 방은 작지만 밝았고, 환하게 칠해져 있었다. 침대, 푹신한 의자, 벽 일체형인 3D 화면이 있었다. 방 안 어디에도 날카로운 모서리는 없었다.

샬롯은 두 손을 무릎 위에 포개고 정면을 바라보며 의자에 앉아 있었다. 머리카락은 짧았고 별로 깨끗하지 않았다. 구김살 지지 않는 천으로 만든 노란 치마를 입었다. 체념한 모습이었다. 어떤 궁극적인 비극에 체념한 것 같았다. 그녀는 방에 들어선 우리를 알아채지 않았다.

내가 속삭였다.

"치료할 수 없다면, 어째서 아직도 여기에 있습니까?"

하트만 의사는 보통 목소리로 말했다.

"처음에 저희는 긴장성 위축이라고 생각했습니다. 그건 고칠 수 있습니다. 환자를 다른 곳으로 옮기라는 제안을 받은 것은 이번이 처음이 아닙니다. 샬롯이 아직 여기에 있는 것은, 대체 무엇이 잘못되었는지 제가 알고 싶기 때문입니다. 여기 들어왔을 때부터 이

상태였거든요.”

샬롯은 여전히 우리를 알아채지 않았다. 의사는 샬롯이 우리의 대화를 알아듣지 못하는 양 말했다.

“샬롯에게 무슨 일이 일어났는지 ARM은 아는 바가 조금이라도 있습니까? 사건을 안다면 더 잘 치료할 수 있을지도 모릅니다.”

나는 고개를 저었다.

“제가 선생님께 여쭤 보려고 했습니다. 대체 그들이 무슨 짓을 했을까요?”

이번에는 그가 고개를 저었다.

“방향을 바꿔 보죠, 그러면. 그들이 하지 않았던 일은 무엇일까요? 멍이나 골절은 없었죠.”

“내부 장기 손상도 없었습니다. 어떤 수술도 행해지지 않았습니다. 약물의 흔적은 있었습니다. 장기 밀매업자들이었다고요?”

“그랬던 것 같습니다.”

그녀는 미인이었을 수 있었다. 화장하지 않았기 때문도 수척한 표정 때문도 아니었다. 그 텅 빈 눈, 높은 광대뼈 위에 고립되어 아무것도 보고 있지 않은 눈이 문제였다.

“눈이 멀었을 수도 있습니까?”

“아뇨, 시신경은 완벽하게 작동합니다.”

전류 중독자가 연상되었다. 두개골 꼭대기를 지나 뇌의 쾌락 중추로 통하는 가느다란 전선으로 집 안의 전류를 받아들이고 있는 중독자의 경우에도 다른 일에 관심을 갖게 할 수 없었다.

하지만 아니, 중독자의 순수하고 자기중심적인 기쁨은 샬롯의

자기중심적인 도탄과 아주 달랐다.

"요원님, 장기 밀매업자가 어린 소녀를 얼마나 심하게 겁먹일 수 있나요?"

"업자와 만났다가 돌아오는 시민은 많지 않습니다. 정직하게 말씀드리면…… 상한선을 상상할 수가 없군요. 의료 시설을 보여 주었을 수 있습니다. 후보자를 재료로 만드는 과정을 지켜보게 했을 수도 있고요."

연상되는 장면들은 마음에 들지 않았다. 그저 굳이 생각하지 않는 일들이 있었다. 초점은 후보자를 보호하고 로렌과 아누비스 조직이 애당초 후보자를 만나지 못하게 하는 것이니까. 그래도 떠오르지 않을 수가 없어서, 뒤로 밀어내고 밀어내는 생각들이 있었다. 이것들은 오랫동안 내 머리 속에 있었음이 틀림없었다.

"그들에게는 샬롯의 몸을 조각냈다가 도로 붙일 수 있는 시설이 있었습니다. 내내 샬롯은 의식이 있는 채로요. 흉터도 남지 않습니다. 현대 의학에서 없앨 수 없는 흉터는 뼈 자체뿐입니다. 그들은 어떤 일시적인 이식수술도 할 수 있었을 테고, 아마 지루했을 겁니다. 일의 진행이 느렸죠. 하지만……."

"그만."

하트만은 납빛이었다. 목소리는 가늘고 쉬어 있었다.

"하지만 보통 장기 밀매업자들은 사디스트가 아닙니다. 물건에 대해 그만한 존중심도 없기 때문입니다. 뭔가 특별한 원한이 있지 않은 한, 샬롯에게 그런 장난을 치지는 않았을 겁니다."

"맙소사, 거친 싸움을 하시는군요. 그런 걸 알고서, 밤에는 어떻게 잠드시나요?"

"선생님이 상관하실 바는 아니죠. 선생님 생각에, 그런 경험을 했다면 샬롯이 이 정도로 겁에 질릴 수 있다고 보십니까?"

"한 번이라면, 아닙니다. 만약 그런 일이 한 번 있었다면 저희가 고칠 수 있었을 겁니다. 하지만 계속해서 반복적으로 겁을 먹었을 수도 있겠죠. 샬롯은 며칠 동안 잡혀 있었나요?"

"아흐레요."

하트만의 안색이 더 나빠졌다. ARM 일을 할 만한 사람은 아니었다. 나는 주머니를 뒤져 압력 임플랜터를 꺼냈다.

"샬롯에게 추적 바늘을 꽂기 위해 선생님의 허가가 필요합니다. 아프지 않습니다."

"해밀턴 씨, 속삭이지 않으셔도 됩니다."

"제가 그랬나요?"

젠장, 그랬다. 마치 그녀를 방해하지 않으려는 듯 낮은 목소리로 말하고 있었다. 나는 평소 목소리로 말을 이었다.

"추적기를 설치하면 샬롯이 실종될 경우 찾아내는 데 도움이 될 겁니다."

"실종이라니요? 대체 샬롯이 어떻게 나가겠어요? 직접 보시다시피⋯⋯."

"문제는 샬롯을 납치했던 장기 밀매업자 조직이 다시 납치를 시도할지도 모른다는 점입니다. 이 병원의 보안이⋯⋯ 얼마나⋯⋯."

나는 말끝을 흐렸다. 샬롯 챔버스가 고개를 돌리고 나를 응시하고 있었다. 하트만이 내 팔을 꽉 잡았다. 경고였다. 차분하게, 안심시키듯 그가 말했다.

"샬롯, 걱정하지 마세요. 저는 하트만 의사예요. 당신은 안전한 곳에 있어요. 저희가 잘 돌봐 줄게요."

샬롯은 의자에서 반쯤 일어나 내 얼굴을 보려 몸을 틀고 있었다. 나는 무해해 보이려고 애썼다. 당연히 샬롯이 무슨 생각을 하고 있는지 짐작해 볼 엄두를 내지 않았다.

그녀의 눈은 어째서 저렇게 희망으로 크게 뜨였을까? 필사적이고 절망적인 희망이었다. 그것도 내가 끔찍한 협박을 말하자마자.

그녀가 찾으려고 한 것이 무엇이었든, 내 얼굴에서 찾지는 못했다. 희망 같은 것이 그녀의 눈에서 서서히 사그라졌고, 샬롯은 도로 의자에 앉아 아무 흥미 없는 얼굴로 정면을 응시했다.

하트만 의사가 손짓을 했다. 나는 알아듣고 방을 나왔다.

이십 분 뒤, 의사는 방문자 대기실에서 나를 다시 만났다.

"해밀턴 씨, 샬롯이 저만한 의식을 보여 준 것은 처음입니다. 대체 무엇에 자극받았을까요?"

나는 머리를 흔들었다.

"제가 물으려던 건, 병원의 보안이 얼마나 철저한지였습니다."

"도우미들에게 경고해 두겠습니다. ARM 요원을 동반하지 않은 방문자는 샬롯과 만나지 못하게 하죠. 이 정도면 괜찮을까요?"

"그럴 수도 있지만, 몸에 추적기를 달고 싶습니다. 만약을 대비해서요."

"알겠습니다."

"선생님, 아까 샬롯의 표정은 뭐였죠?"

"희망이라고 생각했습니다, 해밀턴 씨. 당신 목소리에 반응한 것 같습니다. 샬롯이 아는 어떤 사람의 목소리처럼 들렸을지도 모르죠. 당신 목소리를 녹음하게 해 주시면 당신과 비슷한 소리를 내는 정신과 의사를 찾아보겠습니다."

몸에 추적기를 심을 때, 샬롯은 움찔하지도 않았다.

집에 오는 내내 그녀의 얼굴이 어른거렸다. 마치 그녀가 그 의자에서 움직이지도 생각하지도 않고, 내가 오기만을 기다리고 앉아 있었던 것 같았다. 내가 마침내 오기만을.

오른쪽에 아무 무게도 느껴지지 않았다. 나는 뒤로 물러서려 했고 물러서는 걸음이 휘청댔다. 오른팔은 어깨에서 끝나 있었다. 왼쪽 눈이 있을 자리에는 텅 빈 눈구멍뿐이었다. 무언가 희미한 것이 어둠 속에서 발을 끌며 다가와 하나뿐인 왼눈으로 나를 보았다. 하나뿐인 오른팔을 내게 뻗었다. 나는 상상 손으로 그것을 뿌리치며 물러서고 물러섰다. 그것이 더 다가왔다. 내 손이 닿았다. 안을 만졌다. 끔찍하다! 저 상처들이란! 로렌의 흉강은 이식의 누더기였다. 뿌리치고 싶었지만 더 깊이 손을 내밀어 그의 빌린 심장을 찾아냈다. 그리고 그것을 움켜쥐었다.

그런 걸 알고서 밤에는 어떻게 자냐고? 아, 박사님, 가끔씩 꿈을 꾸죠.

나는 벌떡 일어나 앉아 어두운 벽을 응시했다. 태피가 눈을 뜨고 나를 보았다.

"무슨 일이야?"

"악몽을 꿨어."

"아."

태피는 내 귀 뒤를 안심시키듯 쓰다듬었다.

"잠이 얼마나 깼어?"

그녀가 한숨을 쉬었다.

"완전히 깼어."

"콥시클. 콥시클이라는 단어를 어디서 들었어? 바보상자? 친구한테서?"

"기억 안 나. 왜?"

"그냥 생각났어. 신경 쓰지 마. 루카스 가녀에게 물어볼게."

일어나 버번 향이 나는 핫 초콜릿을 만들었다. 우리는 마치 바늘 구름을 맞은 양 잠들었다.

루카스 가녀는 운명과의 도박에서 승리한 남자였다. 그가 나이 드는 동안 의학 기술은 발전했고, 그의 기대 수명은 계속해서 그보다 앞서 나갔다. 스트럴드브럭* 클럽의 최장수 생존자는 아직 아니었지만, 근접하고, 근접하고 있었다. 관절은 한참 전에 끝장났다. 그는 지면 효과 이동 의자에 묶여 있었다. 얼굴은 두개골에서 축 늘어져 주름이 접혔다. 하지만 팔은 원숭이같이 튼튼했고 뇌는 작동했다. 이 사람이 나의 상사였다.

"콥시클이라. 그래, 3D에 나왔지. 알아채지 못했는데, 자네 말

---

* 걸리버 여행기에 나오는 영원히 죽지 않는 종족.

이 맞아. 이제 와서 그 단어를 다시 사용하다니 우스꽝스럽군."

그가 말했다.

"언제부터 썼던 말인가요?"

"팝시클. 팝시클은 막대기에 얼린 셔벗을 꽂은 거야. 핥아서 녹여 먹었지."

그 말에 연상된 장면에 움찔했다. 얼음에 덮인 레비티쿠스 헤일의 항문에 막대기가 꽂혀 있고, 거대한 혓바닥이⋯⋯.

"나무 막대기라네."

가녀가 이를 드러내고 웃었다. 아기들을 무서워 자지러지게 할 만한 미소였다. 웃을 때의 그는 거의 예술 작품이었다. 한스 복이 그린 러브크래프트 소설 일러스트에 나오는 것 같은 백팔십몇 년 묵은 골동품.

"그렇게 옛날 일이지. 1960, 70년대 정도부터 사람을 얼리기 시작했고, 그때 팝시클에는 여전히 나무 막대기를 꽂았어. 지금 와서 왜 그 말을 쓰지?"

"누가 사용하는데요? 뉴스 진행자들인가요? 저는 바보상자를 별로 보지 않아요."

"어, 뉴스 진행자들, 변호사들⋯⋯. 이차냉동법안에 반대하는 위원회에 관한 조사는 어떤가?"

화제 전환에 잠깐 시간이 걸렸다.

"긍정적인 결과는 없어요. 프로그램은 계속 돌리고 있고 아프리카나 중동 같은 몇몇 지역에서는 결과가 천천히 들어오고 있는데⋯⋯ 모두 건전한 시민 같네요."

"뭐, 시도해 볼 만하지. 다른 쪽도 보고 있었어. 만약 업자들이 이차냉동법안을 저지하려고 애쓰고 있다면, 이차냉동법안을 지지하는 인물들을 협박하거나 살해하려고 하겠지. 내 얘기 따라오고 있나?"

"대강요."

"그러니 우리는 누굴 보호해야 할지 알아야 해. 물론 오로지 일일 뿐이야. ARM은 정치에는 관여해서는 안 된다지."

가녀는 책상에 있는 컴퓨터 키보드를 한 손으로 두드리기 위해 옆으로 움직였다. 그의 거대한 부양浮揚 의자는 키보드 아래에 들어가지 않았다. 테이프가 슬롯에서 나왔다. 육십 센티미터 길이였다. 그가 나에게 테이프를 건넸다.

"대부분 변호사야. 사회학과 인문학 교수들도 많지. 자기네 상표의 불멸을 미는 종교 지도자도 있더군. 종교 집단은 양쪽에 다 있어. 이 명단은 공개적으로 이차냉동법안을 지지하는 사람들이네. 콥시클이라는 말을 사용하기 시작한 것도 이들일 걸세."

"고마워요."

"귀여운 단어지 않나? 농담 같아. 냉동 수면이라고 하면 진지하게 받아들이는 사람이 나올지도 모르지. 심지어 정말 죽기는 했나 의아해하는 사람도 있을걸. 그게 핵심적인 질문이잖아? 그들이 원하는 콥시클은 가장 건강한 사람들, 언젠가는 되살아날 가능성이 가장 높은 사람들이니까. 그들이 한 조각씩 살려 내고 싶은 사람들은 말이지. 형편없는 짓거리야."

"저도 그렇게 생각해요."

나는 명단을 훑어보았다.

"이 사람들에게 실제로 경고를 하진 않으셨죠?"

"안 했지, 멍청하긴. 그랬다간 이들이 바로 언론에 가서 자기들의 적은 다 장기 밀매업자라고 떠들어 댈걸."

나는 고개를 끄덕였다.

"도와주셔서 고마워요. 여기서 뭔가 나오면……."

"앉아 봐. 이름들을 한번 보게. 눈에 띄는 거 있나 보라고."

물론 내가 아는 이름은, 아메리카 사람들 중에도 거의 없었다. 유명한 형사사건 변호사들이 몇 명 있었고 적어도 한 명은 연방 판사였다. 물리학자 레이몬드 싱클레어, 뉴스 방송국들이 줄지어 있고, 그리고……

"클라크 앤 내시? 그 광고 회사요?"

"여러 나라의 여러 광고 회사가 동참했네. 이들 중 대부분은 아마 꽤 진심일 테고 누구에게나 말을 하겠지만, 보도가 어디선가 나오긴 해야 해. 이런 회사들이 광고하고 있네. 콥시클이라는 말은 광고 회사의 도전일 수밖에 없어. 콥시클 상속인들의 유명세도 그들이 손을 댄 것일지 몰라. 콥시클 상속인들에 대해서는 알지?"

"잘은 몰라요."

"NBA 방송이 두 번째 그룹의 가장 부유한 인물들의 상속인들을 추적해 왔어. '물건'으로서의 가치는 손상시키지 않을 만한 사유로 냉동 보관소에 들어갔던 사람들 말이네."

가녀는 '물건'이라는 말을 침처럼 뱉었다. 장기 밀매업자들의 속어였다.

"극빈자들은 모두 첫 번째 냉동법 때 장기은행에 들어갔지. 그러니 두 번째 그룹은 꽤 부유한 치들일 거야. NBA는 돈 때문이 아니라면 절대 나타나지 않았을 것 같은 상속인들을 여럿 찾아냈어. 그중 많은 수가 이차냉동법안에 찬성표를 던질 테고……."

"네."

"최상층 십여 명만 유명세를 얻었지만, 여전히 꽤 강력한 주장이지 않나? 콥시클들이 냉동 수면 중이라면 얘기가 다르지만, 만약 콥시클이 시체라면 상속인들은 정당한 권리를 행사하지 못하고 있는 셈이니까."

나는 빤한 질문을 던졌다.

"광고비는 누가 대나요?"

"그래, 우리도 그게 궁금했지. 회사들은 답하지 않았어. 더 깊이 파 봤지."

"그랬더니?"

가녀가 악마처럼 웃었다.

"회사들도 모르더라고. 존재하지도 않는 회사들이 고용했다고 나와. 대표자가 딱 한 번만 나타난 회사들이 많지. 비용은 일시불로 냈고."

"하는 짓이 꼭……. 아니, 그쪽이 아닐 텐데요."

"그래. 대체 뭣 때문에 장기 밀매업자들이 이차냉동법안을 지지하겠나?"

나는 곰곰 생각해 보았다.

"이건 어때요? 부유하고 병든 노인들이 공공 여분 장기 공급이 부족하지 않도록 재단을 만드는 일은 흔해요. 최소한 그건 합법이고, 장기 밀매업자들의 거래는 불법이죠. 그런 노인들이 많아지면 비용이 정말 내려갈지도 모르고요."

"그 생각도 했어. 그쪽으로도 프로그램을 돌리고 있지. 스트럴드브러그 클럽에도 은근슬쩍 물어보고 다녔고. 나도 회원이긴 하니까. 은근슬쩍 해야지. 합법적이라고 해도 언론을 타고 싶을 일은 아니잖아."

"그렇긴 하죠."

"그러다가 오늘 아침에 자네 보고서를 받았지. 아누비스와 챔버스 남매라. 흐음, 좀 더 깊이 파고들었으면 좋지 않았겠어?"

"무슨 말씀이신지 모르겠어요."

지금, 가녀는 덤벼들 준비를 마친 존재처럼 보였다.

"장기 밀매업자 연합이 이차냉동법안을 지지하고 있다면 굉장하지 않겠나? 법안이 통과되기 직전에 가장 부유한 콥시클 상속인들을 몽땅 납치한다는 아이디어인 거야. 납치해서 돈이 될 만한 사람들은 대부분 자기를 보호할 여력이 있어. 경비원, 거주 경보기, 팔목 경보기. 콥시클 상속인들은 아직 그럴 수 없지."

가녀가 양팔로 의자에서 몸을 내밀었다.

"이걸 증명해서 소문을 좀 낸다면, 이차냉동법안이 아주 지옥을 보겠지?"

돌아와 보니 책상 위에 쪽지가 남겨져 있었다. 홀든 챔버스에 관한 자료 묶음이 컴퓨터 메모리에 들어와 나를 기다리고 있었다.

팔 장난에 겁먹고 도망치지 않았다면, 홀든 본인이 오늘 오후에 여기 오리라는 것이 기억났다. 묶음에 구멍을 뚫고 읽기 시작했다. 그가 대체 어느 정도로 제정신인지 알아보려고.

대부분의 정보는 대학 의료 센터에서 왔는데, 그들도 홀든을 걱정하고 있었다.

납치는 홀든이 워시번에서 보낸 첫해에 일어났다. 성적은 그 뒤에 급격히 떨어졌다가 간신히 통과할 정도로 서서히 회복되었다. 9월에 그는 전공을 건축에서 생화학으로 바꾸었다. 전과는 쉬웠던 모양이다. 지난 이 년 동안 성적은 평균이거나 평균 이상이었다.

그는 가구가 모두 필요할 때만 끄집어낼 수 있는 메모리 플라스틱인 작은 아파트에 혼자 살았다. 기술이 여유 공간보다 저렴했다. 이런 아파트에도 공동생활 공간은 있었다—사우나, 수영장, 청소 로봇, 파티장, 룸서비스 부엌, 세탁소……. 그가 왜 룸메이트를 구하지 않았는지 궁금했다. 일단 돈이 절약됐을 텐데. 그렇지만 그의 성생활은 늘 좀 수동적인 편이었고, 파일에 따르면 원래부터 사교적인 성격은 아니었다. 납치 후 몇 달 동안은 뒷머리에 구멍을 내기 직전 같았다. 마치 인류에 대한 모든 믿음을 잃은 것처럼 굴었다.

그때는 방향을 잘못 잡았더라도 회복한 것처럼 보였다. 성생활도 나아졌다. 이 정보는 대학 의료 센터가 아니라 공동 부엌 기록—두 사람분 조식, 심야 룸서비스—과 최근 녹음된 전화 메시지에서 나왔다. 모두 그럭저럭 알려져 있었다. 내가 관음증 환자처럼 느낄 이유는 없었다. 콥시클 상속인들이 유명해진 일이 그에게 조금 좋은 점도 있었다고 할까. 여자들이 그를 쫓아다니기 시작했다. 몇몇과 밤을 보냈지만 꾸준히 사귀는 사람은 없는 것 같았다.

하인 비용을 어떻게 대나 궁금했는데, 답을 보니 내가 바보 같았다. 제로라는 이름의 비서는 알고 보니 컴퓨터 응답 서비스였다. 챔버스는 가난하지 않았다. 몸값을 지불하고 신탁 기금에는 이만 마르크 정도가 남았다. 샬롯의 병원비로 대부분 쓰였다. 신탁 관리인들은 홀든에게 학비를 내고도 넉넉하게 살 정도의 돈을 주고 있었다. 학교를 졸업한 다음에도 돈이 좀 남겠지만, 대부분 샬롯에게 쓰일 것이다.

화면을 끄고 생각해 보았다.

그는 큰 충격을 받았다. 회복했다. 어떤 사람은 회복하고, 어떤 사람은 회복하지 못한다. 그는 아주 건강했는데, 정신적인 충격에서 살아남은 것과 큰 관련이 있었을 것이다. 내가 지금 그와 친구 사이라면 그가 있는 자리에서는 몇 가지 주제를 피할 것이다.

그런 홀든이 연필이 책상 위에서 떠올라 돌아가기 시작하자 극심한 공포에 휩싸여 물러섰다. 그런 행동은 얼마나 정상적이지? 나는 몰랐다. 내 상상 팔에 너무 익숙해져 있었다.

홀든 본인은 14시쯤 나타났다.

앤소니 틸러는 냉동 상자에 들어 있었다. 그의 얼굴은 최후의 순간에 끔찍하게 일그러졌지만, 지금은 그 흔적조차 없었다. 모든 죽은 사람들과 마찬가지로 무표정했다. 영원의 보관소에 있는 냉동 수면인들도 그런 얼굴이었다. 겉모습만 따지면, 이것보다 훨씬 나쁜 상태인 이도 많았다.

홀든 챔버스는 흥미를 갖고 시신을 관찰했다.

"그러니까, 장기 밀매업자들은 이렇게 생겼군요."

"업자들은 자기가 원하는 대로 생겼죠."

내 말에 그가 움찔했다. 하지만 곧 몸을 굽히고 죽은 이의 얼굴을 관찰했다. 양손을 등 뒤로 맞잡고 냉동 상자를 돌았다. 태연한 척했지만 여전히 내게서 한참 떨어져 있었다. 죽은 사람에게는 별로 개의치 않는 것 같았다.

그는 내가 이틀 전에 했던 것과 같은 말을 했다.

"모르겠어요. 저 얼굴은요."

"흠, 확인해 볼 의미는 있었죠. 제 사무실로 갑시다. 더 편안합니다."

그가 미소를 띠었다.

"네."

홀든은 복도에서 꾸물거렸다. 문이 열린 사무실 안을 들여다보고, 고개를 드는 사람이 있을 때마다 미소를 지었다. 낮은 목소리로 나에게 그럭저럭 똑똑한 질문을 했다. 즐기고 있었다. ARM 본부의 관광객이었다. 그러나 내가 복도 가운데로 가려고 하면 슬금슬금 물러나 복도 구석까지 멀어졌다.

결국 나는 그에게 이유를 물었다. 그가 대답하지 않을 줄 알았지만……

"그냥, 그 연필 트릭 때문이에요."

"그게 뭐요?"

홀든은 적당한 말을 찾지 못해 좌절한 사람처럼 한숨을 쉬었다.

"전 남과 닿는 게 싫어요. 제 말은, 여자애들하고는 괜찮지만 일반적으로 누가 손대면 좋아하지 않아요."

"저는 닿지……."

"닿으실 수 있었잖아요. 제가 모르는 사이에요. 보지도 못하고, 어쩌면 느끼지도 못할지 몰랐죠. 요원님이 전화 화면에서 그런 식으로 다가와서 진짜 지랄검열같이 거슬렸어요! 전화는 원래 그렇게, 사적인 게 아니잖아요."

그가 불쑥 말을 멈추고 복도 저편을 보았다.

"저분 루카스 가녀가 아닌가요?"

"뭐, 네."

그는 경외감에 휩싸여 기뻐했다.

"루카스 가녀라니! 이거 다 저분이 하시는 일이죠? 지금 몇 살이세요?"

"백여든몇 살입니다."

소개할까 했지만, 루카스의 의자가 다른 쪽으로 미끄러져 갔다.

내 사무실은 딱 나, 책상, 의자 두 개, 벽에 수도꼭지 몇 개가 들어가는 크기였다. 나는 그에게 차를, 내 잔에는 커피를 따랐다.

"여동생분을 만나러 갔습니다."

"샬롯을요? 어때요?"

"마지막으로 보셨을 때와 달라진 점이 없을 겁니다. 주위를 전혀 인식하지 못하더군요. ……하지만 한 번, 몸을 돌리고 저를 쳐다보았습니다."

"왜요? 무엇을 하셨는데요? 무슨 말을 하셨어요?"

그가 따지듯 물었다. 좋아, 지금이다.

"주치의에게 그녀를 납치했던 조직이 또 그녀를 노릴지도 모른다고 말하고 있었죠."

그의 입가에 이상한 반응이 일어났다. 당혹감, 공포, 불신.

"대체 왜 그런 삐bleep 소리를 하셨어요?"

"가능성이 있습니다. 두 분 다 콥시클 상속인이죠. 살인자 틸러는 제가 당신을 보는 것을 발견했을 때, 당신을 감시하고 있었을지도 모릅니다. 제가 눈치채길 바라지 않았겠죠."

"그야 그렇겠지만……."

그는 가볍게 받아들이려고 했지만, 실패했다.

"진짜 진지하게 그들이 저를, 우리를 다시 노릴 수도 있다고 생각하세요?"

"가능성이 있습니다. 틸러가 레스토랑 안에 있었다면 떠다니는 담배를 보고 저를 알아봤을 수가 있습니다. 제 얼굴보다 눈에 띄죠. 그렇게 걱정하지는 마세요. 몸에 추적기를 달았습니다. 그가 당신을 어디로 데려가든 저희가 추적할 수 있습니다."

"저한테요?"

그는 이것도 썩 좋아하지 않는 것 같았지만 ─너무 사적이라서?─ 문제 삼지 않았다.

"홀든, 그들이 동생분한테 무슨 짓을 했는지 궁금한데……."

그가 냉정하게 말을 잘랐다.

"저는 오래전에 궁금해하기를 그만뒀어요."

"당신한테는 안 한 짓을 했죠. 호기심 때문만은 아닙니다. 샬롯한테 무슨 일이 있었는지 의사들이 알면, 그녀의 기억 속에 무엇이 있는지 알기만 하면……."

"젠장! 저라고 안 돕고 싶겠어요? 제 동생이라고요!"

"알았어요."

애당초 내가 뭐하러 정신과 의사 흉내를 내나? 아니면 탐정 흉내인가? 홀든은 아무것도 몰랐다. 그는 한 번에 여러 태풍들의 눈 가운데 있었고, 분명 이 상황에 지치고 짜증이 나 있었다. 집에 돌려보내야 했다.

그가 먼저 입을 열었다. 들릴락 말락 한 목소리였다.

"그들이 저한테 어떻게 했는지는 알아요? 신경 차단기를 달았어요. 목 뒤에 수술용 피부로 작은 장치를 붙였죠. 목 아래로는 아무것도 느껴지지 않았고 움직일 수도 없었어요. 그걸 저한테 달고 침대에 던져 놓고 떠났어요. 아흐레를요. 가끔 제 신경을 도로 켜고, 먹고 마시고 화장실에 가게 했어요."

"그들이 몸값을 못 받으면 당신을 물건으로 조각내겠다는 말을 했나요?"

그는 잠시 생각에 잠겼다.

"으…… 아뇨. 예상은 했어요. 하지만 저한테 아예 아무 말도 안 했어요. 시체처럼 대했죠. 검사는 했는데, 몇 시간 동안 손과 기구들로 절 죽은 고깃덩이처럼 돌려 가며 찌르고 쑤석댔죠. 아무것도 느껴지지 않았지만 다 봤어요. 만약 샬롯한테 그런 짓을 했다면…… 어쩌면 샬롯은 자기가 죽었다고 생각할 거예요."

그의 목소리가 커졌다.

"ARM, 하트만 선생님, 워시번 의료인들한테 말하고 또 말했어요. 이제 그만하죠, 네?"

"그럽시다. 미안해요. 이 일에선 눈치를 못 배워서요. 질문하는 것만 배웁니다. 어떤 질문이든지."

그래도, 그래도, 그녀의 그 표정은…….

나는 그를 배웅하며, 마치 별일 아닌 얘기를 하듯 한 가지를 더 물었다.

"이차냉동법안에 대해서는 어떻게 생각하나요?"

"전 아직 UN 투표권이 없어요."

"그걸 물은 건 아니고."

그가 나를 적대적으로 마주 보았다.

"저기요, 큰돈이 얽혀 있어요. 엄청난 큰돈이에요. 샬롯의 병원비를 평생 대고 제 얼굴을 바꿔도 될 정도죠. 하지만 헤일, 레비티쿠스 헤일은……."

그는 비웃는 기색 없이 그 이름을 정확하게 발음했다.

"친척이잖아요. 그렇죠? 제 현조玄祖 할아버지라고요. 언젠가는 살려 낼 수 있을 거예요. 가능해요. 그러니 제가 어쩌겠어요? 투표권이 있으면 결정을 내려야겠지만, 전 아직 스물다섯 살이 안 됐어요. 그러니까 걱정 안 해도 돼요."

"인터뷰는…….""

"전 인터뷰를 하지 않아요. 지금 요원님은 다른 사람들이 다 듣는 똑같은 답을 들으셨어요. 제로의 테이프에 파일로 저장해 놓았죠. 안녕히 계세요."

다른 ARM 부서들은 첫 번째 냉동법 이후의 소강 기간 동안 우리 계급을 축소시켰다. 지난 몇 주 사이에 조직은 다시 서서히 커지고 있었다. 아무것도 모르는 피해자들에게 추적기를 심고 그들의 안전을 확인할 공작원이 필요했다. 아래층에서 깜박이는 추적기를 화면으로 감시할 인력도 더 필요했다.

정말이지, 모든 콥시클 상속인들에게 상황을 알리고 우리에게 주기적으로, 가령 십오 분에 한 번씩 연락하라고 하고 싶었다. 그러면 훨씬 쉬워졌을 것이다. 그들의 투표에도 영향을 미치고 그들이 하고 있는 인터뷰의 질이 달라졌을지도 몰랐다.

그러나 우리가 지금 지켜보고 있는 바로 그 콥시클 상속인들을 감시하고 있을지도 모르는 가상의 장기 밀매업자 연합이라는 사냥감들을 자극하고 싶지 않았다. 게다가 만약 우리가 틀렸다면 반발 투표가 맹렬히 일어날 것이다. 우리는 정치와 무관해야 했다.

콥시클 상속인들이 모르는 사이에 우리는 일을 계속했다. 예상 상속액이 오만 UN마르크 이상—우리가 감당할 수 있는 최대한이 그 정도라서 편의상 정한 제한이었다—인 사람은 세계에 이천 명, 미국 서부에 삼백 명 정도가 있었다.

인력 부족에 도움이 되는 일이 하나 있었다. 다시 소강상태가 온 것이다. 세계적으로 실종 신고가 거의 0으로 떨어졌다.

"예상했어야 했어. 작년부터 대부분의 손님들이 업자를 찾지 않았던 게 확실해. 이차냉동법안이 통과되나 보고 싶겠지. 이제 모든 조직들이 손님은 없는데 가득 찬 장기은행에 묶여 있어. 지난번 경험에서 배운 게 있다면 뿔을 숨기고 기다릴걸. 물론 내 추측일 뿐이지만."

베라의 말대로일 것 같았다. 어쨌든 우리는 필요한 사람들을 찾아 놓았다. 물러앉아 결과를 기다릴 때였다.

안전보장이사회가 2125년 2월 3일 이차냉동법안을 통과시켰다. 3월 말에 세계 투표를 한다. 투표권자는 백억 명 정도였고, 그중 적어도 육십 퍼센트는 귀찮더라도 전화를 걸어 투표를 할 터였다.

나는 다시 바보상자를 보기 시작했다.

NBA 방송은 콥시클 상속인들을 다루고 법안에 찬성하는 논평을 계속했다. 지지자들은 기회가 있을 때마다 얼마나 많은 콥시클 상속인들이 아직 발견되길 기다리고 있는지—그리고 당신이 바로 그 사람일지도 모릅니다—를 강조했다. 태피와 나는 법안을 지지하는 뉴욕 퍼레이드를 보았다. 현수막과 플래카드—죽은 자가 아니라 산 자를 구합시다. 당신의 목숨이 달린 일입니다. 콥시클은 맥주를 차갑게—와 구호를 연호하는 지랄검열같이 거대한 인간 무리였다. 교통비가 만만찮게 들었을 것이다.

법안에 반대하는 여러 위원회들도 활발하게 나섰다. 아메리카에서는 비록 냉동 수면 중인 사람들 중 사십 퍼센트가 미국인이지만 그들로부터 나온 여분 장기는 세계 아무 데로나 간다는 점을 지적했다. 아프리카와 아시아에서는 콥시클 상속인들 대부분이 아메리카에 산다는 사실이 밝혀졌다. 이집트에서는 피라미드와 냉동 보관소를 연결 지어 비교하는 주장이 나왔다. 둘 다 불멸을 위한 노력이라는 소리였다. 이 주장은 잘 풀리지 않았다.

여론조사에 따르면 중국 쪽은 반대투표를 할 것 같았다. NBA 뉴스는 조상숭배를 말하며, 중국에 살았던 전직 의장 여섯 명이 그들 밑에서 일했던 수많은 전직 관료들과 냉동 보관소에 있다는 사실을 상기시켰다. 중국에서 불멸은 존중받는 전통이었다.

반대 위원회들은 세계의 투표권자들에게 냉동 사자들 중 가장 부유한 이들의 일부는 고리에 상속인을 두고 있다는 점을 말했다. 지구의 자원이 소행성 바위들 사이로 아무렇게나 흩어져도 되나? 나는 양편 모두 싫어지기 시작했다. 다행히, UN이 가처분을 하겠다고 압박하여 그쪽 선의 주장을 재빨리 차단시켰다. 지구에는 고리의 자원이 절실히 필요했다.

그리고 우리의 조사 결과가 나오기 시작했다.

모티머 링컨 혹은 앤소니 틸러는 나를 살해하려고 했던 날 밤에 미드가르드에 없었다. 자기 아파트에서 혼자 공동 주방에서 보내온 음식을 먹었다. 즉, 그 자신이 홀든 챔버스를 지켜보고 있을 방법은 없었다.

우리는 홀든 챔버스나, 알려진 다른 콥시클 상속인들 뒤에 누가 숨었다는 흔적을 찾지 못했다. 일반적으로 예외는 하나뿐이었는데, 바로 언론이었다. 미디어는 콥시클 상속인들에게 염치없이 계속 관심을 가졌는데, 곧 그들이 상속받을 돈 때문이었다. 우리는 암울한 가정에 직면했다. 예비 납치범들은 미디어가 추적을 대신해 주는 사이에 바보상자나 보면서 시간을 보내고 있을지도 몰랐다. 어쩌면 그보다 가까운 관계일 수도 있었다. 우리는 뉴스 방송사를 수사하기 시작했다.

2월 중순에 나는 홀든 챔버스를 불러들여 불법 추적기가 붙었는지 검사했다. 자포자기한 시도였다. 장기 밀매업자들은 그런 도구를 사용하지 않았다. 그들은 의료 전문가였다. 우리가 넣은 추적기는 여전히 작동하고 있었고, 그의 몸에 있는 추적기는 그것뿐이었다. 홀든은 싸늘하게 화를 냈다. 우리가 그의 중간고사 공부를 방해했던 것이다.

그 외에도 우리는 가장 큰 상속자 열두 명 중 세 명의 몸을 정기 검진을 틈타 간신히 수색했다. 아무것도 나오지 않았다.

뉴스 방송사 수사에서도 거의 나온 것이 없었다. 클라크 앤 내시는 NBA 전체에 상당히 많은 단발성 표준 광고를 내고 있었다. 다른 광고 회사들도 다른 방송국, 방송사, 카세트 뉴스 잡지사 들에 그와 비슷한 영향력을 가졌을 가능성이 있었다. 하지만 우리는 불쑥 튀어나온, 이력을 조작했거나 이력이 아예 없는 기자들을 찾고 있었다. 새 직장을 구한 전직 장기 밀매업자들을. 하지만 하나도 찾지 못했다.

나는 어느 일이 없는 오후에 메닝거로 전화를 걸었다. 샬롯 챔버스는 여전히 긴장 상태였다.

"뉴욕의 론디즈와 함께 일하고 있습니다. 요원님과 똑같은 목소리에 능력도 좋은 사람이죠. 샬롯은 아직 반응을 보이지 않았습니다. 저희 생각에, 요원님이 말하는 방식이 원인은 아니었을까요?"

"악센트요? 서부 해안과 고리인 말투가 섞인 캔자스 말?"

"아니, 론디즈도 그건 똑같습니다. 제 말은, 장기 밀매업자들의 속어요."

"제가 사용하긴 합니다. 나쁜 습관이죠."

의사가 인상을 찌푸렸다.

"그것일지도 몰라요. 하지만 시도해 볼 수는 없습니다. 너무 겁을 먹고 완전히 내면에 들어가 버릴지도 모릅니다."

"샬롯은 이미 거기 들어가 있지 않습니까. 서라면 위험을 감수하겠습니다."

"당신은 정신과 의사가 아닙니다."

그가 대꾸했다.

전화를 끊고 생각을 곱씹었다. 부정적이었다. 모두 다 부정적이었다.

거의 눈앞에 닥쳐서야 그 쉬쉬거리는 소리를 들었다. 고개를 들어 보니 루카스 가너의 지면 효과 여행 의자가 문으로 정확하게 미끄러져 들어오고 있었다. 그는 나를 잠시 응시하더니 말했다.

"왜 그렇게 우울한 표정이지?"

"아무것도 아니에요. 결과 대신에 우리가 받고 있는 저 모든 아무것도 아닌 것들 때문이죠."

그가 의자를 세웠다.

"흐음. 살인자 틸러가 임무 수행 중이 아니었던 것처럼 보이기 시작하네."

"그러면 전부 다 날아가겠죠? 녹색 광선 두 줄에서부터 추론을 상당히 많이 했으니까요. 한 ARM 요원에게 구멍을 내려 한 전직 장기 밀매업자에서, 몇만 시간의 인력과 그 사람들의 지원을 받은 칠팔십 컴퓨터 시간을 썼어요. 우리를 꼼짝 못하게 할 생각이었다면 이보다 잘할 수 없었겠어요."

"이봐, 자네는 틸러가 그냥 자네가 마음에 들지 않아서 총을 쏘았다면 개인적인 모욕으로 받아들일 것 같잖아."

웃음이 나왔다.

"얼마나 개인적인 데까지 가능하세요?"

"좀 낫군. 자, 속 태우지 말라고. 그냥 장기적으로 봐야 할 또 다른 일일 뿐이야. 발품 팔기가 어떤지 자네도 알잖아. 우리는 이번 건이 그럴듯해 보였기에 많은 노력을 들였지. 만약 사실이라면 얼마나 많은 업자들이 여기 매달려 있을지 생각해 봐! 단번에 싹 재갈을 물릴 기회가 올 거야. 설령 생각대로 안 된다고 한들, 뭐하러 속을 태우고 그래?"

"이차냉동법안 때문이죠."

나는 그가 모르기라도 한 듯 대꾸했다.

"사람들의 의지대로 되겠지."

"사람들은 **지랄검열** 하라고 해요! 그들은 이 죽은 사람들을 살해하고 있다고요!"

가녀의 얼굴이 기묘하게 꿈틀거렸다. 그가 소리 내어 웃었다. 닭이 도와 달라고 비명을 지르는 듯한 소리였다.

"뭐가 우스워요?"

"검열, **삡**, 원래는 욕이 아니었어. 완곡한 표현이었지. 책이나 TV에 사람들이 사용하지 않았으면 하는 단어가 나오면 그 단어를 넣었어."

나는 어깨를 으쓱했다.

"어휘는 재미있죠. 그런 쪽에서 보고 싶으시다면, '젠장damn'도 원래 신학의 기술적인 용어잖아요."

"나도 알아. 그래도 우습게 들려. 자네가 뻽이니 검열이니 하는 말을 쓸 때면 남자다운 이미지가 손상된다네."

"남자다운 이미지는 지랄검열이나 하라고 해요. 콥시클 상속인들을 어떻게 하죠? 감시를 그만둘까요?"

"아니, 이미 너무 많이 왔어."

가녀는 생각에 잠겨 내 사무실의 텅 빈 벽을 응시했다.

"백억 명에게 이식 대신 인공장기를 사용하라고 설득할 수 있으면 좋지 않을까?"

내 오른팔과 왼눈에서 죄책감이 흘러나왔다.

"인공장기는 느껴지지 않아요. 제가 인공 팔에 만족했을지도 모르지만⋯⋯."

제기랄, 나는 선택을 했다!

"눈이라면? 루카스, 보스 몸에 새 다리를 붙일 수 있다고 하면 받아들이겠어요?"

"오, 이런! 그 질문은 하지 않았으면 좋았을걸."

그가 악의에 차서 말했다.

"죄송해요. 취소할게요."

그는 계속 생각에 잠겼다. 형편없는 질문이었다. 그는 아직도 그 문제에 갇혀 있었다. 소리 내어 뱉지 못했을 뿐.

"들르신 특별한 이유라도 있어요?"

루카스가 몸을 흔들었다.

"아아. 자네가 이번 일을 개인적인 패배인 양 받아들이고 있다는 인상을 받았어. 기운을 북돋아 주려고 왔지."

우리는 마주 보고 웃음을 터뜨렸다.

"이봐, 장기은행 문제보다 심각한 일이 있네. 내가 젊은 시절에, 그러니까 자네 나이에 말이야, 누군가를 사형에 처할 만한 죄로 기소하는 일은 거의 불가능했어. 무기징역도 무기가 아니었지. 심리학과 정신의학이란 것들은 범죄자를 치료해서 사회로 돌려보내는 일에 신경을 썼어. 미국 대법원이 사형에 위헌 결정을 내리려고 한 적도 있다네."

"멋진데요. 어떻게 됐어요?"

"격렬한 공포시대가 찾아왔지. 많은 사람들이 죽었어. 그러는 사이에 이식 기술은 점점 더 발달했고, 결국 버몬트 주가 공식적인 사형 도구로 장기은행을 만들었어. 그 아이디어는 지랄 맞게 빨리 퍼졌지."

"네에."

나는 역사 수업을 기억했다.

"이제 우리에게는 감옥조차 없어. 장기은행은 언제나 적자야. UN 투표로 어떤 범죄를 사형죄로 정하자마자 대부분의 사람들은 그 범죄를 저지르지 않아. 자연스러운 일이지."

"그러니 이제 허가 없는 임신, 소득세 탈세, 잦은 신호 위반도 사형이죠. 루카스, 점점 더 많은 범죄를 사형에 처하자고 계속해서 투표하는 일이 사람들에게 어떤 영향을 미치는지 저도 봐 왔어요. 그들은 생명에 대한 존중을 잃었어요."

"길, 다른 쪽 상황도 그만큼이나 나빴어. 잊지 마."

"이제는 가난도 사형에 처하죠."

"냉동법? 옹호하진 않겠어. 다만, 그건 가난하고 죽은 것에 대한 벌이었어."

"그게 사형을 당할 만한 죄인가요?"

"아니, 그렇다고 전망이 밝은 것도 아니야. 되살아나고 싶으면 병원비를 댈 준비를 해야 하지. 아, 잠깐만. 극빈자 그룹에 해당한 많은 사람들이 신탁 기금을 마련했던 것은 나도 알아. 불황이나 잘못된 투자로 날아갔지. 대체 왜 은행이 대출에 이자를 붙인다고 생각하나? 위험에 대가를 지불하는 거야. 대출이 상환되지 않을 수도 있는 위험 말이지."

"냉동법 찬성에 투표하셨어요?"

"아니, 당연히 안 했지."

"제가 지금 싸움을 걸고 싶은가 보네요. 들어 줘서 고마워요, 루카스."

"천만에."

"저 백억 투표자들이 결국 저한테까지 내려오리라는 생각을 떨칠 수가 없어요. 참지 말고 웃으시죠. 누가 당신 간을 원하겠어요?"

가녀는 낄낄 웃었다.

"누가 내 머리를 노리고 살해할지도 모르지. 자기 몸에 넣기 위해서가 아니라 박물관에 전시하려고."

우리는 그 정도로 했다.

며칠 뒤에 뉴스가 나왔다. 몇몇 북아메리카 병원들이 콥시클을 되살리고 있었다. 그들이 어떻게 비밀을 지켰는지는 미스터리였다. 치료로 살아남은 콥시클들—서른다섯 건의 시도 중 스물두 명—은 열 달 정도 살아 있었고, 의식을 차린 기간은 더 짧았다.

그다음 주는 온갖 뉴스들로 들끓었다. 태피와 나는 죽은 사람들, 의사들, 안전보장이사회 회원들의 인터뷰를 보았다. 이런 움직임은 불법은 아니었다. 이차냉동법안 반대를 위한 홍보였다면 실수였던 것 같기는 했다.

되살아난 콥시클들은 모두 미쳤다. 미치지 않았다면 무엇하러 그런 모험을 했겠나?

몇몇 사망자들은 뇌 손상으로 인한 광증 때문에 죽었다. 나머지 사람들은 낫긴 했지만 생화학적으로만 그랬다. 모두 의사가 더 희망이 없다고 결정할 만큼 오랫동안 미쳐 있었다. 이제 그들의 고향은 시간의 안개 속에 영영 사라진 낯선 땅에 버려졌다. 부활은 그들을 인류 대부분의 손에 의한 흉측하고 굴욕적인 죽음, 식인과 사람 먹는 악귀의 낌새가 있는 운명으로부터 구원했다. 편집증 환자들은 거의 놀라지 않았다. 나머지는 편집증 환자처럼 행동했다. 바보상자에 비친 그들은 한 무리의 겁먹은 정신과 환자들이었다.

어느 날 밤, 우리는 태피의 침실 벽에 있는 커다란 화면으로 이어지는 인터뷰를 보고 있었다.

잘 짜인 인터뷰는 아니었다. 그 불쌍한 얼뜨기들이 뭘 알거나 신경 쓸 수 있을 만큼밖에 오래 나와 있지도 않았는데, '오늘날의 경이에 어떤 느낌이 드시나요?' 따위의 질문이 너무 많았다. 대부분은 듣거나 본 것을 전혀 믿지 않았다. 어떤 이들은 우주 탐사—대부분의 지구 투표권자들은 무시하는, 매우 고리타분한 활동—밖에 관심이 없었다. 너무 많은 부분이 이 마지막 인터뷰와 같은 수준이었다. 인터뷰어가 한 여자에게 바보상자는 상자가 아니고, 그것은 그저 3D를 일컫는 말일 뿐이라고 설명했다. 불쌍한 여자는 잔뜩 겁먹었는데, 원래부터 썩 똑똑한 사람은 아닌 것 같았다.

태피는 침대 위에 책상다리로 앉아 어깨 위로 반짝이며 흘러내리는 길고 짙은 곱슬머리를 빗었다.

"초기 환자네. 냉동 기간 동안 뇌에 산소 공급이 부족했는지도 몰라."

그녀가 비판적인 어조로 말했다.

"당신한테나 보이지. 보통 시민들은 저 여자의 행동밖에 못 봐. 명백히, 사회에 합류할 준비가 안 되어 있어."

"젠장, 길, 저 여자는 살아 있어. 그것만으로 누구에게나 기적이어야 하는 것 아냐?"

"글쎄, 어쩌면 평균적인 투표권자들은 반대 상황인 그녀를 더 좋아했을지도 모르지."

태피가 화를 내며 세게 빗질을 했다.

"저 사람들은 살아 있어."

"레비티쿠스 헤일도 살려 냈을지 궁금하네."

"레비티? 아, 세인트존스에서는 안 했어."

태피는 그곳에서 일했다. 했다면 알았을 것이다.

"상자에 그는 안 나오네. 그 사람을 살렸어야 하는데. 그 가부장적인 인상으로 **대단한** 인상을 남길 수 있었을 거야. 메시아 노릇을 시도할지도 모르지. '오, 신도여, 내가 죽음으로부터 돌아와 너희를 이끄나니······.' 지금껏 아무도 그건 시도하지 않았잖아."

태피의 빗질이 느려졌다.

"다행이기도 해. 해동 과정이나 해동 후에 세포벽 파열로 죽는 사람이 많아."

십 분 뒤에 나는 일어나 전화 앞에 앉았다. 태피가 놀라 물었다.

"그렇게 중요한 일이야?"

"글쎄."

나는 뉴저지에 있는 영원의 보관소에 전화했다. 확인할 때까지 계속 궁금할 테니까.

레스타릭 씨가 야간 근무 중이었다. 나를 보아 반가운 듯했다. 그의 옷은 여전히 어울리지 않는 구식이었지만, 이제는 시대착오적으로 보이지 않았다. 바보상자에 각자의 스타일에 가깝게 차려입은 콥시클들이 우글거렸다.

그래, 그는 나를 기억했다. 그래, 레비티쿠스 헤일은 아직 제자리에 있었다. 병원은 그의 병동에서 두 사람을 데려가 둘 다 살려냈다. 그가 자랑스러워하며 말했다. 관리자들은 헤일도 데려가고 싶어 했다. 나이를 한 세기 더 먹었지만 여전한 외모의 홍보 가치를 마음에 들어 했다. 하지만 최근친의 허락을 받지 못했다.

태피가 텅 빈 화면을 쳐다보고 선 내게 물었다.

"뭔가 잘못됐어?"

"어린 챔버스. 콥시클 상속인인 홀든 챔버스 기억해? 그놈이 나한테 거짓말을 했어. 놈은 비티쿠스 헤일을 되살리자는 병원의 요청을 거절했어. 일 년 전에."

"아."

태피는 곰곰 생각해 보더니 그녀다운 너그러움을 담아 말했다.

"종이에 사인을 하지 않는 대가로는 아주 큰돈이잖아."

상자에 옛날 영화가 나왔다. 셰익스피어 연극의 리메이크였다. 우리는 상자를 풍경으로 바꾸고 자러 갔다.

나는 물러났다, 물러났다. 누군가의 팔과 누군가의 눈과 누군가의 심장과 누군가의 폐와 누군가의 다른 폐를 실은 로렌의 흉강을 사용한 합체 유령이 가까이 다가왔다. 그의 몸 안에 있는 그 모든 것이 느껴졌다. 끔찍했다. 더 깊이 손을 뻗었다. 누군가의 심장이 내 손안에서 물고기처럼 뛰었다.

태피는 부엌에서 핫 초콜릿을 만들고 있는 나를 발견했다. 이 인분이었다. 내가 잠들지 못하면 태피도 자지 못하는 것을 나는 알고 있었다.

"나한테 얘기하는 건 어때?"

태피가 말했다.

"흉측해."

"나한테 얘기하면 좋겠어."

그녀는 내 품으로 들어와, 내 뺨에 뺨을 비볐다. 나는 태피의 귀에 대고 말했다.

"나에게서 그 독을 끄집어낸다. 좋지. 그리고 당신한테 집어넣게 되겠지."

"알았어."

어느 쪽으로도 받아들여질 대답이었다.

초콜릿이 다 되었다. 나는 포옹을 풀고 초콜릿을 따른 다음, 버번을 살짝 더했다. 태피가 반사적으로 초콜릿을 홀짝였다.

"늘 로렌이야?"

"어. 지랄 맞은 로렌."

"지금 쫓고 있는 그 사람은 아니고?"

"아누비스? 난 그를 다룬 적이 없어. 베라의 임무였지. 어쨌든, 그는 내가 훈련을 다 받기 전에 은퇴했어. 자기 구역을 로렌에게 넘겼지. 시장 경직이 너무 심해서 로렌은 사업을 유지하기 위해서만도 구역을 두 배로 확장해야 했어."

나는 말을 너무 많이 하고 있었다. 누군가에게 말하고 싶어, 현실감각을 되찾고 싶어 필사적이었다.

"어떻게 했어, 동전 던지기?"

"뭘? 아. 아니, 누가 은퇴할지는 한 번도 문제가 아니었어. 로렌은 병자였어. 그게 그 사업에 들어간 이유였을 거야. 그는 이식이 계속 필요했지. 그리고 계속 주사를 맞아야 해서 그만둘 수 없었어. 그놈의 거부 스펙트럼은 나쁜 농담 수준이었을 거야. 아누비스는 달랐어."

태피가 초콜릿을 홀짝였다. 태피는 이 일을 몰라야 했다. 하지만 말을 멈출 수가 없었다.

"아누비스는 내키는 대로 신체 부위를 바꿨어. 우리는 결코 그를 잡지 못할 거야. 아누비스는…… 은퇴하면서 아마 온몸을 다 바꿨을 거야."

태피가 내 어깨에 손을 얹었다.

"다시 자러 가자."

"알았어."

하지만 나 자신의 목소리가 내 머리를 울렸다. 그의 유일한 문제는 돈이었어. 어떻게 그만한 돈을 숨길 수 있지? 그리고 새 신분. 수상한 돈을 잔뜩 가진 새로운 인물……. 만약 다른 곳에서 살려고 했다면, 외국 억양도 있지. 하지만 여기에선 사생활이 적고 그는 알고 있었어…….

나는 바보상자의 풍경을 바라보며 초콜릿을 마셨다. 새로운 정체성을 믿음직스럽게 만들기 위해 그가 무엇을 할 수 있었을까? 풍경은 어느 산꼭대기의 밤이었다. 구름이 무너진 민둥바위를 휘감았다. 편안했다.

나는 그가 할 수 있었을 일을 생각했다. 그리고 침대에서 나가 베라에게 전화를 걸었다.

"새벽 3시야."

태피가 어이없어하며 지적했다.

"나도 알아."

릴라 베라는 졸리고 벌거벗고 누굴 죽이려는 상태였다. 나를.

"길, 좋은 이유여야 해."

"좋은 이유야. 잭슨에게 내가 아누비스를 찾아낼 수 있다고 말해 줘."

베라가 릴라 옆에 불쑥 나타나 물었다.

"어디야?"

금방 날아갈 듯 부푼 검은색 민들레 같은 그의 머리카락은 기적처럼 그대로였다. 그는 눈을 찡그리고 졸음으로 우거지상인 데다 벌거벗고 있었다.

······깨닫고 보니, 나처럼. 이 일은 예의를 넘어선 문제였다.

나는 그에게 아누비스가 어디에 있는지 말했다. 베라가 집중했다. 나는 중간 단계들은 간략히 넘어가며 재빨리 설명했다.

"합리적인 설명같이 들려? 난 잘 모르겠어. 새벽 3시잖아. 내가 생각을 똑바로 못 했는지도 몰라."

베라가 두 손으로 머리카락을 한 번에 거칠게 쓸어 넘겼다. 자연스러운 머리가 갈라졌다.

"왜 나는 그 생각을 못 했지? 대체 왜 아무도 그 생각을 못 한 거야?"

"낭비니까. 사형당한 도끼 살인자 하나한테서 나온 물건이 십수 목숨을 살리니까, 그저 보통은 생각하기······."

"맞아, 맞아, 맞아. 그건 넘어가고, 우리가 뭘 하지?"

"본부에 알려. 그리고 홀든 챔버스에게 전화하지. 그와 말만 하고도 알아낼 수 있을 수도 있어. 아니면 직접 찾아가야 해."

베라는 수면을 방해받은 고통 속에서도 웃었다.

"그래, 새벽 3시에 전화를 받으면 좋아하지 않겠지."

백발 비서가 홀든 챔버스는 방해를 받을 수 없다고 알렸다. 그가 —가상의— 종료 스위치를 누르려고 할 때, 나는 'ARM 업무, 목숨이 달린 일입니다.'라고 말하고 내 ARM 신분증을 제시했다. 그가 고개를 끄덕이고 나에게 기다리라고 했다. 아주 그럴듯했다. 그러나 그는 내가 전화했을 때마다 똑같은 동작을 했다.

홀든 챔버스가 온통 구겨진 잠옷 상의를 입고 나타났다. 그는 몇십 센티미터 물러나서 —형체 없는 방해를 조심하려고?— 물침대의 불편한 모서리에 앉았다.

"지랄검열, 자정 지나서까지 공부하고 있었어요. 이번엔 뭐죠?"

홀든이 눈을 비비며 말했다.

"당신은 위험에 처해 있습니다. 즉각적인 위험이에요. 당황하지 말고, 침대로 돌아가지도 마세요. 저희가 가겠습니다."

"농담이시죠?"

그가 전화 화면의 내 표정을 살폈다.

"농담이 아니군요? 아, 아, 알았어요. 옷 입을게요. 어떤 위험인데요?"

"그건 말씀드릴 수 없습니다. 아무 데도 가지 마세요."

나는 베라에게 다시 전화했다.

우리는 로비에서 만나 그의 택시를 탔다. 신용카드 투입구에 ARM 신분증을 넣으면 어떤 택시든 경찰차로 바뀐다.

"봐서는 모르겠던?"

베라가 물었다.

"응. 너무 멀리 있었어. 무슨 말이든 해야 해서 아무 데도 가지 말라고 했어."

"잘한 짓인지 모르겠다."

"상관없어. 아누비스한테는 행동할 시간이 십오 분밖에 없고, 그다음에도 우리는 쫓아갈 수 있으니까."

초인종을 눌렀지만 바로 답이 없었다. 어쩌면 우리가 문밖에 선 것을 보고 놀랐는지도 몰랐다. 보통은 세입자가 문을 열어 주지 않으면 주차 옥상 엘리베이터에 탈 수 없다. 하지만 ARM 신분증은 대부분의 잠금장치를 연다.

베라의 인내가 바닥났다.

"간 것 같아. 전화를 하는 편이……."

홀든이 문을 열었다.

"네, 이게 대체 무슨 일이에요? 들어오세요."

그가 우리의 총을 보았다.

베라가 문을 세게 치고 오른쪽으로 움직였다. 나는 왼쪽으로 몸을 틀었다. 이런 작은 아파트에는 몸을 숨길 곳이 없다. 물침대는 사라지고 L 자 소파와 커피 탁자가 있었다. 소파 뒤에는 아무것도 없었다. 베라가 문을 차서 여는 사이에 나는 화장실을 확인했다. 우리밖에 없었다.

홀든의 얼굴에서 놀란 표정이 사라졌다. 그가 미소를 띠고 박수를 쳤다. 나는 고개를 숙여 절했다.

"정말로 심각하셨군요. 대체 어떤 위험인데요? 아침까지 기다리면 안 됐어요?"

"어, 그랬다간 내가 잠을 못 잤을걸."

나는 그에게 다가가며 말했다.

"만약 이게 안 통하면 나는 너한테 백배사죄해야 할 거야."

그가 뒷걸음질 쳤다.

"가만히 있어. 잠깐이면 돼."

나는 더 다가갔다.

베라가 이제 그의 뒤에 있었다. 서두른 것이 아니다. 베라는 다리가 길어서 움직임이 속임수처럼 빨랐다. 챔버스가 물러서고, 물러서고, 물러서다 베라에 부딪히고 놀라 끽 소리를 냈다. 주춤거리다가 화장실로 도망쳤다. 베라가 손을 뻗어 한쪽 팔을 홀든의 허리에 감고 다른 팔로 그의 양손을 붙들었다.

홀든은 미친놈처럼 발버둥 쳤다. 나는 그의 발길질을 피해 옆으로 멀찍이 돌아가 상상 손을 그의 얼굴에 뻗었다.

그가 굳었다. 그리고 비명을 질렀다.

"이걸 두려워했지. 내가 전화 화면을 통과해 **이렇게** 할 수 있을 줄은 상상도 못 했을 테니까."

나는 그의 머리로 손을 뻗어 매끄러운 근육과 오돌토돌한 뼈와 풍선 같은 부비강의 구멍을 느꼈다. 그가 머리를 흔들었지만 나의 손도 같이 움직였다. 나는 상상 손가락으로 그의 두개골 속 매끄러운 내부를 훑었다.

거기에 있었다. 엑스레이에는 찍히지 않을 만큼, 나머지 뼈에서 아주 살짝 돋은 긴 흉터. 흉터는 두개골 바닥에서 관자놀이를 지나 눈구멍에서 만나며 닫힌곡선을 그렸다.

"이놈이야."

내가 말했다. 베라가 그의 귀에 고함을 질렀다.

"이 새끼!"

아누비스가 축 늘어졌다.

"뇌간이 만나는 지점은 못 찾겠어. 척수도 이식한 게 분명해. 중추신경 전체를 말이야."

나는 척수골을 따라 난 흉터를 찾아냈다.

"맞아, 그렇게 했네."

아누비스는 마치 체스 게임에서 진 것처럼 태연히 말했다.

"알았어, 너희가 잡았어. 인정하지. 앉아서 보자고."

"좋지."

베라가 그를 소파에 던졌다. 홀든은 소파에 맞다시피 했다. 그는 베라의 무례한 행동에 놀란 표정으로 자세를 바로 했다. 이 남자는 무엇에 이토록 흥분하나?

"이 돼지 새끼. 그 불쌍한 애의 속을 차지하고 탈것 삼아 나오다니. 우리는 뇌 이식을 전혀 생각 못 했어."

베라가 그에게 말했다.

"내가 생각해 낸 것도 놀랍지. 기증자 한 명한테서 나오는 물건으로 백만 마르크가 넘는 수술비를 벌 수 있잖아. 누가 이식 하나를 위해서 기증자 전체를 사용하겠어? 그런데 일단 생각하고 보니 말이 되더란 말이지. 어차피 물건도 안 팔렸겠다."

우스웠다. 그들은 마치 오랫동안 서로를 알아 온 것처럼 말했다. 장기 밀매업자를 인간으로 취급하는 사람은 별로 없었지만,

ARM은 그런 사람들 중 하나였다. 우리도 장기 밀매업자였다. 어떤 면에서는.

베라는 그에게 총을 겨누고 있었다. 아누비스는 무시했다.

"유일한 문제는 돈이었어."

"그때 콥시클 상속인 생각이 났군."

"맞아. 젊고 건강한 직계 상속인을 찾았지. 레비티쿠스 헤일은 그 역할을 위해 만들어진 것 같았어. 제일 처음 눈에 들어왔어."

"꽤 눈에 띄는 인물이지? 떡이 된 사고 사례들 사이에 잠든 건강한 중년 남성이니까. 상속인이 둘밖에 없고, 둘 다 고아고, 하나는 꽤 내향적이고, 다른 하나는……. 샬롯에게 무슨 짓을 했지?"

"샬롯 챔버스? 미치게 만들었지. 그래야 했어. 홀든 챔버스가 갑자기 너무 많이 달라지면 눈치챌 유일한 인물이었거든."

"그 애에게 무슨 짓을 했어?"

"전류 중독자로 만들었지."

"웃기지 마. 그랬으면 두피에서 접속 장치를 발견했을 거야."

"아니, 아니, 아니. 쾌락 가게에 있는 감응 헬멧을 썼어. 아흐레 동안 내내 헬멧을 씌워 놨지. 전류를 멈추고 나니 더 이상 아무것에도 관심을 가지지 않더군."

"그게 효과가 있을 줄 어떻게 알고?"

"아, 몇몇에 시험해 봤지. 잘됐어. 쪼갠 다음에 문제도 없고."

나는 전화로 다가가 ARM 본부에 연락했다.

"돈 문제도 멋지게 해결됐어."

그가 계속 떠들었다.

"대부분 광고비에 투자했지. 레비티쿠스 헤일의 돈에는 전혀 미심쩍은 구석이 없어. 이차냉동법안이 통과되고 나면…… 음, 안 되겠지. 지금은. 혹시……."

"안 돼."

베라가 우리 둘을 대표해 대꾸했다.

나는 당번 근무자에게 우리가 어디에 있는지 알리고 추적기 감시를 중단하고 콥시클 상속인들을 지켜보던 공작원들을 철수시키라고 말했다. 전화를 끊었다.

"육 개월을 챔버스의 대학 교과 공부에 보냈어. 그의 경력을 날려 버리고 싶지 않았거든. 여섯 달이나!"

아누비스가 불안한 호기심을 드러냈다.

"하나만 가르쳐 줘. 나 어디서 틀렸지? 뭘 보고 알았어?"

나는 진저리치며 대꾸했다.

"아주 훌륭했어. 인물 설정에서 한 번도 벗어나지 않았어. 배우를 하는 편이 좋았을 텐데. 그쪽이 더 안전하기도 했을 거야. 우리는 전혀 의심하지 않았지."

시계를 들여다보았다.

"사십오 분 전까지."

"지랄검열! 너라면 그렇게 말하겠지. 네가 미드가르드에서 나를 쳐다보는 걸 봤을 때, 걸렸다 싶었어. 그 떠다니는 담배 말이야. 넌 로렌을 잡았고, 이제 나를 쫓고 있다고 생각했지."

참을 수가 없었다. 나는 폭소를 터뜨렸다.

아누비스는 웃음소리를 들으며 그 자리에 앉아 있었다. 그의 얼굴이 서서히 달아올랐다.

그들은 고함을 치고 있었다. 알아듣기 힘들었다. 비트가 있었다. 다다다다다다 다다다다다다⋯⋯.

루카스 가녀의 사무실 밖에 있는 작은 발코니에는 나, 잭슨 베라, 루카스의 여행 의자가 간신히 들어갈 공간이 있었다.

저 아래로 시위자들이 반쯤 행렬을 갖추고 ARM 건물을 지나 흘러갔다. 시위대 무리는 커다란 현수막을 들고 있었다. 그들을 죽은 채 두라. 한 현수막에는 이렇게 쓰여 있었다. 다른 현수막에는 작은 글씨로 '한 번에 한 조각씩 살리면 어떨까?'라고 쓰여 있었다. 세 번째 현수막에는 '당신의 아버지를 위해'라는 치명적인 논리가 있었다. 그들은 구경꾼들로부터 밧줄로 봉쇄되어, 윌샤이어 중심부 아래에 긴 행렬을 이루고 있었다.

구경꾼들은 더 많았다. 로스앤젤레스 사람들은 전부 구경하러 나온 것 같았다. 구경꾼 중에도 플래카드를 든 사람이 있었다. 그들도 살고 싶습니다, 너 냉동 보관소 상속인이야?

"뭐라고 소리치는 거지?"

베라가 궁금해했다.

"시위대 말고, 구경꾼들이네. 시위대를 잠식하고 있는데."

다다다다다다다다다다다다. 고함이 길 잃은 풍류를 타고 우리에게까지 올라왔다.

"안에서 더 잘 보일걸. 바보상자에."

루카스가 꼼짝 않고 말했다. 형이상학적인 힘, 그 자리에 증인으로 있다는 앎이 우리를 그곳에 붙잡았다.

루카스가 불쑥 물었다.

"샬롯 챔버스는 어떤가?"

"몰라요."

그 얘기는 하고 싶지 않았다.

"오늘 아침에 메닝거 보호 시설에 전화하지 않았어?"

"제 말은, 어떻게 받아들여야 좋을지 모르겠다는 뜻이에요. 병원에서 그녀에게 전류 중독 조치를 했어요. 그녀의 관심을 겨우 끌 정도의 전류를 주고 있죠. 효과가 있어요, 그러니까, 이제 사람들한테 말을 하기는 한대요. 하지만……."

"긴장성 상태로 있는 것보다는 낫겠지."

베라가 말했다.

"그럴까? 전류 중독에는 치료법이 없어. 평생 모자 아래로 배터리를 달고 살아야겠지. 현실 세계에 충분히 가까이 돌아오고 나서, 전류를 높일 방법을 찾아내 바로 다시 미쳐 버릴지도 몰라."

베라가 어깨를 으쓱했다. 그 위의 보이지 않는 중압감이 들썩이는 것 같았다.

"걸어 다니는 부상자 정도로 생각해. 좋은 답은 없어. 이봐, 그녀는 다쳤다고!"

"그게 다가 아니지."

루카스 가녀가 말했다.

"우리는 샬롯이 나을 수 있을지 봐야 해. 전류 중독자는 나날이 늘어나고 있어. 새로운 악덕이지. 우리는 통제할 방법을 배워야 해. 대체 무슨 삡이 저 아래에서 일어나고 있는 거지?"

구경꾼들이 밧줄로 밀려들고 있었다. 갑자기 여기저기서 구경꾼들이 시위대에 덤벼들었다. 현기증 나는 군중 장면이었다. 그들은 여전히 구호를 외치고 있었고, 문득, 나는 그 소리를 알아들었다. 장기밀매업자들장기밀매업자들장기밀매업자들······.

베라가 기분 좋게 놀라 소리쳤다.

"그거야! 이누비스가 너무 유명해졌지. 선악의 대결이 됐어!"

폭도들이 구부러진 리본처럼 쓰러지기 시작했다. 머리 위 헬리콥터가 초음파 충격포를 쏘고 있었다.

"이제 이차냉동법안을 절대 통과시키지 못할걸."

베라가 말했다.

절대란 루카스 가녀에게 긴 시간이다. 그가 입을 열었다.

"어쨌든 이번에는 못 하겠지. 그걸 생각해 볼 때가 됐어. 수술을 신청한 사람들이 아주 많아. 대기 목록이 꽤 길지. 이차냉동법안이 통과되지 못하면······."

보였다.

"그들은 업자를 찾아가기 시작하겠죠. 우리는 그들을 추적할 수 있어요. 추적기로."

"내 생각이 바로 그거야."

ARM

ARM 건물은 몇 달째 비정상적으로 고요했다.

휴식이 필요하긴 했다——처음에는. 하지만 지난 며칠 아침의 정적에는 신경질적인 기운이 있었다. 우리는 각자의 책상으로 가며 손을 흔들었지만 머리는 다른 쪽을 향했다. 몇몇은 안절부절못하는 표정이었다. 몇몇은 눈에 띄게, 작심한 듯이 바빠 보였다.

아무도 어머니 사냥에 합류하고 싶지 않았다.

작년에 우리는 서부 해안 지역의 장기 밀매업 활동에 깊은 상처를 내는 데 성공했다. 우리는 서로의 등을 두드리며 격려했지만, 결과는 예상대로였다. 다른 활동이 증가하기 시작했다. 곧 신문은 임신법을 강화하자고 소리를 질러 댈 테고, 그러면 우리는 모두 불법 부모들을 사냥하러 나서야 할 것이다. 우리 중 다른 일거리가 없는 사람은 전부.

다른 할 일이 있어야 할 때였다.

오늘 아침, 평소와 다름없는 신경질적인 정적을 지나 내 사무실로 들어왔다. 커피를 내려 책상으로 가져와 컴퓨터 터미널에 메시지 출력을 쳤다. 슬롯에서 가느다란 파일이 나왔다. 희망적인 신호였다. 메시지를 읽으면서 커피를 홀짝이려고 한 손으로 종이를 집어 들어 가운데에 떨어뜨려 펼쳤다.

컬러 홀로그래프가 눈앞에 튀어나왔다. 나는 시체 안치소 침대 두 개 위의 창문을 통해 안을 내려다보았다.

장이 뇌에게 명령하기를: 우웩! 이런 시간대에 얼굴이 탄 사람들을 보다니! 어디 다른 쪽으로 시선을 돌리고, 커피를 삼키지 않게 조심해. 직업을 바꾸는 것이 어때?

끔찍했다. 남자와 여자 두 사람이었다. 무언가에 얼굴과 두개골과 그 뒤까지 다 탔다. 뼈와 이가 까맣게 타고 뇌세포가 익었다. 침을 삼키고 계속 쳐다보았다. 이전에도 죽은 사람을 본 적이 있다. 그저 이번 사진들은 좋지 않은 타이밍에 왔다.

레이저 무기는 아니었다. 불확실했지만. 레이저로 할 수 있는 일은 수없이 많았고, 그런 일을 레이저로 하는 방법도 수없이 많았다. 그래도 휴대용 레이저는 아니었다. 휴대용 레이저의 연필처럼 가느다란 빔은 피부에 홈을 팠을 것이다. 이것은 넓고 안정적인 종류의 빔이었다.

메시지를 처음으로 넘겨 훑어보기 시작했다.

세부 사항: 피해자들은 04시 40분경 서부 로스앤젤레스의 윌샤이어 인도에서 발견되었다. 그렇게 늦은 시간에는 장기 밀매업자들이 두려워 인도를 사용하지 않는다. 사람에게 발견되기 전에 몇

킬로미터 움직여 올라온 것일 수 있었다.

예비 부검: 사나흘 전에 사망했다. 약물, 독약, 침의 흔적은 없었다. 사망 원인은 화상으로 보였다.

그렇다면 순식간이었으리라. 단 한 번의 강렬한 에너지 분출. 그렇지 않으면 피하려고 하다가 다른 부분에도 화상을 입었을 것이다. 그런 흔적은 없었다. 얼굴과 옷깃 주변의 탄 자국뿐이었다.

검시관 배츠가 쓴 쪽지가 있었다. 외관상 어떤 신무기로 살해당했을지도 모른다. 그래서 우리에게 파일을 보냈다. 한 발짝 앞에서 열기나 빛을 폭발시킬 수 있는 무기에 관해 ARM의 파일에 무언가 자료가 있나?

나는 물러앉아 홀로를 바라보며 생각해 보았다.

한 발짝 앞에서 빔을 쏘는 광무기? 저만한 크기의 레이저가 만들어지고는 있지만 궤도에서 사용되는 전쟁 무기다. 그런 무기라면 얼굴을 태우는 것이 아니라 증발시켰을 것이다.

다른 가능성도 있었다. 상업용 궤도 변경 제트기의 폭발구 앞에 머리를 꽉 붙잡힌 채 가혹 행위로 사망했을 수 있었다. 아니면 이상한 산업재해일지도 몰랐다. 책상 위나 무언가의 위를 내려다보다가 순간적인 폭발에 당했을 수 있었다. 볼록거울에 반사된 레이저 빔일 수도 있었다.

사고일 가능성은 제쳐 두자. 이 시신들이 버려진 상황에서는 범죄의 냄새, 감추고 싶은 무언가의 냄새가 흘러나왔다. 배츠가 옳을지도 몰랐다. 새로운 불법 무기.

그리고 나는 어머니 사냥이 시작될 때, 그 무기를 찾는 일에 깊이 관여해 있을 수 있었다.

ARM의 임무는 크게 세 가지다. 우리는 장기 밀매업자들을 사냥한다. 세계 기술을 감시한다. 새로운 무기를 발명하거나 세계경제나 국가들 사이의 권력균형에 영향을 미칠 수도 있는 새로운 기술들을. 그리고 우리는 임신법을 집행한다.

자, 우리 솔직히 말해 보자. 저 셋 중 임신법 수호가 아마 가장 중요한 일일 것이다.

장기 밀매업자들은 인구문제를 악화시키지 않는다. 기술 감시도 필요하긴 하나, 너무 늦었을지도 모른다. 이미 어떤 미친놈이나 집단이든, 지구 전체나 선택받은 일부를 날려 버릴 수 있을 만큼 많은 퓨전 발전소, 퓨전 로켓 모터, 퓨전 화장터, 퓨전 해수 증류소가 존재했다.

반면 만약 어떤 지역에 사는 많은 사람들이 불법 아기를 갖기 시작하면, 세계의 나머지 부분은 비명을 지를 것이다. 어떤 국가들은 인구 통제를 포기할 만큼 분노할지도 모른다. 그렇게 되면? 지구에는 지금 백팔십억 명이 산다. 더는 감당할 수 없었다.

그러니 어머니 사냥은 필요했다. 나는 그 일이 싫었다. 아기를 너무 갖고 싶어 온갖 고생을 하며 육 개월 피임 주사를 피한 병들고 불쌍한 여자를 추적하여 체포하는 일은 즐겁지 않다.

나는 당연한 일을 몇 가지 했다. 부검실에 있는 배츠에게 쪽지를 보냈다. 더 상세한 부검 결과를 모두 보내고, 시신의 신원을 확인했는지 알려 주십시오. 망막 프린트와 뇌파 패턴은 확실히 구할 수 없겠지만, 유전자 패턴이나 지문에서 뭔가 찾을 수 있을지도 몰랐다.

두 시신이 사나흘 동안 어디에 보관되었을지, 또한 왜 사흘 전에도 할 수 있었을 법한 방식으로 버려졌을지 한동안 궁리했다. 그러나 그것은 LA 경찰 형사들의 문제였다. 우리의 관심사는 무기였다. 그래서 나는 컴퓨터에 검색 패턴을 쓰기 시작했다. 주어진 묘사와 같은 빔을 발사할 수 있는 장치를 검색하도록 했다. 피부, 뼈, 뇌세포를 관통한 패턴을 보면, 폭발 시간의 함수로 광빈도를 표현할 방법이 있을지도 몰랐지만, 그 부분은 건드리지 않았다. 게으름의 대가는 나중에, 삼십 센티미터 두께의 다 읽어야 할 광발사 기계류 목록을 컴퓨터에게서 받고서 치르리라.

명령문을 입력하고 커피와 담배를 즐기며 쉬고 있는데, 오다즈에게서 전화가 왔다.

형사 경감 줄리오 오다즈는 호리호리한 몸에 짙은 피부색, 검은 직모와 부드러운 검은 눈의 남자였다. 그와 전화 화면으로 처음 만났을 때, 그는 나에게 좋은 친구의 죽음을 말하고 있었다. 이 년이 지난 지금도 나는 그를 볼 때면 움찔한다.

"안녕, 줄리오. 일이야, 안부야?"

"일이야, 길. 유감스럽게도."

"네 일이야, 내 일이야?"

"둘 다. 살인과 관련이 있긴 한데…… 기계가 하나 있어. 여기 봐, 내 뒤로 보여?"

오다즈가 화면 밖으로 비켜서더니 보이지 않는 곳에서 전화 카메라를 돌렸다.

누군가의 거실이었다. 녹색 실내 잔디 깔개 위로 넓은 원형 변색이 있었다. 그 한가운데 기계와 한 남자의 시체가 있었다. 나를 놀리는 걸까? 시체는 반쯤 미라 상태의 오래된 것이었다. 알쏭달쏭하게 생긴 큼직한 기계는 은은하고 섬뜩한 파란색 빛을 발했다.

"이런 거 본 적 있어?"

오다즈의 목소리는 심각했다.

"아니, 무슨 기계 같은데."

분명히 시험 장치였다. 깔끔한 플라스틱 껍데기도, 조밀함도, 생산 라인 용접선도 없었다. 복잡해서 전화 카메라로 조사하기는 어려웠다.

"어. 우리가 맡을 건처럼 보이네. 이쪽으로 보내 줄 수 있어?"

오다즈가 다시 화면에 나타났다. 웃고 있었다. 간신히.

"유감스럽지만 그렇게 못 하겠어. 여기로 누굴 보내서 와서 보게 해야 할 것 같아."

"지금 어디인데?"

"산타모니카 로드왈드 건물 최고층에 있는 레이몬드 싱클레어의 아파트야."

"내가 직접 가지."

혀가 갑자기 무디어진 것 같았다.

"옥상에 착륙해. 엘리베이터는 수사 때문에 세워 뒀어."

"알았어."

전화를 끊었다.

레이몬드 싱클레어라니!

나는 레이몬드 싱클레어를 만난 적이 없었다. 그는 은둔자였다. 하지만 ARM은 그의 발명품 중 하나인 피레스탑 장치와 관련하여 그를 상대한 적이 있었고, 그가 최근 들어 성간 드라이브를 연구하고 있었다는 것은 모두가 알았다. 물론 소문에 불과했지만. 그 비밀을 간직한 두뇌를 누군가가 죽였다면…….

나는 출발했다.

로드왈드 건물은 사십 층짜리 삼각기둥으로 측면마다 올라가며 삼각형 발코니가 줄지어 있었다. 발코니는 삼십팔 층에서 끝났다. 옥상은 정원이었다. 한쪽 귀퉁이에는 장미 덤불이 꽃을 피우고 다른 한쪽에는 아이비에 휘감긴 다 자란 느릅나무들이, 나머지 한 귀퉁이에는 분재로 가꾼 작은 숲이 있었다. 경찰차 한 대가 내가 탄 택시 앞쪽 아래에 떠 있다가, 차고로 미끄러져 들어가 내가 착륙할 자리를 만들어 주었다.

선명한 주황색 제복을 입은 경찰 한 명이 나와 나의 착륙을 보았다. 포장을 뜯지 않은 심해 낚싯대를 들고 있었다.

"신분증을 보여 주시겠습니까?"

나는 ARM 신분증을 보였다. 그는 경찰차의 계기반에 신분증을 넣어 확인한 다음 돌려주었다.

"경감님은 아래층에서 기다리고 계십니다."

"그 낚싯대는 어디에 쓰려고요?"

그가 불쑥, 비밀스럽게 웃었다.

"보시면 압니다."

우리는 정원의 향기를 지나 콘크리트 계단을 타고 내려갔다. 계단의 끝에는 원예 도구가 반쯤 들어찬 작은 방과 감시 카메라가 달려 있는 두꺼운 문이 있었다. 오다즈가 문을 열어 우리를 맞았다. 그는 내 손을 힘차게 흔든 다음 경찰을 보았다.

"뭐 찾아왔나? 괜찮군."

"여섯 블록 떨어진 곳에 스포츠 용품점이 있었습니다. 매니저가 빌려 줬습니다. 우리한테 가게 이름을 확실히 강조하더군요."

경찰이 말했다.

"그래, 이 건은 분명히 유명해지겠지. 길, 이리 와 봐."

오다즈가 내 팔을 잡았다.

"우리가 *끄기* 전에 네가 이걸 조사해야 해."

이곳에는 정원의 향기가 없었다. 다른 어떤 것——공기조절장치가 다 없애지 못한, 오랫동안 죽어 있었던 무언가의 냄새——가 훅 끼쳤다. 오다즈는 나를 거실로 데려갔다.

누군가가 고안한 몹쓸 장난 같은 광경이었다.

실내 잔디가 싱클레어의 거실 바닥을 구석구석까지 덮었다. 소파와 벽난로 사이의 깔개는 지름 사 미터인 완벽한 원형의 갈색으로 시들어 죽어 있었다. 다른 부분의 잔디는 푸르고 성성했다.

얼룩진 바지와 터틀넥을 입은 남자의 미라가 원 한가운데에 바로 누워 있었다. 얼핏 보기에는 죽은 지 육 개월 정도 지난 것 같았다. 앞면에 추가 다이얼이 있고 줄은 미세 그물 백금으로 된 커다란 시계를 찼다. 시계는 이제 손목의 뼈와 갈색 피부에 느슨하게 걸려 있었다. 두개골 뒤쪽은 박살 나 열려 있었는데, 시체 바로 옆에 놓인 고전적인 뭉툭한 도구에 의한 것 같았다.

벽난로가 가짜라면 ──가짜일 것이다. 아무도 진짜 나무를 태우지 않는다── 벽난로 재료는 진짜 십구 세기나 이십 세기 골동품이었다. 선반에는 부지깽이가 없었다. 부지깽이는 원형 안, 분해되는 중인 미라 옆 죽은 잔디 위에 놓여 있었다.

빛을 내는 장치는 그 마법진 한가운데에 있었다.

내가 앞으로 나서자, 어떤 남자가 날카롭게 말했다.

"그 깔개 원형 안으로 들어가지 마세요. 보기보다 위험합니다."

아는 사람이었다. 키가 크고, 작고 곧은 입과 길고 좁은 이탈리아인 얼굴인 제일 경찰관 발프레도였다.

"확실히 위험해 보이네요."

내가 말했다.

"실제로 위험합니다. 제가 직접 안에 손을 넣었습니다. 우리가 도착하자마자요. 스위치를 튕겨 꺼 보려고 했죠. 팔 전체에 감각이 없어졌어요. 즉시. 아무 느낌도 없었습니다. 최대한 빨리 팔을 빼냈지만, 일 분 정도 팔 전체가 죽은 고깃덩어리 같았습니다. 팔을 잃었다고 생각했어요. 그런데 마치 팔을 베고 잔 것처럼 온통 따끔거리고 저리기 시작하더군요."

나를 안으로 데려온 경찰이 심해 낚싯대 조립을 거의 다 끝냈다. 오다즈가 원형 쪽을 손짓했다.

"어때? 이런 거 본 적 있어?"

나는 보라색으로 빛나는 기계를 관찰하며 고개를 저었다.

"뭔지 몰라도 완전히 새로운 거야. 싱클레어가 이번엔 정말 해냈나 보군."

손수 만든 접합부의 플라스틱 틀에 원형 코일이 삐뚤빼뚤하게 줄지어 연결되어 있었다. 플라스틱 위로 다른 물체들을 붙였다가 나중에 떼어 낸 물집 같은 얼룩들이 보였다. 묵직한 전선을 잔뜩 연결한 회로 기판이 있었다. 병렬로 연결한 커다란 배터리가 여섯 개, 세 곡점에 전선이 연결된, 나중에 순은으로 밝혀진 이상하고 무거운 조각. 은은 거의 검게 변색되었고 모서리에는 오래된 줄질의 흔적이 있었다.

그 거의 한가운데, 은 조각 바로 앞에 투명 플라스틱 블록이 있고, 블록에는 동심원형 코일 두 개가 삽입되어 있었다. 코일이 보라색에 가까운 푸른 빛을 냈다. 배터리에서도 빛이 났다. 기계의 나머지 부분들에서는 조금 더 약한 보라색 빛이 났는데, 안쪽에서 나는 빛이 더 강했다.

그 은은한 불빛이 무엇보다 거슬렸다. 너무 연극적이었다. 싸구려 심야 스릴러에서 미친 과학자의 연구실에 쓸 법한 특수 효과 같았다. 나는 죽은 사람의 시계를 더 자세히 보기 위해 옆으로 움직였다.

"머리를 필드에 집어넣지 않도록 조심하세요!"

발프레도가 급히 말했다.

나는 고개를 끄덕이고, 죽은 잔디의 경계 밖에 쭈그려 앉았다. 죽은 사람의 시계가 미친 듯이 돌고 있었다. 분침이 숫자판을 육칠 초마다 한 번씩 도는 것 같았다. 초침은 보이지도 않았다. 나는 죽은 잔디의 테두리에서 물러나 일어섰다. 성간 드라이브라니, 맙소사. 이 푸르게 빛나는 흉물 덩어리는 망한 타임머신에 가까워 보였다. 배터리 옆 플라스틱 틀에 용접으로 붙인 단투 스위치를 관찰했다. 수평 손잡이에 나일론 끈이 한 가닥 매달려 있었다. 누가 필드 밖에서 그 끈으로 스위치를 당겨 켠 것 같았지만, 같은 방식으로 스위치를 끄려면 천장에 매달려야 했다.

"왜 ARM 본부로 보낼 수 없었는지 알겠네. 손도 댈 수가 없잖아. 팔이나 머리를 저 안에 일 초만 넣어도 혈액 공급이 십 분은 차단되겠지."

오다즈가 고개를 끄덕였다.

"바로 그거야."

"막대기를 집어넣어 스위치를 튕기면 끌 수는 있을 것 같은데."

"아마도. 지금 그렇게 해 보려고."

그는 낚싯대를 든 경찰에게 손을 흔들었다.

"이 방에는 저 스위치에 닿을 만큼 긴 물건이 없었어. 사람을 보내서……."

"잠깐만. 문제가 있어."

오다즈가 나를 보았다. 낚싯대를 든 경찰도 시선을 나에게로 향했다.

"저 스위치가 자폭장치일 수도 있어. 싱클레어는 개 같은 비밀주의로 유명했지. 필드 안에 갇힌 잠재 에너지양이 상당할 수도 있어. 뭔가 실패할지도 몰라."

오다즈는 한숨을 쉬었다.

"위험을 감수할 수밖에 없어. 길, 우리는 죽은 사람의 손목시계 회전을 측정해 봤어. 칠 초에 한 시간이야. 지문, 발자국, 세탁 흔적, 남아 있는 몸 냄새, 떨어진 속눈썹이 모두 칠 초에 한 시간분씩 사라지고 있단 말이지."

그가 손짓을 하자 경찰이 다가와 스위치를 낚으려고 애쓰기 시작했다.

"이미 그가 언제 죽었는지는 알 수 없을지도 몰라."

오다즈가 말했다.

낚싯대 끝이 큰 호를 그리며 흔들렸다가 스위치 아래에 닿아 멈추었다. 나는 숨을 죽였다. 낚싯대가 휘었다. 스위치가 딸깍 올라가고 보라색 빛이 한순간에 사라졌다. 발프레도가 공기가 불처럼 뜨거울까 경계하듯 조심스레 필드에 들어갔다. 아무 일도 일어나지 않았고, 그가 긴장을 풀었다.

오다즈가 지시를 내리기 시작했고, 많은 일이 일어났다. 실험 가운을 입은 남자 두 사람이 미라와 부지깽이 주위에 분필로 테두리를 그렸다. 미라를 들것에 옮기고 부지깽이를 비닐봉지에 넣어 미라 옆에 놓았다.

"저건 확인했나?"

"유감이지만 했어. 레이몬드 싱클레어는 오토닥*을 소유하고 있었는데……."

"그래? 그거 비싼데."

---

* autodoc, 자동 의료 기계.

"비싸지. 레이몬드 싱클레어는 부자였어. 이 건물의 최고층 두 층과 옥상을 소유하고 있었지. 닥의 기록에 따르면 두 달 전에 어금니를 두 개 새로 해 넣었더군."

오다즈가 미라의 말라붙어 말려 올라간 얇은 입술과 막 들어온 새 어금니 한 쌍을 가리켰다.

맞았다. 그 미라는 싱클레어였다.

기적을 일구어 온 저 뇌를 누가 연철 막대기로 박살 낸 것이다. 성간 드라이브는…… 저 빛나는 골드버그 장치*? 아니면 아직 그의 머릿속에 있을까?

"범인을 밝혀내야 해. 밝혀내야만 해. 그런다 한들……."

그런다 한들. 더 이상 기적은 없었다.

"이미 잡았는지도 몰라."

줄리오가 말했다. 나는 그를 쳐다보았다.

"오토닥 안에 여자애가 한 명 들어 있어. 싱클레어의 종손녀인 재니스 싱클레어인 것 같아."

일반적인 약국 오토닥이었다. 삼십 센티미터 두께의 벽에 다이얼과 빨간색 녹색 빛으로 덮인 머리판이 있는 커다란 관처럼 생긴 물건이었다. 소녀의 얼굴은 차분했고 호흡은 얕았다. 잠자는 미녀. 양팔은 닥의 본체, 두툼한 고무 소매에 들어가 가려 있었다.

숨이 멎을 만큼 아름다웠다. 전극모電戟帽 주위로 부드러운 갈색

---

* 간단한 임무를 과도하고 복잡하게 수행하는 비실용적인 장치.

머리카락이 보였다. 작고 완벽한 코와 입, 은빛이 섞인 매끄럽고 창백한 푸른 피부…….

피부는 저녁 염색을 한 것이었다. 염색이 아니었다면 그녀의 인상은 훨씬 약했을 것이다. 푸른 색조는 몸의 굴곡과 광대뼈의 곡선이 돋보이게 조금씩 달랐다. 은빛 선도 다양했다. 어느 부분에서는 더 진했고, 시선을 특정 방향으로, 유두나 살짝 부푼 배 근육에서 사랑스러운 타원형 배꼽으로 끌어 들였다.

염색에 돈을 많이 썼을 것이다. 염색 없이도 미인이었다.

머리판의 등 중 몇 개가 붉은색이었다. 나는 판독 결과를 보고 덜컹했다. 오토닥은 그녀의 오른팔을 절단해야 했다. 괴사 때문이었다. 깨어나면 끔찍한 충격을 경험하리라.

"그래, 그녀는 오른팔을 잃었군. 그렇다고 살인자라는 얘기는 되지 않아."

"그녀가 못생겼으면 어땠을까?"

나는 웃음을 터뜨렸다.

"내 냉정한 판단을 의심하는 거야? 사람들은 더 사소한 일에도 목숨을 바치지!"

웃기는 했지만, 오다즈가 옳을 수도 있다고 생각했다. 살인범이 지금 팔을 하나 잃었으리라고 생각할 만한 좋은 이유가 존재했다.

"길, 여기서 무슨 일이 일어났던 것 같아?"

"음…… 어딜 보나, 살인범은 싱클레어의, 어, 타임머신을 가져가고 싶어 했음이 틀림없어. 일단 값을 매길 수 없을 만큼 가치가 있지. 살인범은 또한 알리바이를 만들려고 했던 것 같아. 여기 오기 전에 저 장치에 관해 알고 있었다는 뜻이지."

이 부분을 궁리하던 참이었다.

"살인범이 몇몇 사람들에게 여기 오기 몇 시간 전에 자신이 어디에 있는지 확실하게 알렸다고 가정해 보자. 그는 싱클레어를 저…… 발전기라고 하지, 발전기의 사정 범위 안에서 죽이고, 장치를 켰어. 싱클레어가 찬 시계를 보고 시간을 얼마나 벌지 알 수 있다고 판단했겠지. 나중에 시계를 되돌려 놓고 발전기를 갖고 떠날 수 있으니까. 경찰은 그가 여섯 시간이든 몇 시간 전이든 언제 살해당했는지 결코 알아낼 수 없었겠지."

"그래. 하지만 살인범은 그렇게 하지 않았어."

"저기 스위치에 매달린 끈이 있지. 범인은 분명히 필드 밖에서 기계를 켰을 거야…… 아마 시체 옆에 여섯 시간이나 앉아 있고 싶지 않았겠지. 기계를 켜고 나서 필드 밖으로 나오려고 했다간 코를 부딪쳤을 거야. 필드 시간에서 정상 시간으로 나오는 것은 벽을 통과해 걸어 나오려는 것이나 다름없어. 그래서 그는 기계를 끄고 사정 범위 밖으로 나온 다음 나일론 끈을 이용해 스위치를 도로 켰어. 발프레도와 같은 실수를 했을지도 모르지. 도로 들어가서 끌 수 있을 거라고 말이야."

오다즈가 만족스레 고개를 끄덕였다.

"바로 그거야. 그 또는 그녀에게 그렇게 하는 것은 아주 중요했지. 안 그러면 알리바이도 이익도 없을 테니까. 필드 안에 닿으려고 계속 노력했다면……."

"그래, 한쪽 팔을 괴사로 잃을 수도 있었겠지. 우리한텐 참 편한 이야기지? 찾기 쉬울 테니까. 하지만 이봐, 줄리오. 이 여자애는 싱클레어를 도우려다가 같은 상황이 되었을 수도 있어. 여자애가 집에 도착했을 때는 그가 그렇게 확실한 사망 상태가 아니었을지도 몰라."

"심지어 살아 있었을 수도 있지."

오다즈가 지적했다. 나는 어깨를 으쓱했다.

"사실을 따지자면, 그녀는 01시 30분에 자기 차를 다고 집에 돌아왔어. 차는 아직 차고지에 있어. 착륙대와 차고를 모두 녹화하는 카메라들이 설치되어 있었어. 싱클레어 박사의 보안은 철저했지. 어젯밤에 도착한 사람은 이 여자뿐이야. 떠난 사람은 없었어."

"네 말은, 옥상을 통해서 나간 사람은 없다는 말이겠지."

"길, 이 아파트에서 나갈 방법은 두 가지밖에 없어. 하나는 옥상, 다른 하나는 로비에 있는 엘리베이터야. 엘리베이터는 이 층에 서 있고, 꺼져 있어. 우리가 도착했을 때부터 그랬어. 이 건물 내 어느 다른 장소에서도 여기보다 우선적으로 제어할 수 없어."

"그러니 누가 엘리베이터를 타고 여기로 올라온 다음에 껐다고 하면……. 아니면 살해당하기 전에 싱클레어가 엘리베이터의 전원을 껐다면……. 무슨 말인지 알겠군. 어느 쪽이든 살인범은 아직 여기 있어야 하지."

생각해 보았다. 입맛이 썼다.

"아니, 들어맞지가 않아. 어떻게 그런 알리바이를 떠올릴 만큼 똑똑한 동시에 시체 옆에 갇힐 만큼 멍청할 수가 있겠어?"

오다즈가 어깨를 으쓱했다.

"그녀는 종조부를 죽이기 전에 엘리베이터를 잠갔어. 방해받고 싶지 않았겠지. 합리적이라는 생각이 들지 않아? 팔을 다친 다음에는 오토닥에 들어가는 데 급급했을 거야."

빨간불 하나가 녹색으로 바뀌었다. 다행이었다. 그녀는 살인자처럼 보이지 않았다. 나는 반쯤 혼잣말을 했다.

"잠들었을 때 살인자처럼 보이는 인간은 없지."

"맞아. 하지만 이 여자는 살인범이 있어야 할 장소에 있어. 참 안됐네Qui lastima."

우리는 거실로 돌아왔다. ARM 본부에 연락하여 트럭을 보내라고 했다. 아무도 기계에 손대지 않았다. 기다리는 사이, 나는 발프레도의 카메라를 빌려 설치된 상태를 촬영했다. 부품들의 상대적인 위치가 중요할 수도 있었다.

연구원들은 갈색 잔디 위에서 지문을 흰색으로, 희미한 핏자국을 선명한 노란색으로 보여 주는 스프레이를 사용했다. 기계에는 지문이 잔뜩 묻어 있었고 부지깽이에는 하나도 없었다. 미라의 머리가 있던 곳에 샛노란 웅덩이가 나타났고 부지깽이의 사용부 끝으로 긴 노란색 자국이 이어졌다. 누군가가 부지깽이를 떨어뜨린 다음에 필드 밖으로 끌고 나가려고 했던 것 같았다.

싱클레어의 아파트는 넓고 편안하고 최상층 전체를 차지하고 있었다. 아래층은 싱클레어가 기적을 만들어 낸 연구실이었다. 나는 발프레도와 함께 연구실을 조사했다. 그다지 인상적이지는 않았다. 비싼 취미 공간처럼 보였다. 여기 있는 기구들은 이미 가공된 재료를 조립하는 데 쓰이는 것이지, 복잡한 무언가를 만드는 물건은 아니었다.

컴퓨터 터미널만 제외하고. 컴퓨터는 작은 자궁 같았다. 안에 경사 조절 의자가 설치된 삼백육십 도로 둘러싼 홀로비전 화면과 컴퓨터째로 알파 센터우리까지도 날아갈 수 있을 것 같은 많은 조절판이 있었다. 비밀은 바로 저 컴퓨터에 들어 있는 것이 분명했다! 하지만 나는 컴퓨터를 사용하려고 시도하지 않았다. 싱클레어가 메모리 은행에 넣어 놓았을 자동 안전장치를 해제하려면 ARM 프로그래머를 불러와야 할 것이다.

트럭이 도착했다. 우리는 싱클레어의 유산을 통째로 계단에 실어 위로 가지고 올라왔다. 부품들은 틀에 튼튼하게 붙어 있었고, 계단은 넓고 그다지 가파르지 않았다.

나는 트럭 뒤에 타고 그 발전기를 관찰하며 본부로 돌아왔다. 커다란 은 조각은 날아가는 새와 비슷한 느낌이었다. 지세학地勢學. topology 학생이 여전히 모서리이긴 한 자리에 전선을 연결하여 작동시키는 삼각형 같았다. 이것이 기계의 심장부일지 아니면 잘못 달린 조각일지 궁금했다. 내가 정말 성간 드라이브와 함께 날아가고 있는 걸까? 싱클레어 자신이 이 물건의 진짜 정체를 숨기기 위해 그 소문을 퍼뜨렸을 수도 있었다. 또는…… 두 가지 프로젝트를 동시에 진행하지 말라는 법은 없었다.

어서 베라의 반응을 보고 싶었다.

잭슨 베라는 우리가 장치를 ARM 본부 복도를 따라 옮기고 있을 때 다가왔다. 우리 뒤를 따라왔다. 무심한 태도였다. 우리는 기계를 주 연구실에 집어넣고 뭔가 흔들렸을 경우를 대비해 내가 찍어 온 홀로와 비교하며 확인하기 시작했다. 베라는 문설주에 기대서서 우리를 지켜보았다. 그의 눈빛에서 관심이 점차 사그라졌다. 곧 잠들 것처럼 보였다.

나는 그를 삼 년 전, 소행성대에서 돌아와 ARM에 합류했을 때 만났다. 그는 스무 살이었고 ARM 근무 이 년 차였지만, 그의 아버지와 할아버지 모두 ARM이었다. 내 훈련 중 많은 부분은 베라에게서 배운 것이다. 다른 사람을 사냥하는 사람을 사냥하는 법을 배워 가면서, 나는 이 일이 베라에게 무슨 짓을 하는지 보았다.

ARM 요원은 공감력이 있어야 했다. 사냥감의 정신 상태를 짜 맞춰 그리는 능력이 필요했다. 그러나 베라의 공감력은 지나치게 높았다. 케네스 그라함이 두개골에 꽂은 플러그를 통해 뇌의 쾌락 중추로 연결된 전선을 따라 단 한 번 쏟아진 전류를 이용해 자살했을 때 그의 반응을 기억한다. 베라는 몇 주를 불안해했다. 그리고 작년 초에 아누비스 사건이 있었다. 베라는 현장에서 아누비스를 살해하기 직전까지 갔다. 나는 그를 나무라지 않았을 것이다.

작년에 베라는 마침내 넌덜머리를 내고 연구직으로 빠졌다. 그가 장기 밀매업자를 사냥하던 시절은 끝났다. 그는 이제 ARM 연구실을 운영하고 있었다. 베라라면 이 이상한 기계가 무엇인지 알고 싶어 할 터였다. 나는 그가 묻기를 기다렸다.

하지만 베라는 희미한 미소를 띠고 지켜보기만 했다. 나는 마침내 깨달았다. 베라는 이것을 내가 자신을 당황시키려고 만들어 온 짓궂은 장난쯤으로 생각하고 있었던 것이다.

"베라."

그가 환한 얼굴로 나를 보았다.

"이봐, 이게 뭐야?"

"참 난감한 질문이네."

"맞아, 그런 기분이겠지. 어쨌든 대체 이게 뭐야? 마음에 쏙 들고, 훌륭하긴 한데, 나한테 가져온 이게 대체 뭔데?"

나는 그에게 별것 아니지만 알고 있는 사실을 모두 말했다. 이야기가 끝나자 그가 말했다.

"새로운 우주 드라이브 같지는 않은데."

"오호라. 너도 들었구나? 응, 아니야. 다만⋯⋯."

처음 보았을 때부터 궁금했던 점이 있었다.

"퓨전 폭발을 가속시키는 용도일지도 몰라. 퓨전 드라이브의 효율성이 훨씬 높아지겠지."

"지금도 효율이 구십 퍼센트가 넘어. 게다가 저 장치는 무거워 보여."

그가 손을 뻗어 길고 가느다란 손가락으로 구부러진 은 삼각형을 만졌다.

"흐음. 뭐, 답을 찾아내야지."

"행운을 빌어. 나는 싱클레어의 집으로 돌아갈 거야."

"왜? 이쪽이 재미있을 텐데."

그는 나에게서 성간 개척지에 합류하고 싶은데 아쉽다는 말을 자주 들었다. 성간 '느린배slowboat'들을 위한 더 나은 드라이브 얘기에 내가 어떻게 느낄지 알고 있을 것이다.

"이런 거야. 우리가 발전기를 갖긴 했지만, 아직 하나도 몰라.

망가뜨릴지도 모르지. 나는 싱클레어의 발전기에 대해 뭔가 알 만한 사람을 찾아보려고 해."

"그 말인즉?"

"이걸 훔치려고 했을 법한 사람 말이야. 싱클레어 살인범."

"좋을 대로."

미심쩍은 표정이었다. 그는 나를 너무 잘 알았다.

"머지않아 어머니 사냥이 있겠지."

"어?"

그가 미소 지었다.

"그냥 소문이야. 너희는 운이 좋아. 우리 아버지가 처음 ARM에 들어왔던 시절 ARM의 일은 대부분 어머니 사냥이었어. 장기 밀매업자들은 아직 그다지 조직화되지 않았고, 임신법은 갓 도입된 상태였지. 그때 법을 집행하지 않았다면 아무도 그 법을 지키지 않았을 거야."

"그래. 그리고 사람들은 네 아버지에게 돌을 던졌지. 베라, 그 시절은 지나갔어."

"돌아올 수도 있어. 아이를 갖는 것은 기본이잖아."

"베라, 나는 자격 없는 부모를 사냥하려고 ARM에 들어온 게 아니야."

나는 그가 답하기 전에 손을 흔들고 떠났다. 사람들과 어머니들 사냥을 끝낸 베라에게 의무의 소명 같은 건 들을 필요 없었다.

오늘 아침에 옥상으로 내려갈 때는 로드왈드 건물이 잘 보였다.

지금 타고 있는 징발 택시도 조망이 좋았다. 이번에는 탈출로를 찾아보았다.

싱클레어가 있는 층에는 발코니가 없었고, 창문들은 건물의 측면에 바로 이어져 있었다. 외벽을 타고 들어오려는 도둑을 곤란하게 할 만한 배치였다. 창문은 열릴 것 같지 않았다.

택시가 옥상에 착륙할 때 오다즈가 말했던 카메라를 찾아보았다. 보이지 않았다. 느릅나무에 숨겨져 있는지도 몰랐다.

뭐하러 신경을 쓰지? 나는 어머니늘이나 기계나 흔한 살인사를 사냥하려고 ARM에 들어오지 않았다.

장기 밀매업자들을 사냥하기 위해 들어왔다.

ARM은 살인 자체는 다루지 않는다. 기계는 이제 내 손을 떠났다. 살인 사건 조사 정도로는 어머니 사냥에서 제외되지 못할 것이다. 그 소녀를 만나 본 적도 없었다. 그녀가 살인자가 있어야 할 자리에 있다는 사실 외에 그녀에 대해 아는 바 하나 없었다.

예뻐서일까?

불쌍한 재니스. 깨어나면……. 나는 꼬박 한 달을 바로 그 놀라운 충격, 내 오른팔이 사라졌다는 깨달음과 함께 깨어났다.

택시가 멈추었다. 발프레도가 밑에서 기다리고 있었다.

추리해 보았다. 날아다니는 것은 자동차만이 아니었다. 그렇지만 다루기 힘든 덕티드팬 비행 오토바이를 보행자 위에 떨어질 수도 있는 도시 위에서 타고 다니는 사람은 살인 혐의를 걱정할 처지가 아니었다. 어쨌든 장기은행으로 보내질 테니까. 그리고 날아다니는 것은 착륙대 자체가 아니라도 어디에든 흔적을 남겼다. 장미 덤불이나 분재에 부딪치거나 느릅나무에 걸려 뒤집힐 수 있었다.

택시가 가벼운 공기 음을 내며 떠났다.

발프레도가 나를 보고 씩 웃었다.

"사상가 씨, 무슨 생각을 하시나요?"

"살인자가 차고 옥상으로 내려올 수 있었을지 궁리하고 있어요."

그가 몸을 돌려 상황을 살폈다.

"옥상 구석에 카메라가 두 대 설치되어 있습니다. 하지만 가벼운 비행체로 저기 착륙하면 카메라에 찍히지 않았을 겁니다. 옥상에 차를 세울 수는 없었을 거예요. 어쨌든, 아무도 옥상으로 내려오지 않았습니다."

"어떻게 아십니까?"

"보여 드릴게요. 그나저나, 카메라 시스템을 조사했습니다. 카메라 조작은 없었다고 거의 확신합니다. 오늘 아침 07시 전까지 아무도 착륙하지 않았습니다. 여길 보세요."

우리는 싱클레어의 아파트로 이어지는 콘크리트 계단에 도착했다. 발프레도가 심장 높이에 있는 경사로 천장에서 번득이는 불빛을 가리켰다.

"아래로 가는 길이 이것뿐입니다. 들어오고 나온 사람이 있다면 누구든 카메라에 찍혔을 겁니다. 얼굴은 잡히지 않아도 누가 지나가는 장면은 보일 거예요. 일 분에 육십 프레임을 찍습니다."

계속 아래로 내려갔다. 경찰관이 안으로 들여보내 주었다.

오다즈는 통화 중이었다. 화면에 피부가 많이 타고 탄 피부를 넘어 충격을 드러내고 있는 젊은 남자가 있었다. 오다즈가 내게 조용히 하라는 몸짓을 하고 말을 계속했다.

"십오 분요? 저희에게 큰 도움이 될 겁니다. 옥상에 착륙해 주세요. 엘리베이터는 아직 조사 중입니다."

그가 전화를 끊고 나를 돌아보았다.

"재니스 싱클레어의 애인인 앤드류 포터야. 파티에서 함께 저녁을 보냈다는군. 재니스가 새벽 1시쯤에 자기를 집에 데려다 줬대."

"저 닥에 든 사람이 그녀라면 바로 집에 왔다는 말이네."

"본인이 확실하다고 봐. 포터 씨가 그녀가 피부에 푸른 염색을 했다고 말했거든."

오다즈가 얼굴을 찌푸렸다.

"만약 연기라면 정말 훌륭했어. 그는 정말 어떤 문제도 예상하지 못했던 것처럼 보였어. 낯선 사람이 전화를 해서 놀랐고, 싱클레어 박사의 죽음에 충격을 받았고, 재니스가 다쳤다는 말에 몸서리쳤지."

미라와 발전기를 옮기고 나니 살인 현장은 여기저기 노란색 화학물질 줄무늬와 흰 분필 테두리가 남은 갈색 원형 잔디였다.

"운이 좀 따랐어."

오다즈가 말했다.

"오늘은 2124년 6월 4일이야. 싱클레어 박사는 달력 시계를 차고 있었어. 시계의 날짜는 2125년 1월 17일이야. 우리가 기계를 10시 10분 전에 껐는데, 필드 밖에서 칠 초가 지날 때마다 필드 안의 시계는 한 시간 움직였다면, 필드는 약간의 오차를 감안해서 어젯밤 01시 정도에 켜졌음이 틀림없어."

"만약 여자애가 살인하지 않았다면, 살인범을 가까스로 피했다는 말이군."

"바로 그거야."

"엘리베이터는 어때? 조작될 수 있어?"

"아니. 분해해 보았어. 이 층에 서 있었고 수동으로 잠겨 있었어. 아무도 엘리베이터를 타고 떠날 수는 없었을 거야……."

"왜 말끝을 흐려?"

오다즈가 민망해하며 어깨를 으쓱했다.

"길, 나는 저 괴상한 기계에 정말 신경이 쓰여. 계속 이런 생각을 해. 만약 그 기계가 시간을 뒤로 돌릴 수 있었다면? 그러면 살인범은 올라가는 엘리베이터를 타고 내려갔을 수도 있어."

우리는 함께 웃음을 터뜨렸다.

"일단, 나는 전혀 못 믿겠어. 둘째로, 범인은 그 작업을 할 기계를 갖고 있지 않았어……. 살인 전에 탈출하지 않았다면 말이지. 젠장, 나까지 이러잖아."

"기계에 대해서 더 알고 싶어."

"베라가 지금 조사하고 있어. 뭔가 나오는 대로 알려 줄게. 나는 살인범이 어째서 떠날 수 없었는지에 관해서 더 알고 싶어."

그가 나를 보았다.

"구체적으로?"

"창문을 열 수는 없었나?"

"안 돼. 이 아파트는 사십 년 됐어. 이 건물이 지어지던 때에는 아직 스모그가 심각했지. 싱클레어 박사는 공기조절장치에 의존하는 편을 선호했던 것 같아."

"아래층 아파트는? 아마 다른 엘리베이터를 이용하겠지."

"당연하지. 이 건물, 사실 이 건물 체인들의 주인인 호워드 로드 왈드 소유야. 지금 그는 유럽에 있어. 아파트는 친구들에게 빌려 준 상태야."

"아래로 가는 계단은 없어?"

"응. 이 아파트는 우리가 철저히 수색했어."

"알았어. 살인범은 나일론 끈을 가지고 있었어. 발전기에 가닥을 남겨 놓았으니까. 옥상에서 로드왈드의 발코니로 외벽을 타고 내려갈 수는 없었을까?"

"구 미터를? 그래, 할 수 있겠네."

오다즈의 눈이 번쩍였다.

"그쪽을 조사해 봐야겠군. 어떻게 카메라를 통과했는지, 발코니에 도착한 다음에 어떻게 안으로 들어왔는지의 문제는 여전히 남아 있어."

"그러네."

"길, 이건 어때? 다른 질문이야. 그가 어떻게 도망칠 계획이었을까?"

그는 나의 반응을 지켜보고 있었는데, 분명히 만족했을 것이다. 그것은 정말로 훌륭한 질문이었다.

"알겠지, 만약 재니스 싱클레어가 종조부를 살해했다면 두 질문 모두 성립이 안 돼. 다른 사람을 찾는다면, 살인범의 계획이 틀어졌다고 가정해야 해. 임시변통을 마련해야 했겠지."

"아아. 그래도 로드왈드의 발코니를 이용할 계획이었을 수도 있어. 그러려면 카메라를 피할 방법이 있었다는 뜻이고……."

"있었고말고. 발전기야."

좋은 지적이었다. 발전기를 훔치러 왔다면…… 어쨌든 훔치긴 해야 했을 것이다. 우리가 여기서 그 발전기를 발견하면 알리바이가 날아갈 테니까. 그래서 계단으로 느릿느릿 가져오는 사이에 기계를 켠 상태였다고 하면, 일 분 걸렸다고 가정해 보자, 정상 시간은 팔분의 일 초밖에 지나지 않았을 것이다. 카메라는 팔 초에 일 분을 촬영하니, 가느다란 흔적 정도밖에 찍히지 않았으리라.

"이런."

"뭔데?"

"살인범은 분명히 기계를 훔칠 계획이었을 거야. 정말 로드왈드의 발코니까지 밧줄로 기계를 내릴까?"

"그러진 않겠지. 무게가 이십 킬로그램이 넘었어. 계단 위로 지고 갈 수는 있었을 거야. 틀이 있어서 들 수는 있어. 하지만 밧줄로 아래로 내리기는……."

"대단한 운동선수를 찾아야겠지."

"적어도 멀리 찾을 필요는 없어. 우리는 가상의 살인자가 엘리베이터를 타고 왔다고 가정하고 있지?"

"응."

어젯밤에 옥상에 도착한 사람은 재니스 싱클레어뿐이었다.

"엘리베이터는 지정된 사람들만 사용할 수 있고 나머지는 못 타게 프로그래밍되어 있었어. 허가 명단은 짧아. 싱클레어 박사는 사교적인 사람이 아니었어."

"확인하고 있어? 소재지, 알리바이 등등?"

"물론."

"네가 살펴볼 만한 게 하나 더 있어."

내가 말했지만, 그때 앤드류 포터가 들어와서 나중으로 미루어야 했다. 포터는 택시를 잡으려고 달려오면서 걸쳐 입었을 낡은 반투명 점프수트의 가벼운 차림새였다. 느슨한 천 아래로 근육이 바위처럼 불끈거렸고 배 근육은 아르마딜로*의 골판 같았다. 서핑 근육이었다. 햇볕에 머리카락이 흰색에 가깝게 바랬고 피부는 잭슨 베라만큼이나 갈색으로 탔다. 피부가 저만큼이나 탔으면 핏기가 가셔도 보이지 않을 것 같은데, 그렇지는 않았다.

"재니스는 어디 있죠?"

그는 따져 묻고, 답을 기다리지 않았다. 그는 닥이 어디 있는지 알고 있었고 그쪽으로 갔다. 우리는 그의 뒤를 따라갔다. 오다즈는 밀어붙이지 않았다. 포터가 재니스를 내려다보고 판독 결과를 확인하고 자세한 내용을 모두 확인할 때까지 기다렸다. 포터는 진정한 것 같았다. 핏기가 돌아왔다.

그가 오다즈를 돌아보고 물었다.

"무슨 일이 있었나요?"

"포터 씨, 싱클레어 박사님의 최근 프로젝트에 관해 아시는 바가 있습니까?"

---

* 아메리카 대륙에 사는 가죽이 딱딱한 동물.

"시간 압축기요? 네, 어제저녁에 제가 여기 왔을 때 거실에 기계를 설치해 놓고 계셨어요. 저 죽은 원형 잔디 한복판에요. 관계가 있나요?"

"몇 시에 오셨습니까?"

"아, 6시 정도였어요. 술을 좀 마셨고, 레이 할아버지가 발명품을 자랑했죠. 자세히 말씀해 주시지는 않았어요. 그냥 어떤 일을 하는지만 보여 주셨어요."

포터가 번쩍이는 흰 이를 드러냈다.

"작동을 **했어요**. 그 기계는 시간을 압축할 수 있었어요! 두 달 동안 그 안에서는 평생을 살 수 있었죠! 필드 안에서 할아버지가 움직이는 모습을 보는 것은 벌새의 움직임을 좇으려는 것 같았어요. 더했죠. 할아버지가 성냥을 켰는데……."

"몇 시에 여기를 떠나셨습니까?"

"8시 정도에요. 칠러스 하우스 오브 아이리시 커피에서 저녁을 먹었죠. 그리고…… 저기, 여기서 무슨 일이 일어난 거죠?"

"포터 씨, 저희가 먼저 알아야 할 사항이 몇 가지 있습니다. 당신과 재니스 양은 저녁 내내 여기에 함께 있었습니까? 다른 사람들도 있었습니까?"

"저녁은 둘이서 먹었지만 그다음에 파티 비슷한 데 갔어요. 산타모니카 해변에요. 제 친구 집이 거기 있거든요. 주소를 알려 드릴게요. 몇 명은 자정쯤 칠러에 돌아왔고, 재니스가 저를 집까지 태워 줬어요."

"재니스 양의 애인이라고 하셨죠. 함께 사십니까?"

"아뇨, 절 재니스의 꾸준한 애인이라고 할 수는 있겠지만, 재니스와 묶인 사이는 아니에요."

그는 부끄러워하는 것 같았다.

"재니스는 여기에서 레이 할아버지와 함께 살아요. 아, 젠장."

그가 오토딕을 흘끔 보았다.

"이것 보세요, 재니스가 곧 깨어난다고 나오네요. 재니스에게 기운을 가져다줘도 될까요?"

"물론이죠."

우리는 포터를 따라 재니스의 침실에 갔다. 그는 분홍색 네글리제를 골랐다. 그가 마음에 들기 시작했다. 감각이 좋았다. 저녁 염색은 살인 다음 날 아침에 하고 있을 만한 것은 아니었다. 그리고 그는 소매가 길고 느슨한 옷을 골랐다. 팔이 없어도 티가 많이 나지 않을 것이다.

"레이 할아버지라고 하셨죠."

오다즈가 말했다.

"네, 재니스가 그렇게 불렀거든요."

"박사가 반대하지는 않았습니까? 박사는 사교적인 사람이었습니까?"

"사교적이냐고요? 음, 아뇨, 하지만 저희는 서로를 좋아했어요. 우리 둘 다 퍼즐을 좋아했거든요. 아시겠어요? 살인 미스터리와 지그소 퍼즐을 교환했죠. 저기, 바보 같은 질문일지 모르지만요, 할아버지가 돌아가신 것은 확실한가요?"

"유감스럽게도 그렇습니다. 박사는 돌아가셨고, 살해당했습니다. 그가 당신이 떠난 다음에 올 누군가를 기다리고 있었습니까?"

"네."

"그렇게 말했나요?"

"아뇨. 할아버지가 셔츠와 바지를 입고 있었어요. 우리끼리만 있을 때면 보통 알몸이셨거든요."

"아."

"나이 든 사람들은 별로 그렇게 안 하죠. 하지만 레이 할아버지는 몸이 좋았어요. 자신을 잘 돌봤죠."

"박사가 누굴 기다리고 있었을지 짐작 가는 것이 있습니까?"

"아뇨. 여자는 아니었어요. 제 말은, 데이트는 아니었어요. 같은 일을 하는 사람이었을지도 모르죠."

그의 뒤에서 재니스가 신음을 냈다. 포터는 즉시 그녀 위를 서성였다. 그녀의 어깨에 한 손을 올리고 도로 눕히려고 했다.

"가만히 누워. 거기서 금방 꺼내 줄게."

재니스는 포터가 소매와 다른 장치를 분리하기를 기다렸다.

"무슨 일이었어?"

"나도 아직 못 들었어."

그가 분노를 번득였다.

"조심해서 일어나. 넌 사고를 당했어."

"무슨 사고……? 아!"

"괜찮아질 거야."

"내 팔이!"

포터가 재니스를 부축하여 닥에서 꺼냈다. 재니스의 팔은 어깨 아래 오 센티미터쯤에서 분홍색 살을 드러내고 잘려 있었다. 그녀는 포터가 가운을 둘러 주는 동안 가만히 있었다. 허리띠를 조이려다가, 한쪽 손으로 하려고 했다는 사실을 깨닫고 멈추었다.

내가 입을 열었다.

"이봐요, 나도 팔을 한번 잃었어요."

그녀가 나를 쳐다보았다. 포터도 보았다.

"긴 해밀턴이라고 합니다. UN 경찰이죠. 정말 걱정할 일이 아니에요. 보이시죠?"

나는 오른팔을 들어 손가락을 폈다 접었다.

"장기은행에서 팔을 찾는 사람은 별로 없어요. 아마 기다릴 필요조차 없을 겁니다. 전 안 기다렸어요. 태어날 때 달고 있던 팔과 똑같이 느껴지고, 그만큼 잘 움직여요."

"어떻게 팔을 잃어버리셨는데요?"

그녀가 물었다.

"소행성에 잘렸어요."

오다즈가 그녀에게 물었다.

"어떻게 팔을 잃었는지 기억하십니까?"

"네."

그녀가 부르르 떨었다.

"어디 앉을 수 있는 곳으로 옮겨도 될까요? 힘이 없어요."

우리는 거실로 옮겨 갔다. 재니스는 소파에 조금 세게 주저앉았다. 충격 때문일 수도 있고, 없어진 팔 때문에 균형을 잃은 탓일지도 몰랐다. 나는 기억했다.

"레이 할아버지는 돌아가셨죠?"

"네."

"집에 왔더니 돌아가신 상태였어요. 할아버지는 그 타임머신 옆에 누워 계셨고 뒤통수는 온통 피투성이였어요. 아직 살아 계실지도 모른다고 생각했지만 기계가 켜져 있었어요. 보라색 빛이 났죠. 전 부지깽이를 잡으려고 했어요. 그걸로 기계를 끄고 싶었는데, 손이 닿지 않았어요. 팔에 감각이 없어져서 움직이지 않았어요. 왜, 발에 쥐가 나서 발가락을 꿈틀거리려고 할 때처럼요. 하지만…… 그 부지깽이 손잡이에 손이 닿기는 했는데, 잡으려고 하니까 그냥 미끄러져 떨어졌어요."

"계속 시도하셨습니까?"

"한동안은요. 그러다 물러나서 생각해 봤어요. 레이 할아버지가 안에서 죽어 가고 있을지도 모르는데 시간을 낭비할 수는 없었어요. 팔은 완전히 죽은 느낌이었고…… 실제로 그랬던 거죠?"

그녀가 몸서리쳤다.

"썩어 가는 고깃덩이였던 거죠. 그런 냄새가 났어요. 갑자기 너무 힘이 없고 어지러운 느낌이 났어요. 제가 죽어 가는 것 같았어요. 닥까지 간신히 갔어요."

"천만다행이에요."

내가 말했다. 재니스가 얼마나 위험했는지 깨달으면서 포터의 얼굴에서 다시 핏기가 사라지고 있었다.

"종조부께서는 어젯밤에 손님을 기다리고 계셨습니까?"

"그랬던 것 같아요."

"왜 그렇게 생각하십니까?"

"잘 모르겠어요. 그냥 그런 것처럼 행동하셨어요."

"아가씨와 친구분 몇이 칠러스 하우스 오브 아이리시 커피에 자정 정도에 도착하였다는 말을 들었습니다. 사실입니까?"

"아마도요. 좀 마신 다음 드류를 집에 태워다 주고 저도 집에 왔어요."

"곧장 오셨습니까?"

"네."

그녀가 떨었다.

"차를 집어넣고 계단으로 내려왔어요. 뭔가 잘못된 줄 알았죠. 문이 열려 있었거든요. 그리고 기계 옆에 레이 할아버지가 누워 있었어요! 바로 달려갈 정도로 어리석지는 않았어요. 할아버지가 우리한테 필드에 들어가지 말라고 말씀하셨거든요."

"어? 그러면 부지깽이를 잡으려고 할 정도로 어리석지도 않으셨을 텐데요."

"어, 네. 집게를 쓸 수 있었겠네요."

마치 이제 막 그 생각이 떠오른 것 같은 말투였다.

"집게도 그만큼 길어요. 그 생각을 못 했어요. 시간이 없었어요. 모르시겠어요? 할아버지가 그 안에서 죽어 가고 있거나, 죽어 있었다고요!"

"네, 물론입니다. 그럼 살인 현장을 어떤 식으로든 움직이셨습니까?"

그녀가 비통하게 웃었다.

"부지깽이나 오 센티미터 정도 옆으로 움직였을까요. 그다음에는 제 상황을 깨닫고 바로 닥으로 달려갔어요. 끔찍했어요. 죽을 것 같았어요."

"순간 괴저."

포터가 말했다.

"예를 들어, 엘리베이터를 잠그거나 하지는 않으셨습니까?"

오다즈가 물었다. 젠장! 내가 그 생각을 했어야 했는데.

"아뇨. 저희는 보통 자기 전에 엘리베이터를 잠그지만, 시간이 없었어요."

"왜요?"

포터가 물었다.

"저희가 도착했을 때는 엘리베이터가 잠겨 있었습니다."

오다즈가 대답했다.

포터는 그의 대답을 곰곰이 생각한 다음 말했다.

"그럼 살인자는 옥상으로 나간 게 분명하군요. 사진이 있겠죠."

오다즈는 변명하듯 웃었다.

"그게 저희 문제입니다. 어젯밤에 옥상을 떠난 차는 한 대도 없습니다. 도착한 차는 한 대뿐입니다. 재니스 양, 아가씨 차죠."

"하지만……."

포터가 입을 열었다가 멈추었다.

"이렇게 된 겁니다. 오늘 05시 30분경……."

오다즈는 잠깐 말을 멈추고 기억을 되새겼다.

"36A호 세입자가 공기조절 시스템으로 고기 썩는 냄새가 들어

온다고 관리인에게 연락을 했습니다. 그는 한동안 원인을 찾아보았는데, 옥상에 가 보니 이유가 명백했습니다. 그는⋯⋯."

"관리인은 옥상에 뭘 타고 갔나요?"

포터가 다시 물고 늘어졌다.

"스티브스 씨는 길에서 택시를 잡았다고 했습니다. 싱클레어 박사의 개인 착륙대로 갈 다른 방법은 없죠?"

"없어요. 그런데 왜 그랬대요?"

"예전에도 싱클레어 박사의 연구실에서 이상한 냄새가 난 적이 있을지도 모릅니다. 그에게 물어보려고 합니다."

"그러세요."

"스티브스 씨는 냄새를 따라 박사의 집 안까지 들어갔습니다. 그리고 저희에게 신고했습니다. 그는 옥상에서 저희를 기다렸습니다."

"택시는 어쩌고요? 살인범이 그 택시가 여기 올 때까지 기다렸다가 스티브스가 내린 다음에 그 택시를 타고 다른 곳으로 갔을 수도 있잖아요?"

포터는 끈질기게 냄새를 맡았다.

"택시는 스티브스 씨가 내리자마자 떠났습니다. 다른 택시를 타고 싶었다면 택시 호출기를 이용할 수 있었죠. 옥상에는 내내 카메라가 켜져 있었습니다."

오다즈가 말을 멈추었다.

"문제가 있습니까?"

포터의 눈에는 있는 모양이었다. 그는 백금색 머리카락을 양손으로 쓸어 넘겼다.

"우리가 더 알고 나서 마저 토론하는 게 좋겠어요."

재니스 얘기였다. 재니스는 이야기를 따라잡지 못했는지 혼란스러워 보였다. 오다즈가 즉시 고개를 끄덕이고 일어섰다.

"네, 재니스 양이 여기서 계속 사시지 못할 이유는 없습니다. 저희가 또 귀찮게 할 수도 있습니다."

"일단 지금은, 명복을 빕니다."

오다즈가 나갔다. 나는 그를 따라갔다. 놀랍지 않게도, 앤드류 포터도 우리를 따라왔다. 계단 꼭대기에서 그는 형사의 팔죽지를 큰 손으로 잡아 세웠다.

"재니스가 범인이라고 생각하시는 거죠?"

오다즈가 한숨을 쉬었다.

"그럴 가능성도 고려해야 합니다."

"재니스에게는 동기가 없어요. 레이 할아버지를 사랑했다고요. 지난 십이 년 동안 할아버지와 간헐적으로 같이 살아왔어요. 할아버지를 살해할 이유가 진짜 조금도 없어요."

"유산도 없습니까?"

포터의 표정이 일그러졌다.

"어, 네, 돈을 좀 물려받기는 해요. 재니스는 그런 데 신경 쓸 여자가 아니에요!"

"네에. 그래도, 제가 어떻게 하겠습니까? 저희가 아는 사실에 따르면 살인범은 살인 현장을 떠날 수가 없었습니다. 그랬을 가능성을 즉시 조사했습니다. 현장에는 재니스 양과 살해당한 그녀의 종조부뿐이었습니다.”

포터는 답을 하려다가 곱씹어 삼켰다. 말하고 싶은 유혹을 느꼈음이 분명했다. 언제나 경찰보다 한발 앞서는 아마추어 탐정이라. 이봐, 왓슨, 이 경찰관들은 빤한 사실을 놓치는 재주가 있지. 그러나 잃을 것이 너무 많았다.

포터가 말했다.

“관리인 스티브스도 있잖아요.”

오다즈가 한쪽 눈썹을 치켜떴다.

“네, 물론이죠. 저희는 스티브스 씨를 조사할 겁니다.”

“어, 그 사람은 36A에서 어떻게 전화를 받았대요? 침대 옆 전화요, 휴대폰요? 그때 옥상에 있었을지도 모르죠.”

“그가 뭐라고 했는지는 기억나지 않습니다. 하지만 저희에게는 그가 택시에서 내리는 사진이 있습니다.”

“택시 호출기를 갖고 있었잖아요. 택시를 불렀을 수도 있죠.”

“한 가지만 더요.”

내가 입을 열었다. 포터가 희망을 품은 눈으로 나를 보았다.

“엘리베이터는 허가 명단에 있는 사람만 올려 보내죠?”

“레이 할아버지가 위에서 버저를 눌러 주지 않으면요. 로비에 인터컴이 있거든요. 하지만 그렇게 늦은 밤에는 할아버지가 원래 기다리던 사람이 아니라면 아마 안 눌러 줬을 거예요.”

“그 말인즉, 싱클레어 씨가 사업 관계인을 기다리고 있었다면 그 사람은 명단에 있을 가능성이 높군요. 내려가는 경우에는 어떤가요? 명단에 없는 사람이라도 엘리베이터를 타고 로비로 내려갈 수 있나요?"

"아마…… 그럴 거예요."

"그렇겠지. 저 엘리베이터는 입장만 확인하고 퇴장은 확인하지 않아."

오다즈가 말했다.

"그러면 왜 살인자가 엘리베이터를 이용하지 않았을까요? 꼭 스티브스 씨가 아니라도 말입니다. 누구든, 누구였든 간에요. 왜 그냥 엘리베이터를 타고 내려가지 않았죠? 범행을 저지른 사람이 누구든 그편이 쉬웠을 텐데요."

오다즈와 포터는 서로를 쳐다보며 아무 말 하지 않았다. 나는 오다즈 쪽으로 몸을 돌렸다.

"좋아. 명단에 있는 사람들을 확인할 때, 혹시 팔을 다친 사람이 있는지도 봐. 살인범은 발전기를 끄려다가 팔을 다친 재니스 양과 같은 시도를 했을지도 몰라. 그리고 나도 명단을 보고 싶어."

"알았어."

오다즈가 말했다. 우리는 차고 아래에 있는 경찰차를 향해 걸어 갔다. 다른 사람들에게 목소리가 들리지 않을 곳까지 나왔을 때, 오다즈가 다시 입을 열었다.

"길, ARM은 이 사건에 어떻게 관련되어 있지? 왜 이 사건의 살인 쪽에도 관심을 갖고 있는 거야?"

나는 그에게 베라에게 했던 것과 같은 답을 주었다. 싱클레어의 살인자가 싱클레어의 타임머신에 관한 유일한 생존 전문가일 수도 있다고 말했다. 오다즈가 고개를 끄덕였다. 그가 정말 하고 싶었던 질문은 이것이었다.

내가 지역 사건에서 로스앤젤레스 경찰에게 지시를 내리는 것이 정당한가? 그리고 나는 그렇다고 답했던 것이다.

싱클레어가 사용하는 엘리베이터의 비교적 간단한 보안 시스템은 최대 백 명의 엄지손가락 지문과 얼굴의 골격—심전파 탐지기를 사용하기 때문에 턱수염이나 가장 파티로 인한 문제는 없었다—을 저장하도록 만들어진 것이었다. 대부분의 사람들은 백 명에서 열 명 정도를 더하고 뺀 정도의 사람들을 알고 지낸다. 하지만 싱클레어는 본인을 포함하여 열두 명만 명단에 올렸다.

레이몬드 싱클레어
앤드류 포터
재니스 싱클레어
에드워드 싱클레어 시니어
에드워드 싱클레어 삼세
한스 드러커
조지 스티브스
폴린 어틸
버나스 페터피
로렌스 무하마드 엑스
버사 홀
무리엘 샌더스키

발프레도는 그동안 바빴다. 옥상을 지키면서 경찰차와 차내 전화 설비를 사무실로 사용하고 있었다.

"몇 명은 우리가 아는 사람입니다. 예를 들어, 에드워드 싱클레어 삼세는 에드워드 시니어의 손자이고 재니스의 오빠입니다. 소행성대 케레스에서 산업디자이너로 이름을 알리고 있어요. 에드워드 시니어는 레이몬드의 동생입니다. 캔자스시티에 살죠. 한스 드러커, 버사 홀, 무리엘 샌더스키는 모두 광역 로스앤젤레스 구역에 살아요. 싱클레어와 어떤 관계인지는 모릅니다. 폴린 어틸과 버나스 페터피는 기술자 비슷한 사람들이고, 엑스는 싱클레어의 특허 담당 변호사입니다."

"에드워드 삼세는 전화로 면담해야겠군."

오다즈가 얼굴을 찌푸렸다. 소행성대로의 전화는 저렴하지 않았다.

"다른 사람들은……."

"내가 제안 하나 해도 될까?"

"그럼."

"엑스, 페터피, 어틸을 조사할 때 나도 같이 가게 해 줘. 아마 싱클레어와 사업적으로 아는 사이일 것 같은데, ARM이 같이 가면 좀 더 자세한 질문을 하기에 좋을 거야."

"제가 맡을 수 있습니다."

발프레도가 자원했다.

"좋아."

오다즈는 내키지 않는 표정이었다.

"명단이 이걸로 끝이면 고맙겠는데. 싱클레어를 찾아온 사람이 그냥 로비의 인터컴을 이용해 들여보내 달라고 했다면 어쩌지?"

버나스 페티피는 전화를 받지 않았다.

폴린 어틸은 휴대폰을 받았다. 무뚝뚝한 저음에 화면은 띄우지 않았다. 살인 사건 수사에 관하여 이야기를 나누고 싶습니다. 오늘 오후에 댁에 계신가요? 아뇨. 그녀는 오후에 강의를 나가지만 6시 정도에는 귀가했다.

엑스는 웃음기 없는 얼굴로 물을 뚝뚝 흘리며 전화를 받았다. 샤워 중에 나오시게 해서 정말 죄송합니다, 엑스 씨. 살인 사건 수사에 관하여 이야기를 나누고 싶습니다.

"물론이죠. 오세요. 누가 죽었는데요?"

발프레도가 대답했다.

"싱클레어? 레이 싱클레어가요? 확실해요?"

확실했다.

"세상에, 맙소사. 저기, 그는 뭔가 중요한 작업을 하고 있었어요. 성간 드라이브죠. 성공한다면요. 기계를 구할 방법이 있다면……."

나는 기계는 무사하다고 안심시키고 전화를 끊었다. 싱클레어의 특허 담당 변호사가 그 물건이 성간 드라이브라고 생각하고 있었다면…… 그 말이 맞을지도 몰랐다.

"자기가 훔치려고 했던 것 같진 않네요."

발프레도가 말했다.

"네. 그리고 설령 물건을 손에 넣었더라도 저 변리사는 자기 물건이라고 주장할 수 없었을 사람이죠. 그가 살인자라면 다른 것을 쫓고 있었을 겁니다."

우리는 고속으로, 경찰차 속도로 달렸다. 차는 물론 자동이었지만 언제든지 수동으로 전환할 수 있었다. 발프레도는 아래 지나가는 풍경에 시선을 집중하고, 내 쪽을 보지 않으며 말했다.

"저기, 요원님과 경감님은 서로 다른 것을 찾고 계시죠."

"저도 압니다. 전 가상의 살인자를, 줄리오는 가상의 방문객을 찾고 있죠. 그런 사람이 없었다고 증명하기는 어렵겠지만, 포터와 재니스가 사실을 말하고 있다면 줄리오는 방문객이 살인을 저지르지 않았다고 증명할 수 있을지도 모르죠."

"그러면 그 여자애가 살인자겠죠."

그가 대꾸했다.

"누구 편인가요?"

"누구 편도 아니에요. 제게 있는 것은 흥미로운 의문뿐이죠."

그가 나를 옆으로 흘끔거렸다.

"요원님은 그 여자애가 한 짓이 아니라고 거의 확신하시죠."

"뭐어……"

"왜요?"

"저도 모르겠군요. 그 아가씨에게 그만한 머리가 없다고 생각하기 때문일지도 모릅니다. 간단한 살인이 아니었어요."

"싱클레어의 조카니까 완전 바보는 아니겠죠."

"유전은 그런 식으로 되지 않아요. 어쩌면 제 착각인지도 모르죠. 그녀의 팔 때문인지도 몰라요. 팔을 하나 잃어버렸잖아요. 걱정거리는 그것만으로도 충분히 많아요."

나는 차의 전화를 빌려 ARM 컴퓨터의 기록을 파헤쳤다.

폴린 어틸. 폴 어틸로 태어났다. 어빙에 있는 캘리포니아 대학에서 플라스마 물리학 박사 학위를 받았다. 2111년에 성별과 법적 이름을 바꾸었다. 육 년 전에 슬레이버 분해기에서의 전하 억제 효과에 관한 연구로 노벨상 후보에 올랐다. 키, 백칠십구 센티미터. 몸무게, 육십일 킬로그램. 2117년에 로렌스 무하마드 엑스와 결혼. 처녀 적 성—일종의—을 유지. 별거.

버나스 페터피. MIT에서 아원자와 관련 분야로 박사 학위를 받았다. 당뇨병. 키, 백칠십육 센티미터. 몸무게, 육십칠 킬로그램. 2119년에 임신법 면제 신청을 했으나 거부당함. 2118년 결혼, 2122년 이혼. 독신.

로렌스 무하마드 엑스. 물리학 석사. 변호사 회원. 키, 백팔십오 센티미터. 몸무게, 팔십육 킬로그램. 왼팔이 의수. CET이식 종식 위원회 부회장.

"이번 사건에서 계속 사람 팔이 나타난다는 게 신기하네요."

발프레도가 말했다.

"그러게요."

이 사건에 절대 해당하지는 않는, 어떤 ARM 요원을 포함해서 말이지.

"엑스는 석사군요. 사람들에게 발전기가 자기 발명품이라고 설득할 수 있었을지도 몰라요. 아니면 그럴 수 있다고 자기가 생각했을 수도 있고."

내 말에 알프레도가 대꾸했다.

"우리에게 그러지는 않았죠."

"어젯밤에 다 망쳤기 때문이라면? 이제 굳이 인류가 그 발전기를 잃기를 바랄 이유는 없잖아요?"

"그러면 그는 어떻게 도망쳤죠?"

나는 답하지 않았다.

엑스는 천육백 미터 정도 높이의 뾰족한 타워에 살았다. 한때, 생태 건축이 시작되기 전, 린드스테터즈 니들은 역대 최대 건축물이었을 것이다. 우리는 위로 삼분의 일 정도에 있는 착륙대에 내려 하강 통로를 타고 십 층을 내려갔다.

그는 선명한 노란색 바지와 망사 셔츠를 입고 문을 열었다. 피부색이 매우 짙었고 민들레처럼 부푼 머리카락은 회색이 섞인 검은색이었다. 전화 화면으로는 어느 팔이 의수인지 알 수 없었고, 지금 보아도 알 수 없었다. 그는 우리를 안으로 청하고, 앉아서 질문을 기다렸다.

어제 어디에 있었나? 알리바이가 있나? 있으면 우리에게 큰 도움이 된다.

"죄송합니다. 없네요. 어젯밤에는 좀 까다로운 사건을 검토했습니다. 자세한 내용을 알고 싶지는 않으실 겁니다."

나는 알고 싶다고 했다.

"사실 에드워드 싱클레어, 레이의 종조카에 관한 건입니다. 소행성대 이민자인데, 지구에도 응용할 수 있는 산업디자인을 만들었어요. 화학 로켓엔진에 쓰이는 회전 고리입니다. 문제는, 현존하는 디자인과 크게 다르지 않다는 겁니다. 그저 더 나은 디자인입니다. 소행성대 특허는 확실하지만, UN 법은 다릅니다. 법적으로 어찌나 복잡한지 상상도 못 하실걸요."

"그가 질 것 같습니까?"

"아뇨. 파이어스톰이라는 회사가 사건을 다투기로 결심하면 까다로워질 수도 있는 정도입니다. 그 상황에 대비하고 싶어서요. 여차하면 심지어 그를 지구에 불러들여야 할 수도 있습니다. 하나 그렇게 하기는 싫습니다. 심장병이 있거든요."

어젯밤에 전화를, 예를 들면 컴퓨터 같은 것에 한 적이 있는가?

그의 얼굴이 즉시 밝아졌다.

"아, 그럼요. 계속, 밤새도록 했죠. 좋아요, 저한테는 알리바이가 있네요."

그에게 그런 전화는 어디에서든 걸 수 있다고 말해 봐야 소용없었다. 발프레도가 물었다.

"부인께서는 어젯밤에 어디 계셨는지 혹시 짐작 가는 바가 있습니까?"

"아뇨. 우리는 따로 삽니다. 아내는 여기서 삼백 층 위에 살죠. 우리는 개방 결혼을 했어요……. 너무 개방했는지도 모르죠."

그가 애석하다는 듯이 덧붙였다.

레이몬드 싱클레어가 어젯밤에 손님을 기다리고 있었을 가능성이 높다. 짐작하는 바가 있는지?

"여자가 몇 있었죠. 그 여자들한테 물어보셔도 좋겠네요. 버사 홀은 여든 살 정도로 레이 또래입니다. 레이의 기준에 맞추자면 머리가 좋은 편은 아니지만, 그만큼이나 체력광이에요. 둘이 같이 배낭여행을 가고, 테니스를 치고, 같이 잘 수도 아닐 수도 있습니다. 제가 주소를 가르쳐 드릴 수 있습니다. 무리엘 어쩌고 하는 여자도 있는데, 레이가 몇 년 전에 반했죠. 이제 서른 살일 거예요. 요새도 만나는지는 잘 모르겠군요."

싱클레어가 아는 다른 여자가 있는지?

엑스는 어깨를 으쓱했다.

직업적으로 아는 사람은 누가 있는지?

"맙소사, 그야 끝이 없죠. 레이가 어떤 방식으로 일했는지 아시나요?"

그는 답을 기다리지 않았다.

"그는 대개 컴퓨터 장비를 이용했습니다. 레이의 분야에서 실제 실험을 하려면 백만이 넘게 듭니다. 자신이 알고 싶은 답을 내놓을 실험의 컴퓨터 유사체를 만드는 능력이 뛰어났지요. 하나의 예로, 어, 싱클레어 분자 사슬을 들어 보셨죠."

아, 당연하지. 소행성대에서 견인할 때 사용했던 사슬이다. 다른 어떤 것도 그만큼 가볍고 튼튼하지 않았다. 싱클레어 분자 사슬 고리는 거의 보이지 않을 정도로 가느다랗지만 철도 자를 수 있었다.

"레이는 사실상 완성 단계가 되어서야 화학물질을 가지고 작업하기 시작했죠. 컴퓨터 유사체로 사슬을 설계하는 데 사 년이 걸렸다고 저한테 말했습니다. 분자 사슬의 끝 처리가 어려웠어요.

그 부분을 해결하기 전까지는, 사슬이 만들어지자마자 끝에서부터 분해되기 시작했죠. 마침내 원하는 결과를 얻고 나서 그는 산업화학연구소를 고용해 사슬을 만들도록 했어요. 제가 얘기하려는 것이 이 부분입니다. 그는 자신이 뭘 가졌는지 알고 나서 다른 사람들을 시켜 실물을 만들었습니다. 레이에게 고용된 사람들은 자신이 뭘 하고 있는지 알아야 했죠. 그는 전 지구와 소행성대에 있는 최고의 물리학자, 화학자, 현장 이론가 들을 알았습니다."

폴린이나 버나스 페터피 같은 사람 말인가?

"네에, 폴린이 레이의 일을 한 번 했습니다. 다시 할 것 같지는 않아요. 레이가 공을 다 차지하는 것을 좋아하지 않았거든요. 차라리 자기 일을 하고 싶어 했죠. 그럴 만도 합니다."

레이몬드 싱클레어를 살해하고 싶어 할 만한 사람으로 떠오르는 인물이 있는지?

엑스는 어깨를 으쓱했다.

"그건 여러분의 일인 것 같네요. 레이는 누구와도 공을 나누려 들지 않았습니다. 그와 함께 일하고 원한을 품어 온 사람이 있을지도 모릅니다. 아니면 가장 최근의 연구를 훔치려고 했을지도 모르고요. 거듭 말씀드리는데, 제가 레이가 하려던 일을 잘 알지는 못하지만, 만약 성공한다면 환상적인 가치가 있을 겁니다. 돈 얘기만이 아닙니다."

발프레도가 면담을 끝내려는 듯한 소리를 냈다.

내가 물었다.

"개인적인 질문을 해도 되겠습니까?"

"하시죠."

"선생님의 팔 말입니다. 어떻게 잃으셨습니까?"

"날 때부터 없었습니다. 유전자 문제는 아니고 태아기에 상황이 나빴어요. 팔 하나와 칠면조 집게뼈를 달고 태어났죠. 이식을 받을 수 있을 만큼 나이를 먹고 나서, 저는 이식을 원치 않는다는 것을 깨달았습니다. 늘 하는 연설을 들려 드릴까요?"

"아뇨, 괜찮습니다. 의수의 성능이 얼마나 좋은지 궁금했습니다. 저는 이식 팔을 가지고 있거든요."

엑스가 도덕적 타락의 신호를 찾아 나를 꼼꼼히 살폈다.

"사소한 위법에도 점점 더 사형을 선고하자는 쪽에 투표하는 사람들 중 하나시겠군요."

"아니요, 저는……."

"결국 장기은행의 범죄자가 바닥나고 나면 곤란해지실걸요. 실수를 끌어안고 사셔야 할지도 모릅니다."

"아니요. 저는 두 번째 콥시클 법을 저지하고, 그 그룹이 장기은행으로 보내지지 않도록 막은 사람들 중 하나입니다. 직업이 장기밀매업자 사냥이죠. 하지만 전 의수를 달지 않았습니다. 아마 제가 지나치게 예민하기 때문이었던 것 같군요."

"기계를 몸의 일부로 하는 것에 지나치게 예민하다고요? 그런 경우를 들어 봤습니다. 그러나 다른 방향으로도 지나치게 예민할 수 있습니다. 저를 구성하는 것은 모두 저여야지 죽은 다른 사람의 일부가 아니어야 한다는 거죠. 촉감이 똑같지 않은 것은 사실이지만, 원래 팔만큼 좋습니다. 그리고…… 보세요."

그가 내 팔뚝 위에 손을 올리고 꽉 쥐었다. 뼈가 부러질 것 같았다. 나는 비명을 간신히 참았다.

"힘을 전부 쓴 것이 아닙니다. 그리고 종일 이만큼 힘을 쓸 수도 있어요. 이 팔은 지치지 않거든요."

그가 손을 놓았다. 나는 그에게 팔을 검사해 봐도 되냐고 물었다. 그가 괜찮다고 했다. 엑스는 나의 상상 손에 대해 몰랐다. 나는 엑스의 가짜 팔의 첨단 플라스틱과 진짜 팔의 근육 구조와 뼈를 탐색했다. 내가 관심을 가진 쪽은 진짜 팔이었다.

차로 돌아왔을 때, 발프레도가 물었다.

"어땠어요?"

"진짜 팔에는 아무 문제도 없었어요. 아무 상처도 없었죠."

발프레도는 고개를 끄덕였다.

하지만 시간 가속 풍선은 플라스틱과 배터리를 손상시키지 않았을 것이다. 그리고 만약 그가 나일론 끈으로 무게 이십 킬로그램짜리 발전기를 이 층 아래로 내릴 계획을 세웠다면, 그의 인공 팔에는 그만한 힘이 있었다.

우리는 차에서 페터피에게 전화를 걸었다. 그는 집에 있었다. 몸집이 작고 안색이 검고 인상이 순하고 줄어드는 중인 머리숱은 검고 반짝이는 직모였다. 그는 눈이 부신 양 눈을 가늘게 뜨고 깜박였고, 옷을 입은 채로 자는 사람들 특유의 꾀죄죄한 모습이었다. 우리가 그의 오후 낮잠을 방해했나 싶었다.

그래, 그는 경찰의 살인 사건 수사를 기꺼이 돕겠다.

페터피가 사는 콘도는 산타모니카의 절벽 전면에 세워진 길쭉한 유리와 콘크리트였다. 그의 아파트는 바다를 바라보고 있었다.

"비싸지만 그만한 값어치가 있는 전망이죠."

그가 우리를 거실로 안내하며 말했다. 휘장이 오후 햇살을 가리고 있었다. 페터피는 옷을 갈아입었다. 왼쪽 소매 위가 불룩했다. 인슐린 캡슐과 자동 공급기가 팔의 뼈에 고정되어 있었다.

"자, 무엇을 도와 드릴까요? 누가 살해당했는지 말씀하시지 않았던 것 같은데."

발프레도가 말해 주었다. 그는 충격을 받았다.

"아이고, 맙소사! 레이 싱클레어라니. 이게 어떤 영향을 끼칠지 알 도리가……."

그가 불쑥 입을 다물었다.

"계속 말씀하시죠."

발프레도가 말했다.

"우리는 같이 뭘 만들고 있었습니다. 혁명적인 물건이었죠."

"성간 드라이브 말씀이십니까?"

그는 깜짝 놀랐다. 잠깐 갈등하는 것 같더니 그가 말했다.

"네, 원래는 비밀이었는데요."

우리는 작동 중인 기계를 보았다고 시인했다. 시간 압축 필드가 어떻게 성간 드라이브가 됩니까?

"정확히 말하면 그런 것이 아닙니다."

페터피는 또 망설이더니 입을 열었다.

"인간의 경험이 늘 질량과 관성에 묶여 있었다고 해서 그것이 보편적인 법칙일 필요는 없다고 생각하는 낙관주의자들은 언제나 몇 명 있었습니다. 레이와 제가 한 것은 관성이 낮은 조건을 만드는 것입니다. 즉⋯⋯."

"무관성 드라이브!"

페터피가 내 쪽을 향해 열성적으로 고개를 끄덕였다.

"본질적으로는 그렇죠. 기계는 무사한가요? 아니라면⋯⋯."

나는 무사히다고 그를 안심시켰다.

"다행입니다. 만약 망가졌다면 제가 다시 만들 수 있다고 말씀드리려던 참이었습니다. 만드는 작업은 제가 거의 다 했거든요. 레이는 손이 아니라 머리로 일하기를 선호했죠."

페터피는 어젯밤에 싱클레어를 방문했나?

"아뇨, 해변에 있는 레스토랑에서 저녁을 먹고 집에 돌아와 홀로그램 벽을 보았습니다. 몇 시의 알리바이가 필요한가요?"

그가 농담하듯 물었다.

발프레도가 대답했다. 농담하는 듯했던 그의 표정이 초조한 듯 일그러졌다. 아니, 그는 매일 셔츠에서 09시 직후에 나왔다. 그다음에 어디에 있었는지 증명할 방법은 없었다.

레이몬드 싱클레어를 살해하고 싶어 할 만한 사람으로 떠오르는 인물이 있는지?

페터피는 노골적으로 누구를 지목하기를 꺼렸다. 물론 우리는 이해했다. 예전에 레이와 함께 일한 적이 있거나 레이를 모욕한 적이 있는 사람일지도 몰랐다. 레이는 인류 대부분을 멍청이 취급했다. 아니면 레이 남동생의 면제 신청 건을 조사할 수 있을지도 몰랐다.

"에드워드 싱클레어의 면제요? 어째서입니까?"

발프레도가 물었다.

"그 이야기는 다른 사람에게서 들으시면 정말 좋겠습니다만. 에드워드 싱클레어가 심장병 유전 때문에 아이를 가질 권리를 거부당했다는 사실을 아실지도 모르죠. 그의 손자도 심장병이 있어요. 그가 정말 그런 면제를 받을 만한 업적을 이루었는지에 대해 의문이 있습니다."

"자그마치 사십오 년 전의 일일 텐데, 지금의 살인과 그 사실이 어떤 관계가 있습니까?"

페터피는 참을성 있게 설명했다.

"에드워드는 임신법 면제 허가를 받은 덕분에 아이를 가졌습니다. 이제 손자가 둘 있죠. 그 건을 재검토한다고 가정하면요? 그의 손자들은 아이를 가질 권리를 상실할 겁니다. 불법이 되겠죠. 상속권까지 잃을 수도 있습니다."

발프레도가 고개를 끄덕였다.

"네, 저희가 알아보겠습니다."

"선생님도 얼마 전에 면제 신청을 하셨죠. 아마 선생님의……."

내 말에 그가 답했다.

"네, 당뇨 때문입니다. 사는 데는 전혀 방해가 안 돼요. 우리가 당뇨를 얼마나 오랫동안 다뤄 왔는지 아십니까? 거의 이백 년입니다! 제가 당뇨인들 무슨 상관이죠? 제 아이들이 당뇨라고 한들?"

그가 답을 요구하며 눈을 부라렸다. 우리는 아무 답도 하지 않았다.

"하지만 임신법은 제가 아이를 못 가지게 했습니다. 위원회가 제 면제 신청을 거부해서 아내가 떠난 걸 아세요? 전 면제받을 만한 일을 했습니다. 태양광구의 플라스마 흐름에 관한 제 연구는…… 아, 제가 지금 여러분께 이 주제로 강의할 수는 없겠죠? 하지만 제 연구는 어떤 G 타입 항성 근처의 양자 폭풍 패턴 예측에도 사용될 수 있습니다. 모든 개척지가 제 연구에 어느 정도 빚지고 있다고요!"

그건 과장이다 싶었다. 양자 폭풍은 주로 소행성대의 채굴 작업에만 영향을 미쳤다.

"소행성대로 이주하시면 어떨까요? 그곳에서는 선생님의 연구를 예우할 테고 임신법도 없죠."

"전 지구를 떠나면 아픕니다. 바이오리듬 문제죠. 당뇨와는 상관없어요. 인류의 절반이 바이오리듬 혼란으로 고통받고 있죠."

그가 불쌍했다.

"그래도 면제를 받으실 수 있을지 모릅니다. 무관성 드라이브 연구로요. 부인과 재결합하고 싶지 않으신가요?"

"저는…… 잘 모르겠습니다. 어떨지 모르겠어요. 이 년이 지났죠. 어떻게 되든 위원회가 어떤 결론을 낼지는 알 도리가 없죠. 지난번에 저는 면제를 받을 줄 알았습니다."

"선생님의 팔을 검사해 보아도 될까요?"

그가 나를 쳐다보았다.

"뭐라고요?"

"선생님의 팔을 검사해 보고 싶습니다."

"참으로 흥미로운 요구로군요. 이유가 뭡니까?"

"싱클레어 씨의 살인자가 어젯밤에 팔에 손상을 입었을 가능성이 상당히 높습니다. 자, 제가 지금 UN 경찰의 이름으로 행동하고 있다는 점을 거듭 말씀드립니다. 선생님께서 인간 개척지에 사용될 가능성이 있는 우주 드라이브의 부작용으로 팔을 다치셨다면, 선생님은 증거를 감추고 있는⋯⋯."

나는 말을 멈추었다. 페터피가 일어서서 튜닉을 벗었기 때문이다. 기분이 좋아 보이지는 않았지만, 그는 가만히 서 있었다. 그의 팔은 멀쩡해 보였다. 나는 양팔을 만져 보고 관절을 구부리고 손가락 마디를 눌러 보았다. 상상 손가락 끝으로는 피부 아래의 뼈를 훑었다. 어깨관절에서 팔 센티미터 정도 아래에서 뼈가 붙어 있었다. 나는 근육과 힘줄을 탐색했다⋯⋯.

"오른팔은 이식이군요. 육 개월 전이었겠네요."

내가 말했다. 그는 불쾌해하며 고개를 치켜들었다.

"모르실 수도 있지만, 원래 제 팔을 다시 붙여도 똑같은 상처가 남습니다."

"그랬다는 겁니까?"

분노로 그의 어조가 더 또렷해졌다.

"네. 실험 중에 폭발이 있었습니다. 팔이 거의 잘렸죠. 저는 졸도하기 전에 지혈대를 묶고 닥에 들어갔습니다."

"증거가 있습니까?"

"글쎄요. 아무한테도 그 사고 얘기를 한 적이 없고, 닥에는 기록이 남지 않아요. 어쨌든 입증책임은 당신들 몫이죠."

"아아."

페터피가 튜닉을 도로 입었다.

"다 끝내셨나요? 레이 싱클레어의 죽음은 정말 유감입니다만, 그게 육 개월 전 저의 어리석음과 무슨 관계가 있을지 도무지 알 수가 없군요."

나도 알 수가 없었다. 우리는 떠났다.

다시 차로 돌아왔다. 17시 20분이었다. 폴린 어틸의 집에 가는 길에 간식을 먹어도 되겠다. 나는 발프레도에게 말했다.

"저는 이식한 팔이었다고 생각해요. 그는 시인하고 싶지 않았던 거죠. 분명히 업자에게 갔던 거예요."

"왜 그런 짓을 했을까요? 공공 장기은행에서 팔을 받기는 어렵지 않잖아요."

나는 그 질문을 곱씹어 보았다.

"맞아요. 하지만 정상적인 이식을 받으면 기록이 남죠. 뭐, 그가 말한 대로였을 수도 있죠."

"흐음."

"이건 어때요? 실험을 하고 있었는데, 그 실험이 불법이었어요. 도시에 공해를 발생시키거나 심지어 방사능과 관련이 있는 실험요. 팔에 방사능 화상을 입었다면, 공공 장기은행에 갔다간 체포되었을 거예요."

"말이 되네요. 어떻게 입증하죠?"

"저도 모르겠어요. 입증하고 싶군요. 우리가 그와 거래한 업자를 어디서 찾을 수 있을지 말해 줄지도 모르죠. 더 조사해 봅시다. 어쩌면 그가 육 개월 전에 무슨 실험을 하고 있었는지 알아낼 수 있을 겁니다."

폴린 어틸은 우리가 초인종을 누르자마자 문을 열었다.

"안녕하세요! 저도 막 들어왔어요. 마실 것 드릴까요?"

우리는 거절했다. 폴린은 우리를 천장으로 접히는 가구가 많은 작은 아파트 안으로 안내했다. 지금은 소파와 커피 탁자가 나와 있었다. 나머지 가구는 천장에 테두리로 존재했다. 사진 창으로 보이는 풍경은 숨이 멎을 만큼 아름다웠다. 그는 린드스테터즈 니들의 꼭대기 근처에 살고 있었다. 남편보다 삼백 층 정도 위였다.

폴린은 키가 크고 늘씬했고, 남자라면 유약해 보였을 골격을 갖고 있었다. 여자치고는 약간 남성적으로 보였다. 모양이 좋은 가슴은 살일 수도 플라스틱일 수도 있었지만, 어느 쪽이든 외과 수술로 이식한 것이었다.

그녀가 커다란 음료를 다 만들고 소파에 앉은 우리에게 합류했다. 질문이 시작되었다.

레이몬드 싱클레어가 죽기를 바랄 만한 사람으로 떠오르는 이가 있는지?

"그다지 없는데. 어떻게 죽었어요?"

"머리를 부지깽이로 맞아 박살 났습니다."

발프레도가 말했다. 그가 발전기를 언급하지 않을 작정이라면 나도 하지 않겠다.

"고아古雅하기도 해라."

그녀의 낮은 목소리가 신랄해졌다.

"아마 자기 부지깽이였겠죠. 벽난로 선반에 있는. 전통주의자를 찾으셔야겠어요."

그녀는 유리잔 테두리 너머로 우리를 유심히 살폈다. 그녀의 눈은 컸고 눈꺼풀은 펄럭이는 UN 국기 한 쌍의 반영구 문신으로 장식되어 있었다.

"그것만으로는 별로 도움이 안 되죠? 누군지는 몰라도, 가장 최신 프로젝트를 같이 작업하던 사람을 찾아보시는 것도 좋겠어요."

페터피를 말하는 것 같았다. 하지만 발프레도는 이렇게 물었다.

"박사에게 공동 연구자가 반드시 있었을까요?"

"그는 보통 시작 단계에서는 혼자 일하는 사람이에요. 연구를 진행하면서 하드웨어를 만들 사람들을 끌어들이죠. 한 번도 자기 혼자서만 뭘 만들어 낸 적은 없어요. 다 컴퓨터 저장소 안에 있을 뿐이었죠. 현실로 만들려면 다른 사람이 했어요. 그는 결코 업적을 남과 나누지 않았죠."

그럼 그의 가상의 공동 연구자가 자신이 연구에서 얼마나 적은 공만 받는지 깨닫고……

그러나 어틸은 고개를 흔들었다.

"전 진짜 속은 사람이 아니라 정신병자 얘기를 하는 거예요. 싱클레어는 자신이 한 일을 나누자고 누구에게든 결코 제안하지 않았어요. 늘 일이 어떻게 돌아가는지 재수 없을 만큼 솔직하게 보여 줬죠. 전 그를 위해 피레스탑 시제품을 만들 때에도 그만둘 때에도 제가 뭘 하고 있는지 알았어요. 다 그 사람 것이었죠. 그는 제 머리가 아니라 기술만 써먹고 있었어요. 전 독창적인 일, 저다운 일을 하고 싶었어요."

싱클레어 박사가 최근에 진행하던 프로젝트에 대해 아는 바가 있는지?

"제 남편이 알 거예요. 래리 엑스라고, 이 건물에 살아요. 암호 같은 힌트를 흘리면서, 제가 더 자세히 알고 싶다고 하면, 씩 웃으면서……."

그녀가 갑자기 씩 웃었다.

"궁금하긴 했어요. 말해 주지 않더군요."

내가 주도권을 쥐지 않으면 하고 싶은 질문을 영영 못 할 것 같았다.

"전 ARM입니다. 그리고 제가 지금부터 말씀드리는 것은 비밀입니다."

나는 그녀에게 싱클레어의 발전기에 관해 말했다. 발프레도가 못마땅하다는 눈으로 나를 보는 것도 같고 아닌 것도 같았다.

"저희는 이 필드가 몇 초 안에 인간의 팔을 망가뜨릴 수 있다는 걸 압니다. 저희가 확인하고 싶은 것은 살인범이 반쯤 썩은 손이나 팔이나, 아니면 발을 하고 돌아다니고 있을지 여부입니다."

폴린이 일어나 상체의 바디 스타킹을 허리까지 벗어 내렸다. 진짜 여자 같았다. 몰랐다면—무슨 상관이람? 오늘날의 성전환 수술은 정교하고 완벽했다. 신경 *끄*자. 근무 중이다.

발프레도는 무심한 표정으로 나를 기다리고 있었다. 나는 그녀의 양팔을 눈과 세 손으로 검사했다. 아무것도 없었다. 멍 자국 하나 없었다.

"다리도요?"

"서 계실 수 있으면 됐습니다."

다음 질문. 인공 팔이 필드 안에서 움직일 수 있는가?

"래리요? 래리를 의심하시는 거예요? 정신이 나갔나 봐요."

"가설적인 질문이라고 생각해 주시죠."

그녀가 어깨를 으쓱했다.

"저라고 알겠어요? 무관성 필드 전문가는 없다고요."

"한 명 있었죠. 죽었고요."

내가 지적했다.

"저는 어릴 때 그레이 렌즈맨 홀로 쇼를 보면서 배운 정도밖에 몰라요."

그녀가 갑자기 미소를 지었다.

"그 옛날 우주 활극 말이에요."

발프레도가 웃음을 터뜨렸다.

"박사님도 보셨어요? 전 작은 휴대폰으로 자습실에서 그 쇼를 보곤 했어요. 교장한테 걸린 적이 있죠."

"그럼요. 나이가 들면 그만두게 되죠. 아쉬워요. 무관성 우주선은…… 전 무관성 우주선이 이 기계처럼 작동하지는 않으리라고 확신해요. 시간 압축 효과를 없앨 수가 없을 거예요."

그녀가 음료를 죽 빨아 마시더니 내려놓고 말했다.

"답은 '네' 그리고 '아니요'예요. 래리가 필드 안으로 손을 뻗을 수는 있어도…… 뭐가 문제인지 아시겠어요? 래리의 팔 안에 있는 모터를 움직이는 신경 충격들이 필드 안으로 너무 천천히 진입할 거예요."

"그렇군요."

"만약 그이가 뭘 쥔 채로 필드 안으로 손을 집어넣으면, 아마 손을 펼 수 없을 거예요. 달리 레이의 머리를 칠 수도…… 아니, 할 수 없어요. 부지깽이는 빙하처럼 천천히 움직였을 거예요. 레이는 그냥 피했겠죠."

그리고 래리는 부지깽이를 필드 밖으로 꺼낼 수도 없었다. 일단 필드 안에 손을 집어넣고 나면, 손을 오므려 부지깽이를 쥘 수도 없었다. 그래도 시도를 하고, 팔을 다치지 않은 채 떠날 수는 있었으리라는 생각이 들었다.

에드워드 싱클레어의 면제를 둘러싼 상황에 대해 아는 바가 있는가?

"아, 그 오래된 얘기요. 물론 저도 들은 적이 있어요. 그게 레이 싱클레어 살인과 대체 무슨 상관이 있나요?"

"저희도 모릅니다. 그저 여기저기 찔러 보고 있습니다."

내가 고백했다.

"음, UN 파일을 보시면 더 정확한 사정이 나올 거예요. 에드워드 싱클레어는 화물 램로봇에 쓸 성간 수소를 모으는 분야에 관해서 무슨 수학을 했어요. 당연히 면제를 받을 사람이었죠. 성간 개척지에 관한 성취를 내는 게 제일 확실한 방법이잖아요. 사람을 하나 지구에서 내보낼 때마다 지구 인구가 하나 줄어드니까요."

"뭐가 문제였습니까?"

"누가 증명할 수 있을 만한 문제는 없었어요. 아시다시피, 임신 제한법은 그때 막 도입됐잖아요. 진짜 시험에 들 때가 아니었어요. 다만, 에드워드는 순수수학을 하는 사람이에요. 응용이 아니라 정수론을 하죠. 전 에드워드의 공식을 봤는데, 레이가 생각해 낼 만한 것에 가까워 보였어요. 그리고 레이한테는 면제가 필요 없었죠. 아이를 원한 적이 없으니까요."

"그러니 박사님 생각에는……."

"전 누가 램스쿱을 재설계했든 **상관 안 해요**. 임신위원회에 그런 식으로 사기를 치려면 머리가 **좋아야 해요**."

어틸이 남은 음료를 다 마시고 유리잔을 내려놓았다.

"똑똑한 사람들의 번식은 결코 실수가 아니에요. 임신위원회에 대한 도전도 아니죠. 손해를 끼치는 건 주사를 맞을 때 숨어 임신한 다음, 위원회가 불임 시술을 해야 할 때가 되어서 죽어라 소리를 질러 대는 인간들이죠. 이런 사람들이 너무 많아지면 임신법이 없어질 거예요. 그리고 **그랬다간**……."

어틸은 소리 내어 말을 마칠 필요가 없었다.

싱클레어가 폴린 어틸이 한때 폴이었다는 사실을 알았는가?

그녀가 빤히 쳐다보았다.

"대체 그게 이번 일과 무슨 상관이죠?"

나는 싱클레어가 그 정보로 어틸을 협박하고 있었을지도 모른다는 생각을 잠깐 했다. 돈이 아니라 함께한 어떤 발견을 차지하기 위해서.

"그냥 여기저기 찔러 보고 있습니다."

"흠……. 알았어요. 레이가 알았는지 몰랐는지 몰라요. 한 번도 그 얘기를 꺼낸 적이 없지만, 저한테 수작을 건 적도 없어요. 절 채용하기 전에 분명히 조사를 했겠죠. 그리고요, 저, 래리는 몰라요. 남편한테는 떠들지 말아 주시면 좋겠어요."

"알았습니다."

"그게요, 래리는 첫 부인과의 사이에 아이들을 가졌어요. 그러니까 저하고 결혼해서 아이를 못 갖는 게 아니에요. 어쩌면 래리는 저한테…… 어, 남성적인 통찰력이 약간 있어서 저와 결혼했는지도 몰라요. 어쩌면 말이에요. 하지만 그이는 모르고 있고, 알고 싶지 않을 거예요. 남편이 웃어넘길지 절 죽일지 모르겠어요."

발프레도에게 나를 ARM 본부에 내려 달라고 했다.

길, 나는 저 괴상한 기계에 정말 신경이 쓰여……. 음, 그럴 만해, 줄리오. 로스앤젤레스 경찰은 살인 현장 한복판에서 조용히 작동하고 있는 미친 과학자의 악몽을 마주할 훈련을 받지 않았다.

재니스는 확실히 살인할 타입이 아니었다. 이번 살인은 아니었다. 앤드류 포터는 딱 순수하게 지적인 연습 삼아 싱클레어의 발전기 주변에서 완벽한 살인을 전개할 타입이었다. 그가 재니스를 움직였는지도 몰랐다. 심지어 현장에 직접 있으면서 재니스가 엘리베이터를 끄기 전에 엘리베이터를 이용했을지도 몰랐다. 재니스에게 엘리베이터를 끄지 말라고 말하는 것만 깜박했던 것이다.

또는, 재니스가 형편없이 실행하리라고는 상상도 하지 못한 채

순전히 수수께끼 삼아 완벽한 살인 계획을 말했다.

또는, 그들 중 한 명이 재니스의 종조부를 충동적으로 살해했다. 싱클레어가 둘 중 한 사람이 참을 수 없었던 어떤 말을 했는지는 알 수 없다. 하지만 기계가 바로 그곳 거실에 있었고, 드류는 재니스를 긴 팔로 감싸 안고 말했다. 잠깐만, 아직 아무 짓도 하지 마. 일단 생각을 좀 해 보자……

이 중 어느 하나가 진상이라면 검사는 입증에 엄청난 시간을 써야 할 것이다. 어떠한 살인자도 재니스 싱클레어의 도움 없이는 범죄 현장을 떠날 수 없었으리란 점은 입증할 수 있을 테고, 따라서……. 하지만 그 빛나는 물건, 죽은 자가 만든 타임머신은 어떻게 하지? 살인자가 사실상 밀실에서 그것을 이용해 빠져나갈 수 있었을까? 판사가 그것의 힘을 어떻게 알지? 그럴 수 있었을까?

베라는 알지도 몰랐다.

기계는 작동 중이었다. 나는 연구실에 발을 디디며 희미한 보라색 빛과 기계 옆 깜박임을 보았다. 빛이 꺼지고, 잭슨 베라가 갑자기 기계 옆에서 조용히 씩 웃으며 기다리고 서 있었다. 그의 즐거움을 망칠 생각은 없었다.

"어때? 성간 드라이브야?"

"응!"

따뜻한 빛이 내 안에서 퍼져 나갔다.

"그렇군."

"저관성 필드야. 안에 있는 물질들은 관성을 거의 잃지. 질량은 그대로고, 단지 움직임에 대한 저항만 줄어들어. 비율은 약 오백

대 일이야. 표면은 면도날만큼 날카로워. 양자 단계까지 관계된 것 같아."

"어어. 시간에 직접 영향을 미치는 게 아니야?"

"아냐. 이건…… 이렇게 말하면 안 되는데. 진짜 시간이 뭔지 누가 알겠어? 화학반응, 핵반응, 온갖 종류의 에너지 방출에 영향을 미치지만, 빛의 속도에는 영향을 미치지 않아. 알다시피, 초속 육백 킬로미터에서 보통 기계로 빛의 속도를 측정하기는 어려워."

젠장. 초광속 드라이브이기를 나는 반쯤 희망하고 있었다.

"저 청색광의 이유는 밝혀냈어?"

베라가 나를 비웃었다.

"봐."

그는 리모트 스위치를 조작해 기계를 켰다. 그런 다음 성냥불을 켜 푸른 빛을 향해 던졌다. 성냥이 보이지 않는 경계를 통과하면서 눈 깜박할 시간보다 짧게 자백색으로 불타올랐다. 나는 눈을 깜박였다. 섬광전구가 꺼지는 것 같았다.

"아, 그렇군, 기계의 열기구나."

"맞아. 저 푸른 빛은 정상 시간대로 진입하면서 보라색을 발하는 적외선이었어."

베라가 나한테 그렇게까지 설명해 줄 필요는 없었다. 나는 민망해서 화제를 돌렸다.

"성간 드라이브라고 했잖아."

"어, 결점이 있어. 우주선 전체를 그냥 필드로 둘러싸기만 할 수는 없잖아. 탄 사람들은 자신들이 빛의 속도를 늦추었다고 생각하겠지만, 그런들 무슨 소용이겠어? '느린배'는 어쨌든 빛의 속도에는 가까이 가지 못하는데. 여행 시간이 조금 줄어들긴 하겠지만, 그 시간을 오백 배 빨리 살아가야 할 거야."

"연료 탱크만 필드로 둘러싸면 어때?"

베라가 고개를 끄덕였다.

"아마 그건 효과가 있을 거야. 모터와 생명유지장치는 밖에 두고. 그렇게 하면 엄청난 양의 연료를 실을 수 있겠지. 뭐, 그건 우리 부서의 일이 아니지만. 우주선 설계는 다른 사람의 몫이니까."

그는 조금 아쉬운 듯이 말했다.

"이 기계를 은행 강도나 간첩 행위와 관련지어 생각해 봤어?"

"이런 기계를 직접 만들 수 있는 조직이라면 은행 강도짓을 할 필요가 없을걸."

그가 곰곰이 생각했다.

"이걸 대단한 UN 기밀로 만들기는 싫지만, 네 말이 맞는 것 같네. 보통 정부는 재료를 다 준비하고 마련할 수 있겠지."

"그리고 제임스 본드와 초인 플래시맨을 합치겠지."

그가 플라스틱 틀을 톡톡 두드렸다.

"해 볼래?"

"좋지."

가슴에서 뇌로: 퍽! 무슨 짓이야? 우리 모두 죽을 거야! 난 우리가 절대 너한테 이런 일을 맡기지 말았어야 했다는 사실을 알고 있었어…….

나는 기계로 걸어가, 베라가 재빨리 필드의 사정 범위 밖으로 피해 스위치를 올리기를 기다렸다.

모든 것이 짙은 붉은색으로 변했다. 베라는 동상 같았다.

자, 나는 여기에 있다. 벽시계의 분침이 멈추었다. 앞으로 두 걸음 걸어가 손가락 관절로 두드려 보았다. 두드렸다고, 세상에. 합성 접착제를 두드린 것 같았다. 보이지 않는 벽은 끈적거렸다. 벽에 일 분 정도 몸을 기대려고 해 보았다. 몸을 떼려고 하기 전까지는 괜찮았지만, 곧 나는 내가 멍청한 짓을 저질렀음을 깨달았다. 나는 표면에 단단히 파묻혀 버렸다. 몸을 떼는 데에 일 분 정도 걸렸다. 팔다리를 휘저으며 뒷걸음질 쳤다. 내속內速 inword velocity을 너무 얻어서, 내 몸과 함께 필드 안으로 속도가 들어온 것이다.

그런 점에서, 나는 운이 좋았다. 조금만 더 오래 기대 있었으면 지렛대의 힘을 잃었을 것이다. 베라에게 고함을 지르지도 못한 채, 필드 밖으로 향하는 속도가 점점 더 높아져 표면에 점점 더 깊이 파묻혔을 것이다.

나는 몸을 추스르고 조금 더 안전한 일을 시도해 보았다. 펜을 꺼내 떨어뜨렸다. 정상적으로 떨어졌다. 필드 시간으로 일 제곱 초당 구백칠십 센티미터. 살인자가 세웠을 탈출 계획에 관한 이론 중 하나는 이로써 제외되었다.

나는 기계를 끄고 베라에게 말했다.

"시도해 보고 싶은 일이 있어. 기계를 공중에 매달 수 있어? 케이블을 틀 주위에 감거나 해서?"

"무슨 생각인데?"

"필드 바닥에 서 있어 보고 싶어."

베라는 미심쩍다는 눈빛이었다.

설치에 이십 분쯤 걸렸다. 베라는 어떤 위험도 용납하지 않았다. 기계를 백오십 센티미터 정도 들어 올렸다. 필드가 그 이상하게 생긴 은 조각을 중심으로 하는 것 같았으니, 그러면 필드의 바닥은 허공에 딱 삼십 센티미터 정도 떠 있게 되었다. 우리는 발판 사다리를 사정 범위 안에 놓았다. 나는 발판에 올라가 발전기를 컸다.

그리고 발판에서 내려섰다.

필드의 가장자리를 걷는 일은 점점 끈적끈적해지는 엿 속을 걷는 것 같았다. 바닥에 서자, 스위치에 간신히 손이 닿았다. 신발은 꼼짝하지 않았다. 신발을 벗을 수는 있었지만 신발 속 말고는 서 있을 곳이 없었다. 잠시 후 발도 단단히 박혔다. 한쪽 발을 뺐냈지만, 그러면서 다른 발이 필드의 경계에 더 깊이 박혀 버렸다.

나는 점점 더 깊이 빠져들어 갔다. 발바닥에는 감각이 없었다. 실제로 어떤 끔찍한 일도 일어날 수 없다는 것을 알면서도 겁이 났다. 발이 필드 밖에서 죽은 것이 아니었다. 그럴 시간이 없었다. 필드의 경계는 이제 발목까지 올라왔고, 발목 아래가 저 밖에서 어떤 속도를 모으고 있을지 궁금해지기 시작했다.

나는 스위치를 올려 껐다. 빛이 번쩍였고, 양발이 바닥에 세게 부딪혔다.

"어때? 뭐 알아냈어?"

베라가 물었다.

"어, 진짜 실험은 하고 싶지 않아. 기계를 망가뜨릴지도 몰라."

"진짜 실험이라면……?"

"필드를 켠 채 사십 층 높이에서 떨어뜨리기. 걱정하지 마. 안 할 거야."

"그래, 안 해야지."

"저, 이 시간 압축 효과는 우주선 이상으로 쓸모가 있을 거야. 개척지에 도착하면, 단 몇 분 만에 냉동 수정란에서 다 자란 가축을 키워 낼 수 있겠지."

"음…… 그래."

어둠을 환하게 밝히는 행복한 미소, 아득히 먼 곳을 향한 베라의 시선……. 베라는 아이디어 궁리하는 것을 좋아했다.

"이런 기계를 예를 들어 징크스를 탐험하는 트럭에 놓는다고 생각해 봐. 밴더스내치의 습격을 걱정하지 않고 해변 지역을 탐험할 수 있어. 절대 이만큼 빨리 움직이지 않을 테니까. 어떤 외계 세계든 가로질러 달리며 주위에 펼쳐진 생태계를 빠짐없이 볼 수 있겠지. 어떤 것도 트럭 때문에 도망치지 않을 거야. 뛰어오르던 포식자, 날아가던 새들, 구애 중이던 커플."

"더 큰 무리나."

"나는…… 그 습속은 인간들만 갖고 있다고 생각해."

그가 나를 흘끔거렸다.

"사람들을 감시하지는 않겠지? 아니면 묻지 말아야 하나?"

"그 오백 대 일의 비율 말이야, 항시적이야?"

"몰라. 우리의 이론이 대상인 기계를 따라잡지 못했어. 싱클레어가 남긴 기록이 있다면 정말 좋을 텐데."

"프로그래머를 보내기로 했잖아."

베라가 살벌하게 대꾸했다.

"한 명 갔다 왔어. 클레이톤 울프. 싱클레어의 컴퓨터 테이프들은 자기가 도착하기 전에 모두 삭제되어 있었대. 그 말을 믿어야 할지 모르겠어. 싱클레어는 비밀주의로 악명 높았지?"

"어. 클레이톤이 한 번만 잘못했어도 컴퓨터가 모두 삭제했을 수도 있어. 그의 말은 달랐어?"

"컴퓨터가 백지상태였다고 했어. 배울 준비가 된 갓난아기 같았대. 길, 그게 가능해? 싱클레어를 살해한 사람이 테이프를 삭제할 수 있었을까?"

"그럼, 못 할 이유가 뭐 있나? 그가 못 한 일들은 남아 있지."

나는 그에게 그 문제에 대해 약간 말했다.

"그거보다 더 심해. 오다즈가 계속 지적한 것처럼, 살인자는 기계를 가지고 떠나려고 했을 거야. 기계를 옥상 너머로 굴려서 기계와 함께 둥둥 떠서 내려갈 계획을 세웠을지도 모른다는 생각도 했어. 하지만 그건 불가능해. 오백 배나 빨리 떨어진다면 말이지. 살인자도 죽었을 거야."

"자기 목숨을 구하려고 기계를 놓고 갔을지도 모르지."

"대체 어떻게 빠져나갔지?"

베라가 답답해하는 나를 보고 웃었다.

"종손녀는 아니야?"

"물론, 그녀가 돈을 노리고 종조부를 죽였을 수도 있어. 그녀에게 컴퓨터의 자료를 삭제할 동기는 없어. 다만……."

"뭔데?"

"어쩌면. 신경 쓰지 마."

베라는 이런 범인 추적을 그리워할까? 그러나 나는 아직 이 생각을 토론할 준비가 되어 있지 않았다. 아직 충분히 알지 못했다.

"기계에 대해서 알려 줘. 그 오백 대 일의 비율을 다르게 할 수 있어?"

그가 어깨를 으쓱했다.

"배터리를 더하려고 해 봤어. 두 기계들의 필드가 교차하면 어떤 일이 일어날까? 그냥 합쳐질지도 모르지만, 아닐지도 모르지. 그 양자 효과…… 발전기들이 서로 바로 옆에 있어서, 서로의 가속된 시간 안에서 작동하면 어떤 일이 일어날까? 빛의 속도가 초속 몇십 센티미터로 떨어질 수도 있어! 주먹을 날리면 손이 짧아지지!"

"그래, 그거 멋지네."

"위험하기도 해. 이봐, 그 실험은 달에서 하는 편이 낫겠어."

"나는 모르겠는데."

"그러니까, 기계 하나가 작동 중이면 적외선 빛이 보라색으로 나와. 두 기계가 서로의 성능을 강화한다면, 어떤 자외선이 방출될까? 엑스레이부터 반물질 분자까지 뭐든 나올 수 있어."

"폭탄을 만드는 방법치고는 돈이 많이 들겠네."

"뭐, 대신 쓰고 또 쓸 수 있는 폭탄이야."

내가 웃음을 터뜨렸다.

"전문가를 한 사람 찾긴 했어. 싱클레어의 테이프가 없어도 괜찮을지 몰라. 버나스 페터피라는 사람이 싱클레어와 작업 중이었다고 했어. 거짓말일 수도 있어. 아마 계약을 맺고 싱클레어 밑에서 일했겠지. 하지만 최소한 그는 기계가 어떤 일을 하는지 알아."

베라는 그 말에 안도한 것 같았다. 베라가 페터피의 주소를 받아 적었다. 나는 새로운 장난감을 가지고 놀고 있는 베라를 연구실에 두고 떠났다.

오늘 아침부터, 시의 시체 안치소에서 온 파일이 책상 위에 펼쳐진 채 나를 기다리고 있었다. 검게 탄 뼈의 눈구멍으로 나를 응시하는 두 죽은 자들. 그러나 추궁하는 눈은 아니었다. 그들에게는 인내심이 있었다. 기다릴 수 있었다.

컴퓨터가 내 검색 패턴을 처리했다. 나는 커피를 한 잔 마시고 두툼한 인쇄물 뭉치를 훑기 시작했다. 무엇이 두 사람의 얼굴을 태웠는지를 알면, 범인의 정체에도 다가갈 것이다. 도구를 찾고, 살인자를 찾아라. 분명히 유일무이하거나 특이한 도구였다.

레이저들, 레이저들—컴퓨터가 내놓은 제안의 절반 이상이 레이저인 것 같았다. 인류 산업에서 레이저가 탄생하고 변형되는 온갖 방식은 참으로 놀라웠다. 레이저 레이더. 굴착 기계의 레이저 유도 시스템. 몇몇 제안은 명백히 실행 불가능했고, 대단히 그럴듯한 물건이 하나 있었다.

표준 사냥용 레이저는 펄스를 쏜다. 그러나 훨씬 긴 펄스를 내보내거나 심지어 계속 폭발을 일으키도록 몰래 조작할 수 있었다. 사냥용 레이저의 펄스를 장파로 바꾸고 렌즈에 격자를 놓아 보자.

그물망은 광학적으로 무척, 옹스트롬 단위로 세밀해야 한다. 두 번째 펄스파가 격자를 증발시켜 증거를 없앨 것이다. 격자는 콘택트렌즈만 하면 충분하다. 명중시킬 자신이 없다면 한 줌 가지고 다닐 수도 있다.

소음기를 장착한 권총이 덜 효율적인 것처럼, 격자 설비 레이저의 효율성은 좀 떨어질 것이다. 하지만 격자가 있으면 살인 무기의 정체를 밝히기는 거의 불가능해진다.

이 가설을 생각해 보다가 오한이 들었다. 암살은 이미 정치의 알려진 한 분야였다. 만약 이것이 새어 나간다면—그렇지만 이게 문제였다. 누군가가 이미 생각을 해낸 것 같았다. 아니라도, 누군가 궁리해 내리라. 늘 그랬다. 루카스 가녀에게 쪽지를 썼다. 이런 사회문제에 그보다 적임자는 떠오르지 않았다.

인쇄물 뭉치에서 그 외에 눈길을 끄는 정보는 없었다. 나중에 자세히 살펴보아야 할 것이다. 지금은 일단 서류를 옆으로 치우고, 메시지를 입력했다.

검시관 배츠가 새까맣게 탄 두 시체의 부검을 마쳤다. 새로운 사실은 없었다. 하지만 기록으로 지문의 신원을 밝혀냈다. 육 개월과 팔 개월 전에 사라진 실종자 두 명이었다. 아하!

나는 이 패턴을 알았다. 이름을 볼 필요도 없었다. 유전자 코딩으로 건너뛰었다. 예상대로였다. 지문과 유전자가 일치하지 않았다. 스무 개의 손끝 모두 이식일 것이다. 두피도 이식이었다. 원래 머리카락은 금발이었다.

의자에 등을 기대고 불탄 두개골의 홀로그램을 다정하게 바라보았다. 개새끼들. 너희 둘 다 장기 밀매업자였지. 원재료를 쉽게 구할 수 있으니, 장기 밀매업자들은 지문——그리고 망막 프린트 ——을 계속 바꾸었다. 그렇지만 불탄 눈구멍에서 망막 프린트를 알아내지는 못할 것이다. 그러니 기묘한 무기든 아니든, 이들은 ARM의 일이었다. 나의 일감이었다.

우리는 아직 무엇이, 누가 이들을 죽였는지 몰랐다.

라이벌 조직은 아닐 것이다. 일단, 경쟁이 없었다. 작년에 ARM 이 휩쓸고 지나간 뒤 살아남은 장기 밀매업자들은 모두 일거리가 꽤 많을 터였다. 게다가, 무엇하러 시체를 도심의 인도에 버리겠나? 라이벌 업자라면 이들을 해체하여 자신들의 장기은행에 집어넣었을 것이다. 수고를 아끼지 말고 낭비를 아껴라.

같은 철학에 따라, 나에게는 어머니 사냥이 시작될 때 한창 하고 있을 다른 일이 생겼다. 싱클레어의 죽음은 ARM이 맡을 일이 아니었고, 그의 시간 압축기는 내 분야가 아니었다. 이것은 둘 다였다.

사자死者들이 이 산업의 어느 쪽에 있었을지 궁금했다. 파일에는 추정 연령이 나와 있었다. 남자는 마흔, 여자는 마흔셋, 각각 세 살 정도 전후. 기증자를 찾아 도시의 길거리를 누비기에는 너무 많은 나이였다. 그 일에는 젊음과 근육이 필요하다. 이식 장기를 배양하고 수술을 하는 의사였거나, 잠재 고객들에게 공공 장기은행에 재료가 들어오기를 이 년 동안 기다리지 않고도 수술을 받을 수 있는 곳을 조용히 알려 주는 일을 맡은 판매원이었을 것 같았다. 말인즉, 누군가에게 새 콩팥을 팔려다가 제 뻔뻔함에 살해당했다는 얘기다. 그랬다면 살인자는 영웅이다.

그런데 왜 시체를 사흘 동안 숨겨 두었다가 깊은 밤에 도시 인도에 끌어다 버리지? 무시무시한 신무기로 살해했기 때문에?

나는 불탄 얼굴을 바라보며 생각했다. 무시무시하다라. 그랬다. 저런 결과를 초래한 것은 반드시 살인 무기여야 **했다**. 레이저 렌즈에 광학 격자도 반드시 살인 기술이었다.

어느 비밀스러운 과학자와 기형 조수가 주민들의 분노를 살까 두려워 시체를 갖고 사흘을 어물대다가, 시체에서 냄새가 나기 시작하니 당황해서 어설프게 내다 버렸을지도. 어쩌면.

하지만 잠재 고객은 번쩍번쩍한 신 테러 무기를 사용할 필요가 없다. 그들이 떠난 뒤에 경찰에 전화만 하면 족하다. 살인자가 잠재 기증자였다면 더 그럴듯하다. 손에 닿는 모든 것을 이용해 싸웠으리라.

앞의 전신사진으로 돌아왔다. 건강해 보였다. 군살이 별로 없었다. 팔을 죄어 기증자를 잡는 것은 아니다. 바늘 총을 이용한다. 그래도 사람을 들어서 차에, 그것도 빌어먹게 빨리 실으려면 근육이 있어야 한다. 흐음…….

누군가 문을 두드렸다.

"들어오세요!"

나는 소리를 질렀다.

앤드류 포터가 들어왔다. 사무실을 꽉 채울 만큼 덩치가 컸다. 보드를 타며 익힌 것이 분명한 우아한 움직임이었다.

"해밀턴 씨? 말씀드리고 싶은 것이 있습니다."

"말씀하시죠. 무슨 일입니까?"

그는 손을 어찌할 바 모르는 듯했다. 우울하고 결의에 찬 얼굴이었다.

"요원님은 ARM이시죠. 사실 레이 할아버지 살인 사건을 수사하고 있는 게 아니죠? 그렇죠?"

"맞아요, 저희의 주 관심사는 발전기입니다. 커피 드릴까요?"

"네, 고맙습니다. 하지만 살인에 대해서는 잘 아시겠죠. 요원님한테 말을 하고 싶었어요. 제 생각을 좀 정리하려고요."

"말씀해 보세요."

나는 커피를 두 잔 주문했다.

"오다즈 씨는 재니스가 했다고 생각하죠?"

"아마도요. 저는 오다즈의 속내를 잘 모릅니다. 가능한 살인범이 두 그룹으로 좁혀지는 것 같기는 합니다. 재니스 양과 다른 모든 사람들. 여기, 커피 드시죠."

"재니스가 한 게 아니에요."

그는 컵을 받아 들어 벌컥벌컥 마시고 내 책상 위에 올려놓고 잊어버렸다.

"재니스 양과 X가 있습니다. 그런데 X는 떠날 수가 없었습니다. 사실, X는 노렸던 기계를 차지했다고 해도 나갈 수가 없었어요. 우리는 여전히 왜 그가 엘리베이터를 이용하지 않았는지를 모릅니다."

그가 내 말을 곰곰이 생각하며 인상을 썼다.

"나갈 방법이 있었다고 쳐요. 기계를 가지고 가고 싶었을 거예

272

요. 그랬어야만 해요. 알리바이를 만드는 데 기계를 사용하려고 했으니까요. 기계를 가지고 가지 못해도 다른 길로 빠져나갈 수는 있었어요."

"왜죠?"

"살인범이 재니스가 집에 오는 줄 알고 있었다면, 재니스한테 덮어씌울 수 있으니까요. 만약 재니스가 올 줄 몰랐으면 경찰에게 밀실 살인을 남겨 놓고 도망쳤겠죠."

"밀실 살인 미스터리는 깔끔하고 좋은 재밋거리지만, 저는 살면서 한 번도 실제로 일어난 밀실 살인을 들은 적이 없습니다. 소설에서는 보통 우연히 일어나죠."

나는 반박하려는 그에게 손을 저었다.

"신경 쓰지 마세요. 살인범이 어떻게 도망쳤죠?"

포터는 대꾸하지 않았다.

"재니스 양이 범인이라는 관점에서 사건을 보면 어떨까요?"

"살인을 저지를 수 있었던 사람은 재니스뿐이에요."

그가 비통하게 말했다.

"그래도 그녀는 하지 않았어요. 재니스는 그렇게 알리바이를 모두 만들고 이상한 기계를 한가운데에 놓아 미리 준비한 냉혹한 살인을 못 한다고요. 저기요, 그 기계는 재니스한테 너무 **복잡해요.**"

"그렇죠, 그녀는 그럴 타입이 아니에요. 하지만, 언짢으시지 않길, 당신은 그럴 타입이죠."

내 말에 그는 씩 웃었다.

"저요? 음, 그럴지도 모르죠. 하지만 제가 왜 그러겠어요?"

"재니스 양을 사랑하니까요. 그녀를 위해서라면 아마 무엇이든 하실 겁니다. 그 외에도, 당신은 완벽한 살인을 기획하면서 즐거워했을지도 모르죠. 돈도 있고요."

"요원님은 완벽한 살인을 특이하게 생각하시네요."

"제가 요령껏 말해 보려고 했다고 칩시다."

그가 웃었다.

"알겠어요. 제가 재니스를 사랑해서 살인 계획을 세웠다고 쳐요. 젠장, 재니스의 마음에 그렇게 큰 증오가 있었다면, 전 그녀를 사랑하지 않았을 거예요! 재니스가 대체 왜 레이 할아버지를 죽이려고 하겠어요?"

그것에 관해 그에게 알릴까 말까 망설였다. 말하기로 결심했다.

"에드워드 싱클레어의 면제에 관해 아시는 바가 있습니까?"

"네, 재니스가 말해 준 적이……."

그가 말끝을 흐렸다.

"뭐라고 했나요?"

"제가 대답해야 하는 건 아니죠."

아마 현명한 반응일 것이다.

"알겠습니다. 논의를 위해, 새 램로봇 스쿱에 쓰일 수학을 고안한 사람은 레이 싱클레어 씨였고, 그의 묵인하에 에드워드 씨가 자기 공으로 삼았다고 가정해 봅시다. 레이 씨의 아이디어였을지도 모르고요. 그러면 에드워드 씨는 어떻게 될까요?"

"평생 감사할 것 같은데요. 재니스는 그렇다고 했어요."

"그럴지도 모르죠. 하지만 사람들은 이상해요. 오십 년을 감사하다 보면 짜증이 날 수도 있죠. 자연스러운 감정은 아니거든요."

"아직 젊으신데 너무 냉소적이시네요."

포터가 불쌍하다는 듯이 말했다.

"기소검사 입장에서 이 사건을 보려고 애쓰고 있는 겁니다. 형제가 서로를 너무 자주 봤다면, 에드워드 씨는 레이 씨 앞에서 민망한 느낌을 받았을지도 모릅니다. 형 옆에서 긴장을 풀기가 어려웠겠죠. 소문이 도는 것도 도움은 안 됐을 거고. 아, 네, 소문이 있었죠. 에드워드 씨의 능력으로는 그 공식을 고안해 낼 수 없었을 것이라는 얘기를 들었습니다. 그런 소문이 에드워드 씨에게까지 들려왔다면, 그는 어땠을까요? 형을 피하기 시작했을 수도 있습니다. 레이 씨는 동생에게 그가 얼마나 신세를 졌는지 상기시켰을지도 모르고……. 죽음의 키스였던 거죠."

"재니스는 아니라고 했어요."

"재니스 양이 아버지로부터 그 증오심을 이어받았을 수 있습니다. 아니면 레이 종조부가 갑자기 마음을 바꾸면 일어날 일을 걱정하기 시작했을지도 모릅니다. 나이 든 싱클레어 형제 사이에 압력이 심해지면 언제든지 일어날 수 있을 일이죠. 그래서 어느 날 재니스 양은 종조부의 입을 틀어막기로 결심합니다."

포터가 목구멍으로 으르렁거렸다.

"당신이 지금 무엇에 맞서 싸우는지를 보여 드리려는 것뿐입니다. 한 가지 더요. 살인범이 레이 씨의 컴퓨터 테이프를 삭제했을 수도 있습니다."

"네?"

포터가 생각에 잠겼다.

"네에. 재니스가 그랬을 수도 있죠. 에드워드 싱클레어의 램스쿱 분야 공식에 관한 기록이 컴퓨터에 있는 경우를 생각해서요. 하지만요, X도 테이프를 삭제했을 수 있어요. 발전기를 훔쳐도 레이 할아버지의 컴퓨터에 있는 자료를 완전히 삭제하지 않으면 별소용이 없잖아요."

"X에 맞서는 경우로 돌아갈까요?"

"기꺼이요."

그가 의자에 몸을 파묻었다. 그가 인상을 누그러뜨리는 것을 보며 나는 속으로 덧붙였다. 기꺼이, 무척 안도하며.

"X가 아니라, 킬러니까 K라고 합시다."

우리 사건에는 이미 엑스Ecks가 관련되어 있었다. 그의 성이 예전에는 X였을지도 몰랐다.

"우리는 K가 레이 씨의 시간 압축 효과를 이용해 알리바이를 만들었다고 가정하고 있습니다."

포터가 미소 지었다.

"사랑스러운 아이디어예요. 수학자라면 우아하다고 말했겠죠. 저기, 전 진짜 살인 현장을 못 봤어요. 분필 표시만 봤죠."

"현장은…… 섬뜩했습니다. 초현실주의 작품 같았죠. 대단히 피비린내 나는 짓궂은 장난요. K가 마음이 뒤틀린 사람이라면, 일부러 그렇게 장치했을 수도 있습니다."

"그만큼 뒤틀린 사람이라면 쓰레기 배출구를 타고 도망쳤을지도 몰라요."

"폴린 어틸 씨는 살인범이 정신이상일지도 모른다고 생각하더군요. 레이 씨와 함께 작업하고, 공로를 충분히 인정받지 못했다고 생각하는 사람요."

페터피나 폴린 자신처럼 말이지.

"전 알리바이 이론이 더 마음에 들어요."

"저는 신경이 쓰입니다. 그 기계에 대해 아는 사람이 너무 많았어요. 어떻게 도망칠 생각이었을까요? 로렌스 엑스 씨는 기계에 관해 알고 있었습니다. 페터피 씨도 알고 있었습니다. 페터피 씨는 새로 만들 수 있을 만큼 잘 알았어요. 자기 말로는요. 당신과 재니스 양은 작동 중인 기계를 본 적이 있죠."

"그럼 K가 미쳤다고 쳐요. 살인을 하고 현장을 임시변통으로 달리의 그림처럼 만들 만큼 레이 할아버지를 증오했다고 쳐요. 그래도 K는 나가야 했어요."

포터가 양손을 움직였다. 팔의 근육이 불끈거렸다.

"엘리베이터가 레이 할아버지의 층에 잠겨 있지 않았으면 문제가 없었을 텐데."

"그러면?"

"음, 재니스가 집에 와서 엘리베이터를 올라오게 하고 잠갔을 수도 있어요. 무심코 하는 일과거든요. 재니스는 어젯밤에 큰 충격을 받았죠. 오늘 아침에는 기억을 못 했어요."

"오늘 저녁에는 다시 기억이 날 수도 있겠군요."

포터가 고개를 번쩍 들었다.

"아니 저는……."

"오랫동안 단단히 생각하는 게 좋을 겁니다. 오디즈가 재니스 양이 범인이라고 지금 육십 퍼센트 확신한다면, 재니스 양의 그 얘기를 들으면 백 퍼센트 확신할 거예요."

포터의 근육이 다시 꿈틀거렸다. 그가 낮은 목소리로 말했다.

"가능하죠? 그렇죠?"

"물론입니다. 문제가 훨씬 단순해지기도 하고요. 그러나 재니스 양이 지금 그 애길 꺼내면, 거짓말처럼 들릴 겁니다."

"하지만 가능하잖아요."

"제가 졌습니다. 네, 가능하죠."

"그러면 누가 죽였죠?"

그 질문에 답을 생각하면 안 될 이유는 없었다. 내 사건이 아니었다. 나는 생각을 해 보았고, 이내 웃음을 터뜨렸다.

"제가 단순해진다고 했던가요? 맙소사, 사건이 **활짝 열립니다**! 누구든지 살인자일 수 있어요. 어, 스티브스 씨만 제외하고요. 스티브스 씨에게는 오늘 아침에 돌아올 이유가 없었을 겁니다."

포터는 시무룩했다.

"스티브스는 어쨌든 살인자가 아닐 거예요."

"당신이 제안한 용의자였죠."

"아, 순전히 기술적인 면만 따지면 스티브스는 탈출구가 필요 없었을 유일한 사람이죠. 요원님은 그를 몰라요. 스티브스는 힘이 세고 우람한, 머리는 없고 맥주 배만 나온 사람이거든요. 아, 좋은 사람이에요. 저는 그를 **좋아해요**. 그러나 만약 스티브스가 누굴 죽인다면 맥주병을 썼을 거예요. 그리고 그는 레이 할아버지를 자랑스러워했어요. 자기 건물에 레이몬드 싱클레어가 산다는 사실을 좋아했죠."

"알겠습니다. 스티브스 씨는 잊죠. 그렇다면 특별히 누구 지목하고 싶은 사람이 있습니까? 이제 **누구든** 범인일 수 있다는 점을 유념하시고요."

"누구나는 아니죠. 엘리베이터 컴퓨터에 등록된 사람들과, 레이 할아버지가 위로 불러들였을 만한 사람들이죠."

"말인즉?"

그는 머리를 흔들었다.

"아마추어 탐정으로는 실격이시군요. 누굴 추궁하기를 두려워하시네요."

그가 쑥스러워하며 어깨를 으쓱했다.

"페터피 씨는 어떻습니까? 레이 씨가 죽었으니 이제 자기가 그, 어, 타임머신의 동등한 파트너였다고 주장할 수 있습니다. 정말 빨리 덤벼들기도 했죠. 발프레도가 레이 씨가 죽었다고 말하자마자, 자기는 동업자였다고 하더군요."

"전형적인 얘기네요."

"사실일까요?"

"거짓말인 것 같아요. 그렇다고 페터피가 살인자는 아니죠."

"맞습니다. 엑스 씨는 어떻습니까? 페터피 씨가 관련된 줄을 몰랐다면, 같은 시도를 했을지도 모르죠. 돈이 필요한 처지인가요?"

"별로요. 그리고 엑스는 레이 할아버지와 제가 태어나기 전부터 알고 지냈어요."

"면제를 바랐을지도 모릅니다. 자식이 있긴 하지만 지금 부인과의 사이에서 낳은 아이들이 아닙니다. 아내가 불임인 줄 모르고 있을 수도 있습니다."

"폴린은 아이들을 **좋아해요**. 아이들과 있는 모습을 본 적이 있어요."

포터가 호기심 어린 눈으로 나를 보았다.

"자식을 갖는 게 그렇게 큰 동기인지 저는 모르겠어요."

"당신은 젊으니까요. 폴린 씨도 있군요. 레이 씨는 폴린 씨에 대해 뭔가 알고 있었습니다. 레이 씨가 엑스 씨에게 그 사실을 말했고, 엑스 씨는 화를 내며 레이 씨를 죽였다든가요."

포터가 고개를 저었다.

"화나서 물불 안 가리고요? 전 엑스가 그런 짓을 할 만한 일을 생각할 수조차 없어요. 폴린이라면 몰라도, 엑스는 아니에요."

아내가 성전환을 했다는 사실을 알면 살인을 할 만한 남자들이 존재하지. 나는 생각했다.

"레이 싱클레어 씨 살인범이 누구든, 미치지 않은 한 분명히 기계를 가지고 가려고 했을 겁니다. 밧줄을 이용해 아래로 내리는 방법도……."

나는 말끝을 흐렸다. 이십 킬로그램 정도 되는 무게를 나일론 밧줄로 이 층 높이만큼 내린다라. 엑스의 강철과 플라스틱 팔……. 혹은 구르는 바위처럼 불끈거리는 포터의 팔 근육. 포터라면 할 수 있었을 것이다.

내 전화가 울렸다. 오다즈였다.

"타임머신에는 진전이 있어? 듣기론 싱클레어 박사의 컴퓨터가……."

"삭제되었지, 맞아. 하지만 괜찮아. 기계에 대해서는 꽤 많이 알아내고 있어. 문제가 생기면 버나스 페터피가 도와줄 거야. 제작을 도왔대. 지금 어디야?"

"박사의 아파트. 재니스 싱클레어에게 더 물어볼 게 있어서."

포터가 움찔했다.

"알았어, 바로 갈게. 앤드류 포터 씨도 나와 같이 갈 거야."

나는 전화를 끊고 포터를 돌아보았다.

"재니스 양은 자신이 용의자인 줄 압니까?"

"아뇨. 꼭 해야 하지 않으면 말씀하시지 말아 주세요. 재니스가 감당할 수 있을지 모르겠어요."

택시로 로드월드 건물 로비 층에 내렸다. 포터에게 엘리베이터를 타고 싶다고 하자, 그는 그저 고개를 끄덕였다.

레이몬드 싱클레어의 펜트하우스로 가는 엘리베이터는 의자가 있는 상자였다. 한 사람은 편안하게, 친한 친구 두 사람은 아늑하게 탈 만한 크기였다. 나와 포터가 타자 비좁았다. 포터는 무릎을 구부리고 몸을 움츠리려고 했다. 그러는 데 익숙한 것 같았다. 실제로 익숙할 수도 있었다. 아파트 엘리베이터는 대부분 이런 식이다. 아파트에 쓸 수 있는 공간을 무엇하러 엘리베이터 통로에 낭비하겠나?

속도가 빨랐다. 좌석은 필요했다. 올라가는 속도가 2G였고, 감속 시에는 0.5G였다. 숫자판이 깜박이며 지나갔다. 숫자는 보이지만 문은 없었다.

"포터 씨, 엘리베이터가 중간에 끼면 나갈 문이 있습니까?"

그가 우습다는 표정을 짓고 모른다고 대답했다.

"무슨 걱정이에요? 이 속도에서 멈추면 상추 한 줌 찢어지듯 발기발기 찢길 텐데요."

의아할 만큼 밀실공포적이었다.

K는 엘리베이터로 도망치지 않았다. 왜? 상향 엘리베이터가 무서워서? 뇌에서 기억으로: 명단의 용의자들의 의료 기록을 파헤칠 것. 밀실공포증. 엘리베이터의 저장 장치에 기록이 남지 않아 무척 유감이었다. 사람들 중 누가 그 상자 같은 엘리베이터를 한 번 이용했거나 한 번도 이용하지 않았는지 알아낼 수 있었을 것이다.

이용한 사람이 없다면 K2를 찾아야 했다. 이제 나는 세 그룹을 나누어 생각하고 있었다. K1이 싱클레어를 죽이고 저관성 필드를 훔치고 알리바이를 만들려고 했다. K2는 미쳤다. 애당초 기계를 차지할 생각이 없었고, 그저 무시무시한 예술 작품을 완성하기 위해 사용했을 뿐이다. K3은 재니스와 앤드류 포터였다.

문이 열리자 재니스가 있었다. 창백하고 어깨가 축 늘어져 있었다. 그런데 포터를 보자, 그녀는 햇살처럼 밝은 미소를 띠고 그에게 달려왔다. 없어진 팔 때문에 달리는 모습이 불안정했다.

흰색 분필과 핏자국을 드러내는 노란 화학약품이 남은 커다란 갈색 원형은 잔디 위에 그대로 있었다. 사라진 시체, 발전기, 부지깽이를 표시한 하얀 선.

뭔가가 마음의 뒷문을 두드렸다. 나는 분필 선, 열린 엘리베이터, 분필 선을 보았고…… 세 번째 의문이 풀렸다.

너무나 간단했다. 우리는 K1을 찾고 있었다. 누구인지도 알 것 같았다.

오다즈가 나에게 물었다.

"어떻게 포터 씨와 같이 온 거야?"

"그가 내 사무실에 찾아왔어. 가상의 살인범과……."

나는 목소리를 살짝 낮추었다.

"재니스가 아닌 살인범에 관해 대화했지."

"좋아. 살인범이 어떻게 나갔는지 알아냈어?"

"아직은. 일단 내 말에 좀 맞춰 줘. 방법이 있었다고 치자고."

포터와 재니스가 서로의 허리를 감싸 안고 우리에게 다가왔다. 오다즈가 말했다.

"좋아. 범인이 나갈 방법이 있었다고 가정하자. 임시변통이었나? 왜 엘리베이터를 이용하지 않았지?"

"여기 도착할 때부터 방법을 생각하고 있었을 거야. 기계를 가져갈 작정이었으니 엘리베이터를 타지 않았지. 엘리베이터에 안 들어가니까."

그들은 일제히 기계가 놓였던 자리의 분필 선을 응시했다. 너무나 간단했다. 포터가 입을 열었다.

"아! 그랬지만 엘리베이터를 이용하고, 밀실 살인 미스터리를 남겨 놓고 떠난 거군요."

오다즈가 침울하게 말했다.

"그건 살인범의 실수였을지도 모릅니다. 탈출로를 밝혀내고 나면, 그 길을 이용할 수 있었던 자가 한 명뿐임을 발견할지도 몰라요. 하지만 물론, 그런 탈출로가 존재하는지 아닌지도 모르죠."

나는 주제를 바꾸었다.

"엘리베이터 테이프에 있는 사람들의 신원을 모두 밝혀냈나?"

내 질문에 발프레도가 나선철 공책을 꺼내 싱클레어의 엘리베이터 사용 허가를 받은 사람들의 이름이 쓰인 쪽을 펼쳤다. 그는 포터에게 공책을 보여 주었다.

"이걸 본 적이 있습니까?"

포터가 명단을 살펴보았다.

"아뇨. 뭔지는 알겠어요. 어디 보자…… 한스 드러커는 재니스의 전 애인이에요. 요즘도 얼굴 보고 지내죠. 사실 어젯밤에 랜달스에서 열렸던 해변 파티에 그도 왔어요."

"그는 어젯밤에 랜달스의 양탄자 위에 널브러져 있었습니다. 다른 사람 네 명과 같이요. 괜찮은 알리바이죠."

그 생각에 충격을 받은 듯, 재니스가 외쳤다.

"어머, 한스는 이 일과 아무 상관이 없어요!"

포터는 여전히 명단을 보고 있었다.

"여기 있는 사람들을 대부분 이미 아시죠. 버사 홀과 무리엘 샌더스키는 레이 할아버지의 여자 친구였어요. 버사는 할아버지와 배낭여행을 다녀요."

"그들도 면담을 했습니다."

발프레도가 나에게 말했다.

"원하신다면 테이프를 들어 보세요."

"아니, 요점만 알려 주세요. 전 살인자가 누구인지 이미 알고 있습니다."

오다즈가 눈썹을 치켰다.

"어머나, 다행이에요! 누군가요?"

재니스가 물었다. 나는 은밀한 미소로 답했다. 아무도 나를 거짓말쟁이라고 부르지 않았다.

"무리엘 샌더스키 씨는 일 년 정도 전부터 영국에 살고 있습니다. 결혼을 했어요. 레이 씨를 못 본 지 몇 년 됐다고 했습니다. 덩치 큰 붉은 머리 미인이더군요."

발프레도가 말했다.

"전에 무리엘이 레이 할아버지한테 반한 적 있어요. 할아버지도 무리엘한테 반했고, 할아버지가 더 오래 좋아했던 것 같아요."

재니스가 말했다.

"버사 홀 씨는 다른 경우입니다. 레이 씨 또래고 몸이 좋더군요. 강단 있어 보였습니다. 레이 씨는 프로젝트 막바지를 달릴 때면 만사를 제쳐 놓는다고 했어요. 친구, 사교 생활, 운동. 일이 끝나면 버사 씨에게 전화를 하고 같이 배낭여행을 가서 체력을 만회했답니다. 그가 이틀 전에 전화를 걸어 다음 주 월요일 약속을 잡았다고 했습니다."

"알리바이는?"

"없습니다."

재니스가 분개했다.

"정말이지! 저기요, 우리는 제가 요만할 때부터 버사와 알고 지냈어요! 레이 할아버지를 살해한 사람을 알고 있다면, 그냥 말씀해 주시면 안 될까요?"

"이 명단을 보고, 몇 가지 가정하에서 제가 알고 있는 것은 사실입니다. 하지만 그가 어떻게 빠져나갔거나 빠져나가려고 했는지, 우리가 어떻게 그 사실을 증명할 수 있을지는 모릅니다. 지금은 누구에게도 혐의를 제기할 수 없습니다. 범인이 저 부지깽이를 잡으려고 하다가 팔을 잃지 않은 것이 정말 유감입니다."

포터는 불만스러워 보였다. 재니스도 마찬가지였다.

"소송을 당하고 싶지는 않으시겠죠."

오다즈가 조심스럽게 암시했다.

"싱클레어의 기계는 어땠어?"

"일종의 무관성 드라이브야. 관성을 낮추면 시간이 빨라져. 베라가 이미 많이 알아냈지만, 시간이 좀 걸려야 그가 실제로……."

"실제로?"

내가 말끝을 흐리자 오다즈가 물었다.

"싱클레어는 저 젠장맞을 기계를 완성했어."

"맞아요. 아니라면 주위에 보여 주시지 않았을 거예요."

포터가 말했다.

"버사 씨에게 배낭여행 탐험을 가자고 전화하지도 않았겠죠. 자기가 가진 것에 관해 소문을 내지도 않았을 테고 말입니다. 그렇죠. 분명히, 그는 그 기계에 대해 알아낼 수 있는 것은 다 알고 있었어요. 줄리오, 넌 속았어. 모두 기계에 달려 있었어. 그 망할 놈은 확실히 자기 팔을 날려 먹었고, 우리가 그 사실을 증명할 수도 있어."

우리는 오다즈의 징발 택시에 탔다. 나와 오다즈와 발프레도와 포터. 운전 걱정이 필요 없게, 발프레도가 차를 보통 속도로 설정했다. 우리는 서로 마주 보도록 내부 의자를 돌렸다.

"제가 장담하기 어려운 건 이 부분입니다."

나는 발프레도에게서 빌린 공책에 재빨리 스케치하며 말했다.

"기억하세요, 그에게는 끈이 있었어요. 그걸 사용할 생각이었던 것이 분명합니다. 이렇게 나갈 계획이었을 겁니다."

나는 싱클레어의 발전기를 틀에 매달린 막대기 모양으로 그렸다. 주위에 필드를 표시하는 동그라미를 쳤다. 기계에 나비매듭을 묶고 끈이 필드를 통과해 위로 빠져나가게 했다.

"알겠어요? 필드를 켠 채로 계단을 올라갔던 겁니다. 범인이 이 속도로 움직이면 카메라가 그를 찍을 확률은 팔분의 일 정도입니다. 기계를 옥상 꼭대기로 굴려 가, 이 끈을 옥상에 묶고, 멀리 던진 다음, 발전기를 옥상 밖으로 밀어내고 그 위에 섭니다. 끈은 보통 시간으로는 일 제곱초에 구백칠십 센티미터씩, 아마 기계와 살인범이 아래 매달려 있으니 그보다 조금 빨리 떨어졌을 겁니다. 저관성 필드 안에 있으니 어렵지 않습니다. 땅에 도착할 때쯤에는 어디 보자, 초속 사백오십칠 미터, 그 이상의…… 음, 내부 시간으로 초속 구십 센티미터 정도로 움직였습니다. 기계를 서둘러 치워야 했을 겁니다. 밧줄이 폭탄처럼 부딪칠 테니까요."

"가능할 것 같아요."

포터가 말했다.

"네. 살인범이 필드 바닥에 서 있었을지도 모른다는 생각을 잠깐 했습니다. 기계를 좀 가지고 놀아 보니 아니더군요. 그랬으면 양쪽 다리가 부러졌을 겁니다. 그렇지만 틀에는 매달 수 있어요. 충분히 튼튼합니다."

"살인범은 기계를 가져가지 않았잖아요."

발프레도가 지적했다.

"그 부분에서 여러분이 속았다는 겁니다. 두 필드가 겹치면 어떤 일이 일어나죠?"

다들 어리둥절한 표정이었다.

"소소한 의문이 아닙니다. 아직 아무도 답을 몰라요. 그러나 레이 씨는 알고 있었습니다. 모를 수가 없어요. 그는 완성했습니다. 기계를 두 대 가지고 있었음이 틀림없습니다. 살인범이 한 대를 가지고 간 거죠."

"아아."

오다즈가 말했다.

"K가 누군데요?"

포터가 물었다. 택시가 차고에 내리고 있었다. 발프레도는 여기가 어디인지 알았지만, 아무 말 하지 않았다. 우리는 택시에서 내려 엘리베이터로 향했다.

"그건 훨씬 쉽죠. 살인범은 기계를 알리바이에 이용하려고 했습니다. 얼마나 많은 사람들이 기계의 존재를 알았는지를 생각하면 어리석었죠. 하지만 살인범이 레이 씨가 사람들에게, 특히 당신과 재니스 양에게 기계를 보여 줄 준비가 되었다는 사실을 몰랐다면 남은 사람은 누구죠? 엑스 씨는 그 물건이 성간 드라이브 비슷한 것이라는 정도밖에 몰랐습니다."

엘리베이터는 유난히 컸다. 우리는 엘리베이터에 올랐다.

"팔 문제도 있어요. 그 부분은 저도 알 것 같아요."

발프레도의 말에 내가 대꾸했다.

"힌트를 충분히 드렸죠."

페터피는 우리의 호출에 한참 후에야 답했다. 현관 카메라로 우리를 보고, 대체 왜 행진단이 자기 복도를 행군하나 의아했을지도 모른다. 그가 격자 너머에서 말했다.

"네? 무슨 일입니까?"

"경찰입니다. 문 여십시오."

발프레도가 말했다.

"영장 있습니까?"

내가 앞으로 나서서 카메라에 신분증을 내밀었다.

"ARM입니다. 영장 불요입니다. 문 여십시오. 오래 걸리지 않을 겁니다."

이렇게든 저렇게든.

그가 문을 열었다. 편안한 갈색 실내 잠옷을 입고 있는데도, 오늘 오후보다 단정해 보였다.

"당신만요."

그는 나를 들여보내고 다른 사람들 앞에서 문을 닫으려 했다.

발프레도가 문을 손으로 막았다.

"이봐요."

"괜찮아요."

내가 말했다. 페터피는 나보다 몸집이 작았고, 나에게는 바늘 총이 있었다. 발프레도가 어깨를 으쓱하고 문을 놓았다. 내 실수였다. 퍼즐의 삼분의 이만 풀고, 다 풀었다고 생각했던 것이다.

페터피가 팔짱을 꼈다.

"자, 이번에는 뭘 원하십니까? 제 다리를 검사하시게요?"

"아뇨, 위팔의 인슐린 공급기부터 봅시다."

그는 순순히 응해서 나를 깜짝 놀라게 만들었다.

"그러시죠."

나는 그가 셔츠를 벗는 사이 기다렸다—벗을 필요가 없었지만, 그는 몰랐다. 나는 상상 손가락으로 인슐린 공급기를 훑였다. 약통이 거의 차 있었다.

"알아챘어야 했는데. 젠장, 당신, 장기 밀매업자에게서 육 개월 치 인슐린을 받았군."

"장기 밀매업자라고요?"

그가 눈썹을 치키며 몸을 뗐다.

"해밀턴 씨, 지금 저에게 혐의를 제기하시는 겁니까? 변호사에게 알리려고 녹음 중입니다."

나는 고소당할 각오를 했다. 엿 먹으라 그래.

"그래, 혐의다. 당신이 싱클레어를 죽였지. 그런 알리바이 모험을 감행할 만한 사람은 당신밖에 없어."

그가 혼란스럽다는 표정을 지었다. 진심인 것 같았다.

"왜죠?"

"다른 사람이 싱클레어의 발전기로 알리바이를 꾸미려고 했다면, 페터피 당신이 경찰에 그 기계가 무엇이고 어떻게 작동하는지다 알려 줬겠지. 하지만 어젯밤, 싱클레어가 주변에 기계를 보여주기 전까지 그만큼 아는 사람은 당신뿐이었어."

이런 논리에 그가 할 수 있는 말은 하나밖에 없었고, 그는 그 말을 했다.

"아직 녹음 중입니다, 해밀턴 씨."

"녹음하고 망하시든지. 우리는 다른 것들을 확인할 수 있다고. 음식 배달 서비스. 수도 영수증."

그는 움찔하지 않았다. 웃고 있었다.

허풍인가? 나는 쿵쿵 냄새를 맡았다. 육 개월 치 체취가 하룻밤에 사라질 수 있나? 육 개월 동안 목욕을 네댓 번밖에 안 한 남자한테서? 이 건물의 공기조절장치는 너무 좋았다. 게다가 지금은 커튼이 밤바다를 향해 열려 있었다.

오늘 오후에는 커튼이 닫혀 있었고, 페터피는 눈을 찌푸리고 있었다. 그렇지만 그런 것은 근거가 아니었다. 조명들. 지금 조명을 한 개만 켜 놓았다. 그래서? 벽 앞 작은 탁자 위에 놓인 크고 강력한 야영용 손전등. 오늘 오후에는 못 봤다. 나는 이제 그가 손전등을 어디에 사용했는지 확실히 알았다. 하지만 어떻게 증명하지?

음식물…….

"당신이 어젯밤에 육 개월분 음식을 사지 않았다면, 틀림없이 어디서 훔쳤을 거야. 싱클레어의 기계는 도둑질에 맞춤하지. 주변 슈퍼마켓들을 확인해 보겠어."

"그리고 절도를 저와 연결하겠다고요? 어떻게?"

그는 아직도 발전기를 갖고 있기에는 너무 똑똑했다.

하지만 생각해 보면, 무엇하러 버리겠나? 그는 유죄였다. 모든 흔적을 지울 수 있었을 리가 없다.

"페터피, 알아냈어."

그는 내 말을 믿었다. 그가 긴장해서 맞서려 하는 모습에서 알았다. 어쩌면 그가 나보다 먼저 깨달았을지도 몰랐다.

"피임 주사의 효력이 육 개월 전에 떨어졌겠지. 장기 밀매업자들이 그것까지 구해 주진 못했을 거야. 피임약을 확보해 둘 이유가 없으니까. 페터피, 당신은 죽은 목숨이야."

"그편이 낫겠지. 젠장, 해밀턴! 너 때문에 면제가 날아갔어!"

"당장 당신을 재판하지는 않을 거야. 당신 머릿속에 든 지식을 그냥 잃을 수는 없으니까. 당신은 싱클레어의 발전기에 대해 너무 많이 알아."

"우리 발전기야! 함께 만들었어!"

"그러시겠지."

"재판 따위 절대 못 할걸."

페터피는 좀 차분해진 어조로 말했다.

"법정에서 살인자가 레이의 아파트를 어떻게 떠났는지 말할 수 있어?"

나는 스케치를 꺼내 그에게 건넸다. 그리고 그가 그림을 살피는 사이에 말했다.

"옥상을 넘어가는 기분이 어땠나? 제대로 될지는 알 수 없었을 텐데."

그가 고개를 들었다. 천천히, 망설이듯 말했다.

"그때는 신경 쓰지 않았어. 팔이 죽은 토끼같이 덜렁거리는 데다 냄새가 심했지. 땅에 닿는 데 삼 분 걸렸어. 그사이에 죽는 줄 알았지."

아마 그는 누군가에게 말해야만 했을 것이고, 이제는 상관이 없는 일이었다.

"어디서 그렇게 빨리 업자를 찾아냈지?"

그가 나를 바보 취급하듯 보았다.

"짐작 못 했나? 삼 년 전 일이야. 나는 이식으로 당뇨를 치료할 수 있을지도 모른다는 희망을 가졌어. 정부 병원이 도와주지 않자 업자에게 갔지. 어젯밤에 그가 아직 영업 중이라서 다행이었어."

그는 축 늘어졌다. 모든 분노가 소진된 것 같았다.

"그리고 필드 안에서 상처가 낫기를 육 개월 동안 기다렸지. 어둠 속에서. 저 커다란 캠핑용 손전등을 가지고 들어가려고 해 봤지만…… 벽이 검게 그을리는 걸 깨닫고 포기했어."

그가 쓰게 웃었다.

작은 탁자 위 벽에 그을린 흔적이 있었다. 아까 의아하게 생각했어야 했다.

"목욕도 못 했어. 물을 그렇게 많이 쓰기가 두려웠지. 운동도 사실상 못 했고. 그래도 먹긴 해야 하잖아? 다 헛수고였지만."

"당신이 거래한 업자를 어디서 찾을 수 있는지 말해 줄 건가?"

"해밀턴, 오늘 한몫 잡았군. 알았어. 못 할 것 없지. 당신한테 아무 쓸모도 없겠지만."

"왜?"

그가 아주 이상한 표정으로 나를 쳐다보았다.

그리고 몸을 휙 돌려 달렸다.

불시의 탈출이었다. 나는 그를 따라 뛰었다. 그가 무슨 생각인지는 몰랐다. 이 아파트에는 발코니를 제외하면 출구가 하나밖에 없었는데, 그가 향한 곳은 발코니가 아니었다. 위에는 손전등이, 밑에는 서랍이 달린 작은 탁자 뒤에 있는 빈 벽에 닿으려는 것 같았다. 나는 서랍을 보고 '총!'이라고 생각하고, 뒤에서 그를 덮쳐, 그가 탁자 바로 위 벽에 붙은 스위치에 닿는 순간 손목을 잡았다. 몸무게를 실어 그를 당기며 몸을 젖혔다……

그리고 필드가 켜졌다.

그의 팔이 팔꿈치까지 나에게 잡혀 있었다. 그 뒤로 보라색 빛이 흔들렸다. 페터피는 저관성 필드 안에서 미친 듯이 몸부림쳤다. 나는 상황을 이해하려고 애쓰며 잠시 그대로 있었다. 여기 어딘가에 두 번째 발전기가 있다. 벽 속에? 지금 가까이에서 보니 스위치는 최근에 설치한 것 같았다. 맞은편의 옷장 속에 발전기가 들어 있는 것 같았다. 페터피가 벽에 구멍을 내고 스위치를 고정시킨 것이 분명했다. 당연하지, 육 개월이라는 남는 시간 동안 달리 무슨 할 일이 있었겠어?

고함을 질러 도움을 청해 봐야 소용없었다. 페터피의 방음장치는 최신이었다. 내가 손을 놓지 않으면, 페터피는 몇 분 안에 갈증으로 죽을 것이다.

페터피의 발이 턱으로 곧장 날아왔다. 나는 몸을 납작 숙였지만 부츠 굽 모서리에 거의 귀를 찢길 뻔했다. 그래도 제때 몸을 앞으로 굴려 그의 발목을 붙잡았다. 보라색 빛이 더 많이 흔들리고 다른 쪽 다리가 거세게 발버둥 치며 필드 밖으로 나왔다. 상호 충돌하는 신경 자극이 근육에 너무 많이 전해지고 있었다. 다리가 죽어 가는 생물처럼 늘어졌다. 놓지 않으면 그는 조각조각으로 부서질 터였다. 그가 탁자를 넘어뜨렸다. 탁자가 넘어지는 것을 보지는 못했지만, 갑자기 탁자가 옆으로 쓰러져 있었다. 서랍을 포함한 상단은 필드 한참 너머에 있었던 것이 틀림없었다. 손전등이 보라색 흔들림 바로 뒤, 그의 손에 있었다.

그래, 그는 서랍에 손을 댈 수 없었다. 필드에서 나간 손은 일관성 있는 신호를 받지 못하니까. 내가 발목을 놓으면, 그가 목이 너무 말라서 필드를 끄겠지. 놓지 않으면, 그는 저 안에서 죽는다.

돌고래와 한 손으로 싸우는 것 같았다. 나는 내 논리의 허점을 찾으며 어쨌든 계속 매달렸다. 페터피의 잡히지 않은 다리가 최소한 두 군데는 부러진 것 같았다. 막 손을 놓으려는데, 머릿속에서 뭔가 삐걱했다. 불탄 해골 얼굴들이 나를 향해 조소했다.

뇌에서 손으로: 버텨! 모르겠어? 그는 손전등을 잡으려는 거야!

나는 버텼다.

페터피가 이내 발버둥을 멈추었다. 얼굴과 손에서 푸른 빛을 내며 옆으로 누워 있었다. 그가 잠든 척을 하는 것은 아닌지 내가 생각했을 때, 그의 얼굴 뒤로 푸른 빛이 조용히 꺼졌다.

그들을 안으로 들였다. 그들은 살펴보았다. 발프레도가 전등 스위치를 끌 낚싯대를 찾으러 갔다.

오다즈가 물었다.

"꼭 죽여야 했어?"

나는 손전등을 가리켰다. 하지만 그는 이해하지 못했다.

"내가 자만했어. 혼자 들어오는 게 아니었는데. 지 손전등으로 벌써 사람을 둘이나 죽인 놈이야. 새 팔을 달아 준 장기 밀매업자들, 그들이 떠들기를 원치 않아 얼굴을 태우고 인도에다 버렸지. 어쩌면 그들을 발전기에 묶고 끈을 이용해 발전기를 켰는지도 몰라. 필드가 켜지면 장치 전체 무게가 몇 킬로그램밖에 안 되니까."

"손전등으로?"

오다즈가 생각에 잠겼다.

"과연. 오백 배 밝은 빛을 내뿜었을 거야. 네가 제때 알아채서 다행이네."

"뭐, 내가 너보다 과학소설에 나올 법한 이런 별난 장치들을 많이 다루긴 하지."

"피차 다행이군."

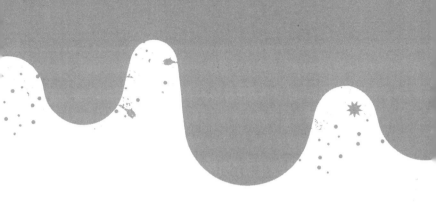

조각보 소녀

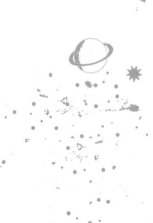

1. 거울의 도시

우리는 동쪽에서 서쪽으로, 평소와 다름없이 얇고 우아한 호를 그리며 달로 내려갔다. 조종사가 풍경을 보여 주려고 선내 조명을 껐다. 우리가 내려가는 사이에 해가 저물었다. 나는 톰 라이넥케 뒤에서 밖을 자세히 보며 눈을 적응시켰다.

아래는 검었다. 지구광조차 없었다. '새로운' 지구는 동쪽 하늘에 가느다란 은처럼 걸려 있었다. 산의 검은 그림자가 서쪽 지평선에서 나타나 우리에게 다가왔다.

라이넥케가 조용해졌다. 새로운 변화였다.

톰 라이넥케는 우리가 호주의 아웃백 필드를 떠나기 전부터 나를 인터뷰하고 싶어 했다. 산 사이를 날아다니는 것은 어떤 느낌입니까? 장기 밀매업자를 진짜 초능력으로 죽였습니까? 많은 문화를 경험한 사람—캔자스 농장의 소년, 소행성대에서 채굴하며 육 년, 국제연합경찰로 오 년—으로서 본인을 월법검토회의의 이상적인 대표자로 생각하지 않으십니까? 자유주의자들이 '장기은행 문제'라고 명명한 일에 대한 감상은? 상상 팔로 시범 좀 보여주시겠습니까? 어쩌고저쩌고…….

나는 자유주의자임을 시인했고, 달에 가 본 적조차 없는바 월법에 대한 태양계 일류 전문가는 아니라고 부인했다. 그다음부터는 간신히 그가 자기 이야기를 하게 만들었는데, 그는 쉬지 않고 떠들었다.

이 평지인 기자는 이십 대 초반의 몸집이 작고 동글동글한 남자였다. 갈색 머리카락에 털을 모두 깎았다. 호주에서 태어나 영국에서 학교를 다녔고 우주에는 가 본 적이 없었다. 언론학교에서 곧장 BBC로 취직했다. 그는 자신에 대해 소상히 말했다. 이렇게 젊은데 달에 가고 있었다! 미래의 모든 역사에 영향을 미칠 숙의를 목격하러! 그는 열의가 넘치고 순진해 보였다. 얼마나 많은 더 나이 들고 경험 많은 기자들이 이 임무를 거절했을지 궁금했다.

그가 갑자기 조용해졌다. 그 이상이었다. 딱딱한 플라스틱 의자 팔걸이를 지문이 남도록 꽉 붙잡고 있었다.

달랑베르 산맥의 검은 그림자가 우리를 향해 곧장 다가왔다. 소신小神의 턱 안 부러진 이빨이 우리를 물어뜯으려 다가왔다. 우리는 산들 위를, 거의 봉우리 사이로 낮게 지나 계속 하강했다. 곧 땅은 신구新舊 소행성 크레이터에 뜯겼다. 우리 앞의 빛이 불을 밝히고 늘어선 창문이 되었다. 호브스트라이트 도시의 서면이었다.

속도를 늦추며, 우리는 도시의 북쪽을 지나 곡선을 그리며 돌았다. 도시는 빛의 사각형 가두리였다. 경계 안쪽에서 기이한 반향이 번쩍였다. 대부분 녹색, 때때로 빨간색, 노란색, 갈색 들.

우주선이 맴돌다 도시 동쪽, 그리말드의 외벽 가장자리에 착륙했다. 내려앉을 때 먼지는 일어나지 않았다. 지난 세기 동안 수많은 우주선이 여기 착륙했다. 먼지는 사라진 지 오래였다.

톰 라이넥케가 팔걸이를 손에서 놓고 다시 숨을 쉬기 시작했다. 그가 억지로 웃음을 지었다.

"스릴은 잠깐이네요."

"이봐요, 걱정한 건 아니죠? 이런 식으로 착륙하면 어떤 진짜 문제가 생기는지는 상상도 못 하실걸요."

"네? 무슨 말씀이신가요? 저는……."

내가 웃음을 터뜨렸다.

"긴장 풀어요. 농담한 겁니다. 사람들은 달에 백오십 년 동안이나 착륙해 왔고, 그동안 사고는 두 건밖에 없었어요."

우리는 압력복 입을 공간을 확보하려고 예의 바르게 버둥거렸다. 조금 일찍 알았더라면 납세자들의 지출로 피부 밀착 압력복을 만들었을 것이다. 그러나 피부 밀착복은 꼼꼼하게 맞추어야 했고, 시간이 걸렸다. 루카스 가너는 준비할 시간을 열흘밖에 주지 않았다. 나는 그 시간을 조사에 썼다. 가너가 이 일을 다른 사람에게 맡겼는데 그 또는 그녀가 죽거나 앓아눕거나 임신한 모양이라고 반쯤 확신했다.

그런들 어쩌리. 나는 경비로 팽창복을 샀다. 다른 승객——기자와 회의 대표자——들도 팽창복을 입고 있었다.

에어록에서 내려가니, 월인과 고리인 예닐곱 명이 마중을 나와 있었다. 풍선 같은 헬멧 안이 꽤 잘 보였다. 태피는 없었다. 전화 화면으로만 보았던 사람들의 얼굴을 알아보았다. 익숙한 목소리가 들렸다. 활기차고 친근하고 살짝 사투리가 섞인.

"호브스트라이트 시에 오신 것을 환영합니다. 시 시계로 저녁 시간에 가까워 도착하셨습니다. 내일 일을 시작하시기 전에 도시를 좀 보여 드리고 싶습니다."

호브 왓슨 시장의 목소리였다. 군중 속에서 그를 찾기는 전혀 어렵지 않았다. 숱이 줄어들고 있는 금발, 헬멧 속으로 보이는 다정한 미소와 가슴에 꽂은 물푸레나무꽃, 키가 이백사십 센티미터 넘는 월인.

"방을 이미 배정했습니다. 그리고 제가 깜박하기 전에요, 도시 컴퓨터의 명령어는 케이론입니다. 여러분의 목소리에 맞추어질 겁니다. 소개는 셔츠 차림으로 갈아입고 할까요?"

그가 돌아서서 길을 앞장섰다.

태피는 못 나왔구나. 태피가 메시지를 남겨 놓았을지, 내가 전화를 확인할 때까지 얼마나 오래 걸릴지 생각했다.

우리는 빛을 향해 백 미터 정도 행군했다. 발걸음이 월진月塵에 부드러워지지는 않았다. 처음 달을 보고 있는데, 별로 보이는 게 없었다. 검은 밤이 주위를 둘러싸고 도시는 환한 빛을 뿜었다. 그러나 하늘은 내가 기억하던 하늘, 수십만 개의 별이 손을 뻗으면 닿아 열기를 느낄 수 있을 것처럼 단단하고 환하게 빛나는 고리인의 하늘이었다. 나는 마음껏 느끼기 위해 뒤로 물러났다. 고향으로 돌아온 것 같았다.

우리 일행은 고리인과 평지인과 월인이었다. 우리를 구분하는건 아주 쉬웠다.

모든 평지인들은 밝은 원색 팽창복을 입고 있었다. 어설픈 움직임으로 진행을 방해했다. 나마저도 어려움을 겪고 있었다.

비행 직전에 나는 다른 국제연합 대표들과 대화를 했다. 자베스 스톤은 훤칠한 와투시족 흑인과 턱이 긴 뉴잉글랜드 백인의 혼혈이었다. 정치에 입문하기 전에는 기소검사였다. 총회를 대표했다. 안전보장이사회의 옥타비아 버드리스는 피부가 아주 새하얗고 머리카락은 아주 새까맸다. 과체중이지만 몸을 잘 가눌 만큼 근육이 탄탄했다.

그들이 자신의 권력을 인지하고 있음을 느낄 수 있었다. 지구에서 그들은 지배자처럼 걸었다. 여기에서는…… 품위가 손상되었다. 버드리스는 커다란 고무공처럼 통통 튀었다. 스톤은 발을 질질 끌듯이 하며 저중력에 맞섰다. 양옆이나 서로에게로 돌연 방향을 바꾸었다. 그들의 헐떡임이 이어폰을 통해 들렸다.

고리인들은 성큼성큼 쉽게 걸었다. 구형 헬멧 속으로 남자나 여자나 고리인 볏 머리를 한 것이 보였다. 이마에서 목 뒤쪽까지 한 줄 남기고 양옆은 삭발한 머리 모양이었다. 달밤의 추위에 대비해 은도금 망토를 걸쳤다. 망토 안에 땀은 내보내고 페인트칠처럼 몸에 딱 달라붙는, 막 같은 신축 소재로 된 밀착복을 입었다.

가슴과 배에는 그림이 빛났다. 고리인의 압력복은 그의 진정한 고향이었고, 고리인들은 좋은 상체 그림에 거금을 들였다. 금색 고리 경찰복을 입은 건장한 붉은 머리 여자는 마리온 새퍼가 틀림없었다. 상체 그림은 독수리 발톱을 한 용이 호랑이 위에 웅크린 모습이었다. 어깨가 넓은 검은 머리 남자, 크리스 펜즐러는 뉴욕 메트로폴리탄의 일원인 보니 달젤 그리핀의 모습을 입었다. 대부분 금색과 청동색으로, 한쪽 집게발에 구름 낀 지구를 움켜쥐고 있었다.

나는 지구에 돌아왔을 때 고리인 압력복을 버렸다. 내 가슴에는 태양이 두 개 뜬 초목이 무성한 세계를 향해 열린 거대한 놋쇠 테두리 문이 그려져 있었다. 그리웠다.

월인들도 밀착복을 입지만, 고리인으로 오인받을 가능성은 없었다. 키가 이백십에서 이백칠십 센티미터 정도였다. 압력복은 밝고 혼란스러운 달의 풍광에서 도드라질 수 있도록 밝은 무채색이었다. 가슴 그림은 작았고 보통 고리인들 것만큼 좋지 않았으며, 대개 한 가지 중심색이 있었다. 왓슨 시장의 물푸레나무 그림은 녹색 계통이었다.

월인들은 거의 걷지 않았다. 얕은 호를 그리며 자연스럽게 날았다. 아름다웠다.

백오십칠 년 전 지구인들이 처음 달에 착륙한 이래로, 인류가 다른 종으로 분화했다고 믿어질 정도였다. 빛을 향해 행군하는 우리는, 인류의 세 갈래였다.

호브스트라이트 시는 대부분 지하에 있었다. 아까의 사각형 빛은 도시의 꼭대기 부분이었다. 세 면만이 생활 구역이었다. 창문으로 새어 나오는 빛이 보였다. 도시의 동쪽 면은 모두 거울 작업장이었다.

망원경 거울을 지나, 이동식 스크린으로 차폐된 연마 구역으로 들어갔다. 규산 광석이 높은 원뿔형 산 위에 장엄하게 서 있었다. 밀착복과 은망토를 입은 홀쭉한 월인들이 멈추어 서서 지나가는 우리를 구경했다. 그들은 미소 짓지 않았다.

소행성 보호를 위해 바위와 월진을 높이 쌓아 올린 지붕 아래로, 동쪽 면이 진공을 향해 널찍하게 열려 있었다. 여기에는 고리인들의 우주선을 위한 크고 섬세한 포물선체들과 경량 망원경 조립품들이 있었다. 거울을 연마하고 은도금하는 기계들과 곡률을 계산하는 더 많은 장치들, 바퀴 큰 오토바이, 구형 뚜껑이 달린 버스, 렌즈와 반사 레이더를 나르는 특수 트럭들을 위한 주차 공간이 있었다. 일하고 있는 월인들이 더 많이 보였다. 우리의 걷는 모습을 보고 월인들이 우스워할 줄 알았지만, 그들은 재미있어하지 않았다. 헬멧 속으로 보이는 저 표정은 증오인가?

월인들이 무엇을 불편해하는지 짐작할 수 있었다. 그 회의였다.

톰 라이넥케가 유리 벽 너머를 구경하려고 멀리 떨어졌다. 나는 그를 따라갔다. 월인 작업공들이 우리 쪽을 보고 있었다. 그가 말썽에 휘말릴까 봐 걱정스러웠다. 그는 두툼한 유리 아래를 응시하고 있었다. 저 너머, 저 아래 조립라인에서 에이커 크기의 은도금천이 만들어져, 은박을 안쪽으로 말고 양끝을 봉한 관 모양으로,

비교적 작은 통에 접혀 들어갔다.

"거울의 도시."

톰이 생각에 잠겨 말했다

"알고 있네요."

여자 목소리였다. 고리, 그중에서도 폐쇄 소행성대 억양이었다. 내 어깨 너머 구형 헬멧 속의 얼굴은 젊고 예쁘고 새까맸다. 와투시족 유전자에 우주의 직사광선을 받아 더 짙게 탔다. 월인민큼이나 키가 컸지만 압력복의 스타일을 보아하니 고리인이었다. 상체 그림이 마음에 들었다. 파스텔 색조 면사포 성운에 두 눈만 백록색으로 빛나는 늘씬한 여자의 검은 실루엣이었다.

그녀가 우리에게 말했다.

"거울의 도시. 우주 어디에나, 어디를 보든 호브 시 거울이 있어요. 망원경만이 아니죠. 저 아래에서는 무얼 하는지 아세요? 저건 태양광 반사판이에요. 납작한 상태로 수출하면 우리가 부풀려서, 그 위에 폼 플라스틱 버팀대를 뿌려요. 튼튼하지 않아도 괜찮아요. 저걸 잘라서 태양에너지를 받을 원통형 거울로 사용하죠."

"저도 고리 광부였습니다."

내가 말했다. 그녀가 호기심 어린 눈으로 나를 보았다.

"전 데지레 포터예요. 베스타 빔의 기자예요."

"BBC의 톰 라이넥케입니다."

"ARM 대표 길 해밀턴입니다. 우리는 뒤처지고 있어요."

그녀의 이가 검은 하늘의 번개처럼 번쩍였다.

"외팔잡이 길! 당신 얘기 알아요!"

그녀가 내가 가리킨 쪽을 보고 고개를 끄덕였다.

"네, 나중에 얘기해요. 인터뷰를 하고 싶어요."

우리는 에어록을 돌아 들어가는 줄의 끄트머리에 합류했다.

우리는 각자 다른 엘리베이터에 비좁게 나누어 타고 육 층 식당 가에서 다시 모였다. 왓슨 시장이 다시 일행을 이끌었다. 왓슨 시장을 따라가면 길을 잃을 걱정이 없었다. 키가 이백사십구 센티미터에 백금발, 뱃머리 같은 코와 건강한 흰 이를 드러내는 웃음.

이제 우리는 오래 사귄 친구들처럼 수다를 떨고 있었다. 최소한 몇 명은 말이다. 다른 UN 대표들, 스톤과 버드리스는 여전히 모든 의식을 발에 집중했고, 너무 높이 뛰어올랐다. 나는 처음으로 정원을 보았지만, 자리에 앉을 때까지 자세히 관찰할 기회를 잡지 못했다.

우리 일행은 국제연합 대표 세 명, 고리 대표 세 명, 월인 대표 네 명, 포터와 라이넥케, 주최자인 왓슨 시장이었다.

식당은 붐볐고 소음이 심했다. 시장은 소리가 들리지 않을 만큼 떨어진 식탁 건너편에 앉았다. 우리를 좀 섞으려고 했다. 기자들은 서로를 인터뷰하며 알아낸 것들을 좋아하고 있는 것 같았다. 나는 고리의 제사 대변인인 크리스 펜즐러와 티코* 돔 임원인 버사 카모디 사이에 앉았다. 버사는 위협적인 인상이었다. 머리는 왕관처럼 뻗은 단단히 만 백발에 키는 이백이십 센티미터, 턱은

---

* 월면 제삼 상한의 크레이터.

강인해 보였고 목소리는 날카로웠다.

정원은 호브스트라이트 시를 수직으로 관통했다. 선반처럼 튀어나온 구역이 줄지어 있는 거대한 구덩이였다. 침대 용수철 모양의 경사로가 중심으로 올라갔고, 더 좁은 경사로들이 이 층을 포함한 각 층으로 들어왔다. 선반부를 덮은 식물은 곡식들이었지만, 그렇다고 아름답지 않은 것은 아니었다. 한 선반 위에는 멜론이 달려 있었다. 바닥이 반질거리는 녹색으로 덮인 선반에 있는 것은 라즈베리와 딸기였다. 여문 옥수수와 덜 익은 밀과 토마토 선반들이 있었다. 아래쪽의 오렌지와 레몬 나무에는 꽃이 피었다.

크리스 펜즐러가 입을 쩍 벌린 나를 보았다.

"내일 보세요. 지금은 태양등 아래의 모습이죠. 낮에는 참 아름답습니다."

나는 놀랐다.

"여기 방금 오시지 않았습니까? 저희들처럼?"

"아뇨, 저는 온 지 일주일 됐어요. 이십 년 전 첫 번째 회의에도 참석했고요. 그 이후로 월인들은 도시를 더 깊이 팠죠. 정원도요."

펜즐러는 쉰을 바라보는 건장한 고리인이었다. 딱 바라진 어깨 때문에 보통은 괜찮아 보였을 다리가 막대기 같았다. 삶 대부분을 자유낙하 지대에서 보냈을 것이다. 그의 고리인 머리는 여전히 검었지만, 정수리 숱이 줄어 이마에 앞머리만 한 줌 따로 붙어 있었다. 눈썹이 두 눈 사이로 한 줄 검은 털 이랑을 그렸다.

"직사광선을 받으면 식물이 죽는 줄 알았는데요."

펜즐러가 대답하려는 순간 버사 카모디가 그를 따라잡았다.

"직사광선이라면 그렇죠. 지붕의 볼록거울이 태양광을 약화시키고 주위로 확산시켜요. 구덩이 바닥과 측면에는 거울이 더 많이 있죠. 태양광을 사방으로 비추는 역할을 해요. 달에 있는 모든 도시는 기본적으로 같은 시스템이에요."

그녀는 내가 오기 전에 조사를 했어야 한다는 말을 참았지만, 그녀가 그리 생각하는 소리가 들리는 것 같았다.

월인들이 접시와 음식을 가져다주었다. 특별 서비스였다. 다른 사람들은 모두 선반부에서 뷔페식으로 음식을 직접 가져다 먹고 있었다. 나는 젓가락을 놀렸다. 끝이 벌어져 있어 저중력에서는 숟가락이나 포크보다 쓰기 편했다. 저녁 식사는 약간 중국식이고 대부분 채소였고 꽤 맛있었다. 닭고기를 발견하고, 나는 다시 정원을 보았다. 대부분은 밤이 되어 둥지로 들어갔지만, 아직 선반들 사이로 날아다니는 비둘기와 닭 들도 있었다. 닭은 저중력에서 아주 잘 날았다.

머리색이 짙은 젊은 남자가 시장에게 말을 하고 있었다.

내가 좀 비정상적으로 호기심이 많기는 하지만, 절로 눈길이 갔다. 청년은 이백사오십 센티미터, 시장 정도 키에 시장보다 더 말랐다. 나이를 짐작하기는 어려웠다. 열여덟 살에서 세 살 전후로 보였다. 톨킨 소설에 나오는 엘프들 같았다. 엘프 왕과 엘프 왕자는 정중하게 의견 충돌 중이었다. 대화 내용이 나에게 들리지는 않았지만 썩 좋아하지 않는 것 같았고, 최대한 빨리 이야기를 끝냈다.

나는 시선을 제자리로 돌아간 청년에게로 돌렸다. 정원 폭만큼 떨어진 반대편에 있는 이 인용 식탁이었다. 동행은 절세미인이었고…… 평지인이었다. 그가 자리에 앉자, 여인이 우리 쪽으로 독기 충만한 눈빛을 쏘았다. 잠깐 나와 눈이 마주쳤다.

나오미 호른이었다!

그녀도 나를 알아보았다. 우리는 서로의 시선을 붙잡았다가…… 눈을 돌려 식사를 계속했다. 내가 마지막으로 나오미 호른에게 말을 걸고 싶은 충동을 느꼈던 때는 십사 년 전이었고, 지금은 그럴 마음이 없었다.

멜론과 커피로 식사를 마무리했다. 우리 대부분이 엘리베이터로 향하는데, 크리스 펜즐러가 내 팔을 붙잡았다.

"정원 아래를 보세요."

보았다. 바닥까지는 아홉 층이 더 있었다. 세어 보았다. 아래에 나무가 한 그루 자라고 있었다. 나무초리는 우리로부터 두 층 정도 아래에 있었다. 나무의 몸통 주위를 경사로가 빙글빙글 돌아 내려갔다.

"저 붉은 삼나무는 호브스트라이트 시에 처음 사람이 살기 시작했을 때 심은 겁니다. 제가 여기 처음 왔던 때보다 지금 훨씬 커요. 월인들은 정원을 더 깊이 팔 때마다 저 나무를 아래로 옮겨 심었죠."

우리는 몸을 돌렸다. 내가 물었다.

"이 회의는 어떻게 될까요?"

"지난번보다는 덜 빡빡하면 좋겠군요. 이십 년 전에 우리는 지금 달이 따르는 법의 전반적인 내용을 만들었죠."

그가 얼굴을 찌푸렸다.

"걱정스러워요. 몇몇 달 시민들은 우리가 자기네 내정에 간섭하고 있다고 생각하죠."

"일리 있는 말이네요."

"그렇죠. 다른 민망한 상황이 벌어질 가능성도 있어요. 보존 탱크는 비싸죠. 설상가상으로, 달 대표들은 보존 탱크는 아무 쓸모가 없다고 주장할 만한 위치에 있고요."

"크리스, 전 회의 직전에 정해진 대타입니다. 벼락치기할 시간이 열흘밖에 없었어요."

"아. 음, 첫 번째 회의는 이십 년 전이었어요. 세 가지 삶의 방식 사이에서 중재안을 찾기 쉽지 않았죠. 당신네 평지인들은 왜 월법이 모든 흉악범을 장기은행으로 보내지 않는지 이해를 못 했어요. 고리인들의 법은 훨씬 더 관대하죠. 사형은 끔찍하게도 영구적이에요. 무고한 사람을 해체한 것이 나중에 밝혀지면 어떻게 하죠?"

"보존 탱크가 뭔지는 압니다."

"그게 우리 중재에서 가장 중요한 부분이었어요."

"육 개월이죠? 기결수가 해체당하기 전에 움직임을 정지당한 채로 그곳에서 육 개월을 머무르고, 만약 무죄가 밝혀지면 되살아난다고요."

"맞아요. 당신이 모를 것 같은 점은, 지난 이십 년 동안 어떤 기결수도 되살아난 적이 없었다는 사실이에요. 달이 보존 탱크 비용의 절반을 대는데…… 음, 전액을 내게 할 수도 있었어요. 초기 시설에는 버그도 좀 있었죠. 기결수 네 명이 죽어서 즉시 해체해야 했고, 장기가 반쯤 못쓰게 되는 일이 있었어요."

우리는 나머지 사람들과 같이 엘리베이터에 끼어 타고 목소리를 낮추었다.

"그런데 보람이 없었다?"

"월인들 기준으론 그래요. 그렇지만 기결수들의 권리가 얼마나 잘 보장되었을까요? 음. 말했듯이, 이번 회의는 우리가 바라는 것보다 더 **빡빡할** 거예요."

0층에 도착했다. 지상에 살려는 월인은 거의 없는 듯했다. 단기 체류자들을 위한 숙소였다. 나는 펜즐러의 방 앞에서 헤어져 두 칸 아래 내 방으로 걸어갔다.

2. 창밖으로 보이는 풍경

우주 어디에서든 셔츠 차림이 가능한 환경은 비좁은 편이다. 내 방은 예상보다 컸다. 좁지만 긴 침대, 탁자, 접는 의자 네 개, 욕조. 화상전화가 있었다. 나는 전화를 걸었다.

태피는 집에 없었지만, 내게 메시지를 남겼다. 일체형 종이 수술복을 입고 조금 숨 가쁜 목소리였다.

"길, 만나러 못 가겠어. 당신이 도착하는 시간이 내 업무 시작 십 분 뒤거든. 일은 평소처럼 새벽에, 이번에는 시 시각으로 06시에 끝나. 아침 식사 때 만날 수 있을까? 06시 10분, 북쪽 면 0층 053호야. 룸서비스가 있어. 루카스는 정말 사랑스럽지?"

화상이 매혹적인 미소를 지은 채 멈추었다.

케이론이 물었다.

— 답을 하시겠습니까?

그리고 삐 소리가 났다.

나는 아직도 마음이 산만하고 심술이 났다. 억지로 반가운 미소를 지었다.

"케이론, 메시지. 06시 10분에 당신 방에서. 지구광이 비칠 때 갈게. 지옥이 내 앞길을 방해하겠지만."

전화를 끊고 웃음을 거두었다. 이 년 반을 떨어져 지낸 태피를 다시 만날 기회를 주다니……. 그래, 루카스는 사랑스러웠다.

태피와 내가 삼 년을 동거했을 때, 태피에게 달에서 수술을 할 기회가 왔다. 교환 프로그램이었다. 거절할 수 있는 일이 아니었다. 경력에 무척 유익했고 너무 재미있는 일이었다. 태피는 달의 여러 도시를 이동하며 일했고, 호브스트라이트 시에 온 지는 두 주쯤 지났다. 태피는 월인 일반의와 데이트를 시작했다. 이름은 맥캐비티라고 했다. 그게 짜증이 났음을 인정하지는 않겠다. 태피의 일정이 재회를 망친 것은 짜증스러웠다.

내일 09시 30분에 열릴 회의도 생각하면 짜증이 났다. 저녁 식사 자리에서 화난 목소리들이 들렸다. 스톤과 버드리스는 아직 걷는 요령을 완전히 익히지 못했고, 그래서 더 성질을 부렸다. 내 발도 계속 엉켰다.

뜨거운 물에 목욕을 해야겠다.

욕조는 이상하게 생겼다. 침대 바로 옆, 화상전화와 사진 창이 보이는 열린 공간에 놓여 있었다. 길지 않았지만 높이가 백이십 센티미터 정도고 테두리가 안으로 구부러져 있었다. 등판은 백팔십 센티미터 높이에서 위로 구부러졌고 넘침 방지 배수구는 높이의 절반 정도에 낮게 위치했다. 물을 틀고 홀린 듯이 바라보았다. 물이 열심히 도망치려고 하는 것처럼 보였다.

몇 가지 명령어를 시험해 보았다. 현관문 자물쇠, 옷장 자물쇠, 조명들 모두 내 목소리와 케이론 명령에 반응했다. 화장실 자물쇠는 수동이었다.

어느새 욕조에 넘침선까지 물이 찼다. 나는 조심스럽게 들어가 몸을 쭉 폈다. 물이 매니스커스*처럼 내 몸을 적시고 싶지 않다는 듯이 둘러쌌다가, 비누를 더하자 풀어졌다. 나는 양손 사이로 물을 뿜고 천천히 올라갔다 내려가는 물줄기를 보며 물장난을 쳤다. 천장이 너무 많이 젖어 커다란 물방울이 떨어지기 시작하자 그만두었다. 기분이 훨씬 나아졌다. 밑에 난 작은 구멍들을 발견했다.

"케이론, 스파 작동."

물과 공기 방울이 주위를 휘돌며 저중력에서 걷느라 지친 근육을 두드렸다.

전화가 울렸다. 태피인가?

"케이론, 스파 종료, 통화."

화면이 내 정면으로 회전했다. 나오미였다.

저중력 환경에서 그녀의 길고 부드러운 금발이 그녀가 움직일

---

* 모세관 속의 액체 표면이 만드는 곡선.

때마다 찰랑거렸다. 계란형 얼굴에 광대뼈가 높았다. 평지인 최근 유행을 따라 꾸몄며, 푸른 눈은 커다랗고 야한 나비의 날개 무늬였다. 입은 작고 얼굴은 내 기억보다 살짝 통통했다.

몸은 여전히 탄탄했고, 평지인치고는 키가 크고 늘씬했다. 정전기로 몸에 달라붙은 하늘색 치마를 입었다. 십사 년 사이에 달라졌지만, 많이 달라지지는…… 충분히 많이 달라지지는 않았다.

짝사랑이었다. 봄의 절반과 여름 한철 동안, 내가 지구에서 벗어나 소행성대 광부가 되는 데 푼돈을 썼던 날까지 했던 사랑이었다. 가슴에 남은 상처는 나았다. 당연했다. 하지만 나는 혼잡한 음식점에서 건너편에 앉은 그녀를 알아보았다. 그만한 거리에서, 모르는 사람이라면 그녀가 평지인인 줄도 알아보지 못했으리라.

나오미가 조금 긴장한 듯한 웃음을 지었다.

"길. 저녁 식사 때 봤어. 나 기억해?"

"나오미 흐른. 안녕."

"안녕. 이제 나오미 미치슨이야. 길, 달에는 무슨 일이야?"

숨 가쁜 목소리였다. 나오미는 언제나 저렇게, 마치 누가 방해하기 전에 어서 말을 뱉고 싶은 것처럼 말했다.

"월법검토회의에 왔어. ARM 대표야. 당신은?"

"난 관광이야. 삶이 얼마 전에 조금 망가졌다고나 할까……. 이제 기억난다. 당신, 뉴스에 나왔지. 어느 거물 장기 밀매업자를 잡았다고……."

"아누비스."

"맞아."

침묵.

"만나서 한잔할래?"

나는 이미 결정을 내린 상태였다.

"좋지. 일정 가운데 끼워 넣을 수 있을 거야. 내가 얼마나 바빠질지 모르겠어. 저기, 난 사실 여기 내 전 동거인을 따라왔거든. 여기 병원에 파견 나와 있는 외과의야. 태피의 근무 시간이 기괴한 데다 회의 자체도 있어서……."

"장내에서 돌아다니게 될 것 같다는 말이지. 응, 알았어."

"그래도 전화할게. 있잖아, 데이트 상대는 누구였어?"

그녀가 웃음을 터뜨렸다.

"알란 왓슨. 호브 시장 아들이야. 시장은 아들이 평지인과 사귀는 걸 좋아하지 않는 것 같지만. 월인들은 좀 고상한 척하잖아?"

"아직 알아낼 기회가 없었어. 난 월인들의 나이를 짐작 못 하겠던데."

"알란은 열아홉 살이야."

나오미는 나에게 살짝 장난을 치고 있었다.

"걔들도 우리 나이를 몰라. 괜찮은 남자야, 길. 하지만 굉장히 진지하지. 당신이 그랬던 것처럼."

"으음. 알았어, 시간이 나면 메시지를 남길게. 넷이서 만나도 괜찮아? 저녁?"

"좋아. 케이론, 통화 종료."

나는 텅 빈 화면을 보며 인상을 썼다. 물 아래로 발기했다. 그녀는 아직도 이런 영향을 미쳤다. 보이지는 않았으리라. 카메라 각도가 안 맞았다.

"케이론, 스파 작동."

내가 말했고, 증거는 거품 속으로 사라졌다.

이상했다. 나오미는 남자가 자신을 침대로 데려가길 원하는 것이 우습다고 생각했다. 십사 년 전에 나도 그런 생각을 하긴 했지만, 사실 스스로도 믿지는 않았다. 내가 그 남자가 될 거라고 생각했다.

이상한 점 한 가지 더. 나오미는 내가 태피 얘기를 꺼내자 확연히 안도한 표정이었다. 그러면 왜 전화를 했지? 데이트를 원한 게 아니었다면!

욕조에서 일어섰다. 삼 센티미터 정도의 물 껍질이 몸에 딸려 올라왔다. 손끝으로 물을 욕조에 도로 긁어내리고, 위에서 아래로 수건으로 닦았다.

사진 창은 작고 빛나는 삼각형 하나를 제외하면 칠흑 같았다.

"케이론, 소등."

앞이 보이지 않았다. 나는 의자에 앉아 눈이 적응하기를 기다렸다. 서서히 풍경이 형체를 드러냈다. 별빛이 서쪽 황무지를 밝혔다. 가장 높은 봉우리들로 여명이 내려앉았다. 별들 사이로 떠다니는 산은 불타는 것 같았다. 나는 두 번째 봉우리가 밝아질 때까지 지켜보다가, 자명종을 맞추고 잠자리에 들었다.

— 해밀턴 씨, 전화입니다.

중성적인 목소리가 말했다.

— 전화입니다, 해밀턴 씨. 전화…….

"케이론, 통화!"

몸을 일으키기가 힘들었다. 가슴 위로 폭이 넓은 띠가 묶여 있었다. 나는 띠를 풀었다. 전화 화면에 톰 라이넥케와 그 옆에서 얼굴을 화면에 비추려고 몸을 낮춘 데지레 포터가 나타났다.

"좋은 일이어야 할 겁니다."

내가 말했다.

"좋은 일은 아니지만 지루한 일도 아니에요. ARM 요원이 회의 대표 살인미수에 관심이 있을까요?"

눈을 문질렀다.

"그럴걸요. 누군데요?"

"크리스 펜즐러. 고리의 제사第四 대변인이죠."

"알몸이 불편합니까?"

데지레는 웃음을 터뜨렸다.

"아뇨, 월인들이나 불편하겠죠."

톰이 말했다.

"알았어요. 얘기해 보시죠."

나는 일어나 그들의 말을 들으며 옷을 입었다. 화면과 카메라가 내 움직임을 따라 회전했다.

"저희는 펜즐러 옆방에 있어요. 최소한 톰은요. 벽이 얇아요. 지독한 철벅, 쿵, 소리와 희미한 비명을 들었어요. 나가서 그의 방문을 두드렸죠. 답이 없더군요. 톰이 달 경찰에 전화하는 사이에 전 기다렸어요."

데지레가 말했다.

"경찰에 전화를 한 다음에 마리온 새퍼에게 연락했습니다. 그 사람도 고리인입니다. 금색 대표요. 음, 그녀가 나타나고, 이어서 경찰이 나타나 문을 열었습니다. 펜즐러는 가슴에 커다란 구멍이 난 채 욕조 안에 얼굴을 위로 하고 누워 있었어요. 경찰이 우리를 쫓아낼 때까지는 숨이 붙어 있었습니다."

톰이 말했다.

"제 잘못이에요. 제가 사진을 몇 장 찍었거든요."

옷을 다 입고 머리를 빗었다.

"가겠습니다. 케이론, 통화 종료."

펜즐러의 방문은 닫혀 있었다. 데지레가 말했다.

"경찰이 제 사진기를 가져갔어요. 돌려받아 줄 수 있으세요?"

"노력해 보죠."

나는 초인종을 눌렀다.

"사진도요?"

"노력해 보죠."

마리온 새퍼는 제복 차림이었다. 키는 내 정도에, 어깨가 넓고 가슴이 묵직하여 남성적이었다. 조상들은 건장한 농장의 안주인들이었으리라. 깊이 탄 자국은 목에서 뚝 끊겼다.

"해밀턴, 들어오시죠. 방해는 하지 마시고요. 당신 영역이 아닙니다."

"당신 영역도 아니죠."

"우리 쪽 사람입니다."

크리스 펜즐러의 방은 내 방과 거의 같았다. 비좁았다. 방에 있는 여섯 명 중 세 명이 월인인 탓이 있었다. 팔꿈치들이 사적 공간을 너무 많이 침범한다는 인상을 받았다. 한 명은 검은색 표시가 있는 주황색 제복을 입은 붉은 머리에 주근깨투성이 월인 경찰이었다. 그는 전화기를 조사하고 있었다. 편안한 잠옷을 입은 금발 머리는 지켜보고만 있었다. 다름 아닌 왓슨 시장이었다. 세 번째 사람은 의사로, 펜즐러를 진찰 중이었다.

그들이 이동식 오토닥을 밀어다 놓았다. 메스, 수술용 레이저, 쫌쇠, 피하주사기, 흡입관, 끝에 작고 뻣뻣한 털이 달린 센서 손가락 들이 조절 가능한 커다란 받침대에 몽땅 올려져 있는 묵직하고 위압적이고 복잡한 기계였다. 오토닥도 공간을 잡아먹었다. 월인은 닥의 자판과 화면 관찰로 한창 바빴다. 가끔 길고 허약해 보이는 손가락으로 속사포같이 명령을 쳐 넣었다.

펜즐러는 침대에 등을 대고 누워 있었다. 침대는 물과 피로 축축했다. 압력병이 펜즐러의 팔에 수혈 중이었다. 달에서는 중력을 이용한 링거를 사용할 수 없었다. 우리는 오토닥이 펜즐러의 턱부터 배꼽에 거품을 분사해 덮는 모습을 바라보았다.

나는 작게 욕설을 내뱉었지만, 이들이 나를 기다려야 했다고 주장할 수는 없었다.

"여기."

마리온 섀퍼가 팔꿈치로 옆구리를 찌르고 홀로그램을 세 장 건네주었다.

"기자들이 사진을 찍었습니다. 다행이죠. 달리 사진기를 가진 사람이 없었거든요."

첫 번째 사진은 침대에 누운 펜즐러의 모습이었다. 가슴 전체가 끔찍한 진홍색이었고, 가장자리에 물집이 생기는 참이고 가운데에는 그보다 심한 화상을 입었다. 흑백의 흉골까지 깊이 불탄 구멍 자리가 보였다. 폭 삼 센티미터에 깊이 삼 센티미터. 사진을 찍기 전에 상처를 닦은 것이 분명했다.

두 번째 홀로는 펜즐러가 핏빛 목욕물 속에서 얼굴을 위로 하고 있는 모습이었다. 상처는 아까와 같았고 죽은 것처럼 보였다.

세 번째 사진은 욕조 테두리 위, 사진 창 너머에서 찍은 장면이었다.

"이해가 안 됩니다."

내가 말했다. 펜즐러는 얼굴을 아주 조금 움직여 고통스러운 눈으로 나를 보았다.

"레이저예요. 창문 밖에서 날 쏘았죠."

"보통 레이저로 인한 상처는 이렇게 퍼지지 않습니다. 더 좁고 깊지 않습니까, 의사 선생님?"

의사가 고개를 돌리지 않고 끄덕였다. 펜즐러는 나를 마주 보려고 안간힘을 썼다. 의사가 그의 어깨에 손을 얹어 말렸다.

"레이저예요. 제가 봤어요. 욕조에서 일어났죠. 누가 저기 달 위에 나가 있는 걸 봤어요."

펜즐러는 잠시 말을 멈추고 헐떡였다.

"붉은 광선…… 폭발 때문에, 욕조로 도로 넘어졌어요. 레이저!"

"크리스, 본 사람은 한 명이었습니까?"

"네."

그가 신음했다.

왓슨 시장이 처음으로 입을 열었다.

"어떻게요? 저 밖은 밤입니다. 뭐가 어떻게 보였습니까?"

"전 그를 봤습니다. 삼사백 미터쯤? 기울어진 커다란 바위를 지나서."

펜즐러가 탁한 목소리로 말했다.

"누구였죠? 월인? 고리인? 평지인? 무슨 옷을 입고 있었어요?"

"안 보였어요. 너무 빨리 벌어졌어요. 일어서서 밖을 보고 번쩍. 저는…… 한순간…… 말을 못 하겠어요."

"이제 쉬시게 합시다."

의사가 말했다.

망할. 펜즐러는 그것까지 봤어야 했다. 그랬던들 무언가를 증명할 수는 없었겠지만 말이다. 고리인도 압력복을 입을 수 있었다. 평지인도 밀착복을 맞출 수 있었다. 그 경우에는 기록을 찾을 수 있겠지만. 월인은…… 음, 키가 작은, 예를 들면 고리인인 데지레 포터보다 작은 월인들도 존재했다.

나는 욕조를 지나 창문 쪽으로 다가갔다. 욕조에는 여전히 분홍색 물이 가득 차 있었다. 톰과 데지레가 신속하게 행동하지 않았다면 펜즐러는 출혈로 죽거나 익사했을 터였다.

나는 달을 내다보았다. 여명이 봉우리를 타고 내려와 바닥에 닿았다. 저지대는 여전히 검은 웅덩이와 같았고, 호브스트라이트 시의 그림자는 무한히 뻗어 나가는 듯했다. 도시의 그림자 밖, 가운데에서 왼쪽으로 백칠십 미터 정도 떨어진 곳에 펜즐러가 말한 '기울어진 커다란 바위'인 듯한 거대한 돌기둥이 있었다. 길쭉하고 매끄러운 달걀 모양이었다. 그리말디 크레이터를 남긴 충돌로 표면이 매끈해졌을지도 몰랐다.

"무언가를 본 것 자체가 기적입니다. 왜 살인자는 그냥 그림자 안에 머무르지 않았을까요? 아직 동이 트지 않았는데 말입니다."

내 말에 아무도 대답하지 않았다. 펜즐러는 의식을 잃었다. 의사가 환자의 어깨를 토닥이고 말했다.

"사나흘 뒤에 거품이 벗겨지기 시작할 겁니다. 그때 저에게 오면 제가 거품을 제거하겠습니다. 뼈까지 낫는 데는 더 오래 걸릴 겁니다."

그는 우리 쪽을 돌아보았다.

"아슬아슬했습니다. 몇 분만 늦었으면 죽었어요. 빔이 흉골 일부를 태웠고 그 아래 조직은 익었습니다. 식도, 대정맥, 장간막 일부는 교체해야 했습니다. 불탄 뼈를 꺼내고 핀을 가득 채웠고요. 엉망이었습니다. 지구에서라면 일주일은 꼼짝 못하고, 그다음에는 휠체어 신세를 져야 했을 겁니다."

"빔이 팔 센티미터쯤 낮았다면요?"

내가 물었다.

"심장이 익고 흉강막이 파열됐겠죠. 길 해밀턴 씨십니까?"

그가 손을 내밀었다.

"우리 같이 아는 친구가 있는 것 같군요. 저는 해리 맥캐비티입니다."

　나는 웃으면서 그의 손을 잡고 흔들었다——조심스럽게, 유혹과 싸우며. 그의 손가락은 확실히 약해 보였다. 내 마음속 악의는 아주 약간이었다. 맥캐비티 선생도 오늘 밤에는 태피와 같이 있지 않았다.

　맥캐비티는 솜털 같은 갈색 머리에 매부리코였다. 월인치고는 키가 작았지만, 그래도 잡아당겨 늘이는 틀에서 자란 것 같았다. 월인들만 이렇게 생겼다. 고리인들은 자녀를 폐쇄 소행성대나 농부 소행성대처럼 지구 중력으로 스핀업하는 커다란 구형 구조물 안에서 키웠다. 맥캐비티는 엘프 같고 으스스한 방식으로 미남이었다. 절대 괴팍해 보이지는 않았다.

　"이상합니다. 그가 어떻게 살아났는지 아십니까?"

　그가 긴 손가락으로 욕조를 가리켰다.

　"그가 일어서자 몸에 물이 많이 딸려 올라왔습니다. 레이저 빔이 물과 부딪쳤죠. 뜨거운 증기가 가슴 전체에서 폭발했지만, 그 덕분에 목숨을 건졌습니다. 빔이 수분에 반사되었어요. 즉사시킬 만큼 레이저가 깊이 파고들지 못했습니다. 펜즐러가 증기 폭발로 욕조에 도로 쓰러졌으니, 살인자에게는 두 번째 기회가 없었죠."

　내가 욕조에서 일어났을 때 물이 형성했던 막이 기억났다. 그렇지만……

　"그렇게 넓게 퍼질까요? 시장님, 창문의 유리가 빛을 일부 차단할 수 있습니까?"

　시장이 고개를 저었다.

"그는 붉은 광선이라고 했죠. 창문은 적색광을 차단하지 못합니다. 직사광선을 차단하는데, 대개 청색광, 자외선, 엑스레이 범위를 막습니다."

"환자분은 주무셔야 합니다."

맥캐비티가 말했다.

우리는 그를 따라 방에서 나왔다. 월인들이 키가 크니 복도의 천장도 높았다. 약간 사치스러울 만큼 넓기도 했다. 창문은 정원을 내려다보게 달려 있었다.

기자들이 기다리고 있었다. 데지레 포터가 마리온 섀퍼에게 맞섰다.

"제 사진기를 돌려주셨으면 합니다."

섀퍼는 커다란 양손 기계를 건넸다.

"제 홀로는요?"

그녀가 엄지손가락으로 키 이백십 센티미터에 주근깨투성이 월인 경찰을 가리켰다.

"제퍼슨 대장이 가지고 있습니다. 증거자료입니다."

톰 라이넥케가 해리 맥캐비티를 막아섰다.

"선생님, 크리스 펜즐러의 상태는 어떻습니까? 살인입니까, 살인미수입니까?"

맥캐비티는 미소를 지었다.

"미수입니다. 괜찮아질 거예요. 내일은 휴식을 취해야겠지만 그다음부터는 회의에 참석할 수 있을 만큼 상태가 호전되리라 생각합니다. 시장님, 제 일은 끝났습니까? 피곤하네요."

"부상 정도에 관한 증거가 필요하겠지만, 당장은 아닙니다."

제퍼슨 대장이 말했다. 맥캐비티는 개구리처럼 양발로 동시에 바닥에서 뛰어오르며 복도 저편으로 사라졌다.

호브 왓슨 시장은 의사의 뒷모습을 지켜보았다. 어리둥절하고 생각에 잠긴 표정이었다. 그가 움찔 놀랐다.

"길, 어때요? 만약 여기가 로스앤젤레스라면 ARM은 무엇을 할까요?"

"아무것도 안 할 겁니다. 장기 밀매업이나 비밀 기술과 무관한 살인은 ARM의 업무가 아닙니다. 하지만 살인 사건 수사를 가끔 했습니다. 저희는 주로 무기를 추적하려고 하죠."

"저희도 그 일을 할 겁니다. 크리스는 붉은 광선이라고 했어요. 그렇다면 아마 신호용 레이저일 텐데, 신호용 레이저에는 보초가 있습니다. 경찰이 송출기뿐 아니라 무기로도 사용하거든요."

"보초는 어떻게 섭니까?"

기자 두 명이 조용히 듣고 있다는 사실을 눈치챘다.

"여러분 숙소의 문 자물쇠들을 작동시키는 것과 같은 컴퓨터가 잠금장치를 통제합니다. 물론 프로그램은 따로고요."

"그렇군요. 기회는 어땠을까요? 저기 달에 살인자가 나가 있습니다. 평생 밖에 머무르지는 못하겠지요."

호브 시장은 월인 경찰 쪽을 보았다.

"제퍼슨, 비밀은 없어요."

"네, 시장님. 저희는 운이 좋았습니다."

그가 우리에게 말했다.

"첫째로, 도시의 밤인 동시에 달밤이었습니다. 음, 동트기 전 요. 주민 대부분은 자기 집에 있었고, 저희는 나머지 몇 명의 소재를 확인할 수 있습니다. 평지인 관광객 한 명이 밖에 나가 있었고, 저희가 아는 한 달리 외출한 사람은 없습니다. 거울 작업장의 야간 근무자들을 확인 중입니다. 낮이었다면 용의자가 수백 명이었겠죠. 둘째로, 십 분 전에 와치버드2 위성이 떴습니다. 영사실을 준비해 두었습니다."

호브 시장은 눈을 문질렀다.

"잘했어요. 수사를 계속하세요, 대장. 해밀턴 형사님과 섀퍼 형사님이 원하신다면 동행하도록 하고요. 기자분들은…… 음, 알아서 판단하시죠."

시장이 목소리를 낮추고 나에게 덧붙였다.

"펜즐러 씨에게 제가 신경 쓰는 모습을 보이는 편이 현명하겠다고 생각했지만, 여기서 저는 별달리 할 일이 없겠죠……."

그가 복도를 뛰어 떠났다.

남은 우리들은 제퍼슨을 따라 엘리베이터를 탔다.

3. 영사실

영사실은 남쪽 지하 육칠 층에 설치된 일종의 커다란 상자 같은 방이었다. 우리가 들어갔을 때, 경찰은 영사 중이었다. 모형 월면에 무릎까지 파묻힌 채 힘겹게 걷고 있었다.

기자들은 충격을 받은 것 같았다. 나에게도 충격이었다.

제퍼슨이 자랑스럽게 말했다.

"와치버드2 위성이 지금 우리 바로 위에 있습니다. 위성에서 보내온 사진을 여기에 실시간으로 영사합니다."

그가 달로 걸어 들어갔다. 우리는 아래로 허벅지까지, 위로 삼십 미터 높이인 달로 따라 들어갔다. 집중하면 그리말드 크레이터의 납작한 돌 표면 아래 발이 보였다.

동이 텄다. 동쪽 지평선, 초승달 모양 지구에서 조금 떨어진 자리에서 태양이 불타올랐다. 크레이터로 우묵한 서쪽 풍광에는 환히 빛나는 산등성이와 검은 그림자가 펼쳐졌다. 호브스트라이트 시는 인형의 집이었다. 경찰 휘장이 붙은 밝은 주황색 밀착복을 입은 작은 사람들이 남쪽 면의 에어록을 나와, 불모지를 지나 고리 교역소로 이어진 길에 올랐다. 어떤 사람이 길 한가운데 경찰들에게로 걸어오고 있었다. 나는 인형같이 작은 형체를 자세히 보려 몸을 구부렸다. 하늘색 팽창복, 다가가는 월인 경찰들보다 작은 키. 헬멧 안으로 보이는 금발 머리.

"아하. 평지인일 줄 알았더랬죠."

만족한 목소리에 옆을 돌아보았다. 마리온 섀퍼였다.

펜즐러의 방은 서쪽 끝에서 두 번째였다. 나는 펜즐러의 방을 찾아내 길쭉한 달걀 모양의 기울어진 바위 사이에 선을 그려 보았다. 바위 뒤는 대체로 그림자였다. 펼쳐져 있는 달의 표면 어디에도, 서로 만나고 있는 압력복 하늘색 하나와 오렌지색 넷 이외의 사람은 없었다.

"용의자가 한 명뿐인 것 같습니다. 푹푹이로도 살인자가 이렇게 빨리 시야를 벗어나지는 못했을 겁니다."

제퍼슨 대장이 말했다.

"푹푹이요?"

섀퍼가 물었다.

"기본적으로 바퀴 두 개, 모터, 안장으로 된 겁니다. 여기서 많이 타죠."

"아. 우주선은요?"

"물론 확인했습니다. 주위에 우주선이 딱 한 대 있는데, 이 근처로는 오지 않았습니다."

나는 다른 쪽을 궁리 중이었다.

"신호용 레이저는 어떻게 생겼습니까? 저 파란 꼬맹이 용의자는 아무것도 안 들고 있는 듯합니다만."

"두고 보죠. 신호용 레이저는 길이가 이 정도고……."

제퍼슨이 양손을 일 미터 정도 벌렸다.

"무게는 구 킬로그램 정도입니다."

"음, 저 그림자 속에는 무엇이든 숨길 수 있죠. 저 안쪽을 느껴 봐도 되겠습니까? 무기를 발견할 수 있을지도 모릅니다."

톰과 데지레가 마주 보며 씩 웃었다. 섀퍼는 나를 빤히 쳐다보았다.

"네? 뭐라고 하셨습니까?"

제퍼슨이 물었다. 기자들은 대놓고 웃음을 터뜨렸다.

"이분은 외팔잡이 길이에요. 외팔잡이 길에 대해 들어 보신 적이 없나요?"

데지레가 말했다.

"상상 팔을 하나 갖고 계시죠."

톰이 덧붙였다.

제퍼슨이 인상적인 자제심을 발휘하며 물었다.

"네?"

"초능력 조합입니다. 그렇지만 제 상상에 한정되어 있습니다. 제가 유령 팔과 손을 가진 것과 같아요."

초능력은 불안정하기로 악명이 높다는 말은 굳이 덧붙이지 않았다. 이번에 자신이 있었던 것은 이미 시도해 보고 있었기 때문이다. 나는 상상 손을 그리말드 평야의 매끈한 표면 위로 가볍게 쓸며 질감—사방으로 갈라진 식은 용암과 그 틈을 메운 월진—을 느껴 보고 손을 집어넣어 영상 바위를 손가락 사이로 물처럼 느꼈다.

그것은 단단한 바위였다. 그리말드의 외벽 너머 거친 땅에는 월진 웅덩이들이 있었다. 여기, 모래 아래로는 내부 압력으로 가운데가 쪼개진 산소 탱크가 있었다.

"신호용 레이저가 어떻게 생겼는지 알면 도움이 될 겁니다."

내 말에, 제퍼슨 대장은 전화로 신호용 레이저를 가져오라는 호출을 했다.

"기다리는 동안 이 주위를 느껴 보시겠습니까?"

그가 홀로그램 도시의 남동쪽 구석을 두드렸다.

나는 그쪽 벽으로 다가갔다. 선반이 줄지어 달린 작고 비좁은 방이 있었다. 하나뿐인 문은 두껍고 컸다. 문 너머는 진공으로, 거울 작업장이었다. 선반에 여러 가지 도구가 있었다. 무장 팽창복, 개인용 분사추진기, 묵직한 양손 절단 토치 등이었다.

나는 발견한 것들을 묘사했다. 내 관객들 중에 의심 많은 사람도 있을 법했다. 실제로 일어나고 있는 일, 내 몸을 떠난 촉각이 돌벽을 지나 칠 층 위 잠긴 문 안을 만지고 있음을 생각하지 않으려고 노력했다. 믿기를 멈추면, 일어나지 않는다.

선반에는 커다란 소총을 비롯한 온갖 물건이 걸려 있었다. 엄지손가락과 두 손가락으로 하나를 집어 보았다. 개머리판 틀, 소형 전극 탄창, 얼얼한 배터리 전력의 느낌, 딱 혹만 하게 느껴지는 크기. 그 신호용 레이저는 가벼운 것도 같고 무거운 것도 같았다. 질량이 전혀 없지만 움직이기 불가능했다.

경찰 한 명이 실물을 가지고 들어왔다. 나는 실물을 양손에 들고 상상 손으로 겉을 쓰다듬고 속을 만져 보았다. 조광 스위치와 압력복의 마이크에 꽂는 전선이 있었다. 레이저로 대화를 나눌 수 있었다. 그렇든 아니든 놀라지는 않았으리라. 치명적인 경찰 무기에 붙인 신호용 레이저라는 이름은 대민 홍보용일 수 있었다.

크레이터로 거친 땅을 헤치고, 살인자가 레이저를 쏘았을 서쪽으로 걸어갔다. 기자와 월인 경찰 들이 집중해서 나를 보고 있었다. 그들이 대체 무엇을 보길 기대하고 있는지는 알 수 없었다. 형체 없는 모래를 체에 치듯, 손으로 표면을 앞뒤로 쓸었다. 살인자는 분명 먼지 웅덩이에 무기를 버렸을 것이다. 공기탱크와 여분 배터리를 갖고 저 그림자 중 하나에 숨어 있을 가능성도 똑같이 있었다.

나는 그림자를 쓸어 보았다. 그림자의 웅덩이와 호수 들은 아주 차갑게 느껴졌고 아무것도 드러내지 않았지만, 바위의 형태를 느낄 수 있었다. 한번은 크레이터 가장자리에 충돌한 삼백육십 센티미터 정도의 포탄 같은 것이 느껴졌다. 제퍼슨에게 물어보니, 십구 년 전 폭발 사고 구조 시도 때의 물건인 듯하다고 했다. 물이나 공기를 담았을 것이다.

높게 솟은 부분, 크레이터의 벽이 있었다. 그 뒤의 그림자를 만져 보았다. 살인자는 그보다 멀리 갈 수는 없었다. 높은 가장자리에 막혔을 테고, 이미 크리스 펜즐러가 말했던 '삼사백 미터'보다 바깥이었다. 나는 몸을 돌리고 같은 구역을 다시 확인했다. 슬슬 좀 바보 같다는 기분이 들기 시작했다. 레이저도 없고, 숨어 있는 살인자도 없고, 머리가 아파 왔다.

형광 주황색 인형들이 파란색 인형을 데리고 에어록에 들어가고 있었다. 나는 기다리던 사람들에게로 힘겹게 돌아갔다.

"그만하겠습니다."

다들 실망을 숨기지 못했다. 그런데 데지레의 표정이 밝아졌다.

"요원님, 증언하시겠죠? 무기도 다른 용의자도 없었다고."

"아마 그래야겠죠. 누굴 잡았는지 가 봅시다."

내근 경사는 둥그스름한 동양계 몸매에 가슴이 커다란 월인 여자였다. 용서하시길! 나중에 나는 로라 드루리를 꽤 잘 알게 되었지만, 이때는 초면이었다. 솔직히 빤히 쳐다보긴 했다. 여위고 마른 체형이라 매력적이고 풍만한 가슴이 가장 도드라졌다. 톨킨의 엘프로 연상되는 모습은 아니었다.

우리는 방해하지 않으려고 문간에 멈추어 섰다. 드루리 경사가 물었다.

"미치슨 부인, 달에는 초행이십니까?"

나는 멍해졌다.

나오미가 우리 쪽을 흘긋 보았다가 시선을 돌렸다. 나오미가 신경 쓰고 있는 사람은 내근 경사였다. 난처한 상황에 처한 줄 아는 듯 목소리가 불안정했다.

"아뇨, 고요의 바다에 있는 미술관에 사 년 전에 간 적 있어요."

"그때 달 구경을 많이 하셨습니까?"

충격이 나를 꿰뚫었다. 크리스 펜즐러의 창밖에서 총을 쏠 수 있었던 사람은 한 명뿐이었다. 아무도 저 밖 그림자에 숨어 있지 않았다고 바로 내가 증언해야 했다. 내가 나오미만 남기고 다른 모든 사람들을 용의선상에서 제외할 것이다.

미친 소리였다. 나오미가 대체 크리스 펜즐러와 무슨 상관이 있겠어? 하지만 어젯밤에 우리 식탁을 향했던 앙심을 품은 시선이 기억났다. 펜즐러를 향해서였나?

금발이 압력복 헬멧 때문에 헝클어지고 나머지 압력복은 입은 채였다. 눈꺼풀에는 크고 야한 푸른 나비가 그대로 있었다. 그녀는 그물 의자 앞쪽 끄트머리에 앉아 있었다.

"그때는 일주일 있었어요. 저는…… 죽은 세상을 보고 싶은 기분이었지만, 일에 정신이 팔려 있었죠. 남편과 딸이 죽은 직후였거든요. 방에서 창밖을 내다보면서 시간을 보냈던 것 같아요."

"오늘 저녁에 호브스트라이트 시에서 홀로 나가셨죠. 네 시간 삼십 분 동안 밖에 계셨습니다. 여행객으로서는 무모한 행동이죠. 알려진 길에만 계셨습니까?"

"아뇨, 여행객 시늉을 했어요. 돌아다녔죠. 큰길에서도 시간을 좀 보냈지만, 그림자나 크레이터 안에도 갔어요. 안 될 것 있나요? 길을 잃을 리 없었어요. 지구가 보였으니까요."

"신호용 레이저를 지참하셨습니까?"

"아뇨. 그러라고 말해 준 사람이 없었어요. 제가 무슨 어리석은 규칙 위반을 저질렀나요, 경사님?"

월인 여자의 입술이 뒤틀렸다.

"말하자면 그렇습니다. 도시 서쪽 몇백 미터 떨어진 곳에 자리 잡고 제사 대변인 크리스 펜즐러의 창문을 포착하여 그가 욕조에서 일어설 때까지 지켜보다가 신호용 레이저를 그의 가슴에 쏘았다는 혐의를 받고 계십니다. 이런 행동을 하셨습니까?"

나오미는 깜짝 놀랐다가, 겁에 질렸다.

······아니면, 훌륭한 배우였다.

"아뇨, 제가 왜요?"

그녀가 내 쪽을 보았다.

"길? 당신도 한패야?"

"그냥 참관인이야."

반은 거짓말이었다. 마리온이 불신하는 눈으로 나를 보았다. 용의자와 나는 확실히 아는 사이였다.

내근 경사가 물었다.

"미치슨 부인, 크리스 펜즐러를 아십니까?"

"고리인이죠. 오 년 정도 전에 지구에서 남편과 함께 그를 만난 적이 있어요. 무슨 관할권 문제로 UN과 협상을 했죠. 그가 죽었나요?"

"아뇨, 중상을 입었습니다."

"그리고 절 살인미수 용의자로 보시는군요. 신호용 레이저로?"

"네, 그렇습니다."

"그렇지만…… 저한텐 이유가 없어요. 신호용 레이저도 없고요. 왜 전데요?"

그녀가 방 안을 흘끔거렸다. 창문에 부딪치며 날개를 파닥이는 나비.

"길?"

나는 움찔했다.

"내 일이 아니야. 내 관할 밖이야."

"길, 살인미수는 장기은행 범죄야? 달에서?"

드루리 경사가 대신 대답했다.

"저희가 어설픈 살인자에게 왜 두 번째 기회를 주겠습니까?"

"질문에 답을 거부해도 돼."

내가 말했다. 나오미는 고개를 저었다.

"괜찮아. 그렇지만…… 저거 뉴스 카메라예요?"

제퍼슨이 톰과 데지레에게 손가락을 까딱했다. 두 기자는 서로를 바라보고, 저항해도 소용없다고 동의한 것 같았다. 그들이 제퍼슨을 따라 나갔다.

내근 경사가 마리온을 보았다.

"누구십니까?"

"고리 경찰, 마리온 섀퍼 대장입니다. 총격을 받은 남자는 고리 시민이죠."

드루리가 나에게 눈빛으로 물었다.

"ARM의 길 해밀턴 요원입니다. 여기에는 회의 참석차 왔습니다. 미치슨 부인과 아는 사이고, 여기 있고 싶습니다."

"말하고 싶은 것이 있습니까?"

"네. 나오미, 문제가 하나 있는데, 범행 현장에 있었을 만한 다른 사람을 하나도 찾을 수가 없어. 당신뿐이야. 당신은 크리스를 쏘지 않았다고 말했는데……."

"**뭐로 쐈다고?**"

"무슨 상관이겠어? 만약 당신이 이 어설픈 살인자가 아니라면, 당신은 우리의 유일한 목격자가 돼. 저 밖에서 뭔가 이상한 점을 발견했어?"

나오미가 생각에 잠겼다.

"길, 나한텐 힘들어. 난 달을 모르고 밤이었잖아. 다른 사람은 아무도 못 봤어."

"뭘 떨어뜨리거나 어디에 닿거나 뭘 부러뜨렸어? 당신이 어디 있었는지 우리한테 가르쳐 줄 방법이 뭔가 없을까?"

"내 압력복을 검사해 볼 수 있겠지."

나오미의 말투에 적대감이 묻어났다.

"아, 할 겁니다. 부인의 경로도 확인하고 싶습니다. 안내를 해 주셔야 할 겁니다. 저희가 강제할 수 없거든요."

"길, 일단 좀 자도 될까?"

나는 드루리 경사를 보았다. 그녀가 대답했다.

"물론입니다. 태양이 높이 떴을 때가 더 쉬울지도 모릅니다."

경사가 다른 경찰과 나오미를 내보냈다.

"밖에 경찰들을 배치했습니다. 아무도 증거에 손댈 수 없습니다. 용의자에 대해 무엇을 아십니까?"

"십 년 만에 만났습니다. 나오미는 살인할 사람은 아니라고 봅니다. 밖으로 데려갈 때, 저도 동행해도 괜찮겠습니까?"

"알려 드리겠습니다. 섀퍼 대장님께도요."

"고마워요. 마리온이라고 부르세요."

"알았어요. 전 로라 드루리입니다. 로라라고 부르시죠."

우리는 엘리베이터를 기다렸다.

"길, 당신 생각에, 살인할 사람은 어떤 사람인가요?"

"아, 그게 어려운 문제죠? 저한테 나오미는 살인 희생자일 사람이란 인상입니다."

"무슨 뜻이죠?"

용의자를 취조하는 것 같은 말투였다. 습관이겠거니 하고, 나는 대답했다.

"옛날 옛적에 제가 나오미를 살해했을 법한 때가 있었죠. 나오미에게는 유혹을 했다가 유혹당한 사람을 후려치는 버릇…… 같은 것이 있어요. 전 진심으로, 나오미가 남자를 욕구불만 흥분 상태로 내버려 두는 데서 흥분을 느낀다고 생각해요. 그냥 저만의 느낌이 아닙니다, 마리온. 다른 남자들도 이렇게 말하는 걸 들었어요. 하나…… 십 년 전 이야기고, 그사이 나오미는 결혼을 하고 어린 딸을 가졌죠. 그러니 제 추측도 당신보다 나을 게 없어요."

엘리베이터가 도착했다. 탔다.

"전 추측할 필요도 없어요. 그녀는 저 밖에 있었던 유일한 사람이고, 평지인이죠."

"그래서요?"

그녀가 미소를 지었다.

"상처의 위치가 너무 높았어요. 심장에서 팔구 센티미터 위였죠. 어째서일까요?"

"욕조의 테두리가 너무 높았어요."

"맞아요. 자, 고리에는 구형 세계들 안에만 욕조가 있죠. 평지인은 월인의 욕조가 그렇게 높을 줄 예상하지 못할 거예요. 실행할 때가 오자, 나오미에게는 펜즐러의 심장이 보이지 않았죠. 그러니 그저 최선을 다해 쏘았어요."

나는 고개를 저었다.

"월인이라면 욕조의 높이를 알겠지만, 펜즐러의 키가 그렇게 작을 줄을 예상하지 못할 겁니다."

"분명히 펜즐러를 **봤겠죠.**"

"그렇겠죠. 그리고 나오미도 달의 욕조를 봤을 테고요."

그녀가 내 말을 곰곰이 생각하는 사이, 나는 덧붙였다.

"고리인이었을지도 몰라요. 당신도 말했듯이, 고리에서는 구형 세계들 안에만 욕조가 있죠. 구형 세계는 지구 중력으로 회전하고요. 고리의 욕조는 지구 욕조와 똑같아요."

마리온이 씩 웃었다.

"제가 졌네요."

"우리는 여전히 핵심을 놓치고 있어요. 왜 살인자는 펜즐러가 욕조에서 나올 때까지 가만히 기다리지 않았을까요? 나오미가 범인이라면, 이미 거의 네 시간을 기다렸던 셈인데."

"아, 지랄 맞게 좋은 질문이군요."

마리온의 그 말을 신호로 우리는 각자의 방으로 헤어졌다. 06시 10분까지 몇 시간 정도 누울 수 있었다.

06시 10분 정각에 나는 태피의 방 초인종을 눌렀다.

"길! 혼자야?"

긴 복도는 텅 비어 있었다.

"제정신인 사람이라면 이 시간에 깨어 있겠어?"

"케이론, 문 열어."

나는 걸어 들어갔다. 태피는 이미 날아올랐다! 태피의 몸무게를 받으며 복도로 도로 튕겨 가지 않으려고 몸을 앞으로 깊이 숙였다. 우리는 아주 오랫동안 첫 키스를 했다. 서로를 맛보았다. 곧, 나는 태피가 종이 수술복을 입고 있다는 사실을 깨달았다. 일회용이었다.

"이거 찢어 벗겨도 돼?"

"환영이지."

나는 욕구불만 폭발 직전인 짐승 소리를 내며 수술복을 움켜쥐고 찢었다. 종이는 튼튼했다. 월인은 찢지 못했을 것이다. 태피를 끌어안고 침대로 뛰어올랐다가 도로 튕겨 내려가, 내 옷가지를 조금 더 천천히 벗고 침대로 돌아가, 난처해졌다.

태피가 귓가에 속삭였다.

"내가 리드할게. 괜찮지? 연습을 좀 했거든. 정상위는 안 돼."

"내가 뭘 알아야 하지?"

태피는 말로, 몸으로 가르쳐 주었다. 서로 몸을 붙이려면 근육을 써야 했다. 중력의 도움이 없었다. 몸이 튀어 올랐다. 침대 위에 뜬 채로 오랜 시간을 보냈다. 태피는 떨어질 걱정은 말라고 했고, 나는 걱정하지 않았다. 태피가 이끄는 대로, 오래 사귄 익숙한 파트너들은 새 춤을 추었다.

쉬었다. 그런 다음, 태피의 강인한 다리를 내 엉덩이에 감고, 한쪽 팔로 욕조 틀을 잡고 서서 사랑을 나누었다. 달의 중력에서는 편안한 체위였다. 즐거워하고 환하고 익숙한 그녀의 얼굴을 찬찬히 바라보았다.

다시 쉬었다. 땀은 나온 곳에 그대로 맺혀 흐르지 않았다. 태피가 품 안에서 꿈틀거리더니 물었다.

"배고파?"

"응!"

탁자 위에 쟁반이 놓여 있었다. 스크램블드에그, 닭 날개, 토스트, 커피.

"식었을지도 몰라. 당신보다 먼저 와야 했거든. 아니면 우리가 옷을 입어야 하니까."

식사를 했다.

"월인들은 대체 왜 이래? 계속 그런 소리가 들리더라. 성병이 있고 피임제는 없던 십팔 세기에나 했을 것 같은 말들이던데."

태피는 고개를 끄덕이고 음식을 삼킨 다음 말했다.

"해리가 나한테 설명하려고 했어. 달에 사람이 산 지는 백이십 년 정도 지났지만, 팔십 년쯤 전까지만 해도 인구가 수백 명밖에 없었대. 인류는 저중력 임신에 제대로 적응하지 못했어. 언젠가는 괜찮을지 몰라도 지금은……. 결혼을 일찍 하고 절대 피임을 안 하는데 애를 두셋 가져. 낳는 게 두세 명이고, 열 번에서 스무 번을 유산하지. 아이들은 소중하고, 아버지가 누구인지 아는 일이 아주 중요해."

"어, 음."

"공식적인 얘기는 그래. 그러나 피임약이 있고 누군가는 그걸 사고 있어. 긴 약혼 기간은 보통이고, 결혼식 일고여덟 달 뒤에 아기가 태어나는 일도 보통이야. 우리와 마찬가지로 저들도 서로를 알아 가지만, 한 번에 한 사람씩만 만나고 궁합이 아니라 생식력을 따지는 것 같아. 그런데 그 얘기조차도 밖으로는 안 하지."

"해리를 제외하고는."

태피는 고개를 끄덕였다.

"해리는 평지인 여자를 좋아해. 사람들이 눈살을 찌푸리지만, 해리는 해고당하기에는 너무 훌륭한 의사야."

그녀가 씩 웃었다.

"그 사람 말로는 그렇대. 실제로 진짜 잘하긴 해. 게다가 해리는 확실한 불임이야. 확실히 불임인 남자와 여자 들도 꽤 있는데, 그런 사람들은 특별한 위치에 있어. 내 말을 이해했다면, 딱히 위협이 안 되는 존재란 거지."

그들의 관계를 더 알고 싶었다. 우회적으로 물어보았다.

"내가 월인 애인을 두는 건 추천해?"

테피는 웃지 않았다.

"길, 월인을 유혹하다가 실패하지 마. 내 말은, 실패하지 마. 답이 '예스'가 확실하지 않으면 묻지 마. 솔직히……."

그녀가 미소 지었다.

"그냥 묻지를 마. 유혹당하면 돼. 다들 평지인이 쉬운 줄 알고 있거든."

"우리가 쉽나?"

"당연하지. 자, 해리 맥캐비티를 만나고 싶어? 그 얘길 꺼내고 싶은 거야? 아마 마음에 들 거야. 그리고 해리는 당신을 위협이라고 생각하지 않아. 오히려 그 반대지."

"뭐라고?"

"당신은 좋은 은폐막이야. 우리는 오래 사귄 동거인이잖아. 호브시 사회는 해리가 사교적인 연애만 하는 쪽을 훨씬 선호하거든."

"아. 그래. 그와 사교적으로 만나 보고 싶네. 어젯밤에 공식적으로는 만났어. 고리인 대표에게 난 구멍을 고치고 있었지."

테피에게 펜즐러 일을 말했다.

태피는 좋아하지 않았다.

"길, 누가 외계 회의 대표단을 저격하고 있다면 당신도 거울 조끼를 입어야 하지 않아? 나도?"

"걱정하지 마. 용의자를 잡았어."

"다행이네. 진짜 용의자?"

"밖에 있었던 유일한 사람이야."

나는 태피에게 나오미 이야기를 하고 싶어 하지 않는다는 것을 깨달았다.

"내 방으로 전화하기로 했어. 그리고 난 잠을 좀 자야 해. 언제 다시 만나지?"

"누가 또 내 일정을 바꾸지 않는다면 목요일 같은 시간이 될 것 같아."

"같은 시간이라니. 맙소사."

"내 이상한 일정에 적응한 줄 알았는데. 저, 우리가 해리와 만날 수 있을 것 같으면 메시지를 남길게. 점심이나 저녁, 괜찮아?"

"응."

방에 돌아오니 09시였다. 시장실에 전화를 했더니 비서가 그날 회의는 연기되었지만, 비공식 토론을 위해 회의실은 열려 있다고 알렸다. 흥미로웠다. 크리스가 그렇게 중요했나? 하지만 다른 두 대표들도 밤늦게까지 깨어 있었고, 다른 사람들도 시차로 고생 중일 수 있었다. 회의가 취소되어 그저 다행이었다.

정오까지 자고, 로라 드루리의 전화를 받았다. 막 근무를 마쳤고, 월인 경찰 팀이 나오미와 십 분 뒤에 떠난다고 했다.

4. 크레이터투성이 땅

정신없이 서둘러 압력복을 입다가, 멈추어 정례 검사를 했다. 오랫동안 연습을 하지 않았다. 남쪽으로 난 에어록으로 가 보니 아직 길 위에 있는 다른 일행들이 보였다. 나는 그들을 따라 뛰어갔다.

우리 일행은 일곱 명이었다. 나오미, 마리온 섀퍼, 나, 키가 큰 월인 경찰 네 명. 붉은 머리 주근깨는 제퍼슨이었다. 주황색 제복 중 가장 키가 큰 사람도 눈에 익었다. 어젯밤 저녁 식사 자리에서 시장에게 말하는 모습을 보았다.

"알란 왓슨이십니까?"

"네, 맞습니다. 회의 대표단 중 한 분이시죠?"

"ARM의 길 해밀턴입니다."

우리는 장갑 낀 손으로 악수를 했다. 검은 직모, 좁은 코, 굵고 짙은 눈썹, 내 손만큼 강인해 보이는 뭉툭한 손가락의 마른 청년이었다. 그는 웃지 않았다. 나오미 때문에 겁을 먹었나? 가슴에는 북아메리카성운에 다가가는 검은색과 붉은색 심원한 우주선이 작게 그려져 있었다.

우리는 나오미를 따라 출발했다. 서쪽 길은 무역로였다. 가끔 고장 난 우주선 크기에 이르는 묵직한 장비를 나르는 길이었다.

넓고 매끄러웠지만 직선로는 아니었다. 충분히 멀리까지 따라가면 고리 교역소에 도달할 수 있었다. 별다른 대화 없이 삼사백 미터를 갔을 때, 나오미가 입을 열었다.

"여기서 방향을 바꿨어요. 저 바위에 올라가고 싶었거든요."

그녀는 상당히 멀리 있는, 옆이 깎인 바위를 가리켰다. 주위에서 가장 높은 지점이었다. 어젯밤 창밖을 내다볼 때, 저 바위가 어둠 속에서 임박한 여명을 받아 밝아지는 모습을 보았다. 우리는 나오미를 따라 그 바위로 갔다.

마리온이 물었다.

"바위를 올라갔습니까?"

"네."

태양은 하늘에 겨우 육 도쯤 떠 있었다. 우리는 대체로 그림자를 걸었다. 헤드램프가 없었다면 잉크 속을 헤치고 나가는 것 같았으리라. 바닥은 울퉁불퉁했다. 나오미는 나만큼이나 자주, 월인들보다 훨씬 자주 비틀거렸다.

마리온도 힘들어했다. 자기가 바위로 갈 수 있는 방법이 검은 흑요석 돌출부를 둘러 가는 것밖에 없는 지점에서 나오미를 멈추어 세웠다.

"자, 여기에선 어떻게 갔습니까?"

"모르겠어요. 그때는 어두웠어요. 다 달랐죠. 이 길이 제가 온 길이 맞는지도 잘 모르겠어요."

봉우리는 높이가 삼백 미터 정도였고 그다지 가파르지 않았다. 올라가면 호브 시가 잘 보이겠지만, 크리스 펜즐러가 암살자를 목격한 위치보다 북쪽이었다.

한 경찰이 나오미에게 올라가라고 지시했다. 익숙하지 않은 중력 때문에 나오미의 움직임은 별로 민첩하지 못했고, 팽창복 때문에 움직임에 제약이 있었다. 그렇지만 구십 미터 높이에 다다를 때까지는 아무 문제가 없었다. 나오미가 꺅 하고 비명을 지르고, 위험할 만치 급히 내려왔다.

"뜨거워요!"

나오미가 불평했다.

"압력복 아래로 바로 화상을 입었다고요!"

"어디야?"

알란 왓슨이 물었다.

"가슴이랑 팔. 지금은 괜찮은 것 같지만 낮에는 못 올라가겠어요. 건너편으로 올라가 볼까요?"

"아니, 넘어갑시다. 다음은 어디죠?"

마리온이 물었다.

나오미는 우리를 남쪽으로 이끌었다.

나는 이런 식으로 뭔가를 알아낼 수가 있을지 의문스러웠다. 거짓말이든 아니든, 나오미의 답은 똑같으리라. 어두웠어요, 저는 달을 몰라요, 여기는 제가 왔던 길이 아닌 것 같아요. 나오미는 벌써 시험 삼아 거짓말을 하나 했다. 내가 욕조에서 나왔을 때, 이 봉우리는 위쪽 삼십 미터 정도 햇볕을 받고 있었다. 어젯밤에 더 잘 알 기회가 있었는데, 어째서 오늘 햇볕이 든 쪽을 다시 올라가려고 했지?

물론 나오미가 어제 더 이른 시간에, 완전히 깜깜할 때 봉우리를 올랐을 수도 있었다. 그런 경우도 썩 마음에 들지 않았다.

나는 나오미가 우리를 이끌고 가는 곳이 싫었다.

익숙한 지역이었다. 모형을 샅샅이 살피고 상상 손으로 윤곽을 느꼈던 장소였다. 크거나 기이한 주요 지형지물은 기억이 났다. 나오미도 마찬가지인 것 같았다. 가운데가 깔끔하게 쪼개져 위쪽은 평평해진 언덕 크기의 매끈한 바위 같은 것 말이다.

나오미는 그 바위에 도착하기 전에 묘사를 했다.

"저 바위 위에 올라갔어요. 바로 누워 별들을 보고 가끔은 호브시 쪽도 봤죠. 그때는 창문이 반 정도는 어두웠어요. 뒤에 있는 우주항과 거울 작업장에서 조명이 예쁘게 들어왔어요."

바위 위로 올라가려는 나오미를 마리온이 등 뒤에서 홱 잡아당겼다. 주황색 옷을 입은 경찰들이 헤드램프와 밝은 손전등을 들고 부츠 긁힌 자국, 발자국, 나오미가 떨어뜨렸을지도 모를 물건을 찾았다. 경찰들이 측면 수색을 단념하자, 왓슨과 제퍼슨이 한 번 높이뛰기로 꼭대기에 올라가 수색했다. 비스듬한 햇살 덕분에 조명이 필요 없었다.

마리온이 뛰어올라가 그들에게 합류했다. 부츠를 신은 발끝과 손끝으로 몸에 균형을 잡고 바위 표면에 얼굴을 코앞까지 대고 조사를 했다.

"아무것도 없습니다. 이 지역에 왔던 것이 확실합니까?"

"전 바로 그 바위 위에 있었다고요!"

마리온은 만족한 표정이었다. 제퍼슨은 침울한 표정이었고, 알란 왓슨의 얼굴에는 근심이 가득했다. 상황을 알고 있는 나는 그들 뒤로 올라갔다.

널찍하고 거의 평평했다. 사지를 뻗고 별을 보기에 좋은 장소였다. 도시 쪽을 보니, 크리스 펜즐러가 말했던 '기울어진 바위'가 내가 생각하는 저 바위가 맞다면 시선이 곧장 닿는 자리 근처에 있었다. 삼백육십 미터 정도 떨어져 있는 크리스의 창문이 바로 보였다. 햇살 때문에 눈을 찌푸려야 했지만, 밤의 창문은 훌륭한 사격 연습판이었으리라.

잠깐 생각해 보고 입을 열었다.

"저 해밀턴입니다. 반대하시는 분이 없다면 두어 가지 실험을 해 보고 싶습니다. 우선, 신호용 레이저를 발사해 보고 싶은데요."

제퍼슨의 레이저를 사용했다. 제퍼슨은 우선 출력을 최소한으로 낮추었는지 확인한 다음, 트랜스시버 선을 헬멧 마이크에 꽂고 레이저를 겨냥하는 법을 보여 주었다. 전원을 켜면 오 분 동안 켜져 있다가, 안전장치가 전원을 껐다. 그렇지 않으면 실수로 부르려는 상대방을 증발시킬 수 있었다. 제퍼슨은 궤도상 우주선보다 가까운 물체에는 절대로 최대 출력을 쏘지 않는다고 설명했다.

그가 조준기를 이용해 와치버드1 위성을 찾아 호출하는 법을 가르쳐 주었다. 나는 컴퓨터를 찾아냈다. 컴퓨터가 나에게 뉴스 속보를 전해 주었다. 우주선 칠리 버드가 고리 교역소에서 무사히 이륙하여 폐쇄 소행성대로 출발했다. 태양의 흑점 활동이 증가 추세지만 아직 태양 플레어는 형성되지 않았다.

"무기로도 쓰이죠?"

내가 물었다.

"비상시에는 그렇습니다."

"어떻게요?"

그가 출력 스위치를 가장 밝게 돌리는 법을 가르쳐 줬다. 나는 어두운 바위를 향해 레이저를 쏘았다. 0.5초쯤 붉은 불꽃이 폭발하고, 바위에 깊이 팔 센티미터, 폭 육 밀리미터짜리 구멍이 났다.

"0.5초는 메시지라고 하긴 뭣하군요."

내 말에, 제퍼슨은 안전장치를 무효화하는 법을 보여 주었다.

"물론 이 설정에서는 발송자도 불타 버립니다. 딱 '도와주세요! 폭발입니다!'라고 소리칠 시간밖에 없어요. 그걸로 충분하겠죠."

나는 그에게 레이저를 돌려주었다.

"두 번째로, 여기에서 호브 시로 곧장 돌아가고 싶습니다. 누가 함께 가 주시면 좋겠어요. 왓슨 씨, 산책하실래요?"

"좋습니다. 나오미, 나중에 봐. 걱정하지 말고."

나오미는 내내 짓고 있던 냉랭한 표정 그대로 경련하듯 고개를 끄덕였다.

얼마 가지 않아 왓슨이 말했다.

"해밀턴 요원님, 다른 사람들을 방해하지 않게 우리 헬멧 마이크를 조정할 수 있습니다."

"어떻게 하는지 알아요. 길이라고 부르시죠."

"전 알란입니다."

우리는 라디오를 서로에게만 들리게 맞추었다.

"제가 핵심을 놓치고 있었다는 생각이 이제야 들었습니다. 우리는 다른 사람들과 같은 살인자를 찾고 있지 않아요. 우리는 나오미가 무죄라고 생각하죠. 그렇죠?"

"나오미는 결코 숨어 있다가 사람을 죽이지 않을 겁니다."

"그 말인즉, 우리는 다른 사람을 찾고 있어요. 나오미의 경로를 따라가도 우리 앞에 살인자가 나타나지 않겠죠. 나오미는 살인자를 본 적도 없으니까요."

알란이 내 말에 넘어왔다. 긴장을 조금 풀었다.

"나오미는 살인자가 어디에 없었는지조차 우리에게 알려 주지 못해요. 나오미가 별을 봤던 그 장소…… 살인자는 나오미가 떠난 다음에 그곳에 왔을지도 몰라요. 펜즐러가 살인자를 봤다고 했죠? 제퍼슨 말로는 그랬다던데요."

나는 십 년 전 나오미를 알지만, 알란 왓슨은 지금의 나오미를 안다. 그는 나오미를 믿었다. 내가 틀렸을까?

나는 의문을 제기했다.

"펜즐러가 뭔가를 보았다고는 했지만, 압력복의 형태도 설명을 못 했어요. 사람 비슷한 게 기울어진 바위를 지나서 있었다는 정도였죠. 그러니 천천히 주위를 돌아보며 그 기울어진 바위에 가 봅시다."

우리는 거의 틈이 없는 환한 빛과 그림자의 웅덩이들 사이를 지났다. 색깔은 대개 갈색, 회색, 흰색이었다.

"무얼 찾아야 할지 알면 좋을 텐데. 나오미가 아무것도 잃어버리지 않아서 유감입니다."

"우리는 나오미가 떨어뜨린 물건을 찾는 게 아니에요. 살인자는 분명히 여기 있었습니다. 크리스의 창문이 보여야 했을 테니 높은 장소들을 확인해야 합니다. 우리는 탈것의 자국이나 로켓의 분사 흔적, 경찰이 수색을 시작하기 전에 살인자가 여기에서 빠져나갈 수 있었을 무언가를 찾고 있어요. 시간이 십 분 남짓 있었을 겁니다. 레이저를 찾을 수 있었을지도 모르지만, 범인이 부수었을 수도 있습니다."

나는 대수롭지 않게 대꾸했다.

"요원님의 상상 팔로요?"

회의적인 말투였다. 나오미가 기소당해 내가 증언을 하면, 그에게 내 상상 팔을 비웃을 기회가 오겠지.

나오미가 여분 장기로 해체되는 상상을 하니 소름이 끼쳤다. 나오미 일에는 도무지 초연할 수가 없었다. 하지만 사랑과 미움을 더해 무관심이 남는다 해도…… 내가 나오미에게 아무 감정이 없다고 해도, **그래도** 그것은 조지 바의 그림을 가위로 자르는 것과 같았다. 반달리즘이었다.

"나오미가 별을 봤다는 저 꼭대기가 평평한 바위 맞았죠?"

알란이 말했다.

"네에. 크리스의 창문이 끝내주게 보였죠. 저는 나오미가 우리를 그곳으로 데려간 것을 믿지 않습니다. 알란, 월인이 달밤에 밖으로 구경을 나갈까요?"

그가 웃음을 터뜨렸다.

"월인은 언제든 이 주를 기다릴 수 있죠. 여행객들은 집에 가야 하고요."

다시 침울한 표정.

"여행객들은 보통 낮에 움직여요. 확실히 이상해 보이긴 하네요. 젠장."

빛과 그림자. 온갖 월면의 풍경과 증거의 부재. 햇살을 완전히 받을 때마다 눈이 부셔 눈을 깜박여야 했다. 헬멧의 차양이 짙어지는 데 아주 짧은 시간이 걸렸는데, 그마저도 너무 길었다. 우리는 쉬운 길을 택했지만, 확실히 창문이 잘 보였을 꼭대기들에는 멈추고 올라가 보았다.

침묵이 불편해졌다. 내가 물었다.

"아버님의 성함은 도시에서 딴 것인가요?"

"아…… 어느 정도는요. 이 시의 설립자인 그 야콥 호브스트라이트가 저의 증조부예요. 증조부에게는 딸이 둘 있었는데, 한 분에게는 자식이 없었고 다른 한 분은 제 아버지와 세 고모를 낳았죠. 그러니 저희는 유전적으로 직계예요. 아버지는 사실상 시장으로 태어나셨어요. 우리는 아버지가 어떻게 자라났는지 얘기했죠. 저기, 거기에서 떨어지세요. 얼마나 깊을지 몰라요."

막 레이저 조각을 찾아 먼지 웅덩이로 발을 끌며 들어가려는 참이었다. 하지만 물론, 그의 말이 옳았다.

"영사실에 한 번 더 가고 싶군요. 해 줄 수 있어요?"

"아마도요."

"나오미에게 영사실을 보여 준 적이 있나요?"

알란이 발걸음을 멈추었다.

"어떻게 아셨어요?"

"그냥 궁금했어요."

우리는 한동안 구부러진 길을 말없이 걸었다.

한참 만에 알란이 말했다.

"외계에서 오는 중요한 사람들은 꼭 아이를 만나야 했어요. 바로 저였죠. 예전에 아버지한테 그러기 싫다고 말한 적이 있어요. 아버지는 증조부께서 시장이실 때 당신도 똑같은 일을 겪었다고 하셨죠. 할머니가 아버지의 학교 교과를 골랐어요. 정치과학, 공기순환공학, 생태학, 경제학. 아버지의 첫 번째 일은 정원 일이었어요. 그다음에는 유지 보수 쪽에서 공기 시스템을 관리하셨죠."

"당신은? 당신도 시장직에 걸맞은 준비를 하고 있나요?"

"아마도요. 아버지도 한동안 경찰에 있었거든요. 전 호브스트라이트 시를 운영하고 싶은지 잘 모르겠어요. 아버지가 억지로 시키지 않으시리란 점은 확실해요. 제가 할 수 있을지는 모르겠어요. 일단 지금은 시장을 하고 싶지 않아요. 여행을 하고 싶어요. 길, 저길 봐요. 기울어진 바위에 거의 다 왔습니다. 너무 가깝네요."

"글쎄요. 애당초, 저는 고리인이 달에서 받는 거리감을 신뢰하지 않습니다."

"흠. 네. 사실…… 살인자가 가까이 있었을수록, 펜즐러가 살인자를 봤을 가능성이 높아지죠. 나오미는 저 멀리 서쪽에 있었으니 살인자를 못 봤을 테고요. 살인자는 바위 바로 뒤에 있었을 수도 있어요."

"그렇죠. 한번 봅시다."

"펜즐러에게 보이려면 햇볕을 받고 있었겠죠?"

알란이 쪼그려 앉았다가 뛰어올랐다. 날아올랐다. 지독히도 우아했다. 그가 그린 포물선은 바위의 둥근 꼭대기에서 정점에 달했다. 그는 팔다리로 바위에 매달려 다음 조사를 시작했다. 내가 보기에는, 야심만만한 명사수가 있기에는 위태롭게 높은 위치였다.

크리스의 창문에서 보인 기울어진 바위는 길쭉한 달걀 모양이었다. 어둠의 이쪽 면은 거의 평평했다. 헤드램프를 비추어 보았다. 표면은 거칠고 하얬다. 장갑 낀 손으로 표면을 긁었다. 잘 바스러지는 흰색 물질이 손가락에 붙었다가, 눈앞에서 사라졌다.

이게 뭐지?

"레이저 부품, 발자국, 푹푹이 자국 다 없어요. 아무것도 없어요. 주위에 먼지가 너무 많아요. 살인자한테 뇌가 있었다면 먼지투성이 지대를 걷지는 않았을 거예요. 길, 돌아가야 해요."

알란이 말했다.

"제 생각은 달라요. 전 크리스가 살인자를 못 봤다고 생각해요."

"네?"

"살인자가 왜 햇볕 아래에 있겠어요? 눈이 부셔서 반쯤 앞이 안 보였을 겁니다. 막 동이 터서 이 지역 대부분은 그림자에 있었죠. 크리스에게 보이려면 햇볕을 찾아서 서 있어야 했어요. 분명히 바보 같은 소리죠."

"그러면 그가 본 건 뭐예요?"

"그건 모르겠군요. 크리스의 방을 한 번 더 보고 싶습니다."

"길, 당신은 이 일에 무슨 관계가 있죠?"

"미학적인 관계랄까요. 나오미는 해체당하기에는 너무 아름답잖아요."

너무 경박한 답이었다. 나는 고쳐 말했다.

"저는 나오미를 한때 사랑했고, 한때 증오했습니다. 이제 그녀는 곤란에 처한 오랜 친구이고요. 당신은?"

"저는 나오미를 사랑해요."

우리는 이제 단서를 찾지 않았다. 기울어진 바위는 우리 뒤에 있었다. 펜즐러는 여기에서 아무것도 보지 못했을 것이다. 알란 왓슨은 자신의 숲에서 예리한 눈을 가진 인디언이나 본거지의 물정에 밝은 노상강도처럼 달의 이 지역을 잘 알았다. 그는 볼만한 것은 무엇이든 보았다. 내 눈에는 모두 똑같은 달 표면이었다.

그가 회의 이야기를 하게는 만들었다.

"열 명 중 여섯 명이 외계인이죠. 우린 다수표도 못 돼요. 왜 그점을 싫어하는 시민들이 있는지 알겠어요. 하지만 그들은 틀렸어요. 달은 진흙과 하늘 사이 중간쯤에 있는 여관 같은 곳이죠. 지구와 고리 사이에 말이에요. 그래서 우리가 이득을 취하고 있지만, 당신들 양쪽 모두를 계속 만족시키기도 해야 해요. 장기은행 문제는 일을 쉽게 만들어 주지 않고 있고요."

강의하듯 말하는 그는 어쩐지 더 나이 들어 보였다. 정치에 입문하면 성공하리라.

"아버님의 관점도 같은지 물어도 될까요?"

"부자간에 그 얘기를 하기는 했지만, 제가 아버지 말을 인용한 건 아니에요."

그가 미소를 지었다.

"지난번 회의로 보존 탱크가 만들어졌죠. 나오미가 기결수가 된다고 해도, 보존 탱크에 육 개월을 머무를 거예요. 나오미의 결백을 증명할 시간이 육 개월은 있으니 정말 다행이에요."

"이런, 알란, 나오미도 압니까? 필요 이상으로 겁을 먹었을지도 모릅니다."

"아, 맙소사!"

알란이 몸서리쳤다.

"말 안 했군요. 기회를 만들어요. 나오미가 방문객을 받을 수 있습니까?"

"전화가 꺼졌고 문이 나오미의 목소리에 반응하지 않도록 설정된 개인실에 있어요. 분명히 경찰은 방문해도 괜찮을 거예요. 그냥 미처 생각을 못 했어요. 재판이 모레니, 나오미는 거기까지라고, 그게 끝이라고 생각하고 있겠네요. 제가 나오미에게 말할게요. 길, 지금 뭐 하세요?"

우리는 호브스트라이트 시에 도착했다. 나는 크리스 펜즐러의 창문에 딱 붙어 있었다.

"다른 방향에서 범죄 현장을 확인하는 겁니다."

내가 카메라 세 대에 찍히는 자리에 서 있다는 것을 달갑게 확인했다. 우리의 어설픈 살인자가 창문에 작은 폭탄을 설치하려고 했을 수도 있다고 생각했다.

안을 들여다보았다. 크리스는 턱에서 배꼽까지와 양 겨드랑이 사이가 폼 플라스틱으로 덮인 채 침대에 바로 누워 있었다. 이동식 오토닥이 연마한 강철 간호사처럼 크리스 위에 있었다.

356

"알란, 이리 잠깐 와 봐요. 저 안에 홀로그램 모형 같은 게 보입니까? 벽이나 탁자에서?"

"아뇨."

"저한테도 안 보입니다. 젠장."

"왜요?"

"옮겨졌을지도 모릅니다. 전 아직도 왜 우리의 잘난 저격수가 사격 직전에 햇볕 아래 얼굴을 내밀고 굳이 눈멀었는지 모르겠어요. 크리스가 벽에 어머니나 다른 누군가의 홀로를 틀어놓고, 저격당하기 직전에 창문에 반사된 홀로그램을 봤던 게 아닌가 생각했죠. 그러나 아무것도 없군요."

"네."

문이 열리고 해리 맥캐비티가 들어온 후 닫혔다. 의사는 잠시 의식 잃은 환자를 진찰하더니 오토닥 화면으로 옮겨 가 자판을 두드리고 화면을 읽고 다시 자판을 두드렸다. 솜털 같은 갈색 머리카락을 헝클어뜨리지 않고 손으로 훑었다. 돌아보고, 창밖에서 들여다보는 얼굴들을 발견하고 일 미터쯤 펄쩍 뛰어올랐다.

나는 손을 왼쪽으로 구부렸다. 에어록을 통해서 들어가겠습니다. 그가 우리를 쏘아보고 다시 손짓했다. 천왕성으로나 가시지!

몇 분 뒤, 우리는 문을 두드렸다. 그가 우리를 들어가게 해 줬다.

"주위를 둘러보고 있었습니다."

알란이 설득력 없는 설명을 했다.

"뭘 찾아서요?"

맥캐비티가 따졌다.

"홀로그램 초상화요. 제 생각이었습니다. 초상화가 들어갈 만한 물건을 봤습니까?"

"아니요."

"중요한 일입니다."

"못 봤다니까요!"

"그가 질문에 답할 수 있을까요?"

내가 크리스 펜즐러 쪽을 손짓했다.

"아뇨, 환자분은 내버려 두세요. 잘 낫고 있습니다. 내일이면 움직일 수 있을 겁니다. 편안하지는 않더라도 움직일 수는 있어요. 그때 물어보시죠. 길, 저녁 약속 있습니까?"

"아뇨. 몇 시가 좋으십니까?"

"삼십 분 뒤는 어떻습니까. 그림스 양의 근무가 끝났는지 확인해 봅시다. 우리와 같이할 수 있을지도 모르죠."

5. 회의 석상

우리는 식당 층 구석 자리를 골랐다. 월인들은 정원 주위로 몰려 앉는 편이었다. 우리 자리에서는 정원이 거의 보이지 않았고, 대화를 엿들을 만한 거리에 아무도 없었다.

"우리가 부부 사이가 아니라는 것만이 아니에요. 일과 시간조차 맞출 수가 없어요. 함께 있으면 즐겁지만…… 그렇지?"

맥캐비티가 끝이 벌어진 젓가락을 허공에 찌르며 말했다. 태피는 행복해하며 고개를 끄덕였다.

"계속 확인받고 싶어, 내 사랑. 길, 우리는 함께 있으면 즐겁지만 대개 공개된 환자 옆에서 만나죠. 당신이 와서 태피한테 다행입니다. 이런 상황이 지구에서는 보통이죠?"

"음, 제가 살았던 곳에서는 보통입니다. 캘리포니아, 캔자스, 호주...... 지구 대부분 지역에서 우리는 임신과 별개로 섹스를 오락으로 하죠. 물론 임신법도 있고요. 정부는 사람들에게 출산권을 어떻게 사용하라고 말하지 않지만, 어느 아버지가 출산권을 소진했는지 확인하기 위해서 조직 거부 스펙트럼을 확인하기는 합니다. 지구 전체가 하나의 문화권이라고는 생각지 마세요. 아랍인들은, 세상에, 하렘 체제로 돌아갔고, 모르몬도 한동안은 그랬어요."

"하렘요? 출산권은요?"

"왕자에게 하렘은 오락이고, 물론 왕자는 자기 출산권을 모두 씁니다. 왕자가 출산권을 소진하고 나면 아가씨들은 무제한 출산권과 알맞은 피부색을 가진 건강한 천재의 정자를 받아 임신하고, 왕자는 그 아이들을 다음 세대 귀족으로 키웁니다."

해리는 생각에 잠겨 식사를 했다.

"알라시여! 멋진 얘기로군요! 하지만 우리에게 임신은 중대한 일이에요. 우리는 정조를 지키는 편이죠. 제가 괴상한 거고요. 친한 친구 두 명을 위해 아내를 임신시켜 준 월인을 한 명 알고는 있지만...... 이름을 말했다가는 살해당할지도 몰라요."

"좋습니다. 우리는 삼자동거 관계예요. 태피와 제가 진지하게 사귀는 사이로 알려졌으면 하신다는 말씀이시죠?"

"그러면 편하겠죠."

"저한테도 편할까요? 해리, 월인들은 이런 걸 좋아하지 않는다고 들었습니다. 회의에 월인 대표가 네 사람 있어요. 그들과 소원해지고 싶지 않습니다."

태피가 얼굴을 찌푸렸다.

"이런, 난 그 생각은 못 했어."

"난 했어. 길, 당신한테 도움이 될 거예요. 월인 시민들이 정말 알고 싶은 점은 당신이 싸돌아다니며 월인 여성들의 명예를 손상시키지 않으리라는 사실이에요."

나는 태피를 보았다.

"해리 말이 맞는 것 같아. 맹세까지는 못 하겠어."

태피가 대답했다.

"알았어."

우리는 식사를 했다. 신선하고 다양한 채소가 대부분이었다. 밥 위에 양파와 피망을 곁들인 소고기 부식을 거의 다 먹었을 때, 의아한 생각이 들었다. 소고기?

고개를 들어 보니 해리가 씩 웃고 있었다.

"수입 식품이죠."

내가 입을 떡 벌리자 그가 웃음을 터뜨렸다.

"아니, 지구에서 수입한 것은 아니고요! 그 가속을 상상할 수 있겠어요? 티코에서 수입했죠. 가축 방목에 충분할 만큼 넓은 지하 구球가 있어요. 물론 엄청나게 비싸지만, 우리는 꽤 부자예요."

후식은 티코에서 온 휘핑크림을 곁들인 딸기쇼트케이크였다.

커피는 지구에서 수입한 물건이었지만, 냉동건조품이었다. 커피콩 속의 물도 어쨌든 수입을 해야 할 텐데, 무엇이든 냉동건조 방식으로 저장할지 궁금해했다가…… 자책했다. 월인들은 물을 수입하지 않았다. 수소를 수입했다. 산소를 머금은 바위를 달구고 수소를 투과시켜 수증기를 얻었다.

커피를 홀짝이며 물었다.

"일 얘기를 할까요?"

"여기 비위가 약한 사람은 없죠."

맥캐비티가 대꾸했다.

"그러면 상처부터. 목욕물 층이 빔을 그렇게 넓게 분산시킬 수 있습니까?"

"저도 모르겠어요. 아무도 몰라요. 지금껏 없었던 일이에요."

"최대한 추측해서."

"길, 달리 설명할 길이 없다면 그랬을 수밖에 없어요."

"흐음……. 바르샤바에서 살인자가 레이저가 나오는 작은 구멍에 기름을 한 방울 넣었던 사건이 있었습니다. 경찰이 무기의 정체를 밝혀내지 못하도록 아주 조금만 빔을 확산시키려고 했죠. 그놈이 술에 취해 떠들지만 않았으면 먹혔을 겁니다."

맥캐비티가 어깨를 으쓱했다.

"여기서는 달라요. 어떤 멍청이도 신호용 레이저라는 정도는 추측할 수 있었을 거예요."

"우리는 빔의 확산을 알죠. 추측해 보는 겁니다."

해리의 시선이 꿈꾸듯 먼 곳을 향했다.

"기름은 증발할까요?"

"물론입니다. 즉시."

"빔은 타다 말고 수축했을 거예요. 들어맞네요. 펜즐러의 가슴에 난 구멍은 빔이 태우던 중간에 너비를 바꾼 것처럼 보였어요."

"수축했나요?"

"수축했거나, 팽창했거나, 우리가 생각 못 한 어떤 현상이거나."

"맙소사. 알겠습니다. 나오미 미치슨은 아십니까?"

"조금요."

해리는 살짝 물러나는 것 같았다.

"친하지는 않고요?"

"네."

태피가 해리를 응시했다. 우리는 기다렸다.

"전 여기서 자랐어요."

해리가 불쑥 말했다.

"전 상대가 받아들이리라고 생각할 만한 이유가 없으면 절대 여자한테 프러포즈를 하지 않아요. 그래요, 내가 신호를 잘못 읽었을 수도 있죠. 그녀는 마치 모욕당한 월인 기혼녀처럼 반응했어요! 그래서 저는 사과하고 떠났고, 그 뒤로 우리는 서로 말을 섞은 적이 없어요. 당신 말이 맞아요. 평지인들이 다 똑같지는 않아요. 일주일 전이라면 우리가 친구 사이라고 했겠지만, 지금은…… 아니, 전 그 여자를 몰라요."

"그녀를 증오하십니까?"

"네? 아뇨."

"살인자는 펜즐러가 살았든 죽었든 상관하지 않을지도 몰라. 나오미를 다치게 하고 싶었을 수도 있어."

태피가 말했다. 나는 태피의 말을 숙고해 보았다.

"썩 마음에 들지 않아. 우선, 자기 계획이 통할지 살인범이 어떻게 알지? 밖에 다른 사람이 있었을지도 모르잖아. 둘째로, 그러면 이 도시 전체에 용의자가 잔뜩 생겨."

나는 해리의 불편함을 눈치챘다. 혹은 상상했다.

"해리, 당신은 아닙니다. 크리스를 살리기 위해 피범벅이 됐죠. 닥으로 심하게 다친 크리스를 죽이는 것은 아주 쉬웠을 겁니다."

해리가 씩 웃었다.

"그게 뭐요? 어차피 나오미는 이미 장기은행 급 범죄를 저질렀는데요."

"그렇죠, 하지만 크리스는 무언가를 목격했습니다. 더 기억해 낼지도 몰라요."

"나오미에게 죄를 씌우고 싶어 할 사람이 또 누가 있을까?"

태피가 물었다.

"난 그 생각을 그렇게 진지하게 받아들이고 있지는 않아. 그래도 나오미가 누굴 모욕했는지는 알고 싶은 것 같아. 나오미에게 접근했다가 심하게 당하고 기분 상했던 사람이 누구인지 말이야."

"월인 용의자는 몇 명 없을 거예요."

해리가 말했다.

"그렇게들 용의주도합니까?"

"그렇기도 하고, 기분 상하시라고 드리는 말씀은 아닌데, 나오미는 월인 기준에서는 썩 미인이 아니에요. 너무 땅딸막해요."

"그러면 나는 대체?"

태피의 말에 해리가 웃었다.

"땅딸막하지. 나 괴상하다고 했잖아."

태피가 인류의 크고 깡마른 갈래를 향해 마주 웃었다. 나도 웃었다. 확실히 둘은 잘 어울렸다. 보고 있으니 즐거웠다.

우리는 곧 헤어졌다. 태피는 근무시간이었고, 내게는 잠이 필요했다.

시청은 지하 사 층짜리 건물이었다. 지상 층에 시장실이 있었다. 회의실은 지하 이 층이었다.

08시에 도착했다.

키가 이백사십 센티미터인 버사 카모디가 작고 새 같은 장년 고리인 여성과 열띤 토론을 벌이다가, 낯선 사람을 소개하기 위해 잠깐 멈추었다. 고리 정부에서 온 힐데가르드 퀴프팅이었다.

크리스 펜즐러는 안전띠와 지면 효과 치마 장치가 있는 커다란 안락의자에 앉아 있었다. 가슴에는 부드러운 거품이 덮여 있었다. 자신의 잘못을 곱씹고 있는 듯한 모습이었다.

어쨌든 인사를 했다. 그가 고개를 들었다.

"옆 탁자에 커피와 롤이 있어요."

그는 그쪽으로 손을 흔들려고 했다.

"아야!"

"아프세요?"

"뭐."

나는 폼 플라스틱 슬리브가 끼워진 입구가 작은 병에 든 커피를 가져왔다. 대표들이 천천히 들어와 모두 출석했다.

초면인 월인, 코페르니쿠스의 찰스 와드가 의장을 선출하러 나와 티코 돔의 버사 카모디를 후보로 세웠다. 대표 열 명 중 월인이 네 명이니 의장은 월인일 수밖에 없었다. 그래서 나는 버사에 투표했다. 다른 사람들도 모두 그랬다. 월인들은 쉽게 얻은 승리에 놀란 것 같았다. 어쨌든 버사는 좋은 선택이었다. 우리 중 목소리가 가장 컸다.

아침 시간은 이미 알려진 상황을 확인하며 보냈다.

고리와 달과 국제연합은 갈아야 할 도끼를 하나씩 가지고 있었다. 공식적으로 달은 지구의 위성이고 사소한 범죄에도 사형을 선고하는 국제연합법의 구속을 받았다. 죄인을 벌할 뿐 아니라 죄 없는 투표권자들에게 이식용 장기를 공급하기 위해 만들어진 법들이었다.

지구와 고리 사이의 윤리적인 거리는 물리적인 거리만큼이나 광대했다. 지구의 병원들은 백 년이 훌쩍 넘게 범죄자들을 공급받아 왔다. 루카스 가너가 젊었을 때, 살인, 납치, 반역 등등의 죄에 사형이 부활했다. 의료 기술이 향상되고 가난한 국가들에 확산되면서, 공공 장기은행에 대한 수요는 계속 증가했다. 무장 강도, 강간, 절도에 사형이 도입되었다. 정신이상이라는 호소는 쓸모없어졌다. 결국은 소득세 탈세나 화학물질에 취한 채 운전한 중죄인들이 죽었다.

고리의 병원에도 장기은행은 있었지만, 큰 차이점이 있었다. 고리에서는 이식 장기를 덜 사용했다. 고리인들은 진화가 무모한 사람들을 다스리게 내버려 두는 경향이 있었다. 고리인들은 평등주의자가 아니었다.

게다가 어쨌든 우주 사고는 부상자를 거의 남기지 않는다. 고리인들은 직접 사형을 집행하지 않았다. 이십 년 전까지, 고리인들은 기결수를 지구행 우주선에 태워 보낸 다음 장기를 되사들였다. 이론적으로, 그들의 법은 평지인들의 목숨에 대한 탐욕에 영향을 받지 않았다.

달은 중력이 낮아 고리인들에게 처형 장소로 훨씬 적당했다.

그래서, 첫 번째 회의가 소집되었고 이상한 결과가 나왔다.

2105년 회의에서 중요한 합의가 이루어졌다. 가장 큰 건은 보존 탱크였다. 보존 탱크는 특별했다. 고리인들이 보존 탱크 건설을 고집했고 UN이 굴복했다. 보존 탱크는 기결수를 움직이지 못하지만 건강하게 살아 있는 상태로 육 개월 동안 보존한다. 만약 새로운 증거가 발견되면 기결수는 되살아났다.

이십 년 후, 이 해결책은 맹비난을 받았다.

힐데가르드 퀴프팅이 지난 이십 년간 있었던 달의 법적 판단의 개요를 요구했다. 특히, 보존 탱크가 살아 있는 중죄인을 억지로 토해 낸 적이 있나?

찰스 와드가 응답했다. 키가 백팔십 정도에, 머리숱이 줄고 있는, 피부색이 짙고 약해 보이는 삼십 대 후반 남자였다. 그는 무미건조한 어조로 지난 삼십 년 동안 육천 명의 중죄인이 달의 법정에서 판결을 받고 병원으로 보내졌다고 말했다. 그중 월인은 천 명 이하였다. 고리 중죄인들은 고리의 법원에서 심판받았다. 달의 병원은 형 집행 장소로서의 기능만을 담당했다. 어떤 판결도 지금 껏 뒤집힌 적이 없었다.

와드는 코페르니쿠스 돔의 대표였는데, 코페르니쿠스 돔은 사실 여러 돔체, 금속 광산, 달의 세 주요 병원 단지 중 하나의 집합체였다. 와드는 도표, 지도, 통계로 무장하고 왔다. 일 년에 평균 백이십 건의 형을 집행했다. 대부분은 고리 교역소와 그리말드 크레이터의 우주 기재 발사 장치에서 온 고리인들이었다. 병원은 일 년에 환자를 사백 명 정도 받는데, 환자는 대부분 월인이고, 달의 인구가 증가하면서 환자 숫자도 해마다 늘어나고 있었다. 나는 주의 깊게 경청했다. 코페르니쿠스는 나오미가 유죄판결을 받으면 보내질 장소였다.

정오쯤 점심 배달이 왔다. 우리는 낮은 목소리로 대화하며 식사를 했다. 카모디가 소집을 명했다. 시작하자마자 마리온 섀퍼가 달의 병원들이 고리 법원에서 보낸 만큼에 해당하는 장기를 이식용 재료로 내보냈는지 확인하고 싶다고 요구했다.

와드는 약간 오만한 태도로, 고리 이식용 장기들은 형태가 좀 올바르지 않은 경향이 있다고, 예를 들어 고리인의 팔이나 다리뼈와 근육은 월인에게는 너무 심하게 짧다고 대꾸했다. 그야 당연했지만, 마리온이 한 질문의 뜻은 그것이 아니었다. 그녀는 얼마나 많은 이식용 재료가 달에서 지구로 가는지 알고자 했다. 상당히 많았다.

회의가 양극화되고 있었다. 고리인들과 평지인들이 양 극단에, 월인들이 가운데 위치했다.

연약하고 늙은 힐데가르드 퀴프팅에게, 장기은행 문제에 대한 우리의 접근법은 극악무도했다. 건강하고 살아 있는 투표권자들을 위해 있는 기회란 기회에는 모두 사형을 부과하는 방식이라니.

유엔 총회 대표인 자베스 스톤이 보기에 범죄자들은 어떤 방식으로든 구원을 받는 것만으로도 운이 좋았고, 고리인들은 그렇게 우월한 양 행동할 것 없었다. 스테이크 주문이 들어오면 소를 잡아 죽여야 했다. 얼마나 많은 이식 장기들이 퀴프팅의 목숨을 지탱하고 있는데?

카모디가 그 질문은 규칙에 반한다고 판단했지만, 퀴프팅은 대답하기를 고집했다. 그녀는 **한 번도** 이식을 받은 적이 없다고 호전적으로 대답했다. 나는 대표들 사이에 오가는 불편한 표정을 눈치챘다. 어쩌면 그들은 나를 알아챘는지도 몰랐다.

긴 회의였다. 저녁 식사 시간이 꼭 알맞은 때 왔다.

나는 살랑거리는 소리가 작게 나는 크리스 펜즐러의 에어쿠션 의자 옆에 자리 잡았다.

"말씀을 거의 안 하시네요. 이 일을 하실 수 있겠어요?"

"아, 있고말고요."

그가 그럭저럭 웃음을 지었다가 거두었다.

"내가 언젠가는 죽는구나 싶어요. 몸에 총구멍이 나면 사람은 생각하게 되죠. 나는 죽을 수 있다. 딸애가 하나 있어요. 같이할 시간이 없었죠. 늘 돈을 벌고 경력을 쌓느라 바빴고……. 제가 수성으로 가던 중에 태양 플레어가 폭발했고, 이제 전 불임이죠. 제가 죽으면 남은 저는 그 애 하나뿐일 거예요. 거의."

"삶의 질도 삶의 수만큼이나 중요하지요."

진부한 말이었지만, 그는 생각에 잠겨 고개를 끄덕였다.

"저를 죽이고 싶을 만큼 미워하는 사람이 있어요."

"나오미 미치슨이 당신을 그만큼 미워하나요?"

그가 인상을 썼다.

"그녀에게는 동기가 없어요. 아, 꽤 이상한 여자이기는 하고, 저를 좋아하지 않지만……. 알고 싶군요. 부디 그 여자였으면 좋겠어요."

그렇겠지. 나오미가 범인이 아니라면 그 어설픈 살인자가 아직 마음대로 돌아다니고 있을 테니까.

"방에 홀로그램이 있습니까? 아니면 어떤 종류의 동상이나?"

그가 나를 빤히 쳐다보았다.

"없는데요."

"이런. 전화는 잘 작동하고요?"

"네, 잘 작동합니다. 왜요?"

"그냥 떠오른 생각입니다. 누군가를 봤을 때 기울어진 커다란 바위 너머를 보고 있었다고 하셨죠. 바위의 어느 쪽이었습니까?"

"기억이 안 나요."

그가 곰곰이 생각했다.

"이거 정말 이상하네. 기억이 안 나요. 호브 시장님?"

그가 소리쳤다. 호브는 막 복도 끝의 나선형 계단을 올라오던 중이었다. 그가 깜짝 놀라 쳐다보았다.

"안녕하세요, 크리스, 길. 회의는 어떤가요?"

"어느 정도 마찰이 있고……."

크리스가 내 말을 잘랐다.

"우리가 당신 집무실에 좀 들어가도 될까요?"

"물론이죠. 왜요?"

"창밖을 보고 싶어서요."

그는 몹시 흥분한 듯했다. 시장이 어깨를 으쓱하고 계단 위로 길을 안내했다.

시장실은 크고 넓었다. 책상에 붙박인 컴퓨터 터미널은 홀로그램 벽과 두 개의 화면에 연결되었다. 접히는 덮개가 달린 사십오 센티미터짜리 키보드가 있었다. 홀로그램 벽에는 아말테아*보다 가까이에서 찍은 목성의 폭풍이 월풀에 쏟아부은 수백 가지 색조의 물감처럼 소용돌이쳤다. 지구를 집어삼킬 만큼 거대하고 영원한 폭풍들. 호브스트라이트 왓슨은 자존심이 매우 강한 사람이 틀림없다는 생각이 들었다. 아니라면 대체 어떻게 저 옆에서 살고 일할 수 있겠나?

남쪽으로 난 사진 창은 타는 듯한 달의 표면을 향해 있었다. 크리스가 최대한 창문에 가까이 다가갔다.

"안 보이네요. 우리 방에 가야겠어요."

---

* 목성의 위성 중 하나.

"대체 무슨 일이죠?"

시장이 물었다.

"저는 빔을 맞기 직전에 커다란 바위 너머를 보고 있었어요. 바위 이쪽이나 저쪽에 있는 살인자를 분명히 봤는데, 어느 쪽인지……."

"그가 바위보다 가깝지 않았던 것은 확실합니까?"

펜즐러가 눈을 질끈 감았다.

그리고 잠시 후 말했다.

"거의 확실해요. 그렇게 가까이에서 그렇게 작게 보이려면 난쟁이여야 해요. 확신할 수 있다면 좋으련만."

"크리스, 당신이 방 안에서 작은 홀로그램이나 전화 화면의 반영을 보았을지도 모른다고 생각했습니다. 가능한가요?"

크리스가 어깨를 으쓱하자, 호브 시장이 말했다.

"그러려면 전화가 켜져 있었어야 하겠죠? 제대로 작동하는 전화라면 화면이 크리스를 향하고 있었을 테고요. 크리스, 욕조에서 전화를 했나요?"

"아뇨. 제 전화는 제대로 작동하고요."

그래서 우리 세 사람은 복도를 지나 크리스의 방으로 갔다. 크리스가 알란 왓슨과 내가 조사했던 기울어진 바위를 가리켰다. 우리가 한참 바위를 관찰한 다음, 크리스가 말했다.

"도무지 기억이 안 나요. 하지만 그는 바위보다 적어도 두 배 멀리 있었어요."

내 방에서 내근 경사에게 전화를 걸었다.

"나오미 미치슨과 이야기하고 싶습니다. 가능한 직접요."

그가 나를 보았다.

"담당 변호사가 아니시죠?"

"그렇다고 한 적 없습니다."

그가 생각해 보더니 말했다.

"미치슨 부인의 변호사를 통해 연결해 드리겠습니다."

그는 전화를 걸고 기다렸다.

"분 씨가 부재중이십니다. 자동응답기 말로는 의뢰인과 면담 중이라고 합니다."

"그러면 두 사람과 같이 이야기하게 해 주십시오."

그가 골똘히 생각에 잠겼다.

"그러면 드루리 경사님에게 연결해 주십시오. 만약 그건 가능하다면 말입니다."

그는 눈에 띄게 안도했다. 그가 전화를 걸었다. 전화 화면이 꺼진 채로 로라 드루리의 목소리가 들려왔다.

"잠깐만요. 길 해밀턴이죠?"

"네, 미치슨 부인과의 대화 허가를 받으려고 애쓰고 있습니다. 내근 경사가 질질 끌어서요."

"어디 볼까요. 지금은 변호사와 함께 있을 겁니다. 부인 전화로 변호사를 연결해 보죠. 국선변호인 아르테무스 분입니다."

"월이요?"

"그렇습니다. 용의자의 경로를 따라가서 뭔가 알아냈습니까?"

"확실한 것은 없네요."

화면이 밝아졌다. 로라 드루리는 백금색 점프수트의 지퍼를 올리는 중이었다. 화면이 한 박자 빨리 켜진 모양이었다. 지퍼가 그녀의 젖가슴에 걸렸다. 그럴 만도 했다. 그녀의 얼굴이 달아올랐다. 지퍼를 세게 잡아당겼다. 지퍼가 올라갔다. 나는 웃음을 꾹 참았다.

"제퍼슨은 그녀가 거짓말을 하고 있다고 생각합니다. 그러나 무엇에 대해 거짓말을 하는지는 알아내지 못했어요."

그녀가 말했다. 나도 똑같은 생각을 했다.

"저도 그쪽으로 더 자세히 알아보고 싶은 겁니다. 분이라는 변호사를 통해야 하죠? 경사님이 변호사를 설득하지 못하면, 제가 그와 직접 얘기해도 괜찮을까요? 저는 그녀를 돕고 싶습니다."

"알아보겠습니다. 기다리세요."

그녀가 전화를 통화 중으로 돌렸다.

일 분 정도 뒤에 전화가 왔다.

"요원님과 만나지 않겠답니다. 대화도 하지 않겠다네요. 유감입니다."

"맙소사! 변호사가 그렇게 말했어요?"

"카메라 밖에서 미치슨 부인과 먼저 얘기한 것 같습니다."

"고마워요, 로라."

전화를 끊었다.

어쨌든 나오미에게 접근할 방도를 궁리하다가 포기했다. 나오미에게 할 말이 별로 없었다.

6. 월법月法

　회의는 08시에 재개되었다. 나는 태피와 아침을 먹었지만, 나머지 대표단은 버사 카모디가 개회를 선언했을 때 한창 먹고 마시고 있었다.

　찰스 와드가 발언권을 요구했다.

　"우리들의 견해 차이는 모두 월법과 월법의 집행 과정에 관련이 있다는 생각이 들었습니다. 그렇지 않습니까?"

　동의하는 소리가 들려왔다.

　"그러면 여러분에게 상기시키고자 합니다. 크리스 펜즐러 살인 미수로 기소된 나오미 미치슨의 재판이 한 시간 후에 시작됩니다. 우리 중 몇 명은 목격자로 불려 갈 것입니다. 특히 펜즐러 씨는 아직 부상에서 회복 중이십니다. 아마 마음이 재판에 쏠려 있겠죠."

　약하고 검고 깡마른 그가 말했다. 크리스가 동의의 뜻으로 고개를 끄덕이다가 고통에 얼굴을 찡그렸다.

　"맞는 말씀이신 것 같습니다. 저는 집중을 못 할 거예요."

　와드가 양손을 펼쳤다.

　"그러면 달의 정의가 실현되는 모습을 실제로 참관하기 위해, 회의를 중단하고 법원에 가는 것이 어떻습니까?"

　투표 결과는 찬성 여덟, 반대 둘이었다. 우리는 휴회하고 법원으로 향했다.

　법정은 아름다웠다. 설계는 표준이었다. 판사가 앉는 높은 단,

구경꾼들을 피고인, 배심원과 분리하는 난간. 원래는 피고인을 피해자의 가족으로부터 보호하기 위해 설계된 천 년 전 영국 법정의 모습이었다.

한쪽 벽은 모두 유리로, 정원을 내려다보고 있었다. 거울들이 달에 날것으로 내리쬐는 태양광을 받아 수십 개의 식물 선반으로, 거대한 붉은 삼나무로, 나무의 복잡하게 뒤엉킨 뿌리로 널리 반사시켰다. 대기에는 날개가 가득했다. 쓸모없는 식물은 없었지만, 아티초크와 사과나무 같은 가장 예쁜 식물들이 가장 닿기 쉬운 곳에 있었다.

춤추듯 흔들리는 연못들은 물을 대기 위해서만 만들어진 것이 아니었고, 구불구불한 길은 농부만을 위한 길이 아니었다. 정원은 즐기기 위해 설계되었다.

나는 정원을 바라보며 사형선고를 기다리는 기분이 얼마나 끔찍할지 생각했다.

나오미는 정원을 바라보고 있었다. 금발 머리는 몇 시간은 걸렸을 모양으로 높게 틀어 올렸다. 의상과 화장에 신경을 많이 썼다. 나비 문신은 지웠다. 나오미는 기저에 공포를 숨기고 차분한 듯한 모습이었다. 월인 변호사의 속삭임에는 짤막하게 대답했다. 비명을 지르기 시작하면 마취 총을 잔뜩 맞으리란 사실을 알고 있는 것이 분명했다.

유죄일까?

나오미에 관한 한, 나의 판단은 공정함과 거리가 멀었다.

크리스 펜즐러는 나오미가 유죄라고 생각했다. 그는 증언을 하며 나오미의 눈을 보았다.

"저는 목욕을 하고 있었습니다. 일어서서 수건으로 손을 뻗었습니다. 창밖에 남자인지 여자인지 사람을 한 명 본 것 같습니다. 그 다음에 붉은 빛이 번쩍했습니다. 빛이 가슴으로 날아와 저를 욕조 안으로 도로 넘어뜨렸고, 저는 머리를 부딪쳐 기절했습니다."

검사는 키가 이 미터가 넘고 몸무게는 나 정도인 창백한 금발 여자였다. 엘프처럼 아름답고 완벽한 삼각형 얼굴에, 인간의 약점은 없어 보였다.

"압력복은 무슨 색이었죠? 표식이 있었나요?"

펜즐러가 고개를 저었다.

"볼 시간이 없었습니다."

"하지만 한 사람은 보았죠."

"네."

그가 대답하고 나오미 쪽을 보았다.

"여기 사람이었나요? 우리는 키가 더 크고 마른 편입니다."

검사가 추궁했다. 다른 사람들은 웃음을 터뜨렸지만, 크리스는 웃지 않았다.

"모르겠습니다. 일 초도 안 되는 시간이었고…… 그다음에는 시뻘겋게 달아오른 긴 창에 꿰뚫리는 것 같았습니다."

"얼마나 떨어져 있었나요?"

"삼사백 미터쯤입니다. 여기서는 거리를 정확히 모르겠습니다."

"나오미 미치슨이 증인을 미워할 이유가 있나요?"

"저도 그게 의아했습니다."

크리스는 잠시 망설이다가 대답했다.

"사 년 전에 미치슨 부인은 고리 이민을 신청했습니다. 신청은 거부당했습니다."

그가 또 망설였다.

"제가 거부했습니다."

나오미의 놀람과 분노는 명백했다.

"왜였나요?"

"저는 그녀를 알고 있었습니다. 그녀에게는 자격이 없었습니다. 고리 환경에서 부주의한 사람은 죽습니다. 그녀는 자신과 주위 모든 사람들에게 위험한 존재가 되었을 겁니다."

크리스 펜즐러의 귀와 목이 불그스름해졌다.

검사의 신문은 끝났다. 나오미의 변호사가 간략한 반대신문을 했다.

"미치슨 부인을 알았다고 하셨죠. 얼마나 잘 아셨나요?"

"나오미와 이치 미치슨을 오 년 전, 지구에 머무를 때 잠시 알고 지냈습니다. 파티에 몇 번 같이 참석했죠. 이치가 광산 주식 매수를 궁금해해서 제가 자세히 알려 줬습니다."

나오미가 소리 없이 입술을 달싹였다. 나는 그녀의 입술을 읽었다. 거짓말쟁이, 거짓말쟁이.

"암살자가 달 표면에 나와 있는 모습을 봤다고 믿으시죠. 착각을 하셨거나 밖에 있는 다른 사람들을 발견하지 못하셨을 수도 있나요?"

크리스가 웃음을 터뜨렸다.

"어둠 속에서 빛나는 사람 형상을 봤습니다. 달밤이었습니다! 그림자 속에 대군이 숨어 있었을지도 모릅니다. 그 점에 관해서는, 어쩌면 제가 반사된 형체를 봤을 뿐인지도 모릅니다. 한순간밖에 보지 못했고, 그다음에는 꽝."

검사가 크리스 신문을 마치고 낯선 월인 경찰을 불렀다. 그 경찰은 무기고에서 신호용 레이저가 한 정 사라진 것이 사실이라고 증언했다.

변호사는 증인이 무기고 문을 경찰만 열 수 있다고 말하게 하려고 애썼다. 경찰은 무기고의 잠금장치가 음성과 망막 프린트에 반응하고, 물과 공기는 물론이요 시의 모든 문과 보안 잠금장치를 작동시키는 호브스트라이트 시 컴퓨터의 통제를 받는다고만 대답했다.

검사가 지구에서 보낸 나오미의 기록을 조서에 삽입할 것을 요청했다. 기억났다. 나오미는 컴퓨터 프로그래머였다.

엘프 여자가 달의 중력에서 부유하듯 우아하게 내 쪽으로 몸을 돌렸다.

"길버트 해밀턴 증인, 나와 주십시오."

나는 평지인답게 서툰 움직임으로 허공을 밟고 걸음마다 반쯤 넘어지는 움직임을 의식하며 증인석에 앉았다.

"이름과 직업을 말해 주세요."

"길버트 길가메시 해밀턴입니다. ARM입니다."

"달에는 그 자격으로 오셨나요?"

"통상 업무는 아닙니다."

내 대답에 숨죽인 웃음이 들려왔다.

"월법검토회의 참석차 왔습니다."

검사가 그것까지 물을 필요는 없었다. 판사와 세 배심원은 모두 월인이었다. 바보상자로 회의 진행 상황을 봤을 터였다. 검사는 나에게 화요일 밤에 있었던 일을 자세히 물었다. 자정에 걸려 온 전화, 펜즐러의 방 상황, 영사실 방문.

그리고 그녀가 물었다.

"가끔 외팔잡이 길이라고 불리시나요?"

"네."

"왜죠?"

"저에게는 상상 팔이 하나 있습니다."

당혹한 표정에 절로 웃음이 나왔다. 나는 너무 달변인 것처럼 들리지 않기를 바라며 설명을 했다.

"영사실로 돌아가죠."

검사가 말했다.

"못 보고 지나쳤을지도 모르는 용의자를 찾기 위해 표면을 조사했습니까?"

"용의자나 버려진 무기를 찾았습니다. 네."

"어떻게 찾으셨나요?"

"상상 손가락으로 영사된 달 표면을 쓸어 봤습니다."

방청객들이 숨죽여 낄낄 웃었다. 그럴 줄 알았다.

"그림자, 먼지 웅덩이, 신호용 레이저를 숨길 만큼 넓은 곳을 샅 샅이 조사했습니다."

"사람은요? 사람도 있었다면 찾으실 수 있었을까요? 아니면 신호용 레이저의 형체나 모양에만, 말하자면, 동조하셨나요?"

"사람이 있었다면 발견했을 겁니다."

그녀가 나를 변호사에게 넘겼다.

아르테무스 분은 이백십 센티미터가 넘는 키에 앙상한 몸, 풍성한 턱수염과 굵은 흑발의 남자였다. 나에게는 헤매는 악귀처럼 보였지만, 나는 편향되어 있었다. 월인 배심원들 눈에는 그가 길쭉한 에이브러햄 링컨처럼 보일지도 모를 일이었다.

"월법검토회의에 오셨죠. 회의는 언제 시작했습니까?"

"어제부터 했습니다."

"우리 법을 많이 개정하셨습니까?"

그는 나를 적대적 증인으로 판단했다.

"아직 뭘 개정할 시간이 없었습니다."

"보존 탱크에 관한 법조차도?"

어, 논의 내용은 기밀이 아니었나? 그러나 아무도 그를 저지하지 않았다.

"그 건은 영영 해결이 안 될지도 모릅니다."

"해밀턴 씨, 어떻게 증인이 국제연합의 입장을 대표하는 사람으로 선정되었습니까?"

"저는 칠 년 동안 고리에서 광부로 일했습니다. 지금은 ARM 요원이고요. 그러니 두세 가지 중대한 관점을 가지고 있습니다. 월인들의 관점도 최대한 익히려고 노력하고 있습니다."

"최대한 말이죠."

분이 미심쩍다는 투로 말했다.

"뭐, 네. 참으로 편리하게도 나오미 미치슨이라는 단 한 명의 용의자만 나타났다는 사실 때문에 저희가 무언가를 간과했을지도 모르죠. 피고인이 체포되었을 때, 증인은 현장에 있었습니다. 피고인이 무기를 가지고 있었습니까?"

"아니요."

"신호용 레이저를 찾아보았다고 하셨죠. 증인의 상상 손가락으로 얼마나 많은 상상 달 표면을 확인하셨습니까?"

"크리스 펜즐러가 욕조에서 볼 수 있었으리라 여겨지는 구역, 도시 서쪽의 불모지를 수색했습니다. 서쪽 봉우리들과 먼 비탈들까지 살폈습니다."

"무기를 찾지 못했죠?"

"네."

"초능력은 항상 불안정하죠? 과학은 초능력의 존재를 인정하기조차 꺼렸고, 초능력자의 증언 능력을 인정하는 법은 천천히 도입되었습니다. 해밀턴 씨, 말씀해 주시죠. 증인의 특별한 능력이 신호용 레이저를 놓쳤다면, 사람을 놓쳤을 수도 있습니까?"

"물론 가능합니다."

반대신문이 끝났다.

차가운 눈빛의 엘프 여자가 나에게 물었다.

"총을 조각으로 부숴 버렸다면 어땠을까요? 찾으실 수 있었을까요?"

"모르겠습니다."

그들이 나를 놓아주었다. 나는 도로 앉았다.

검사가 전문가 증인을 불렀다. 동양계로 보이는 남자였는데, 알고 보니 월인 경찰이었다. 그는 사실 나보다 키가 작았다. 나오미의 압력복을 검사했고 잘 작동하고 있음을 확인했다고 증언했다. 검사 과정에서 그는 나오미의 압력복을 입고 밖에 나가 보았다.

"꽉 끼었습니다."

그가 말했다.

"달리 발견하신 점이 있나요?"

"냄새가 났습니다. 몇 년 된 옷이었고, 분자여과장치는 정말 세척이 필요했습니다. 몇 시간 입고 있으면 피로독이 공기 환류에 쌓이고 냄새가 나기 시작합니다."

그들은 옥타비아 버드리스를 불러냈다. 나는 전개를 이해하기 시작했다.

"경찰이 저에게 압력복을 한 벌 주고 입으라고 했습니다. 입었죠. 제가 우주에 익숙하지 않기 때문에 저를 선택했던 것 같습니다. 저는 압력복 입는 법도 잘 모릅니다."

"뭔가를 발견하셨나요?"

"네, 희미한 화학약품 냄새가 났습니다. 어, 음, 불길할 만큼 불쾌하지는 않았습니다. 그래도 저라면 밖에서 입기 전에 수리를 맡겼을 겁니다."

살인자는 크리스 펜즐러가 욕조에서 일어나자마자 레이저를 쏘았다. 이미 한참을 기다렸을 것이다.

펜즐러가 욕조에서 나올 때까지 조금만 더 기다리지 않은 이유가 무엇인가? 압력복에서 나는 냄새 때문이었다. 나오미 미치슨은 공기 공급이 나빠지고 있다고 생각했다. 그래서 기다리기를 두려워했던 것이다.

나는 확신이 서지 않았다. 어떤 살인자든, 크리스가 욕조에서 철벅거리는 동안 불편한 달 표면에서 기다리고 있자면 참을성을 잃었을 수 있었다. 하지만 나오미에게 불리한 요소였다.

재판이 점심을 위해 휴정했다.

점심 식사 후, 변호사는 나오미 미치슨을 불러냈다.

분의 신문은 간단했다. 나오미에게 신호용 레이저를 훔치고 그걸로 크리스 펜즐러를 죽이려고 했는지 물었다. 나오미는 그런 적 없다고 맹세했다. 분이 문제 된 시간 동안 무엇을 하고 있었는지 묻자, 나오미는 법정에서도 우리에게 했던 이야기를 조금 더 구체적으로 했다. 지금까지 크리스 펜즐러를 좋아하지 않을 어떤 이유도 없었다고 맹세했다. 분은 더 질문할 사항이 있을지도 모른다고 말하고 피고인을 검사에게 넘겼다.

엘프 여자는 시간을 낭비하지 않았다.

"2121년 9월 6일, 소행성대 사회로 이민을 신청하셨나요?"

"네."

"어째서였죠?"

"만사가 엉망이었어요. 전 나가고 싶었습니다."

"무엇이 엉망이었나요?"

"남편이 저를 죽이려고 했습니다. 전 욕실 중 하나에 들어가 문을 잠그고 창문으로 탈출했어요. 남편은 우리 딸을 죽이고 자살했습니다. 그게 6월이었어요."

"남편이 왜 그랬죠?"

"몰라요. 생각해 봤지만, 모르겠어요."

"제가 도와 드릴 수 있을지 한번 보죠. 기록에 따르면, 이치 미치슨은 프로 코미디언이었습니다. 그의 농담은 과거에 마초라고 불리던 이미지에 기반을 두고 있었죠. 자신의 여자를 성적으로 독점하는 동시에, 본인은 여성들에게 매력적이고 무제한적인 성관계를 갖기를 기대하는 남성상입니다. 맞나요?"

"대충요."

"사생활에서도 그랬나요?"

"거의 그랬어요. 과장한 면도 좀 있었지만, 원래 그런 사람이었다고 생각합니다."

"어린 딸이 있었다고 했죠?"

"미란다라고 해요. 2117년 1월 4일에 태어났죠. 이치가 살해했을 때 네 살 반이었어요."

나오미의 평온이 깨지고 있었다.

"피고인과 남편은 둘째 아기 출산을 신청했죠?"

"네. 하지만 그때 이치의 할머니가 장기은행에 있었습니다. 그분은…… 말해야 하나요?"

"아뇨, 조서에 삽입됩니다."

"그러면 그냥, 미쳤다고 할게요. 임신위원회는 선천적인 문제라고 결론지었습니다. 위원회는 남편이 어렸을 때 천식을 앓았다는 기록을 가지고 있었고…… 결론적으로 저는 임신해도 되지만 남편은 안 된다고 결정했죠. 남편은 절대 제가 임신하기를 바라지 않았어요. 우리는 인공수정 이야기를 했습니다. 남편은 굉장히 화를 냈죠. 그 구식 마초 이미지는 유혹에만 해당하는 게 아니에요. 아세요? 임신을 **많이** 시켜도 마초예요."

나오미가 쓰게 웃었다.

"그러한 상황이 애정 생활에 영향을 미쳤나요?"

"완전히 끝났어요. 그리고 남편에게는 실제로 그 선천성 경향이 있었죠. 결국 그는…… 무너졌어요."

"피고인이 고리 이주를 신청하고 삼 개월 후였죠."

"네."

"크리스 펜즐러가 당신의 신청을 거부했죠?"

"그건 몰랐어요. 저에겐 크리스 펜즐러를 미워할 이유가 결코 없었어요. 왜 제 신청이 거부당했는지 몰랐어요. 하지만 저 개자식한테는 저한테 앙심을 품을 이유가 있어요! 절 유혹했는데, 제가 단단히 쳐 냈으니까요!"

"육체적으로요? 실제로 그를 때렸나요?"

"아뇨, 당연히 아니죠. 지옥에나 가라고 했어요. 한 번만 더 다가오면 이치에게 알리겠다고 했습니다. 이치가 그를 때려눕혔을 거예요. 그것도 마초죠."

나는 나오미가 점수를 땄다고 생각했다. 월인들은 개방 결혼에 친숙하지 않았다.

하지만 엘프 여자의 생각은 다른 모양이었다.

"알겠습니다. 펜즐러 씨는 기혼녀인 당신에게 부적절한 제안을 했죠. 당연히 그 사실 자체가 피고인이 그를 미워하고 경멸할 만한 이유는 아닌가요? 특히 나중에 혼인 관계에서 일어난 일을 보건대?"

나오미는 머리를 흔들었다.

"그건 그의 탓이 아니었어요."

검사가 피고인을 내보내고 알란 왓슨을 불렀다.

나오미의 타이밍 나쁜 관광객 시늉을 추적했던 팀에서 네 명이 증인으로 불려 왔다. 그들은 나오미에게 별 도움이 되지 않았다. 나오미는 그들을 곧장 범죄 현장으로 데려갔다. 그녀의 그 지역에 대한 지식은 최대한 좋게 보아도 얼기설기였다. 그녀의 주장을 믿지 않을 가장 좋은 이유는 미치지 않고서야 거짓말을 할 리가 없다는 정도였다.

나는 혼자 저녁을 먹고 방으로 돌아왔다. 마음이 지쳐 있었다. 운동을 하지 않았는데도 일주일은 잠들어 있을 듯한 기분이었다. 그래도 쓰러지기 전에 전화를 확인했다.

태피와 데지레 포터에게서 메시지가 와 있었다.

태피와 해리는 둘 다 금요일에 시간이 있었다. 고리 교역소의 상점가를 탐험할 계획이었다. 함께 가고 싶은지? 친구와 함께 와도 좋고, 여자라면 더 좋겠다. 전화를 했지만 태피도 해리도 방에 없었다. 메시지를 남겼다. 미안하지만 회의와 살인 사건 재판에 묶여 있어.

나오미의 방에 전화를 걸어 보았다. 그녀의 전화는 내 전화를 거부했다. 아르테무스 분과 전화로 싸울 기운은 없었다.

기자와도 대화하고 싶지 않았다.

나는 불을 끄고 침대에 털썩 누웠다.

그때 전화가 말했다.

— 전화입니다, 해밀턴 씨. 전⋯⋯.

"케이론, 통화."

톰 라이넥케가 앉아 있는 데지레 뒤에 얼굴 높이를 맞추어 서 있었다. 효과가 좋았고, 그들도 알고 있었다.

"두 분이 원하는 게 뭡니까?"

"뉴스요."

데지레가 말했다.

"회의는 진행이 되고 있나요?"

"기밀입니다. 어쨌든 연기됐고요."

"그건 들었어요. 나오미 미치슨이 유죄판결을 받으리라고 생각하세요?"

"배심원단에 달렸죠."

"참 많이 도와주시네요."

톰이 자연스럽게 끼어들었다.

"재판 속도가 대단히 빠른 점이 인상적이었습니다. 왜 그렇게 빨리 진행되었다고 생각하십니까?"

잠이 확 깼다.

"아, 젠장! 경찰들은 밀실 살인 사건이라고 생각합니다. 하나뿐인 용의자가 달 표면에 갇혀 있었죠. 나오미가 혐의를 벗으면 경찰에게는 진짜 문제가 생겨납니다. 용의자가 **없어요**. 그러니 사실 별달리 노력을 안 하고 있습니다."

"어떻게 하시겠습니까?"

톰이 물었고, 데지레가 동시에 말했다.

"법이 바뀔까요?"

그들은 반쯤 잠든 나를 공격해 말하게 만들었다. 인과응보였다.

"법을 바꾸어도 달라지지 않을 겁니다. 제가 어떻게 나오미를 풀어 줄 수 있겠어요? 저는 나오미가 거기 없었음을 증명하거나, 다른 사람이 있었음을 증명하거나, 살인자가 우리가 생각한 장소에 있지 않았다고 증명할 수 있을지도 모르죠."

"어떻게요?"

톰이 물었다.

"피곤합니다. 절 내버려 두고 꺼져 버려요."

"그녀는 유죄인가요?"

"케이론, 통화 종료. 여덟 시간 연결 중지."

나도 몰랐다.

한참 후에야 잠이 들었다.

7. 어젯밤과 다음 날 아침

우리는 다음 날 오전에 롤을 먹고 커피를 마시며 재판에 관한 이야기를 나누었다. 고리인과 평지인 들 모두, 재판 속도와 배심원 수에 놀라움을 표시했다.

월인들은 모욕으로 받아들였다. 피고인의 기다리는 고통은 짧을수록 좋다고 주장했다. 배심원 수에 있어서는, 달에는 시간이 넉넉한 인구가 많지 않았고 셋이면 충분하다고 했다. 배심원단이 더 많으면 어떤 위원회나 마찬가지로 그저 십수 가지 다른 관점이 얽히고설킬 뿐이었다. 우리 것처럼 말이다.

다들 꽤 흥분했다.

크리스 펜즐러는 이동 의자에서 벗어났지만 아직도 셔츠 안에 두툼한 거품 붕대를 하고 있었고, 노인처럼 움직였다. 그는 이 토론에 참여하려고 하지 않았다. 나도 그랬다. 재판 기간이 사건이 얼마나 복잡한가에 따라 달라져야 한다는 건의를 하려고 했지만, 내 생각은 누구의 마음에도 썩 들지 않았다. 솔직히, 마리온 섀퍼는 내가 피고인 편에서 편견을 갖고 있다고 주장했다. 나는 대화를 그만두었다.

곧 버사 카모디가 모이라고 했고, 화난 감정들을 누그러뜨리려는 말을 몇 마디 한 다음 우리를 법원으로 보냈다.

나는 다시 불려 나가지 않았다.

크리스 펜즐러는 불렸다.

그는 지구에서 자신과 이치와 나오미 사이의 관계에 관해 길게 증언했다. 그는 나오미가 호브스트라이트 시에 왔을 때 그녀를 보았다고 했다. 나오미는 싸늘하게 노려보았고, 그도 그 시선을 되

받았고, 그 뒤로 서로를 피했다. 그는 자신이 레이저에 맞기 전에 본 것을 잘 묘사할 수 없다고 거듭 말했다. 월인인지 고리인인지 평지인인지, 그는 말할 수 없었다.

나오미를 다치게 하려는 것 같지는 않았다. 법원의 도움을 받아 수수께끼를 풀려고 하는 것 같은 태도였다.

변호인이 해리 맥캐비티 의사를 불렀다.

맥캐비티는, 부상의 상태를 보건대 빔이 비정상적으로 분산되었음이 틀림없다고 증언했다. 신호용 레이저가 아닌 다른 무기—예를 들어, 아마추어가 대충 조립하여 조준이 잘 되지 않는 뭔가—가 사용되었을 수도 있다고 생각하느냐는 질문에, 그는 잠시 망설였다. 펜즐러의 몸에 난 구멍은 **그렇게** 크지는 않았다. 그리고, 젠장, 그는 내가 말한 총구에 기름을 한 방울을 넣는 요령을 말했다.

그들은 믿어지지 않을 만큼 빨리 사건을 정리했다.

11시에 엘프 여자가 논고를 했다. 나오미에게 동기, 수단, 기회가 있었음을 지적했다.

법에 따르면 동기를 입증할 필요는 없었다—나는 정말 월법이 그런지 의아했다. 그렇지만 나오미에게는 충분한 동기가 있었다. 나오미는 최악의 상황에 있었고, 견딜 수 없는 상황을 탈출하려고 반쯤 미친 시도를 했다. 크리스 펜즐러가 자신의 동기에 따라 그녀를 저지했다. 검사는 펜즐러의 입장을 변명하지 않았다. 앙심을 품은 그의 행동이 나오미의 정신을 망가뜨린 최후의 일격이었다.

수단? 나오미는 탁월한 컴퓨터 프로그래머였다. 호브스트라이트 시의 컴퓨터 코드를 푸는 작업이 쉽지는 않겠지만, 그녀에게 필요한 부분은 대단하지 않았다. 컴퓨터가 지키는 무기고에 컴퓨터 메모리에 방문 기록을 남기지 않고 들어가기만 하면 충분했다.

기회? 누군가 호브스트라이트 시 서쪽 불모지에서 펜즐러를 저격했다. 펜즐러는 그녀를 보았다. 널리 알려진 초능력자가 부근에 아무도 없었다고 증언했다. 나오미 미치슨이 빔을 쏘았는가? 달리 누가 했겠나?

분은 사라진 무기에 중점을 두고 의견을 진술했다. 배심원들은 '외팔잡이' 길의 다른 용의자가 없었다는 증언을 기각하거나, 그의 증언을 믿는다면 무기가 없었으니 살인도 없었음을 받아들여야 한다고 주장했다. 부상의 상태는 무기가 수제품임을 시사했고, 나오미 미치슨에게는 그런 기술이 없었다. 길 해밀턴의 능력은 무기와 살인자를 포착하지 못했다.

검사의 반박은 간결했다.

레이저가 있었다. 무기와 살인미수범의 특성은 무시해라. 해밀턴이 찾을 수 없었다면 무기는 해체되었음이 분명했다. 부품을 숨길 먼지 웅덩이들이 있었다. 배심원단은 레이저의 부재를 기각하고 썩어 가는 공기 시스템을 달고 저 밖 달 표면에서 체포된 용의자의 존재를 고려해야 한다.

정오가 얼마 지나지 않아, 판사가 배심원단에게 지시를 했다. 배심원단은 오후 1시에 물러갔다.

우리는 점심을 먹으러 뿔뿔이 흩어졌다. 당연히 나는 배가 고프지 않았지만, 샌드위치를 먹고 있는 버사 카모디를 붙잡고 얘기를 할 수 있었다.

"법원이 결정을 내리기에 충분한 정보를 가지고 있는지 의구심이 듭니다. 최종변론이 정말 빨라 보였어요."

내가 조심스럽게 말했다.

"배심원들은 필요한 건 다 가지고 있어요. 재판 기록 일체에 접속 가능한 컴퓨터, 언급된 모든 인물에 관한 서류, 시 도서관에 있는 각종 자료. 법률적 논점이 나오면 평결을 내릴 때까지 밤이든 낮이든 판사에게 연락할 수 있죠. 그 이상 무엇이 필요하겠어요?"

배심원들은 나오미 미치슨과 사랑에 빠져 볼 필요가 있었다.

오후 회의에 집중할 수가 없었다. 나는 몇 층 건너에 있는 배심원들의 생각을 짐작해 보려고 애쓰고 있었다. 대화가 주위를 흘러갔다…….

"당신들은 유죄판결을 뒤집을 수 있다는 사실을 알고, 판결을 조금 빨리 내리지 않나 하는 생각이 들어요."

옥타비아 버드리스가 말했다.

"재판을 직접 보셨죠. 절차에 이의가 있나요?"

버사 카모디가 대꾸했다.

"너무 급했다는 것밖에 없긴 해요. 명백한 사건 같았다는 점은 인정해요. 이제 그녀는 어떻게 되죠?"

클라비우스에서 온 대표가 말했다.

"우리가 그 부분은 이미 다뤘죠. 보존 탱크에서 육 개월을 보낼 겁니다. 느린배, 성간 우주선이 사용하는 것과 같은 기술이에요.

꽤 안전합니다. 그다음에 판결이 뒤집히지 않는다면 해체되겠죠."

"그때까지는 아무도 손대지 않고요?"

"응급 상황이 아니라면, 네."

"월법에서 규정하는 응급 상황은 무엇인가요?"

그 질문에 나도 정신이 번쩍 들었다.

와드가 상세히 설명했다.

응급 상황이 일어난 적이 있었다. 육 년 전에 지진으로 코페르니쿠스의 돔 중 하나가 뜯겨 열렸다. 의사들은 보존 탱크를 비롯하여 손에 닿는 재료는 모두 다 썼다. 중죄인들의 중추신경계는 유예기간이 끝날 때까지 보존했다. 십팔 년 전 폭발 때에도 똑같은 일을 했다. 이 년 전에는 한 환자의 특이한 조직 거부 패턴이 보존 탱크에 있는 중죄인 것과 일치했고…….

드물고 예상 밖인 사건들. 그래, 어쩌면 우리에게는 진짜 육 개월이 주어지지 않을지도 몰랐다.

로라 드루리 경사와 아르테무스 분에게서 온 전화가 나를 기다리고 있었다. 나는 드루리의 전화부터 받았다.

드루리는 침대 위에 거의 벌거벗은 채 책상다리를 하고 앉아 있었다. 월인들에게 그것이 보통이라고는 생각하지 못했다. 벌거벗은 그녀의 모습은 큰 즐거움이었다. 구십 센티미터 길이의 갈색 머리카락이 방의 기류에 따라 떠다녔다. 단단한 근육이 잡힌 길고 늘씬하고 우아한 몸, 역시 떠 있는 풍만한 가슴, 길고 긴 다리. 그녀의 목소리가 내 음란한 생각을 싹 몰아냈다.

"길, 음성 전화라 미안해요. 배심원들이 돌아왔다고 말하려고 전화했어요. 아는 사람에게서 듣는 편이 당신에게 나을 것 같았어요. 유죄예요. 내일 아침에 코페르니쿠스로 실려 갈 거예요. 안됐네요."

충격은 없었다. 예상하고 있었다.

— 답을 하시겠습니까?

전화가 물었다.

"케이론, 응답 녹음. 로라, 전화 고마워요. 감사합니다. 케이론, 통화 종료."

창밖을 한동안 응시하다가, 전화가 한 통 더 있었음이 기억났다. 검은 턱수염 변호사는 창문 없는 오래된 사무실에서, 그만큼 오래된 컴퓨터 터미널 뒤에 앉아 있었다. 그의 메시지는 짧았다.

"제 의뢰인이 당신에게 전화해 달라고 요청했습니다. 전화번호는 2711입니다. 경찰을 통해야 할지도 모릅니다. 이전에 당신의 전화를 거부했던 점 사과드립니다만, 제 판단에는 그것이 최선이었습니다."

어리석은 타이밍이었다. 재판은 끝났다. 아, 그렇군.

"케이론, 전화, 2711번으로."

— 신원을 밝히십시오.

"길버트 해밀턴."

나는 시 컴퓨터가 음성 프린트를 대조하고 나오미의 방에 전화를 연결하기를 기다렸다. 나오미가…….

"길! 안녕!"

끔찍한 몰골이었다. 한때는 사랑스러웠던 여인이 전류에 일 년을 중독되어 있다가 나온 듯한 꼴이었다. 흥겨운 어조는 불안정한 가면이었다.

"안녕, 타이밍이 좀 틀리지 않았어? 내가 뭔가 할 수 있었을지도 모르는데."

그녀는 내 말을 무시했다.

"길, 내 마지막 밤을 함께 보내 주겠어? 우린 좋은 친구였잖아. 난 혼자 있고 싶지 않아."

하룻밤 고문이 나왔다.

"알란 왓슨이 있잖아. 변호사도 있고."

"아르테무스 분은 볼 만큼 봤고……. 길, 내 마음속에서 그는 재판과 같이 떠올라. 제발!"

나오미는 알란은 언급하지도 않았다.

"다시 전화할게."

나오미와 보내는 마지막 밤. 무서웠다.

태피는 전화를 받지 않았다. 해리 맥캐비티의 방에 전화해 해리와 연결되었다.

"태피는 미량 영양소 식이 부족 복습 수업에 있어요. 전 작년에 들었죠. 평지인들은 브라질 같은 지역에서가 아니면 필요로 하지 않아요. 무슨 일인가요?"

"나오미 미치슨이 유죄판결을 받았습니다."

"유죄인가요?"

"제가 아는 한에서는요. 무언가 거짓말을 하고 있었습니다. 그녀는 저와 마지막 밤을 함께 보내고 싶어 합니다.”

“그래서요? 오랜 친구 사이잖아요?”

“태피의 기분이 어떨까요?”

그가 당혹스러운 표정을 지었다.

“태피를 아시잖아요. 자신이 우리 둘 중 누구도 소유하고 있다고 생각하지 않아요. 어쨌든, 자비로운 행동이고요. 아픈 친구 옆에서 밤을 새우는 것과 마찬가지죠. 지금 나오미 미치슨보다 더 아픈 사람은 없죠.”

내가 답이 없자, 그가 물었다.

“무슨 말이 듣고 싶으신데요?”

“말려 줄 사람을 찾고 있습니다.”

해리는 곰곰 생각했다.

“태피는 뭐라고 하지 않을 거예요. 이 일이 끝나면 당신 손을 잡고 싶어 하겠지만요. 태피에게 말해 둘게요. 내일 아침 일찍 시간을 낼 수 있을지도 몰라요. 알려 드릴까요?”

“젠장!”

“목격자는 묵묵부답이네요. 제가 동정하고 있다고 말씀드리면 도움이 될까요? 태피가 시간을 못 내면 같이 술을 마셔 줄게요.”

“그게 필요할지도 모르겠습니다. 케이론, 통화 종료. 케이론, 2711번에 전화.”

맙소사. 해야만 했다.

문밖에 경찰이 서 있었다. 그는 내 망막 프린트를 받아 시 컴퓨터와 대조했다. 그가 나를 보고 씩 웃고 무언가를 말하려다가, 나를 다시 들여다보고 생각을 바꾸었다. 그는 대신 이렇게 말했다.

"당신이 해체당할 것 같은 얼굴이군요."

"벌써 당한 기분입니다."

그가 나를 통과시켰다.

파티 시간이었다. 나오미는 자주색이 반짝이는 파란 발광 슬라이드를 띄워 두었다. 눈꺼풀에는 보는 각도에 따라 색이 바뀌는 푸른 날개의 나비가 팔랑이고 있었다. 그녀가 미소를 지으며 나를 안으로 들였다. 한순간, 나는 왜 여기 왔는지를 잊었다. 그러나 나오미의 시선이 시계로 잠깐 향했고, 나도 그녀의 시선을 좇았다. 18시 10분, 시 시각.

시 시각으로 06시 28분, 이른 아침. 오렌지색 반구 둘이 방에서 나오는 내 눈을 들여다보았다. 고개를 들었다. 나오미의 방문 앞 경비 경찰이 로라 드루리로 바뀌어 있었다.

"얼마나 남았나요?"

내가 물었다.

"삼십 분요."

젠장. 알고 있었다. 머릿속에 안개가 가득했다. 나는 나중에야 드루리의 어조가 싸늘했다는 것을 기억했다. 당시에는 이를 눈치챌 경황이 없었다.

"재우기도 싫고 깨우기도 싫군요. 어떻게 하면 좋겠습니까?"

"전 그녀를 몰라요. 행복하게 잠들었다면 잠든 채로 두시죠."

"행복요?"

내가 고개를 흔들었다. 나오미는 행복하지 않았다. 깨워야 할까? 아니었다.

"전화해 주셔서 고마웠습니다. 상냥하셨어요."

"천만에요."

로라에게 전화를 고치거나, 명령어를 웅얼거리지 않는 편이 낫겠다고 말할까 하는 생각이 들었다. 그만큼 정신이 멍했다. 월인에게 자기 알몸을 평지인이 봤다는 얘기를 한다? 나는 사양이었다. 손을 흔들고 돌아서서 엘리베이터로 비틀거리며 걸어갔다. 지상 층에 도착하니 혼자 있고 싶었다. 내 방으로 향했다. 방에 도착하기 전에 마음을 바꾸었다.

태피는 나를 잠시 살펴보았다. 그런 다음 나를 안으로 들이고, 구겨진 옷을 벗긴 다음 나를 침대에 엎드려 눕히고 몸에 기름을 붓고 마사지를 시작했다. 몸의 긴장이 좀 풀어진 듯하자 그녀가 입을 열었다.

"이야기하고 싶어?"

"음. 아닌 것 같아."

"뭐 줄까? 커피? 숙면?"

"마사지 좀 더. 나오미는 완벽한 여주인이었어."

"그녀에게 마지막 기회였지."

"추억을 회상하는 시간이었어. 하룻밤에 십 년의 간극을 메우고 싶어 했지. 우리는 이야기를 많이 했어."

태피는 말이 없었다.

"태피? 당신은 아이를 갖고 싶어?"

태피가 손을 멈추었다가, 종아리 근육과 아킬레스건을 다시 주물렀다.

"언젠가는."

"나하고?"

"이 얘기를 왜 꺼내는 거야?"

"나오미. 크리스 펜즐러. 두 사람 다 너무 오래 기다렸어. 난 너무 오래 기다리고 싶지 않아."

"임산부는 훌륭한 외과의가 못 돼. 둔해지지. 예닐곱 달은 일을 그만둬야 할 거야. 생각해 보고 결정하고 싶어."

"그렇겠지."

"여기에서의 일도 끝까지 하고 싶고."

"그렇겠지."

"결혼을 하고 싶을 거야. 십오 년 계약으로, 아이를 혼자 키우고 싶지는 않거든."

피곤에 찌들어 그렇게 먼 미래까지 생각해 보지 못했다. 십오 년이라니! 그래도…….

"합리적인 것 같네. 출산권은 몇 개나 있어?"

"그냥 두 개."

"잘됐다. 나도 두 개야. 둘 다 쓰면 어때? 더 효율적이잖아."

태피는 내 등에 입을 맞추고, 발의 뼈와 관절을 마사지했다.

"그녀가 무슨 말을 했기에 이렇게 애 욕심이 난 거야?"

기억을 상기하려 애썼다…….

나오미는 푸르고 자줏빛인 슬라이드의 구름 사이에서 바로 펄럭이며 다가갔다. 가장자리가 잘록한 커다란 풍선 모양 유리잔에 남색 그로그주를 만들었다. 우리는 오늘 밤을 맨 정신으로 보내지 않을 모양이었다.

"십 년 동안 뭘 했어?"

그녀가 물었다.

나는 내가 어떻게 지구를 떠나 고리로 갔는지를, 그녀의 탓을 강조하며 말했다. 나오미는 그편을 좋아할 것 같았다. 작은 소행성을 움직이려고 폭탄을 어떻게 설치했는지, 소행성이 어떻게 산산조각 났는지를 말해 주었다.

"보통은 그냥 소행성에 당했다고만 말해. 사실은 그게 우리 소행성이었지."

나오미는 상상 팔을 보고 싶어 했다. 달의 중력에서는 거의 빈 유리잔 무게를 들어 올릴 수 있었다.

나오미는 이치와의 삶을 이야기했다. 짐승처럼 질투가 심하고 배려심 없는 애인이었고, 나오미에 비하면 실패한 유전자처럼 보이는 여자들과 잤다. 반쯤 성공한 코미디언다운 허약한 자존감의 소유자였다.

"그런데 결혼을 왜 했어?"

나오미는 어깨만 으쓱했다. 생각보다 말이 먼저 나왔다.

"그가 질투하는 게 좋았어? 어쩌면 그 덕분에 다른 남자들을 딱 적당한 거리에 둘 수 있었겠지."

"그것 때문에 맞는 건 싫었어!"

내가 다른 화제를 찾는데, 나오미가 덧붙였다.

"그 화장실 창문을 기어 나오면서 결코 남자가 나를 임신시키게 하지 않겠다고 맹세했어. 미란다가 죽은 줄 알기도 전이었지."

"포기하기 쉽지 않은 일인데."

한순간, 나오미가 조심스럽고 은밀한 표정을 지었다.

"어쩌면 난 진화 시합의 패배자인지도 몰라. 당신도 애 없지?"

"아직은."

"진화 시합을 그만둔 거야?"

"아직은."

나는 상상 손으로 빈 술잔을 들어 올렸다.

"누군가에게 죽임을 당할 뻔한 일이 너무 잦아. 어쩌면…… 어쩌면 때가 됐는지도 몰라."

나오미가 벌떡 일어났다. 어찌나 힘껏 움직였는지 몸이 잠깐 둥떴다.

"이 얘긴 그만두자. 저녁 메뉴가 뭔지 보자고."

"나오미는 몇몇 화제는 피했어."

내가 태피에게 말했다. 태피는 내 어깨를 마시지하고 있었다.

"놀랄 일은 아니네."

"맞아. 장기은행, 저격당한 펜즐러……. 아이들. 그 얘기는 바로 쳐 냈어. 그것도 놀랄 일은 아니겠지, 아마."

"길, 캐묻지는 않았겠지?"

"안 했어!"

나는 움찔했다. 죄책감인가?

"그냥 내 눈에 들어온 것들이 있었을 뿐이야. 나오미는 법정에서 거짓말을 했어. 확실해. 하지만 어째서?"

"미치지 않고서야 그랬을까."

"그러니까. 왜 달에 돌아왔냐고 물었더니, 기분이 더러워서 황량한 달이 딱 맞았다고 했어. 하지만 나오미는 그날 딱 한 번만 밖에 나갔지. 호브스트라이트 시는 황량함과는 거리가 멀어. 달에 있는 동안 내내 방 안에만 있지도 않았고."

"그래서?"

나에게는 답이 없었다.

"난 오늘 저녁에 동쪽의 바다로 떠나. 막스그라드에서……."

"젠장!"

"……자율근육계 전문 훈련을 받은 외과의가 필요하대. 난 거기 가면 많이 배울 수 있을 거야. 미안해, 길."

"후우, 당신이 어제 떠나지 않아서 다행이지. 해리하고 술이나 할게."

"뒤집어 봐. 자고 싶어? 여기에서?"

"내가 뭘 원하는지 나도 모르겠어. 난 내가 말하기 싫은 줄 알았는데."

조명이 어두워졌다. 나는 알아차리지 못했다. 0.5초 정도 후에 다시 불이 밝아졌고, 나는 눈을 부릅뜨고 땀을 흘리며 벌떡 일어나 앉았다.

"선 가속 장치?"

태피가 물었다.

"응. 나오미는 가는 중이지. 루카스 가너가 소년일 적에는 조금 전의 깜박거림은 전기의자였을 거야."

"전…… 뭐?"

"넘어가."

"누워."

태피가 내 배를 마사지했다.

"당신이 왜 이렇게 동요하는지 잘 모르겠어. 나오미는 당신하고 잔 적이 없는 줄 알았는데."

"맞아. 음, 한 번."

"언제?"

"오늘 새벽 2시쯤."

나오미가 그 얘기를 꺼내서 나는 조금 놀랐다.

"당신이 섹스 생각은 전혀 안 할 줄 알았어."

"마지막 기회잖아. 당신이 육 개월을 기다렸다가 적당한 부위를 사지 않……."

나오미는 말을 하다 말고 기겁하며 입을 다물었다.

"재미없어."

내가 말했다.

"응. 미안해."

"그냥 안아 줄까? 포옹?"

"아니."

나오미는 순식간에 옷을 벗었다. 나는 공기조절장치로 날아가는 옷을 낚아챘다. 그리고 몸을 돌려 그녀를 보았다. 나는 한 번도 나오미의 알몸을 본 적이 없었다. 숨이 멎을 것 같았다. **십 년 전, 내가 널 필요로 할 땐 대체 어디 있었던 거야?** 그런 생각이 들었고, 자신이 수치스러웠다.

나오미가 침대 옆 탁자 서랍을 열고 윤활제 튜브를 꺼냈다. 그녀는 건조했다. 자신이 건조할 줄 예상하고 있었다. 튜브를 아주 가까이에 두었다. 나오미다웠다.

나는 나오미를 절정에 도달하게 하지 못했다. 나오미는 그럴듯하게 연기를 했고……. 나 자신, 십 년 전의 길 해밀턴에게 빚이 있지 않았던가? 그러면 이 하룻밤을 위해서 고환 한쪽도 바쳤을 텐데? 나는 억지로 즐겼다.

관계에서 마사지로 넘어갔다. 태피는 나에게 관능적인 마사지와 치료 마사지를 둘 다 가르쳐 주었다. 나오미의 긴장을 간신히 조금 풀었다. 내가 손을 마사지하는 동안, 나오미는 똑바로 누워 천장을 쳐다보았다.

"아이를 하나 더 갖고 싶어."

"당신 아까는……."

"내가 아까 뭐라고 했든 무슨 상관이야!"

나오미가 갑자기 화를 벌컥 냈다. 나는 나오미의 몸을 뒤집고, 나오미가 다시 긴장을 풀 때까지 마사지를 계속했다.

우리는 사랑을 나누었다.

아니, 나만. 나오미는 집중하지 못했다. 나는 거듭 시도하지 않았다. 그녀에게 고리에서 살던 이야기를 들려주었다. 나오미는 대학 시절 이야기를 했다. 나오미는 나에게 ARM 생활이 어떤지 물었고, 내가 장기 밀매업자라는 단어를 소리 내자마자 말을 끊었다. 그리고 시계를 계속 흘끔거렸다.

"몇 시야?"
"08시 10분."
태피가 말했다.
"회의에 갈 시간이야."
"당신 지금 마비 상태야. 내가 전화해서, 당신은 오후부터 참석한다고 할게."
"아, 안 돼. 내가 전화할게. 체면이 있지."
나는 몸을 일으켰다.
"케이……."
"그럼 옷도 좀 입어."
태피가 서둘러 지적했다.
운 나쁘게도 버사 카모디가 전화를 받았다. 나는 그녀에게 상황을 말하고, 침대에 앉았다가 태피의 무릎을 베고 몸을 뉘었다.
무릎 자리에 베개가 들어올 때 반쯤 깼다.
그리고 태피의 전화가 울렸다.
— 그림스 씨, 일어날 시간입니다. 12시, 일어날 시간입니다.
전화를 끄려고 했지만, 내 목소리는 듣지 않았다. 나는 욕을 내뱉으며 침대에서 굴러 내려왔다. 전화를 때려 부쉈어야 했는데.

그랬으면 아침 회의에 참석할 수 있었을 텐데…….

8. 다른 범죄

넷째 날 오전 회의에서 월법의 구체적인 내용을 다루기 시작했다. 나오미가 있든 없든, 나는 참석해야 했다. 카모디가 오후 회의를 소집했을 때, 내가 할 수 있었던 일은 이 다툼이 무엇에 대한 것인지를 듣고 배우는 것밖에 없었다.

논점: 달에서 사형 죄는 살인, 살인미수, 과실치사, 강간, 무장 강도, 배신 강도, 폭행이었다. 비슷한 ARM 목록은 훨씬 더 사소한 범죄까지 포함하겠지만.

폭행의 구성요건은 무엇인가? 우리는 그 문제를 한 시간이나 다루었다. 무장 강도와 강간은 다른 법에 정해져 있었다. 단순한 싸움은 어떻게 하지? 고리인들에게 술집에서의 떠들썩한 싸움은 오락이었다. 모스크바의 바다에서 온 코리 메치코프는 월인들은 고리인이나 평지인들보다 몸이 약하고, 사지가 길어 싸움의 효과가 더 크다고 설명했다. 월인들 사이의 싸움은 죽음에 이를 정도로 위험한 편이라고 그는 주장했다.

마리온 새퍼는 아무리 상대가 월인이라고 해도, 월인에게 사람을 다치게 할 만한 근육이나 있을지 의심스러워했다. 버사 카모디가 팔씨름을 제안했다. 마리온이 받아들였다. 의자를 옮겼다. 우스꽝스러운 장면이었다. 마리온의 키는 버사의 어깨 정도였다. 버사는 마리온을 완전히 쓰러뜨렸다. 오로지 지렛대의 힘만 쓴 결과였다.

스톤은 앞서 요구했던 강간의 법적 정의를 다시 들고나왔다. 그러자 난리가 났다. 미성년자와 혼인 관계에 있는 자를 보호하기 위한 처벌이 명문화되어 있고 수적으로 우세한 네 명의 월인들은 이 법을 지키기 위해 살인이나 전쟁도 감수할 태세였다. 버드리스, 섀퍼, 퀴프팅에게 그런 법은 살인에 더해 사생활의 침해였다. 그들의 주장이 납득은 갔지만, 우리는 전쟁을 시작하려 여기 모이지 않았다. 나는 그 주제가 지나가자 안도했다.

과실치사. 달에서 이 단어는 다양한 범죄를 포괄했다. 사보타주, 범죄적인 부주의, 방화.

"지역의 생명유지장치를 손상시키는 행동은 어떤 것이든 사망이나 부상을 초래할 수 있습니다. 그렇죠?"

마리온 섀퍼가 말했다.

"본질적으로는 맞습니다."

와드가 말했다.

"너무 멀리 나간 것 같습니다. 저희는 공기조절장치를 엉망으로 수리한 사람을, 그로 인해 누군가 사망했다면 처형할 겁니다. 그러나 만약 실제로는 아무도 다치지 않았다면, 범인에게 손해배상만을 청구하면 족하지 않습니까?"

와드가 벌떡 일어나 앉아 있는 금색 제복 위로 높이 솟았다.

"당신이야말로 너무 멀리 나가시는군요. 이십 년 전에 달은 지구를 제외한 모든 행성, 달, 태양계 바위들의 처형지가 되었습니다. 우리는 이를 수용했습니다. 수입이 필요했습니다. 그렇다고 해도, 우리가 참을 수 있는 내정에 대한 간섭에는 한계가 있습니다. 그 선을 넘으면, 직접 처형을 하시거나 지구로 범죄자들을 보내셔야 할 겁니다."

버사 카모디가 분노에 찬 정적을 깼다.

"우리는 모두 그런 상황을 불필요하게 만들고자 여기 모였습니다. 지난번 회의 결과로 우리는 구, 건설, 유지에 상당한 비용을 소모했습니다. 지금까지 보존 탱크에 든 비용은 삼억 UN마르크가 넘습니다. 우리는 그만한 비용을 축내고 싶지 **않습니다**. 동의하십니까?"

우리는 서로를 보았다. 최소한 동의하지 않는 사람은 없었다.

"섀퍼 씨, 당신의 제안은?"

마리온은 불편해 보였다.

"제안을 하나 하겠습니다. 법을 개정하죠. 장치를 실수로 손상시킨 경우, 그 손상으로 인한 사상이 없었다면 벌금형으로 합니다. 핵심적인 장치를 망가뜨렸는데 손해를 배상할 수 없는 사람은 해체합니다. 그 정도는 저희가 감당할 수 있습니다. 또한 변화에 맞춘 프로그램 제안안을 완성할 때까지 상정을 미루겠습니다."

통과되었다.

자베스 스톤은 보존 탱크에 관해 자세히 알고 있었고, 이를 기록에 포함시키고자 했다. 특히, 2111년 코페르니쿠스에서 정전이 있었다. 고리인 범죄자 네 명이 즉시 해체되어야 했고, 장기 중 절반 정도는 망가졌다.

"이제는 안전보장조치가 있습니다. 그런 일은 다시 일어나지 않을 겁니다. 이십 년 전의 보존 탱크 기술은 상당히 원시적이었다는 점을 기억해 주시기 바랍니다. 저희가 개발을 책임졌습니다."

와드가 말했다.

"그거 참 안심입니다만, 제가 하려던 말은 그게 아닙니다. 그때의 중죄인들을 되살려야 하지 않습니까?"

"손상이 너무 심했습니다. 장기만 간신히 살렸습니다."

"영 찜찜합니다. 결코 판결이 뒤집히지 않았다는 점이. 대단히 훌륭한 기록이거나, 아니면……."

"스톤, 제발 좀! 당신을 만족시키기 위해서 죄 없는 사람에게 유죄 선고를 하고 되살려 내야 한단 말입니까? 뒤집혀야 **했던** 예를 단 하나라도 드실 수 있습니까?"

"호브스트라이트 시 대 마테슨 사社 사건. 시 컴퓨터 메모리에 있습니다."

스톤이 대꾸했다.

사람들이 일제히 신음했다.

나오미 생각을 떨칠 뭔가가 필요했다면, 나흘 동안 나는 소원을 성취했다.

낮은 논쟁으로 흘러갔다. 우리는 호브스트라이트 시 대 마테슨 사 사건에 꼬박 하루를 썼다. 내가 그 사건을 검토하기 위해 밤에도 일해야 했음은 물론이다. 주장된 바에 따르면, 회사의 부주의가 2107년 폭발의 원인이었다. 마테슨 사의 직원 두 명이 장기은행으로 보내졌다. 메치코프는 사석에서 펜즐러와 나에게 죽은 직원들은 희생양이었고, 그 사건을 대중의 분노가 가라앉은 다음 검토했어야 했다고 시인했다. 공식적으로는, 잊어버리시죠.

늦은 오후에는 뉴스를 보았다. 달의 문화에 열중하는 것은 해볼 만한 일이었지만, 월인 해설자들 때문에 쉽지 않았다. 낯선 속어를 사용했다. 설명이 지나치게 상세했다. 말투는 단조로웠다.

저녁에는 스톤, 버드리스와 만나 정책을 논의했다.

고리인들은 월법을 보다 인도주의적으로 만들 권리, 아니 그들의 의무를 명확하게 인식하고 있었다. 월인들은 그렇게 생각하지 않았다. 나는 루카스 가녀에게 지시를 구하는 장거리 전화를 걸었다. 루카스는 ARM은 내가 어떤 결정을 내리든 지지할 것이라는 말밖에 하지 않았다. 그래서 나는 버드리스와 스톤을 지지했다. 우리가 보기에 월법은 기이한 점이 있긴 하나 지나치게 가혹하지는 않았다. 문화의 다양성은 보장받아야 했다. 그것은 구성원들이 이백 년 가까이 말, 무기, 경제 압력으로 싸워 온 모임에서 기대할 만한 태도였다. 인류를 태양계 전역으로 진출시킨 추진력이라면, 고리인들도 그와 같은 태도를 가져야 마땅했다.

오전 회의에서 나는 이렇게 말했다. 심심하게 들렸다.

크리스 펜즐러가 회의 뒤에 나에게 말을 걸었다. 그는 이제 절룩거리지 않았고, 어깨 일부분에서는 폼이 떨어져 굵은 검은 털이 경계를 이룬 분홍빛 맨살이 보였다. 훨씬 활기차 보였다.

"캔자스 소년, 당신은 고리의 다양함을 보지 못했어요. 캔자스 관습과 다른 관습들만 봤죠. 자유낙하 환경에서 아이를 키우고 싶은 고리인 여자에게는 무슨 일이 일어날까요? 장비를 소홀히 한 광부를 고리인들이 어떻게 대하죠? 소비자 운동가들은?"

그가 줄어든 고리인 볏 머리 모양이 시작되는 정수리를 톡톡 두드렸다.

"우리는 모두 머리를 똑같은 모양으로 자르죠. 이걸 보고 생각나는 거 없나요?"

"있어야겠죠. 우리, 회의 참가자들은 모두 일종의 정치인이지 않습니까? 타고난 참견쟁이들이죠. 하지만 만약 UN이 고리법에 간섭한다면 어떻겠어요?"

그가 웃음을 터뜨렸다.

"뻔하죠."

"그렇고말고요. 실제로 UN이 간섭하자 당신들은 지구에서 독립했죠! ARM법에 대해 어떻게 생각하시나요?"

그는 내가 이미 알고 있던 사실을 말했다. 지구의 법을 보면 우리는 장기 밀매업자들보다 별반 나은 데가 없었다.

"그 점에 관해 행동에 나서 보시면 어떨까요?"

"어떻게요?"

"그것 보세요. 당신들에게는 지구를 압박할 힘이 없지만, 달의 경제는 틀어쥐고 있다고 생각하시죠."

"길, 나는 밀릴 것 같은 부분을 눌러요."

"달이 당신 생각보다 더 강하거나 더 완강할지도 모릅니다. 만약 전쟁까지 간다면 당신네가 이기겠지만, 그다음에도 스스로가 마음에 드실까요? 그리고 UN의 중립을 장담하실 수 있나요? 고리 우주선들이 소행성을 미사일로 사용한다면, 저희는 지구 가까이에서 그런 일이 일어나는 것을 좋아하지 않을 겁니다."

이런 비공식적인 대화가 회의보다 점점 중요해졌다. 우리는 오후에 휴회를 하고 삼인 식사 모임을 구성했다. 월인, 고리인, 평지인이 빵빵한 배로 말랑말랑한 상태에서 합의점을 찾는 모임이었다. 몇몇에게는 효과가 있었다. 다른 몇몇은 소화불량에 걸렸다.

악몽에서 깼다.

넷째 날, 찰스 와드와 힐데가르드 퀴프팅과의 저녁 식사를 세 시간 앞두고 나는 방으로 돌아와 침대에 누워 뉴스를 보았다.

이 보도 내용은 기억이 난다. 메리 드 산타 리타 리스보아라는 브라질 출신 행성학자가 티코 남부에서 무슨 굴착 작업을 했다. 그녀는 그날 이른 아침에 장비를 설치하기 위해 먼지 웅덩이로 들어갔는데, 발이 차가워졌다가 마비가 왔다. 겁을 먹었을 때는 이미 늦었다. 웅덩이 가에 도달했을 때에는 다리가 무릎까지 얼어 있었다. 구조대가 도착하기 전에 너무 세게 쓰러져 갈비뼈가 몇 대 부러지고 압력복에 작은 구멍이 났다. 귀에서 느껴지는 통증의 정체를 파악하는 데 십 분이 걸렸다. 그녀는 구멍을 막고, 감압으로 두 귀와 한쪽 눈이 손상된 채, 얼어붙은 다리로 계속 걸었다.

기본적으로 재미있는 이야기였다. 그렇지? 하나 내가 기억하는 것은 마치 평원의 유인원보다 똑똑한 인간이라면 결코 그렇게 멍청한 짓을 저지르지 않았으리라고 훈계하는 듯한 어조였다. 나머지 뉴스는 지역 소식이었고 지루했다. 보다가 잠이 들었다.

낮잠은 할 짓이 못 된다.

어둡고 모호한 숲을 헤매다가 매트리스가 깔린 화려한 이십 세기식 관에 잠든 나오미를 찾았다. 나는 그녀를 깨우는 법을 알았다. 관/침대에 다가가 몸을 숙여 그녀에게 입 맞췄다. 나오미가 산산조각 났다. 나는 맨손으로 그녀를 다시 조립하려고 했지만…….

그리고 서로를 쫓고 쫓는 의문들을 떠올리며 깨어났다.

대체 누가 일부러 자기 몸을 장기은행에 누이려 할까? 나는 내가 상관할 바 아니라고 다짐했다. 나오미도 분명하게 그런 태도였다. 하지만 대체 그런 대가를 감수하고도 숨길 일이 무엇일까? 다른 범죄?

나오미는 내가 달에 온 첫날 전화를 했다. 왜? 나를 꼭 다시 만나고 싶어서는 아니었다. 나오미는 내가 ARM인 줄 알고 있었다. 내가 어떤 의심을 품고 있는지 알아보려고 했던 것일까?

나오미는 도시 서쪽 불모지를 탐험하려고 했다고 주장했다. 그걸 알리바이라고 가정하면, 무엇에 대한 알리바이일까? 나오미가 도보로 네 시간 사이에 갈 수 있었던 장소는 어디일까?

나는 이 문제에 사로잡혔다.

찰스 와드와 힐데가르드 퀴프팅과 저녁 식사 회의에 가기 전 십 분이라는 넉넉한 휴식 시간에, 나는 로라 드루리에게 전화를 했다. 그녀의 전화가 경사는 지금 취침 중이라고 알렸다. 내일 12시 30분 이후에 전화를 하라고 했다. 나는 내가 내뱉은 답이 녹음되지 않기를 바랐다.

그날 늦은 밤에는 도시 주변 지도를 불러내 살펴보며 시간을 보냈다.

다음 날 오전 회의 이후에 다시 로라에게 전화를 걸었다. 로라
는 제복 차림이었지만, 아직 방 안에 있었다.

"긴장감을 더 못 견디겠습니다. 나오미가 실제로 보존 탱크에
도착했나요?"

로라가 눈을 깜박였다.

"물론이죠."

"직접 확인하셨습니까?"

"그녀가 탱크에 누운 모습을 직접 보았냐고 하면, 아닙니다. 탈
옥이 있었으면 저도 들었을 거예요."

그녀는 나의 영상을 살폈다.

"그냥 섹스가 아니었군요?"

"전 나오미가 다른 사람과 결혼을 했기 때문에 지구를 떠나 소
행성대의 광부가 되었습니다."

"안됐네요. 저희는 보통 생각하기를…… 제 말은……."

"압니다. 평지인들은 가볍죠. 잠깐 얘기할 수 있을까요?"

"길, 자신을 그만 괴롭히지 않겠어요?"

"궁금한 점이 있어요. 나오미는 컴퓨터 프로그래머였습니다. 나
오미에게 불리한 점이었죠. 배심원들은 나오미가 컴퓨터에 기록
을 남기지 않고 신호용 레이저를 훔칠 수 있었을 것이라고 가정했
습니다. 그 말을 믿으시나요?"

"저는 그녀의 실력을 몰라요. 당신은요?"

"저도 모릅니다. 그만큼 실력 있는 컴퓨터 프로그래머라면, 기록을 남기지 않고 푹푹이를 훔칠 수도 있을지가 궁금합니다."

로라는 앉아서 생각에 잠겼다. 이윽고 그녀가 고개를 끄덕였다.

"그만큼 실력이 있는 사람이라면 푹푹이도 훔칠 수 있었을 거예요. 무기를 찾지 못했던 것도 당연하군요."

"알았어요."

내가 쫓는 것은 무기가 아니었다.

"잠깐만요. 푹푹이가 있었으면 고리 교역소에 갈 수 있었을 거예요. 우주선을 타고 떠날 수 있었겠죠. 그래도 우리는 그녀를 찾아냈겠지만, 길, 최소한 그랬다면 그녀에게는 도망칠 기회가 있었어요! 대체 왜 돌아왔을까요?"

"그러게 말입니다. 그냥 생각해 본 거예요. 고마워요."

전화를 끄자 어리둥절한 로라가 사라졌다. 웃음이 터졌다.

과연 알리바이였다! 게다가 완벽한 진짜였다! 나오미는 고리 교역소에서 전혀 다른 범죄를 저지르고 있었을 수도 있었다.

조심스럽게 움직여야 했다. 나오미가 어디에 갔는지 월인 경찰들에게 알리지 **않으면서** 크리스 살인미수범을 찾아야 했다.

그날 저녁, 내가 목욕을 하려고 옷을 벗고 있을 때 로라에게서 다시 전화가 왔다.

"케이론, 음성만. 안녕하세요, 로라. 전화 반가워요. 최근에 고리 교역소에서 뭔가 이상한 일이 있었나요?"

"제가 들은 것은 없어요. 그날 밤 없어진 푹푹이도 없고요."

"네? 확실합니까?"

"메센체프가 당번이었어요. 그날 밖으로 나간 푹푹이도 없고, 빈자리도 없었다고 하네요. 어떤 컴퓨터 프로그래머도, 푹푹이가 없어진 자리를 발견하지 못하게 할 수는 없어요. 이러면 나오미 미치슨 사건은 드디어 끝인가요?"

"네. 아니라고 해도, 최소한 경사님을 더 귀찮게 하는 일은 없을 겁니다. 벌써 너무 폐를 많이 끼쳤죠."

그녀가 생각에 잠겨 나를 응시했다. 아니, 그녀는 빈 화면을 보고 있었을 것이다. 그래야 했다. 나는 막 욕조에 들어가는 참이었으니까.

"며칠 전에 제가 음성 전화를 걸려다가 실수를 했던가요?"

"어…… 네, 그 사실을 말하는 역할을 맡고 싶지는 않았어요."

"음, 신사시네요."

그녀는 이렇게 말하고 전화를 끊었다. 어안이 벙벙했다. 월인들이 생각하는 신사는 어떤 사람이지?

없어진 푹푹이가 없다니. 젠장. 물과 공기 방울에 둘러싸여 나는 다시 지도를 불러내 서쪽을 향한 교역로를 추적했다. 길이 물과 산소 작업장, 버려진 철광산, 파산한 선 가속 장치 프로젝트로 갈래 나 있었다. 나오미가 걸어서 움직였다는 가정으로 돌아갔다. 도보로 갈 수 있는 어딘가에서 누군가를 만났을 수 있을까? 대기 작업장은 태양광을 필요로 했다. 밤에는 아무도 없었을지도 모른다. 아니면 저 오래된 노천광은?

화면이 깜박이더니 로라 드루리가 나를 노려보았다.

"자, 또 그 지도로 대체 뭘 하시는 거죠?"

내가 움찔하자 물방울 아메바가 욕조 밖으로 떨어졌다.

"이봐요, 경사님이 상관할 일인가요? 그리고 대체 어떻게 컴퓨터 화면에 허락도 없이 난입하신 겁니까?"

"하는 법은 열 살 때부터 알았어요. 길, 그녀를 포기하지 그래요? 어쩌면 그녀는 펜즐러가 총을 맞았을 때 저 밖에 없었을지도 몰라요. 어쩌면 어떻겐가 조사를 했을지도 모르죠. 길, 만약 그녀가 펜즐러를 저격하지 않았다면, 다른 곳에서 장기은행 급 범죄를 저지르고 있었음이 분명하다고요!"

"그 생각을 하셨군요? 허, 제가 사람을 잘못 찾아갔네요. 뭐, 아셔야겠다면, 저는 수수께끼를 내버려 두지 못해요."

긴 침묵.

"도와줄까요?"

"경찰의 도움은 사양입니다. 당신은 범죄를 발견하면 보고해야 하잖아요."

로라는 마지못해 고개를 끄덕였다.

"이봐요, 왜 나더러 신사라고 했던 건가요?"

"음, 당신은…… 만약 월인이, 어, 전화 화면에서 벌거벗은 사람을 본다면……."

그녀가 입을 다물었다.

"화면에서 기어 나와 음흉한 군침을 흘리며 다가가나요?"

"유혹이라고 생각했을 거예요."

그녀의 얼굴이 시뻘게졌다.

"아. 하하하! 아뇨. 저를 유혹하려는 숙녀분이 있다면, 전 그냥 그렇다는 말을 듣기를 기대합니다. 평지인들은 힌트를 흘리지 않아요. 특히 달에서는요. 저는 **절대** 월인에게 접근하지 말라는 말을 들었어요."

나는 일어서서 손끝으로 몸에 들러붙은 일 센티미터 두께의 물을 긁어내기 시작했다.

로라의 눈이 튀어나올 것처럼 커다래졌다.

"영상도 보고 있나요?"

걸렸다는 표정이었다. 잡았다!

"그래도 싸죠."

나는 수건으로 손을 뻗었다. 비죽한 웃음만 가리고 나머지는 모두 드러내며 머리를 닦았다. 월인이라고 호기심을 가지면 안 되나? 게다가 그녀는 부주의로 나에게 똑같은 영광을 줬다.

"길?"

"네."

"그건 유혹이었어요."

나는 수건을 걷고 그녀를 바라보았다. 로라는 눈을 내리깔고 있었다. 얼굴은 아까보다 더 심홍색이었다.

"알았어요, 와요."

"그러죠."

사십 분이 걸렸다. 계속 생각을 바꾸었는지도 몰랐다. 로라는 제복을 입고 서류 가방을 들고 왔다. 나는 누가 복도에 있을까 봐

옷을 입었다. 로라의 시선은 나만 빼고 사방으로 향했다. 초조함.

그녀가 전화 화면을 보았다. 그리고 지도를 살피며 말했다.

"네 시간 동안 도보라. 음, 네 시간 동안 그녀는 뭘 했을까요?"

"이런 얘기예요. 만약 나오미가 크리스 펜즐러를 쏘지 않았다면, 다른 사람이 쏘았다는 말이죠. 우리 둘 다 그 범인을 잡고 싶어요. 하지만 당신은 경찰이니까, 내가 나오미가 뭘 했다고 생각하는지를 당신한테 알려 줄 수는 없어요."

로라는 침대 끄트머리에 뻣뻣하게 앉았다.

"그녀가 누군가를 만났다고 쳐요. 대기 작업장에서 일하는 남자. 기혼남. 그 남자를 보호하려고 했을까요?"

웃음이 절로 나왔다. 나오미가? 목숨을 걸고?

"아뇨. 어쨌든 대체 그런 밀회가 어디 있겠어요? 옷을 벗자마자 펑! 감압으로 폭발했겠죠. 로라, 당신 긴장을 풀어 주려면 어떻게 해야 하죠?"

그녀가 살짝 웃었다.

"말을 걸어 줘요. 난 이런 데 익숙하지 않아서."

"언제든지 마음을 바꿔도 돼요. 신호를 말하기만 해요. 신호는 할로겐이에요."

"고마워요."

"빚으로 달아 놔요."

짧은 정적을 깨야만 했다.

"그녀가 저 밖에 있었던 것이 아니라면, 증인으로서도 쓸모가 없죠? 그녀가 보지 않았다고 맹세한 내용은 의미가 없어요. 크리스는 그림자 속에 군대가 숨어 있었을 수도 있다고 말했죠. 자기가 본 게 사람인지도 확신하지 못했어요."

로라가 몸을 돌려 나를 보았다.

"그러면 당신의 증언만 남네요."

마음속으로 모형 월면의 감각을 떠올리며 상상 손을 풀어 봤다.

"내가 살펴보았을 때에는 밖에 아무도 없었어요. 로라, 거울은 어때요? 레이저와 살인자가 다른 장소에 있었을 수가 있을까요?"

"거울도 없었잖아요."

"난 거울을 찾아보지 않았어요."

"우리가 찾았겠죠."

답이 없었다.

나는 지도를 보며 인상을 썼다. 사실들을 무시하고 동기에 따라 용의자를 추려 내고 싶었다. 첫 번째 용의자에서부터 막혔다. 우리의 달 내정 간섭에 분노하면서 어떤 술수를 쓸 만큼 똑똑한 어떤 월인.

로라가 가방을 집어 들고 화장실에 들어갔다.

우선순위를 정확히 하기 힘들었다. 첫째, 며칠 동안 여자한테 손끝 하나 못 댔다. 둘째, 로라가 상처 입거나 다치거나 당황하기를 원치 않는다. 셋째, 회의에서의 내 자리가 위험에 처할 수 있다. 넷째, 로라 드루리와 침대에 들어가고 싶다. 절반은 욕구, 절반은 모험심이었다. 이 모두를 어떻게 조화시키지? 지금은 참고 대화만 할까? 로라가 자신의 우선순위를 자신에게 적당한 때 정하게 할까?

로라는 내가 생전 처음 보는 옷을 입고 나왔다. 섹시하고 기이했다. 바닥까지 닿는 길이에 어깨 부분이 없고 반투명했다. 얇은 젖빛 천이 정전기로 몸에 달라붙었다. 치마와 비슷하지만 아주 약해 보였다—레이스가 잔뜩 있었다. 그리고 열기를 품기에는 너무 얇았다.

"이게 뭐죠?"

로라가 웃음을 터뜨렸다.

"나이트가운!"

그녀가 갑자기 내 품에 안겼다. 나도 모르게 벌떡 일어서서 그녀의 목에 입술을 비볐다. 가운의 촉감이 좋았다. 따뜻한 피부 위를 비단처럼 부드럽게 덮었다. 아래에 돋은 닭살이 느껴졌다.

"어디 쓰는데요?"

"잘 때 입죠. 지금은, 아마 벗기는 데."

"조심해야 해요? 찢어도 될까?"

"맙소사, 길, 조심해요. 비싼 옷이에요."

월인들의 관습이란. 조만간 월인들이 나를 잡으러 오겠지. 상식적인 남자라면 월인을 방에 초대하지 않았을 것이다. 나는 이를 알았고, 상관하지 않았다.

9. 교역소

몇 시간 숙면에 놀라울 만큼 기분이 좋아졌다. 로라는 환히 빛났다. 레트 버틀러*처럼 나를 자꾸 안아 올렸다. 내가 간지럼을 태우면 펄쩍 뛰었다가, 내 머리 위에 한 손을 얹어 균형을 잡았다. 그러면 나는 한 팔로 그녀를 들어 올렸다. 상상 손으로 트릭을 선보였다.

떠날 시간이 되자 우리는 정중하고 조심스러운 관계로 돌아갔다. 내가 먼저 방을 나왔다.

데지레 포터와 톰 라이넥케가 복도 저편에서 걸어왔다. 그들은 나를 불러 몰아 회의에 관한 소식을 빼내려 했다. 나는 회피했다.

"그동안 내내 두 분은 뭘 하셨습니까? 저희 중 한 명이 쓰러지기만 기다렸나요?"

"펜즐러 일이 있었죠. 재판이 있었고. 우리는 월인들도 인터뷰했습니다. 아시다시피, 월인들 중에는 당신들이 무엇을 하든 좋아하지 않을 사람들이 많죠."

톰이 대답했다.

"그리고 우리는 일을 많이 망쳤어요."

데지레가 말했다.

"그럴 것 같았습니다. 이봐요, 여기 오기 전에 서로 아는 사이였나요?"

"아뇨. 그냥 이런 겁니다."

"첫눈에 욕정. 전 이 사람 다리가 가장 마음에 들어요. 고리인들은 보통 팔하고 어깨에 근육이 있잖아요."

---

* '바람과 함께 사라지다'에서 스칼렛 오하라의 애인.

"내 다리만 사랑하는 거야?"

"마음도 좋아해. 마음 얘기는 안 했던가?"

우리는 엘리베이터에 도착했다. 나는 엘리베이터에 타려다가, 방에 놓고 온 것이 있다고 말했다. 그럭저럭 사실이었다.

이제 복도는 텅 비었다. 나는 문을 열었다. 로라와 합류해 아침을 먹으러 내려갔다. 손도 잡지 않았지만, 가끔 우리의 손은 서로 스쳤고, 로라는 웃음을 억지로 참고 있었다. 우리가 얼마나 감추고 있나 싶었다. 그 얘기를 하자면, 엘리베이터 문이 닫힐 때 라이넥케가 묘하게 빈정대듯 웃었던 것도 같다.

아침을 먹으며 로라에게 푹푹이를 빌리고 싶다고 말했다. 로라는 좋아하지 않았다.

"위원회 회의가 있잖아요?"

"하루 빠지려고요. 젠장, 이것도 위원회 일이에요. 법원이 무고한 사람에게 유죄판결을 내렸다면……."

로라가 어깨를 들썩이며 화를 냈다.

"펜즐러를 살해하려고 하지 않았더라도, 그녀는 뭔가 다른 일을 저지르고 있었다고요!"

로라는 새로운 사랑에 빠진 남자인 내가 옛 사랑을 완전히 잊어야 한다고 생각하고 있다는 깨달음이 서서히 찾아왔다. 로라는 내가 아직도 나오미 미치슨을 구하고자 한다는 말을 듣고 싶어 하지 않았다. 나는 이번에도 회피했다.

"예전에 반쯤 풀다 만 사건이 있었어요."

이렇게 말하고, 레이몬드 싱클레어의 초현실주의적인 사망 현장이 두개골까지 불탄 채 발견된 두 장기 밀매업자들과 연결되어 있었던 사건을 이야기했다. 같은 조건에서 거의 시체 안치소까지 갔다.

로라가 내 말을 믿었는지는 모르겠다. 어쨌든 내가 푹푹이를 빌리게는 도와주었다.

푹푹이는 거울 작업장의 한쪽 벽을 따라 걸려 있었다. 오늘은 빈 칸이 몇 개 있었다. 주황색 도시경찰 푹푹이와 대여용 푹푹이의 사이는, 대여용은 여러 색깔로 나온다는 것뿐이었다.

나는 경찰 푹푹이를 빌렸다. 널찍하고 폭신한 바구니 같은 좌석과 뒤편에 화물 틀이 있는 아주 낮은 오토바이였다. 탱크가 세 개 있고 모터에는 흡입구가 없었다. 좌석 바로 밑에서 좌우로 배기관이 나와 있었다. 충격 흡수체는 큼직했고 타이어는 크고 부드러운 튜브였다.

로라가 푹푹이를 움직이는 법을 보여 주었다. 어떻게 가속하고 조종하고 방향을 트는지, 어디로 움직이면 안 되는지를 가르쳐 주려고 했다.

"나라면 지옥에서 튀어나온 박쥐처럼 먼지 웅덩이를 가로지를 수 있죠. 속도를 줄이면 뒤집히고, 바퀴가 묻혀 있던 바위에 부딪치면 어느 쪽이 위인지 모르는 채 먼지 속에 파묻힐 거예요. 먼지 웅덩이는 피해요. 바위에 부딪치지 말고. 만약 떨어지면 양팔로 헬멧을 감싸요."

"길로만 다닐게요. 그건 안전하죠?"

"아마."

로라는 안전하다고 하기를 꺼렸다.

"이 탱크 세 개는 뭐죠?"

"산소, 수소, 수증기. 길, 우리는 물을 낭비하지 않아요. 배기관은 그냥 안전밸브죠. 물론 측면 분사에도 쓰이지만, 그걸 이용할 일은 없어야 해요. 그래도 뒤집혀 넘어질 것 같으면 써요."

나는 푹푹이에 탔다. 진동이 거의 느껴지지 않았다.

"푹푹거리지 않는데요."

"원래 그래요. 증기가 푹푹 나오면 이상이 생긴 거죠. 그래서 푹푹이라고 불려요. 그런 일이 있으면 속도를 늦추고 공기가 얼마나 있는지 확인해요. 집까지 걸어서 돌아와야 할지도 몰라요."

로라는 푹푹이 탱크에서 내 배낭으로 산소를 옮기는 방법을 가르쳐 주겠다고 고집을 부렸다.

"다 이해했어요?"

"음."

"조종법을 익힐 때까지 천천히 몰아요. 여긴 달이에요. 생각보다 몸을 많이 기울여야 할 거예요."

"알았어요."

"제 근무는 20시에 끝나요. 그 전에 돌아올 거예요?"

"꼭 그래야죠."

우리는 키스 대신 헬멧을 가볍게 부딪쳤다.

나는 출발했다.

도시의 동쪽 면, 거울 작업장 쪽에서 보면 교역로는 작업장을 감싸고 돌아 서쪽으로 곧장 향했다. 나는 도로 밖을 달리는 것치고는 꽤 빠른 속도로 질주했다. 기울어진 바위를 멀리 왼쪽에 두고 위쪽 공기와 물 발전소로 올라가는 도로를 오른쪽에 두고 달렸다. 영사실에서 작은 크기로 조망했던 곳이었다. 근래에 생긴 상당히 큰 크레이터의 가장자리에 세워진 거울들이 빛을 불처럼 뜨거운 월석으로 채워진 고압 용기로 쏘았다. 수소를 넣고 수증기를 빼내는 관들이 있었다. 올라가서 실물을 보고 싶은 충동이 일었다. 어쩌면 돌아가는 길에……

왼쪽으로는 나오미가 우리를 이끌었던 땅과 나오미가 오르려고 했던 바위가 있었다. 나는 계속 갔다. 길이 다친 뱀처럼 휘어졌다. 왼쪽으로 난 넓은 길은 호브스트라이트 시를 부자로 만든 노천광으로 향했다. 광산이 끝나자, 그들은 거울 제작으로 돌아섰다.

나오미는 현지인이 아니었다. 이 밖에서 누군가를 만날 작정이었다면 분명한 표식이 필요했을 것이다. 누가 푹푹이를 나오미를 위해 남겨 두었다고 가정해도 마찬가지였다. 광산? 길을 잃을 염려가 없고, 목격자가 있을 만한 곳이 아니고, 선광 부스러기 때문에 레이더가 작은 탈것을 놓칠 가능성도 있었다.

나오미는 크리스 펜즐러가 공격당한 다음 날 우리를 이리저리 끌고 다니며 고생을 시켰다. 분명, 나오미는 알란 왓슨이 영사실을 보여 주었을 때 필요한 정보를 얻었을 것이다. 그리고 장기은행으로 춤을 추며 사라졌다. 무엇을 감추기 위해?

배심원들이 옳았거나.

곧 나는 상상 손으로 수색했던 지역 너머, 나오미가 도보로 갈 수 있었을 아래쪽으로 달렸다. 저 멀리 앞에 은색 선이 보였다. 2040년대의 L-5 프로젝트에 광석을 공급하기 위하여 만들어졌던 거대한 발사 장치였다. 그 회사는 파산했고, 반쯤 지어진 발사 장치는 폐허로 남았다.

시계를 계속 확인했다.

교역소가 앞에 있었다. 달 풍광을 자세히 관찰하는 데 익숙하지 않아, 알아보는 데 시간이 좀 걸렸다. 우주선 두 대의 형체가 먼저 눈에 들어왔고, 이어서 우주항의 윤곽이, 그다음에 항구를 초승달 모양으로 둘러싼 석재와 유리 건물 들이 보였다. 삼십오 분밖에 걸리지 않았다.

교역소는 누가 봐도 이상했다.

돔이 없었다. 직사각형 건물들은 각각 압력을 조절했고, 가끔은 터널로 연결되어 있었다. 점심을 먹으러 들른 셀레나스 바 앤 그릴에서 어항 같은 헬멧걸이를 발견했지만, 압력복을 둘 곳은 없었다. 손님들은 신용 동전을 바깥 주머니에 가지고 다녔다.

셀레나스 바 앤 그릴, 평온의 바다 스파—수영장과 사우나 완비, 달에 온 남자 호텔—의 하품하는 남자 모습, 아프로디테스. 모든 장소는 달과 관련된 이름을 갖고 있었다. 보이는 사람들 중 반 정도는 월인이었다. 아프로디테스는 성인용품 대여점이었다. 셀레나의 종업원이 그곳은 월인들에게 특화되어 있다고 말해 주었다. 나는 조금 충격을 받았다.

행정관은 원을 한참 빙 둘러 간 자리에 있었다. 안에서 길을 잃을 만큼 컸다. 경찰, 자격증, 항구 관리 등이 건물 전체에 흩어져 있었다. 나는 마침내 금색 밀착복 사무실을 찾아냈다.

"ARM 업무입니다."

나는 혼자 있는 직원에게 말했다. 직원은 접이식 3D 화면을 앞에 펼쳐 놓고 보고 있었다. 그가 고개를 들지 않고 대꾸했다.

"뭐요?"

"지난 수요일에 누군가가 회의 참석차 온 고리인 대표를 저격했는데……."

그가 고개를 들었다.

"그 얘기 들었습니다. 그 사건은 해결되지 않았습니까? 제가 듣기로는……."

"음, 사건 발생 시각에 용의자가 여기 있었을 가능성이 있습니다. 그렇다면 용의자는 펜즐러를 저격할 수 없었다는 뜻이죠. 저희는 무기도 찾지 못했습니다. 즉, 신호용 레이저를 가진 예비 살인자가 아직도 고리인 대표를 노리고 있을 수 있다는 말입니다."

"무슨 말인지 알겠습니다. 무엇이 필요하십니까?"

"화요일 22시 30분부터 수요일 01시 30분 사이에 이곳에서 발생한 범죄가 있습니까?"

나오미는 누군가가 푹푹이를 남겨 준 장소로 걸어간 다음 여기까지 푹푹이를 몰고 와야 했을 것이다. 적어도 오는 데 삼십 분, 가는 데 삼십 분. 나중에 도보로 확인해 보아야 했다.

그가 접이식 화면을 옆으로 치우고 컴퓨터 자판을 두드렸다. 화면이 켜졌다.

"흠……. 그때쯤 아프로디테스에서 싸움이 있었습니다. 월인 한 명이 죽었고 고리인 두 명, 월인 한 명이 체포되었습니다. 모두 남성입니다. 더 계획적인 범죄를 찾고 계시죠?"

"맞습니다."

"없습니다."

"이런, 실종은요?"

그가 실종자 명단을 불러왔다. 수요일 이후 실종 신고는 없었다. 나오미가 폭력적인 범죄를 저지르지는 않았던 것 같았다.

"푹푹이를 얼마나 철저히 관리하십니까?"

"면허제입니다. 주민들은 보통 각자 푹푹이를 가지고 있죠."

그가 자판을 두드리며 말했다. 화면이 가득 찼다.

"이것들은 임대용입니다."

"칠리 버드?"

낯이 익었다.

"칠리 버드 계좌로 푹푹이 두 대가 나갔습니다. 음, 있을 법합니다. 앤시에게는 승객들이 있었습니다."

"자세히 설명해 주십시오."

그가 인상을 썼다—나는 그의 일거리를 만들고 있었고, 그는 일하지 않는 쪽을 좋아했다. 그래도 그는 자판을 쳤다. 더 많은 데이터가 나타났다.

"앤시 디 캠포는 베스타에서 온 칠리 버드의 소유주이자 조종사입니다. 4월 10일에 도착해서 4월 13일에 떠났습니다. 승객은 레이몬드 포워드 박사와 네 살 소녀 루스 핸콕 코울스. 화물은……

가볍게 왔군요. 단극 안테나. 닭과 칠면조 배아를 좀 가지고 떠났습니다. 아마 그래서 의사가 함께 왔나 봅니다."

4월 13일은 펜즐러 살인미수 다음 날이었다.

"지금은 어디에 있습니까?"

"폐쇄 소행성으로 향했습니다. 아마 여자애 때문일 겁니다."

그가 자판을 두드렸다.

"이제 기억나네요. 인형 같은 꼬마 아가씨였죠. 만사에 호기심이 많고 저중력을 아주 좋아했어요. 통통 뛰어다니면서……."

화면이 바뀌었다.

"칠리 버드는 이제 거의 폐쇄 소행성에 도착했습니다. 쓸모가 있는 정보입니까?"

"그러면 좋겠습니다. 칠리 버드에 메시지를 보내려면 어디로 가야 합니까?"

그가 도시 원 밖 봉우리에 있는 행성 간 목소리를 찾는 법을 안내해 주었다. 연락은 광속으로 몇 분 지연될 터였다. 나는 직통 전보를 보냈다.

레이몬드 포워드 박사님께.

나오미 미치슨이 4월 13일 수요일 01시 30분 호브스트라이트 시에서 발생한 살인미수 용의자로 재판을 받고 유죄판결. 형 집행 지연 중. 해당 시각 미치슨의 행방을 알고 있다면, 호브스트라이트 시로 연락 바람.

길버트 해밀턴, ARM

나는 돌아가는 길에 멈추지 않았다. 나오미를 위해 누가 푹푹이를 남겨 놓았을지도 모르는 장소를 짐작할 수가 없었다. 이미 감당하지 못할 만큼 시간을 낭비했다. 시간이 목덜미에 닿는 뜨거운 숨결 같았다. 나오미에게는 몇 달이 아니라 몇 시간밖에 남지 않은 듯한 비합리적인 확신이 들었다.

맥캐비티가 복도에서 나를 불렀다.

"안녕하세요, 길. 제 제안은 그대로입니다."

"제안요?"

"같이 술 취할 사람요."

"아, 아직 필요할지도 모릅니다. 지금 한잔 살게요. 술집을 못 봤는데⋯⋯."

"술집이 없거든요. 우리는 물자와 주류를 방에 보관하는 편이에요. 이리 오시죠, 제 술장이 꽤 괜찮아요."

맥캐비티의 방은 도시의 바닥에 가까이 있었다. 바텐딩 장치는 없었다. 간단한 술이 나오겠구나. 그는 얼음 위로 쏟아진 지구광이라는 술을 권했고, 나는 받아 마셨다. 부드러웠다.

"여기선 증류가 진짜 싸요. 덥고, 춥고, 일부는 진공이고, 벽 밖에 다 있죠. 마음에 들어요?"

해리가 말했다.

"네, 좋은 버번위스키 같네요."

"태피한테서 전화가 왔어요. 막스그라드에 잘 도착했대요. 당신한테도 메시지를 남겼다더군요."

"다행이군요."

"무사히 만났나 보죠?"

"네, 천만다행이었죠. 마비되다시피 한 저를 태피가 다시 조립해 줬습니다."

나는 술을 홀짝였다.

"좋은 일행과 술에 취할 시간이 있으면 좋겠어요. 저한테 딱 필요한 걸지도 몰라요. 해리, 레이몬드 포워드라는 고리인 의사를 압니까?"

맥캐비티가 머리를 긁적였다.

"들어 본 것 같은데……. 아, 월인 고객을 받아요. 불임 문제 전문가죠."

젠장. 나오미는 불임이 아니었다.

"며칠 동안 달에 와 있었더군요. 월인 고객이 있었을지도 모르겠네요."

"기록이 있을 거예요. 우리는 자연 외에는 임신에 제한이 없거든요."

"알겠습니다, 확인해 볼 수 있겠군요."

"이게 다 무슨 일인가요?"

"그가 딱 맞는 시점에 가벼운 화물을 싣고 달에 왔습니다. 배후에 숨은 동기가 있었을지도 모릅니다."

"무엇에 딱 맞는 시점요?"

"나오미요. 제가 잘못된 방향에서 접근하고 있을지도 모르지만요. 크리스 펜즐러를 쏜 사람을 찾아야 하는데. 하지만 나오미가 자기가 있었다고 말한 장소에 없었다면…… 음, 퍼즐의 한 조각은 찾은 겁니다. 그쪽을 추적할 수 있어요. 나오미가 누군가를 만났을 수가 있습니다. 앤시 디 캠포거나, 포워드일지도 모르죠. 레이몬드 포워드가 두 명일 수도 있나요?"

"둘 다 고리인 의사고요? 뭐, 가능은 하겠죠."

그가 술을 홀짝였다.

"나오미가 불임이었나요?"

"가임이었습니다. 또 아이를 가지지 않겠다고 맹세했죠."

"그러면 그건 아니겠네요."

"다른 남자하고는."

"네?"

"다른 남자하고는 결코 아이를 가지지 않겠다고 맹세했어요. 이 포워드란 의사는 불임 문제를 해결합니까?"

"맞아요. 뭔가 떠올랐나요? 그렇죠?"

"클론은?"

"만약 다른 모든 수단이 실패한다면, 그가 환자를 위해 클론을 키울 수 있어요. 지독하게 비싸지만요."

"전화 좀 빌려 써도 될까요?"

"대신 걸어 드리죠. 몇 번?"

나는 번호를 말했다.

아르테무스 분은 사무실 문 앞에 서서 인상을 썼다.

"막 퇴근하던 참입니다. 면담은 내일 오전 10시에 가능합니다. 급하지 않다면?"

나는 전화 화면에 대고 말했다.

"급한 일입니다. 변호사님은 아직도 나오미 미치슨을 의뢰인이라고 생각하시나요?"

"물론이죠."

"그녀의 사건을 극비로 논의해야 합니다."

그가 한숨을 쉬었다.

"제 사무실로 오세요. 기다리고 있겠습니다."

나는 해리 맥캐비티를 돌아보았다.

"술 잘 마셨습니다. 일이 다 끝나면 같이 취하면 좋겠지만, 지금은……."

그가 손을 저었다.

"이게 다 대체 무슨 일인지 제가 알 날이 올까요?"

"범죄가 하나 이상이라……."

나는 애매하게 말하고 방을 나왔다.

아르테무스 분은 깍지 낀 손으로 턱수염을 받치고 잘 관리한 오래된 컴퓨터 터미널 뒤에 앉아 있었다.

"자, 해밀턴 씨, 대체 무슨 일입니까?"

"가상의 상황에 대한 법적인 견해를 듣고 싶습니다."

"말씀해 보시죠."

"평지인 여성이 자신의 클론을 만들어 신생아로 키우기 위해 고리인 의사를 고용합니다. 수술은 달에서 이루어지고, 여성은 지구로 돌아갑니다. 아기는 소행성대에서 자랍니다. 사 년 뒤에 그들은 달에서 다시 만납니다. 여성은 이 모든 사실이 세간에 알려질 때 여전히 달에 있습니다."

분이 내 머리에서 뿔이라도 돋아난 양 나를 보았다.

"맙소사!"

"그래요. 자, UN 임신법은 이 가상의 평지인 여성이 불법으로 아이를 가졌다면 불임 시술을 할 겁니다. 아이도 불임으로 만들겠죠. 그러나 이 여성에게는 출산권이 하나 남아 있었습니다. 아무 문제 없이 임신해도 괜찮았습니다. 하지만 클론을 만들었다면?"

분은 머리를 흔들었다. 여전히 기가 막힌다는 표정이었다.

"모르겠습니다. 제 분야는 월법이에요."

"UN이 이 여성을 인도받고자 할까요? 달은 인도에 동의할까요? 그들이 아기도 인도하려고 할까요? 아니면 범죄가 지구 밖에서 일어났으니 둘 다 안전할까요?"

"거듭 말씀드리지만, 저도 모릅니다. 조사를 해 보고 싶군요. 법적으로 따지면 달은 UN의 일부이기도 합니다. 세상에! 왜 저하고 상담을 하지 않았을까요?"

"겁을 먹었던 탓일지도 모르죠. 나오미가 그런 상황을 전혀 언급하지 않았습니까?"

그가 고통스러운 미소를 지었다.

"전혀요. 젠장. 아기가 인도되지 않을 거라고 거의 확신합니다. 나한테 묻기만 했더라면! 해밀턴, 이 가상의 아기는 여전히 달에 있나요?"

"아뇨."

"다행이군요."

그가 벌떡 일어났다.

"내일 더 나은 답을 드릴 수 있을 겁니다. 전화 주세요."

나는 전화로 시간을 좀 보내리라 예상하며 방으로 돌아왔다. 버드리스에게 회의에서 있었던 일을 들으려면 한 시간까지도 걸릴 수 있었다. 포워드 박사의 경력과 최근 활동을 확인하고 싶었다. 태피의 메시지도 나를 기다리고 있었다. 나는 침대에 쓰러져 신발을 벗고 말했다.

"케이론, 메시지."

압력복을 완전히 갖추어 입은 로라 드루리가 나타났다.

"길, 저녁은 당신 혼자 먹어야겠어요. 나 수색 팀하고 나가요. 언제 돌아올지 모르겠네요. 크리스 펜즐러가 실종됐어요."

10. 기울어진 바위

욕하느라 몇 초를 허비했다. 내가 느꼈던 긴급함은 나오미 미치슨에 관한 것이 아니었다. 나오미는 초조함을 느끼지 못했다. 죽음이 크리스 펜즐러를 쫓고 있었다.

로라의 방에 전화했지만 응답이 없었다. 경찰에 전화하자 제퍼슨이 받았다.

"그는 오늘 오후 16시 20분경에 나갔습니다."

주근깨 월인이 말했다.

"푹푹이를 타고 외출했습니다."

"바보 자식."

"그러게요. 그와 얼마나 잘 아는 사이셨나요? 탐정 놀이를 하러 나갔다고 생각하십니까?"

"못 할 것 없었겠죠? 누가 자길 죽이고 싶어 한다니 신경이 쓰였겠죠. 저 밖에 관광하러 가진 않았을걸요."

"음, 제 생각도 그렇습니다. 펜즐러가 뭔가를 보았다고 증언했던 서쪽으로 수색 팀을 보냈습니다. 혹시 궁금하시다면, 로라 드루리도 함께 갔습니다."

그가 나무라듯이 덧붙였다. 대체 뭐야?

"아직 그를 못 찾았답니다. 나간 지 한 시간이 넘었는데요."

"해당 지역을 영사실에 틀고 모형을 수색하죠."

제퍼슨이 투덜거렸다.

"진짜 와치버드 위성이 하나 더 있어야 한다니까요. 예전에는 세 대 있었는데, 대체 위성 예산이 심사에서 계속 잘립니다. 해밀턴, 우리는 와치버드1이 뜨기를 기다리고 있었습니다. 아래 영사실에서 뵈면 어떨까요?"

"좋아요."

톰 라이넥케와 데지레 포터가 영사실 밖에서 기다리고 있었다. 크리스 펜즐러의 실종 소식을 들은 것이다. 제퍼슨이 기자들에게 지옥으로 꺼지라고 말하려고 할 때, 내가 말했다.

"보는 눈이 많으면 괜찮겠지요."

우리는 또 무릎 높이의 모형 월면 홀로그램을 헤치고 들어갔다. 제퍼슨, 라이넥케, 나는 외벽 서쪽의 거친 땅과 도시로 흩어졌다. 포터가 아무도 맡지 않은 크레이터를 수색했다. 나는 기울어진 바위 앞에서 멈추어 섰다. 포터의 주장을 존중하려는 뜻도 있었다.

주위를 돌아보았다. 기울어진 바위는 양팔로 들어 올릴 수 있을 만큼 작았다. 물론 실제로 움직이지는 않겠지만. 내 서쪽으로 바위 위에 산개한 작은 주황색 제복과 구형 헬멧들이 보였다.

"크리스가 어떤 옷을 입고 있을까요?"

내가 소리쳤다.

"파란색, 가슴에 금색과 청동색 그리핀이 그려진 밀착복이죠."

제퍼슨이 대답했다.

와치버드의 카메라가 닿지 못하는 곳곳에 신경 쓰이는 빈 지점들이 있었다. 빈 지점도 느껴 보려고 했지만, 내 능력이 그 정도는 못 되었다. 아무것도 느껴지지 않았다. 서 있거나 누운 파란색 밀착복은 찾지 못했다. 라이넥케와 제퍼슨이 수색하는 구역에는 평평한 땅의 동그라미 안에 세워진 진한 주황색 푹푹이들이 있었다. 내 구역에는 한 대도 없었다.

기울어진 바위에서 남쪽으로 이십 미터쯤 간 자리에 깊은 먼지 웅덩이가 있었다. 표면이 흐트러져 보였다. 나는 표면 아래를 상상 손으로 쓸다가 격하게 움찔했다. 그리고 다시 손을 뻗어 만져 보았다.

"푹푹이를 찾았습니다. 먼지 아래에 있어요."

내 말에 그들은 일제히 수색을 멈추었다. 데지레가 가장 먼저 내 쪽으로 왔다. 그들은 내가 푹푹이에서 손을 떼고 주위를 더 수색하는 모습을 지켜보았다─뭘 보려고?

나는 금방 찾아냈다.

"이런."

"뭔데요? 펜즐러?"

데지레가 물었다.

주변을 손으로 쥐어 보았다. 햇볕 아래 방치된 죽은 도마뱀처럼 가볍고 건조한 느낌이 왔다.

"사람이에요. 사람이 든 압력복이에요."

세상에서 그보다 더 하기 싫은 일이 없었지만, 나는 상상 손가락으로 그 물체의 윤곽을 훑었다.

"맙소사. 손이 없어요."

상상 손의 감각이 멈추었다. 능력이 멈추었다. 상상 손이란, 젠장. 내가 만지는 대상의 질감을 느끼는 것은 내 정신, 무방비한 정신이었다. 감당하는 데에 한계가 있었다.

"확인해 봐야겠습니다."

제퍼슨이 말했다.

"전화를 걸어 수색 팀을 그쪽으로 보내세요. 우리가 최대한 빨리 합류한다고 전하시고요."

한 시간쯤 걸렸다. 나는 마음이 급해 안절부절못했다. 마침내 출발한 우리 팀은 제퍼슨, 기자 두 명, 준설기, 주황색 기사 몇 명이었다. 지구는 아직 반원만큼 차오르지 않은 넓은 초승달 모양이었다. 태양이 하늘 높이 떠 그림자들은 더 작아졌지만, 그림자들 속은 까마득히 어두웠다. 헤드램프도 쓸모가 없었다. 헬멧 안이 어두워졌고, 눈이 달의 낮에 적응했다.

먼저 나갔던 수색 팀 경찰 십여 명이 먼지 웅덩이 근처에서 우리를 기다리고 있었다. 로라 드루리가 내게로 뛰어 왔다.

"정말 그가 저 밑에 있다고 생각해요?"

"느꼈어요."

그녀가 얼굴을 찌푸렸다.

"유감이에요. 음, 우린 이걸 찾았어요. 먼지 바로 밑에, 웅덩이 가에 있었어요."

그녀가 세게 잡아당기면 잠기는 버클이 달린 신축 띠를 들었다.

"푹푹이의 좌석 뒤 틀에 작은 짐을 고정시킬 때 사용하는 띠예요. 뭔가 의미가 있을까요?"

"전혀 모르겠네요."

내가 말했다.

"살인자가 시신을 먼지 속에 버렸을지도 몰라요. 그리고 이 띠를 찾은 거죠. 손으로 그냥 띠를 먼지 속에 처박았을지도 몰라요."

로라가 추론했다.

서둘렀다는 소리군. 나는 생각했다. 저 띠가 어떤 증거라는 의미이기도 했다. 그렇지 않다면 그냥 보관했을 것이다.

제퍼슨이 로라를 불렀다. 로라가 손을 흔들고 그쪽으로 갔다.

큰 키로 알란 왓슨을 알아보았다. 경찰들이 장비를 준비하는 동안, 알란과 나는 라디오를 서로에게만 들리게 맞추었다.

"소식이 있습니다. 좋은 소식일지, 나쁜 소식일지는 모릅니다."

"나오미요?"

"네. 나오미는 펜즐러가 목욕하다가 총을 맞았을 때 여기 없었습니다. 이 근처에 아예 없었어요. 고리 교역소에 있었죠."

"그러면 나오미는 결백하네요! 나오미는 왜 그렇게 말을 안 했던 걸까요?"

"자신이 장기은행 급 범죄를 저질렀다고 생각했습니다."

알란의 얼굴이 일그러졌다.

"별로 도움이 안 되는 이야기네요."

준설기가 먼지 속으로 파묻히며 들어갔다. 웅덩이는 깊었다. 나도 느꼈다.

"도움이 될 수도 있습니다. 나오미가 실제로 어떤 일을 했는지 밝히지 않으면서, 누가 크리스를 저격하려고 했는지를 증명해야 해요. 그러면 나오미를 되살릴 수 있습니다."

"맞아요! 가능해요! 저 밑에 있는 시신이 펜즐러라면, 원래 암살자가 성공한 거죠."

"아닐 수도 있습니다. 방법이 거칠어진 것 같거든요. 우리는 살인자가 여기 밖에서 크리스 펜즐러의 창문으로 레이저를 쏘고 도시나, 아니면 어딘가로 돌아간 방법과 제가 왜 영사실에서 그를 찾지 못했는지를 여전히 보여야 합니다. 어쨌든, 저게 펜즐러가 아닐 수도 있고요. 제가 아는 것은 저 아래에 시체가 있다는 사실뿐입니다."

"음."

"저는 오히려 나오미가 하려던 일이 장기은행 급 범죄가 아님을 입증하고 싶습니다. 나오미는 변호사와 상담을 했어야 했어요. 제가 생각하는 그녀가 한 일은……."

준설기가 먼지 밖으로 나왔다. 나는 대화를 멈추고 그쪽으로 성큼성큼 달려갔다. 파란색 밀착복을 입은 시신이었다. 오른손이 손목 위로 십 센티미터쯤에서 잘려 있었다. 얼굴은 쪼그라들었지만, 지구를 발톱으로 움켜쥔 보니 달젤 그리핀 상체 그림이 아니라도 그를 알아볼 수 있었다.

나는 라디오를 켜고 말했다.

"크리스 펜즐러가 맞습니다."

제퍼슨이 잘린 팔뚝을 살폈다.

"깨끗하게 잘렸군요. 출력을 최고로 한 신호용 레이저예요. 빔이 순식간에 바로 잘랐을 겁니다. 그의 뒤에 바위가 있었다면 흔적이 남아 있을 겁니다."

그가 경찰 몇 명을 조사하라고 보냈다. 번거롭게 부츠 자국을 찾으려 하지는 않았다. 수색 팀이 이미 너무 많은 발자국을 남겼다. 하지만 경찰들이 푹푹이 자국은 남기지 않았다. 우리는 푹푹이 자국을 하나 찾아내, 웅덩이 밖으로 추적했다. 벌거벗은 바윗덩어리 뒤에서 흔적이 끊겼다. 우리 뒤에서 누군가가 손을 찾아냈다고 알려 왔다. 제퍼슨이 돌아갔다.

나는 돌아가지 않았다. 이 자국들은 대충 기울어진 바위 쪽에서 온 것 같았다. 엿새 전 밤 크리스 펜즐러는 사진 창 너머에서 누군가를 목격했다. 한순간이었지만. 그리고 나중에는 자신이 바위의 어느 쪽을 보고 있었는지를 확신하지 못했다. 어쩌면 확인해 보려고 나왔을지도 모른다. 바위의 평평한 쪽은 그림자에 깊이 잠겨 있었다. 나는 햇볕이 빗나간 자리, 바위 가까이로 다가가 어두워진 헬멧이 다시 밝아지고 눈이 주위에 적응하기를 기다렸다. 그런 다음, 헤드램프를 바위에 비추었다.

내가 고함을 지르자 사람들이 뛰어왔다. 그들은 주위에 몰려와 크리스 펜즐러가 남긴 다잉 메시지를 보았다. 헤드램프의 빛을 받아 검게 보이는 큼직하고 일그러진 글씨가 바위에 쓰여 있었다.

NAKF

"자기 피가 분명합니다."

제퍼슨이 말했다.

"살인자가 눈치채지 못하게 그림자 속에 썼겠죠. 동맥이 잘려서 피가 뿜어져 나왔을 겁니다. 그러나…… 저거, 이름은 아니죠?"

"제가 보기에는 아무것도 아닌 것 같은데요."

데지레가 말했다.

"띠!"

로라가 유레카가 찾아온 순간의 기쁜 어조로 외쳤다.

"그 띠요. 지혈대로 사용한 것이 분명해요! 자신의 죽음이 임박한 줄 알았겠죠. 살인자로부터 숨어야 했을지도 모르고."

그녀의 목소리가 작아졌다.

"끔찍하지 않나요?"

"저 피를 채취해."

제퍼슨이 명령했다.

"최소한 펜즐러의 피가 맞는지는 확인할 수 있겠죠. 틀림없이 뭔가를 생각하고 있었던 겁니다."

나는 자정쯤 방에 돌아왔다. 전화 화면에 그 장면을 띄웠다.

NAKF

소행성들로 흠집 난 저 밖 월면에서 크리스 펜즐러는 단서를 찾고 있다. 뭔가를 기억했을지도 모른다. 뭔가를 찾아냈을지도 모른다. 찾지 못했을지도 모른다.

그러나 살인자가 그를 찾아냈다.

크리스 펜즐러가 푹푹이를 대여했다는 사실을 알 가능성은 월인이 더 높았다. 그가 즉시 따라갔다고 가정해 보자. 바보가 아닌 다음에야 도보였겠지. 크리스가 푹푹이를 대여한 직후에 푹푹이를 빌려 간 사람이 있는지 컴퓨터에 확인해 보아야겠다. 바보인 살인자도 있긴 하다.

살인자를 알아보았다면 크리스는 이름을 썼을 것이다. 컴퓨터로 도시 인명록을 검색해 보겠지만, 당장 달에서 NAKF로 시작하는 이름을 가진 사람은 떠오르지 않았다. 아니면 중간에—나는 글자를 채워 보기 시작했다. 분출하는 피로 급하게, 아마 어둠 속에서 썼을 테니 K는 흐트러진 R, F는 E, N은 M이나 W⋯⋯.

NARF NAKE NARE MAKF MAKE MARE WAKF WAKE WARE

떠오르는 이름이 전혀 없었다. 게다가 크리스는 월인이 아니었다. 여기 달에서 그가 아는 사람은 나도 알았다.

NAFK   NAOMI

전혀 안 맞았다. 나오미에게는 끝내주는 알리바이도 있었다. 펜즐러가 살해당했으니 나오미를 도로 토해 내라고 월법 집행자들에게 압력을 가할 수 있을 것이다. 크리스의 피를 쫓는 살인자가 실제로 두 명—서툰 나오미와, 더 실력이 좋거나 운이 좋거나 직선적인 다른 살인자—이 있었다 쳐도 나오미는 보존 탱크에서 나올 수 있었다.

"케이론, 전화. 알란 왓슨에게."

내 얄궂은 마음에 이런 문자열이 떠올랐다.

NAFK   ALAN WATSON   WATS

알란은 사건 당시에 크리스 펜즐러를 찾는 수색 팀으로 달 표면에 나가 있었다. 그러니 알란이 그를 찾아냈는지도 몰랐다. 알란이 나오미를 위해 무슨 짓까지 할까? 나오미를 살릴 수 있다면, 나오미에게 해를 끼친 이방인을 살해하기까지 할까?

알란의 길고 검은 눈썹이 나타났다. 화면으로 키가 티 나지 않아 보기가 한결 편했다.

"안녕하세요, 길."

N은 첫 번째 획을 못 쓴 W일 수 있지만, F는 잘못 쓴 S가 될 수 없다는 생각이 들었다.

"나오미를 이제 코페르니쿠스에서 빼 올 수 있을까요?"

"제가 벌써 법원에 신청했어요. 이제는 기다릴 수밖에 없죠. 아마 나오미를 살려 줄 것 같지만, 나오미가 그때 실제로 어디에 있었는지 우리가 법원에 말할 수 있으면 도움이 될 거예요. 길, 나오미는 어디에 있었나요?"

"몇 시간 안에 알아낼 겁니다."

나는 알아내더라도 그에게는 가르쳐 주지 않을지도 모른다는 말을 덧붙이지 않았다.

크리스가 살인자를 알아보지 못했다고 가정하자. 압력복밖에 보지 못했다면 우리에게 이름을 가르쳐 주지도 못했을 것이다. 땅딸보, 보통, 월인? 크리스는 굳이 우리에게 알려 주지 않았다. 뭔가 더 구체적인 대상을 생각했을까? 상체 그림 같은?

점심시간이 한참 지났다. 나는 크리스 펜즐러보다 끔찍한 시신을 보았다. 그의 목숨을 구하기 위해 할 수 있는 일이 있었을지도 모르지만…… 그게 무엇인지는 여전히 모르겠다. 나는 전화로 닭과 양파 샌드위치를 주문했다.

그리고 전화 화면을 다시 켜고 응시했다.

자신이 죽어 가는 줄 알았으리라. 짧게 써야 했다. NAKF의 중요한 의미를 내가 놓치고 있지 않다면, 크리스에게는 어쨌든 시간이나 피가 모자랐다.

NAKE. SNAKE? 하지만 F를 다 못 쓴 E라고 가정하면, 그는 순서대로 글자를 쓰고 있었을 것이다. 무엇하러 거꾸로 쓰겠나? 그렇다면······.

NAFK NAKED

상체 그림이? 별 도움이 못 되었다. 상체 그림으로 벌거벗은 여인은 아주 인기가 좋았다. 최소한 고리에서는.

달리 생각해 보자. 앙심을 단단히 품은 살인자가 믿음직한 레이저만을 들고······ 내부 압력으로 자신의 몸이 금적색 안개처럼 찢어지기 직전에 복수를 완성······ 아닌가? 그러면 투명한 풍선 조종석이 달린 탈것은? 조종석에 불을 켠 채 그림자 속에 탈것을 세워 놓았다면, 크리스에게는 살인자만 보였을 것이다. 하지만 그런 탈것 얘기는 들어 본 적이 없었다. 수제작? 날아다녔다면 레이더에 잡혔을 테고, 날지 않았다면 자국을 남겼을 터였다.

다른 단어를 몇 가지 더 조합해 보았다.

문 스피커에서 소리가 들렸다.

"길, 안에 있어요? 로라예요."

"케이론, 문 열어."

로라는 압력복을 입고 있으면 피부에 맺히는 땀 분비물을 씻고 왔다. 나는 씻지 않았다. 갑자기 내가 더럽게 느껴졌다.

"진전이 조금 있었어요. 당신이 알고 싶어 할 것 같아서."

"뭐가 나왔는데요?"

그녀가 침대 위, 내 옆에 편안하게 가까이 앉았다.

"펜즐러 이후에 푹푹이를 가지고 나간 사람은 없어요. 수색 팀이 나가기 전까지는. 그 말인즉, 살인자는 도보로 다녔다는 의미죠. 느렸을 거예요."

"그럴지도. 아니면 컴퓨터에 기록을 남기지 않고 푹푹이를 빌려갈 수 있는 사람이었을 수도 있죠. 레이저를 장만하려면 그랬어야 하지 않아요?"

"으음."

"아니면 수색 팀의 경찰이거나. 그 경우에도 푹푹이와 레이저가 확보되죠."

로라가 찡그렸다.

"넘어가죠. 시신에서는 뭘 알아냈어요?"

"해리 맥캐비티가 거울 작업장 밖에서 부검을 했어요. 시신의 상태는…… 음, 냉동건조됐어요. 사망 추정 시간을 물어봤더니 짜증을 엄청 내더군요. 탱크는 삼십 분 안에 바닥났고, 시계가 고맙게도 멈추는 일도 없었어요."

"로라, 달의 관습에 대해 좀 물어봐도 괜찮을까요?"

로라가 나를 내려다보았다.

"물어봐요."

"여기 사람들은 결혼한 사람하고만 같이 자기로 되어 있는 줄은 알아요. 내가 알고 싶은 건, 결혼하지 않은 사람들이 그래도 같이 잔다면 서로 독점적인 관계여야 하나요?"

로라는 침대 위에 아주 똑바로 앉았다.

"이 얘긴 왜 꺼내는데요?"

"좀 이상한 반응들이 있었거든요."

제퍼슨이라고 콕 집어 말하지는 않았다.

"응. 음, 내가 낚아챈 키가 작고 건장한 남자에 대해 자랑하고 돌아다니진 않았어요. 당신이 그걸 생각했다면 말이죠. 다른 사람들이 우리 일을 어떻게 알았는지는 모르겠어요."

"어쩌면 월인들은 서로를 평지인들보다 잘 아는지도 모르죠. 인구가 적고 도시도 더 작잖아요. 텔레파시 같은 것도 있고."

그리고 그날 아침, 우리가 로라의 방에서 나올 때 로라는 활짝 웃으며 반짝이고 있었다. 누군가 눈치를 챘는지도 모른다.

"뭘 알고 싶은데요? 그림스 박사와 다시 관계하고 싶어요? 내 허락이 필요할 것 같았어요?"

"나에게는 마음 상하게 하고 싶지 않은 월인이 다섯 명 있어요. 당신하고 달의 네 도시에서 온 네 명의 대표들이죠. 만약 내가 지금부터 당신과 일부일처 관계가 되어야 한다면, 알고 싶어요. 내가 달에 온 이유로는 태피가 여기 있다는 점이 컸죠. 지금부터는 태피를 사적으로 만나지 말아야 해요? 아니면 전혀 안 만나거나? 이봐, 좀 도와줘요. 위원회 사람들이 결론을 두고 다투느라 너무 바빠지면 모두가 지는 거예요."

로라는 눈을 꽉 감았다.

"이건 나한테도 다 새로운 일이에요. 생각해 볼게요."

침묵.

"난 당신을 독점하고 싶어요. 비윤리적인가요?"

"당신이 사는 곳에 따라 다르죠. 우습지만 그래요. 영광이긴 하지만."

"알았어요. 태피와 공개적으로는 만나지 마요."

로라는 일어나서 호랑이처럼 왔다 갔다 했다.

"복도에서도 만나지 말고. 사적으로 만난다면 확실하게 사적으로 해요. 전화는 안 돼요. 룸서비스 아침 식사 이 인분도 안 돼요."

"태피는 막스그라드로 갔어요."

"네?"

"태피에게도 쌓아야 할 자기 경력이 있어요. 이제 달의 뒤편까지 일을 쫓아간 거죠. 로라, 앞으로의 일을 위해 난 알아야 했어요. 화났어요?"

로라는 나를 한번 보고 문으로 돌아섰다.

"기억해 줘요. 난 당신이 나한테 하는 얘기는 뭐든지 믿는 경향이 있어요. 무지한 남자거든. 화났어요? 이제부터는 서로 피해 다녀야 할까요?"

로라가 다시 돌아보았다.

"화났어요. 난 누구든 했을 법한 실수를 했죠. 이게 끝나자마자 당신과 다시 침대에 들어가고 싶어요!"

로라는 문을 향해 홱 돌았다가, 또다시 내 쪽으로 몸을 돌렸다. 망설였다. 결국 로라는 내 어깨 바로 뒤, 침대에 도로 털썩 주저앉았다.

로라를 멈춘 것은 내가 아니었던 것 같다. 화면이었다.

```
                    NAKF
NARF   NAKE   NARE   MAKF   MAKE   MARE   WAKF
            WAKE     WARE
            NAKF     NAOMI
            NAKF     WATS
    NAKED    SNAKE    SNARE    WAKEN
```

"뭔가 보여요?"

"조심하라Beware?"

"그러려면 양끝에 글자를 붙여야 했겠죠."

"Ms와 Ws도 해당하는 문제네. 아, 알겠어요. 만약 첫 글자에서 오른쪽 획을 못 썼다면……."

"응. 월인들은 상체 그림에 알몸을 넣는 편인가요?"

"아니요."

"월인들이 사용하는 탈것 중에 유리가 **많이** 쓰인 게 있어요? 완전한 구형 조종석이라든지? 교역소에 있는 고리인들은 쓰나요?"

"아닐걸요. 왜?"

"**벌거벗은**NAKED. 젠장, 막혔어요. 어쩌면 상체 그림을 묘사하려고 했을지도 모르죠."

"그는 분명 살인자에게서 도망쳤을 거예요. 그림자에 몸을 숨기고 띠를 묶고 계속 걸었을 수도 있죠. 그런 게 아니라면 살인이 너무 쉬웠어요. 레이저를 한 번만 더 쏘면, 몸이 반으로 동강났을 테니까요."

"어쩌면. 핵심이 뭐죠?"

"띠를 풀었을 때, 펜즐러는 자기가 죽을 줄 알고 있었어요. 어떤 메시지든, 충분히 생각한 다음에 썼을 거예요."

로라가 화면을 응시하다가, 나를 지나 다가가 자판을 쳤다.

NaKF

"화학. 나트륨, 칼륨, 불소."

"무슨 의미죠? 이 세 가지 원소로 뭘 하는데요?"

"난 몰라요. 길……."

문 스피커에서 소리가 들렸다.

"룸서비스입니다."

로라가 꺅 하고 순식간에 문 뒤로 숨어 벽에 딱 붙었다. 나는 로라를 빤히 쳐다보다가, 문으로 걸어가 문을 열고 복도로 나가 쟁반을 받고 '감사합니다, 안녕히 주무세요.'라고 말한 다음 어리벙벙한 웨이터 앞에서 문을 닫았다. 로라가 한숨을 쉬었다.

나는 웃지 않으려고 애를 썼다. 샌드위치를 한입 크게 베어 문 채 말했다.

"음식만큼이나 목욕이 절실해요. 당신이 있으면 좋겠어. 그냥 하는 얘기예요."

"등을 씻어 줄게요."

"좋아요."

11. 빈방

반쯤 깬 상태였다. 나의 정신은 중립지대에서 단어 게임을 하며 어슬렁거렸다.

NAKF LAURA DRURY DESK COP NAKF

맞는 단어가 떠오르지 않았다.

로라의 발이 내 발에 감겨 있었다. 로라가 몸을 돌리려고 하자 잠이 완전히 달아났다. 내가 발을 빼자, 로라가 침대 가로 아슬아슬하게 굴렀다.

NAKF…… DRURY…… 대관절 이게 무슨 짓이지?

나는 몸서리치며 이 주제를 마음속 가장 깊은 바닥으로 밀어 내리고 빠져나왔다. 그래도 잠이 오지 않았다. 나는 결국 침대 참으로 몸을 옮기고 입을 열었다.

"케이론, 조용히, 케이론, 메시지."

태피는 좋아 보였다. 활발하고 행복한 표정이었다.

"난 막스그라드가 좋아. 여기 사람들이 마음에 들어. 의학 러시아어를 복습하고 있지만, 다들 사회생활에 쓸 정도의 영어는 해. 보통 밤에는 당신이 그리워. 아이에 대한 생각을 바꾸지 않았길 바라. 난 지금으로부터 일 년 정도 뒤부터 시간을 낼 수 있어. 문제가 있긴 해. 우리 둘 다 일을 그만두고 싶진 않아. 맞지? 둘 다 긴급 호출을 받는 직업이고. 아이들에게 힘들 거야."

미처 생각해 보지 않았던 또 다른 복잡한 문제였다.

"그러니 생각해 봐. 다중 결혼이 좋을지도 몰라. 우리가 아는 사람들을 생각해 봐. 우리 둘 다 처음, 어, 오 년에서 십 년 동안 참고 같이 살 수 있을 만한 사람이 있어? 예를 들면, 릴라와 잭슨 베라는 아이들에 대해 어떻게 생각해? 알아? 생각해 본 다음에 나한테 전화해 줘. 당신이랑 해리에게 사랑을 보내."

녹화가 끝나고, 태피가 사라졌다.

로라가 나를 쳐다보고 있었다. 그녀가 뭔가를 말하려고 했지만, 다음 메시지가 로라의 입을 막았다.

영상은 흐릿했다. 남자 둘과 웃고 있는 작은 금발의 여자아이가 사각에서 무중력을 떠다녔다. 소녀의 손을 잡고 있는 남자는 굵은 백발에 통통하고 활기찬 모습이었다. 다른 남자는 키가 작고 피부색이 짙고 얼굴이 아주 동그랬다. 일부나 전체 에스키모 혈통인 듯했다. 둘 다 모르는 사람이었다.

"베스타 시민인 호와드 디 캠포라고 합니다. 앤시라고 불러요."

에스키모가 웃으며 말했다.

"특정 시간대에 나오미 미치슨 부인의 움직임에 관한 정보를 알고 싶다고 연락하셨죠. 화요일 22시 50분부터 수요일 01시 05분 사이에, 부인은 칠리 버드에서 저와 제 승객인 레이몬드 Q. 포워드 박사를 방문했습니다. 방문 목적은 비밀이지만 필요하다면 물론 말씀드리겠습니다. 더 알고 싶으시면 폐쇄 소행성에 있는 저희에게 연락 바랍니다."

"맙소사, 당신 말이 맞았어요. 어떤 범죄인지도 나 알 것 같아."

로라가 말했다.

"그들은 아무것도 시인하지 않았어요."

나는 이렇게 말했다.

그러나 금발에 푸른 눈인 어린 소녀는 일부러 영상에 포함된 것이 분명했다. 네 살 적 나오미였다.

"'당신과 해리에게 사랑을 보내.'라니, 그렇게 말하는 월인은 한 사람도 없을걸요."

"태피는 진심이었어요."

"내가 듣고 있는 줄 그녀가 알았다면?"

"언젠가 태피에게 당신도 들었다고 말하는 데 반대해요?"

"제발 하지 마요."

잘 참고는 있었지만 그 생각에 로라는 심란한 모양이었다.

"태피 그림스와 아이를 가질 생각이에요?"

"응."

"우리는요?"

그쪽은 생각조차 한 적 없었다.

"난 여기에 남아 아버지 역할을 하지 못해요. 앞으로 사 개월은 불임이고. 게다가 내 유전자로 괜찮겠어요?"

"내 말은 그런 뜻이……. 신경 쓰지 마요."

로라가 몸을 굴려 내 품에 안겼다. 우리의 나머지 대화는 말이 아니라 몸짓이었다. 그렇지만 로라의 말은 무슨 뜻이었을까?

새퍼와 퀴프팅이 케레스에 전화해 세 번째 고리인을 선발해 최대한 빨리 달로 보내 달라고 요청했다. 그사이, 회의는 크리스 펜즐러 없이 계속 진행될 것이다.

아직 커피와 롤을 먹는 중에도 긴급한 긴장감이 분명히 느껴졌다. 찰스 와드는 누구도 소리 내어 말하기 전부터, 우리를 안심시키려고 했다. 크리스는 회의를 망치거나 중단시키려는 달의 테러리스트들에 의해 살해당하지 않았다. 다른 월인들은 얼른 동의했다. 당연하지. 그들이 어디에서 자료를 얻고 있겠어?

09시 직전에 나는 회의실에서 시장실로 전화를 했다.

"크리스 펜즐러 소식 들으셨나요?"

"네, 길. 아주 곤란한 상황이에요."

시장은 동요하고 있었다. 티가 났다.

"물론 저희는 할 수 있는 일을 다 하고 있습니다. 이 일이 회의에 지장을 주겠군요."

"두고 봐야죠. 그런 목적으로 일어난 일일지도 모르고요. 나오미 미치슨이 보존 탱크에서 풀려났나요?"

"아니요."

"왜요?"

"보존 탱크에서 기결수를 석방하는 일은 손짓 한 번으로 되는 게 아니에요. 의료……."

"시장님, 당신네 보존 탱크는 느린배, 성간 개척선에 사용되는 장치와 별반 다르지 않습니다. 선원들은 어떤 항해 중이든 보존 탱크에 십여 번 들락거리죠."

호브의 시선이 내 어깨 뒤를 흘끔거렸다. 뒤를 보니 관중이 있었다. 몇몇 회의 참가자들이 우리 대화를 듣고 있었다. 잘됐네.

"요원님은 의료적인 난점에 대해 전혀 모르시죠. 게다가, 미치슨 부인은 유죄판결을 받은 범죄자예요. 형의 번복도 손짓 한 번으로 되는 게 아니에요."

"그렇게 말씀하신다면, 제가 야단법석을 한번 피워 보죠."

"어떻게요?"

"회의의 진행은 지금까지 비밀이었지만……."

"앞으로도 그래야 합니다!"

버사 카모디가 내 귀에 대고 고함을 질렀다.

"맙소사, 버사, 이건 내내 우리 앞을 막았던 핵심이라고요! 시장님, 당신네 법이 피고인을 충분히 보호하는지 여부에 대해 의문이 있습니다. 재판은 시작하기도 전에 끝나다시피 하고, 십 년 동안 단 한 번의 판결도 번복된 적이 없습니다. 나오미 미치슨의 재판은 외부인들이 조사하는 첫 번째 사건이 될 겁니다. 우리는 이제 크리스 펜즐러를 줄곧 죽이고 싶어 한 사람은 따로 있다는 증거를 갖고 있습니다. 당신 아들이 미치슨 부인의 석방을 신청했지요. 하나 위원회 구성원인 제가 호브스트라이트 시의 시장에게 확인해 보니, 판결을 아직 검토조차 하지 않았더군요!"

"젠장, 길. 지금 검토하고 있어요, 지금요!"

"좋습니다. 얼마나 걸립니까?"

"모르겠군요. 번복은 새 조사가 끝날 때까지 기다려야 할지도 몰라요."

"좋습니다. 그사이에 그녀를 보존 탱크에서 꺼내죠."

"왜요? 크리스의 죽음은 첫 번째 살인미수와 무관한 것일 수도 있어요."

"물론입니다. 확률을 따지지는 않겠습니다. 나오미가 결백할 가능성이 아주 높다고만 말씀드리고……."

"가능성이 아주 높다는 표현은 세군요."

"그리고 나오미는 목격자일 수도 있습니다. 이 점을 차치하더라도, 위원회가 그녀를 불러 어떤 대우를 받았는지 직접 증언하길 원할 수도 있습니다. 우리는 월법에 따른 재판을 정확히 두 개 조사하였는데, 다른 하나는, 음……."

"마테슨 사."

스톤이 옆에서 거들었다.

"네, 그 사건도 상당히 이상했습니다. 나오미는 아직도 보존 탱크에 갇혀 해체를 기다리고 있고요. 이 모든 정황이 기자들 눈에는 어떻게 보일까요?"

"회의 진행은 기밀입니다! 해밀턴, 어떻게 우리 협상을 뉴스 언론에 노출시킬 생각을 해요?"

"알았어요, 버사. 전 미치슨 사건에 관해서는 제 입장을 고수하겠습니다."

내가 말했다.

"그러실 필요 없습니다. 저는 즉시 나오미 미치슨의 회생을 명할 작정입니다. 그녀는 여기로 돌아와, 체포 상태에서 크리스 펜즐러 살인 사건 조사에 참여할 것입니다. 이만하면 만족합니까, 해밀턴 씨?"

"네, 고맙습니다."

나는 전화를 껐다. 버사가 회의를 소집했다.

점심시간이 오자, 나는 압력복을 입고 거울 작업장으로 갔다. 해리 맥캐비티가 에어록 바로 밖에서 회전을 기다리고 있었다.

"지쳤어요. 긴 밤이었네요. 안녕하세요, 길. 아니, 일단 먼저 보여 줄 것이 있어요. 그다음에 전 자러 갈게요."

그가 거울 작업장을 가로질러 나를 이끌었다.

"펜즐러는 과다 출혈로 죽었어요. 밀착복을 입고 있었죠. 손을 잘려도 피부의 압력이 줄어들지는 않았을 거예요. 피는 소방 호스에서처럼 분출됐겠죠."

"그는 그 피로 글자를 썼어요."

"드루리한테서 들었어요. 급히 써야 했을 거예요."

펜즐러의 시신은 바깥, 진공에 차갑게 유지하기 위한 은차양 아래에 놓여 있었다. 바싹 마른 잔해가 횡단면 조사를 위해 잘려 있었다. 규화목처럼 보였다. 옆에는 펜즐러의 피부 밀착 압력복이 등을 따라 열려 생가죽처럼 펼쳐져 있었다. 금색 그리핀이 가슴에서 빛났다.

해리가 크리스의 손을 집어 들었다. 손목이 십 센티미터 붙은 시든 갈색 발톱. 그가 잘린 팔뚝에 손 부분을 대었다. 피부가 쪼그라들어, 같은 몸의 일부라고 알아보기 어려웠다.

"뼈를 보세요."

그가 말했다.

뼈의 끝 부분은 매끈하고 서로 딱 맞았다.

"그리고 여기."

그가 압력복의 오른쪽 장갑을 들어 올렸다.

"이 안에 손이 들어 있었어요. 자, 보세요."

그가 잘린 압력복의 팔꿈치 부분에 장갑을 댔다. 물질 손실이 거의 없었다. 아주 에너지 밀도가 높은 레이저가 낚시 목줄 정도의 가느다란 두께로 깨끗하게 절단했다. 아무리 레이저 빔이라고 해도, 거리가 멀어지면 분산된다.

"사건이 발생했을 때 범인과 피해자는 아주 가까웠군요."

내가 말했다.

"바로 그겁니다. 펜즐러와 살인자는 일 미터 이내에 있었어요."

나는 헬멧 속 머리를 긁으려고 했다.

"허어…… 해리, 아직은 이게 무슨 뜻인지 모르겠어요."

우리는 다시 실내로 돌아왔고, 해리는 자러 갔다. 나는 아르테무스 분에게 전화를 걸어 점심 약속을 잡았다.

우리는 뷔페 식탁으로 가서 시야에 들어오는 모든 요리를 한 덩어리씩 골랐다. 분의 접시는 꼭대기에 삶은 비둘기알을 올린 위태위태한 원뿔이 되었다. 그가 접시를 식탁 위에 양손으로 조심스레 내려놓았다.

"나쁜 상황은 아닙니다. 복잡할 뿐이죠. 두 가지 주장이 가능합니다. 미치슨 부인이 오직 월법만 적용받는다고 하거나, 아니면 국제연합법만 적용받는다고 하거나. 당사자가 원하는 쪽으로 하면 됩니다."

"그러면?"

"국제연합법에 따르면 미치슨 부인은 불임 시술을 받을 것 같습니다. 아버지인 동시에 어머니이니까요. 출산권을 두 개나 사용했다는 주장이 나올 수 있습니다. 불임 시술을 받는다고 다른 클론을 못 키우는 건 아니니까, 부인도 거부하지 않을지 모릅니다. 같은 이유에서, 법에 따라 그녀를 처형하겠다는 요구가 나올지도 모르지만, 그 경우는 제가 막을 수 있으리라고 생각합니다."

"얼마나 확신하십니까?"

"아주 많이는 아닙니다. UN법은 제 원래 분야가 아니죠. 저는 월법의 범위 안에서 일하는 편이 낫습니다. 아이에 관해서는, 지구에 인도되지는 않겠지만, 지구를 영영 방문할 수 없을 겁니다."

"월법에 따른 지위는 어떻게 되나요?"

"월법에는 당신네 것 같은 출산 제한이 전혀 없어요. 전혼前婚 없이 임신한 여성은 자력구제죠. 아버지가 친권 소송을 제기하지 않는 한…… 음, 이 경우에는 적용이 안 되겠군요. 디 캠포와 미치슨 부인이 달의 의료 제한을 위반하기는 했습니다. 여기서 먼저 재판을 받고, UN에는 일사부재리를 주장하는 편이 낫겠습니다."

"그러면 나오미는 안전할까요?"

"어느 정도는요."

분이 조심스럽게 기침을 했다.

"부인의 남성들에 대한 태도 때문에 배심원단이 별로 좋아하지 않을지도 모릅니다. 아직 살인미수 혐의 문제가 있고요."

"네, 저는 그 살인 얘기를 해야겠는데…… 대화 상대가 바닥났습니다. 비는 시간 좀 있으세요?"

"약간은요. 오늘 오후에 직접 두 범죄를 모두 해결하겠다는 말씀은 아니시죠?"

"안 될 것 있습니까?"

분이 웃음을 지었다.

"없죠. 미치슨 부인을 변호하려면, 미치슨 부인 이외의 용의자가 필요합니다. 제게 가장 큰 장애물은 요원님의 증언입니다."

"증언을 번복할 수는 없습니다. 달 표면에는 다른 사람이 한 명도 없었고 신호용 레이저도 없었습니다."

"그러면?"

"전 거울에 관해서 계속 생각하고 있습니다. 분, 저 밖에 거울을 놓을 수 있다면 정말 좋겠어요. 그러면 살인자와 무기 둘 다 다른 위치에 있었을 수 있습니다."

분은 입안 가득 음식을 우물거리고 있었다. 마른 몸에 비해 게걸스러운 식욕이었다. 그가 음식을 씹으면서 궁리하더니 꿀꺽 삼키고 말했다.

"그러려면 거울을 준비했어야 합니다."

"우리가 살인자는 어떤 압력복을 입고 있었느냐고 물었을 때 크리스의 반응을 기억하십니까? 그는 땀을 뻘뻘 흘리며 망설였죠. 자기가 착시를 했을지도 모른다고 했습니다."

"끔찍한 경험이었으니, 억지로 잊었을지도 모릅니다."

"그렇죠. 그리고 엿새 뒤에 다잉 메시지를 남겼습니다. 그 건은 아십니까?"

"N, A, K, F. 아무 뜻도 없어요."

"저는 크리스가 글자를 다 쓰기 전에 죽었다고 가정해 봤습니다. 우리에게 무슨 말을 하려고 했던 걸까요? 벌거벗은naked?"

"달에서요?"

분이 웃었다.

"진공에서 벌거벗었다는 말이죠. 크리스는 욕조에서 일어나 저 밖 달 표면에 압력복 없이 나가 있는 사람을 봤던 겁니다. 모르시겠습니까? 그는 거울을 보고 있었어요."

"그가 대체 뭘 봤을까요? 자기 자신?"

"아뇨, 크리스는 살인자를 보았습니다. 살인자는 다른 방에 있었음이 분명해요. 불쌍한 크리스, 틀림없이 자기가 미쳤다고 생각했을 겁니다. 그 얘기를 안 하려고 한 것도 당연해요."

분은 한동안 조용히 식사를 했다. 이윽고 그가 말했다.

"미치슨 부인은 이 층에 있었습니다. 우리는 외부인을 보통 지상에 묵게 합니다. 지상 층 방들이 만실이었습니까? 이건 우리가 확인할 수 있는 부분이지만, 의미를 아시겠죠. 살인자는 현지인이 아니었습니다."

분의 말은 내 다른 가설과는 맞지 않았지만…….

"네, 기록을 확인해 봅시다. 변호사님에게는 권한이 있죠?"

"확인해 보겠습니다."

분이 미소를 지었다.

"이제 경찰이 버려진 신호용 레이저를 수색하면서 거울을 발견하지 못한 이유를 가르쳐 주시죠."

"저궤도 거울은 어떻습니까? 거울이 꼭 레이더에 불투명체일 필요는 없습니다. 평면거울을 딱 맞게 회전시키면 살인자가 총을 쏠 시간이 몇 분 있었을지도 모릅니다. 살인자가 조급했던 줄은 우리가 알고 있고요."

분은 코웃음을 쳤다.

"터무니없는 얘깁니다. 그러려면 궤도 거울이 살인자와 펜즐러가 서로를 볼 수 있을 만큼 커야 합니다. 공격이 동트기 직전에 일어났으니 거울은 햇볕을 받고 있었을 테고요. 누구에게나 신호등처럼 눈부시게 빛나는 거울이 보였을 겁니다."

"그렇군요. 무식한 제안이었지만, 제 최선이었습니다. 우리가 저 밖에 사라지는 거울을 놓을 수 있으면, 나오미의 혐의를 벗길 수 있겠죠?"

"그렇고말고요. 지금도 두 번째 재판을 미루고 부인을 보존 탱크에서 꺼내 오기에는 충분합니다."

"시장하고 이야기했습니다. 합리적으로 처리하리라고 믿어요."

"잘됐군요."

분은 다시 식사로 돌아갔다. 어느새 그 가득했던 음식을 거의 다 먹었다.

"거울은 틀에 편 얇은 필름일 수도 있지요? 만약 살인자가 월인 경찰이었다면 그냥 뜯어 내서 버릴 수 있었을 겁니다. 펜즐러는 자기 창문에서 삼사백 미터 거리에 있었다고 했지만, 거울은 그보다 절반 정도 가까이에…… 아. 그 기울어진 바위는 백칠십 미터

거리에 있었습니다. 다들 엉뚱한 장소를 수색했고요."

"기울어진 바위요?"

"젠장, 맞아! 그의 창문에서 백칠십 미터 떨어진 곳에 커다란 바위가 있었습니다. 크리스는 자기가 그 바위 너머에 선 사람을 봤다고 했지만 바위의 어느 쪽인지는 말하지 못했죠. 아마 거울을 바위 위에 세워 놓았던 겁니다!"

분의 움푹 들어간 눈이 더 깊이 들어가는 것 같았다. 그는 생각에 잠겨 천천히 식사를 했다.

"아주 그럴듯하군요. 특별히 마음에 둔 용의자가 있습니까?"

나는 어제 크리스 펜즐러 수색에 참여한 여경을 한 명 알고 있었다. 그녀가 평지인을 좋아한다는 것을 알았다. 연애──연애들?──에서 그녀는 평지인보다 월인의 관습에 부합하는 독점욕을 가졌다. 크리스 펜즐러에게 빠졌다가 거부당했을지도 모른다. 최소한 자기 기준에서는. 그녀는 열 살 때부터 호브스트라이트 시 컴퓨터를 완전히 꿰고 있었다. 나오미가 기록을 남기지 않고 신호용 레이저를 가져갈 수 있었다면, 로라 드루리라고 못 했을까? 빈방에도 같은 방식으로 잠입할 수 있었을 것이다.

월인 경찰은 뒤쪽의, 성공한 살인을 저질렀을 수 있다. 달에는 경찰이 그득했다. 정확한 사망 시각을 모르니, 살인자가 살인을 저지른 다음 무리에 섞여 들어갔을지도 모를 일이다.

하지만 펜즐러가 욕조에서 총을 맞았던 날 밤에 로라는 내근 중이었다. 그랬지? 로라는 몇 시부터 근무했을까? 접이식 거울을 갖고 밖에 나갈 시간이 있었을까? 살인자는 그날 밤에 서둘렀다.

"해밀턴?"

"아, 미안합니다. 네, 용의자가 몇 명 있지만 아직 사라지는 거울을 못 알아냈습니다."

"여기는 법정이 아닙니다."

"저도 압니다. 거울 생각을 계속하고 있었어요. 전 월인이 아니에요. 저한테는 어렵군요."

오후 회의를 마치고 방으로 돌아왔다.

창밖에서는 달 정오의 무섭고 낯선 햇볕이 창문의 필터로 약간 부드럽게 비쳤다. 그래도 너무 밝았다. 나는 창문에 여러 가지 명령을 시도해 볕을 좀 줄였다.

이제는 만취한 상태에서도 기울어진 바위를 골라낼 수 있을 지경이었다. 백칠십 미터 너머…… 크리스는 기울어진 바위를 지나 삼사백 미터 정도 거리에서 사람 형체를 보았다. 나는 기울어진 바위를 내다보고 일주일 전의 어둠을 다시 떠올리려고 해 보았다. 크리스 펜즐러가 언뜻 보았을 때…….

무엇을? 거울에 비친 이미지?

거리는 충분히 비슷했다. 기울어진 바위에 올려진 거울까지 백칠십 미터, 반사되어 다시 백칠십 미터. 크리스는 삼사백 미터였다고 했다. 그가 월인을 보았다고 할 또 하나의 이유였다. 펜즐러의 눈에 익은 고리인들보다 키가 큰 월인이었다면, 더 가깝게 보였을 것이다.

그는 기울어진 바위를 보러 밖에 나갔다. 다른 사람이 그를 찾기 전에, 자신이 찾던 것을 발견했을까? 아마 아니었으리라. 그는 우리에게 얼어붙은 피로 쓰인 수수께끼만을 남겼다.

알란 왓슨과 나도 별달리 찾아낸 것이 없었고…….

전화가 울렸다. 분이었다.

"법원이 미치슨 부인의 회복을 명했습니다. 이미 나왔죠. 내일 정오쯤 호브스트라이트 시로 돌아오실 겁니다. 코페르니쿠스의 병원에서 하룻밤 요양해야 한다고 들었습니다."

왜?

어쨌든 나오미가 나왔다. 그게 중요했다.

"지금 깨어 있나요?"

"네, 제가 부인과 이야기를 했습니다."

"알겠어요, 저도…….'"

"해밀턴, 그녀에게 전화하지 말아 주세요. 피곤한 목소리였습니다. 영상을 보여 주지 않았고요."

"으음. 알겠습니다. 방들 조사는 어떻습니까?"

분은 조금 의기양양해 보였다.

"기록이 불일치하는 부분이 몇 군데 있습니다. 미치슨 부인은 컴퓨터에 지상 층이 만실로 등록되어 있어서 이 층 방을 받았습니다. 그날 숙박인들의 명단을 출력해 보았더니, 컴퓨터가 047호를 비어 있다고도 사용 중이라고도 표시하지 않더군요.

"047호에 가 보셨습니까?"

"아직요. 법원 명령이 필요합니다."

"아니, 없어도 됩니다. 나오미에게 그 방을 달라고 하라고 하세요. 움찔하는 사람이 있으면, 그걸로 알 수 있겠죠."

그가 링컨을 닮은 얼굴에 어울리지 않게 히죽히죽 웃었다.

"좋아요."

"자, 이제 누군가한테 가서 이 이야기를 해 주시겠습니까? 나오미의 유죄판결 검토를 맡은 판사에게 가서 그 사라진 방 얘기를 해 주세요. 아니, 누구에게든지요."

"너무 극적으로 하시려는 것 같은데요?"

"아무리 조심해도 지나치지 않습니다. 우리는 방 잠금장치를 건드릴 수 있는 사람을 상대하고 있어요. 저기, 그냥 절 위하는 셈 치고 해 주세요."

"알겠습니다, 해밀턴 씨."

분은 웃는 낯으로 전화를 끊었다.

나는 다시 창가로 갔다.

거울은 레이저 빔을 한순간만 반사시킬 수 있다. 어떤 거울의 반사율도 완벽하지 않다. 레이저가 처음 부딪치는 순간, 거울은 이미 증발하면서 오목해질 테고, 빔은 흐려질 것이다. 그리고……
실제로 타던 중간에 흐려졌다!

그러나 거울은 대체 어디에?

이 사건에는 전통적인 요소들이 가득했다. 실패한 살인자가 달 표면에 갇힌 역逆밀실. 암호 같은 다잉 메시지. 이제 나는 거울 속 임수를 찾고 있었다. 다음에는 뭐지? 형상 기억 플라스틱으로 된 사라진 칼, 그럴싸한 알리바이를 제공하는 고장 난 시계……

달의 풍광이 창밖에서 빛났다. 나는 손가락을 서로 문지르며 기억을 더듬었다. 알란은 기울어진 바위 꼭대기에서 아무것도 찾지 못했다고 했다. 나는 바위 뒤편의 그림자를 장갑 낀 손으로 훑었다. 흰 가루가 떨어졌다. 가루가 손끝에서 사라지는 것을 보았다.

성에, 그렇지. 얼음물. 하지만 달의 표면 위에서?

나는 그때 놀랐다. 그리고 지금, 문득, 이해가 되었다.

나는 퍼즐의 절반을 풀었다.

12. 전통적인 요소들

— 전화입니다, 해밀턴 씨. 전화입니다, 해……

"아, 젠장."

— ……밀턴 씨. 전화입니다.

"케이론, 통화."

나는 가슴 띠를 풀고 일어나 앉았다.

"안녕, 길."

화면은 꺼진 채였으나 나오미의 목소리였다. 피곤한 목소리였다. 죽었다가 되살아난 사람에게 기대할 만한 기쁨은 전혀 느껴지지 않았다.

"안녕, 화면 보여 줄래?"

"싫어."

수술 후 우울 같은 것일지도 몰랐다.

"어디에서 걸고 있어?"

"여기, <u>호브스트라이트</u> 시. 내가 아직 체포 중이래."

일찍 도착했나?

그러나 시계를 보니 정오였다. 내가 오래 잤다.

"분하고 이야기해 봤어? 우리에겐 아직 살인미수 문제가 있어. 두 살인 다 용의자를 지목해야 해."

"말해 봐."

"약물 투여 중이야?"

"아니. 하지만 아무래도 별로 상관없는 것 같아. 누가 날 냉동고에서 꺼냈어?"

"알란 왓슨이 거의 다 했어."

나는 사랑을 베푸는 셈 치고 말했다.

"음."

"나오미, 우리는 크리스 펜즐러가 욕조에서 총에 맞았을 때 당신이 어디에 있었는지 알아. 분과 나는 어제 점심때 칠리를 먹으면서 그 부분을 논의했어."

"먹으면서…… 아."

나오미는 곰곰이 생각했다. 내가 알고 있고, 전화 시스템을 신뢰하지 않음이 명백했다.

"알았어. 이제 뭐?"

"당신은 아직 용의자야. 우리는 진짜 살인자를 찾아내고 싶어. 살인자는 펜즐러 살인을 처음 시도한 다음에는 밖에 나가지 않았지. 우리는 그 이유를 설명해야 해. 그러지 않으면 당신이 그때 어디 있었는지를 밝혀야 해. 분 얘기로는 생각만큼 나쁜 일은 아니래. 그한테 말해야 해."

"알았어."

"당신 방에서 만나자."

"길, 난 지금 아무도 만나고 싶지 않아. 죽음에 막 적응하던 참이었다고."

나오미가 비통하게 말했다.

"그렇지만 안 죽었지. 이제 어떻게 할래?"

"몰라."

왜 우리가 나오미의 방에서 만나야 하는지를 그녀에게 말할 수가 없었다. 전화로는 안 됐다. 이런 상태에서, 나오미가 지시를 따를까?

"분에게 전화해. 그에게 내가 그를 당신 방에서 만나고 싶어 한다고 말해. 047호 맞지? 그에게 우리를 들여보낼 경찰을 데리고 오라고 하고. 우리 아침 식사를 주문해 줘. 커피 많이."

죽음 같은 정적이 몇 초 지나갔다. 처음으로, 나오미의 목소리에 감정이 실렸다.

"알았어, 길."

교태를 부리는 듯한 목소리였다. 그리고 전화가 끊겼다.

비통한 만족감. 그리 들렸다. 하지만 왜?

047호를 경비하는 월인 경찰은 처음 보는 얼굴이었다. 그의 앞에서 등을 보이는 데 용기가 필요했다. 피해망상……

나오미가 나를 서둘러 안으로 들였다.

분은 이미 도착해 아침 식탁 앞에 앉아 있었다. 그가 어째서 나를 이렇게 집중해 보는지 이해할 수 없었다. 내게 보이는 것이 아니라, 내가 해야 할 말에 몰두해 있었다.

그러나 나오미를 보자, 눈앞이 흐려지는 것 같았다. 나오미는 왠지 뒤틀려 보였다. 침착함을 조금 되찾은 것 같기는 했다. 그러나 움직임이 둔했고 조심스러웠다. 나오미는 달의 중력에 적응한 줄 알았는데.

"놀랐지."

나오미가 말했다. 그리고 나는 보았다.

"보존 탱크 안의 사람에게는 응급 상황이 아니면 손대지 못하도록 되어 있어. 알고 있었어?"

숨 쉬기가 어려웠다.

"알고 있었어. 회의에서 논의했지. 월인들이 생각하는 응급 상황이 언제야?"

"아아, 그게 문제야. 물론 사과는 받았지. 자기들은 최선을 다했대. 어느 브라질 출신 행성학자가 코페르니쿠스 근처의 먼지 웅덩이를 헤치고 들어갔다나. 두 다리가 꽁꽁 언 채 살아 나온 것이 기적이래. 넘어져서 압력복이 찢어지기까지 했지. 진공에서 양쪽 고막, 폐 한쪽, 눈 하나를 잃고 넘어지면서 갈비뼈가 두 대 부러졌대. 그녀를 도와줄 딱 맞는 거부 스펙트럼을 가진 사람이 누구였을 것 같아?"

나오미의 다리는 나쁘지는 않았지만, 딱 맞아 보이지도 않았다. 얼굴도 딱 맞지 않았다. 그리고 나오미의 몸은 왠지…… 어쩌면 몸을 움직이는 방식이……

"이 메리 드 산타 리타 리스보아라는 여자는 유명한가 봐. 그녀가 코페르니쿠스에서 적절한 치료를 받지 못하면 끔찍한 일이 벌어지겠지. 엄청나게 언론을 타고. 제발, 내 모습이 어떤지 말해 줘!"

"거의 똑같아."

내가 말했다.

사실이었다. 나오미는 아주 약간만 뒤틀린 것 같았다. 내이內耳를 두 번 수술해서 얼굴형이 바뀌었다. 눈의 색깔이 똑같지 않았다. 어떻게 그걸 못 봤지? 상체가 비틀린 것 같았다. 그건 걷는 법을 다시 익히면 괜찮아지리라. 어쨌든, 다리도 바뀌었으니까. 너무 가늘었다. 천만다행으로 월인 다리는 아니었다. 그랬다면 황새 같아 보였으리라. 아마 고리인 다리 같았다. 의사들은 그럭저럭 맞는 부위를 찾아냈다. 거의. 그들이 보존 탱크를 급습했다는 사실은 달라지지 않았다!

"회의에 나와 증언을 해 줬으면 좋겠어. 문제를 있는 대로 일으키려고 해."

내가 말했다.

"좋네."

나오미는 악의에 차서 대꾸했다.

"분, 법적인 상황을 설명했습니까?"

분이 고개를 끄덕였다.

"재판 전에 이걸 다 알았으면 좋았을 텐데. 재판을 두 번 더 받을 생각을 하니 마음에 안 들어. 이 살인미수 혐의를 벗기 위한 재판 한 번, 클론을 만들었다고 유죄를 받을 재판 한 번."

"할 거야?"

"그래야지."

나는 달의 병원들이 보존 탱크에 불법으로 난입하고 있었다는 사실에 대한 추상적인 경악과 그 일이 나오미에게 일어났다는 순전히 개인적인 경악에 맞서 싸우고 있었다. 나오미는 변했다. 못 볼 정도는 아니었지만, 그저…… 달라졌다. 조각보 소녀! 이 여자는 오래전 나를 소행성대로 도망치게 만들었던, 범접할 수 없는 미인이 아니었다.

"부인의 판결을 번복하는 일은 생각보다 어려울 수 있습니다. 어떤 판사든 다른 판사가 잘못했다는 판결은 내리기를 꺼리죠. 우리는……."

분의 말에 생각이 났다.

"분? 사라지는 거울을 알아냈습니다."

"네? 어떻게?"

"물입니다. 크고 납작한 팬에 물을 가득 부어 얼린 다음, 바깥, 진공상태의 그림자 속에 둡니다. 달 표면에서는 그늘에만 두면 영하 백 도나 그 이하로 유지되겠죠. 거울 제작 시설에서 평평하게 다듬고 은도금을 합니다. 가능할까요?"

분이 입을 딱 벌렸다. 에이브 링컨과 훨씬 안 닮은 표정이었다.

"네, 가능합니다. 세상에, 범인이 그래서 그렇게 서둘렀군요! 햇볕이 거울에 닿기 직전에 펜즐러를 죽이려고요."

나는 웃었다. 유레카라는 감각.

"하지만 크리스가 협조를 안 했죠. 물장난을 좋아했어요."

"태양이 거울을 비추자 거울은 그냥 사라졌겠죠."

"거의요. 증발하면서, 수증기가 기울어진 바위의 뒷면, 그림자 속에 좀 남았습니다. 제가 거기서 성에를 봤어요. 이제는 사라졌겠지만, 다른 증거도 있습니다. 해리 맥캐비티는 빔이 타는 도중에 퍼지거나 모였다고 말했어요. 얼음이 증발하고 있었던 겁니다. 그 덕분에 크리스가 목숨을 건졌죠."

나는 얼떨떨한 표정인 나오미를 돌아보았다.

"이게 다 무슨 말이냐 하면, 살인미수가 바로 이 방에서 일어났단 거야. 분, 이 방을 조사해 볼 기회가 있었나요?"

그가 고개를 흔들었다.

"여기에는 이상한 점이 전혀 없었습니다. 이 방들은 자동으로 치워집니다. 우리가 뭘 찾으리라는 기대는 없어요. 길, 문제는, 호브스트라이트 시의 시민이라면 누구든지 사람들 눈에 띄지 않고 거울 작업장 구석을 쓸 수 있었으리란 점입니다. 우리는 심지어 보이스카우트도 거기서 프로젝트를 하게 들여보내 주거든요."

"저도 압니다. 용의자가 너무 많죠."

"범위를 좁힐 방법이 있을 겁니다."

"저는 어떤 소송을 당할까요?"

"말도 안 됩니다. 당신은 살인 사건을 해결하려고 하는 ARM 요원이고, 저는 의뢰인과 상담 중인 변호사입니다."

"크리스의 연애 관계를 더 자세히 알고 싶은데, 나오미……."

"나한테 수작을 걸었어. 좀 상스러웠지."

나오미가 말했다.

"그가 월인 여자하고도 자고 싶어 했을까?"

"그건 나도 몰라. 어떤 남자들은 다양성을 좋아하지. 남편은 그 랬어."

나도 그랬다. 젠장. 그러니 전화를 걸고…….

로라는 바빴다. 전화로 음성만 들렸다.

"길? 어젯밤에는 못 갔죠. 지금은 잠이 부족해요. 펜즐러 사건 때문에."

"괜찮아요. 난 탐정 노릇을 하고 있었어요. 지금도 하는 중이 죠. 크리스 펜즐러의 여자 취향에 관해 아는 거 있어요? 들은 말 이라도?"

"음. 들은 말이라, 어쩌면요. 나오미 미치슨 재판에 나왔던 공판 검사 기억나요?"

엘프 여자. 차갑고 완벽한 얼굴.

"기억나요."

"캐롤라인의 약혼자가 친구들과 술을 마시다가 펜즐러를 찾아 나서려고 했어요. 친구들이 말렸죠. 내가 아는 건 그뿐이에요. 캐 롤라인하고 아무 상관 없었을지도 몰라요. 그는 말한 적 없어요."

"다른 일은요?"

"내가 생각할 만한 건 없네요."

"고마워요. 언제 다시 전화해도 돼요?"

"운이 좋으면 정오부터 비번이에요. 하지만 좀 자야 해요, 길."

"오늘 저녁?"

"좋아요."

나는 전화를 끊고 필사적으로 궁리했다. 그리고 시장실에 전화를 걸었다.

"해밀턴 씨. 확인해 보시면, 나오미 미치슨은 보존 탱크에서 나와 이곳에 돌아와 있습니다."

어제의 힘겨루기 이후로 나는 더 이상 길이 아니었다.

"지금 그녀와 같이 있습니다. 장기가 몇 개 없어졌더군요. 알고 계셨습니까? 없어지고 대체되었죠."

"들었습니다. 저는 그 일은 책임지지 않겠습니다. 요원님의 반응은 상상이 가지만요. 그것 때문에 전화하셨습니까?"

"아니요, 당장은 나오미를 보존 탱크 밖에서 지키는 일에 더 신경 쓰고 있습니다. 호브, 당신은 정치인이죠. 온갖 종류의 사람들을 대해야 할 겁니다. 크리스 펜즐러가 월인 여자에게 매력을 느꼈는지 혹시 알고 있습니까?"

그가 조금 뻣뻣해졌다.

"그랬던들 드러내지 않았을 겁니다. 외계 외교관이 그런 식으로 자기 일을 망치려고 하지는 않았겠죠."

호브가 이렇게 순진한가?

"호브, 우리는 그가 누군가의 마음을 상하게 했다는 걸 아주 잘 알아요. 그 사람이 호브스트라이트 시의 시민이라고 생각할 만한 상당한 이유가 있습니다. 시장님은 이십 년 전에도 여기 있었죠? 펜즐러도 있었고요. 그때 들은 소문은 없습니까? 서둘러 해결해야 했던 불평이라든가? 아니면…… 아, 그가 고리 교역소를 정기적으로 방문하다가 갑자기 그만뒀습니까?"

호브가 마지못해 말했다.

"어딜 말씀하시는지 압니다. 아프로디테스죠. 그곳은 기록을 남기지 않습니다. 만약 중요한 일이라면 제가 이십 년 전 푹푹이 대여 기록을 찾아볼 수는 있습니다."

"잘됐네요. 중요한 일입니다."

"길, 왜 여기 사람이 크리스를 죽였다고 생각하시죠?"

"다른 사람은 도저히 만들 수가……. 시장님, 전화 시스템은 도청이 매우 쉽습니다."

"원하시는 자료를 구해 드리겠습니다."

호브는 그렇게 말하고 전화를 끊었다.

분과 나오미 둘 다 나를 보고 있었다.

"크리스가 월인 여자와 연애를 했다면, 그가 다른 사람과 떠나자 화가 났을 수도 있습니다. 월인들의 풍습은 이상하죠."

"평지인들의 풍습이 이상하죠."

분이 내 말을 바로잡았다.

"하지만 맞는 말씀일지도 모릅니다. 누구요?"

"아, 그냥 가능한 상황 중 한 가지일 뿐입니다."

나는 일어서서 서성거렸다. 그 사람이 로라인 건 **싫었다**.

"다른 경우도 있어요. 반 재미 삼아, 뉴스를 만들려고 짓궂은 장난을 할 만한 기자를 두 명 알고 있습니다. 고리인들은 먼저 도착했죠. 그녀는 우리 배로 마중을 나왔어요. 어쩌면 거울을 만들어

설치해 둘 시간이 있었을지도 모릅니다. 월인처럼 보였을 수 있고, 상체 그림은 벌거벗은 여자죠."

"그들이 펜즐러의 목숨을 구하지 않았습니까?"

"그래도 아주 거칠고 짓궂은 장난일 수 있습니다. 크리스가 고리에서 자기 적을 데리고 왔을지도 모릅니다. 둘 다 신호용 레이저를 훔칠 수 있을 정도로 프로그래밍을 알고요."

분이 고개를 끄덕였다.

"그들은 마치 결혼한 부부처럼 살고 있더군요. 꽤 알고 지낸 사이가 분명해요."

나는 분을 향해 씩 웃었다.

"분, 그들은 월인이 아니에요. 그냥, 모르겠습니다. 회의에는 고리인이 두 명 더 있는데, 그들도 크리스에게 뭔가 악감정이 있었을지도 모르지만……."

나오미는 어리둥절하고 생각에 잠긴 표정을 짓고 있었다. 나는 그녀가 대화의 흐름을 따라오지 못해 혼란스러워하고 있는 줄 알았다. 나오미가 전화기에 간 줄도 눈치채지 못했다.

"이 사건에는 확실히 전통적인 요소들이 있습니다. 로스앤젤레스는 지금 몇 시죠?"

"모릅니다."

분이 말했다.

"루카스 가너에게 전화를 해야겠어요. 그는 옛날 미스터리 테이프 도서관을 갖고 있죠. 이 얘기를 정말 좋아할 겁니다. 다잉 메시지, 밀실, 거울 속임수."

"아시다시피, 살인자를 꼭 찾아내야 하는 것은 아닙니다. 그건 경찰 몫이죠. 거울 속임수의 방법을 알았으니, 미치슨 부인의 무죄를 보일 수 있어요."

"분, 저는 퍼즐을 삼분의 이만 풀었을 때는 영 초조해져서요. 보통 그때쯤 살해당하죠."

나오미가 자판을 두드렸다. 상반신 인물 사진이 사등분된 화면에 나타났다. 나는 더 자세히 보려고 나오미의 뒤에 섰다.

처음 보는 여자와 크리스 펜즐러…… 왓슨 시장…….

문 스피커가 알렸다.

"왓슨 시장입니다. 만약 안에 있다면 해밀턴 씨와 대화하고 싶은데, 들어가도 되겠습니까?"

"케이론, 문 열어."

나오미는 고개도 들지 않고 말했다가 곧바로 뒤를 이었다.

"아니……."

나는 호브가 들어오는 순간 몸을 돌렸다. 그는 재빨리 안으로 들어왔다.

"문 닫아."

그가 나오미에게 말했다. 손에는 신호용 레이저가 들려 있었다.

내 총을 찾았다. ARM 요원은 언제나 작은 두 발 권총을 가지고 다닌다. 마취 바늘 구름을 발사한다. 물론 달에 도착하며 제출했다. 그 처음의 반사 동작 때문에 느려지지 않았으면 뭔가 할 수 있었을지도 모른다.

그물 의자에서 반쯤 수그리고 있던 분은 전혀 움직일 시간이 없었다. 그가 두 손을 들었다. 나도 손을 들었다.

나오미가 말했다.

"생각해 냈어야 했는데. 그냥…… 젠장!"

시장이 그녀에게 말했다.

"문 안 닫으면 죽인다."

나오미가 문을 닫았다.

"됐어요."

호브의 몸에서 힘이 조금 빠졌다.

"이제 뭘 해야 할지 모르겠군. 내 문제를 당신들이 도와줄 수 있을지도 모르지. 내가 당신들을 다 죽이면 도망칠 수 있을 확률이 얼마나 될까?"

분의 얼굴에 천천히 웃음이 퍼졌다.

"시장님의 변호사 입장에서 말씀드리자면……."

"해 봐."

시장이 말했다. 총 끝의 작은 유리 렌즈가 우리 모두를 향하며 흔들렸다. 그는 움찔할 틈도 주지 않고 우리 모두를 채 썰 수 있었다. 어떻게 경비 서던 경찰을 지나왔지?

"말하지 않으면 죽일 거야. 거짓말을 해도 죽일 거고. 다들 알아들었나?"

"살인이 세 건 더 일어날 경우의 정치적인 영향을 생각해 보세요. 시장님이 호브스트라이트 시를 파괴할 겁니다."

분의 지적은 타격을 주었다. 호브의 얼굴에 드러났다. 그러나 그는 이렇게 말했다.

"당신들은 고리인 정치인을 살해한 혐의를 시장에게 제기할 입장에 있어. 그건 시에 어떤 영향을 미칠까? 용납할 수 없는 일이야. 길, 대체 왜 거주민이 살인자라고 봤지?"

"다시 말씀드리지만, 우리는 욕조 공격을 얘기하고 있습니다. 크리스는 살인자를 실제보다 가까이 있다고 생각했어요. 살인자의 키가 컸다는 뜻이죠. 거울 작업장의 시설을 빌리고 사용하는 법을 알려면 여기 사람이어야 합니다. 시 컴퓨터로 장난칠 줄도 알아야 했죠. 거주민들 중에 그걸 잘하는 사람이 꽤 많은 것 같더군요."

문득, 시장의 실력은 더 뛰어나겠다는 생각이 들었다.

"거울에 대해 알았군. 크리스가 어떻게 날 봤는지 알려 줄 수 있나? 나는 방의 조명을 켠 채로 그가 일어서기를 기다릴 만큼 멍청하진 않았거든."

"어. 그래요?"

생각해 보았다.

"아. 그의 조명이 켜져 있었던 겁니다. 시장님은 거울 빛을 받아 보였을 거예요."

그가 고개를 끄덕였다.

"계속 그게 신경 쓰였지. 날 의심했나?"

"전 대단히 놀랐습니다. 호브, 왜 그랬습니까?"

바로 그때, 나는 시선 구석, 나오미의 전화 화면에서 그 이유를 보았다.

호브는 거의 무심한 듯한 태도였다.

"그는 우리 내정에 간섭하러 달에 두 번이나 왔어. 처음에는 우리한테 보존 탱크를 떠안겼고, 그다음에는 보존 탱크를 쓴다고 우리를 비난했지. 상관없어. 경찰이 나를 추적해 낼 방법이 있을까? 물론, 당신들 도움 없이."

"문 앞에 있던 경찰은?"

"그는 나를 못 봤어. 내가 나가는 것도 못 볼 거고."

아무것도 떠오르지 않았다.

나오미가 입을 열었다.

"시장님, 제 손가락이 지금 어디 있는지 보이시나요?"

나오미의 손가락은 전화 자판의 **리턴** 키 위에 놓여 있었다. 거기까지 보고, 나는 재빨리 나오미와 총 사이에 섰다. 호브는 나를 제지할 만큼 빨리 움직이지 못했다.

"레이저를 쏘면 제 몸을 통과해야 할 겁니다. 성공 못 할걸요."

내가 말했다.

"클릭 한 번이면 도시의 모든 전화 화면에 이 네 명의 얼굴이 나타날 거예요."

나오미가 덧붙였다.

"협상합시다."

내가 재빨리, 어르듯이 말했다. 호브의 눈에 절망이 깃들고 있었다.

"정치적인 이유로 크리스 펜즐러를 죽이려 했다? 좋아요, 우리 모두 그렇다고 칩시다. 엿새 뒤에 그 사람 손을 잘랐다? 좋아요.

어떻게 했는지 우리한테 가르쳐 주고 싶나요?"

그는 막 레이저를 쏘려던 참이었다. 여전히 그럴 생각일지도 몰랐다.

"언제 일어났는데?"

"크리스는 네다섯 시간 사이 언제든지 죽었을 수 있습니다. 시장님에게는 아마 알리바이가 있겠죠. 경찰로 위장했을 수도 있고요. 컴퓨터가 당신에게 경찰 밀착복을 발급해 주고, 기록을 지울 수 있었을 테니까요."

"음, 그렇고말고."

"그리고 크리스는 당신을 지목하는 다잉 메시지를 남겼죠."

나는 레이저의 출력 설정이 풀리는 것을 보았다. 호브가 엄지로 도로 최대 출력으로 올렸다.

"그랬나? 정말? 그거 흥미롭군."

"당신을 지목했어요. 직접적으로는 아니었죠. 레이저에 손을 잘렸을 때 그는 살인자와 겨우 일 미터쯤 떨어져 있었습니다. 살인자의 얼굴과 가슴 상징을 분명히 보았을 거예요. 왜 그냥 '나무'나 '시장'이라고 쓰지 않았을까요? 누군가는 의아해할 수밖에 없습니다. 물론, 시장님이 자수하시면 사건은 해결되겠지요."

호브가 생각에 잠겼다.

"길, 이 일이 내 시에 어떤 영향을 끼칠 수 있는지 알고 있나?"

"지금도 상황은 나쁩니다. 이대로 가면 훨씬 더 나빠질 수도 있겠지만."

"그래. 후, 그렇지."

시장은 결연하게 가슴을 펴고 그 큰 키로 우리를 내려다보며 말했다.

"내 조건은 이래. 내가 도망칠 시간을 한 시간 줘. 그다음에는 경찰에 우리가 논의한 모든 사실을 말해도 좋아. 동의하나? 명예를 걸고?"

"네."

내가 말했다.

"네."

분도 대답했다.

나오미는 긴장된 한순간 망설였다. 리턴 키 위에 올린 손가락이 떨리기 시작했다.

"네."

그녀가 대답했다.

"화면에 뜬 그것은 저장고로 돌아가고."

"네."

"문 열어."

시장이 말했다. 그는 레이저를 코트 속에 감추고 복도로 나갔다. 나오미가 문을 도로 닫고 입을 열었다.

"이제?"

나는 냅킨으로 땀을 훔쳤다.

"나는 명예를 건 약속을 지켜."

분은 희미한 웃음을 띠고 시계를 보고 있었다.

"우리 모두 그렇다고 하자."

나오미가 말했다.

"개자식! 어디로 갈까?"

"신문당하지 않을 만한 곳으로 가겠지. 푹푹이를 타고 산소가 바닥날 때까지 달려가 먼지 웅덩이를 찾을걸."

"그럴 것 같아?"

나오미는 홀로그램 사진을 보았다. 그들 네 사람. 크리스 펜즐러, 호브스트라이트 왓슨 시장, 알란 왓슨, 긴 담갈색 머리의 키가 아주 크고 엘프처럼 아름다운 젊은 여성. 누구인지 맥락상 짐작할 수 있었다.

"그녀가 어떻게 죽었을지 궁금해."

나오미가 말했다.

"그가 죽였다고 생각해? 그럴지도 모르지. 이제 별 상관 없는 일이야."

"맞아."

나오미가 자판을 빠르게 쳤다. 화면에서 사진이 사라졌다.

우리는 기다렸다.

13. 형벌

나오미의 방문 밖에는 경찰이 코를 골며 자고 있었다. 호브는 ARM 지급품 권총으로 그에게 용해성 마취 크리스털 구름을 쏘았다. 내 총이었다. 달에 도착하면서 제출했다. 호브가 권총을 내놓으라고 컴퓨터를 설득한 게 분명했다.

호브……. 음, 우리는 다소 엄숙하게 시간이 가기를 기다렸다. 그는 푹푹이를 대여해서 사라졌다. 영사가 가능한 동안에는 영사된 달 표면을 조사했지만, 그는 와치버드2가 질 때까지 숨어 있을 것 같았다. 경찰이 옛 탄광과 알려진 동굴 시스템들을 수색했다. 아무것도 나오지 않았다. 그가 고리 교역소에 가지 않은 것은 분명했다. 고리인들도 그를 찾고 있었다. 제퍼슨은 그리말드 우주기재 발사 장치 발사대로 경찰들을 보냈다.

나는 호브가 절실히 살려고 하리라고 가정한 것이 경찰의 실수라고 생각했다. 호브의 문제는 푹푹이와 시체를 숨길 방법이었다. 자기 시체 말이다. 내 이론을 말하자면, 그는 푹푹이의 연료와 산소를 함께 폭발시켜 둘 다 산산조각 냈을 것이다.

알란 왓슨이 그날 밤 몹시 지친 표정으로 왔다. 나오미를 보자 다시 생기가 돌았다. 그들은 한동안 진지하게 대화했고, 나오미는 그의 긴 팔에 안겼다. 다음 날 아침까지 그들을 다시 보지 못했다.

그때 나는 해리 맥캐비티와 다시 이야기할 것이 있었다.

알란과 나오미는 식당 층에서 풍성한 식사를 하고 있었다. 나는 알란이 커피를 더 마시러 갈 때, 가까스로 뷔페에 있었다.

"단둘이서 만날 일이 있어요."

내가 말했다. 커피가 철벅 튀었다. 그를 놀라게 한 모양이었다.

"아직 안 끝났어요?"

"당신과 당신 아버지에 관한 일입니다."

그의 얼굴에 잠시 경계심이 드러났다.

"알았어요."

나는 기다리는 동안 아침 식사를 했다. 곧 나오미가 떠났고, 알란이 내 자리로 왔다.

"어제 있었던 일은 나오미에게서 들었어요. 당신들을 모두 죽일 수도 있었다고요. 이런 일이 일어나지 않았다면 좋았을 텐데."

"저도 그렇게 생각합니다. 알란, 달을 떠나시죠."

그가 입을 벌리고 나를 멍하니 쳐다보았다.

"네?"

"이봐요, 사실 그렇게 놀라지는 않았잖아요. 제가 호브 시장에게 몇 가지 약속을 하기는 했지만, 총구를 눈앞에 둔 약속이었습니다. 일주일 안에 달을 떠나서 다시는 돌아오지 마요. 그러지 않으면 제가 약속을 깰 겁니다."

그가 내 눈을 살폈다. 그래, 그는 그렇게 놀라지 않았다.

"정확하게 말씀해 주셔야겠어요."

"저도 좋아서 하는 말은 아닙니다. 간단하게 하죠. 크리스 펜즐러는 상대의 얼굴을 제대로 볼 만큼 가까이에 있었습니다. 우리는 살인자가 월인이라는 걸 알죠. 살인자의 이름을 몰랐더라도, 펜즐러는 가슴 상징을 묘사하려고 할 수 있었을 겁니다. 그러는 대신, 그는 일주일 전에 욕조에서 당했던 살인미수에 관한 힌트를 남겼어요. 왜 자기를 살해하려는 사람을 보호하려 들었을까요?"

"글쎄요?"

"당신이 그의 아들이니까요. 나오미는 마침내 깨달았고, 저도 알았어야 했어요. 당신 키가 호브 왓슨 정도라 유전이겠거니 했지만, 당신은 달의 중력에서 자랐죠. 그러지 않았다면 크리스 펜즐러를 지금보다 훨씬 많이 닮고, 어머니와 좀 비슷하고, 호브 왓슨과는 전혀 안 닮았을 겁니다."

알란은 커피를 응시했다. 얼굴이 상당히 창백했다.

"다 추측일 뿐이죠?"

"호브스트라이트 시를 끝장낼지도 모를 추측이지요. 당신은 시장의 아들이고 예정된 후계자로 여겨지고 있습니다. 호브가 정치적인 이유로 펜즐러를 살해했다고 해도 이미 충분히 나쁜데……."

"알아요. 요원님 말씀이 맞아요."

"어쨌든, 추측을 조금 더 해 봤습니다. 어젯밤에 저는 자고 있던 해리 맥캐비티를 깨워 특정한 압력복 헬멧에서 말라붙은 핏자국을 찾아 달라고 했어요."

알란이 고개를 들었다. 나를 보는 그의 표정이란. 내가 악몽에서 곧장 걸어 나온 사람처럼 보였으리라.

"그가 뭐라고 했습니까? 당신을 아들로 인지해 주겠다고 제안했어요?"

"제안요?"

알란이 큰 소리로 웃었다. 험악한 웃음이었다. 그리고 얼른 주위를 둘러보았다. 사람들이 고개를 돌려 우리를 보았다. 알란이 목소리를 낮추었다.

"고집을 부렸죠! 저를 자기 상속인이자 사생아로 명명하겠다고 했어요!"

"나오미가 벌을 면하게 하려고 그를 죽였습니까?"

"아니, 아니에요. 생각할 시간만 있었다면 절대 그를 다치게 하지 않았을 거예요. 그에게 설명하면 됐잖아요. 할 수 있었겠죠? 그는 그냥 자신이 저한테 무슨 짓을 하고 있는지 몰랐어요. 자기가 내 아버지라더군요. 선언을 하겠다고 했어요. 제 말은 들은 척도 않았어요. 제 손에는 레이저가 들려 있었죠. 돌아 버릴 것 같았어요. 천분의 일 초도 안 되는 시간이었어요. 제가 그의 손을 잘랐고, 그가 저를 가리키려 하자 피가 분수처럼 제 얼굴로 쏟아졌어요. 앞이 보이지 않았죠. 유리를 닦아 내고 보니 그는 사라지고 없더군요. 저는 그의 압력복을 봉인하고 병원에 데려가려고 그를 찾았어요. 마침내 찾고 보니 이미 죽어 있었어요."

"아아."

알란의 얼굴에는 핏기가 하나도 없었다. 그는 아예 나를 보고 있지도 않았다.

"손목에서는 아직도 피가 거품처럼 나오고 있었어요."

"자기 생식선이 시키는 대로 돌아다닌 크리스를 원망할 수도 있습니다. 그를 죽이려고 했던 호브를 원망할 수도 있어요. 성공하지 못했지만, 그 살인미수가 크리스가 자식에 대해 생각하게 된 계기였습니다. 당연히 당신 자신을 원망하게 되겠죠. 알란, 다 당신 잘못은 아니에요."

"알았어요. 이제 어떻게 하죠?"

"진실이 밝혀지면 정치적인 파급효과가 끔찍할 테고 당신은 해체될 겁니다. 전 그런 상황을 원치 않아요. 그렇지만 당신이 정치적인 권력이 있는 자리에 앉게 둘 수도 없습니다. 달에 있는 한, 당신은 시장이 되지 않을 수 없어요. 일주일 안에 달을 떠나지 않으면 전 입을 열기 시작할 겁니다."

"요원님께 무슨 일이 일어날 경우를 대비해서 어딘가에 편지를 남겨 두셨겠죠?"

"떠날 채비 하세요."

그가 나를 빤히 바라보았다.

"저한테 요원님을 살해할 시간을 일주일이나 주셨잖아요!"

나는 자리에서 일어났다.

"당신은 그럴 타입이 아니에요. 그리고 전 진심입니다. 모두 다 진심이에요."

나는 이렇게 말하고 나갔다.

위원회가 그다음 주에 정한 규칙에는 월법 집행 정기 검토 조항이 포함되었다. 대표들 모두 새 법에 딱히 기뻐하지 않았다. 월인들이 가장 내키지 않아 했지만, 나오미의 증언을 듣고 나서 그들이 어떻게 반대할 수 있었겠나? 그들은 타협했다.

우리가 회의를 마무리 지은 날, 알란 왓슨이 케레스로 떠났다. 그가 가는 모습을 보았다면 좋았겠지만, 아무래도 상관없었다. 인물이 인물이니만큼, 그에게는 경찰 호위가 붙었다. 그는 영영 떠났다.

그날 저녁, 로라가 나에게 그 이야기를 해 주었다.

"나오미 미치슨이 그와 함께 갔어."

"잘됐네."

"진심이야?"

"당연하지. 난 깔끔한 정리가 좋아."

나오미는 며칠 전에 고리 시민권을 신청했다. 힐데가르드 퀴프 팅은 기꺼이 허가를 내주었다. 나오미는 지구에서나 달에서나 골 칫거리였다. 그녀가 고리로 이주하면 다들 숨쉬기가 좀 편해질 터였다.

나오미 본인을 포함해서, 지구의 옛 친구들은 그녀를 예전 모습 그대로 기억할 수 있었다. 불법 클로닝 때문에 재판을 받을 필요도 없었다. 어린 소녀가 그녀를 기다리고 있을 터였다.

어쩌면, 심지어 나오미가 알란 왓슨을 사랑하는지도 모른다. 맙소사, 그 생각이 마음에 들기까지 했다. 그렇다고 해 두자.

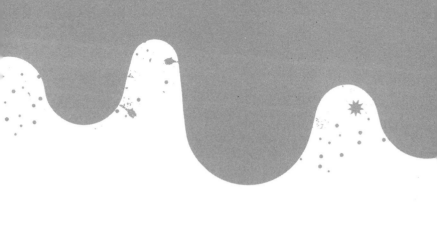

델 레이 크레이터의 여인

우리는 달로 도로 떨어지고 있었다. 언제나 불편한 감각이었고, 레미 안에 있으니 취약한 느낌이 들었다. 레미는 아주 작은 우주선이었다. 달의 궤도에도 도달하지 못했다.

바우어스탠슨 법집행관이 위치 제트를 퐁 쏘았다. 레미가 배가 위를 향하게 뱅글 돌아 경치를 보여 주었다.

"저쪽입니다, 해밀턴."

그녀는 우리 머리 위로 뼈처럼 새하얀 땅을 향해 손을 흔들었다.

"오래된 금지 표시가 가운데 쓰인 곳이에요."

일출 후 4T일이 지났다. 그림자가 길었다. 폭이 육 킬로미터 정도인 델 레이는 우리가 내려가는 동안 거의 가장자리에서 납작해지는 것처럼 보일 만큼 옆쪽에 치우쳐 있었다. 크레이터 안에 사방으로 흩어진 빛바랜 은점은 가운데에 모여 있었다. 대충 그린 것 같은 깊고 검게 그늘진 홈이 크레이터 한가운데를 똑바로 가로질렀다. 그 선과, 크레이터 가장자리인 원이 '금지' 표시 형태를 띠었다.

"가로질러 가지 않을 겁니까?"

내가 물었다.

"네."

바우어스탠슨 법집행관은 황량한 달 풍경이 가까워지는 사이 편안하게 떠다녔다.

"전 방사선을 좋아하지 않습니다."

"실드가 있지 않습니까."

"네에에에."

컴퓨터가 우리를 도로 뒤집고 주 모터를 가동시켰다. 월인 법집행관이 새로운 명령을 입력했다. 일은 컴퓨터가 다 하고 있었지만, 나는 그녀가 우주선을 착륙시킬 때까지 말을 미루었다. 우리는 크레이터 가장자리에서 일 킬로미터 정도 남쪽에 내렸다.

"우리 참 조심하는군요?"

바우어스탠슨이 어깨 너머로 나를 보았다. 좁은 어깨, 긴 목, 뾰족한 턱. 톨킨의 엘프 여군주 같은 월인의 모습이었다. 구형 헬멧 안에 긴 머리카락이 답답하게 들어 있었다. 세기 시작한 흑발이었는데, 고리인 스타일을 변형한 깃털 같은 볏 모양이었다.

"이곳은 무서운 장소입니다, 해밀턴 고등형사ubersleuth. 정말 소수의 사람들만 목적이 있어 여기로 오지요."

"전 초대를 받았고요."

"형사님이 와 주셔서 우리에겐 다행이었습니다. 해밀턴 형사님, 레미의 실드는 태양풍, 가장 거친 태양풍도 막을 수 있습니다. 슈레브실드 덕분이죠."

방사선 신호가 바우어스탠슨과 나의 시선을 끌었다. 방사선이 전혀 들어오지 않았다.

"하지만 델 레이 크레이터는 전혀 다릅니다."

지구는 지평선에서 십 도 정도 떠오른 청백색 낫이었다. 양쪽 창문으로 전형적인 달의 풍광이 보였다. 크고 작은 크레이터들과 델 레이의 긴 가장자리. 황무지.

"그냥 여쭙는 건데, 델 레이에 더 가까이 내려갈 수는 없었습니까? 아니면 처리 공장 근처나?"

그녀가 내 쪽으로 몸을 숙였다. 헬멧이 스쳤다.

"저쪽, 크레이터의 오른쪽 모서리를 보세요. 이제 훨씬 가깝고 조금 더 오른쪽입니다. 차륜과 언덕을 찾아보시면⋯⋯."

"아."

가장자리 벽에서 일 킬로미터 정도 밖에 월진으로 만들어진 길과 낮은 언덕과, 한쪽 끝에 크게 벌어진 구멍이 있는 더 큰 돌덩어리들이 보였다.

"해밀턴, 지금쯤이면 아셔야 합니다. 저희는 무엇이든 땅에 묻습니다. 여기에서는 하늘이 적입니다. 운석, 방사선⋯⋯. 그런 면에서는 우주선도요."

나는 작은 트랙터라도 나타나길 기대하며 언덕을 바라보았다. 그녀가 내 시선을 알아차렸다.

"시체를 발견하고 원격 견인차들의 전원을 껐습니다. 끈 지 스무 시간 정도 됐어요. 형사님이 저희에게 언제 전원을 다시 켜도 되는지 알려 주셔야 합니다. 시작할까요?"

바우어스탠슨의 손가락이 계기판의 압력점들 위로 춤을 추었다. 끼이익 소리가 나고 공기가 선체 밖으로 빨려 나가며 완전한 정적이 찾아왔다.

우리는 잘 맞지 않는 빌린 납 방호구 아래에 피부 밀착 압력복을 입은 비슷한 차림이었다. 진공이 우리를 둘러싸자 복부 띠가 꽉 조였다. 바우어스탠슨이 다시 계기판을 두드리자, 천장이 위로 올라가 옆으로 열렸다. 우리는 뒤쪽 화물칸으로 들어가 달의 이륜 푹푹이에 맞추어 만들어진 장치의 양쪽 끝에 자리를 잡고 장치를 화물칸 밖으로 들어냈다.

마크29의 바퀴는 바퀴통에 작은 모터들이 달린, 내 어깨 높이의 도넛형 버드케이지였다. 달의 중력에서는 바퀴가 튼튼할 필요가 없었지만, 무게로 고정시키기 어렵기 때문에 폭은 넓어야 했다. 장치는 받침다리 없이도 똑바로 섰다. 바퀴 사이에 아주 낮게 달린 커다란 플라스틱 통과 묵직한 잠금장치 안에 슈레브 개발의 시험용 방사선 실드, 전력원, 또 분명 다른 비밀들이 숨어 있었다. 통에 일인용 좌석이 고정되어 있었고, 그 뒤로 카메라와 여러 감지 장치들이 달려 있었다.

바우어스탠슨의 움직임은 신속했다. 장치를 뒤쪽에서 레미로부터 몇십 센티미터 당겨 와 실드를 켰다.

나도 몇 년 전, 고리 광부로 일할 때 내 우주선의 슈레브실드를 조금 수리해 본 경험은 있었다. 소형은 가로세로 삼백육십 센티미터로 모서리가 둥글고 한쪽 구석에 보호되는 단단한 덮개가 있는 평평한 판이었다. 모서리로 갈수록 극세밀해지는 프랙털 소용돌이무늬가 초전도체의 주름진 곡선을 덮었다. 구부릴 수도 있었지만, 많이 구부러지지는 않았다. 내 옛날 우주선에서는 슈레브실드로 D-T 탱크를 덮었다. 실드의 효과가 모터만 빼고 나머지를 모두 보호했다. 경찰 레미의 실드는 탱크를 두 번 감고 있었다.

마크29 푹푹이에 장착 가능한 슈레브실드는 없었다. 하지만 마크29 주위로 레미를 보일 듯 말 듯 둘러싼 보라색 빛과 아주 비슷한 후광이 나타났다. 한 번도 본 적 없는 빛이었다. 방사선 실드는 보통 이렇게까지 강한 방사선을 차단할 필요가 없었다.

바우어스탠슨 법집행관은 후광 안에 서 있었다. 그녀가 나에게 손짓을 했다. 나는 크게 두 번 뛰어 이쪽 실드에서 저쪽 실드로 건너갔다. 진공과 혹독하게 눈부신 태양과 외계의 풍경과 낙하는 두렵지 않았지만, 방사선은 다른 문제였다.

"집행관님, 왜 이런 푹푹이를 한 대만 가져오셨습니까?"

"해밀턴 형사님, **한 대**밖에 없기 때문입니다."

그녀가 한숨을 쉬었다.

"그냥 길이라고 불러도 될까요?"

나도 슬슬 지치던 참이었다.

"그럼요. 헤케이트?"

"헤, 카, 테예요."

그녀가 정정했다. 세 음절이었다.

"길, 슈레브 개발은 활성 방사선 실드를 만들죠. 지금까지 두 종류만 개발했는데, 둘 다 우주선용이에요."

"지구에서도 사용해요. 오래된 핵융합 발전소들은 지옥처럼 뜨겁거든요. 슈레브실드는 제가, 어디 보자, 여덟 살 정도일 때 대단한 뉴스였죠. 로스앤젤레스 중남부에 관한 다큐멘터리를 만들 때 사용되었죠. 제 관심사는 우주선이었지만."

"무슨 말인지 알아요. 삼십 년 전에는 태양풍이 닥치면 우리는 지하에 옹송그리고 모여 고립되어 있어야 했죠. 겨우 지구까지 가는 우주선도 띄울 수가 없었어요."

대형 실드가 먼저 나왔던 기억이 났다. 대형 실드들은 도시를 보호하는 데 쓰였다. 슈레브실드는 알파 센타우리로 출발한 최초의 거대한 느린배에 사용되었다. 팔 년 뒤에 삼 인승 우주선에 쓸 만한 작은 실드가 나왔다. 나에게는 그거면 됐다. 나는 채굴을 하러 고리로 날아갔다.

"그들이 부자가 됐으면 좋겠네요."

"네, 아무도 부자가 못 되는 걸 불황이라고 하죠."

헤카테가 말했다.

"슈레브 개발은 연구비를 많이 썼어요. 사람 크기만 한 작은 실드를 만들려고 하죠. 실패에 대해서는 떠들지 않지만, 지금 나온 게 마크29예요."

"설득력이 대단하신 것 같아요."

"요니 코타니가 제 사촌의 아내거든요. 요니가 우리한테 빌려 줬어요. 길, 우리가 무엇을 알게 되든 이건 기밀이에요. ARM이든 아니든 당신은 저 잠금장치를 열어선 안 돼요. 푹푹."

그녀가 넌더리를 치며 말했다.

"미안해요."

"네에. 뭐, 요니 말로는 이 버전은 늘 잘 작동한대요. 시장에 내놓기에는 너무 비싸지만."

"헤카테, 혹시 슈레브가 마크29 활성 실드를 저를 통해 테스트하려고 할 수도 있나요?"

그녀가 고개를 흔들었다. 흑백 구름 같은 볏이 헬멧 아래에서 소용돌이쳤다. 재미있다는 표정이었다.

"당신은 아니에요. 자기네 마크29 슈레브실드를 타다가 죽은 유명한 평지인이라? 온 태양계의 바보상자에 당신의 미소 띤 사체가 나올 텐데요! 제가 먼저 탈까요?"

"제가 현장을 그대로 보고 싶어서요. 당신의 타이어 자국을 보고 싶지 않네요."

나는 그녀가 반대하기 전에 마크29에 올랐다. 헤카테는 나를 말리려고 하지 않았다.

"수신 상태를 확인해 주세요."

헤카테가 사랑스럽고 우아하게 뛰어올라 한 번에 레미의 선실로 들어가, 내 헬멧 카메라의 자료를 받아 틀었다.

"켜졌어요, 상태 좋고…… 화면이 사실 좀 흔들리지만, 이만하면 괜찮은 것 같아요."

"계속 봐 주세요. 지시해 주셔도 돼요."

나는 마크29의 시동을 걸고 가장자리를 향해 달려갔다.

잘 자다가 그녀의 전화를 받고 깼다. 달 전체가 같은 시간대니,

헤카테 바우어스탠슨에게도 한밤중이었다.

아, 음. 그녀가 착륙하고 연료를 채우는 사이에 샤워를 하고 아침을 먹을 시간이 있었다. 물론 확실하지는 않았지만, 델 레이 크레이터의 침입자가 즉시 심판받을 필요는 없는 것처럼 들렸다. 비행하는 동안 델 레이 크레이터에 대해 읽을 시간이 있었다.

새 천 년의 시작 직전, 당시에는 비행기 회사 정도였던 보잉이 조사를 했다. 어떤 승객들이, 궤도로 쉽게 올라가기 위해 얼마를 지불할까?

답은 발사 비용에 크게 의존했다. 백삼십 년 전, 발사 비용 같은 것은 공상의 대상이었다. '우주왕복선'이라는 NASA의 기괴하고 정치적인 우주선을 발사하는 데에는 오백 그램당 삼천 달러 이상이 들었다. 그 가격대에 타려는 승객은 한 명도 없었다. 세금이 들어간 뒷돈이 없으면 아무것도 날릴 수 없었고, 아무것도 날지 못했다.

오백 그램당 이백 달러—그 당시에는 거의 불가능하다고들 생각했던 가격—면 인터넷the Net이 궤도상에서 검투 경기를 열 수 있었다. 중간 가격대면 살 것들은 우주 전선 방어 무기, 궤도를 선회하는 태양발전, 고급 관광, 유해 폐기물 처리, 장례식…….

장례식이라. 오백 그램당 오백 달러를 내면 사각 얼음 속에 얼린 유골 단지를 우주로 발사해 태양풍으로 별들 사이에 뿌릴 수 있었다. 당시에는 플로리다에서 우주선을 쐈다. 플로리다의 장례업자 단체가 주를 소유했던 게 분명했다. 플로리다는 주법을 통과시켰는데, 어떤 장례 절차든 주 내에서 허가를 받으려면, 유족

502

이 무덤을 방문할 수 있어야 했다. 포장도로로!

보잉도 핵분열 발전소에서 배출되는 유해 폐기물을 우주에 버리는 안을 고려했다. 그냥 우주로 쏘아 보낼 수는 없다. 우선 남은 우라늄 또는 플루토늄 연료를 재사용하기 위해 분리해야 했다. 그런 다음 저준위 방사선 폐기물을 분류해 벽돌 속에 묻는다. 전체 폐기물의 삼 퍼센트 정도인 정말 유해한 잔여물은, 뜻밖의 대기권 재진입에도 파괴되지 않도록 포장한다. 그런 다음, 그걸 달에 쏘아 크레이터를 만든다.

발전소 기술은 이후 수십 년 동안 발전할 것이다. 우리의 조상들은 거기까지는 내다보았다. 그날이 오면, 저 끔찍한 쓰레기는 다시 연료로 쓰일 수 있을 것이다. 미래의 주주들은 저걸 찾고 싶어 하겠지.

보잉은 델 레이 크레이터를 신중하게 골랐다.

델 레이는 작지만 깊었고, 달의 앞면 가장자리에 있었다. 질량이 1.1톤인 운석들이 초속 이 킬로미터로 표면을 때리면 달의 가장자리에 먼지구름이 일어나겠지. 아마추어들이 망원경으로 그 구름을 볼 수 있을 것이다. 로웰 천문대는 저녁 뉴스에 딱 쓸 만한 훌륭한 사진을 찍을 것이다. 효과적인 데다 공짜인 광고였다. 크레이터의 높은 테두리가 대부분의 먼지를 막을 것이다. 다는 아니라도 대부분.

검색 프로그램이 과학소설계에서 반세기 정도 활동한 레스터 델 레이를 찾아냈다. 그 작은 크레이터는 실제로 그의 이름을 따서 명명되었다. 그는 핵분열 발전소를 상상한 '신경들'이라는 옛

소설을 썼다.

달의 풍경에 익숙해진 사람에게, 크레이터의 가장자리에서 보이는 풍경은 꽤 낯설었다. 크레이터와 크레이터가 겹친 경우는 드물지 않았다. 그렇지만 여기에서는 가운데 봉우리가 평평하게 닳은 크레이터들이 중앙에 밀집해 있고 모든 크레이터의 크기가 똑같았다. 그에 더해 폭이 이십 미터인 크레이터들이 델 레이를 커다란 금지 표시로 만든 선을 형성하고 있었다.

사방이 온통 폭 일 미터인 트랙터의 이륜 자국으로 덮여 있었다. 종종, 자국 한가운데로 무언가를 끌고 간 자국이 있었다. 일 킬로미터 너머에서 바퀴 자국이 희미해졌다가 사라졌다. 그쯤에서, 모든 크레이터의 중심에 있는 은빛 구슬이 보이기 시작했다.

그리고 하나 더, 색이 다르고 조금 더 반짝이는 구슬 하나가 중심에서 벗어나 있었다. 헬멧 면판面板의 줌 기능을 이용해 그 부분을 확대했다.

엎드려 누운 압력복. 밀착복이 아니라 단단한 껍질 형태였다. 나는 그의 정수리 쪽에서 보고 있었다. 물결 모양 발자국이 시체로부터 삼사 미터 정도 간격으로 도망치고 있었다. 침입자는 내 오른쪽, 남남동쪽으로 월인 올림픽 선수처럼 달렸던 것이다.

"헤카테, 보여요?"

"네, 길. 당신 카메라가 원격 견인차 것보다는 성능이 좋지만, 압력복의 무늬를 알아보지는 못하겠어요."

"머리가 제 쪽에 놓여 있어요. 자, 중계 안테나를 맞추고 있어요. 이제 접근할게요."

나는 마크29를 크레이터 안으로 몰았다. 내 주위로 실드가 빛을 발하고 있더라도, 안에 있는 내게는 보이지 않았다.

"당신이 잘못 봤던 것 같아요. 저건 평지인의 압력복이 아니에요. 그냥 구식인데요."

"길, 우리는 ARM을 불러들이려고 상당히 공을 들였어요. 저건 절대 월인 디자인이 아니에요. 너무 각이 졌어요. 헬멧도 달라요. 우리는 루나 시를 건설할 때부터 지금 같은 어항 모양 헬멧을 썼다고요!"

"헤카테, 이걸 어떻게 찾았어요? 시체가 저기 얼마나 오래 누워 있었죠?"

망설임.

"우리는 델 레이 크레이터 쪽으로 스푸트니크를 자주 보내지 않아요. 기계한테 험한 곳이라. 원격 견인차가 들어가기 전에는 아무도 이상한 걸 못 봤고, 그제야 견인차 카메라에 저게 제대로 잡혔죠."

설령 스푸트니크가 델 레이를 여러 번 가로질렀다 해도, 저 압력복은 주위를 둘러싼 다른 은색 점들 사이에서 눈에 잘 띄지 않았다. 얼마나 오래됐지?

"헤카테, 스푸트니크나 카메라가 달린 우주선을 한 대 이쪽으로 돌려 줘요. 상공에서 본 화면이 필요해요. 그럴 권한이 있나요, 아니면 제가 힘을 써야 하나요?"

"제가 알아볼게요."

"잠시만요. 그 견인차들 말인데, 당신들은 뭘 모으고 있나요? 달은 헬륨3 핵융합 발전에 태양발전까지 있잖아요!"

"저 오래된 충돌 탱크들은 헬리오스 발전소로 가요."

"왜요?"

헤카테가 한숨을 쉬었다.

"저도 도무지 모르겠어요. 어쩌면 당신이 알아낼 수 있을지도 모르죠. 영향력 있잖아요."

부서져 열린 통이 보였다. 통을 멀리 피해 돌았다. 보이지 않는 죽음. 내 주위의 빛이 나에게는 보이지 않았다. 푸른 체렌코프복사의 악랄한 푸른 빛도, 내 실드에서 나오는 빛도.

만약 바퀴가 망가지면 어떻게 하지? 슈레브실드를 믿어도 좋을지 모르지만, 슈레드 개발이 한 쌍의 전동 바퀴처럼 간단한 규격품에 얼마나 주의를 기울였을까? 마크29를 떠나면 나는 새까맣게 타서……. 바보 같은 생각이었다. 그냥 일을 하자. 헤카테와 나는 쉽게 시작했다. 왜 방사선은 사람들을 이렇게 불안하게 만들까?

쓰러진 압력복에서 조금 떨어진 곳에 멈췄다. 주위에 탈것의 자국은 없고, 장갑과 부츠의 흔적만 있었다. 사자死者는 손가락과 발가락 자국을 남기며 먼지를 할퀴었다. 나는 헬멧 카메라를 켠 채 반원을 그리며 주변을 돈 다음, 최대한 가까이 시체에 다가가 마크29를 낮추었다.

이때까지도 압력복 속이 비어 있는지를 확인할 수 없었다. 보이는 표식은 전형적인 색깔로 구분한 화살표들과 초보자를 위한 안내뿐이었다. 색이 바래 보였다. 별로 내려서고 싶지는 않았다. 부츠에 방사성 먼지가 묻어 슈레브실드 안으로 딸려 들어올 것이다.

마크29의 하부 껍데기를 두 다리와 양손으로 꽉 붙잡고 최대한 몸을 멀리 내어, 압력복 속으로 상상 팔을 뻗을 수는 있었다. 물풀과 더러운 거품이 가득한 물속을 만지는 것 같았다. 손가락이 다양한 질감을 관통했다. 윽, 안에 사람이 있었다. 건조된 듯했다. 심하게 부패하지는 않아서 그나마 다행이었다. 압력복이 손상되었는지도 모른다. 가슴…… 여자?

손을 뻗어 얼굴을 가볍게 만져 보았다. 건조하고 오래됐다. 얼굴을 찌푸리고, 상상 손가락으로 가슴, 몸통, 배를 훑었다.

"길, 괜찮아요?"

"물론이죠, 헤카테. 알아낼 수 있는 게 있나 제 능력으로 살피고 있어요."

"한참 동안 아무 말도 안 해서요. 무슨 능력요?"

상대가 어떻게 반응할지는 결코 알 수 없었다.

"대충 염동력과 에스퍼 능력이 좀 있어요. 상상 팔과 손으로 잠긴 상자 안을 만질 수 있을 정도죠. 물건을, 작은 건 집어 들 수 있고요. 됐어요?"

"됐어요. 뭐가 있던가요?"

"여자예요. 헤카테, 이 여자는 저보다 키가 작아요."

"평지인이군요."

"그런 것 같아요. 압력복에는 표식이 없어요. 부패가 심하지는 않지만 미라처럼 말라붙었어요. 압력복에 구멍이 있나 살펴보아야겠네요."

나는 조사를 계속하며 말했다.

"안팎으로 의료 장비로 덮여 있어요. 크고 구식인데, 날짜를 추정할 수 있을지도 몰라요. 얼굴은 이백 살쯤 된 것처럼 느껴지지만 그걸로 뭘 알 수는 없죠. 물론 공기탱크는 텅 비었고, 압력은 거의 0이에요. 아직 상처는 못 찾았어요. 젠⋯⋯ 아!"

"길?"

"산소 흐름이 바로, 위쪽까지 완전히 열려 있어요."

헤카테는 말이 없었다.

"구멍에 걸죠. 방사선보다 구멍에 먼저 당했다고 돈을 걸 수도 있어요."

"대체 저 밖에서 뭘 했을까요?"

"신기하게, 저도 방금 똑같은 생각을 했어요. 헤카테, 시신을 수습할까요?"

"제 화물칸에는 절대 싣기 싫어요. 길, 그걸 마크29에 올리는 것도 **좋지 않아요**. 기다려 주면 원격 견인차를 하나 전원을 켜서 시체 쪽으로 보낼 테니, 그렇게 움직이죠."

"그러죠."

나는 죽은 여인을 지나 달렸다. 북북동을 향한 발자국에서 멀찍이 떨어져서, 그 발자국을 따라갔다. 태양 자체와, 아마도 수성을 제외하면 태양계에서 가장 방사선이 강한 지점인 크레이터를 가로질러 뛰어가다니. 무서워서 넋이 나갔던 걸까? 압력복에 구멍이 없었어도, 제정신이라면 지옥에 떨어졌다 탈출하는 영혼처럼 나중을 위해 남기는 것 없이 산소 압력을 최대로 하고 크레이터의 가장자리를 향해 달렸을 것이다. 크레이터 안에서 이 여인은 무엇을 하고 있었을까?

나는 멈추었다.

"헤카테?"

"네. 원격 견인차를 켰어요. 그쪽으로 하나 보낼까요?"

"네. 헤카테, 제가 보는 것 보여요? 발자국들?"

"그냥 끊겼네요."

"델 레이 크레이터 한복판에서?"

"음, 당신 눈엔 뭐가 보이는데요?"

"발자국은 여기 한복판에서 시작하지만 이미 달리는 상태였어요. 가장자리로 반쯤 갔네요. 제 방사능계수기가 토해 대는 걸 보아하니, 상당히 오래 버텼던 것 같아요."

나는 시체 옆으로 천천히 돌아왔다. 등에 멘 작업 가방에 신호용 레이저가 들어 있었다. 레이저로 시체의 윤곽을 따라 주변 바위를 자르는 데 몇 분이 걸렸다.

"헤카테, 견인차 속도는 어느 정도죠?"

"견인차는 빨리 달리게 만들어진 게 아니에요. 뒤집히지 않는 것이 더 중요하죠. 평지에서 25K는 될 거예요. 길, 십 분 뒤면 견인차가 도착해요. 실드는 잘 버티고 있어요?"

나는 방사능계수기를 확인했다. 주위는 지옥 불이었지만 실드 안으로는 거의 아무것도 들어오지 못했다.

"실드 안에서 나오는 수치도 아마 제가 델 레이 밖에서 부츠에 묻혀 온 걸 거예요. 그래도 나가고 싶어요."

"길, 부츠를 카메라에 비춰 주세요."

나는 자리를 옮겨 시체의 부츠 부분으로 몸을 쭉 내밀었다. 헤카테가 말하지 않았다면 아마 전혀 알아채지 못했으리라. 부츠는 흰색이었다. 장식도, 맞춤의 흔적도 없었다. 달의 열과 추위에 대응한 커다란 굽과 월진에 대응한 묵직한 밑창이 달린 큼직한 부츠. 달에서 신기 위한 신발이었다. 하지만 물론, 지구에서 만들어져 곧장 보내셨어도, 달에서 쓰기 위한 물건일 수 있었다.

"다음은 얼굴요. 누군지 빨리 알아낼수록 낫죠."

"엎드려 있어요."

"손대지 말고 견인차를 기다려요."

나는 시체 밑으로 밧줄을 넣었다. 그리고 기다렸다.

팔이 두 개 달린 트랙터가 덜컹거리며 내 쪽으로 다가왔다. 파도를 타고 출렁이듯 크레이터들을 하나씩 넘었다. 메스꺼워졌다 ―만약 방사선 때문이라면. 하지만 계수기는 조용했다. 보고 있으니, 트랙터가 도착했다.

"우선 시체를 뒤집을게요."

헤카테가 말했다. 내 팔보다 조금 더 큰 강철 팔이 뻗어 나왔다. 나는 밧줄을 들었다. 트랙터의 팔이 밧줄 밑, 압력복 위로 들어가 빙 돌았다.

"잠깐 멈춰요."

"멈췄어요."

면판에서 삼 센티미터 떨어져 있는데도 속이 보이지 않았다. 카메라의 주파수를 바꿔 보면 보일지도 몰랐다.

"그래도 아마 지문이 있을 테고, DNA를 추출할 수 있겠죠. 망막 프린트는 어렵겠네요."

"네에."

트랙터가 뒤로 물러나 멀어지기 시작했다.

"시체가 누워 있던 자리를 보여 주세요."

헤카테가 말했다. 내가 이미 비치는 중이었다.

"더 가까이 갈 수 있어요? 됐어요. 길. 나와요. 견인차를 기다리지 않아도 돼요."

나는 지나가며 통에 달라붙는 다른 원격 견인차를 보았다. 세 번째 견인차는 나보다 앞서 크레이터의 가장자리를 기어가고 있었다. 나는 그 뒤를 따라가 밖으로 나왔다.

"범죄 현장을 훼손할 사람은 없겠죠? 범죄라면요."

"원격 견인차에 카메라가 달려 있어요. 감시하도록 설정하죠."

나는 견인차가 통을 언덕에 있는 구멍으로 나르는 모습을 바라보았다. 그 언덕은 고대 영국의 고분이고, 오래전에 죽은 자들이 고분 옆의 문으로 산 자의 세계에 쏟아져 나오는 것 같은 상상이 들었다. 이 죽은 땅에서, 공장에서 실제로 기어 나온 것은 트랙터에 실린 또 다른 팔 한 쌍밖에 없었다. 그래도, 그 두 팔은 어떤 잔혹하고 늙은 왕이 일으킨 군대보다 위협적이었다.

헤카테 바우어스탠슨이 말했다.

"도시에 도착하는 대로, 달에서 사라졌을지도 모르는 평지인 실종자와 저 압력복 모델을 찾아요. 여기에서 생산된 모든 제품은 우리가 이미 찾아서 제외했어요. 평지인이 분명해요."

"고리인은 아니고요?"

"길, 부츠를 봐요. 자석이 없어요. 자석을 붙일 자리도 없어요."

아, 젠장. 나는 방금 헤카테 바우어스탠슨에게 형사 점수를 크게 잃었다.

"길, 이리 와요. 시체는 원격 견인차가 가져오게 두고요."

"프로그램이 돼요?"

"헬리오스 제일 발전소에서 가져오면 돼요. 우리가 지금 그곳으로 가거든요. 다섯 시간 걸려요. 길, 그녀는 오랫동안 기다렸어요. 좀 더 기다려도 돼요. 가요."

"마크29도 가져가나요?"

"자동으로 돌아갈 수 있어요. 혹시 무슨 일이 생긴다면…… 네, 가져가야겠네요."

나는 헤카테의 지시에 따라 마크29를 길고 좁은 바위틈에 놓았다. 그녀가 레미에서 산소 탱크를 가져오고서야, 나는 이유를 알았다.

"나눠 써도 될까요?"

"당연하죠. 달 표면에는 저장된 산소가 지천으로 널려 있죠. 먼지는 털어 내야 하잖아요?"

그녀가 탱크를 가리키고 멈춤 꼭지를 열었다. 마크29에 묻은 먼지가 날아갔다. 나는 뒤로 물러섰다.

"제 말은, 숨 쉴 산소가 부족하면 곤란하지 않겠어요."

"잔뜩 가져 왔어요."

헤카테는 탱크를 다 썼다. 우리는 마크29를 레미의 화물칸에 도로 넣었다.

우리는 이륙해 날아갔다.

얼마나 세게 부딪칠까? 아이작 뉴턴이 다 계산해 두었다. 공식을 기억해 내려고 했지만 떠오르지 않았다. 가장자리 벽에 발사 장치가 있었다고 가정하자. 달 중력에서, 여인을 중심으로 삼 킬로미터 떨어진 곳에 발사한다. 상승 각도 사십오 도, 하강 각도 동일. 아이작 뉴턴 경은 똑바로 계산했고, 땅이 달렸다. 계속 달려. 산소를 높이고 달려, 반대편 가장자리로 달려, 여인을 통구이로 만들려는 미친 과학자의 톡, 톡, 톡으로부터 도망쳐.

"길?"

톡 톡 톡. 헬멧의 눈구멍에서 삼 센티미터쯤 떨어진 자리의 손가락 관절들.

"아아?"

나는 눈을 떴다. 우리는 달의 구멍, 가느다란 주황색과 녹색 선이 소용돌이처럼 가로지르는, 반짝이는 거대한 검은색 조각을 향해 떨어지고 있었다. 하강하면서 ―레미의 추진력이 나를 소파로 밀어내 갑자기 떨어지는 듯한 무시무시한 감각이 느껴졌다― 나는 암흑 속에서 빛나는 작은 창문 몇 개가 있는 둥근 언덕의 형체를 알아보았다.

"잠들었을 때 하강이 시작되면 너무 놀랄 것 같아서요."

헤카테가 말했다.

주황색과 검은색 로고는 거꾸로였다. '헬리오스 제일 발전소'가 '검은 발전소' 안에 들어 있었다. 흥미로웠지만, 이치에는 맞았다. 핵융합 발전이 중단되더라도 빛, 냉방, 공기정화기는 있어야 할 터였다.

"무슨 꿈을 꿨어요? 발을 차던데요."

졸았다. 무슨 꿈을 꿨더라?

"헤카테, 그녀는 산소를 최대한 틀었어요. 어쩌면 구멍이 난 게 아니라 더 빨리 달리려고 그렇게 했을지도 몰라요."

우리는 헬리오스 제일 발전소의 착륙장인 주황색과 녹색 만다라에 자리를 잡았다. 헤카테가 선실에서 매끄럽게 빠져나가, 나를 재촉했다.

"압력복에 진짜 구멍이 있는지 확인해 보죠. 그 외에는?"

"우주선이 델 레이 한복판에 착륙해 여인을 그곳에 두고 떠난 경우를 생각하고 있었어요. 추진 시의 불꽃이 크레이터 밖으로 나가면 안 되니 작은 우주선이어야겠죠. 레미로도 가능하지 않나요? 그러면 전혀 티가 안 나고……."

"기대는 하지 마세요. 궤도 상공에서 어디까지 보이는지는 늘 감탄스럽죠. 어쨌든, 저라면 뭐든 델 레이 크레이터로 몰고 가기 싫을 거예요. 길, 저 열이 좀 나는 것 같아요."

"그냥 기분이에요."

"오염 제거실로 가죠."

코페르니쿠스 돔은 델 레이에서 삼백 킬로미터 북동쪽에 위치했다. 헬리오스 제일 발전소는 다른 방향으로 백 킬로미터밖에 떨어져 있지 않았다. 둘 다 레미로는 금방이었다.

코페르니쿠스 돔에는 확실히 방사선 중독을 치료할 의료 시설이 갖추어져 있었다. 지구의 어떤 오토닥으로도 그건 치료할 수 있었다. 방사선치료는 제이차세계대전 말까지 거슬러 갔다! 거의 두 세기 동안 기술이 발전해, 방사선으로 죽기는 어려웠다.

……불가능하지는 않았지만.

그러나 앞으로도 달고 살고 싶은 것들에서 방사선을 씻어 내는 오염 제거는 또 다른 문제였다. 오염 제거 설비는 핵분열과 핵융합 발전소에만 있었다.

지금까지는 괜찮았다. 하지만 헬리오스 제일 발전소는 헬륨3 핵융합을 이용했다.

달 어디에나 바위에 흡수된 헬륨3이 있었다. 헬륨3의 핵에는 양성자가 두 개, 중성자가 한 개 있었다. 헬륨3은 단순한 중수소와 멋지게 융합해 ─중수소는 수입해야 했지만─ 헬륨4, 수소, 에너지를 방출했다. 그러나 열이 엄청났다. 헬륨3 핵융합의 멋진 점은, 중성자를 방출하지 않는다는 것이었다. 이 발전은 방사성이 아니었다.

왜 헬리오스 제일 발전소에 오염 제거실이 있을까? 지능검사 문제와 같았다. 나는 아직 이 문제를 풀지 못했다. 헤카테에게 물어볼 수도 있겠지. ……결국은.

시체에서 증거를 찾아내기 위해 오염 제거 과정을 밟아 보았다. 헬리오스 제일 발전소의 설비는 훨씬 정교했다. 사방에 방사선 탐지기가 있었다. 나는 압력복을 입은 채 자성磁性 터널과 공기 분사기들을 지났다. 압력복을 벗고 바로 지퍼가 달린 가방에 들어갔다. 압력복은 어디 다른 곳으로 사라졌다. 장치들이 내게 코를 벌름거렸다. 열 개의 샤워 꼭지가 지구를 떠난 후 처음으로 내게 제대로 된 샤워를 선사했다.

다음에는 커다란 관이 여섯 개 줄지어 있었다. 월인들의 키에 맞춰 길게 제작된 리딘 메드텍 오토닥이었다. 의아했다. 왜 이렇게 많이 있지? 사용감은 없어서 마음이 놓였다. 니는 첫 번째 오토닥에 누워 잠이 들었다.

나른하고 몽롱한 상태로 깨어났다.

두 시간이 지났다. 나는 이백 밀리렘 이하의 방사선에 노출되었지만, 출력에는 수분을 많이 섭취하고 스무 시간 후에 닥으로 돌아오라는 붉은 표시가 나왔다. 동맥을 따라가며 길 잃은 방사성 입자를 잡고, 신장과 비뇨생식기관들을 워프 속도로 훑고, 암이 될지도 모를 반쯤 죽은 세포들을 정지시키는 리딘 메드텍의 괴상한 분자들이 눈앞에 그려졌다. 내 혈액순환을 막으면서.

전화로 담당자 사무실에 있는 헤카테 바우어스탠슨을 찾았다. 내가 들어가자 그녀는 엄청 우아하게 일어나 돌아섰다. 따라 해 보려고 하면 내 발은 늘 바닥에서 떠올라 버린다.

"누날리, 이쪽은 ARM의 길 해밀턴 고등형사입니다. 길, 당직원 누날리 스테른입니다."

스테른은 얼굴이 길고 피부색이 아주 짙은 월인이었다. 악수를 하려고 일어서자, 키가 이백사십 센티미터 정도로 보였다. 아마 그 정도일 것이다.

"해밀턴, 도움에 감사드립니다. 저희는 원격 견인차들의 운용을 중단한 상태가 마음에 들지 않았습니다. 호더 씨도 직접 감사를 표하고자 하실 겁니다."

"호더라면?"

"에버렛 호더 소장님이십니다. 지금은 집에 계십니다."

"아직 밤인가요?"

스테른이 미소를 지었다.

"공식적으로는 정오를 지났습니다."

"스테른, 방사성폐기물로 뭘 하시려는 겁니까?"

달 곳곳에서 들었던 한숨 소리. 평지인들이란. 차근차근 설명해야겠군.

"딱히 비밀은 아닙니다. 딱히 널리 알려지지 않았을 뿐이죠. 저 발전기들의 정당성은, 지구에서나 다른 곳에서나, 헬륨3 핵융합은 방사성이 아니라는 점입니다."

"흐음."

"평지인들은 지난 세기…… 초에 저 통들을 델 레이에 던져 넣기 시작했죠. 그들은……."

"미국의 보잉 사, 서기 2003년입니다. 2001년부터 하려고 했지만 법적인 분쟁이 조금 있었습니다. 그 덕분에 기억하기 쉽죠."

내가 말했다.

"네에. 그들은 거의 오십 년 동안 계속했습니다. 끝 무렵에는 명

중률이 높아졌고, 그때 그들은 통을 이용해 크레이터 한복판에 '금지' 표시를 칠했습니다. 틀림없이 형사님도······."

"봤습니다."

"'코카콜라'라고 썼어도 됐을 겁니다. 뭐, 중수소-삼중수소 핵융합은 핵분열보다 나았지만, 그다지 더 청정하지는 않았습니다. 하나 저희가 마침내 헬륨3 발전소 가동에 성공하자, 방향이 바뀌었습니다. 저희는 지구에 헬륨3을 톤 단위로 보냅니다. 자금을 확보하자, 저희는 달에도 헬륨3 발전소를 네 개 건설했습니다. 델 레이 크레이터는 폐업했습니다. 그 상태로 다시 오십 년이 흘렀죠."

"그래요."

"마침내 문제를 바닥부터 뒤엎은 것은 이 새로운 태양 전기 도장塗裝입니다. 검은 발전이라고들 부릅니다. 보통 태양열 발전 변환기처럼 햇볕을 전기로 바꾸지만, 그걸 위에서 분무하는 방식입니다. 전선을 놓고 그 위에 분사를 해요. 햇볕과 공간만 있으면 가능합니다. 지구는 아직도 헬륨3을 사 가고, 저희는 당신네 백팔십억 평지인들이 머리 위에 에너지를 뿌리기 시작할 때까지 계속 헬륨3을 공급할 수 있습니다. 춧, 검은 발전은 위대한 발명입니다. 너무 저렴해서 새로운 헬륨3 핵융합 발전소를 건설하는 것은 더이상 적절하지 않습니다. 아시겠습니까? 하지만 아직, 이미 있는 발전소를 쓰는 편이 도장보다 저렴합니다."

내가 고개를 끄덕였다. 헤카테는 자기는 진작 다 알았던 척을 하고 있었다.

"그러니 제 일자리는 무사합니다. 헬륨3 핵융합이 중수소-삼중

수소 핵융합보다 열 배나 뜨거워야 한다는 점만 빼면요. 발전소에서 열이 새어 나가고 있습니다. 핵융합이 느려지고 있어요. 헬륨3의 온도를 높이기 위해 촉매를 넣어야 합니다. 더 낮은 온도에서 핵분열이나 핵융합을 하는 물질 말입니다."

스테른은 즐기고 있었다.

"통일된 단위, 균일한 비율로 이미 계량된 무언가가 저 밖에서 누가 가져가기만을 기다리고 있다면 참 좋지 않겠습니까?"

"츳, 알겠습니다."

"델 레이 크레이터의 방사성 쓰레기는 잘 쓰입니다. 효과가 거의 감소하지 않았어요. 가공 장치는 추진 로켓을 떼어 내고 먼지를 터는 정도의 작업밖에 하지 않습니다."

"어떻게요?"

"자기磁氣로요. 물론 중성자 반사체실이 있는 투입 설비는 지어야 했습니다. 오염 제거실, 오토닥, 상근 인간 의사를 두어야 했고요. 쉬운 일은 없죠. 하지만 그 통들은 그냥 툭 집어넣은 다음, 분사될 때까지 알아서 뜨거워지게 두면 됩니다. 저희가 그 통들을 사용한 지 이 년이 되었습니다. 결국 원격 견인차들이, 저희가 그 시체를 발견할 만큼 통들을 치웠죠. 해밀턴, 그녀는 누구입니까?"

"알아내겠습니다. 스테른, 이게 새어 나가면……."

그가 과장스럽게 인상을 썼다.

"미안합니다."

"샌다는 말은 쓰지 마시죠."

"살인만큼 주목을 받는 일은 없습니다. 그러면 언론이란 언론은 모두 방사선을 방출하지 않는다고 했던 핵융합 발전소를 당신들이 방사성물질로 돌리는 모습을 보게 되겠죠. 우리가 돌아다니고, 당신이 당신 이야기를 정리하는 하루 이틀 사이에는 이 **반쯤** 비밀을 유지할 수 있을 겁니다. 똑같이 비밀을 지켜 주신다면 말이죠."

스테른은 어리둥절한 표정이었다.

"이미 꽤 알려져 있는데……. 네, 기꺼이요."

"전화가 필요합니다."

헤카테가 말했다.

우리는 기술자 휴게실 벽의 자동지급기에서 생수를 샀다. 휴게실에도 재생처리 부스가 있었다. 헤카테는 방사선에 나만큼 노출되지 않았지만, 우리 둘 다 물과 이상한 분자를 섭취하고 있던 터라 재생처리 부스를 자주 사용해야 했다.

전화는 네 대 있었다. 우리는 기술자들의 호기심 어린 시선을 받으며 자리를 잡고, 사생활 조절판을 켰다. 나는 로스앤젤레스 ARM에 전화를 걸었다.

헤카테의 전화에서 메시지 수신등이 반짝였다. 그녀는 속사포같이 말하는 동안 수신등을 무시했다.

나는 기다렸다. 언제나 연결에는 시간이 한참 걸리고, 문제의 원인은 결코 알 수 없다. 위성이 제자리에 없어서? 천둥이 보내는 신호 때문에? 누가 교환점을 꺼 놓아서? 무슬림 지구가 ARM의 통신을 형편없이 도청하고 있어서? 때때로 지역 정부는 그 짓을 시도한다.

복합 인종에 중성적인 이미지가 나에게 필요한 것을 말하라고 했다. 나는 잭슨 베라의 코드를 쳤다. 잭슨은 없다고 말하는 잭슨 이미지가 나왔다.

"잭슨, 널 위해 밀실 사건을 구해 왔어."

나는 홀로그램에 대고 말했다.

"가녀가 관심을 보이는지 알아봐 줘. 구식 압력복의 정체를 밝혀야 해. 지구에서 만들어진 것 같아. 압력복 자체를 보낼 수는 없어. 방사선에 완전히 오염됐거든."

나는 델 레이 크레이터에서 찍은, 죽은 여인, 발자국 등이 모두 담긴 비디오테이프를 그에게 팩스로 보냈다.

주목을 끌겠지.

헤카테는 여전히 다른 일 중이었다. 나는 짬이 난 김에 호브스트라이트 시에 있는 태피에게 전화를 걸었다.

"안녕, 사랑, 그……."

"저는 수술 중이에요."

녹화 화면이 고함을 질렀다.

"동네 사람들은 날더러 미쳤다고 하지만, 오늘 저는 **생명**을 창조했어요! 히히히, 환자가 연락하길 원하시면 땡 소리에 바이탈 사인을 남겨 주세요."

뎅그렁.

"태피, 월법에 관한 흥미로운 일거리가 생겨서 달 중간쯤에 건너와 있어. 내일 일은 미안해. 되는 시간이나 전화번호를 알려 줄 수가 없네. 괴물이 짝꿍을 찾거든, 주위를 찾아볼게."

헤카테는 말을 하면서 나를 보고 있었다. 그녀가 전화를 끊고 씩 웃었다.

"델 레이의 모습을 확인하실 수 있어요. 스푸트니크는 가까이 없지만, 한 고리인 광부에게 관세를 빼 주는 대신에 일을 좀 봐 달라고 했어요. 델 레이 근처를 낮게 지나갈 거예요. 사십 분 뒤에."

"잘됐네요."

"이쪽으로 사람들이 한 무리 더 올 거예요. 그중 한 명한테 마크 29를 들려 돌려보내면 돼요. 아까 누구였어요?"

"제 아주 중요한 사람요."

그녀가 눈썹을 치켰다.

"덜 중요한 사람들이 더 있어요?"

단순하게 하려고 나는 거짓말을 했다.

"아뇨, 우린 맺어졌어요."

"아하. 다음은?"

"압력복에서 알아낸 정보를 ARM으로 보냈어요. 운이 좋으면 루카스 가너의 관심을 끌 수 있을지도 몰라요. 그 압력복을 알아볼 만큼 나이가 많거든요. 당신 메시지 등이 깜박이고 있는데요."

헤카테가 승인 버튼을 두드렸다. 한 남자의 상반신이 그녀에게 무어라고 하더니 쉭 사라졌다.

"슈레브 개발이 저하고 얘기하겠다는데, 같이할래요?"

헤카테가 물었다.

"그 남자가 우리한테 빌려 준……."

"아마 요니의 상사일 거예요."

그녀가 전화를 걸자, 윌인 컴퓨터 교환원이 직통으로 연결해 주었다. 그는 꺽다리에 젊지만 머리가 벗겨지기 시작한 남자였다. 검은 앞머리를 깃처럼 단단하게 말았다.

"바우어스탠슨 법집행관님? 저는 헥터 산체스입니다. 현재 슈레브 개발의 제품을 소지하고 계십니까?"

"네, 귀사의 보안 책임자인 코타니 씨에게서 대여했습니다. 분명 그녀가……."

"네네, 그렇고말고요. 그녀는 더없이 적절하게 저의 사무실에 상담을 했고, 제가 있었다면 저도 코타니 씨와 같은 행동을 했겠지만…… 슈레브 씨가 대단히 불쾌해하셨습니다. 즉시 장치를 돌려받고자 합니다."

기이하게 느껴지기 시작했다. 헤카테가 내 쪽을 보며 망설였다. 나는 동시 통신선을 열고 말했다.

"오염 제거부터 해야 하나요?"

말하는 얼굴이 두 개로 늘어나자, 그가 허둥거렸다.

"오염 제거? 왜요?"

"제가 자유롭게 말씀드리지는…… 아, 그보다 저는 ARM의 길 해밀턴입니다. 마침 그 자리에 있었죠. 자세한 내용을 말씀드릴 수는 없으나 우주선과 지구 시민이 관련되어 있고요."

나는 일부러 말을 더듬었다.

"제가…… 만약 저희에게, 어, 그, 장치가 없었으면요, 정말로 곤란했을 거예요. 정말로요. 그런데 방사성물질이 그 스으, 슈레브실드에 들어가서요. 이렇게 발음하는 게 맞나요?"

"네, 완벽합니다."

"그러니까, 산체스 씨. 산소 탱크를 분사해 먼지를 털어 내긴 했는데, 이, 이제 어떡하죠? 헬리오스 제일 발전소의 오염 제거실에 넣어야 하나요? 그냥 이대로 돌려 드려요? 그러고 보니, 꺼도 되나요? 혹시 끄면 필드에 갇힌 중성자가 사방으로 흩어지나요?"

산체스가 잠깐 시간을 끌며 마음을 가라앉혔다. 맹렬히 생각하고 있었다. 슈레브 씨, 그가 어떻게 하기를 원할까? 유병한 평지인이 관련된 우주선 사고를 수습하는 데 회사의 시험용 장치가 사용된 것 같았다! 은밀히 수습하고 있는 것 같아 다행이었다. 그래도 목격자들이 이륜 무언가가 방사성 잔해들 사이로 안전하게 움직이는 모습을 기억할 수도 있었다. 한편, 이 ARM이라는 평지인은 마크29에 입안이 바짝 마를 만큼 겁을 먹은 것 같았다.

궁극적으로, 슈레브 개발은 이 이야기가 보도되길 바랄 것이다. 사람들이 이 시험용 실드 생성기의 자세한 구조에 쓸데없이 간섭하기를 원치 않을 뿐이었다.

헥터 산체스가 말했다.

"끄십시오. 그건 충분히 안전합니다. 오염 제거는 저희가 하겠습니다."

"경찰 레미로 괜찮아요?"

"음…… 아니요, 저희가 운반차를 보내겠습니다. 지금 어디 계십니까?"

"헬리오스 제일 발전소로 가지고 가겠습니다. 지금 좀 바쁘니, 도착할 때까지 서너 시간 정도 여유를 주십시오."

헤카테가 대답했다. 그녀는 전화를 끄고 나를 보았다.

"꺼도 되나요?"

"바보 시늉이죠."

"그럴듯했어요. 억양 때문에 더. 길, 무슨 생각이죠?"

"흔한 방식이죠. 뭔가를 숨기면, 범인이 범죄 지식을 드러내죠."

"흐음. 달에서는 더 어려울걸요. 저희는 인구가 많지 않고, 의사소통은 신성시되죠. 사람은 누가 입을 열지 않았거나, 듣지 않았거나, 들을 수 없었기 때문에 가지각색의 방식으로 죽을 수 있어요. 그렇다고 해도, 무슨 생각이에요? 다른 능력인가요?"

"감이에요, 헤카테. 뭔가 이상한 일이 벌어지고 있어요. 산체스는 뭔지 모르는 것 같아요. 그는 그저 걱정만 하고 있군요. 하지만 산체스의 행동을 보면 이 슈레브 씨라는 사람은 슈레브실드의 슈레브, 그 발명가 본인이 분명해요. 그가 무엇을 원할까요?"

"길, 그는 은퇴했다고 알려져 있어요. 그러나 만약 어디선가 방사능 유출이 있었다면……."

"제 말이 바로 그거예요. 뭔가 방사성물질이 있다면 그는 마크29를 지금 즉시 원하겠죠. 그런 말은 없었어요. 누출이 있었다면 사고 장소에 장치를 가져가려고 하겠죠. 하지만 아니, 그러지 않았어요. 헬리오스 제일 발전소에 와서 받아 가겠다고 했죠. 어쩌면 이건 그가 마크29가 어디에 없기를 바라는지의 문제일지도 몰라요."

헤카테가 생각에 잠겼다.

"슈레브 쪽 사람들이 여기 왔는데 마크29는 아직 도착하지 않았다면 어떨까요?"

괜찮은 생각이었다.

"누가 화를 내겠죠."

"제가 수습할게요. 다음은?"

나는 기지개를 켰다.

"뭐 더 들여다볼 게 있으려면 좀 기다려야겠죠. 매점이 있나 봅시다."

"당신은 저녁 드세요. 난 그들의 장치를 사라지게 한 다음에 시체를 확인해 보고 싶어요."

매점도 식당도 없었다. 휴게실 벽에 동전식 자동지급기가 하나 있었다. 온실을 흘끔 보았더니, 한밤중이었다. 그래서 우리는 자동지급기에서 간단한 식사를 사서 온실로 가져갔다.

머리 위로 인공 만지구滿地球 full Earth가 빛났다. 별들은 불타지 않았지만, 뭔가…… 아. 색깔 코딩이 되어 있었다. 화성은 짙은 빨간색, 알데바란은 밝은 빨간색, 시리우스는 보라색……

월인들은 온실을 정원처럼 가꾸려고 하고, 어떤 온실에나 개성이 있다. 잘 보이지 않는 좌불이 조각된 언덕의 어둠 속에 깜짝 선물로 따 먹을 수 있는 과일과 채소가 있었다.

헤카테가 보고했다.

"시체가 이동 중이에요. 존 링이 원격 견인차를 두 대 구해 줬죠. 두 번째 차는 첫 번째 차가 보이도록 따라가고 있어요. 이렇게 하면 카메라 한 대가 계속 시체를 촬영할 수 있죠."

헤카테가 말을 멈추고 체리 씨를 뱉었다.

"괜찮은 사람이에요. 누날리 슈테른이 처리실 하나를 부검을 위해 빼냈어요. 납을 입힌 유리와 견인차를 이용할 거예요."

나는 멜론만 한 배를 반쯤 더듬더듬 깎고 있었다.

"우리가 뭘 찾을까요?"

"제안 있어요?"

"음, 물론 방사능이 있을 테고, 구멍도 있을지 모르죠. 총구멍이나 칼에 찔린 상처나 뇌진탕은 없을 거예요. 있었으면 제가 찾았겠죠."

"초능력은 불안정하기로 악명 높죠."

나는 마음이 상하지 않았다. 그녀의 말이 옳았기 때문이다.

"제 능력은 대체로 믿을 만해요. 몇 번 목숨을 건졌죠. 한계가 있을 뿐이에요."

"얘기해 주세요."

그래서 나는 그녀에게 내 이야기를 했다. 우리는 배를 먹고 식사를 했다. 정적이 내려앉았다.

정확히 하자면 나와 태피는 맺어져 있지 않았다. 그러나 태피와 나와 태피의 월인 외과의 해리 맥캐비티와 나의 월인 경찰 로라 드루리는 맺어져 있었고, 태피와 나는 언젠가 임신하기로 약속했다. 난 복잡한 연애 생활을 즐기곤 했지만, 요즈음은 흥미가 사그라지고 있었다. 그래서 함께 있는 어둡고 고요한 시간이 불길하게 느껴지기 시작하자, 나는 그저 무슨 말이든 하려고 입을 열었다.

"음독일 수도 있죠."

헤카테가 웃음을 터뜨렸다. 나는 고집을 부렸다.

"만약 누굴 살해한 **다음**에 냉동건조하고, 달의 중력에서 삼 킬로미터 너머로 던졌다면 어때요? 델 레이에서 시체를 찾아낼 사람이 있으리라고는 예상하지 못할 테고, 찾아낸들……."

"어떻게요? 가장자리에 작은 휴대용 발사 장치를 설치해서?"

"젠장."

"당신은 멍도 찾을 수 있어요?"

"아마도요."

"그런 **다음**에 시체가 발자국을 만들었다고요?"

두 배로 젠장이었다.

"우리의 우주 기재 발사 장치에 설명서가 있으면, 장치가 얼마나 정확한지 알 수 있을 거예요. 어쩌면 발자국은 원래 거기 있었고, 살인자가 발자국이 끝나는 장소에 시체를 쏘았을 수도 있죠. 다만, 휴대용 발사 장치가 없네요."

헤카테는 웃고 있었다.

"좋아요, 그러면 발자국은 누가 남겼는데요?"

"당신 차례예요."

"그녀는 걸어 들어갔어요. 가장자리에서 안으로 들어간 발자국을 지운 요령이 핵심이죠."

"산소 탱크?"

"레미에는 **그렇게** 많은 산소가 실리지 않아요. 본격적인 우주선이라면 가능하죠. 우주선이 로켓엔진으로 그 지역 전체에 분사하면……. 길, 우주선이 그냥 크레이터 안에 착륙해서 여자를 밀어내고 이륙할 수도 있어요. 당신도 그렇게 말했잖아요."

나는 고개를 끄덕였다.

"그런 것처럼 보이기 시작하네요. 게다가, 대체 누가 뭐하러 델레이 크레이터로 걸어 들어가겠어요?"

"살인자가 그녀에게 방사능 보호 압력복을 입고 있다고 설득했다면?"

마아아앗다. 여전히 가능한 경우가 너무 많았다.

"저 안에 숨겨진 귀중품이 있었다면? 은행 강도. ARM의 비밀 무기에 관한 자료가 든 작은 디스크."

"화성의 표면 아래에 숨겨진 금고로 가는 지도."

"레미로 보물을 가지러 내려갔다가, 동업자인 조종사는 뒤에 남겨 두고 레미를 타고 떠났겠죠."

"얼마나 오래전에요? 예를 들어, 사오십 년 전이라면 레미에 슈레브실드가 있지도 않았어요. 자살 작전이라고요."

그러면 창문이 조금 좁아졌다. 흐음…….

"전 한 번도 누구와 맺어지려고 한 적이 없어요."

헤카테 바우어스탠슨이 말했다.

"음, 네 명이면 쉬워요. 그리고 우리는 계속 돌아다니니까, 함께 있는 일 자체가 일종의 취미 활동이죠."

"넷요?"

나는 일어섰다.

"헤카테, 재생처리기를 좀 써야겠어요."

"저도 온 메시지가 있을 것 같아요."

전화들이 우리 둘 다에게 메시지가 왔다고 알리고 있었다. 내가 재생처리기를 사용하는 사이, 헤카테는 자기 메시지를 받았다. 나와 보니, 헤카테가 어서 오라고 미친 듯이 손짓을 했다. 나는 그녀의 어깨 쪽으로 다가갔다.

"저는 바우어스탠슨 법집행관입니다."

그녀가 말했다.

"맥심 슈레브와 통화를 잠시 기다려 주세요."

교환원이 말했다.

맥심 슈레브는 진찰 의자에 앉아 있었다. 그의 큰 키에 맞추어 목받침이 긴 안락 여행 의자였다. 그는 의지로 간신히 버티고 있는, 늙고 병든 사람이었다.

"바우어스탠슨 법집행관, 마크29를 즉시 돌려주십시오. 직원들 말로는, 장치가 헬리오스 제일 발전소에 도착하지 않았답니다."

"도착 안 했다고요? 제가 알아볼 때까지 잠시만 기다려 주시겠습니까?"

헤카테가 통화 중을 누르고, 내 쪽으로 눈을 부릅떴다.

"마크29는 먼지 쌓인 방수포 밑에 숨겨져 있어요. 헥터 산체스가 그 자리가 바로 보이는 곳에 화물선을 착륙시켜서 방수포를 벗길 수가 없고요. 당장 뭐라고 말하죠?"

"아직 싣지 않았다고 해요. 당신네 직원들이 추가 사상자를 찾느라 현장 위를 레미로 날고 있다고요. 말은 그렇게 하되, 추락 사고가 있었다고 시인하지는 마요."

그녀는 내 말을 잠시 생각해 보더니, 다시 슈레브를 연결했다. 노인은 서 있었다. 검고 해골처럼 여윈 그는 삼디 남작*을 연상시켰다. 여행 의자가 있든 없든, 달의 중력에서 그는 커 보였다. 헤카테가 나타난 순간, 슈레브는 분노하고 있었다.

"바우어스탠슨 법집행관, 슈레브 개발은 **한 번도** 법적 문제를 일으킨 적이 없습니다. 우리는 **선량하고 협조적인** 시민일 뿐 아니라, 루나 시의 주 수입원입니다! 코타니 씨는 당신들이 필요하다고 해서 협조했습니다. 이제 필요한 일은 끝난 것으로 보입니다. 어떻게 해야 내가 마크29를 빨리 돌려받을 수 있습니까?"

나는 그 답을 알아냈지만, 널리 떠들 일은 아니었다.

"선생님, 장치는 아직 우주선에 실리지도 않았습니다. 저희 쪽 사람이 사고 지점에서 아직 사상자들을 찾고 있습니다. 경찰선이 너무 커서 그……."

헤카테가 조금 동요한 척을 했다.

"현장에 들어가지를 못합니다. 선생님, 선생님의 장치에 인명이 달려 있을지도 모릅니다. 선생님 쪽도 목숨이 걸린 일입니까?"

슈레브는 침착함을 되찾은 것 같았다. 그가 다시 둥 떠서 의자에 앉았다.

"법집행관, 그 장치는 **시험용**입니다. 우리는 의료 장비 없이는 **어떤** 시험체도 시험용 슈레브실드 안에 들여보내지 않습니다. 미

---

* 아이티 섬 부두교에서 죽음의 정령.

니피그 무리조차도요! 당신네 사람이 안에 있는 상태에서 필드에 잠깐이라도 문제가 생기면 어떻게 합니까? 직원이 달의 시민이기는 합니까? 압력복에 의료용 단자를 갖추고 있습니까?"

"알겠습니다. 세르반테스 법집행관에게 연락하겠습니다."

"잠깐만, 집행관. 장치는 작동했습니까?"

헤카테가 얼굴을 찌푸렸다.

"실드가 제 기능을 발휘했습니까? 다들 무사합니까? 방사능 없이요?"

"그, 어, 사용자가 실드 안에서 방사성물질을 일부 감지하기는 했지만, 슈레브실드의 문제가 아님이 확실합니다. 저희가 본 한에서는 잘 작동했습니다."

맥심 슈레브는 두 눈을 감았다. 얼굴의 고통스러운 주름들이 모두 펴졌다. 한순간, 마치 자기 삶의 정당성이 입증된 것 같은 모습이었다. 그러다가 그는 우리가 있음을 기억했다.

"상황에 대해서 더 알려 주셨으면 합니다."

그가 힘차게 말했다.

"우리 장치가 재난을 해결했다면 당연히 기록을 원합니다. 아무도 새까맣게 타지 않고서요!"

"몇 시간 안에 장치를 귀사의 품에 돌려 드리겠습니다. 진심으로 감사드립니다. 일주일 안에 전체 이야기를 선생님께 말씀드릴 수 있으리라 생각합니다. 물론, 그때가 되어도 한동안은 기밀일 수 있습니다."

"그렇다면 괜찮습니다. 어, 바우어스탠슨 법집행관, 안녕히 계십시오."

그가 사라졌다. 헤카테는 몸을 돌리지 않았다.

"이제 어쩌죠?"

"경찰들한테 조종사를 안으로 들이라고 해요."

"조종사들이에요. 산체스와, 또 다른 목소리가 들렸어요. 당신이 들어오라고 하는 편이 낫겠어요, 오, 낯선 땅에서 온 왕자님."

"알았어요."

"그들의 비행선을 카메라로 잡았어요."

"음……. 츳. 헤카테, 함께 일할 사람이 누가 있나요?"

"우리 경찰이 여섯 명, 시체 조사를 준비하는 중이에요. 헬리오스 직원이 두 명. 마크29를 숨길 때 협조해 줬고, 우리가 장치를 도로 꺼낼 때 도울 거예요. 경찰 레미가 두 대……."

"츳. 이렇게 해요. 레미 한 대는 안 보이게 이륙시키고, 다른 한 대는 첫 번째 레미가 착륙하는 동안 공중에 떠 있도록 해요. 그저, 당신네 사람들이 마크29를 도로 꺼내는 사이에, 먼지구름과 경찰 레미가 이리저리 움직이는 모습을 보이려는 거예요."

"번잡스럽게 한 보람이 있어야 할 텐데."

그녀가 일어나서 내 옆을 지나, 내 전화로 밖에 있는 월인 경찰들에게 연락했다.

"윌리, ARM 해밀턴 형사님이 손님들과 이야기하고 싶대. 그거 끝나고 나하고 통화해."

나는 기다렸다.

산체스와 짧은 금발 머리 여자가 카메라 화면에 얼굴을 맞대고 나타났다. 구형 헬멧에 빛이 반사되어 아래턱의 윤곽은 보이지 않았다.

"해밀턴, 우리는 마크29를 회수하러 왔습니다."

산체스가 말했다. 여자가 그를 밀어냈다.

"해밀턴? 저는 게랄딘 랜달입니다. 여기에서 저희 슈레브실드를 회수할 수 있다고 들었어요. 잃어버리신 건 아니겠죠?"

랜달이 책임자였다. 아주 분명히 보였다.

"아니, 아니, 전혀 아니에요. 하지만 지금 일이 좀 복잡해졌습니다. 안에 들어와서 기다려 주시지 않겠어요?"

"바로 들어갈게요."

랜달이 환한 미소를 지었다. 그녀는 화물선을 감시하게 산체스를 남겨 둘 생각이었다.

"두 분 다요."

내가 덧붙였다. 씁쓸함을 살짝 드러내며.

"출석하셔야 할지도 몰라요. 제가 여기서 어떤 권한을 가지고 있는지 잘 모르겠어요. 아마 다들 갖기 싫어하는 거겠죠."

그녀는 얼굴을 찌푸리고 고개를 끄덕였다.

나는 전화를 껐다. 헤카테는 여전히 몸짓을 하고 있었다. 내 메시지 수신등도 깜박였지만, 나는 기다렸다. 이내 헤카테가 등을 기대며 앉아 눈앞을 가린 머리카락을 후 불었다.

"기본 사실 확인. 당신의 자세한 설명을 듣고, 슈레브는 **진정했어요. 그렇죠?**"

그녀가 생각해 보았다.

"그랬던 것 같아요."

"흐음. 하지만 당신이 뭔가 안심될 만한 얘기를 하지는 않았죠. 장치를 돌려주기 위해 신지도 않았다고 했잖아요? 재난 현장을 돌아다니고 있다고? 우주선과 달 밖의 유명 인사가 관련되어 있다고? 누가 그걸 사용하려고 하는 참이라고? 한 번 더?"

"어쩌면 그의 진찰 의자가 뇌졸중을 막으려고 약물을 투여했을지도 모르죠. 아니, 젠장, 그는 온정신이었어요. 게다가 이 게랄딘 랜달이란 사람은 또 누구죠?"

"바우어스탠슨? 해밀턴? 제가 게랄딘 랜달입니다."

우리는 일어났다. 내 발이 바닥에서 떠올랐다. 랜달은 헤카테에게는 손을 위로 들고, 나에게는 아래로 내리고 악수를 했다. 키가 백구십팔 센티미터 정도에 짧고 풍성한 곱슬머리는 버터 같은 금발이었다. 입술이 도톰하고 얼굴에는 환한 미소가 가득했다. 곡선미를 유지할 만큼 살집이 있는, 사십 대 정도에 키가 작은 월인으로 보였다.

"어떤 소식인가요?"

"세르반테스가 장치는 오는 중이라고 합니다. 세르반테스가 하는 말이니, 아마 거의 이륙할 준비가 됐다는 소립니다."

산체스는 비참한 표정이었다. 랜달의 얼굴에서도 미소가 사라졌다.

"해밀턴 형사님, 이 기계를 오로지 목적을 위해서만 사용하셨으면 해요. 맥심 슈레브는 보안에 대단히 우려하고 있어요."

"랜달, 저는 평지인 정치가 관련되어 있다는 이유 때문에 침대에서 끌려 나왔어요. 게다가 저는 고등형사 계급의 ARM 요원이죠. 만약 누가 고집을 부린다면, 그는 슈레브 사뿐 아니라 두 정부의 추적을 받을 겁니다."

"설득력이 있군요."

그녀가 말했다.

"랜달 씨, 전부 녹화해 뒀습니다. 영상권을 생각해 보세요!"

"설득력이 없군요. 우리는 그 영상권을 갖지 않을지도 몰라요. 재난은 저희가 자신 있는 분야가 아니에요. 해밀턴, 장치를 돌려 주시죠."

"슈레브 사에서 오셨나요, 정부 측이신가요?"

"슈레브 사요."

"어떤 자격으로?"

"이사진이에요."

그만큼 나이 들어 보이지 않았다.

"얼마나 오랫동안?"

"저는 최초 여섯 명의 일원이죠."

"여섯 명?"

헤카테가 커피를 권했다. 랜달이 한 잔을 받아 들고 설탕과 크림을 넣었다.

"삼십오 년 전, 막스 슈레브는 방사능에 맞서 작동하는 실드 디자인을 들고 우리 다섯 사람을 찾아왔어요. 그가 우리에게 했던 말들은 다 증명됐어요. 우리를 부자로 만들었죠. 막스 슈레브를 위해서라면, 제가 하지 않을 일은 거의 없어요."

"그가 당신을 보냈어요? 그렇게 급히 돌려받고 싶어 해요?"

랜달은 손가락이 길쭉한 손으로 짧은 곱슬머리를 쓸었다.

"막스는 제가 온 줄 몰라요. 그렇지만 전화상으로는 무척 마음이 상한 것 같더군요. 제가 보기에는 이게 그렇게 급한 일은 아니지만, 의아해져서 말이지요. 얼마나 많은 월인 경찰들이 마크29를 보고 손을 댔을까? 그리고 돌려받으려면 나는 어떻게 해야 할까?"

헤카테에게 메시지가 들어왔다. 그녀는 전화를 받았다.

"아마 지금 도착하나 봐요. 랜달, 제 말이 너무 순진하게 들릴지 모르지만, 그렇게 나이 들어 보이지가……."

그녀가 웃음을 터뜨렸다.

"그때 전 스물여섯 살이었어요. 지금은 예순한 살이고요. 달의 중력은 인체에 다정하죠."

"같은 도박을 다시 하실 건가요?"

그녀는 곰곰이 생각했다.

"아마도요. 사기꾼이 막스의 것처럼 그럴싸한 패키지를 만들 수 있을지 확실하지 않네요. 막스는 월인이었어요. 우리는 그를 조사할 수 있었죠. 루나 시 대학에서 아주 공부를 잘했어요. 말솜씨도 유창했죠. 캔드리 리는 더 작은 실드를 개발하길 원했어요. 우리는 막스가 그녀를 설득하는 모습을 눈앞에서 봤죠. 그는 다이어그램, 도표, 모형 들을 즉석에서 그려 낼 수 있었어요. 캔드리의 컴퓨터를 파이프오르간처럼 능숙하게 연주했어요. 그가 했던 대단한 강의를 저도 할 수 있을 것 같아요."

"해 보시죠."

랜달이 나를 빤히 쳐다보았다.

"슈레브실드가 나왔을 때 전 어린애였거든요. 딱 제 몸에 맞는 실드를 갖고 싶었어요. 왜 안 되나요?"

랜달이 웃음을 터뜨렸다. 웃음이 잦아들었다.

"음, 크기를 확대할 수 없어요. 중성자를 붙잡아 두는 이력履歷 효과를 유지하려면 더 큰 형판이 필요해요. 그렇지 않으면 실드 효과가 점차 약해지죠. 그게 바로 그……."

랜달이 입을 다물었다.

"그렇군요."

내가 말했다.

헤카테 바우어스탠슨이 보안 모드를 껐다.

"착륙했습니다. 언제든지 가져가실 수 있어요. 운반 인력을 지원해 드릴까요?"

"그러면 감사하지요."

랜달이 헤카테에게 말했다. 그녀가 산체스에게 일을 하라고 말할 필요도 없었다. 산체스는 벌써 나가고 있었다. 그녀가 나에게 말했다.

"회로 패턴을 변경해야 했어요. 마크29의 프랙털과 달라요. 아예 관계가 없죠. 음, 두 분 다, 고마워요."

그리고 그녀도 나갔다.

"길, 메시지 수신등이 들어왔네요."

내가 막 로스앤젤레스 ARM에서 온 메시지를 트는데, 헤카테가 어깨 너머에서 말했다. 죽은 여인의 압력복과 여행 의자에 탄 루카스 가너가 컴퓨터 합성으로 분할 화면에 나란히 나타났다.

백여든여덟 살 루카스 가너는 두 다리가 마비되어 있었다. 벌써 몇 년 되었다. 그렇지만 맥심 슈레브보다 건강해 보였다. 더 행복해 보이기도 했다. 그는 의례적인 인사를 하고 말했다.

"보내 준 압력복은 첫 번째 달 개척지에서 만들어 낸 압력복 중 하나를 개조한 것 같네. 그 압력복들은 연구를 위해 NASA로 돌아왔지. 그러니 그 시체는 정말로 지구에서 그 압력복을 가져간 게 맞아. 구십 년에서 백 년 정도 됐어. 이제 의아하겠지? '왜 그냥 새 압력복을 사지 않았을까?' 답은 여기에 있을지도 모르네."

루카스의 화살표가 오래된 압력복의 몇 군데를 가리켰다.

"의료용 감지기들이야. 이런 초기 압력복들은 우주인의 생존만을 위한 옷이 아니었지. NASA는 우주인의 몸에서 무슨 일이 일어나고 있는지 알고 싶어 했네. 한 사람이 죽어도, 다음 우주인은 죽지 않을 수 있게. 초기 우주 프로그램의 의료용 감지기들은 외과적이었어. 읽고만 있어도 얼굴이 찡그려지지. 나중에 나온 압력복들은 그렇게까지 심하지 않았지만, 이 사자死者는 어쨌든 업그레이드를 했을지도 몰라. 압력복에 의료용 단자를 달려고 했네. 아직도 이런 압력복이 만들어지고는 있지만, 무척 비싸고 판매 기록이 남아. 자네가 결정해. 비밀스럽게 했거나, 값싸게 만들었을 거야. 나한테도 결과를 알려 주겠지? 그리고 범인들은 밀실을 좋아하지 **않는다**는 점을 기억하게. 보통 그런 건 사고야."

나는 루카스가 있었던 텅 빈 자리를 바라보았다.

"헤카테, 슈레브가 슈레브 개발의 연구실에는 의료용 단자가 달린 압력복이 있다고 하지 않았던가요? 추측건대……."

"길, 그 옷들은 확실히 백 년보다 훨씬 새 제품일 거예요. 그래도 보고 싶어요? 주선할게요."

비번인 기술자 네 명이 우리의 우스꽝스러운 짓을 보고 있었다. 그들은 이제 흥미를 잃은 것 같았다. 나는 그들을 탓하지 않았다. 내가 더 할 수 있는 일이 있을지를 생각하며, 일어나서 잠시 서성거렸다.

"길, 상공에서 본 화면이 왔어요."

헤카테가 말했다.

"틀어 주세요."

카메라 한 대가 점점 멀어지는 달의 표면을 천천히 지나가며 찍고 있었다. 이륙하는 고리 교역선의 핵융합 드라이브가 뿜어내는 보라색으로 화면이 옅게 물들었다. 델 레이 크레이터가 점점 작아지며 시야에 들어왔다. 작은 크레이터들의 크기는 모두 똑같았다. 그리고 작은 은색 조각들이 있었다. 청동색 벌레 세 마리…… 네 마리가 남쪽 가장자리 근처를 기어 다녔다. 우리는 델 레이가 화면 너머로 미끄러져 지나가, 자세히 보기에는 너무 작아질 때까지 지켜보았다.

헤카테가 비디오를 다시 틀고 느리게, 더 느리게 재생했다.

"보여요?"

궤도 상공에서 어디까지 보이는지는 늘 감탄스럽다. 원격 견인 차들이 개미 상자에서 굴을 파듯, 델 레이의 남쪽 사분면에 이리 저리 자국을 남기며 돌아다니고 있었다. 아래에서 봤을 때는 흐르는 선이 모호했지만, 위에서 보니 남쪽 가장자리에서 닳은 가운데 봉우리로, 무언가가 델 레이 크레이터 안으로 먼지를 분사했다.

저 아래에 크레이터의 날카로운 가장자리가 살짝 마모되고, 작은 크레이터들이 지워진 깔끔한 먼지 표면이 있을 것이다. 아래에 서는 세부 사항들밖에 눈에 들어오지 않았다. 근접 촬영에서는 전체적인 부채꼴 패턴이 전혀 보이지 않았다.

우주선의 산소 탱크로 한 짓이라고는 믿어지지 않았다. 너무 강했다. 저렇게 매끄럽게 씻어 내려면, 로켓엔진 자체를 이용해야 했으리라.

"발자국은 나중에 만들어졌을 거예요. 먼저 만들어진 흔적은 모두 씻겨 나갔겠죠. 루카스한테 사과해야겠네요."

내가 말했다.

"아니, 그도 그랬죠. 아무도 밀실 미스터리를 좋아하지 않는다고 했잖아요. 범인은 무언가 다른 것을 숨기고 있었어요. 자, 남쪽 가장자리에서 분사를 했죠? 그다음에 만들어진 자국들은 중심에서 남남동쪽을 향하고요. 그녀가 살인자를 **향해서** 달려갔군요?"

"유일한 탈출구, 산소, 의료적 도움을 향해 곧장 갔겠죠."

"자비를 구하고 있었어요."

헤카테가 말했다.

나는 그녀를 보았다. 헤카테는 그다지 신경 쓰지 않고, 그저 좀 어안이 벙벙한 것 같았다. 한 여인을 저 방사능 지옥에 집어넣은 사람이 누구든, 그자는 자비를 베풀지 않았으리라.

"빌었을지도 모르죠. 누가 알겠어요? 제가 아는 사람들 중에는, 이런 상황에서 욕할 이들도 있어요. 메시지를 남기기 위해서 가운데로 뛰어갔다가, 살인자의 관심을 돌리기 위해 메시지 반대편으로 왔을지도 모르죠."

"메시지가 있었나요?"

"아뇨."

나는 그 생각이 마음에 드는지조차 알 수 없었다.

"로켓 불꽃으로 분명히 **무언가를** 지우려고 했어요. 살인자에게 크레이터 안으로 들어갈 배짱은 없었던 것 같지만, 레미를 가장자리 바로 위에 세우는 데에도 **상당한 용기가** 필요해요. 왜? 발자국을 지우려고?"

"길, 미친놈이나 델 레이 크레이터 한가운데로 터덜터덜 걸어 들어갈 거예요. 한가운데 뭔가 있다는 사실을 알지 않았다면요."

그녀가 나의 미소를 보았다.

"당신처럼 말이죠. 그러나 미치지 않았어도 가장자리 너머에서 들여다볼 수는 있어요. 범인은 가장자리에서 안으로 들어가는 부츠 자국을 지웠죠. 가운데 남은 자국은 두고 떠났고요."

"기다렸다가 모두 다 지울 수도 있었을 텐데요. 나중에 남을지 모르는 메시지도요."

"당신 차례예요."

지난번에 내가 읽었던 살해당한 남자의 다잉 메시지는, 사자의 거짓말이었다. 그래도 크리스 펜즐러는 최소한 썼다 지운 다음에 무슨 뜻인지 날더러 맞혀 보게 하지는 않았다!

"낮잠을 자야겠어요. 뭔가 알아내면 전화해 주세요."

꽤 잔 것 같았다. 나는 달의 중력을 더없이 편안해하며, 깔개 위에 누워 있었다. 헤카테 바우어스탠슨 법집행관의 등이 보였다. 그녀는 발산된 무지갯빛을 관찰하고 있었다. 아래 누운 자리에서는 홀로그램이 보이지 않았다.

나는 일어섰다.

헤카테는 분할 화면을 보고 있었다. 한쪽 홀로 창에서는 규화목 장승 같은 여인이 조각나고 있었다. 피톱은 자동으로 움직였다. 두꺼운 유리벽 너머에 초점을 벗어난 사람 형체들이 희미하게 보였다. 조각들 중 하나가 왼쪽 창으로 빠져나갔다. 화면이 조각을 확대해 자세히 보여 주었다. 동맥, 간과 늑골을 관통한 부분들이었다. 화면이 다시 축소되기 전에, 세부가 형광을 냈다. 세 번째 창에는 고대 압력복이 있었다.

"지랄 맞은 문제는."

헤카테가 사생활 보호를 켜 놓아서, 나는 혼잣말로 말했다.

"연행할 용의자가 없다는 점이지. 목격자도 없고, 용의자도 없어. ……아니, 용의자가 수백만 명이지. 압력복에 구멍이 제대로 났다면 어제 죽었을지도 몰라. 구멍이 없다면 십 년을, 그보다 오래 저기 있었을지도 모르고."

그녀가 쓰러졌을 때에는 압력복이 새것이었다면?

아니다. 델 레이 크레이터에는 육십 년 전까지도 여전히 미사일이 떨어졌다.

"십 년에서 육십 년 사이라. 아무리 달이라도 그 정도면 용의자가 백만 명은 될 테고, 오십 년을 포괄하는 알리바이를 가진 사람은 아무도 없어."

네 번째 창이 깜박이고, 지문, 다른 지문, 다른 지문, 뭔지 모를 것이 나타났다.

"망막이에요. 완전히 분해됐어요. 하지만 지문과 DNA 일부는 채취했죠. ARM이 신원을 파악할 수 있을지도 모르겠네요."

헤카테가 돌아보지 않고 말했다.

"저한테 보내 주세요."

로스앤젤레스 ARM으로 전화를 걸었다. 베라의 개인 번호에 메시지를 남긴 다음, 당번 직원에게 연락했다. 내가 달에서 전화하고 있다는 사실을 알자, 그의 표정에 흥미가 나타났다. 나는 그에게 죽은 여인의 신원 파악을 넘겼다.

전화를 끊는데, 헤카테가 나를 지켜보고 있었다.

"키가 작은 월인도 있죠."

내가 말했다.

"내기할래요?"

"승산이?"

헤카테가 생각하는 사이에, 내 전화기가 깜박였다. 나는 전화를 들었다.

발레리 반 스콥 라인. 키: 백육십육 센티미터. 2038 AD. 북아메리카 위네트카 출생. 몸무게: 육십이 킬로그램. 유전자 유형······ 알레르기······ 병력······. 마흔 살 정도에 찍은 사진이었다. 금발 올림머리 아래로 우아한 얼굴형이 드러났고, 광대뼈가 높고 사랑스러운 여인이었다. 자녀: 없음. 독신. 정규 사원, 가브네 vs. 실드 주식회사, 2083~2091 AD. 중죄 전과 없음. 28.81, 9.00, 8.20의 혐의가 있어 수배 중······.

헤카테가 어깨 너머에서 읽고 있었다.

"이 코드는 그녀가 횡령, 체포 도피 비행, 행정구역 침범, 필수 자원 오용, 그 외 몇 가지 삼십육 년 전에 저질렀던 범죄들을 의미해요."

"흥미롭네요. 필수 자원요?"

"옛날 관례예요. 가능한 범죄를 모두 다 열거한 다음에 불필요한 부분을 잘라 냈죠. 행정구역이라, 저건 오래된 법이에요. 여기에서는, 그녀가 우주로 탈출하려고 했다는 뜻이죠."

"재미있군요. 길, 압력복에는 구멍이 없어요."

"없어요?"

"안에 진공이 상당해요. 물론 유기물의 흔적은 있지만, 산소와 물이 모두 없어지는 데는 몇 년, 몇십 년이 걸렸을 거예요."

"삼십육 년이군요."

"그동안 내내, 델 레이 크레이터에서?"

"헤카테, 그녀의 압력복은 보잉 사의 상자와 멀리서는 거의 똑같아 보여요. 딱히 그녀를 찾은 사람도 없었고요."

"그러니 시체의 상태가 그렇게 좋았군요. 방사능이었어요. 그녀가 뭘 횡령했을까요?"

나는 파일을 훑었다.

"가브리엘즈 실드의 자금인 것 같아요. 가브리엘즈 실드는 연구 단체고…… 파트너가 두 명이네요. 발레리 반 스콥 라인과 맥심 옐친 슈레브."

"슈레브."

"서기 2091년에 파산했는데, 라인이 자금을 모두 들고 사라졌다는 주장이 있군요."

내가 일어섰다.

"헤카테, 저는 스케이트 날을 좀 갈아야겠어요. 이걸 계속 연구하시든지, 아니면 맥심 슈레브에 관한 자료를 불러내셔도 돼요."

그녀가 나를 빤히 쳐다보더니 웃음을 터뜨렸다.

"그 일을 표현할 수 있는 말은 모두 다 들어 봤다고 생각했는데. 가세요. 그리고 물 좀 더 마시고요."

나는 재생처리 부스에서 한 여자가 나오기를 기다렸다가, 안으로 들어갔다.

돌아와 보니 헤카테가 화면을 띄우고 있었다.

맥심 옐친 슈레브. 키: 이백이십삼 센티미터. 2044 AD 달 외 소비에트 출생. 몸무게: 백일 킬로그램. 유전자 유형…… 알레르기…… 병력……. 중죄 전과 없음. 2061년 줄리아나 메리 크룹과 결혼, 2080년 이혼. 자녀: 없음. 독신. 건장한 축구 챔피언 같은 모습을 한 그의 졸업 비디오가 있었다. 허가받고 사용됨. 2122 AD 대형 슈레브실드를 설치하고 타우 세터로 향한 개척선, 네 번째 느린배의 발사 현장에서 찍은 홀로. 아직 진찰 의자는 필요 없었지만, 건강해 보이지는 않았다. 슈레브 개발 이사장, 2091, 2125년 11월 은퇴. 이 년 전이었다.

몸이 너무 아프면 정신도 흐려지기 시작한다. 내가 이 사람의 괴벽에 너무 큰 의미를 부여하고 있을 수도 있었다.

자판을 눌러 다음 자료를 불러냈다.

게랄딘 랜달. 키: 이백팔 센티미터, 2066 AD 달 클라비우스 출생. 몸무게: 팔십구 킬로그램. 유전자 유형…… 알레르기…… 병력……. 그녀는 임신에 문제가 있어서, 외과 수술로 치료를 받았다. 중죄 전과 없음. 찰스 헤이스팅스 찬과 2080년 결혼. 자녀: 딸 1, 마랴 제나. 그녀도 네 번째 느린배 발사 현장에 있었다. 슈레브 개발 이사, 2091.

헤카테의 어깨 너머로는 여전히 죽은 여인을 조각내는 장면이 보였다. 나는 그들이 어떻게 이 일에 이렇게 무심한지 이해했다. 이식 장기로 쓰일 수 없는 월인의 시신은 거름이 되었다. 중계방송은 헤카테만 듣고 있었지만, 질병의 증거가 나오면 그녀가 나에게 알려 줄 터였다.

발레리 라인은 방사능이 온몸의 박테리아를 모두 태워 버려서 썩지 않았다. 내가 방해하지 않았다면 그곳에서 백만 년을, 십억 년을 머물렀을 것이다.

나는 달 기업인 슈레브 개발을 등록하던 시기의 맥심 슈레브에게로 돌아갔다. 삼십육 년 전이었다. 그는 다른 다섯 명과 포즈를 취하고 있었다. 그중 한 명이 게랄딘 랜달이었다. 더 젊은 남자, 이미 아파 보이는…… 혹은 그저 죽도록 일을 해서 지친 남자가 보였다. 가진 모든 것을 꿈에 바쳐라. 부자가 되는 방법 중 하나였다. 육 년 후, 서기 2097년, 좀 나아 보이는 그와 그의 파트너들은 작동하는 실드를 특허등록했다.

월인들이 그저 더 빨리 늙는 걸까? 나는 헤카테의 어깨를 두드렸다. 그녀가 사생활 보호를 껐다. 내가 물었다.

"헤카테, 몇 살이에요?"

"마흔둘요."

그녀가 나의 시선을 받았다. 나보다 한 살 많은데 체조 선수처럼 건강했다. 하긴, 내가 없을 때 태피가 만나는 월인 의사는 육십 대였다.

"슈레브는 틀림없이 아파요. 아흔 살도 안 되었는데. 문제가 뭘까요?"

"자료에 없어요?"

"못 찾았어요."

그녀가 내 자리로 들어와 영상 자판을 만지작거렸다.

"파일이 수정됐네요. 길, 시민들이 자신의 모든 부끄러운 비밀을 밝힐 필요는 없어요. 그래도…… 그는 미쳤나 봐요. 의료적 도움이 필요할 때, 자료에 내용이 안 나와 있으면 어떻게 하려고?"

"미쳤거나, 죄가 있겠죠."

"그가 뭔가 숨기고 있다고 생각해요?"

"그한테 전화해요."

"저기, 길, 맥심 슈레브는 달에서 가장 영향력 있는 인물 중 하나고, 전 직업을 바꿀 생각이 없어요."

그녀가 걱정스러운 눈빛으로 나를 살폈다.

"그저 우리에게 뭔가를 알려 주리라는 기대로 그 사람을 괴롭히려는 건가요?"

"어떤 일이 있었는지 거의 분명한 것 같잖아요?"

"슈레브가 여인을 죽이고 돈을 차지했다고 생각하는군요. 델 레이에 착륙해서 살아 있는 그녀를 배 밖으로 밀어냈다고. 왜 먼저 죽이지 않았을까요? 그러면 발자국도 다잉 메시지도 남지 않았을 텐데."

"아뇨, 당신은 절반밖에 못 보고 있어요."

헤카테가 짜증을 내며 양팔을 퍼덕였다.

"말해 보시죠."

"첫째, 마크29. 당신은 슈레브 개발이 대형 실드를 만들고 나서 줄곧 소형 실드를 만들려고 노력했다고 했죠. 전 그 말을 믿어요. 29는 꽤 큰 숫자죠. 어쩌면 그는 처음에 소형을 시도했을지도 몰라요. 그래서 그, 랜달이 말했던, 뭐더라, 이력 문제를 알아냈겠죠. 둘째, 그는 돈을 들고 도망치는 도둑처럼 행동하지 않았어요. 슈레브 주식회사를 설립했을 때, 그는 뭔가 새로운 것을 만들어 내려고 하고, 그럴 방법도 거의 아는 사람처럼 행동했어요. 그와 라인은 가진 돈을 모두 실험에 쏟아부었을 거예요. 셋째, 누군가가 가장자리에서 크레이터 일부를 쓸어 냈어요. 저는 그 누군가가 슈레브라고 생각해요. 그가 크레이터 안에 들어간 흔적은 없어요. 라인의 발자국뿐이죠. 그리고 우리는 이미 무언가가 지워졌다는 사실을 알고 있어요. 넷째, 왜 델 레이 크레이터였을까요? 어째서 달에서 가장 방사능이 강한 크레이터 위를 걸어 다녔을까요?"

헤카테는 멍한 표정이었다. 나는 설명했다.

"프로토타입 슈레브실드를 시험하고 있었던 거예요. 그래서 그녀가 걸어 들어갔던 거죠. 전 그가 무얼 숨기려고 크레이터를 쓸어 냈는지까지 알아요."

"전화할게요. 당신 주장이니, 당신이 얘기해요."

헤카테가 나를 돌아보았다.

"슈레브 씨는 전화를 안 받는대요. 치료 중이라네요."

"마크29는 지금 어디에 있어요?"

"한 시간 정도 전에 떠났어요. 코페르니쿠스로 가고 있네요. 거기 슈레브 주식회사가 있어요. 연구실요. 도착 예정 시간은 십 분 후예요."

"충분해요. 루카스 가너의 여행 의자에는 고급 오토닥이나 심지어 사람 의사가 필요할 경우를 대비한 호출기가 있어요. 어때요? 월인의 여행 의자에도 호출기가 있을까요?"

헤카테가 달의 의료 네트워크에 들어가는 데에는 시간이 조금 더 걸렸다——나는 그녀에게 커피와 식사를 가져다주었다. 그녀가 마침내 한숨을 쉬고 고개를 들었다.

"그는 이동 중이에요. 델 레이 크레이터로 가고 있어요. 그의 의자 전화번호를 구했어요, 길."

"망할! 난 언제나 거의 맞힌단 말이지."

"전화를 걸까요?"

"그가 착륙하기를 기다리고 싶어요."

그녀가 나를 살폈다.

"시체를 찾고 있는 걸까요?"

"그런 것 같죠. 시체로 그가 뭘 할지 내기할래요?"

"달은 커요."

그녀가 몸을 돌렸다.

"델 레이를 건너고 있어요. 속도를 늦추고, 길, 그가 하강 중이에요."

"전화 걸어요."

그의 전화가 착륙하는 동안 윙윙거렸던 모양이다. 그는 영상 없이 음성만으로 전화를 받았다.

"뭡니까?"

"시적 정의에는 시인이 필요하죠. 전 우연히 달에 와 있던 ARM의 고등형사 길 해밀턴입니다."

"해밀턴, 나는 달의 시민입니다."

"발레리 라인은 지구 시민이었죠."

"해밀턴, 난 지금부터 달려야 합니다. 헤드폰을 맞추고 트랙에 서게 해 주십시오."

나는 웃었다.

"그러시죠. 이야기 하나 해 드릴까요?"

불규칙한 훅훅 소리가 들렸다. 저중력에서 운동을 하는 환자라기보다는, 우주선에서 내리는 환자에 가까운 소리였다. 헤드폰을 만지는 소리는 들리지 않았다. 이미 구형 헬멧 안에 들어 있겠지.

공정하게 하자.

"전 델 레이 크레이터의 가장자리 위에, 슈레브실드로 안전하게 보호받으며 앉아서 망원렌즈로 당신을 촬영하고 있어요."

헤카테가 입을 틀어막고 웃음을 참았다.

"난 이럴 시간이 없습니다."

그가 말했다.

"있으시고말고요. 다음 몇 분 동안 당신이 노출될 방사능을 생각하면, 이미 죽은 목숨 아닙니까. 제 말은, 만약 시체를 들고 어딜 갈 작정이라면요. 휴대용 슈레브실드가 있나요? 마크28이나 27? 거의 작동했던 시험용? 솔직히 전 당신이 마크29를 기다릴 줄 알았어요."

훅훅 소리가 계속 들려왔다.

"초기 시험용 슈레브실드를 가지고 나갔다면, 저희가 확인할 수 있겠죠. 은퇴하기 전이었다면 쉽게 구했겠지만 이제는 누군가를 통해야 하고, 날라다 줄 사람들도 구해야 하죠."

훅훅. 규칙적인 운동. 트랙을 달리는 사람. 혹은, 같은 사람이 울퉁불퉁한 크레이터 표면에서 무거운 수레를 끄는 소리. 그는 허세를 부려 달아날 작정이었다.

"슈레브, 은퇴한 이후로 시스템에서 배제되었죠. 헬리오스 제일 발전소가 델 레이로 원격 견인차를 보내기 시작했을 때, 바우어스 탠슨 법집행관이 당신 회사의 코타니 씨에게 새 프로토타입을 빌려도 될지 물었을 때, 당신은 대표 자리에 있지 않았어요. 몇 시간이나 알지 못했죠."

"그녀는 어디에 있습니까?"

"이미 해부했습니다, 슈레브 씨."

헤카테가 대답했다. 훅훅 숨소리가 훨씬 빨라졌다.

"슈레브, 당신이 장기은행을 두려워하지 않는 줄은 압니다. 어떤 병원도 당신 장기를 가져가지 않겠죠. 돌아와서 당신 얘기를 해 주세요."

"싫습니다. 다만 당신들에게 얘기를 하나 해 드리죠, 고등형사, 집행관. 두 총명한 실험가에 대한 이야기입니다. 한 명에게는 경제관념이라고는 없었습니다. 그래서 다른 한 명이 프로젝트 일을 하고 싶을 때조차도 지출을 관리해야 했습니다. 우리는 사랑하고 있었지만, 우리의 아이디어와도 사랑에 빠져 있었습니다."

그의 숨소리가 편해졌다.

"우리는 같이 이론을 발전시켰습니다. 나는 이론을 **이해했지만**, 프로토타입이 계속 연소되거나 폭발했습니다. 무슨 문제가 발생할 때마다, 발레리는 어디가 잘못되었고 어떻게 고쳐야 하는지를 정확히 알았습니다. 전력을 조정해. 회로를 더 정밀하게. 난 따라갈 수가 없었습니다. 내가 아는 것은, 돈이 바닥나고 있다는 사실뿐이었습니다. 그러다가 어느 날, 해냈습니다. 실드가 작동했어요. 그녀는 실드가 작동한다고 **맹세했습니다**. 우리는 필요한 장치를 이미 다 갖고 있었습니다. 나는 마지막 남은 몇 마르크를 비디오테이프와 카메라, **다량의** 배터리에 썼습니다. 그, 우리는 그 장치를 막

시발 실드라고 불렀죠. 장치는 내일이 오지 않을 것처럼 배터리를 소진했습니다. 우리는 델 레이 크레이터로 나갔습니다. 발레리의 생각이었죠. 장치를 시험하고 시험 장면을 촬영하자. 델 레이 크레이터 위에서 춤추는 발레리를 보면, 누구든지 우리에게 두 손 가득 돈을 던져 주겠지."

"길, 그가 이륙하고 있어요."

너무 빨랐다. 나는 그의 숨소리가 왜 편해졌는지 그제야 깨달았다. 마크 이십몇을 먼지 속에 두고 떠난 것이다. 장치가 작동을 멈추었을 수도 있고, 그가 신경 쓰기를 그만두었을 수도 있었다.

"슈레브, 뭐가 잘못됐죠?"

"그녀는 프로토타입을 갖고 델 레이에 나갔습니다. 그냥 걸어가고, 카메라 앞을 지나가기 위해 돌고, 실드 안에서 몇 가지 체조를 했습니다. 그러는 내내, 발레리의 몸과 구형 헬멧 안 얼굴은 실드로 빛났습니다. 발레리는 아름다웠습니다. 그런데 갑자기, 그녀가 장치를 보더니 비명을 지르기 시작했습니다. 내 눈금판에도 보였죠. 실드가 천천히 붕괴되고 있었습니다. 그녀가 비명을 질렀어요. '오, 맙소사, 실드가 무너지고 있어!' 그리고 달리기 시작했어요. '가장자리까지 갈 수 있을 것 같아. 코페르니쿠스 종합병원에 전화해.'"

"실드를 들고 달렸어요? 너무 무겁지 않았나요?"

"그걸 어떻게 알았습니까?"

헤카테가 말했다.

"길, 그는 그냥 크레이터 가장자리를 따라 맴돌고 있어."

나는 그녀에게 고개를 끄덕이고, 슈레브에게 말을 걸었다.

"그 점이 우리의 가장 큰 의문이었습니다. 뭘 없애려고 로켓 불꽃을 크레이터로 분사했죠? 실드 발전기가 너무 컸으리라는 점은 알아냈어요. 라인을 당길 수 있게 수레 같은 데 실었겠죠. 그녀가 초전도선을 당겼습니다. 전력원은 당신 옆에 두고 갔겠죠."

"맞습니다. 그리고 발레리는 그걸 다 내버려 두고 도망쳤습니다. 그녀가 병원에 가면, 달의 모든 경찰들이 우리가 방사능 실드라고 말하는 물건을 조사하려고 했을 겁니다. 의사들은 발레리가 무엇에 노출되었는지 정확히 알았을 겁니다. 우리에게는 십분의 일 마르크도 없었어요. 발레리가 어둠 속에서 빛나는 정도로는 아무도 우리의 발명을 믿지 않았을 테고, 믿는 사람이 있었다면 그는 기계의 디자인을 04시 뉴스에서 알아냈겠죠."

"그래서 도로 당겼군요."

"양손을 번갈아 썼습니다. 그걸 달 표면 위에 그냥 두어야 했을까요? 하지만 발레리는 내가 그러는 걸 보았습니다. 그녀는, 대체 무슨 생각이었는지 나도 모릅니다만, 크레이터 한복판으로 달리기 시작했습니다. 난 이미 원치 않을 만큼 많은 방사능에 노출되었지만, 그 자국은…… 발자국뿐 아니라……."

"초전도선 자국요. 먼지 위로 온통 방울뱀 소집장인 양."

"가장자리 너머에서 고개만 내밀면 누구나 볼 수 있었습니다! 그래서 나는 레미를 크레이터 벽 위로 올리고 옆으로 돌려 로켓을 사용했습니다. 발레리가 그때 무슨 생각을 했는지 나는 모릅니다. 그녀가 무슨 유언 같은 거라도 남겼습니까?"

"아뇨."

헤카테가 말했다.

"남겼다 한들, 누가 보겠습니까? 그래도 나는 방사능에 너무 많이 노출됐어요. 거의 죽을 뻔했습니다."

"음, 그런 셈이죠. 피폭 때문에 일찍 은퇴했겠죠. 제게 힌트가 된 사실 중 하나입니다."

"해밀턴, 당신 어디에 있습니까?"

"헤카테, 기다려요! 슈레브, 제가 대답하지 않는 편이 안전할 겁니다."

헤카테가 안절부절못하며 말했다.

"길, 그가 계속 가속하고 있어요. 대체 왜 저러는 거죠?"

"마지막 발버둥요. 그렇죠, 슈레브?"

"맞습니다."

그가 대꾸하고 전화를 껐다.

나는 헤카테에게 설명했다.

"마크 이십몇이 멈추자, 그에게는 남은 것이 없었어요. 그는 절 찾아 나섰죠. 우리 배에 로켓 불꽃을 분사할 작정이었어요. 델 레이 가장자리에 있다고 거짓말을 하긴 했지만, 헤카테, 우리는 그가 무슨 비행선을 몰고 있는지 모르고, 저는 그가 우리의 위치를 알기를 원하지 않아요. 레미 한 대라도 헬리오스 제일 발전소에 최고 속도로 떨어지면 상당한 피해를 입힐 수 있어요. 그는 지금 뭘 하고 있나요?"

"가만히 떠 있어요. 제 생각에는…… 연료가 다 떨어진 것 같아요. 맴돌면서 연료를 많이 소진했어요."

"계속 지켜봐야 해요."

두 시간 뒤, 헤카테가 말했다.

"여행 의자의 호출이 멈췄어요."

"그가 어디에 착륙했나요?"

"델 레이, 중심 근처에요. 추측을 하기 전에 우선 눈으로 확인하고 싶어요."

"아주 엉망이 될 수도 있었어요. 어쨌든, 그는 영웅이었죠."

나는 하품을 하고 기지개를 켰다. 내일 오후면 호브스트라이트 시로 돌아갈 수 있었다.

후기

과학/미스터리 소설

나는 늘 내 소설의 등장인물에 지나치게 몰입해 왔다.

「절정의 죽음」을 탈고했을 때는 확실히 그랬다.

지금도, 나는 보통 전적으로 사악한 악당은 잘 쓰지 않는다. 장기 밀매업자 로렌이 내 첫 그런 악당이었다. 나는 그 소설의 초고를 새벽 6시에 완성하고…… 자러 가서…… 천장을 쳐다보다가…… 10시 정도에 포기하고 함께 있을 사람을 찾아 나갔다.

그 장면을 일이 주 정도 후에 고쳐 썼다. 새벽 6시였다. 나는 8시 정도에 수면을 포기했다. 로렌의 심장을 내 상상 손으로 멈추는 것은 힘든 경험이었다. 당신은 동요하지 않을지도 모르지만, 나는 동요했다.

그 소설이 국제연합의 경찰력, ARM의 일원인 길 해밀턴의 첫 번째 이야기였다. 두 번째 이야기는 오랫동안, 내가 메모밖에 쓰지 못할 때까지 머릿속을 채우고 있었다.

바우처콘은 오랫동안 〈엘러리 퀸즈 미스터리 매거진〉과 〈판타지 앤 사이언스 픽션〉의 편집자이자 『아홉 손가락 잭』의 저자인 앤소니 바우처를 추모하여 해마다 열리는 미스터리 팬들의 모임이다. 제1회 바우처콘에서 나는 이미 가장 드문 동기에서 비롯한 가장 드문 범죄를 구상하고 있었다. 나는 패널 토론 시간에 그 범죄의 개요를 청중들에게 설명했다. 「절정의 죽음」은 말하자면 저절로 진행되었다.

반면 「무력한 망자」는 처음부터 꼼꼼하게 구상되었고, 그 이야기는 첫 번째 것처럼 내게 큰 충격을 주지는 않았다. 충격을 받아 마땅했을지도 모른다. 그 소설과 그 배후에 있는 가정은 끔찍하고, 불편할 만치 현실적이다.

외팔잡이 길은 내가 좋아하는 인물 중 하나다. 그러어어엏다. 글을 삼십 년 썼는데, 소설은 다섯 편뿐이다! 그렇게 얼어붙게 좋아한다면, 왜 더 쓰지 않았지?

다음의 두 규칙을 따르기가 힘들었기 때문이다.

탐정소설은 수수께끼다. 원칙적으로, 독자는 어떤 범죄가 누구에 의해, 어떻게, 어디에서, 왜 이루어졌는지를 이야기가 해답을 독자의 얼굴에 들이밀기 전에 알 수 있어야 한다. 독자는 답을 분명한 사실로 알기에 충분한 정보를 가져야 하고, 가능한 답은 하나뿐이어야 한다.

과학소설은 상상의 역사役事다. 흥미로운 아이디어일수록 더 적은 정당화를 필요로 한다. 과학소설은 내적인 정합성과 저자의 상상력의 범위로 평가받는다. 이상한 배경, 괴팍한 법을 따르는 괴팍한 사회들, 낯선 가치와 사고방식이 규칙이다. 알프레드 베스터는 좀 과했지만, 그의 고전 『파괴된 사나이』를 보라.

자, 모든 규칙이 낯설다면, 독자가 어떻게 탐정에게 몰입하겠는가?

과학소설에 한계가 없다면, 어쩌면 희생자는 밀실 밖에서 누가 죽음을 빌어서, 혹은 자기가 선 자리에서 투시한 초능력 살인자에게 열쇠구멍을 통해 찔려서 죽었을지도 모른다. 가시대역 밖의 레이저에는 투명한 벽이 있을지도 모른다. 외계인 살인자의 동기는 애당초 이해 불능일지 모른다. 독자가 시간 여행의 가능성을 배제할 수 있을까? 투명인간 살인자는? 살인광 천재가 만들어 낸 새로운 장치는? 좀 더 핵심을 말하자면, 내가 어떻게 당신에게 공정한 수수께끼를 내놓을 수 있을까?

방법은, '대단히 힘들게'다.

불가능하지는 않다. 당신은 존 딕슨 카나 내가 밀실 미스터리에 비밀 통로를 심어 놓지 않으리라고 믿어도 된다. 엑스레이 레이저가 연루되었다면, 당신에게 보여 줄 것이다. 내가 투명인간을 등장시키지 않으면, 투명인간은 없는 것이다. 고리와 달 사회의 윤리가 중요하다면, 그 주제를 자세하게 서술할 것이다.

탐정소설과 과학소설그리고 판타지와 경찰 소설에는 공통점이 많다. 내적 정합성. 독자들. 이 모든 장르들은 도전, 수수께끼를 좋아하는 독자를 끌어들인다. 무기가 기이하게 사라지거나물이 가득 찬 꽃병 안에 숨겨진 유리 칼, 방문한 외계인이 불가해하게 폭력적으로 행동하거나화장실이 엄청 급하다, 문제는 '무슨 일이 일어나고 있는가?'이다. 독자에게는 작가를 앞지를 기회가 주어진다.

많은 탐정소설과 대부분의 과학소설은 또한 사회소설이다. 아시모프의 『강철 도시』나 『벌거벗은 태양』, 브루너의 『탈란투스의 퍼즐』을 보라. 베스터의 『파괴된 사나이』는 그런 동시에 복잡한 심리 연구이기도 하다. 그 소설의 텔레파시 사회에 잘 어울리는 주제다. 범죄소설에서도 심리 연구는 흔하다. 기초과학 수수께끼도 마찬가지이다. 이시모프의 웬델 어스 소설들처럼. 개릿의 나아시경은 마법이 존재하는 세계에서 일하지만, 그 이야기는 내적 정합성이 있는 수수께끼들이다. 엘러리 퀸은 이러한 이야기들에 편안함을 느끼리라.

미스터리/SF는 때때로 방어를 필요로 한다. 할 클레멘트가 존 W. 캠벨의 도전을 받아들였던 때까지 거슬러 간다지적인 기생 생명체/공생체 탐정이 나오는 『바늘』. 그러나 당신이 정말 의심하고 있지는 않겠지? 탐정 과학소설의 서고는 꽤 크다. 『바늘』은 반세기 전 소설이고, 포의 「모르그가 살인 사건」그의 살인 오랑우탄은 동물 연구보다는 상상에 가까웠다까지 포함하면 그 역사는 더 길다.

탐정들은 이야기를 넘어 살아남는 것 같다. 아시모프의 웬델 어스와 라이저 베일리[*], 랜달 개릿의 귀족 탐정 다아시 경판타지/탐정소설, 셜록 홈즈의 자리를 외계인, 돌연변이, 다운로드 파일, 인공지능, 로봇 들이 차지한 수많은 모방작들특히 폴 앤더슨과 진 울프의 소설들.

---

[*] 아시모프의 '로봇' 시리즈에 나오는 인간 탐정.

미스터리와 과학소설의 이종 결합에는 위험도 있다. 1950년대의 물질 복제기를 다룬 소설, 『더블 제퍼디』는 내적 비정합성에 시달렸다. 동전이 증식할 때 글씨 부분만 빼고 뒤집혔는데, 치명적인 오류였다. 에드워드 호크는 탄탄하고 꼼꼼한 수수께끼를 썼지만, 그의 근미래 미스터리 『처리 기계』는 오로지 더 탄탄한 수수께끼를 만들기 위해 인간 본성을 믿기 어려울 만큼 뒤틀어 버렸다.

나는?

나는 내 첫 소설을 팔기 전부터, 이 책의 세 번째 이야기가 될 「ARM」을 쓰고 있었다. 프레데릭 폴「갤럭시」은 그 초기 판본을 거절했다. 존 W. 캠벨「아날로그」도 마찬가지였다. 그 두 거절 편지로, 나는 미스터리/SF를 쓰기가 매우 어려운 이유와 특히 「ARM」에서 잘못된 부분을 배웠다. 「ARM」에는 도움이 필요했다. 인물이 너무 많았다. 과학, 사회, 논리에 허점들이 있었다. 수수께끼는 너무 복잡해졌다. 그래서 나는 내 기술을 더 익힐 때까지 그 이야기를 옆으로 치워 놓았다.

내 소설들은 대부분 수수께끼 이야기다. 자연히, 작품 중 많은 수가 범죄와 탐정소설이다. 「완전한 사람」은 어떤 정상적인 배심원도 이해하지 못할 것 같은 무기를 이용한 살인을 다루었다. 「간섭자」는 외계 사회학자를 바로 곁에 두고 일을 해결하려고 하는 마이클 해머의 클론을 그렸다. 「지니와 자매들의 이야기」는 탐정을 맡은 세에라자드의 이야기였다. 「저 수많은 길들」은 양자역학에 관한 범죄소설이었다. 「더 치명적인 무기」와 「16,940.00달러」는 정통 범죄소설들이다.

이들을 제외하면, 나는 보통 하나의 상상 세계를 배경으로 하나 이상의 이야기를 썼다. 게을러서가 아니었다. 정말로! 그저, 자세하고, 믿을 만하고, 심지어 가능할 만한 미래를 설계하면, 그 배경에서 하고 싶은 이야기가 소설 하나에 다 들어가지 않을 때가 많았다.

그래서 외팔잡이 길은 '알려진 우주known space'의 2120년대에 살고 일하게 되었다. '알려진 우주'사史는 다른 작가들이 쓴 소설인 간-크진 전쟁 시리즈들과 반쯤 쓴 『링월드 왕좌』를 포함하면 현재 백만 개 이상의 단어로 이루어진 방대한 이야기다. 대부분의 장편과 단편소설 들은 삼십 광년 범위의 인간의 우주에서 일어나는 일을 다루지만, 링월드은하계 북쪽으로 이백 광년, 은하중심궁수자리 쪽으로 삼만 삼천 광년을 포함하는 전개도 있다. 나중에 '알려진 우주'를 다룬 범죄소설을 보려면, 『크래시랜더』에 실린 베어울프 섀퍼의 이야기들을 보라.

다른 시간 선에 있는 점프시프트 주식회사와 「플래시 크라우드」의 세계를 배경으로 한 범죄소설이자 사회학 소설이 다섯 편 있다. 이 소설들은 1980년대에 순간 이동이 완성되었고, 1990년대에는 순간 이동 부스 네트워크가 전 세계에 구축되었다고 가정한다. 알리바이란 사라지고, 새로운 종류의 암살자가 등장한다. 살인이 아니라면 지금쯤이면 떠났을 남자다. 그는 떠나는 대신 ― 효과적으로― 상사와 업계 맞수와 전처와 육 년 전 그에게서 삼십 달러를 빌려 갔으면서 부인하는 사람의 옆에 곁집에 살고 있다. 어디로 가겠나? 그래서 그는 살인을 한다.

제리 퍼넬과 공저한 『풋폴』*에는 지구를 침략한 외계인들 사이의 살인 수수께끼가 나오지만, 무리 대장의 조언자는 십만 단어 지점까지 죽지도 않는다. 그때가 되면 독자는 외계 생명체 피스프를 충분히 잘 파악해서, 누가 어떻게 왜 범죄를 저질렀는지 알 수 있다.

첫 시도로부터 십 년 후, 몇 편의 범죄/SF 소설을 출간한 다음, 다시 「ARM」을 들여다볼 준비가 되었다.

「ARM」은 형편없어 보였다. 처음부터 새로 써야 했다. 건질 수 있는 것은 건져 냈다. 초현실적인 살인 현장을 비롯한 괜찮은 묘사 약간, 인물 두엇, 줄거리 뼈대에서 가장 이상한 뼈 몇 대. 나는 특이한 레스토랑에서 오고 간 이야기를 좀 들어냈다. ARM 요원 길이 루카스 가너의 무대에 대신 섰다. 무의미한 악몽과 새로운 장기의 싹을 심는 데 쓰이는 동전식 외과 수술 기계를 지웠다. 시대에 어울리지 않는 데다, 살인자에게 일이 너무 쉬워졌다. 화학 반응을 억제하여 살인하는 피레스탑 장치를 들어냈다. 재미있는 아이디어였지만 불필요했고, 줄거리를 대단히 복잡하게 만들었다. 그 장치를 없애니 용의자가 서너 명 줄었다. 속이 후련했다피레스탑 아이디어를 훌륭하게 다룬 이야기로, 데이비드 맥다니엘의 U. N. C. L. E 시리즈의 노인이 등장하는 『D. A. G. G. E. R. 사건』이 있다.

결과물을 제리 퍼넬에게 보여 주었더니, 그는 내가 소설을 고쳐

---

* 제리 퍼넬, 래리 니븐 공저. 1985년 작. 휴고 상. 네뷸러 상 후보작.

쓰게 했다. 또 장기밀매업자들이 어디에서 등장해야 하는지를 보여 주었다.

그러고 나니, 존 캠벨과 프레데릭 폴이 지적했던 단점들이 대강 다 고쳐졌다. 캠벨이 살아서 「ARM」을 보았다면 좋았을 텐데.

길 해밀턴의 미래의 가능성은 얼마일까?

대전쟁이나 전염병의 축복이 없이, 인류가 인구 폭발이나 엄격하고 독재적인 인구 통제를 피할 방법이 내게는 보이지 않는다. 태양계 정복은 꿈꿀 수 있겠고, UN 장기은행은…….

내 초기 작품 중 하나인 「조각 그림 사람」은 장기은행 문제의 기초를 다루었다. 제프리 다머가 병원에서 처형당한 다음 조각 그림 퍼즐처럼 재조립되었다면 그는 자신이 죽였던 것만큼 많은 목숨을 살릴 수 있었을 것이다. 중죄를 저지른 어떤 성인이든 마찬가지였다. 아니면 어른과 같은 범죄를 저지른 어린이들도……. 뭐, 요즈음 어린이들은 많은 살인을 저지르고, 늙은 찰스 맨슨보다는 열다섯 살짜리의 장기가 갖고 싶지 않겠나? 만약 이렇게 접근해도 여전히 적십자는 피가 필요하고 환자들은 눈알과 신장을 찾아 울부짖는다면, 러시 림바우와 존 보빗은 정치적 정당성의 원칙을 계속해서 위반하는 셈이다. 돈을 내고 샀으니 습지를 망쳐도 된다고 생각하는 사람이 있다면 어떨까?

우리는 어디에서 멈추어야 할까?

「조각 그림 사람」을 출판한 이래 편지가 쏟아져 왔다. 스크랩하거나 복사한 신문 기사들이 함께 왔다. 일군의 독자들마지못한 부정기

적 기증자들?은 내게 이식과 장기은행의 발전을 알리고 싶어 안달이었다.

학교 대항 토론 시합 이야기가 있었다. 질문: 유죄판결을 받은 범죄자를 분해해, 장기를 장기이식을 위해 저장해야 하는가? 내게 이 이야기를 전해 준 독자는 큰 충격을 받았다. 다수가 '그렇다'에 투표했다.

세 방향으로 펼쳐지는 미래가 보인다. 장기이식은 보통 성공하고, 환자들은 더 오래 산다. 인공장기와 의료 장비들은 그보다 더 빨리 발전하고 있다. 무릎을 이식받을 필요는 없다. 인공뼈가 낫다. 인공 심장으로 살 수 있다.

세 번째 선택은 뉴스는 못 되고 있지만 중요하다. 클론과 직접 키운 자신의 대체용 장기! 거부반응 문제가 없을 것이다. 응급 상황이 오기 전에 필요한 장기를 키워 놓아야 할 테고, 준비를 하지 않았다면……. 새로운 간이 필요해진 것은 신이 내린 벌이 아니라 당신 자신의 어리석은 잘못이리라. **그러면** 누굴 해체해야 할까?

지난달 어느 저녁, 조지 사이서*의 전화를 받았다. 그는 신문 스크랩을 보고 있었는데, 인도에서는 1964년부터 기결수를 분해해 이식에 사용했다고 했다. 비공식적인 시술이었다. 기증자들은 사형 판결을 받은 범죄자들이었다. 방법: 목을 저격. 그런 다음 의사들이 시체를 가져갔다. 하지만 사형 집행인이 겨냥을 잘못해서,

---

* 〈아시모프 사이언스 픽션〉지의 초대 편집자

기증자가 아직 살아 있을 때 장기들을 떼어 갔다.

인도 의사들은 유형 일치에 신경을 그다지 쓰지 않기 때문에, 장기이식 후 거부반응이 일어나는 경우가 많았다. 그렇지만, 맙소사, 신선한 장기였다. 그리고 래리 니븐이 그런 일이 벌어질 가능성을 지적했다고 해서, 그의 탓은 아니다.

중국에서도 이런 일이 일어나고 있다. 휴먼 라이트 워치의 홍보 부서로부터 이 문제에 관한 소책자를 받는 법을 알리는 복사물이 우편함에 들어온다.

"중국이 이식용 장기 조달을 사형수들에게 크게 의존하는 것은 인권과 의료 윤리에 대한 광범위한 침해에 해당함을 드러내는 증거를 논한다."

우리들이 사는 도시의 장기 밀매업도 오늘날의 뉴스거리다. 신장과 심장을 잃은 비자발적인 기증자들이 길거리에서 발견된다.

그러는 사이, 빌 롯슬러는 관상동맥우회수술로 다리의 혈관을 심장에 이식했다. 거부반응 문제가 없다. 메스를 대지 않고 레이저 수술로 손상된 무릎 연골을 치료했던 내 무릎도 잘 낫고 있다. 내 옆에서 고정 자전거를 타며 물리치료를 받고 있는 여인도, 전면 인공 무릎 주위로 새살이 돋으며 잘 낫고 있다. 계속 지켜보라. 우리는 지금 미래를 만들고 있다.

역자 후기

래리 니븐의 '알려진 우주'는 대표적인 미래사未來史 과학소설 시리즈 중 하나이다. 미래사 과학소설이란 과학소설 특유의 넓은 시공간감을 활용하여 가상의 미래 역사를 따라가는 것으로, 우리나라에는 아이작 아시모프의 파운데이션, 프랭크 허버트의 듄, 필립 리브의 모털 엔진, 어슐러 K. 르 귄의 헤인 시리즈 등이 소개된 바 있다.

시리즈 명칭이기도 한 '알려진 우주'란 우주 가운데 인류가 탐험하여 활동하고 있는 지역을 일컫는다. 알려진 우주 시리즈 중 가장 널리 '알려진' 책은 아마 ——아이러니컬하게도 설정상으로는 '알려진 우주' 밖에 위치한—— 『링월드』일 것이다. 『링월드』는 알려진 우주 인근 항성계에 있는 도넛 형태의 거대한 인공 구조물을 다룬 과학소설로, 1971년 휴고 상, 네뷸러 상, 디트머 상, 로커스 상을 휩쓴 고전이자 래리 니븐의 대표작이다.

래리 니븐은 1964년 첫 작품을 발표한 이래 지금까지 활발하게 활동해 온 과학소설 작가이다. 캘리포니아 공대를 다니다 일 년 반 만에 ——작가의 주장에 따르면 과학소설 잡지가 가득한 서점을 발견하는 바람에—— 낙제한 후 워시번 대학에서 수학과 심리학을 전공하였다. 이후 대학원에서 수학을 일 년 더 공부하였으나, 작가의 길을 걷기로 결심하고 그만두었다.

그는 이론물리학적인 발상에 기반을 둔 하드 SF 작가로 널리 알려져 있다. 특히 『링월드』를 필두로 한 링월드 연작이 가장 유명하나, 작품 세계가 쾌장하고 우주 활극이나 탐정소설 같은 요소가 많아, 하드 SF 팬들뿐 아니라 여러 독자들에게 두루두루 사랑받았다. 소설뿐 아니라 「스타트렉」 애니메이션과 같은 영상물이나 『그린랜턴』 같은 그래픽 노블에 참여하기도 하였다. 「절정의 죽음」도 그래픽 노블 버전으로 출판된 적이 있다. 일흔이 넘은 나이지만 여전히 작품 활동이 왕성하여, 그의 홈페이지http//larryniven.net는 올해도 두 권의 신작을 예고하고 있다.

래리 니븐은 '알려진 우주' 설정을 바탕으로 쉰 편이 넘는 소설을 썼고, 나중에는 다른 작가들에게도 이 설정을 개방하였다. 알려진 우주 시리즈에는 세련된 하드 SF인 『링월드』 외에도, 외계 생명체와의 첫 접촉, 장쾌한 우주 전쟁, 복잡하고 아슬아슬한 태양계 정치와 음모 등 다양한 이야기가 담겨 있다. 물론, 흥미진진한 탐정 이야기도.

『플랫랜더』는 알려진 우주 시리즈 중에서도 오래전부터 사랑받아 온 형사 길 해밀턴의 이야기를 모은 중단편집이다. 근미래 지구 형사 외팔잡이 길은 알려진 우주 시리즈 중에서도 별도의 소역사로 다루어질 정도로 독자들에게 인기 있는 주인공이다. 그러나 그가 등장하는 소설은 1969년부터 1995년에 걸쳐 쓰인 이 다섯 편이 전부로, 한국 독자들에게는 이번에 이 책으로 한꺼번에 소개된다.

외팔잡이 형사 길은 1969년 1월 〈갤럭시〉지에 처음 등장하였다. 당시 연재 제목은 「장기 밀매업자들The Organleggers」이었으나, 같은 해 발렌타인 사에서 출간된 앤솔로지 『우주의 모양The Shape of Space』에 재수록될 때 지금의 「절정의 죽음」으로 바꾸었다. 두 번째 이야기 「무력한 망자」는 1973년 공동 중단편선 『열 가지 내일Ten Tomorrows』에 실렸다. 세 번째 이야기 「ARM」은 로저 엘우드와 로버트 실버버그가 함께 편집한 『새시대Epoch』의 맨 앞에 실린 중편이다. 『새시대』는 래리 니븐 외에도 어슐러 K. 르 귄, 브라이언 알디스, 케이트 윌헬름, 조지 R. R, 마틴 등 당대 뉴웨이브 운동의 선두에 있던 SF 작가들의 작품을 모은 야심찬 오리지널 앤솔로지로, 총분량이 육백여 페이지에 달하는 초대형 프로젝트였다. 「ARM」은 휴고 상 중장편 부문 후보에 올랐다.[*]

1976년, 인기에 힘입어 이 세 편의 소설을 실은 단편집 『길 해밀턴의 긴 팔The Long Arm of Gil Hamilton』이 출판되었다. 이 단편집은 신작 하나 없이 중단편 세 편만 달랑 들어 있는 얇은 책이었으나,

---

[*] 당시 중장편 부문 수상작은 로저 젤라즈니의 「집행인의 귀향」김상훈 역, 북스피어, 2010. 이해 래리 니븐은 장편, 중장편, 중단편 부문에 후보에 오르는 기염을 토했고, 그중 중단편 부문에서, 역시 알려진 우주 시리즈 작품인 「태양의 경계The Borderland of Sol」로 수상함.

1980년대 후반까지 증쇄를 거듭하며 사랑받았다. 네 번째 이야기인 「조각보 소녀」는 사 년 후인 1980년에 독립된 단행본으로 나왔고, 그해 로커스 상 중장편 부문 2위에 올랐다. 이 소설의 주요 등장인물인 '나오미 미치슨'의 이름은 스코틀랜드 소설가 나오미 미치슨에서 따온 것으로, 실존 인물 나오미 미치슨1897-1999은 과학소설도 쓴 소설가인 동시에 여권운동가이자 사회주의자였다. 다섯 번째 이야기 「델 레이 크레이터의 여인」은 1995년, 이 번역에 사용한 판본이기도 한 델 레이 사 『플랫랜더』에 처음 실렸다.

저자는 작가 후기에서 『플랫랜더』의 장기이식이 얼마나 현실적으로 가능한지를 역설한다. 역자는 이 책이 보여 주는 '나의 몸'과 '나의 생존'에 대한 욕구의 현실성에 매료되었다. 과감하게 지구를 떠났던 길 해밀턴은 '진짜' 팔보다 우수한 인공 팔을 차마 달지 못하여 결국 지구에 돌아와 평지에 주저앉는다. 자손을 원하는 이들은 임신을 하려고 도망을 치고, 자손을 못 가진 원한에 범죄까지 저지른다. 장기 밀매업을 아무리 열심히 단속해도 내 목숨이 중한 고객들이 있는 한 이 '사업'은 사라지지 않을 터이고, 타인의 죽음이 나의 생존에 느슨하게 이어지는 사회를 살아가는 평범하고 건강한 시민들은 더 많은 사람들을 해체하자는 개정법에 계속해서 투표한다. '살고 싶다', '나이고 싶다', '건강하고 싶다'……. 어떤 윤리적인 판단보다 앞서는 원초적인 욕망들이 최첨단 의료 기술이라는 도구로 구현되고, 다수가 찬성한 법과 제도라는 포장을 덮어쓴다.

그리고 이 강력한 생존의 욕구를 아슬아슬하게 제어하는, 똑같이 현실적인 다른 욕구들이 있다. 납치 피해자의 팔을 얻은 길 해밀턴은 다시 우주로 떠나는 대신 장기 밀매업자들을 사냥하는 형사가 된다. 장기들의 뒷이야기에 당혹스러워하면서도, 태피는 여전히 메스를 들고 수술을 한다. 수많은 사람들이 냉동법에 투표하지만, 어떤 사람들은 여전히 이에 반대하며 거리로 나온다. 이 얼마나 근본적으로 현실적인 미래인가.

작가 후기에서 래리 니븐은 어째서 길 해밀턴 이야기가 이것밖에 없는지를 ──아마도 길 해밀턴을 더 내놓으라는 독자들의 아우성에 대한 응답으로── 설명 내지는 변명하고 있지만, 독자 입장에서는 그저 감질날 뿐이다. 저자가 더 늦기 전에 한 편이라도 더 써 주었으면 싶다.

아끼는 책을 내 손으로 옮겨 다른 독자들과 나누는 것은 언제나 큰 기쁨이다. 늘 도움을 주는 이수현 님, 과학 용어를 살펴 준 이현승 님, 원고를 꼼꼼히 살펴 준 이재일 님, 고민을 나누어 준 고호관 님께 감사드린다. 여러분들의 도움에도 불구하고 이 책에 부족한 부분이 있다면, 이는 물론 모두 나의 책임이다.

번역에는 델 레이 사가 1995년에 출간한 트레이드페이퍼백과, 같은 판본의 킨들 판을 사용하였다.